SEULE !

II

SEULE !

II

ADOLPHE D'ENNERY

SEULE !

TOME II

PARIS

JULES ROUFF ET Cⁱᵉ ÉDITEURS

CLOITRE SAINT-HONORÉ

SIXIÈME PARTIE

I

DANS L'ATTENTE !

Nous voilà arrivés à l'une des phases de notre récit où il nous faut, ainsi que nous en avons déjà averti nos lecteurs, faire un pas en arrière et retourner à Paris.

Après avoir suivi, jour par jour, notre héroïne, dans les épreuves qui se sont succédé pour elle, et en attendant de la revoir à Mexico où doit, pense-t-elle, se terminer la première partie de sa tâche, il est nécessaire que nous retrouvions quelques personnages de notre histoire.

Nous nous trouvons donc de nouveau dans l'appartement de la rue Saint-Roch où la femme du condamné à mort Jacques Valomer a reçu l'hospitalité de la famille Delamarre.

La pauvre femme a repris quelque peu courage, grâce aux incessantes exhortations de Mᵐᵉ Delamarre dont elle connaît à présent les malheurs et qui lui donne l'exemple d'une pieuse résignation. Grâce aussi à la touchante sollicitude de Jeanne Delamarre, cette autre infortunée, atteinte dans ses espérances les plus chères.

Mais c'est surtout la parole toujours écoutée de M. Delamarre, qui réussit à apaiser chez cette infortunée les inquiétudes renaissantes et ramène un calme passager dans son âme prompte à retomber dans de nouvelles angoisses.

C'est, qu'en effet, depuis le jour où elle avait assisté à cette scène désormais inoubliable pendant laquelle Urbain Rambaud avait révélé à M. Morand et à André son douloureux passé, Mᵐᵉ Valomer, déjà liée par la reconnaissance, s'est prise d'une sainte vénération pour son bienfaiteur.

Et quand son hôte à qui elle faisait part de ses tourments à
mesure que les jours s'écoulaient, diminuant le délai obtenu par la
cassation du jugement, lui disait : « Ayez confiance... Attendons! »
elle se rappelait qu'à ce même homme qui l'exhortait à la patience,
M. Morand avait adressé aussi ces paroles réconfortantes :

— Attendons!... L'estime et la considération vous seront rendues!... Oui! espérez, car l'opinion publique ne vous marchandera
pas la juste réparation qui vous est due!... Et à mon fils comme à
vous, je dis : Attendons!

Depuis ce jour, M. Delamarre, redevenu l'ancien forçat Urbain
Rambaud, passait ses journées au milieu des siens, sans paraître se
préoccuper du retentissement qu'aurait, dans le monde, la révélation
de son identité.

— Je resterai votre associé et votre ami, lui avait dit M. Morand,
et cette parole était, pour lui, un commencement de réhabilitation.

Cette parole, le père d'André l'avait d'ailleurs répétée, le jour où
il était venu serrer la main de son associé, avant de quitter Paris.

M. Morand avait compris, en effet, qu'il devait éloigner, au
moins pour quelque temps, son fils de celle qui, plus que jamais,
occupait sa pensée.

André, ainsi qu'on l'a vu, avait fait un éloquent appel à la conscience et au cœur de son père, dans le but d'obtenir qu'il ne mît pas
obstacle à son mariage avec Jeanne, s'exclamant que son amour
était plus puissant, plus irrésistible que d'injustes préjugés et de
misérables conventions sociales.

Il s'était écrié : — Elle était ma fiancée, elle sera ma femme!

Et le malheureux, en proie à une violente exaltation, n'avait cédé
que sur les instances de Jeanne, et quand celle-ci lui eut dit : —
Obéissez, André, c'est moi qui vous en conjure !

Mais s'il avait dû obéir à cette voix si chère, André Morand ne
conservait pas moins la ferme volonté de devenir l'époux de celle qu'il
aimait éperdûment.

Après les arguments qu'il avait trouvés pour essayer de vaincre
les scrupules paternels, il n'avait cessé, depuis, de revenir à la
charge.

— Je t'ai dit d'attendre, parce que, tôt ou tard, on découvrira le
véritable coupable! répondait M. Morand.

— Qui le découvrira? avait répliqué André avec une exaltation
croissante. Est-ce la police? Il n'y faut pas compter. La justice? Elle
ne voudra pas admettre qu'elle ait pu envoyer au bagne un innocent.

SEULE !

Tout le monde, le cou tendu, suivait le doigt que Mᵉ Gardolle promenait sur la carte... (P. 928.)

— Que Thérèse Valomer revienne apportant la preuve de l'innocence de son père et notre situation, à tous, sera aussitôt transformée comme par miracle, dit M. Morand.

On ne doutera plus de l'admirable dévouement de Delamarre, on ne se demandera pas si ce n'est point un ancien coupable qui veut sauver de l'échafaud un plus coupable que lui.

Et dût-on ne pas découvrir le véritable auteur du faux pour lequel il a été jadis injustement condamné, Delamarre n'en sera pas moins proclamé un sublime martyr de la conscience et du devoir et tu pourras, sans crainte, confier à sa fille ton nom et ton honneur.

Jeanne avait éprouvé une terrible émotion, quand le père d'André s'était présenté pour lui faire ses adieux.

Elle eut toutefois la force de renfermer sa douleur au fond de son âme.

Mais M. Morand ne s'était pas mépris sur la douloureuse impression que produisait sa visite. Il avait compris que la résignation de la jeune fille n'était qu'apparente.

Déçue dans les espérances secrètement entretenues, elle avait cru de son devoir de rendre sa parole à André; mais l'amour qu'elle ne pouvait ni ne voulait chasser de son cœur, y devenait, chaque jour, plus ardent.

Et voilà que, tout à coup, la visite de départ de M. Morand venait détruire tout espoir.

Elle voyait, dans ce voyage que venait lui annoncer le père d'André, un moyen détourné de rompre, peu à peu, toutes relations avec l'homme à qui il avait dit : « Je reste votre ami et votre associé ! »

En vain, M. Morand lui adressa-t-il des paroles paternellement affectueuses, elle les interpréta comme la banale consolation qu'on se croit obligé de formuler dans les cas de malheur irréparable.

— Tout est fini,... bien fini ! se disait-elle, en accompagnant M. Morand.

Et quand la porte se fut refermée, après le départ du père d'André, elle avait la conviction qu'elle ne le reverrait plus.

Alors elle prit la résolution de se consacrer tout entière à sa famille et aussi à cette malheureuse femme qu'elle voyait se morfondre dans l'attente !

Mme Valomer, d'ailleurs, ne parlait de ses inquiétudes que lorsqu'elle se trouvait seule avec la jeune fille.

Depuis qu'elle avait pu juger des conséquences qu'avait eues pour la famille Dalamarre l'acte de sublime abnégation de l'ancien forçat, Mᵐᵉ Valomer n'osait plus ni se plaindre, ni se lamenter, en présence d'un malheur aussi grand que le sien.

Elle s'était donné pour loi de cacher ses tourments, chaque jour plus violents, et de renfermer en elle-même les souffrances de son âme.

Mais, nous l'avons dit, avec Jeanne elle épanchait son cœur rempli de tristesse.

Et quand, pendant quelques instants, elle oubliait ses propres douleurs, c'était pour tâcher d'apporter un soulagement à celles de la jeune fille, dont elle connaissait les sentiments pour André Morand et l'amère déception qui avait si cruellement atteint les deux jeunes gens.

Mais cette trêve à ses constantes préoccupations n'était que de bien courte durée, et la malheureuse femme ne tardait pas à retomber dans les mêmes inquiétudes et les incessantes appréhensions.

Puis, elle s'informait auprès de la jeune fille du temps qu'il fallait à un navire pour la traversée de l'Atlantique.

— C'est bien long, n'est-ce pas mon enfant ? demandait-elle avec une expression d'anxiété qui faisait mal à voir.

Et la pauvre enfant à qui s'adressait cette question n'avait d'autre ressource que de répondre évasivement :

— A votre compte, disait-elle, il y a tout au plus un mois et demi que le navire a quitté Le Havre, c'est à peine s'il est arrivé à destination.

— A! vous me rassurez un peu, mon enfant, balbutiait la mère de Thérèse.

Au commencement de son séjour chez son hôte, une des grandes préoccupations de Mᵐᵉ Valomer avait été de savoir sur quel paquebot Thérèse avait pris passage.

— Je vais écrire à un courtier maritime que je connais, avait répondu M. Delamarre, et il prendra des informations, afin de pouvoir me renseigner.

Mᵐᵉ Valomer avait attendu, après s'être informée du temps que mettrait la réponse à arriver.

A partir du cinquième jour, après que M. Delamarre lui eut annoncé qu'il avait écrit au courtier maritime du Havre, la pauvre femme s'informait à Jeanne si le facteur n'était pas venu.

Aussi eut-elle un tremblement convulsif qu'elle ne pouvait parvenir à surmonter, quand, un soir, elle vit entrer M. Delamarre qui tenait une lettre à la main...

— C'est la réponse ! s'exclama-t-elle, les mains tendues, comme pour s'emparer de la lettre.

— Oui, madame, c'est la réponse que j'attendais avec impatience moi-même, dit M. Delamarre.

Et il ajouta :

— Je vais vous donner lecture de cette lettre.

Le courtier maritime y disait, qu'à la date que lui indiquait M. Delamarre, une jeune fille s'était effectivement présentée à son bureau, laquelle désirait partir pour la Nouvelle-Californie, disait-elle.

— C'est elle !... C'est ma Thérèse ! avait interrompu Mme Valomer.

— Veuillez écouter la suite ; dit M. Delamarre, en reprenant la lecture :

« Or, il y avait en partance, pour le même jour, un bâtiment, le paquebot l' « Abeille », à destination de Vera-Cruz, mais qui devait faire escale au Canada. La jeune personne ayant manifesté l'intention de partir tout de suite, je lui fis observer que de Vera-Cruz elle serait obligée de se rendre à la Nouvelle-Californie, par terre.

« Sur son insistance et la voyant très agitée, je lui donnai toutes les indications nécessaires et je la conduisis jusqu'au quai pour l'embarquer dans la chaloupe qui devait la transporter à bord de l' « Abeille ».

« Je dois ajouter, écrivait le courtier maritime, que huit jours plus tard, cette demoiselle aurait pu prendre passage à bord d'un grand trois-mâts qui se rendait directement à Vera-Cruz, lequel paquebot ne devait pas faire escale au Canada et, de plus, est meilleur voilier que l' « Abeille ».

« Mais la jeune personne à laquelle vous vous intéressez ne voulait pas retarder, « même d'une heure son départ ». C'est la propre expression dont elle s'est servie. »

— Ainsi donc, reprit M. Delamarre en repliant la lettre, vous savez maintenant que Mlle Thérèse s'est embarquée sur le paquebot l'« Abeille », et qu'elle est, à l'heure qu'il est, en route pour le Canada.

— Ah ! je le crois bien qu'elle n'aura pas voulu atteindre huit huit, ma pauvre chère Thérèse !... balbutia Mme Valomer, en essuyant les pleurs qui lui coulaient des yeux.

Et maintenant, pendant ses conversations avec Jeanne, elle s'informait, ainsi qu'il suit...

— Savez-vous, mon enfant, si le voyage entre Vera-Cruz et la Nouvelle-Californie est de longue durée?

— Je vais le demander à mon père !

Et, bientôt, elle revenait donner à la mère de Thérèse tous les renseignements qu'elle lui avait demandés.

Et la pauvre femme s'apitoyait sur le sort de l'infortunée qui allait traverser, seule, d'immenses territoires et aurait à supporter de si dures fatigues.

Son cœur se brisait, à l'idée que sa fille éprouvait certainement la même anxiété et les angoisses qu'elle subissait elle-même.

— Seule !... Seule !... s'exclamait-elle, en joignant les mains dans un mouvement d'irrésistible inquiétude.

Puis elle levait les yeux au ciel, comme pour recommander à la providence cette infortunée qui n'avait écouté que sa piété filiale.

La mère de Thérèse n'était pas seule à compter les jours. Maître Gardelle était, lui aussi, sous l'empire d'une très grande anxiété.

Le répit que lui donnait la cassation du jugement n'était heureusement pas limité au délai ordinaire.

L'affaire devant être renvoyée devant une autre Cour, il espérait que l'instruction serait suffisamment longue pour que Thérèse eut le temps de revenir avant la nouvelle comparution de Jacques Valomer.

Ainsi que nous l'avons dit, le jeune avocat avait su intéresser le président de la cour de cassation au sort de l'accusé.

En outre, maître Gardelle avait vu le chef du Parquet que l'acte de dévouement de M. Delamarre avait profondément impressionné.

Et s'il n'avait pas réussi à faire pénétrer dans l'esprit de magistrats ses doutes sur la culpabilité de Jacques Valomer, du moins il leur avait fait admirer le dévouement de cette courageuse fille de l'accusé, laquelle allait chercher au bout du monde, la preuve de l'innocence de son père.

Mais maître Gardelle était bien obligé de s'avouer à lui-même que, tout en plaignant l'infortunée, les magistrats ne pourraient pas éterniser la procédure, uniquement dans le but d'attendre le retour de Thérèse.

Voilà pourquoi, sans cesser d'exhorter Mme Valomer à prendre patience, l'avocat subissait lui-même l'impatience la plus vive, les inquiétudes les plus violentes.

D'autre part, maître Gardelle était profondément affligé d'avoir été contraint d'accepter le sacrifice que M. Delamarre avait fait de son honneur et de sa situation dans le monde.

Il se demandait si cette grande victime aurait jamais son jour d'éclatante réhabilitation, comme il la désirait pour elle.

Certes, ainsi qu'il l'avait solennellement déclaré, il consacrerait sa vie, s'il le fallait, à faire reconnaître que le malheureux Urbain Raimbaud, avait été victime d'une erreur judiciaire.

Après que la justice aurait définitivement prononcé sur l'affaire Valomer, maître Gardelle s'attellerait à l'affaire du forçat-innocent.

En attendant, l'avocat de Jaques Valomer n'avait pas cessé, comme on le pense bien, de visiter la famille maintenant plongée dans la tristesse.

Et maintenant il attendait, lui aussi, le retour de celle sur qui reposait son suprême espoir.

Dans les premiers jours qui avaient suivi le départ de Thérèse, maître Gardelle était plein de confiance. Dans les conversations presque journalières qu'il avait avec M. Delamarre, tous deux reconstituaient, procédant par déductions logiques, le voyage qu'accomplissait la jeune fille.

— Je me suis fait expliquer la topographie de la partie du Nouveau-Monde, que va parcourir la courageuse fille de Jacques Valomer.

Et maître Gardelle continuait :

— Nous sommes en présence de deux trajets, pour arriver à la Nouvelle-Californie.

En effet, la lettre du courtier-maritime du Havre vous disait que l'*Abeille*, à destination du port mexicain de Vera-Cruz, fera escale au Canada.

— C'est ce qui me faisait supposer que Thérèse, si on lui en donnait le conseil à bord, serait peut-être tentée de prendre, à partir de Montréal, la route de terre pour se rendre à la Nouvelle-Californie.

— Il est plus probable, répliquait l'avocat, que la fille de Jacques Valomer aura préféré continuer, par mer, jusqu'à Vera-Cruz.

— En ce cas, pour arriver à destination, elle devra traverser une partie du Mexique ..

— Passer par Mexico et de là se diriger vers San-Francisco? dit l'avocat.

Ces conversations se renouvelaient chaque fois que Me Gardelle

venait passer quelques instants dans la famille qui, maintenant,
s'était comme cloîtrée dans l'appartement de la rue Saint-Roch.

Un soir que tout le monde, y compris Mme Valomer, se trouvait,
après le dîner, réuni au salon, on annonça Me Gardelle.

Aussitôt tous les visages perdirent leur expression de tristesse.

On espérait toujours que le jeune avocat apporterait quelque
bonne nouvelle, concernant la marche de la procédure.

Et de fait, ce soir-là, Me Gardelle arrivait avec la quasi-certitude
qu'on lui avait donnée, au Parquet, que l'affaire ne reviendrait
qu'après les vacances...

Un soupir de soulagement avait aussitôt dégonflé le cœur de
Mme Valomer.

— Cela donnera beaucoup de temps, n'est-ce pas, maître Gardelle? demanda-t-elle toute tremblante.

— Assurément!... répondit l'avocat. Aussi nous allons pouvoir
suivre sur cette carte, que je me suis procurée, le trajet qu'accomplit
en ce moment Mlle Thérèse...

Suivant toute probabilité! s'empressa d'ajouter Me Gardelle...

M. Delamarre fit observer que la jeune fille avait eu le choix
entre deux trajets...

— Nous les suivrons l'un après après l'autre! répondit l'avocat.

Il avait placé la carte, ouverte, sur la table, autour de laquelle
prirent place M. et Mme Delamarre, leur fille, ainsi que Mme Valomer.

— Admettons, d'abord, l'éventualité d'un voyage par terre, dit
l'avocat.

Tout le monde, le cou tendu, suivait le doigt que Me Gardelle
promenait sur la carte, en disant :

— Nous quittons le Havre; nous voici en route pour le Canada!...
Bien!... Tout marchant à souhait et le vent étant favorable, il ne nous
faut pas plus d'une quinzaine de jours pour nous trouver en vue de
la côte canadienne...

— Nous débarquons à Québec?...

— Où ça le Canada?... Où se trouve Québec? s'informa anxieusement Mme Valomer.

Me Gardelle appuya l'index sur un point.

— Voici le Haut-Canada, dit-il, avec, pour grandes villes, Québec, ici et là Montréal!...

— Vous avez dit le Haut-Canada? interrompit Mme Valomer.

— Oui, madame; pour distinguer la partie habitable de l'autre...

— A Dieu ne plaise, s'exclama M. Delamarre, que Mlle Thérèse

M. Delamarre lut, d'une voix tremblante : — Naufrage du navire « L'Abeille ». (P. 935.)

eût été obligée, pour se rendre à destination, de parcourir ces immenses steppes glacées et couvertes de neige, que vous voyez là.

Il indiquait, du doigt, l'immense contrée habitée exclusivement par les Esquimaux.

Me Gardellé l'interrompit par ces mots, qui avaient pour but de rassurer Mme Valomer :

— Il est inutile de nous arrêter, même une seconde, à cette

hypothèse, puisque l'*Abeille* jettera l'ancre à l'entrée du fleuve Saint-Laurent, pour envoyer une embarcation à Québec, avec les lettres.

— Les lettres ! s'exclama Mme Valomer... Mais alors, en arrivant au Canada, ma pauvre Thérèse aura pu écrire...

— Certainement ; et c'est probablement ce qu'elle n'aura pas manqué de faire ! dit M. Delamarre.

Et Me Gardelle ajouta pour compléter la pensée de celui qui venait de parler :

— Rien de plus facile, en effet, que de charger les marins de la chaloupe de déposer une lettre à Québec, laquelle y attendrait le passage d'un navire se rendant en France...

— Oh ! oui,... oui ; balbutia Mlle Valomer, très émotionnée, ma Thérèse n'aura pas voulu manquer cette occasion de nous donner de ses nouvelles !... Ne sait-elle pas, la chère enfant, dans quelle mortelle inquiétude je vais vivre, pendant son absence !

— Dans ce cas, madame, vous pourriez recevoir bientôt une lettre d'elle...

— Dieu vous entende, maître Gardelle !

— Il n'y a, du reste, pas de temps perdu ! fit observer M. Delamarre.

Puis se penchant sur la carte, il engagea l'avocat à continuer.

Me Gardelle reprit :

— En admettant que Mlle Thérèse ait pris la décisison de faire le voyage par terre : la voici à Montréal,... de là elle se dirige vers le Michigan...

— Mais comment s'y rendrait-elle ? demanda tout à coup M. Delamarre. Je me suis informé et il m'a été répondu que, dans ces contrées où, naguère encore, il n'y avait que de très rares établissements de commerce, il n'existe pas de service régulier pour les communications avec l'intérieur...

— Mais alors, comment y voyage-t-on ? demanda à son tour Mme Valomer, très impressionnée par ce qu'elle venait d'entendre...

— On voyage, d'ordinaire, en caravane, répondit Me Gardelle.

Et dans le but de rassurer la pauvre femme, il ajouta :

— Ces caravanes offrent, n'en doutez pas, une grande sécurité aux voyageurs, toujours très nombreux, lesquels sont conduits par des guides expérimentés et de plus escortés *militairement*, si je puis m'exprimer ainsi.

Puis s'interrompant, il reprit :

— La caravane suit ce tracé, tenez, là, regardez mon doigt.

Ici, il faut évidemment prendre cette direction, pour arriver...
là !

Cette ligne ombrée des deux côtés, indique une chaîne de montagnes.

Et au delà se trouve...

— La Nouvelle-Californie ? demanda vivement la mère de Thérèse.

— Oui,... madame Valomer !

— Mais pour y arriver,... il faut sans doute longtemps ?

Et la pauvre femme poussa un long soupir.

Ce fut M. Delamarre qui se chargea de répondre :

— C'est un calcul à faire..., trop long pour que nous nous en occupions ce soir!... Mais je m'y mettrai dès demain, puisque maintenant ce ne sont, malheureusement, pas les loisirs qui me manquent.

Pour ce soir, continua-t-il, il suffira que nous admettions la seconde hypothèse, celle du voyage par mer.

Maître Gardelle procéda, pour le second trajet, comme il avait fait pour le premier.

Mme Valomer suivait avec anxiété, les différentes indications.

Hélas ! la pauvre femme ne se rendait guère compte que le voyage en mer pouvait se prolonger, par le fait des « calmes plats » que redoutent tant les marins.

Elle s'informait :

— Combien de temps prend un navire, pour se rendre du Havre à Vera-Cruz ?

M. Delamarre éluda cette question.

— Le principal, dit-il, est que le trajet de Vera-Cruz à Mexico ne soit pas trop long...

Je calculerai également cette distance... Mais dès à présent, j'opine à croire que, grâce aux vacances dont Maître Gardelle vient de nous parler, notre chère enfant aura le temps d'accomplir sa mission...

— Oui, tout le temps !... appuya maître Gardelle dans le but de calmer les angoisses qu'il lisait dans les yeux de l'infortunée mère de Thérèse.

Chaque soir, maintenant, on se donnait pour occupation de consulter la carte.

Mme Valomer avait entretenu l'espoir qu'elle recevrait des nouvelles de Thérèse ; mais deux mois durant elle avait vainement attendu une lettre.

— Ne vous étonnez pas de cela, lui disait M. Delamarre pour lui faire prendre patience, les navires qui se dirigent vers un de nos ports, ne font pas toujours escale au Canada...

C'est même, à ce que l'on m'a dit, assez rare. Les navires anglais se chargeant de la correspondance pour toute l'Europe, il peut se faire qu'une lettre pour Paris arrive avec un très grand retard...

— Alors je puis encore espérer ?

— Mais certainement, madame Valomer.

Cependant rien ne venait.

Toutefois à défaut de lettre, il se pouvait qu'à son port d'attache, on eut reçu des nouvelles du navire sur lequel Thérèse avait pris passage.

A la question qu'à ce sujet, lui adressait son hôtesse, M. Delamarre avait répondu :

— Il arrive, en effet, que des navires qui se croisent, en mer, échangent des signaux.

Ils ont une télégraphie par pavillons pour indiquer le nom du bâtiment, son port d'attache ; indiquer également son port de destination et le nombre de passagers qui se trouvent à bord.

De cette façon on a souvent des nouvelles du navire avant qu'il ne soit arrivé à destination.

Et comme la pauvre Mme Valomer suppliait du regard, M. Delamarre s'empressa d'ajouter que, dès le lendemain, il écrirait, de nouveau, au courtier-maritime, au Havre.

C'était encore un peu de temps de gagné.

De cette façon, en entretenant l'espoir dans le cœur de cette pauvre femme qui ne demandait qu'à être rassurée ; on l'empêchait de s'abandonner au désespoir.

Toutefois, au bout de quelques jours, force fut à M. Delamarre de dire qu'il avait reçu la réponse du courtier-maritime.

En apprenant qu'au Havre on était sans nouvelles du paquebot l'*Abeille*, la mère de Thérèse éprouva une émotion violente.

On cherchait à la rassurer de son mieux.

— Il n'y a rien d'extraordinaire, affirmait M. Delamarre... Non seulement ces rencontres, en mer, sont assez rares, mais il peut, encore se faire que les navires n'envoient les renseignements aux ports d'attache, que longtemps après.

On parvenait, encore, à calmer pour quelque temps l'anxiété de Mme Valomer.

Mais il était évident pour tous que, faute de nouvelles, la mère de

Thérèse retomberait, bientôt, dans les mêmes inquiétudes et les mêmes angoisses.

L'infortunée n'osait cependant renouveler trop souvent ses questions, elle craignait d'être un perpétuel sujet de tristesse pour ceux dont elle recevait l'hospitalité.

Il arrivait même que, lisant sur la physionomie de Jeanne le chagrin que celle-ci ne pouvait dissimuler complètement, cette infortunée qui avait tant besoin d'être consolée elle-même, prodiguait à la jeune fille de touchantes consolations.

— Mon enfant, lui disait-elle, quand elles se trouvaient seules, ce n'est pas à moi que vous pourrez cacher les souffrances de votre âme.

Vous souffrez cruellement ! Eh bien, puisque j'écoute les bonnes paroles à l'aide desquelles vous cherchez à me consoler et à me faire prendre patience, écoutez-moi, à votre tour...

Et la femme du condamné à mort trouvait dans les consolations qu'elle prodiguait à la jeune fille un soulagement à sa propre douleur !...

Soulagement bien passager, car pendant les longues nuitées d'insomnie, la mère de Thérèse se représentait tous les obstacles, tous les périls qu'aurait à surmonter sa fille...

Elle la voyait, comme dans une vision, succombant à d'incessantes fatigues, obligée de continuer quand même ce périlleux voyage...

Et Jeanne qui occupait la chambre contiguë à celle de Mme Valomer, entendait les soupirs, les plaintes, les exclamations déchirantes qu'elle adressait au ciel.

Elle pensait à celui qui était parti, et dont elle n'avait plus eu de nouvelles...

Certes elle aurait voulu, cédant aux exhortations de Mme Valomer, pouvoir conserver quelque espoir !... Parfois elle se disait, elle aussi, que des jours meilleurs viendraient pour elle et qu'il était impossible que le ciel en ordonnât autrement...

Mais ces éclaircies passagères ne duraient que peu d'instants et Jeanne se disait :

— C'est fini,... c'est fini !...

II

SINISTRE NOUVELLE!

Plus de deux mois s'étaient écoulés depuis que Thérèse s'était embarquée au Havre, quand, un jour, Maître Gardelle, après avoir rendu visite aux Delamarre, se présentait dans l'appartement de la rue Saint-Roch.

En le voyant entrer, Mme Delamarre, Jeanne et Mme Valomer, qui se disposaient à se retirer dans leurs chambres, avaient toutes trois échangé un regard, et Mme Delamarre, interprétant la pensée de son hôtesse et de Jeanne, s'était écriée :

— Vous nous apportez sans doute des nouvelles, monsieur Gardelle?

L'avocat, après avoir fait un mouvement négatif de la tête, s'était aussitôt tourné vers M. Delarmarre, auquel il fit un imperceptible signe, en disant :

— Ces dames et vous, mon cher monsieur Delamarre, voudrez bien m'excuser de me présenter à cette heure; mais j'avais besoin d'un renseignement que vous pouvez me donner et que je dois transmettre, dès demain matin, au chef du Parquet.

— Je suis à votre disposition, Maître Gardelle, répondit M. Delamarre. Nous allons, si vous le voulez bien, passer dans mon bureau.

— J'allais vous le demander, vous aurez des pièces à compulser, répondit l'avocat.

M. Delamarre avait compris que Maître Gardelle devait avoir quelque communication importante à lui faire.

— Je vous souhaite une bonne nuit, dit-il à Mme Valomer, en donnant la main à la pauvre femme qui, après avoir un instant espéré qu'on lui apportait des nouvelles de Thérèse, était retombée dans sa tristesse habituelle.

Puis, comme Jeanne venait présenter son front à son père, M. Delamarre, en l'embrassant, lui souffla tout bas :

— Dis à ta mère d'attendre ici mon retour.

— Venez, Maître Gardelle.

Il avait précédé l'avocat qui prenait congé des dames.

Quand ils se trouvèrent en face l'un de l'autre dans le bureau :

— Quel nouveau malheur avez-vous à m'apprendre? interrogea M. Delamarre en voyant l'expression qu'avait prise la physionomie de l'avocat.

— Vous l'avez dit : un grand, un irréparable malheur !

Quelque préparé qu'il fut à apprendre une triste nouvelle, étant donné le signe que lui avait fait Maître Gardelle au salon, M. Delamarre éprouva une violente commotion.

Très pâle et les traits bouleversés, il attendit que l'avocat s'expliquât.

— Oui, reprit celui-ci, et cet épouvantable malheur va porter un coup terrible... à tous ceux qui s'intéressent au sort de l'infortuné Jacques Valomer...

— Que voulez-vous dire?

Maître Gardelle continua :

— C'est en pure perte que j'aurai obtenu la cassation de l'arrêt qui condamnait à mort ce malheureux homme...

Le sacrifice d'Urbain Raimbaud n'aura servi à rien.

Jacques Valomer sera exécuté !...

— Que m'apprenez-vous là?... Mais c'est impossible!... Il y a encore des délais à courir!... Pourquoi vous vois-je découragé, alors que ce matin encore... vous étiez plein d'espoir en la réussite de la démarche que fait sans doute en ce moment la fille de Valomer?...

— La pauvre enfant ne reviendra pas ! dit Gardelle.

— Que voulez-vous dire?

— Thérèse Valomer n'existe plus! prononça l'avocat en s'affaissant sur un siège.

— Morte?... Morte !

— Hélas!... on ne peut plus en douter !

— Mais quelle preuve avez-vous?...

— Vous allez le savoir...

Et Maître Gardelle tira de sa poche un journal qu'il tendit à M. Delamarre, en disant :

— L'article est encadré au crayon rouge.

M. Delamarre lut, d'une voix tremblante :

NAUFRAGE DU NAVIRE « L'ABEILLE »

et brisé par l'émotion qui soudainement l'envahissait, il laissa retomber la main qui tenait le journal.

Puis il se mit à parcourir ce journal et, à mesure qu'il lisait, l'on pouvait voir sa physionomie s'altérer de nouveau.

— C'est vrai, dit-il d'un ton de sombre désespoir, c'est un irrémédiable malheur !

Alors cet homme qui avait donné tant de preuves d'énergie, de résolution et de stoïcisme, succombant à un anéantissement de toutes ses forces morales, se mit à pleurer et, comme pour ne pas laisser supposer qu'il eut le moindre regret d'avoir accompli l'acte de sacrifice devenu inutile, M. Delamarre releva la tète.

— Ne croyez pas, Maître Gardelle, que le désespoir auquel vous me voyez en proie ait pour cause le sacrifice que [j'ai fait de ma réputation qui a sombré dans la sinistre aventure.

Non !... En ce moment où je vois s'évanouir l'espérance que vous aviez fait naître en moi, je reporte ma pensée uniquement sur cette malheureuse femme qu'un double malheur, qu'une double catastrophe va frapper.

Je pense aussi à cette sublime jeune fille, dont je me représente l'affreuse agonie...

Il me semble l'entendre, jusqu'au dernier souffle, implorer Dieu... Dieu qui, seul, pouvait la sauver !...

— Affreux !... Affreux ! balbutia M Delamarre d'une voix coupée de larmes.

— Et moi, interrompit Maître Gardelle ; moi qui avais la certitude de faire acquitter l'homme dont l'innocence n'a jamais fait doute pour moi...

— Ni pour moi ! s'exclama M. Delamarre.

— Il me faudra entendre de nouveau prononcer l'arrêt qui cette fois enverra Jacques Valomer à l'échafaud !

Et dire qu'elle existe cette preuve de l'existence de l'innocence de Jacques Valomer ! Elle existe... elle existe !

Maître Gardelle, très agité, marchait par saccades, répétant avec des gestes de désespoir fou :

— Elle existe !... Et malheureusement si quelqu'un de nous deux, vous ou moi, pouvait aller la chercher des mains de celui qui la détient... il serait trop tard !

Il y eut un silence, — silence lugubre, — pendant lequel ces deux hommes, également désespérés, se regardèrent, comme si l'un et l'autre semblaient chercher un suprême moyen à tenter.

Ce fut M. Delamarre qui, le premier, se ressaisit et rompit le silence.

— Venez m'embrasser, chère petite... (P. 942.)

— Il reste, dit-il, à chacun de nous deux un devoir à remplir :

A vous de défendre l'innocent avec la force que vous puiserez dans votre conviction que rien ne saurait ébranler!

Vous le défendrez avec toutes les ressources de votre talent, de votre âme... de votre désespoir!

Plaise à Dieu que vous trouviez des accents pour faire passer votre conviction dans l'âme des jurés!

M. Delamarre s'interrompit pour ajouter :

— Mon devoir à moi sera de cacher à cette malheureuse créature, également atteinte dans son amour d'épouse et dans son amour de mère, cette horrible nouvelle qui la tuerait sur le coup!

Il me faudra dissimuler et jouer cette comédie de l'espoir, alors qu'il n'en existe plus!

Il me faudra la voir continuer de compter les jours en attendant le retour de sa fille, — de sa fille qui ne reviendra pas!

N'est-ce pas horrible

Et nous ne pourrons, hélas! cacher à Mᵐᵉ Valomer bien longtemps encore l'affreuse vérité...

Quand les délais seront sur le point d'expirer, il faudra bien se décider à prendre une résolution...

Alors devra commencer votre rôle de consolateur! Vous aurez pour vous aider à le remplir l'épouse admirable, la digne compagne dont le dévouement et l'affection vous ont aidé à supporter les rudes épreuves par lesquelles vous avez passé!...

Vous aurez également pour vous aider dans la sainte tâche que vous vous donnez à partir de ce moment, vous aurez, dis-je, l'enfant qui a su se résigner, après avoir vu ses espérances s'évanouir!...

Et maître Gardelle, profondément émotionné, s'écria :

— Mais le jour viendra, je l'espère, où l'ancien forçat Urbain Raimbaud pourra prouver qu'il a été condamné injustement...

Ce jour-là... Jeanne Raimbaud verra se réaliser le doux rêve si brusquement interrompu!...

Au moment de se retirer, l'avocat dit à M. Delamarre :

— Je ne cesserai pas de venir, même il ne faudra pas que j'espace mes visites, de peur que Mᵐᵉ Valomer ne conçoive des soupçons.

— C'est précisément ce que j'allais vous dire; nous devons pour le moment ne rien changer à nos habitudes...

Je vais maintenant mettre ma femme et ma fille au courant de l'horrible situation nouvelle...

Je vous prie donc, Maître Gardelle, de me laisser ce journal...

Et reconduisant l'avocat, il lui recommanda de revenir le lendemain.

.   .   .   .

Mme Delamarre et Jeanne avaient guetté le départ de Maître Gardelle.

— Nous t'attendions avec impatience, mon ami! dit Mme Delamarre, lorsque son mari eut ouvert la porte.

En me faisant dire par Jeanne d'attendre ici ton retour, tu me donnais à supposer que tu aurais, après avoir causé avec Maître Gardelle, quelque chose d'intéressant, peut-être de grave à nous apprendre...

M. Delamarre s'informa si Mme Valomer était couchée.

Il lui fut répondu que Jeanne, comme d'habitude, l'avait accompagnée et aidée à se mettre au lit...

— Elle n'a pas fait d'observation au sujet de la visite de Maître Gardelle...

— Non, mon père! répondit Jeanne, très inquiétée par la façon saccadée dont s'exprimait M. Delamarre.

— Mais qu'as-tu donc, mon ami? demanda tout à coup Mme Delamarre.

Comme s'il eut éprouvé soudainement une grande souffrance, M. Delamarre s'était laissé tomber sur un fauteuil.

Jeanne et sa mère l'entourèrent aussitôt et, apercevant le journal qu'il tenait, plié, à la main, Jeanne lui demanda :

— Y a-t-il dans cette feuille quelque article dont la lecture ait pu vous impressionner à ce point, mon père ?

— Vous allez en juger.

M. Delamarre, surmontant son émotion, déploya le journal et lut :

« Une sinistre nouvelle nous arrive d'Espagne.

« Le capitaine Torino Sanchez, commandant le brick *Mayaguez*, parti de Cuba, à destination de Cadix, a fait parvenir à l'amirauté un rapport dans lequel il rend compte de la façon dont il a pu recueillir en mer un naufragé qui était parvenu à se soutenir sur une épave.

« C'est un homme d'environ vingt-cinq ans.

« L'état dans lequel se trouvait le malheureux a, pendant quelques jours, fait craindre pour sa vie.

« Cependant, à force de soins, on parvint à sauver, une seconde fois le malheureux.

« Le capitaine Torino Sanchez put alors essayer de l'interroger, et il apprit que le naufragé était Français et se nommait Georges Ravergy.

« Il s'était embarqué au Havre sur le paquebot l'*Abeille*.

— L'*Abeille!* s'écrièrent ensemble Mme Delamarre et sa fille. L'*Abeille!* mais c'est le nom du bâtiment sur lequel s'est embarquée Thérèse !

Et elles se remirent à lire fiévreusement :

« Ce bâtiment devait faire escale à Québec et se rendre ensuite dans le golfe du Mexique.

« Après quinze jours d'une excellente traversée, une voie d'eau s'étant déclarée, on avait fait jouer toutes les pompes d'épuisement.

« Mais bientôt, on s'était aperçu que le bâtiment faisait eau de toute part et qu'il n'y avait plus moyen d'éviter une catastrophe.

« Alors le capitaine du navire en perdition avait fait mettre à l'eau l'unique chaloupe en état de tenir la mer.

« Mais, détail horrible, comme l'embarcation ne pouvait contenir qu'un certain nombre de personnes, le capitaine s'était vu dans la cruelle nécessité de tirer au sort ceux qui s'embarqueraient dans la chaloupe.

— Oh !... c'est affreux! s'exclama Mme Delamarre.

— Mon Dieu !... Thérèse était-elle au nombre de ceux que le sort a favorisés ?

A cette question que lui adressait sa fille, M. Delamarre n'eut pas le courage de répondre.

Mais à la pâleur livide qui voila son visage et à la soudaine contraction de ses traits, les deux femmes comprirent ce qu'il n'avait pas le courage de leur dire.

Il reprit la lecture interrompue :

« Le naufragé était dans un tel état de faiblesse qu'il fut impossible de prolonger l'interrogatoire.

« Au surplus, le *Mayaguez* jetait le même jour l'ancre à Québec.

« Le naufragé Georges Ravergy fut descendu à terre et confié à un de ses compatriotes qui fait fonction d'agent consulaire de France au Canada. »

— Mais rien ne prouve que Thérèse Valomer n'ait pas eu place dans la chaloupe ? s'écria Mme Delamarre.

De son côté, Jeanne s'était emparée du journal.

— Oh !... il y a donc un espoir ! balbutia-t-elle, ne pouvant se résoudre à croire que Thérèse eut péri dans le naufrage.

— Hélas ! mon enfant ! prononça M. Delamarre d'une voix hachée par la douleur... cet espoir n'existe plus !...

— Pourquoi cela, mon père ?

— Lis, mon enfant, lis !

Il indiquait un passage qui terminait l'article dont il venait de donner lecture.

Jeanne lut les lignes suivantes :

« *Dernier détail* :

« Il n'est malheureusement pas possible de conserver le moindre espoir que l'*Abeille* ait pu être secourue et que ceux qui se trouvaient à bord se soient sauvés.

« Voici en effet un dernier renseignement concernant la catastrophe :

« Le navire terre-neuvien *Le Phoque* a trouvé en mer une bouteille flottante qui contenait un feuillet sur lequel étaient inscrits les noms des passagers qui avaient été embarqués dans la chaloupe de sauvetage.

« Voici les noms :

« Le capitaine Cardovan, second du navire.

« Les matelots : Ravignac, Thomas Verlurat, François Pleuc, Martin Lorbach.

— Et les passagers ?... Les passagers ? s'écria Mme Delamarre.
Jeanne avait parcouru des yeux la liste.

— Le nom de Thérèse ne s'y trouve pas ! prononça-t-elle d'une voix éteinte.

On se souvient, en effet, que le généreux dévouement de Ravergy, qui donnait à Thérèse sa place dans la chaloupe, avait eu lieu après l'inscription des noms de ceux que le sort venait de de favoriser et au moment même où sombrait le navire.

M. Delamarre prit alors le journal.

— Voici, dit-il, qui ne peut laisser d'espoir. On a trouvé, dans la bouteille, outre la liste des passagers, une note ainsi rédigée : « Le navire coule. Nous recommandons nos âmes à Dieu. A bord de *l'Abeille*, le 20 avril 1802. »

— Oh ! mon Dieu, mon Dieu ! s'exclama Jeanne les yeux pleins de larmes.

Mme Delamarre était accablée.

— Qu'allons-nous faire, mon Dieu !

Et des yeux elle interrogeait son mari qui, la tête dans les mains réfléchissait.

Au bout d'un instant, M. Delamarre releva la tête :

— Il faut, dit-il, cacher la sinistre nouvelle, aussi longtemps que nous le pourrons, à cette malheureuse femme !

— Quelle douloureuse situation, hélas!...

— Oui, bien douloureuse, en effet ; mais à laquelle nous devrons nous soumettre..., afin de retarder le plus possible un nouveau malheur.

Mᵐᵉ Delamarre courba le front. A ce moment où on devait, pensait-elle, abandonner tout espoir de sauver Valomer, elle songeait au sacrifice qu'avait fait son mari et aux terribles conséquences qu'aurait ce sacrifice.

Comme s'il eut deviné la pensée douloureuse qui s'agitait dans l'esprit de sa femme, M. Delamarre lui dit doucement :

— Nous étions résignés, mon amie !

Puis s'adressant à Jeanne qui pleurait silencieusement :

— Ta mission, mon enfant, est aujourd'hui plus sacrée ! dit-il.

Il s'agira, maintenant, d'entretenir la pauvre mère dans un espoir...

— Qui ne peut plus se réaliser ?

— Je me suis entendu avec Maître Gardelle pour que rien ne soit changé dans notre façon de vivre.

Maître Gardelle continuera à venir, comme par le passé. Lui aussi croit que Mᵐᵉ Valomer ne résisterait pas au coup qui l'atteindrait.

La malheureuse femme parut à ce moment et M. Delamarre, pour soustraire à ses regards le fatal journal, s'empressa de le glisser entre les feuillets d'un cahier de musique que Jeanne alla, vivement, replacer dans un casier à musique.

. . . .

Comment dépeindre la douloureuse émotion que ressentait Jeanne, quand, le lendemain matin, elle dut, comme d'habitude, aller visiter, dans sa chambre, Mᵐᵉ Valomer.

La jeune fille tremblait de tous ses membres, en ouvrant la porte, et son cœur battit avec violence, quand la mère de Thérèse lui dit :

— Venez m'embrasser, chère petite ; il me tardait de vous voir ; j'ai rêvé que ma Thérèse était de retour et que c'était vous qui me l'ameniez ici !...

Venez m'embrasser, répéta l'infortunée, comme je vous embrassais, dans mon rêve !...

Et la pauvre femme tendait les bras vers la jeune fille.

Les journées se passaient mortellement longues et tristes, maintenant que, dans la famille Delamarre, on n'attendait plus le retour de Thérèse.

Quelle cruelle contrainte devait-on s'imposer en présence de sa malheureuse mère, en qui l'on s'efforçait d'entretenir un espoir que l'on n'avait plus.

Et quels secrets déchirements il fallait dissimuler, quand la pauvre femme paraissait réconfortée, par instants, comme si elle eut pressenti qu'elle verrait bientôt arriver la fin de ses tourments.

Elle attendait avec impatience l'arrivée de maître Gardelle, pour s'informer de la marche de la procédure.

— Les vacances vont-elles bientôt commencer? demanda-t-elle un jour à l'avocat.

C'est que, depuis que vous m'avez dit que cela nous ferait gagner du temps, je ne dors plus! ajoutait-elle.

Et ses pauvres mains décharnées s'appuyaient, tremblantes, sur les mains du défenseur de Jacques Valomer, pendant qu'elle disait d'un ton qui vous eut arraché des larmes :

— Si vous saviez comme je prie Dieu pour vous, mon bon monsieur Gardelle!... Je le remercie tous les jours de vous avoir envoyé la bonne pensée de vous charger de la défense de mon mari!..

Maître Gardelle était obligé de prétexter d'un rendez-vous qui l'obligeait à se retirer, pour mettre fin à ces scènes qui affligeaient profondément la famille Delamarre.

Un jour qu'elle se trouva seule, pendant quelques instants, avec l'avocat, Mme Valomer profita de l'occasion pour parler de son bienfaiteur.

— Oh! dites-moi franchement, monsieur Gardelle, si vous avez bon espoir de faire quelque chose pour M. Delamarre?...

Il m'a semblé comprendre qu'il ne pourrait être réhabilité, même si l'on parvenait à retrouver l'homme à la place de qui il a été condamné...

— C'est malheureusement vrai!

— Quoi! monsieur Gardelle, il resterait sous le coup d'une condamnation, même si cette condamnation était reconnue injuste?...

— La loi est formelle!...

— Oh! mais c'est épouvantable!... Ainsi Valomer, une fois acquitté, aura le droit de porter la tête haute, comme s'il n'avait jamais comparu en Cour d'Assises. On le plaindra d'avoir été considéré comme un assassin et d'avoir fait de la prison, tandis que M. Delamarre, même quand il sera prouvé qu'il est le plus honnête homme du monde, ne pourra jamais voir son innocence et sa réhabilitation proclamées en plein tribunal?

Et c'est pour nous,... pour nous!...

C'était pitié de voir cette malheureuse, dans l'ignorance où elle était du peu d'espoir qu'avait l'avocat de sauver la tête de son client, parler de l'éternelle reconnaissance qu'aurait ce dernier pour son bienfaiteur.

Mais, de jour en jour, la contrainte qu'avait dû s'imposer la famille Delamarre, devenait plus lourde.

A chaque instant on était obligé de s'observer pour ne pas prononcer une parole imprudente, d'autant plus que Mme Valomer ne s'isolait plus dans sa chambre, comme elle le faisait naguère.

Elle recherchait la société de Mme Delamarre et de Jeanne, toujours pour les entretenir de ses heureux pressentiments ou pour se faire rassurer par elles.

La situation devenait, par ce fait, de plus en plus pénible, pour les deux femmes obligées de paraître pleines d'espoir, alors qu'elles avaient la mort dans l'âme.

Il arrivait parfois que, dans un de ces moments où l'infortunée se sentait l'âme réconfortée, elle parlait d'avenir avec Jeanne.

— Vous vous marierez avec M. André... quelque chose me le dit!... Et quelle joie pour Thérèse et pour moi d'assister à la bénédiction nuptiale... Comme nous serons heureuses de votre bonheur!...

Aussi ne vous tourmentez pas, chère petite.

Elle ne se doutait pas que cette tristesse qu'elle cherchait à combattre, avait un motif tout autre que celui qu'elle supposait!

Jeanne se prêtait à tous ses désirs.

C'est ainsi qu'un jour M. et Mme Delamarre purent assister à une petite scène qui leur fit éprouver une bien cruelle émotion.

Mme Valomer et Jeanne avaient étendu la carte du Nouveau-Monde sur la table et la pauvre mère disait à la jeune fille :

— Indiquez-moi l'endroit où ma Thérèse doit se trouver en ce moment!

Et Mme Valomer faisait, pour la centième fois, le compte des jours qui s'étaient écoulés depuis que Thérèse avait quitté Le Havre, à bord de l'*Abeille*.

Elle disait :

— Mettons un mois pour le voyage en mer...

Et se tournant vers M. Delamarre :

— C'est assez, n'est-ce pas?... Car j'espère bien qu'il n'y aura pas eu de vents contraires, ni de calmes plats!...

Mme Valomer avait alors ouvert, bien doucement... (P. 946.)

Donc un mois, pour arriver à Vera-Cruz...

Et elle ajoutait :

— Je connais ma Thérèse, aussitôt débarquée, elle aura voulu se mettre tout de suite en route... pour Mexico, n'est-ce pas, monsieur Delamarre ?

— Oui, madame, pour Mexico !

Et M. Delamarre avait échangé un regard avec sa femme, tandis que Mme Valomer continuait de promener son doigt sur la carte.

— On peut admettre qu'elle a dû déjà arriver à Sacramento! conclut-elle en remerciant Jeanne de la peine qu'elle lui avait donnée.

Elle avait plié la carte pour la reporter à l'endroit où on la plaçait d'habitude, dans le casier à musique.

Mais sur un signe de sa mère, Jeanne la lui avait prise des mains.

Cependant Mme Valomer n'avait pas été sans remarquer le mouvement qu'avait fait son hôtesse et l'empressement qu'avait mis la jeune fille à s'emparer de l'objet.

En outre, M. Delamarre n'avait pas si vite modifié l'expression qu'avait prise sa physionomie que Mme Valomer n'eut remarqué aussi ce changement.

Toutefois, elle ne laissa rien paraître de sa surprise. Mais, à partir de ce moment, elle se mit à observer, ce qu'elle n'avait jamais songé à faire, depuis le jour où elle avait reçu l'hospitalité dans la famille Delamarre.

C'est ainsi que, dès le lendemain, comme elle quittait sa chambre pour se rendre au salon, elle s'était brusquement arrêtée au moment d'ouvrir la porte.

Se croyant seuls, M. et Mme Delamarre s'entretenaient avec une animation inaccoutumée.

Mme Valomer avait bien essayé d'écouter, mais elle n'était parvenue qu'à saisir ces quelques mots :

« Prends bien garde, mon amie, que le doute, le soupçon, ne s'éveillent dans son âme... »

C'était tout. Les deux interlocuteurs avaient baissé la voix.

Mme Valomer avait alors ouvert, bien doucement, et par l'entrebâillement de la porte elle avait pu voir, dans la glace, que M. et Mme Delamarre paraissaient être tous les deux sous l'empire d'une grande émotion.

Au bruit qu'elle fit pour annoncer sa présence, M. et Mme Delaverne s'étant retournés, elle se rendit compte que ceux-ci avaient instantanément changé de physionomie.

Or, l'air calme qu'ils affectaient à ce moment contrastait avec l'émotion qu'avait pu, une seconde auparavant constater Mme Valomer.

Que pouvaient signifier les mots qu'elle avait entendus ?

Qui donc devait continuer à ignorer cette chose à laquelle on faisait allusion?

Une chose grave assurément, à en juger par la recommandation si expresse que M. Delamarre faisait à sa femme.

C'était principalement sur Jeanne que se concentrait l'attention de Mme Valomer.

En effet, quelque précaution qu'elle prît pour cacher la douloureuse émotion qu'elle éprouvait à la vue de cette pauvre femme qu'il fallait tromper sans cesse, la jeune fille ne s'apercevait pas que sa façon d'être s'était modifiée, et que le soin même qu'elle prenait d'accentuer la douceur de sa voix, quand elle parlait à Mme Valomer, était une indication qui pouvait donner à réfléchir à la pauvre femme.

Et de fait celle-ci, avec cette perspicacité des mères, cherchait à lire au fond de la pensée de Jeanne et croyait y découvrir quelque sujet d'inquiétude.

Interroger eût été maladroit ou imprudent, s'était-elle dit. Elle s'arrêta donc à l'idée qui lui vint de procéder par insinuation.

Et cette âme si droite trouvait, pour un tel procédé, une excuse dans les tourments dont elle était pleine.

— J'aurai une éternelle reconnaissance à M. Delamarre et pour votre mère et vous, une affection égale à celle que je porte à mon mari et à ma fille!... Mais je voudrais voir cesser cette cruelle épreuve! dit-elle.

Est-ce que je ne sens pas que ma présence ici avive chaque jour un peu la plaie que, tous, vous avez au cœur!

Et comme Jeanne ébauchait un geste pour protester contre une pareille supposition, Mme Valomer s'empressa d'ajouter :

— N'interprétez pas mal mes paroles, chère enfant; loin de moi la pensée de croire que votre père puisse éprouver un regret de ce qu'il a fait pour mon mari!...

Non!... Mais il n'en est pas moins vrai qu'on subit quelquefois une impression dont on n'est pas maître... On ne regrette pas,... mais on souffre! Et la vue de la personne pour laquelle on s'est sacrifié, dans un élan de sublime et irrésistible générosité, ne peut qu'attiser cette souffrance!...

— Je vous jure que vous vous trompez sur ce que ressentent mes parents! s'exclama la jeune fille.

— Ah! ce n'est donc pas cela qui les attriste?

Jeanne se troubla.

Ce trouble n'avait duré que l'espace de quelques secondes; mais Mme Valomer l'avait remarqué.

Elle reprit, au bout d'un instant :

— J'aime mieux m'être trompée, mon enfant.

Et, ne ne voulant pas pousser plus loin l'expérience, elle se promit de la renouveler.

De son côté, Jeanne se promit qu'à l'avenir elle se tiendrait sur ses gardes.

La seconde expérience que tenta Mme Valomer ne devait pas être absolument concluante, toutefois elle allait laisser dans son esprit une impression profonde et durable.

En effet, Jeanne étant venue, comme d'habitude chaque matin, s'informer de la santé de leur hôtesse, celle-ci ne dissimula pas ses angoisses.

— Vous me voyez aujourd'hui très agitée, mon enfant, dit-elle... Je vais tout de suite vous dire la cause de cette agitation...

— Quelque mauvais rêve, sans doute?

— Non, chère petite, car je n'ai pas fermé les yeux de toute la nuit! Ce n'est pas un rêve, mais une mauvaise, une cruelle pensée qui m'est venue et que je n'ai pu éloigner de mon esprit...

Jeanne n'osait interroger; elle se tenait sur ses gardes, afin de ne pas se laisser, comme la veille, surprendre par une question insidieuse.

Elle attendit donc.

Mme Valomer reprit :

— Cette idée m'est venue parce que j'avais remarqué, depuis plusieurs jours, que Me Gardelle est plus soucieux, plus renfermé, et qu'il ne vient plus m'exhorter à prendre patience...

Il y a quelque temps, il me parlait de l'acquittement de mon mari comme d'une chose absolument certaine...

— Votre fille aura tout le temps de revenir! disait-il. Et maintenant il me semble qu'il n'est plus aussi affirmatif, aussi rassuré!

— Vous vous trompez, *sans doute!*...

— *Sans doute*, dites-vous?... Eh bien, cette nuit, un doute m'est venu, mon enfant! s'exclama Mme Valomer en s'animant...

— Un doute!... répéta la jeune fille.

— Oui!... Un doute cruel, horrible, que je voudrais à tout prix chasser de mon esprit, car je ne veux pas supposer que Me Gardelle n'ait plus la même confiance qu'il s'est, tant de fois, efforcé de faire pénétrer en moi!

— Mais quelle preuve?...

— De preuve, je n'en ai pas, assurément!... Mais... j'ai peur,... j'ai peur, mon enfant!...

Puis, dans une exclamation déchirante :

— Est-ce qu'à présent Me Gardelle craindrait que ma fille ne puisse pas être de retour à temps?

Elle ajouta, s'exprimant avec une vivacité fébrile :

— S'il en était ainsi, il vaudrait mieux me le dire,... me le dire tout de suite; on ne peut pas toujours cacher les mauvaises nouvelles!... Il faudra bien que je sache tôt ou tard la vérité... Et alors, je mourrai sur le coup!

Par un suprême effort de volonté, la jeune fille avait réussi à rester calme.

Elle eut le courage de faire encore un mensonge :

— Je suis désolée de vous voir vous alarmer ainsi sans motif, dit-elle.

Cette fois sa voix ne tremblait plus et il était impossible de deviner le trouble de ses esprits.

Mais il était temps que cette épreuve prît fin.

Jeanne avait fait part à ses parents de la conversation qu'elle avait eue avec Mme Valomer.

Cette révélation de l'état d'esprit de la malheureuse femme, ne pouvait manquer de faire une profonde impression sur M. et Mme Delamarre.

L'homme tout de droiture que nous connaissons descendit au fond de sa conscience et se demanda s'il ne dépassait pas, en cette circonstance, les limites de la compassion.

Ces paroles qu'avait prononcées Mme Valomer : « On ne peut pas toujours cacher les mauvaises nouvelles... » n'étaient-elles pas malheureusement trop vraies ?

Ne fallait-il pas que, tôt ou tard, elle sut la vérité ?

Oui, mais ce serait peut-être la mort, la mort soudaine ! ainsi que l'avait elle-même déclaré l'infortunée.

Alors M. Delamarre se trouva en présence d'une effroyable perplexité.

— Que faire? s'exclama-t-il.

— Attendre, mon ami ! répondit Mme Delamarre.

— Attendre un miracle alors ?

— Dieu n'en accomplit-il pas ? répondit la pieuse créature qui, pendant toute sa vie d'épreuves, n'avait cessé d'espérer en la providence.

— Oui, mon père, dit à son tour Jeanne qui s'associait à la pensée de sa mère, il faut attendre..,

Et M. Delamarre dut faire taire sa conscience.

On convint toutefois, d'un commun accord, de s'en rapporter au conseil que donnerait M⁰ Gardelle.

Or l'avocat ayant été d'avis que l'on devait s'abstenir de toute révélation jusqu'après le verdict, M. Delamarre dût s'incliner devant cette parole de l'avocat :

« Jusque là, j'ai le droit d'espérer faire pénétrer ma conviction dans l'âme des jurés. »

Puis M⁰ Gardelle ajouta :

« Ne sera-t-il pas toujours temps après... »

— C'est bien interrompit M. Delamarre, nous attendrons !...

— Et comme vous, nous espérerons, s'exclama Jeanne.

Plus que jamais, il s'agissait maintenant de combattre les mauvaises impressions qu'avait subies Mme Valomer.

III

L'INSTANT SUPRÊME

Les précautions que tout le monde était convenu de prendre afin que Mme Valomer ignorât le plus longtemps possible, l'affreuse vérité, n'atteignaient pas le but qu'on s'était proposé.

La mère de Thérèse avait maintenant l'éveil, et, de jour en jour, ses soupçons devenaient plus sérieux.

Elle n'interrogeait plus ; mais elle observait attentivement les physionomies, s'efforçant d'y surprendre quelque indice qui put la mettre sur la voie du mystère qu'elle cherchait à pénétrer.

Le moindre geste, un signe qu'elle remarquait, étaient par elle interprétés comme des rappels à la prudence ou des signes d'intelligence.

Pas un mot qui lui échappât et dont elle ne pesât l'intention, tâchant d'y trouver un sens particulier, de nature à la confirmer dans ses soupçons.

« On me trompe ! » pensait-elle lorsque, rentrée dans sa chambre, elle récapitulait tout ce qui s'était passé dans la journée, tout ce qu'elle avait vu et entendu.

Parfois, cependant, mue par ce besoin instinctif qui nous fait ardemment souhaiter d'être rassuré, la pauvre femme cherchait à se persuader qu'elle était le jouet d'une mauvaise impression qui n'avait pas de motif sérieux.

Mais après ces rares accalmies, reprenaient avec une plus grande intensité les tourments de cette âme si prompte aux désespoirs soudains !

Étrange contradiction de la nature humaine : cette femme qui, reconnaissante autant qu'on peut l'être, des bienfaits dont on l'avait comblée dans cette famille Delamarre, et qui se serait fait un scrupule de la plus petite incorrection, cette même femme s'ingéniait à trouver les moyens les plus perfides d'épier les faits et gestes de chacun des membres de cette famille.

Cette surveillance incessante qui tournait à une sorte d'espionnage pénible et presque blessant pour ceux qui en étaient l'objet, présageait un éclat inévitable et prochain.

Cette lugubre perspective jetait la désolation dans l'âme des trois infortunés qui se sentaient dans une situation sans issue.

Réduit à cet espoir bien vague de voir M⁰ Gardelle gagner, par miracle, une cause considérée de l'avis général, comme désespérée, M. Delamarre se perdait en réflexions douloureuses sur les conséquences de la décision qu'il avait prise.

Comment s'arrangerait-il, le moment venu, pour annoncer la fatale nouvelle ?

Car il arriverait forcément, ce moment où il ne pourrait plus, ainsi qu'il l'aurait fait, jusque là, lutter contre sa conscience.

Le jour où Jacques Valomer serait conduit à l'échafaud, ne devrait-il pas considérer comme un crime de laisser la veuve du supplicié continuer à espérer ?

Lui qui naguère encore, recherchait toutes les occasions de s'entretenir avec Mᵐᵉ Valomer, afin de l'encourager à prendre patience et à espérer, voilà que, maintenant, il appréhendait de se trouver seul avec elle, obligé qu'il était de jouer cette pénible et cruelle comédie.

Il arrivait parfois que Mᵐᵉ Valomer posait une question à l'improviste, à laquelle il lui fallait répondre de suite et catégoriquement,

de crainte que son embarras ne provoquât quelque effet douloureux..

Un incident de ce genre faillit se produire, un jour que Me Gardelle était venu, en toute hâte, s'entretenir avec M. Delamarre d'une
communication officieuse qu'il venait de recevoir du Parquet.

Le magistrat de qui émanait cette communication était un ancien
camarade d'études de l'avocat, avec lequel il avait continué à entretenir des relations très amicales.

Or ce magistrat écrivait à Me Gardelle :

« Je ne dois pas te cacher, mon cher ami, que les chances d'acquittement ont diminué, de beaucoup, pour ton client.

« La fameuse preuve ne pourra plus être produite, aux débats,
malheureusement.

« Il te restera, je le sais, la ressource d'apitoyer les membres du
jury, en leur faisant le récit de la mort tragique de l'infortunée jeune
fille morte dans la catastrophe du paquebot sur lequel elle avait pris
passage.

« Malheureusement l'effet de ce récit sera contrebalancé et singulièrement amoindri par l'effet que le ministère public tirera de la
dramatique narration du crime.

« Et quand il aura présenté aux jurés le sanglant tableau de cette
mère gisant au milieu de ses enfants égorgés comme elle, tu auras,
je crois grand peine à effacer l'impression produite sur l'esprit des
jurés.

« Mais ce n'est pas uniquement pour te parler de cela que je
t'écris. Je suis, en effet, chargé de te dire que, le motif n'existant plus
lequel avait fait prendre en considération tes sollicitations, dans le
but de retarder la comparution de ton client, devant la cour, il n'y
avait plus intérêt à prolonger les délais de procédure.

« Te voilà prévenu, agis donc en conséquence, pour le cas où
l'affaire serait mise au rôle avant les vacances. »

M. Delamarre avait été littéralement atterré par la lecture de
cette lettre.

Atterré aussi et découragé était l'avocat obligé de voir se précipiter un dénouement qui menaçait de tourner à la plus cruelle déception.

Selon l'habitude qu'elle avait contractée depuis que les soupçons
que l'on sait avaient germé en son esprit, Mme Valomer avait tâché
d'entendre, sans être vue, la conversation qui s'échangeait entre
M. Delamarre et l'avocat.

— Je vous remercie, mon enfant; j'accepte volontiers ce que vous voulez faire ; mais, en
attendant, laissez-moi ce journal... (P. 960).

Ceux-ci s'étaient enfermés dans le boudoir de Mme Delamarre
lequel était comme une annexe du grand salon.

La porte fermée, les deux interlocuteurs se croyaient à l'abri de
toute surprise.

Mais Mme Valomer qui avait entendu annoncer Me Gardelle,
s'était glissée à pas de loup dans le salon où elle prit place sur un
des fauteuils, près de la porte du boudoir.

Tout d'abord elle n'avait rien entendu. C'était le moment où M. Delamarre prenait connaissance de la lettre que l'avocat lui avait donnée à lire.

Grande était l'anxiété de Mme Valomer pendant ce silence qui se prolongeait.

Elle avait même été sur le point d'ouvrir brusquement la porte, afin de voir ce qu'on faisait dans le boudoir.

Mais, au moment où n'y tenant plus, elle allait commettre cette indiscrétion, une voix provenant du boudoir s'était fait entendre, dans une exclamation violente.

— Mais c'est épouvantable! s'écriait M. Delamarre.

Et il avait ajouté en frappant du poing sur la table :

— Cette lettre vient anéantir toutes nos espérances.

Maintenant qu'allez-vous pouvoir faire, Maître Gardelle?

— En sortant d'ici je vais immédiatement me rendre au Parquet! avait répondu l'avocat dont la voix témoignait d'une violente émotion.

« Au Parquet! » Ces deux mots, Mme Valomer les avaient entendus distinctement.

« Au Parquet! » répéta-t-elle mentalement.

Et toute tremblante elle se demandait ce qui avait pu se passer pour que Me Gardelle fut venu s'en entretenir avec M. Delamarre.

Quelque chose d'important, ce n'était pas douteux; de grave probablement.

Elle avait donc eu raison de soupçonner qu'on lui cachait quelque mystère.

Quoi? Ce ne pouvait-être qu'une mauvaise nouvelle, un malheur peut-être.

Et elle ne savait rien; rien!

Tout à coup, la pauvre femme dut surmonter l'émotion qui l'avait saisie et la secouait avec une extrême violence.

M. Delamarre parlait en ce moment.

Il avait élevé la voix et disait :

— Il faut voir le procureur et lui rappeler qu'il s'était intéressé à votre client!... Plus que jamais à présent qu'une nouvelle complication se produit dans la situation du malheureux homme, il doit vous laisser toute latitude... Ce délai...

— Je l'obtiendrai! Il faut que je l'obtienne! avait interrompu l'avocat.

Mme Valomer n'avait pu saisir que quelques mots, tant était grande son agitation.

Les battements de son cœur l'empêchaient d'entendre.

Mais elle savait qu'il y avait une nouvelle complication et qu'on avait parlé de « délai ».

N'était-ce pas suffisant pour la plonger, plus profondément que jamais, dans de nouvelles inquiétudes.

Les pressentiments qu'elle avait eus, depuis quelques jours ne la trompaient donc pas !

Elle avait donc eu raison de ne pas se laisser prendre au calme et à la tranquillité qu'on affectait autour d'elle !...

Et la malheureuse se creusait la tête à chercher le moyen de se renseigner.

Interrogerait-elle ?

Le soin même que, dans la conversation, on avait pris à dissimuler avec elle ne lui laissait guère d'espoir qu'on consentirait à lui avouer la vérité.

Et puis, l'éveil étant donné, on prendrait encore plus de précautions afin qu'elle ne put continuer son système d'observation de tous les instants.

Les quelques mots qu'elle venait d'entendre se représentaient en son esprit, et elle faisait des efforts d'imagination pour reconstituer les phrases dont elle n'avait pu saisir que des lambeaux.

Tout ce qu'elle croyait avoir compris c'était qu'il y avait urgence pour M⁰ Gardelle à faire une démarche auprès d'un magistrat du Parquet.

Puis elle se rappelait que M. Delamarre avait prononcé le mot « lettre »...

Cette lettre venait-elle du Parquet ?

Elle avait tout lieu de le supposer.

Comment le savoir ?

Mme Valomer, après s'être inutilement creusé la tête, trouva tout à coup un biais pour découvrir le mystère qu'elle soupçonnait.

Il s'agissait pour cela de surprendre M. Delamarre et l'avocat en défaut de précaution pour dissimuler l'état réel de leur esprit.

Sa résolution une fois prise, Mme Valomer quitta le salon pour aller au devant de Mme Delamarre et de Jeanne qu'elle avait entendues venir.

Elle les rejoignit dans le couloir qui conduisait à leurs chambres.

— Je vous attendais avec impatience, leur dit-elle. Je voulais vous faire part d'une idée qui m'est venue et qui, depuis quelques jours ne cesse de me tourmenter.

— Une idée? demanda Mme Delamarre instinctivement portée à se tenir sur ses gardes.

Jeanne eut la même impression, et répondit évasivement :

— N'est-il pas préférable que vous attendiez que mon père soit là, pour vous la communiquer ?

— D'ailleurs, dit à son tour Mme Delamarre, mon mari est en ce moment avec Maître Gardelle.

Mme Valomer simula la surprise et la pauvre créature tout en rougissant d'en être réduite à mentir, répondit.

— Ah! Monsieur l'avocat est ici... Tant mieux car il est bon qu'il entende ce que je veux vous dire!

Mme Delamarre avait ouvert la porte du salon. Au bruit les deux hommes étaient sortis du boudoir, et Mme Valomer put voir que Me Gardelle tenait à la main une lettre qu'il s'empressa de faire disparaître dans la poche de son habit.

Comme d'habitude quand ils se trouvaient en présence de Mme Valomer les deux hommes s'étaient instantanément composé un visage impénétrable.

Tous deux s'approchèrent de Mme Valomer qui, sans préambule, leur dit :

— Je suis, messieurs, tourmentée par une idée fixe....

Et sans laisser le temps qu'on l'interrogeât, elle ajouta d'un ton de ferme résolution :

— J'ai un service à vous demander, maître Gardelle : c'est de vouloir bien m'accompagner au Palais de Justice et de m'introduire auprès du procureur!

Ce coup bien dirigé avait atteint le but.

M. Delamarre et l'avocat avaient tous deux, en même temps, changé de physionomie.

Une expression de trouble s'était subitement peinte sur leurs visages dont les traits étaient bouleversés.

De même Mme Delamarre et Jeanne n'avaient pas été maîtresses d'un mouvement qui dénotait la violente émotion que l'une et l'autre avaient ressentie.

Moins promptes à se remettre de la secousse qui avait amené la pâleur sur leurs visages, elles n'y étaient pas encore parvenues que, déjà, M. Delamarre et maître Gardelle s'étaient ressaisis.

Et le premier répondait avec un calme obtenu à grand'peine :

— La démarche que vous désirez faire, ne me paraît pas utile, ni même prudente, madame!

— Je ne puis cependant pas me dispenser de la faire? riposta Mme Valomer avec la même fermeté qu'elle avait déjà manifestée en s'adressant à l'avocat.

Et, de nouveau, elle fixait M. Delamarre comme pour lire dans sa pensée.

A son tour maître Gardelle insista :

— Je suis absolument du même avis que M. Delamarre. Toute démarche faite par vous n'aboutirait pas, madame.

— Et moi, je vous répète, messieurs, que je la ferai cette démarche. Elle m'est inspirée à la fois par mon cœur et par ma conscience... Or l'un et l'autre se révoltent, à l'idée que vous avez fait un sacrifice inouï, monsieur Delamarre ; que vous, monsieur l'avocat, vous faites preuve d'un dévouement immense; que ma fille, ma pauvre Thérèse est partie seule !... sans calculer les fatigues et les dangers;... et que moi, je n'aurai rien fait, rien tenté, pour tâcher de sauver mon mari !...

J'irai !... Et si vous refusez de m'accompagner, maître Gardelle, j'irai seule !

A présent, elle ne pouvait douter qu'elle eut atteint son but en voyant l'effet que sa fermeté et sa résolution avaient produit.

M. Delamarre avait échangé un regard d'une grande éloquence avec le défenseur de Jacques Valomer; et, de leur côté, Jeanne et sa mère ne cherchaient plus à dissimuler leur inquiétude.

« On me trompait donc ! » pensa Mme Valomer très angoissée et maintenant prête à avouer qu'elle avait, depuis plusieurs jours, tenu tout le monde autour d'elle, en suspicion.

La pauvre femme se contint toutefois.

Maintenant qu'elle croyait ses soupçons justifiés, elle voulait arriver à découvrir la cause de l'inquiétude que maître Gardelle partageait avec la famille Delamarre.

Pour cela il lui fallait feindre de se rendre aux raisons qu'on lui donnait pour lui faire abandonner ce qu'elle avait appelé « son idée fixe. »

— Puisque vous êtes tous deux d'avis que je ne doive pas faire une démarche que vous jugez inutile...

— Et même dangereuse ! s'empressa d'interrompre M. Delamarre.

— Je suis bien forcée d'abandonner, au moins momentanément, le projet que j'avais formé...

Voyant qu'on lui tendait la perche, maître Gardelle crut le mo-

ment opportun pour essayer de calmer la pauvre femme et de lui
enlever pour quelque temps la pensée de se rendre au Parquet.

— D'ailleurs, dit-il, à quel résulat aboutirait une démarche de
votre part?

— Ne m'avez-vous pas dit que le président de la Cour de Cassation était bien disposé en notre faveur?

— J'étais effectivement parvenu à apitoyer le magistrat, en lui
racontant comment j'avais été amené à croire à l'innocence de M. Valomer...

— Eh bien, monsieur Gardelle, ce que je lui aurais dit, n'eût pu
qu'augmenter pour nous, la pitié du magistrat?

— A moins qu'il ne trouve inopportune et compromettante pour
son caractère, une démarche de votre part...

Maître Gardelle ajouta :

— La justice ne veut pas être sollicitée, madame Valomer.

C'est pourquoi, le magistrat refusera certainement de vous recevoir, même si je consentais à vous accompagner.

Mme Valomer courba le front, feignant de se résigner.

C'est ainsi que s'était terminé cet incident qui, un instant, avait
tant inquiété maître Gardelle et tous les membres de la famille Delamarre.

.   .   .   , ...

Mme Valomer, de plus en plus convaincue que ses hôtes étaient
plus inquiets, — alarmés même, — qu'ils ne voulaient le paraître,
continua ses investigations, pour découvrir le motif de cette inquiétude que, malgré toutes les précautions qu'on accumulait, l'on ne
parvenait plus à lui dissimuler.

Le terrible secret si soigneusement gardé par la famille Delamarre ne devait pas tarder à se révéler, de lui-même, à la mère infor-
turée de Thérèse.

Peu de jours après que l'avocat eut dissuadé Mme Valomer de
faire une démarche auprès du chef du Parquet, M. Delamarre avait
reçu de M. Morand une lettre par laquelle son ancien associé lui annonçait sa visite.

« J'ai doublement besoin de vous voir, lui écrivait-il, d'abord
pour nous entretenir de nos affaires dont, malgré mon désir de rester
votre associé, vous avez voulu quand même poursuivre la liquidation.

« Mais je tiens surtout à vous voir, au sujet de l'affreuse nouvelle dont j'ai lu le récit dans une gazette.

« Après l'effroyable naufrage de l'*Abeille*, le sacrifice sublime auquel vous vous êtes condamné vous-même, va demeurer stérile.

« Et le malheur de celui que vous vouliez sauver est désormais aussi irrémédiable, hélas ! que le vôtre !...

« J'ai besoin de vous revoir, de me consoler avec vous et de vous répéter, de nouveau, que cette nouvelle catastrophe ne saurait altérer ni mon estime ni mon affection pour vous. »

Il fut convenu que l'on cacherait à Mᵐᵉ Valomer la visite du père d'André. M. Delamarre allait le recevoir dans son bureau.

Comme chaque jour, après le repas de midi, on se réunissait au salon. Mᵐᵉ Delamarre travaillait machinalement à quelqu'ouvrage d'aiguille, pendant que Jeanne faisait la lecture à voix haute, afin que Mᵐᵉ Valomer ne pût s'absorber à ses incessantes et douloureuses pensées.

Jeanne venait de prendre le livre et l'avait ouvert à la page cornée la veille.

Mᵐᵉ Delamarre, assise près de la fenêtre, jetait, de temps à autre, les yeux dans la rue.

Mᵐᵉ Valomer, distraitement, s'était mise à feuilleter un album de musique.

Tout à coup Mᵐᵉ Delamarre et sa fille s'étaient retournées, en entendant Mᵐᵉ Valomer, laissant échapper une exclamation étouffée.

— Vous cherchiez quelque chose ? interrogea Mᵐᵉ Delamarre.

— La carte, peut-être ? demanda à son tour Jeanne.

Et vous êtes surprise de ne pas la trouver à la place où on la mettait.

— Oui !... C'est cela ! balbutia la pauvre femme.

Mais pendant qu'elle essayait ainsi de donner le change, Jeanne et sa mère purent voir qu'elle cachait un objet dans un pli de sa jupe.

C'était le journal dans lequel se trouvait la relation du naufrage du paquebot « L'Abeille ». Mᵐᵉ Valomer avait lu ce titre : *Terrible nouvelle maritime* !...

On sait que M. Delamarre, à l'arrivée inattendue de Mᵐᵉ Valomer, avait furtivement caché ce journal dans un album où il était, depuis, resté oublié.

Jeanne et sa mère, très pâles, très inquiètes, avaient conçu, en même temps, le même soupçon.

C'était ce journal que venait de faire disparaître Mᵐᵉ Valomer !

Elles voulaient, à tout prix, l'empêcher de prendre connaissance de l'article relatif à l'épouvantable catastrophe.

C'était une fatalité que l'on n'eût plus songé à retirer ce journal, de l'album.

Mais le mal étant fait, il fallait, coûte que coûte, empêcher qu'il n'eût les terribles conséquences que l'on redoutait.

Que faire?... On ne pouvait arracher la gazette des mains de Mme Valomer.

Il fallait l'empêcher même d'y jeter les yeux.

Et il fallait agir en toute hâte, car Mme Valomer venait de manifester l'intention de se retirer dans sa chambre.

— Vous sentiriez-vous indisposée? lui demanda Mme Delamarre en s'avançant, la main tendue, comme si elle eut espéré pouvoir s'emparer du journal.

Jeanne, à son tour, s'était approchée et disait :

— Je vais vous accompagner, madame, appuyez-vous sur mon bras.

En même temps, elle soulevait la main qui tenait le journal et cherchait à saisir la feuille.

Mais, vivement, Mme Valomer se dégageait, fit un pas en arrière, en répondant à la jeune fille :

— Il est inutile de vous déranger, mon enfant; je ne suis pas souffrante. Et si je désir me retirer, c'est pour lire ce journal que je viens de trouver là.

— N'en faites rien, madame, cette gazette est déjà ancienne et vous n'y trouverez pas de nouvelles récentes!...

Et Jeanne, venant au secours de sa mère, s'empressait d'ajouter :

— D'ailleurs, madame, puisque vous désirez lire, mon père va faire acheter les gazettes du jour.

Si Mme Valomer n'eût déjà été à peu près certaine qu'on lui cachait quelque chose de grave, l'embarras, l'agitation, le trouble dont Mme Delamarre et sa fille lui donnaient à ce moment le spectacle, eussent suffi à faire naître chez elle les plus vifs soupçons.

Bien décidée à savoir ce que contenait ce journal qu'on voulait l'empêcher de lire, se retenant encore pour ne pas faire un éclat, elle se contraignit pour répondre :

— Je vous remercie, mon enfant; j'accepte volontiers ce que vous voulez faire; mais, en attendant, laissez-moi ce journal..... Les vieilles choses que j'y pourrai trouver seront nouvelles pour moi qui ne les connais pas.

Au fait, ajouta Mme Valomer, je puis rester ici.

Elle s'était assise et, déjà, dépliait la feuille.

SEULE !

— J'apporte des nouvelles de Thérèse Valomer!... (P. 964).

Il fallait agir, sur le champ, mais quel parti prendre?

A ce moment, M. Delamarre entrait, suivi par M. Morand.

D'un seul coup d'œil, il comprit ce qui se passait; l'agitation de sa femme et de sa fille, la pâleur de Mme Valomer et, surtout, ce journal que celle-ci agitait d'une main tremblante et qu'il avait reconnu lui disaient assez quelle scène déchirante, menaçante se déroulait en ce moment et, s'adressant à Mme Valomer, il s'écria :

— Je vous en conjure, ne lisez pas, madame, ne lisez pas!

Il cherchait, en même temps, à s'emparer du journal.

Mais, se redressant tout à coup, la mère de Thérèse répliqua :

— Je ne m'explique pas le soin que vous prenez tous à m'empêcher de faire une chose si naturelle et si simple...

Ou plutôt je ne me l'explique que trop, hélas!

Elle parlait d'une voix hachée et sa physionomie bouleversée, témoignait de l'effort que faisait la malheureuse femme pour ne pas laisser éclater son désespoir.

Mais, à la fin, ne se sentant plus la force de contenir la poignante douleur qui l'étreignait.

— C'est en vain, s'écria-t-elle, que vous voudriez me cacher plus longtemps ce dont je me doute, ce qui ne cesse de me torturer l'âme depuis qu'un terrible soupçon m'est venu et qu'un pressentiment que je n'ai pu chasser a ravivé en moi toutes les souffrances, tous les désespoirs d'autrefois.

Oui, je me doute qu'un affreux malheur est arrivé... que vous voudriez me laisser ignorer encore!...

Alors, les yeux hagards, le corps secoué par un tremblement convulsif, l'infortunée, serrant dans ses mains crispées le journal qu'on avait voulu lui reprendre, ajouta dans une explosion de douleur :

— Un malheur est arrivé à Thérèse!.. Je veux le connaître!

Je veux savoir si je reverrai ma fille;... vous ne m'en empêcherez pas!

Et se reculant, dans un mouvement précipité, Mme Valomer s'était retirée au fond de la pièce et, vivement, elle cherchait à lire, quand la sonnette de la porte d'entrée fut violemment agitée.

Jeanne avait quitté le salon, tandis que M. Delamarre appuyait désespérément les mains sur le journal, en s'exclamant d'un ton d'autorité, cette fois :

— Vous ne lirez pas!... Vous ne lirez pas!...

— Mais cette insistance m'affole, s'écria l'infortunée; vous ne voyez donc pas que je n'ai plus de forces, plus de courage!...

Vous ne voyez donc pas que, si vous m'arrachez ce journal, si je ne peux pas m'assurer de ce qu'il contient, je vais mourir,... mourir de désespoir, là devant vous, mais vous ne savez donc pas...

Mme Valomer n'acheva pas.

La porte du salon venait de s'ouvrir et Jeanne entrait précipitamment.

Elle tenait un pli cacheté et s'écriait d'une voix haletante d'émotion :

— Une lettre!... Une lettre de Thérèse!...

Rien ne saurait donner une idée de l'effet foudroyant que ces mots et la vue du pli avaient produit sur les personnes présentes.

Mme Delamarre, son mari et M. Morand demeuraient immobiles et comme soudainement frappés de stupeur.

Quant à Mme Valomer, tel avait été son saisissement qu'elle avait laissé échapper le journal et tendait les mains vers Jeanne.

La pauvre femme avait voulu courir à la rencontre de la jeune fille; mais les forces lui avaient fait défaut et il lui fut impossible de faire un pas.

— Donne!... donne!... balbutiait-elle en prenant la lettre qu'elle porta à ses lèvres et couvrit de baisers et de larmes.

— Mon père, dit Jeanne, la personne qui m'a remis le pli attend...

M. Delamarre et M. Morand coururent à la porte.

Sur le seuil se tenait un religieux.

— J'apporte des nouvelles de Thérèse Valomer! dit-il.

IV

LA LETTRE

A la vue du religieux, qui se présentait comme un messager de bonheur, chacun s'était incliné, mû par un même sentiment de respect et de reconnaissance.

L'austère personnage s'était alors approché de Mme Valomer à qui il adressa ces paroles dictées par la compassion que lui inspirait cette infortunée : .

— Remercions ensemble le Seigneur qui a permis que j'arrive à temps pour vous épargner un immense chagrin.

Il ajouta :

— La lettre dont vous allez prendre connaissance ramènera l'espérance en votre âme.

Jeanne ayant avancé un fauteuil, le religieux s'assit.

Maintenant la mère de Thérèse éprouvait la réaction du violent accès de désespoir qu'elle avait subi.

Ses pauvres mains tremblaient au point qu'elle dût prier Jeanne de décacheter la lettre.

Puis comme ses yeux étaient baignés de larmes, elle dit à la jeune fille :

— Lisez, mon enfant, en vous entendant il me semblera que c'est ma Thérèse qui me parle!

C'est au milieu du plus profond silence, semblable à un pieux recueillement, qu'après avoir déplié la lettre, Jeanne en commença la lecture.

« Mère adorée!

« Avant de lire ces lignes suivantes rends grâce à la Providence, comme je le fais moi-même avant de les écrire, de m'avoir préservée de la mort, sachant que deux précieuses existences étaient liées à la mienne!

— Seigneur!... soyez béni! s'exclama Mme Valomer en levant au ciel ses mains jointes.

Jeanne reprit aussitôt :

« Tu sais, maintenant, que j'existe, que mon cœur et mon âme volent auprès de vous, que je vous adore, toi et mon malheureux père, de toutes les forces de mon être et je puis t'apprendre, en toute sécurité, que le navire sur lequel je n'avais, qu'à force d'insistance, réussi à être admise comme passagère, a fait naufrage après quinze jours de mer.

« Je ne veux pas, chère maman, insister sur les horribles détails de ce naufrage; mais je ne puis passer sous silence l'acte de dévouement qui m'a conservée à ta tendresse.

« Le navire sombrait, et comme il n'y avait qu'une chaloupe en état de tenir la mer, le capitaine dut faire procéder à un tirage au sort afin que le hasard désignât ceux qui s'embarqueraient sur la chaloupe qui ne pouvait contenir qu'un certain nombre de passagers. »

Jeanne s'interrompit. L'émotion et le saisissement étranglaient sa voix.

— Ah! c'est horrible! s'exclamèrent tous les assistants profondément angoissés.

Jeanne continua :

« Le sort ne m'avait pas été favorable, j'étais condamnée à mourir.

« Mais un jeune homme avait entendu mes lamentations et ému par ma douleur, par les douloureuses paroles que m'arrachait le désespoir de ne pouvoir accomplir ma tâche, il me tendit le billet qui lui donnait une place dans la chaloupe et me dit :

« Le ciel vous a entendue, ne pleurez plus! » C'était le salut pour moi, la mort pour lui! Le cœur plein de reconnaissance pour ce généreux inconnu et l'âme bouleversée par la douleur à la pensée qu'il allait mourir pour moi, j'hésitais... me demandant si j'avais bien le droit d'accepter ce noble et généreux sacrifice lorsque, sur son ordre, je fus emportée dans l'embarcation... mon âme se révoltait à l'idée que cet homme que je ne connaissais pas, me donnait sa vie!... Il ne voulut même pas entendre les paroles que je lui adressais, et me fit emporter dans la chaloupe...

« Mère, il faut que je te dise le nom de celui qui, en me sauvant, nous a sauvés, mon père, toi et moi-même; ce nom qui ne sortira plus de ma mémoire et de mon cœur, ce nom que tu ajouteras, dans tes prières, à ceux que tu aimes et à ceux que tu vénères, et que voici : GEORGES RAVERGY!

« Telle fut, mère chérie, la première étape de ce douloureux voyage...

« J'avais, par un miracle du ciel, échappé cette fois à la mort, mais d'effroyables épreuves m'attendaient encore... »

Et Thérèse, dans sa lettre, faisait la narration de toutes les souffrances qu'elle avait endurées dans la chaloupe.

Il y eut un long frémissement quand Jeanne lut le passage où Thérèse racontait qu'elle avait été emportée par le bloc de glace qui s'était soudainement détaché de la banquise et comment elle avait été recueillie par une famille d'Esquimaux.

« Sans les soins que Kinnab et les siens m'ont prodigués, je serais morte, morte aussi au milieu des glaces, après avoir failli

périr au milieu des flots, si la Providence n'en avait décidé autrement
en envoyant à mon secours un de ses serviteurs, qui consacrent leur
existence à la charité, et se sont donné la mission de convertir et de
gagner au ciel les peuples qui croupissent dans la sauvagerie.

« C'est grâce au saint missionnaire qui m'a secourue au moment
où j'allais à l'aventure, dans un pays de glaces et de neiges, où
j'eusse infailliblement succombé aux fatigues et au froid, que j'existe
encore.

« Il veut être mon guide pour me conduire vers ce pays lointain
encore où je dois rencontrer celui qui me donnera la lettre qui sauvera mon père ! »

Mme Valomer tendit les bras vers le religieux, en balbutiant au
milieu des larmes qui étouffaient sa voix :

— Soyez béni, vous qui avez secouru ma fille et soutenu son
courage !

— Bénissez le Seigneur, madame! prononça le religieux.

Tout à coup Mme Valomer donna, de nouveau, des signes d'inquiétude.

Sous l'impression de la lettre de Thérèse, elle n'avait songé qu'à
témoigner sa reconnaissance au religieux; mais, elle se souvenait, à
présent, qu'à la fin de sa lettre Thérèse lui annonçait qu'elle aurait
un guide qui l'accompagnerait jusqu'en Nouvelle-Californie.

Le religieux comprit et, s'adressant à la pauvre femme dont il
avait hâte de calmer les craintes :

— Je vous dois, madame, dit-il, l'explication de ma présence ici.
Mais tout d'abord laissez-moi vous rassurer, autant qu'il m'est possible de le faire. J'ai, en effet, tout lieu de croire que votre fille a pu
continuer son voyage, grâce aux indications que je lui ai fournies...

— Mais, pardonnez-moi, mon père, de vous interroger. Pourquoi
n'avez-vous pas donné suite à votre intention d'accompagner ma
pauvre Thérèse?

Car si j'en juge par les dernières lignes de sa lettre, vous étiez
sur le point de partir avec elle...

— La volonté de Dieu en a décidé autrement, madame!

Après une courte interruption pendant que tous les assistants se
disposaient à écouter le récit qu'allait faire le religieux, celui-ci
reprit :

— J'avais rencontré votre fille sur une des côtes arides du Bas-
Canada. Il s'agissait, pour nous rendre en Nouvelle-Californie, de

traverser une immense contrée à peu près déserte, steppes glacées dans lesquelles on ne peut voyager qu'en traîneaux attelés de rennes.

Je m'étais donc procuré un de ces véhicules et une paire de ces animaux et la première partie du voyage s'était effectuée sans incidents quand, tout à coup, nous fûmes poursuivis et harcelés par des bandes de loups...

— Ah! mon Dieu, mon Dieu, s'exclama Mme Valomer.

— Mais c'est un terrible danger que vous avez couru, dit M. Morand.

— Terrible, en effet! répondit le religieux.

— Au moins aviez-vous des armes, mon père! demanda M. Delamarre, tandis que Jeanne et sa mère attendaient, angoissées, la suite du récit dont le début les avait épouvantées.

— Je n'avais pour nos défendre qu'une lance et une hache que ceux qui m'avaient cédé le traîneau y avaient placées par précaution.

— Et vous eûtes à défendre vos jours contre ces féroces ennemis?

A cette question que lui adressait le père d'André, le religieux fit cette réponse qui épouvanta tous les assistants :

— Nous étions assaillis, de toute part; d'autres bandes de loups étaient venues se joindre aux loups qui, les premiers, s'étaient acharnés à notre poursuite.

C'est alors que la jeune fille que je m'apprêtais à défendre jusqu'à mon dernier souffle de vie, se révéla comme une de ces créature que le ciel a douées d'une âme d'une énergie surhumaine.

J'ai vu cette frêle enfant s'emparer de la hache que j'avais laissé échapper au moment où deux loups se jetaient sur moi, je l'ai vue frapper, frapper sans relâche, jusqu'à ce qu'elle eût réussi à me débarrasser des deux féroces animaux contre lesquels je ne pouvais plus me défendre!

— Oh! ma Thérèse,... ma Thérèse! balbutiait d'une voix tremblante la pauvre mère à moitié morte d'émotion.

— C'est à son courage qu'elle aura dû d'échapper à l'épouvantable mort qui nous attendait tous deux.

Car, ajoua le religieux, si elle ne m'eût défendu, je n'aurais pu, à mon tour, l'empêcher de devenir la proie des redoutables carnassiers, affamés et rendus furieux par la résistance désespérée que nous opposions à leurs incessants assauts.

Tout le monde s'attendait maintenant à quelque dramatique révélation.

Le religieux continua :

— Urbain Raimbaud est innocent du crime pour lequel il a été condamné... (P. 975).

    — Il n'y avait plus qu'un espoir, un seul! Il fallait abandonner aux loups affamés, une proie sur laquelle ils se jetteraient et qu'ils se disputeraient avec acharnement.

    Je saisis la hache, puis après avoir recommandé mon âme à Dieu et imploré sa pitié pour la pauvre enfant que j'allais abandonner... je sautai à bas du traîneau!...

    Jamais exclamation ne jaillit de poitrines humaines pareille à celle que poussèrent, en même temps, tous ceux qui venaient d'entendre les paroles prononcées par le religieux.

C'était à la fois un cri d'horreur et un cri d'admiration.

Et lui, cet homme, qui racontait avec une simplicité évangélique ce qu'il avait fait pour sauver Thérèse, répondit à ceux qui l'entouraient :

— N'était-ce pas mon devoir?

Il ajouta :

— Ma prière avait été accueillie là-haut. Tandis que les loups m'entouraient prêts à me dévorer, j'eus la joie de voir le traîneau qui emportait Thérèse disparaître derrière une oasis de petits arbres...

— Mais vous?...

— Dieu avait décidé que je ne mourrais pas!...

Et le religieux raconta comment il avait été secouru et sauvé à son tour.

— Tout cela tient du miracle! ne put s'empêcher de s'écrier M. Morand.

Mᵐᵉ Valomer s'était levée. En chancelant elle s'approcha du religieux. Et s'agenouillant elle lui dit :

— Bénissez-moi, mon père, car vous êtes un saint!

Cependant la pauvre femme ne pouvait se défendre d'une nouvelle inquiétude.

Elle était tourmentée du besoin d'interroger encore le religieux.

Celui-ci reprit :

— Il me reste à vous dire ce qui me donne l'espoir que votre fille aura accompli son voyage jusqu'au bout.

— Oh! parlez, parlez, supplia Mᵐᵉ Valomer.

Et le religieux reprit son récit, à partir du moment où il s'était décidé à suivre ceux qui l'avaient sauvé, et qui se rendaient à Montréal.

On juge de la stupéfaction générale, quand le moine apprit à ceux qui l'écoutaient, que les gens qui avaient mis en fuite les bandes de loups, n'étaient autres que des marins et passagers de l'*Abeille*, lesquels s'étaient trouvés avec Thérèse, dans la chaloupe de sauvetage.

La suite du récit devait intéresser plus particulièrement Mᵐᵉ Valomer.

Le religieux raconta, en effet, que le capitaine Cardovan, second de l'*Abeille*, ayant manifesté la crainte que la jeune fille n'eût péri de froid sur le bloc de glace, il avait pu rassurer le marin.

— Je lui ai appris, ajouta-t-il, que j'avais formé le projet de
servir de guide à Thérèse jusqu'à ce qu'on eut atteint Sacramento.

Et comme les anciens compagnons de la jeune fille paraissaient
craindre pour elle des dangers auxquels la pauvre enfant ne pourrait peut-être pas échapper, je crus pouvoir les rassurer également-
ment.

En effet, j'ai tout lieu de croire que Thérèse Valomer, si elle a
suivi les indications très précises que je lui ai données, est arrivée,
sans encombre, sur le bord du lac Michigan. Là se trouve un monastère de religieux où elle aura reçu l'hospitalité.

J'étais certain que, vu le message que j'ai chargé Thérèse Valomer de transmettre de ma part au supérieur, celui-ci trouverait le
moyen de faire accompagner ma protégée jusqu'au terme de son
voyage.

La pauvre Mᵐᵉ Valomer avait besoin d'entendre ces paroles rassurantes, après tous les dangers qu'avait courus sa fille.

Arrivé à la fin de son récit, le religieux ajouta :

— J'avais promis à Thérèse que je me chargerais de faire parvenir à sa mère la lettre qu'elle lui adressait.

J'aurais pour cela attendu de pouvoir la confier à quelque voyageur allant à Montréal, qui l'eût, à son tour, confiée au capitaine
d'un bâtiment à destination de France.

Vous saurez bientôt à la suite de quels événements je me suis
décidé à faire le voyage et à vous apporter moi-même la lettre de
votre fille.

M. Delamarre répondit :

— La Providence a voulu que vous arriviez à temps pour empêcher peut-être un grand malheur.

Au moment précis où ma fille apportait la lettre que vous lui
aviez remise, nous avions, ma femme, M. Morand et moi, épuisé
tous nos efforts pour empêcher que Mᵐᵉ Valomer n'apprît, par un
article publié dans ce journal (il montrait la feuille imprimée), le
naufrage du paquebot l'*Abeille*.

Et, se tournant vers la pauvre femme qui soudainement était devenue très pâle, M. Delamarre ajouta :

— Vous comprenez, madame, tout ce que nous avons souffert,
obligés que nous étions de vous cacher l'affreuse douleur que nous
éprouvions nous-mêmes!...

— C'est une nouvelle dette de reconnaissance, dit Mᵐᵉ Valomer.

C'est un nouveau bienfait que j'inscris dans mon cœur, avec tous ceux que je vous dois déjà...

Et, se tournant vers le religieux, elle ajouta :

— Mais est-il des remerciments pour de pareilles actions?... Est-il possible de trouver des paroles capables d'exprimer une reconnaissance égale à la mienne?

Je ne puis, ô mon bienfaiteur, que me prosterner à vos pieds comme devant un sauveur et un martyr !...

La récompense?... C'est d'en haut seulement qu'elle peut me venir !...

En entendant ces paroles, le religieux avait éprouvé un tressaillement au cœur.

Il lui semblait qu'à ce moment, la mère de Thérèse lui transmettait, de par une volonté supérieure, l'ordre d'accomplir un suprême et douloureux devoir.

Il courba le front devant cette femme qu'il se représentait comme un messager de la Providence.

Après les grandes émotions du début, la scène prenait à présent un tout autre caractère.

Tout autre aussi était l'attitude des différents personnages.

M. Delamarre avait retrouvé le calme de la conscience.

Comme lui, sa femme et sa fille se renfermaient à nouveau, dans leur admirable résignation.

M. Morand était par contre émotionné, comme s'il eût eu le pressentiment que quelque important événement allait se produire.

Mme Valomer paraissait s'être peu à peu calmée, et il était facile de voir qu'elle élevait son âme dans le recueillement le plus profond.

Quant au religieux, il semblait attendre le moment de prendre de nouveau la parole.

V

CONFESSION !

L'homme qui, depuis quinze ans, expiait la faute d'un jour, était maintenant prêt pour la confession qui s'imposait à sa conscience.

A ce moment où se représentait en sa mémoire tout un passé

marqué par les plus douloureuses émotions et cette effroyable lutte qui s'était terminée par une capitulation de conscience, celui qui s'était consacré à la prière éternelle comprenait qu'il devait, maintenant, se consacrer tout entier à une tâche que seul il pourrait accomplir.

Rompant, tout à coup le silence que, par respect, on observait autour de lui, il prononça d'une voix lente, calme, ferme, ces mots qui allèrent retentir au cœur de tous :

— En me présentant devant vous, M. Delamarre, j'avais un double but, deux promesses à tenir : la première était celle de faire parvenir à sa mère, la lettre de Thérèse.

Voici la seconde que je m'étais faite à moi-même :

Je viens dire à M. Delamarre que je connais le noble sacrifice que s'est imposé Urbain Raimbaud pour sauver un innocent !

— C'est Thérèse,... c'est ma fille qui vous a appris...

— D'un geste, le religieux interrompit Mme Valomer.

Puis il reprit, toujours avec le même calme et la même fermeté :

— Je m'étais promis de venir me prosterner devant l'homme capable d'une pareille abnégation, et d'implorer son pardon !

En prononçant ces mots, le missionnaire fléchissait les genoux, et les mains croisées sur la poitrine, courbait le front, comme écrasé par le poids de sa faute.

Tous s'étaient regardés stupéfiés ; mais pas un n'avait bougé, retenu par l'imprévu et la grandeur du spectacle qui s'offrait à leurs yeux..

Seul, M. Delamarre se baissait, les bras tendus, pour relever le religieux.

Mais celui-ci repoussait respectueusement les mains qui s'approchaient des siennes.

Et il dit :

— C'est à genoux que je dois faire à Urbain Raimbaud la confession que, pendant des années, je n'avais faite qu'à Dieu.

— Une confession ?... Vous, mon père ?

Mais tout ce que je viens d'entendre de votre bouche, jette mes esprits dans la plus grande confusion...

Sceptique bien plus par indifférence que par réelle conviction, M. Morand subissait la même impression que les autres, pour ce religieux qui faisait acte d'humilité, comme un coupable repentant.

Aussi se joignit-il à M. Delamarre pour manifester son étonnement.

— Et de quoi pouvez-vous avoir à vous repentir ; quel tort pouvez-vous avoir fait à M. Delamarre, vous un prêtre, pour implorer ainsi son pardon ?...

Missionnaire, vous consacrez votre existence à ceux qui ont besoin de vos lumières et de votre inépuisable charité.

Et s'animant, le père d'André ajouta :

— S'il était possible de supposer, un seul instant, que vous ayez pu vous écarter de la sainte mission que vous vous êtes donnée, est-ce que le doute pourrait subsister encore, après ce que vous avez fait pour la courageuse enfant que vous saviez exposée à mille dangers, dans ce voyage qu'elle a eu l'énergie d'entreprendre seule ?...

Relevez-vous donc, mon père, nous vous le demandons en grâce ; vous nous donnerez ensuite l'explication de vos paroles énigmatiques pour nous et qui, ainsi que vous le disait M. Delamarre, jettent le trouble en nos esprits.

On s'attendait, après cette exhortation, à voir le missionnaire se rendre à la prière que M. Morand lui avait adressée au nom de tous.

Il n'en fut rien.

Le religieux, toujours à genoux, répondit simplement :

— Je ne reprendrai aucune des paroles que vous avez entendues. L'explication que vous désirez avoir, je vous la dois et vous allez l'entendre.

Vous vous étonnez, — et je le comprends, de voir un religieux, un missionnaire, l'homme de la prière, de la charité, de l'abnégation, s'humilier devant vous.

Sachez donc que celui qui vous parle s'est consacré au service de Dieu pour y chercher l'expiation d'une faute...

— Une faute ? s'exclamèrent d'une même voix tous les assistants.

— Un crime, devrais-je dire !

Le religieux continua après avoir demandé qu'on l'écoutât en silence :

— Pendant quinze années, je me suis accusé chaque jour dans mes prières, de l'action coupable que j'avais commise ; et j'ai demandé au Seigneur de me rappeler à lui, s'il jugeait que l'expiation fût suffisante. !

Je croyais alors que celui qui avait été victime de la criminelle défaillance de ma conscience, n'existait plus. Mais quand Thérèse Valomer à qui j'avais raconté comment j'étais devenu prêtre et missionnaire, m'eût appris que cette victime n'était pas morte, oh ! alors j'ai demandé à Dieu de me laisser vivre jusqu'à ce que j'aie pu réparer le mal que j'avais fait et que quinze années de repentir n'avaient pas effacé de ma conscience !

Ah ! ne m'interrompez pas, de grâce ! s'exclama le religieux. Laissez-moi vous dire l'immense désespoir qui emplit mon âme quand je me vis dans la nécessité de sacrifier ma vie, en me donnant moi-même en pâture, aux loups affamés, afin de sauver Thérèse !..

Vous imaginez-vous l'effroyable déchirement que je subissais, à l'idée que j'allais mourir, mourir sans avoir pu accomplir le nouveau devoir qui s'imposait à moi: mourir sans avoir pu retourner en France pour dire aux magistrats qui rendent la justice, aux gouvernants qui détiennent le pouvoir, au public qui détient la réhabilitation :

Urbain Raimbaud est innocent du crime pour lequel il a été condamné ; Urbain Raimbaud, le flétri par dix ans de bagne, est un martyr !...

Et moi, moi dont vous ne pouvez mettre en doute la parole, je viens vous apporter la preuve de ce que je certifie !...

— Vous ?... Vous avez la preuve de cela ? s'écria M. Morand en proie à une agitation violente...

Et cette preuve, vous l'apportez !... Eh bien, je dois être le premier à la connaître, car je suis l'associé de M. Delamarre. Malgré la catastrophe où vient de sombrer son honneur et le bonheur des siens, je lui ai conservé mon estime. Et ce m'a été une douleur immense d'avoir été contraint, par observation de convenances sociales, de ne pouvoir autoriser entre Jeanne Delamarre et mon fils, une union que tous nous appelions de nos vœux.

Alors n'écoutant que le sentiment d'estime et d'admiration que lui inspirait Urbain Raimbaud, le père d'André obligea le religieux à se relever.

Au surplus tous ceux qui entouraient à présent le missionnaire, attendaient avec une indescriptible émotion ce que le moine allait répondre.

M. Delamarre avait passé par des impressions d'autant plus poignantes que c'étaient les jours de malheur et de deuil qui revenaient, comme dans une vision du passé, lui torturer l'esprit et lui déchirer l'âme.

Il ne se sentait pas, à présent, la force de supporter plus longtemps cette dernière épreuve.

Et cet homme qui avait porté si haut le courage et supporté avec une résignation sans exemple le coup au-devant duquel il était allé de lui-même, cet homme ne put retenir ses larmes.

— Oh! mon père, mon père! s'exclama Jeanne en courant l'entourer de ses bras.

Mais l'attendrissement auquel avait succombé M. Delamarre ne dura que quelques instants.

L'ancien forçat écarta doucement ceux qui s'empressaient auprès de lui.

Et s'adressant au missionnaire, il lui dit :

— Votre parole, mon père, ne saurait suffire, quelque autorisée soit-elle.

Pour que mon innocence puisse être démontrée de façon à ne laisser de doute dans l'esprit de personne, il faut que l'on retrouve celui à la place de qui j'ai été condamné...

Si vous connaissez cet homme...

— Son nom?... Son nom?

C'était M. Morand qui, pressé d'avoir le mot de l'étrange révélation qu'on lui avait annoncée, s'adjugeait le droit d'interroger.

Le religieux eut une seconde de douloureuse hésitation et sur son visage austère passa une expression de déchirante angoisse.

Lui aussi avait la vision d'un horrible passé de désespoir et de deuil.

— Oui, dit-il avec un énergique effort, je connais celui qui s'est rendu coupable du crime... Mais il ne pourra pas être retrouvé... Il ne pourra pas aller dire à la justice : Urbain Raimbaud n'a pas commis le faux dont il a été accusé...

C'est moi le coupable!

Il ne le pourra pas, car cet homme est mort!

Jamais parole tombée au milieu d'un morne silence ne produisit un effet plus écrasant.

Tous ceux qui attendaient avec anxiété le nom du coupable demeuraient atterrés.

L'espoir qu'avait fait naître la déclaration du moine, s'était soudainement évanoui.

Le religieux allait bientôt faire cesser cette impression de découragement.

— Si le coupable est mort, dit-il, c'est à moi de le remplacer pour faire proclamer l'innocence d'Urbain Raimbaud !

— Et moi,... je vous pardonne! s'exclama Urbain Raimbaud, en tendant les deux mains
au religieux. (P. 979).

— Mais vous croira-t-on ? prononça M. Morand que la déception
qu'il venait d'éprouver accablait visiblement.

— Si l'on se refuse à ajouter foi à la parole du religieux il faudra
bien que l'on s'incline et accepte l'accusation qu'un fils portera contre
son père !

Alors sans attendre qu'on l'interrogeât, il ajouta :

— Ce fils n'hésitera pas aujourd'hui à remplir son devoir, et ce fils, c'est moi!

Oui, moi! depuis quinze ans sous cette bure, je cache le magistrat qui, chargé d'instruire l'affaire de faux, s'est dérobé à son devoir, en un jour d'égarement criminel.

J'avais découvert le coupable!... Ma conscience me commandait de ne pas reculer.

Mais toute ma force de volonté, toute mon énergie, s'écroulèrent dans cette lutte horrible.

— Ah! malheureux!... malheureux homme! ne peut s'empêcher de crier M. Delamarre prenant en pitié cet infortuné aussi cruellement frappé qu'il l'était lui-même.

M. Morand n'avait plus le courage d'accabler celui dont il comprenait l'immense douleur et le repentir.

Se trouvant en présence de ces deux grandes infortune, son âme juste et droite lui commandait une réserve absolue.

Le religieux continua sa confession en ces termes :

— En donnant ma démission, je dois le dire pour mon excuse, j'avais la conviction que le magistrat à qui serait confiée l'instruction, reconnaîtrait l'innocence d'Urbain Raimbaud.

D'autre part, il y avait à mes genoux ma sœur qui me disait :

« Pense à notre mère que le désespoir tuera! »

Ma mère! répéta le moine, en regardant alternativement Mme Delamarre et la mère de Thérèse.

Hélas!... je cédai aux instances de la pauvre femme qui s'adressait désespérément à ma piété filiale.

Dieu ne voulut pas que j'assistasse à l'affreuse conséquence de ma faute. Une grave maladie me retint au lit, à peu près privé de ma raison.

Quand je me relevai, il était trop tard!...

Ah! vous pouvez me croire, vous tous qui m'écoutez, j'eus à ce moment de véritables accès de démence!

Dans mon désespoir, je songeai à me tuer...

Aujourd'hui, je bénis le ciel de m'avoir inspiré la pensée de m'ensevelir vivant dans un monastère de trappistes.

Car aujourd'hui je puis faire éclater votre innocence aux yeux de tous.

J'ai puisé dans le recueillement et la prière la volonté de nommer le coupable.

Il faut que l'on sache qu'Urbain Raimbaud fut un martyr, — deux fois martyr!...

Il faut que le forçat remonte dans l'estime du monde aussi haut qu'il était tombé bas après son injuste condamnation!

Il faut que, pour cette grande victime, il y ait une réhabilitation plus belle, plus grande, que ne saurait l'accorder la magistrature tout entière.

Cette réhabilitation, que lui décernera la grande voix du peuple, sera pour Urbain Raimbaud la récompense de son acte de sublime abnégation.

Et quand j'aurai accompli cette mission, Dieu jugera peut-être que l'expiation a été suffisante et abaissera sur moi un regard de miséricorde!

— Et moi,... je vous pardonne! s'exclama Urbain Raimbaud, en tendant les deux mains au religieux.

On vit alors M. Morand se jeter au cou de son ancien associé, en s'écriant :

— Ah!... mon ami, vous êtes bien le plus noble cœur qui soit au monde!... Je suis fier de vous avoir prié de me considérer toujours comme votre ami et votre associé!

Il ajouta :

— Maître Gardelle et moi, nous avions décidé de ne reculer devant aucune peine, devant aucun sacrifice, pour arriver à découvrir le coupable à la place duquel vous avez subi un épouvantable châtiment.

Aujourd'hui, nous aurons un autre devoir : celui de donner tout le retentissement possible à votre réhabilitation qui va prendre ici son essor.

Le religieux voulut prononcer le dernier mot dans cette scène :

— Fort de votre pardon, monsieur Urbain Raimbaud, je vais, à partir de ce jour, consacrer tout mon temps, tous mes efforts, à la tâche nouvelle que je me donne!

Avant que je ne prenne congé de vous, accordez-moi la permission de revenir.

— De grand cœur! s'exclama M. Delamarre en serrant la main du missionnaire.

Ce fut au tour de Mme Valomer de remercier celui qui lui avait apporté des nouvelles de nature à la réconforter.

A ce moment, où l'on pouvait espérer que la parole du moine serait écoutée en haut lieu, la pauvre femme reportait sa pensée vers le malheureux qui attendait, en prison, de comparaître à nouveau devant le jury.

— Pardonnez-moi, mon père, dit-elle, de vous parler de moi et de mon infortune. Je devrais, en effet, me souvenir des paroles que vous venez de prononcer et me dire que vous ne pouvez plus distraire un seul de vos instants, qui appartiennent désormais à M. Delamarre, pour le consacrer à un autre...

Mais vous savez que, dans son cachot, un condamné attend, lui aussi, qu'on proclame son innocence.

Ne trouverez-vous pas l'occasion de prononcer une parole en faveur de l'infortuné qui doit souffrir mille morts, en se représentant notre désespoir à ma fille et à moi?

Le religieux répondit :

— Je sais que Jacques Valomer est innocent!...

Ma conviction à ce sujet a été faite du jour où votre fille m'a raconté dans quelles circonstances son père a été arrêté.

Aussi prononcerai-je en faveur de Jacques Valomer la parole que vous désirez que j'adresse à qui de droit!

— Oh! elle sera écoutée; venant de vous, mon père, elle sera écoutée! s'exclama la mère de Thérèse, toute tremblante d'émotion.

— Dieu le veuille, madame! Et si mes prières sont d'abord entendues là-haut, Dieu éclairera la conscience de ceux à qui je m'adresserai en faveur de Jacques Valomer.

Mais, ce qu'il faut surtout attendre de sa bonté, c'est qu'il ne détourne pas ses regards de cette angélique créature qui, sans doute en ce moment, a déjà en mains la preuve de l'innocence de son père.

Qu'il la protège et la ramène auprès de vous, pour vous rendre le bonheur auquel vous avez droit.

Espérez, madame, espérez!

VI.

L'ARRIVÉE.

Le voyage de Thérèse, par une route très accidentée, s'accomplissait sans incidents notables.

Gimmah et le nègre Scipion rivalisaient d'attentions pour la jeune fille qui leur avait été confiée.

Tous deux connaissant parfaitement la route, prenaient les précautions nécessaires, et Gimmah partait, en éclaireur, pour faire le signal convenu dans le cas où se présenterait le danger de tomber dans une embuscade de bandits.

Thérèse, comme toujours, avait grande hâte d'arriver. Sur son insistance, les guides avaient consenti à voyager la nuit, ne faisant halte que le temps strictement nécessaire pour laisser reposer les bêtes.

Aussi, avec quelle exclamation de joie apprit-elle, un matin, que l'on approchait du terme de ce long et pénible voyage.

Gimmah, qui était parti en avant, comme d'habitude, pour éclairer la marche, rejoignait la troupe, après s'être assuré que la route était libre.

Les rayons du soleil levant éclairaient la grande chaîne de montagnes porphyriques, enserrant l'immense plateau auquel elles semblent servir de contrefort.

Voilà, Mexico, senorita! s'était écrié le pimos Gimmah, le bras tendu vers le plateau à ce moment baigné de lumière.

Thérèse avait aussitôt suivi des yeux la direction qu'on lui indiquait.

On pouvait déjà apercevoir quelques-uns des édifices de la somptueuse ville.

Parmi ces constructions, la magnifique cathédrale se reconnaissait à ses flèches qui se découpaient sur l'azur brillant.

Le nègre Scipion ayant annoncé qu'on entrerait bientôt dans la ville, on dût tenir conseil, afin de savoir ce qu'on ferait en arrivant à Mexico.

Gimmah déclara qu'il avait reçu l'ordre de John Mathis, son maître, de conduire la senorita auprès de son Excellence le Caballero Delaverne.

Sa mission ne devait prendre fin, assurait-il, que lorsqu'il aurait présenté la senorita au majordome de son Excellence.

— Moi, répliqua le nègre Scipion, j'ai reçu de mon maître l'ordre de rester avec mademoiselle aussi longtemps qu'elle aura besoin de mes services.

Il fut donc convenu qu'on s'arrêterait à la première auberge que l'on rencontrerait.

Là, le nègre Scipion attendrait, pendant que Gimmah accompagnerait Thérèse jusqu'à la demeure de M. Delaverne.

Deux heures plus tard, la petite troupe arrivait à Mexico et s'arrêtait dans une *possada* de bonne apparence, à l'enseigne « *Au repos du voyageur.* ».

Malgré son impatience de se rendre chez M. Delaverne, Thérèse dut attendre l'heure convenable pour être reçue par un personnage de l'importance de ce millionnaire.

A ce moment où elle était près d'atteindre le but, l'énergique créature qui, jusque-là, avait passé courageusement par de si terribles épreuves, sentait faiblir son courage à l'idée de se trouver en face de cet homme qu'elle était venue chercher au bout du monde.

Après avoir attendu, pendant des mois, ce moment, la pauvre enfant se prenait, tout à coup, à redouter de le voir arriver.

Une crainte subite s'était emparée de son esprit. Elle tremblait à la pensée que cet homme qui pouvait seul l'aider à sauver Jacques Valomer de l'échafaud, n'avait peut-être plus en sa possession la lettre, la seule preuve capable d'éclairer la conscience du jury.

Et cette supposition que Delaverne avait pu détruire cette lettre, jetait Thérèse dans les plus mortelles angoisses.

Elle fut ainsi en proie à cette terrible anxiété, pendant les quelques heures, affreusement longues, qu'elle dût passer à la « *possada* », avant de se rendre chez M. Delaverne.

Aux inquiétudes qu'elle avait conçues venaient aussi s'ajouter l'horrible souvenir de l'odieux amour qu'elle avait eu le malheur d'inspirer à ce Delaverne et la pensée du honteux marché que ce misérable n'hésiterait sans doute pas à lui proposer pour qu'il consentît à lui donner la preuve de l'innocence de son père.

Sa détermination, on le sait, était prise : son déshonneur pour racheter la vie de son père, et la mort, ensuite, pour racheter cet honneur !...

. . . .

Gimmah qui s'était, en compagnie du nègre Scipion, tenu discrètement dans la cour, vint annoncer que le moment était venu de se rendre auprès de son Excellence.

— Je suis prête ! répondit Thérèse.

Ce fut alors au tour du nègre de venir prendre ses ordres.

— Mon maître m'a recommandé de ne pas quitter maîtresse, tant que maîtresse aurait besoin de mes services, dit-il.

Je prie donc maîtresse de me permettre d'attendre son retour, pour qu'elle me dise ce que je devrai faire.

Thérèse hésitait à accepter l'offre qui lui était faite.

Elle pensait qu'elle n'aurait plus besoin de l'escorte que lui avait donnée M. Darnis et que, pour retourner en France, elle trouverait très certainement un service régulier entre Mexico et Véra-Cruz. Une fois arrivée dans cette dernière ville, elle prendrait passage à bord d'un paquebot à destination d'un des ports français.

Comme le nègre Scipion attendait une réponse, elle lui dit :

— Retournez auprès de votre maître ; il a sans doute dû vous dire en quelle contrée vous auriez à le rejoindre.

— Oui maîtresse !.. Il faudra, quand je quitterai maîtresse, que je retourne à l'habitation.

— Eh bien, partez.

— Maîtresse ordonne ?...

— Oui ! je vous charge de transmettre mes très sincères remerciments à M. Darnis.

Scipion s'inclina et sortit ; et quelques minutes plus tard, quand Thérèse quitta la « possada » pour se rendre chez M. Delaverne, elle put voir que la petite troupe que commandait Scipion, reprenait la route que l'on avait parcourue pour arriver à Mexico.

. . . .

C'était, ainsi que nous l'avons dit, un véritable palais qu'habitait le millionnaire Delaverne.

Lorsque Gimmah se fut arrêté devant le perron monumental qui donnait accès dans un spacieux vestibule où l'on avait fait une grande dépense de marbre et de porphyre, on se trouva en présence d'un personnage vêtu d'une robe de drap d'or couvert de broderies.

C'était Talakis qui cumulait auprès de Delaverne les fonctions de majordome et d'homme de confiance, bien que, pour la satisfaction de sa vanité, le dernier descendant de l'empereur Guatimozin se donnât à lui-même le titre de premier ministre.

Comme Gimmah s'inclina très bas devant lui, l'aztèque lui dit, d'un ton rogue :

— Que viens-tu faire ici, misérable pimos?

— Gimmah était sans doute habitué à ce genre de réception, car loin d'en paraître offusqué, il sourit pour répondre avec une feinte humilité :

— C'est mon maître qui m'envoie auprès de son Excellence!

— Eh bien! c'est d'abord à moi qu'il faut dire le message dont tu es chargé, afin que j'aille le transmettre.

Pendant que Talakis et Gimmah avaient échangé ces quelques paroles, Thérèse était restée à l'écart, à moitié cachée par une colonne en porphyre.

Elle s'approcha en entendant Gimmah dire :

— Mon maître m'a ordonné d'accompagner, auprès de son Excellence, la senorita que voici.

Talakis se tourna alors vers Thérèse qu'il se mit à toiser de la tête aux pieds.

Mais Thérèse ne laissa pas le temps au grotesque personnage de l'interroger sur le but de sa visite.

— Je désire parler à M. Delaverne ; dit-elle d'une voix ferme.

— Impossible! répondit laconiquement le vieil aztèque.

— Allez dire à M. Delaverne qu'une personne arrivant de France,... de Paris, désire être reçue, ayant une importante communication à lui faire...

— De France?.. de Paris?.. s'exclama l'aztèque dont les yeux brillèrent, en même temps que son visage devenait subitement souriant et aimable.

Ah! vous êtes une Française ; ajouta-t-il en regardant Thérèse avec une expression de bienveillance.

Par contre il reprit le ton brusque et dédaigneux pour donner à Gimmah l'ordre de se retirer.

— On n'a plus besoin de toi ici.

Puis s'adressant à Thérèse, il ajouta:

— Talakis aime les Français. Il va prier son Excellence de ne pas faire attendre mademoiselle.

— Thérèse ! Thérèse ! prononça-t-il, hors de lui ! (P. 987.)

Silencieusement, il lui fit traverser plusieurs salles somptueuse-
ment meublées, dans lesquelles se tenaient de nombreux domestiques
comme autant de gardes-du-corps chargés de veiller sur son
Excellence.

Puis il fallut gravir les marches de porphyre d'un escalier monumental conduisant au premier étage, à l'entrée d'une galerie à colon-

nades dorées, véritable musée dans lequel on avait réuni à profusion, en objets d'art, d'immenses richesses.

Le regard ne savait sur laquelle de ces merveilles s'attacher de préférence.

Mais Thérèse ne voyait rien. Tout entière à l'unique préoccupation de son esprit, elle suivait machinalement le majordome de M. Delaverne.

Quand on fut arrivé au milieu de la galerie, Talakis s'arrêta devant une porte, véritable chef-d'œuvre, où l'art du sculpteur rivalisait avec le talent du ciseleur et de l'orfèvre, car les panneaux étaient d'or massif incrusté de pierreries.

— Nous allons pénétrer dans les appartements particuliers de Son Excellence ! dit Talakis, en soulevant, pour le laisser retomber, un marteau en or, fixé au milieu de l'un des panneaux.

Aussitôt, comme si on eut fait jouer un ressort, les deux battants de la porte s'écartèrent.

— Venez ! dit l'aztèque.

Thérèse avait à peine franchi le seuil, que la porte se refermait derrière elle.

Au bruit de cette porte qui se refermait, la pauvre enfant ressentit une sensation de froid dans ses veines.

Instinctivement elle porta les mains à son cœur qui battait avec une extrême violence.

C'est à peine si, au milieu du bourdonnement qui se fit dans sa tête, elle entendit la voix de Talakis qui l'invitait à s'asseoir, en attendant son retour.

Pendant que l'aztèque disparaissait derrière une magnifique tapisserie, Thérèse, chancelante, s'appuyait contre une colonne.

Arrivée à cette dernière étape de son calvaire, l'infortunée s'attendait à voir commencer son martyre.

VII

LA LETTRE

Au bout de quelques instants, la tapisserie fut de nouveau écartée et Talakis reparut.

— Son Excellence attend mademoiselle ! prononça-t-il en s'effaçant pour laisser passer la jeune fille.

Thérèse avait fait appel à toute son énergie à toute sa force de volonté; mais à la vue de cet homme, quelle que fut sa résolution de se montrer énergique, un long frémissement agita son corps.

M. Delaverne s'était levé. Il fit quelques pas pour se porter au devant d'elle.

Puis tout à coup la reconnaissant, il laissa échapper un cri de stupéfaction.

— Thérèse ! Thérèse! prononça-t-il, hors de lui !

Pour la première fois, depuis le jour où il l'avait attirée dans un infâme guet-à-pens; pour la première fois depuis cette heure inoubliable où elle avait failli devenir victime d'une odieuse tentative de viol, ils se retrouvaient en présence ! !...

Elle était immobile et glacée, comme une statue de marbre.

Il était haletant et de ses yeux démesurément ouverts semblait jaillir une flamme.

Pendant quelques secondes, ils restèrent silencieux.

Ce fut lui qui, le premier, articula quelques mots sans suite :

— Vous, disait-il... Thérèse... Mademoiselle... Vous... Mademoiselle Valomer... Ici... chez moi...

— Oui, dit-elle, d'une voix qu'elle s'efforçait de raffermir, c'est bien à Thérèse Valomer venue à deux mille lieues de sa famille... Venue seule... chez M. Delaverne.

— Vous avez eu ce courage...

— Je l'ai eu !...

Je viens vous demander la vie de mon père.

— La vie de votre père?... Que voulez-vous dire?

— J'ai entrepris un bien long et bien pénible voyage, j'ai affronté de terribles dangers, j'ai subi d'effroyables souffrances pour venir solliciter de vous ce service auquel j'attache cent fois plus de prix qu'à ma vie.

— De quel service s'agit-il, parlez, parlez sans crainte... Rien ne me coûtera pour vous rendre heureuse.

— Permettez-moi d'abord, monsieur, de vous adresser une question... Il s'agit de l'infortunée Mᵐᵉ Delaverne...

— De ma femme !

Elle vous a écrit le jour même où la pauvre désespérée a mis fin à sa vie... à la vie de ses deux enfants...

— Qui vous l'a dit?

— Vous le saurez bientôt, monsieur, mais; au nom du ciel, répondez-moi ; cette lettre... la dernière.. cette fatale lettre d'adieu... vous l'avez reçue n'est-il pas vrai ?

— Je l'ai reçue...

Et vous avez conservé, ce pieux souvenir de la pauvre morte ?

— Pourquoi me demandez-vous cela ?

— Oh ! pas de questions, pas d'hésitation en ce moment, je vous en supplie ! Je vous le demande au nom de ce que vous avez de plus cher et de plus sacré. Avez-vous conservé cette lettre ?...

— Je l'ai conservée, dit M. Delamarre, et, se dirigeant vers un meuble qu'il ouvrit, il en sortit une lettre qu'il présenta à Thérèse.

— La voici ! dit-il.

— Ah ! s'écria la jeune fille ivre de joie, en couvrant l'enveloppe cachetée de noir de baisers et de larmes, ah ! c'est le salut, c'est la vie, c'est l'honneur!!... Cette lettre, n'est-il pas vrai, monsieur, cette lettre vous disait bien que l'infortunée mère allait mourir avec ses deux enfants, mourir par sa propre volonté... à elle... elle vous disait bien...

— Elle disait : nous allons mourir, mes enfants et moi, répondit d'une voix vibrante d'émotion et de remords le criminel en dépliant le papier qu'il mit sous les yeux de Thérèse.

— Oui, oui, c'est cela, c'est bien cela, s'écria celle-ci.

— Mais en quoi cette terrible histoire, en quoi ce lamentable drame peut-il vous toucher ?

— Sachez donc que mon père, poursuivi conformément aux ordres que vous aviez donnés avant votre départ, s'était transporté chez vous, quelques instants avant que l'infortunée ne mit à exécution son fatal projet. Touchée du malheur de mon père, elle lui remit les titres qui constataient sa dette et une bourse pleine d'or puis, mon père une fois éloigné... vous savez, hélas! quelle épouvantable drame s'accomplit!...

— Oui, dit Delaverne, d'une voix sombre.

Et Thérèse reprit :

— Quelques instants plus tard, on constatait la mort des trois infortunées et l'on trouvait sur votre bureau une lettre que mon père avait écrite à Mᵐᵉ Delaverne pour obtenir d'elle un instant d'entretien; cette lettre parlait des résolutions extrêmes auxquelles le pousserait un refus de l'entendre, de le secourir et d'abandonner les poursuites que l'on exerçait contre lui. Et comme, entre la visite de mon père et la mort des trois victimes personne n'était venu dans votre demeure, les soupçons se portèrent tout d'abord sur lui.

Des hommes de Justice se rendirent dans notre demeure au moment même où mon père étalait devant nos yeux les billets souscrits par lui et tout l'or que lui avait remis la généreuse pitié de Mme Delaverne...

— Je comprends, dit vivement Delaverne, Valomer trouvé en possession de cet or, de ces papiers, de ces titres... Il est accusé de meurtre, d'assassinat, sans doute.

— Et il a été arrêté, jugé, condamné, dit en sanglotant Thérèse, et si je ne rapporte pas dans un bref délai cette lettre justificative que vous tenez entre vos mains, si je ne reviens pas avant les délais d'appel et de jugement devant une autre cour... c'est pour lui l'échafaud!... C'est la guillotine!... La guillotine, entendez-vous!...

— Calmez-vous, Thérèse, et ne désespérez plus puisque le salut, l'honneur et la vie de votre père sont là devant vos yeux et dans la possession d'un homme qui vous appartient corps et âme, d'un homme qui donnerait, sans hésiter, toute l'immense fortune qu'il possède pour un sourire de vous et sa vie même, sa vie... pour vous épargner une larme.

Et comme, en disant ces mots, il s'était emparé de la main de Thérèse qu'il couvrait de baisers passionnés, celle-ci la retira vivement et, d'une voix sourde, articula ces mots :

— Monsieur, souvenez-vous du devoir sacré qui m'a conduite auprès de vous.

— Je m'en souviens, dit gravement Delaverne.

— Souvenez-vous que j'ai vingt fois bravé la mort pour arriver jusqu'à vous.

— Je m'en souviens.

— Souvenez-vous enfin qu'une fois, déjà, enfermée comme je le suis à présent, seule avec vous, j'ai été prête à donner ma vie pour sauver mon honneur et ne me demandez pas de sacrifier, aujourd'hui, cet honneur au salut de mon père. Ne me proposez pas, enfin, le honteux marché que notre passé à tous deux m'a forcée de redouter.

— Ce soupçon a pu naître dans votre âme, dit Delaverne, et je n'ai le droit ni de m'en offenser, ni même d'en être surpris : oui, je me suis montré, à l'époque dont vous parlez, aussi coupable envers vous qu'envers celle dont vous venez d'évoquer le souvenir.

Mais aujourd'hui, tout est changé pour moi. Le destin, qui m'a frappé rudement par la perte des êtres qui m'étaient chers, a voulu me dédommager en m'accordant la réalisation de mes aspirations les plus ambitieuses, de mes rêves les plus insensés; je suis devenu, tout à coup, vingt fois, cent fois millionnaire, eh bien, sachez-le donc, Thérèse, au milieu de cette immense prospérité, de cette richesse sans égale, un souvenir n'a jamais cessé de faire battre mon cœur et ce souvenir, c'était le vôtre.

— Le mien, dit avec terreur la jeune fille.

— Oui, je vous revoyais, sans cesse, si éclatante de charme, de grâce et de beauté, telle que vous étiez lors de notre première rencontre, puis, plus tard, si éloquemment touchante quand vous intercédiez auprès de moi, en faveur de votre père, si fière, si noble et si admirablement courageuse lorsqu'un candélabre à la main, vous mettiez en feu les tentures de mon salon pour sauver votre honneur ou mourir !...

— Aujourd'hui, monsieur, dit douloureusement Thérèse, je suis sans armes contre vous. Je viens vous demander une grâce et je n'ai que des prières et des larmes pour me protéger, pour me défendre...

— Vous défendre?... et contre qui? Puisque c'est moi qui suis à vos genoux?...

Oui, je suis à vos genoux quand je pourrais ordonner.

— Ordonner !... s'écria Thérèse dont la terreur et les douloureux pressentiments se réveillaient en elle. Et Delaverne lisant dans sa pensée se hâta d'ajouter :

— Comprenez-moi bien, Thérèse, je vous aime toujours et cent fois plus ardemment que jadis. Je vous veux, oui... mais je vous veux pure et sans tache.

Le sort qui m'a frappé par la perte des êtres qui m'étaient chers m'a fait, en même temps, libre, maître de moi-même, et voilà qu'à présent, il me fait aussi maître absolu de votre sort, de votre volonté.

— De ma volonté? dit Thérèse.

— Oui, je suis votre maître, puisque je tiens en mes mains l'honneur et la vie de votre père et je ne vous dis pas, cependant, comme vous semblez l'avoir redouté : si vous consentez à m'appartenir, à être ma maîtresse, je vous donne cette lettre qui est la justification, le salut du condamné, je vous dis : Thérèse vous serez ma femme et nous sauverons ensemble votre père.

— Votre... votre femme... dit Thérèse, terrifiée.

— Je ne vous demande pas si vous acceptez mon offre, vous n'avez ni le droit ni le pouvoir de la refuser.

Vous êtes à moi, bien à moi, vous m'appartenez corps et âme. J'aurai sauvé votre père de l'échafaud, de l'infamie, de la mort, et la tendresse filiale fera de vous une épouse reconnaissante. Je ne vous demande pas si vous acceptez mon nom et les millions que je vous offre, je sais et vous savez aussi bien que moi que tout refus vous est interdit, que toute hésitation vous est impossible. Nous nous marierons dans ce pays où l'or que je jetterai à pleine mains abrègera tous les délais... Et le mariage une fois accompli, nous partirons pour la France munis de cette lettre que vous aurez conquise au prix de tant de souffrances et que je suis mille fois heureux d'avoir conservée.

Et maintenant, que nous voilà bien d'accord sur la situation qui nous est faite à tous deux, laissez-moi vous dire quelle sera votre existence lorsque votre père aura été, grâce à notre union, rendu à la liberté, à la vie, à l'honneur.

Toutes les joies de la famille vous seront rendues, toutes les jouissances du luxe le plus somptueux, tous les respects, toute la haute considération que le monde accorde à une incalculable fortune vous seront prodigués grâce à moi. Je serai heureux du bonheur que vous me devrez et si la reconnaissance est impuissante à faire naître l'amour dans votre cœur, vous aimererez en moi le père de nos enfants.

Thérèse écoutait, l'âme remplie d'épouvante.

Un trouble immense, inconnu jusqu'alors, bouleversait son esprit et son cœur.

Chacune des paroles qu'elle venait d'entendre tourbillonnait dans sa tête et résonnait à son oreille comme un glas funèbre.

Elle avait songé, bien souvent, au sacrifice de sa vertu et de sa vie ; elle avait envisagé ce sacrifice comme un acte sacré, comme un martyre, et ce cruel dénouement l'avait cent fois moins épouvantée que le marché qui lui était offert.

Victime de ce criminel, oui, elle était résignée à le devenir ; mais sa femme !... mais la compagne de sa vie !... mais la mère de ses enfants !... oh ! cela !... Non ! non !...

Et, cependant, qu'allait-il arriver ?...

Nous sauverons votre père !... *Nous* le sauverons ensemble, avait-il dit.

C'est qu'il entendait donc, après l'odieux mariage qu'il offrait, il entendait partir avec elle... avec sa femme ! Retourner en France avec sa femme ! Innocenter Valomer et rendre à la liberté le père de celle qui serait à jamais sa femme !...

Il fallait donc alors qu'au lieu de mourir après le sacrifice odieux auquel la pauvre victime s'était résignée, il fallait qu'elle continuât de vivre près de lui et qu'elle lui appartînt comme appartient l'épouse à l'époux que son cœur a choisi et auquel l'unissent les liens sacrés bénis par le représentant de Dieu!...

A cette pensée, une fièvre ardente s'était emparée d'elle, brûlait son sang, obscurcissait son esprit et, inconsciemment, elle laissait échapper de ses lèvres des mots sans suite.

Oublieuse de la présence de cet homme, elle murmurait :

— Que faire?... Que dire?... Que répondre?... Je ne sais pas... Je ne peux pas!...

D'une voix qu'il s'efforçait de rendre persuasive et douce, Delaverne répondit, en s'emparant de sa main :

— Vous n'avez rien à me dire : vous n'avez rien à répondre, puisque l'irrésistible volonté du destin a, d'avance, parlé pour vous.

Si vous consentez à rester dans ma demeure jusqu'à l'heure de notre mariage, heure que d'impérieuses nécessités rendent très prochaine, je vais donner des ordres pour que vous y soyez dignement installée.

— Non, dit vivement Thérèse, il faut que je retourne à la « possada » où je suis descendue.

— Je vais, alors, vous faire accompagner et, pour que vous ayez le temps de réfléchir et de vous consulter, je n'irai que demain prendre vos derniers ordres.

Thérèse demeurait écrasée, anéantie.

C'était avec une logique infernale que Delaverne avait résumé leur situation à tous deux et l'infortunée comprenait dans quel cercle de fer elle se trouvait enfermée.

Sans répondre, sans articuler une syllabe, elle se leva automatiquement, n'ayant, pour ainsi dire, plus conscience de ce qui venait de se passer.

Elle se laissa prendre la main et Delaverne la conduisit dans la galerie où Talakis se tenait en faction.

VIII

LA RÉPONSE.

Talakis avait été chargé d'accompagner Thérèse jusqu'à la « possada » où les avait précédés Gimmah.

En route, le vieil aztèque avait vainement tenté de causer avec Thérèse.

Gimmah se tenait sur le pas de la porte... (P. 994.)

Celle-ci était restée sous la douloureuse impression qu'elle venait de subir et n'avait pu retrouver sa lucidité d'esprit.

Elle marchait machinalement, le front penché, les yeux fixes, comme s'il lui eût été désormais impossible de réagir contre cette défaillance de toutes ses facultés.

Elle ne parut sortir de cet état d'anéantissement qu'à l'instant où Talakis lui annonça qu'elle arrivait à la « possada ».

Gimmah se tenait sur le pas de la porte, et la physionomie du « pimos » exprimait une grande anxiété.

S'il n'eut été retenu par la présence de l'aztèque qui avait l'habitude de le traiter comme un être de race inférieure, il se fût précipité au-devant de la jeune fille que John Mathis l'avait chargé de conduire à Mexico.

Mais comme Talakis lui imposait, le « pimos » dut modérer son impatience.

Ce fut seulement lorsque l'homme de confiance de Delaverne eut pris congé de Thérèse que le guide Gimmah dit à celle-ci :

— J'attendais avec impatience le retour de maîtresse ;... il y a du nouveau ici !...

— Du nouveau? interrogea Thérèse comme si elle se fût réveillée d'un profond sommeil.

— Oui, maîtresse, beaucoup de nouveau, répéta le guide. Il y a ici deux voyageurs qui attendent la senorita.

— Moi? demanda Thérèse profondément étonnée.

Et sans attendre que Gimmah eût répondu, elle franchit le seuil et s'élança dans le corridor qui conduisait à une grande pièce, sorte de salon de conversation où d'habitude se tenaient les voyageurs.

En y arrivant Thérèse ne put retenir une exclamation de surprise et de joie.

Elle venait d'apercevoir Georges Ravergy et Claude Michot qui, seuls à ce moment, dans la salle, causaient avec animation.

Après une seconde pendant laquelle Thérèse et les deux jeunes gens s'étaient regardés profondément émus, ce fut Georges Ravergy qui rompit le silence pour expliquer sa présence à Mexico.

— Pourquoi êtes-vous venu? interrompit Thérèse avec une expression de reproche.

Elle avait conscience de la terrible situation dans laquelle allait la mettre la présence de Ravergy, alors qu'elle attendait, pour le lendemain, la visite de Delaverne.

Certes son cœur avait d'abord tressailli de joie, quand elle avait aperçu celui dont elle s'était séparée avec de secrets déchirements et à qui elle avait cru dire un éternel adieu.

Mais cette joie avait été aussitôt combattue par une triste appréhension.

Qu'allait-il se passer quand ces deux hommes se trouveraient en présence ?

Et pour éviter un malheur, par quel moyen pourrait-elle éloigner Ravergy et Michot?

C'est à quoi réfléchissait hâtivement Thérèse, quand Claude Michot prit la parole :

— Georges ne désire peut-être pas, mademoiselle, que vous sachiez tout ce qui s'est passé entre nous, à l'auberge, après votre départ. Mais moi je tiens à ce que vous appreniez que nous avons tous été d'accord, lui, le capitaine Cardovan et moi, pour ne pas vous laisser exposée toute seule ici aux dangers qui peuvent vous menacer.

Le brave garçon parlait par saccades, donnant ainsi une idée du désarroi de son esprit.

Il aurait voulu pouvoir, à la fois, raconter ce qui concernait Ravergy et aussi interroger Thérèse.

Il reprit :

— Georges, après votre départ, était comme un fou !... Et, ma foi, il paraît que ça se gagne la folie, car moi aussi je voulais, à tout prix, me mettre en route... Et nous vous aurions bien certainement rejointe à Sacramento, sans l'arrivée du capitaine Cardovan...

Et Claude Michot raconta ce qui s'était passé à l'auberge, pendant les quelques jours que le capitaine Cardovan y était resté, avec Ravergy et lui.

— Et le capitaine n'a pas pu réussir à vous empêcher de vous mettre en route? interrompit Thérèse.

— Il a bien essayé, tout comme je l'avais fait moi-même inutilement... A la fin, il s'est mis en route avec nous... C'est alors que nous avons eu de vos nouvelles, et quand je pense à ce que M. Darnis nous a raconté, tout mon sang me brûle les veines...

Ce fut au tour de Ravergy de continuer le récit que venait d'interrompre Claude Michot.

Il mit Thérèse au courant de l'entretien qu'il avait eu avec le père de Kaïnara, et conclut en ces termes :

— Le capitaine Cardovan s'est joint à M. Darnis afin de se mettre avec lui à la recherche des Peaux-Rouges; et il faut espérer qu'ils auront réussi à délivrer Marie Darnis.

— Oui, dit Claude Michot, il faut espérer que ce brave homme aura retrouvé sa fille, car il le mérite bien, après ce qu'il a fait pour vous, mam'zelle !

Sans compter que c'est encore grâce à ce qu'il vous avait donné une escorte que nous avons su où vous trouver.

— Nous avons effectivement rencontré le nègre Scipion et les hommes qu'il commande, dit Georges Ravergy.

— Et il nous a appris que vous n'aviez pas voulu perdre une minute pour vous rendre chez... ce bandit de Delaverne, dit Michot.

— J'y suis allée, en effet, prononça Thérèse d'une voix éteinte.

— Nous le savons parbleu bien, s'exclama Claude Michot; et voilà pourquoi nous attendions avec impatience votre retour...

Et si vous aviez tardé un peu plus à revenir, Georges et moi nous étions décidés à aller prendre d'assaut la maison de ce scélérat, et nous y aurions mis le feu, pour vous en arracher.

Ravergy, pendant ce colloque, observait attentivement la physionomie de Thérèse, ses traits contractés, l'égarement de ses yeux, la pâleur de son visage disaient assez que la malheureuse enfant avait subi une terrible épreuve.

Il pensa qu'une scène odieuse avait eu lieu entre le misérable et sa victime, et la rage le mordit au cœur.

Claude Michot, agité par la même pensée, alla droit au fait.

— Mademoiselle Thérèse, dit-il, cet homme, ce bandit vous a-t-il remis la lettre d'où dépend le sort de votre père?

Ravergy attendait, angoissé, fou, le mot qui allait sortir de la bouche de Thérèse.

Il y eut alors quelques secondes de mortelle anxiété entre ces trois êtres si étroitement unis.

Thérèse répondit :

— Non!... Je n'ai pas cette lettre!

Cette réponse, faite avec un accent de désespoir, fut loin de produire, sur les deux jeunes gens, le sentiment de tristesse et d'abattement que ressentait Thérèse.

Pour la jeune fille, en effet, ces mots prononcés avec découragement, signifiaient :

« Je n'ai pas arraché des mains de cet homme la preuve de l'innocence de mon père. »

Pour Ravergy et pour Claude ils signifiaient que le marché honteux, infâme, qu'ils redoutaient n'avait pas eu lieu. En sorte qu'au soupir de découragement de Thérèse avait succédé une exclamation de joie et de soulagement sortie de la poitrine des deux amis.

— Mais, dit Ravergy, cette lettre, cette précieuse lettre existe-t-elle encore? Ne l'a-t-il pas détruite?.. si j'en juge par l'émotion que je vois peinte sur son visage, par le tressaillement dont vous êtes agitée,... vous avez à nous apprendre quelque nouveau malheur!..

Ah ! parlez... parlez vite !..

— Oui, mamzelle, dites-nous ce qu'il en est !... supplia Michot.

Il ajouta, furieux contre lui-même :

— C'est la première chose dont j'aurais dû m'informer !... Mille millions de tonnerres !...

Et le pauvre garçon se bourrait la poitrine de coups de poing.

— Cette lettre existe ; je l'ai vue, dit Thérèse.

Mais à l'impression de soulagement succéda, pour Ravergy et Claude Michot, une nouvelle inquiétude.

Tous deux se demandaient le motif dont avait pu arguer Delaverne pour refuser de se dessaisir de la preuve de l'innocence de Jacques Valomer.

Et Claude Michot s'écria :

— Puisqu'il a cette lettre, s'il refuse de la donner de bonne volonté, nous la lui arracherons de force !...

Et s'adressant à son camarade :

— Nous assiégerons la place s'il le faut, n'est-ce pas mon capitaine ? Nous éventrerons ce misérable, et nous emporterons victorieusement le précieux message.

Thérèse gardait le silence et secouait tristement la tête.

— Pourquoi vous taisez-vous ainsi, Thérèse ?... dit Georges. Faut-il que je suppose que vous avez quelque autre infamie à nous annoncer ?

D'après ce que je crois comprendre, c'est comme s'il s'agirait de recevoir une balle en plein cœur, dit Michot.

Eh bien ! parlez, mademoiselle, nous serons deux à l'attendre. Vous pouvez nous dire la vérité tout entière...

Cette canaille de Delaverne vous a certainement mis, comme on dit, le marché à la main !..

— Oui ! balbutia Thérèse.

— Mille millions de tonnerres !... Et nous n'étions pas là pour lui sauter à la gorge et l'étrangler comme un chien enragé qu'il est !...

Et Claude Michot qui avait ruminé toute une série de moyens plus impossibles les uns que les autres, reprit :

— Il faut, quand même, que nous vous ayions la lettre... Il le faut, quand nous devrions mettre à sac la maison de ce maudit Delaverne...

— Vous n'y parviendriez pas, mon ami... Celui auquel vous vous attaqueriez est tout puissant dans ce pays ! répliqua doucement Thérèse.

— Mais on ne sait donc pas qui il est ?...

— On sait qu'il est immensément riche, répondit la jeune fille, et cela a suffi dans ce pays nouveau, au milieu de cette société presque en formation, composée d'éléments de toute sorte, de réfugiés de toutes les contrées, cela a suffi pour qu'on lui décernât tous les honneurs, tous les respects, toute la considération et jusqu'à la puissance elle-même !

— Jusqu'à la puissance, dites-vous ?...

— Oui, son immense fortune met à ses ordres ceux même qui détiennent le pouvoir.

— Mais c'est impossible !... Il n'y a donc pas de justice et de police dans ce pays ?

— Tais-toi, Claude, fit Georges, ne nous emportons pas en colères inutiles. Nous réfléchirons à ce qu'il conviendra de faire, quand, par Thérèse, nous serons mis au courant des honteux projets de son éternel persécuteur...

Et, maintenant, ajouta-t-il, d'une voix qu'il s'efforçait de rendre calme, dites-nous Thérèse quel... marché vous a proposé ce Delaverne.

— Le marché le plus odieux; le plus épouvantable, s'écria Thérèse :

L'homme qui a causé la mort de sa femme et de ses enfants, m'a offert de devenir mon... et, après un moment d'hésitation, elle ajouta avec dégoût et avec horreur :

— Mon mari !...

Oui, mon mari !... Et comprenez-vous ma terreur et mon désespoir : Devenue sa femme, dès demain sans doute, il faudra que je reste vivante et enchaînée à lui pendant ces longs jours de supplice dont se composera le voyage qui nous ramènera en France, pendant ce temps non moins long que nécessitera, peut-être, la revision du procès de mon père et ce ne sera qu'après son innocence reconnue, après sa libération et lorsque je le verrai heureux dans les bras de ma mère qu'il me sera permis de me soustraire à ma chaîne et de mourir... Car, il gardera, jusque là, cette unique preuve qui peut nous sauver.

— C'est vrai ! c'est vrai, s'écria Georges, vous serez à lui, à ce monstre, jusqu'à ce jour si lointain de la libération de Jacques Valomer !...

Et cette pensée qui torturait l'âme révoltée de l'honnête homme, déchirait le cœur si profondément épris de Ravergy.

Thérèse, après la révélation qu'elle venait de faire, raconta, tout entière, la scène qui avait eu lieu entre elle et Delaverne. Elle n'omit aucun détail. Elle dit les prétendus remords et l'hypocrite amour de cet homme qu'elle haïssait. Il ne s'agissait plus, pour elle, d'acheter de ce misérable la vie de son père, au prix de son honneur et de mourir ensuite et tout de suite... Non... une mort prompte ne la dé-livrerait pas de l'odieux supplice qu'il lui infligerait.

Elle serait condamnée à vivre bien des jours, bien des mois peut-être, esclave, désespérée ; mais soumise !... Cette pensée la rendait folle, et elle s'écriait :

— Mais qui donc m'inspirera ? qui me dira ce que je dois faire ?

— Moi, répondit Georges, d'une voix grave.

— Parlez, je vous écoute, dit la pauvre Thérèse haletante.

— Ce Delaverne à qui vous avez fait comprendre, sans doute, combien chaque jour qui s'écoule est précieux pour vous, pour l'ac-cusé déjà condamné une fois et que l'échafaud menace, ce Delaverne a dû exiger de vous une détermination prompte.

— Oui, répondit Thérèse, si je l'ai bien compris, dans le trouble où j'étais, il entend que le mariage soit célébré sans délai.

— Sans délai ! s'exclama violemment Michot, allons donc, est-ce que c'est possible ? Et les formalités légales et religieuses, ce bandit les compte-t-il pour rien ?

— Dans ce pays nouveau, à peine organisé, dit Ravergy, la léga-lité du mariage n'est point en usage, et l'église suffit pour former des liens indissolubles et, s'adressant à Thérèse, il ajouta :

— Quand devez-vous lui faire part de votre détermination !

— Ii consent, dit amèrement Thérèse, à attendre jusqu'à demain.

— Demain ?... Et si vous refusez, — dit Michot, — tout est fini. Il gardera ou détruira la lettre.

— Oui, dit Thérèse.

— Et cette réponse qu'il attend, vous la lui porterez chez lui !... Vous irez vous livrer aux griffes de cette bête féroce ?

Et nous, mon capitaine, qu'allons-nous faire ? Est-ce que nous laisserons notre amie retourner seule chez ce misérable ? Non, non, mille tonnerres ! Il ne sera pas dit que Claude Michot qui a eu le bonheur d'envoyer une balle dans la poitrine du peau-rouge qui allait tuer Mlle Thérèse, n'en fera pas autant pour ce brigand qui veut l'assassiner plus férocement que l'autre. Il peut être tout puissant tant qu'il voudra et archi-millionnaire par dessus le marché, je le tuerai comme un chien enragé.

Claude Michot était arrivé au dernier degré de l'exaspération.

Il rongeait son frein, s'agitant avec fureur comme un fauve dans sa cage.

Georges Ravergy tenta d'interrompre son ami : mais Claude ne lui en donna pas le temps.

Il s'écria :

— N'essaie pas de me faire revenir sur ma détermination, je t'aime comme un frère, mais tu n'y parviendrais pas, mon capitaine!... Non ! tu n'obtiendras pas de Michot qu'il laisse notre amie s'exposer seule dans l'antre de ce tigre !

— Je n'aurai pas à me rendre chez lui, — dit Thérèse, — M. Delaverne n'attend pas que je lui porte ma réponse.

Il viendra la chercher ici !

— Lui?... ici?... s'exclama Michot. S'il a décidé cela, c'est son arrêt de mort qu'il a prononcé lui-même.

D'un geste impérieux Georges Ravergy interrompit cette fois son camarade.

— Ce n'est pas le sang de ce misérable qu'il nous faut, dit-il, c'est la lettre qu'il tient en son pouvoir.

— Eh bien, puisqu'il doit venir ici; nous la lui prendrons, cette lettre !...

— Te figures-tu qu'il la portera sur lui !... le crois-tu capable d'une semblable imprudence ?

— Oui, il peut la commettre, cette imprudence, parce qu'il ignore qu'il ne trouvera pas sa victime seule et sans défenseurs, cette fois.

— Nous serons là, et malheur à lui s'il persiste dans son idée de vous imposer un mariage infâme, mam'zelle! dit Claude Michot.

Tenez, il me vient une idée: nous le ferons prisonnier... Et quand nous le tiendrons, on lui proposera un échange, comme ça se fait à la guerre : sa vie et sa liberté contre la remise de la lettre !...

Nous verrons s'il ne se soumettra pas quand il aura le couteau sur la gorge !

Il doit tenir à la vie, comme tous les lâches. Il acceptera, et avec empressement !...

— Pauvre ami ! — prononça Ravergy. — Ton moyen ne réussirait, crois-le bien, qu'à ameuter contre nous toute la population de cette ville...

— Mais comment saura-t-on ?

— Il suffira que Delaverne pousse un cri pour que le maître de cette auberge se présente...

SEULE !

Un cavalier montant un cheval richement caparaçonné apparut... (P. 1007.)

LIV. 126. — ADOLPHE D'ENNERY. — SEULE ! — J. ROUFF

LIV 126

On aura recours à la police... Et c'est nous qu'on arrêtera... Nous deux et Thérèse aussi...

— C'est vrai !

Et le malheureux Michot eut un geste de découragement.

— Alors, c'est fini ; dit-il. Il n'y a plus rien à faire ?

— Nous avons encore, — dit Ravergy, — quelques heures devant nous, pour nous concerter et savoir à quel parti il conviendra que nous nous arrêtions...

— Alors, tu laisseras ce coquin venir ici ? Tu permettras qu'il renouvelle sa monstrueuse proposition de mariage, et cela en ta présence...

Car enfin, ajouta-t-il, nous serons ici, je suppose ?...

Et il regardait Thérèse, en prononçant ces mots.

L'infortunée avait pâli. Claude Michot venait d'aborder une question brûlante.

Thérèse n'avait pas cessé de redouter une catastrophe si Georges Ravergy et Delaverne se trouvaient en face l'un de l'autre.

Elle attendait maintenant, avec anxiété, ce qu'allait répondre le jeune homme aux paroles que venait de prononcer Michot.

— Oui, nous serons ici ; dit Ravergy.

Et regardant la pauvre fille qu'il avait vue tressaillir :

— Mademoiselle Thérèse doit comprendre que nous ne pouvons la laisser seule avec ce Delaverne.

Elle craint, sans doute, que nous nous emportions contre cet homme... qu'elle se rassure à ce sujet ! prononça-t-il d'une voix ferme.

— Alors nous assisterons à la visite, comme des étrangers ? dit Claude.

— Cela nous sera d'autant plus facile que Delaverne ne nous a jamais vus et ignore quelles graves affaires nous avons à démêler avec lui !... Nous serons à ses yeux, ce qu'au fond nous sommes réellement, des compagnons de voyage de Mlle Thérèse ; l'un rencontré à bord du navire qui l'emmenait loin de la France, l'autre rencontré au milieu des plaines désertes, où tu as eu le bonheur de lui sauver la vie.

— Bien trouvé, mon capitaine, dit Claude.

Et Thérèse dut s'incliner.

D'ailleurs, depuis qu'elle avait revu Georges Ravergy, l'infortunée subissait, sans qu'elle s'en rendît compte, l'influence de celui qui tenait une si grande place dans son existence.

Aussi lorsque Ravergy lui eut recommandé le calme, pendant cette journée déjà marquée pour elle par tant d'émotions, la pauvre enfant se soumit-elle à ce conseil, sans protester.

Avait-elle le pressentiment que tout n'était pas perdu pour elle après qu'elle eut quitté Delaverne ?

Toujours est-il qu'en dépit de la situation qui lui avait paru sans autre issue que le sacrifice complet d'elle-même, la pauvre Thérèse se reprenait à espérer !...

Georges Ravergy et Claude Michot n'avaient pas voulu la distraire dans ses méditations devenues moins sombres, moins désespérées, et s'étaient tenus dans la chambre qu'ils occupaient en commun.

Claude Michot, surpris de l'attitude calme et résignée de son camarade, n'avait pas voulu provoquer une explication à ce sujet, dans la crainte d'augmenter le trouble de Thérèse, mais il avait remis à plus tard cette explication.

Habitué comme il l'était à avoir son franc-parler avec son capitaine, il aborda catégoriquement la question, il dit à Ravergy, à brûle-pourpoint :

— A présent que nous voilà seuls, je voudrais bien savoir, mon capitaine, lequel de nous deux a perdu la raison.

Car tout ce que j'ai vu et entendu depuis que nous avons retrouvé Mlle Thérèse, me paraît si extraordinaire de ta part, que j'ai besoin que tu m'en expliques le motif.

Ravergy regarda son ami, sans répondre. Et Claude Michot continua :

— Si tu as un projet, est-ce que je ne dois pas le connaître ? Quel motif aurais-tu de me le cacher ?... Quand nous nous sommes mis en route pour nous rendre à Sacramento, j'avais été obligé d'avoir recours à des raisonnements sérieux pour calmer ton impatience, ta fureur !... A t'entendre, — et je savais que ce n'était pas de ta part de vaines menaces, — tu étais résolu à tuer ce misérable Delaverne, non plus seulement pour venger ton père, mais aussi parce que tu savais qu'il allait se trouver en face de Thérèse sans défense.

Et voilà qu'aujourd'hui tout est changé ! tu es calme, impassible !

Mais, je suis là, moi !... Et je n'abandonnerai pas la malheureuse enfant dans la situation où elle se trouve.

— Faut-il que je te rappelle que tout ce que tu tenterais de faire serait pure folie ? dit Ravergy.

— Soit, s'écria Michot, je suis un misérable fou... et tous mes plans, tous mes projets sont insensés aussi; mais toi, l'homme sage, l'homme du calme et de la raison, tu dois avoir un plan, une idée : il est impossible que tu acceptes que cet homme vienne ici...

— Il y viendra !

— Et tu permettras qu'il s'entretienne avec Mlle Thérèse ?

— Je ne m'y opposerai pas !...

— Alors, mon capitaine, tu dois avoir un projet; et il est impossible que tu veuilles me cacher ce que tu comptes faire... à moi, ton frère d'armes, ton ami et l'ami de Thérèse, dévoué jusqu'à la mort,... oui entends-tu bien, je suis prêt à mourir pour elle!... et en prononçant ces dernières paroles le pauvre Claude Michot ne put retenir de grosses larmes qui coulèrent de ses yeux.

Georges, étonné de la profonde émotion, de l'accent convaincu de son ami et des larmes qui s'échappaient malgré lui et inondaient son visage, le contempla longuement. Il comprit alors ce qui se passait dans ce bon et loyal cœur. Il eut conscience de cet amour secret, mais profond et sincère, et prenant affectueusement la main de ce brave garçon qui, au lieu d'être son rival, s'était fait le serviteur, l'esclave soumis et dévoué de Thérèse et de lui-même, et lui dit d'une voix émue :

— Je croyais savoir, depuis longtemps, mon cher et brave ami Claude tout ce que renfermait ton âme loyale de bonté, de générosité, de sincère affection... Je me trompais...

— Que veux-tu dire ? interrompit Claude en tremblant.

— Oui, je me trompais, dit Georges; il y a, dans ton âme plébéienne, plus de générosité, de grandeur, de noblesse que dans l'âme du gentilhomme, que dans mon âme à moi !...

— Ce n'est pas vrai, s'écria vivement Claude... Je ne sais pas... Je ne comprends pas ce que tu veux dire...

— Et moi... Je sais et je comprends et je ne me reconnais plus le droit de te rien cacher de mes projets, puisqu'ils concernent le salut et la vie de celle que nous aimons l'un et l'autre, mon pauvre cher ami...

Et les deux jeunes gens tombèrent dans les bras l'un de l'autre.

Et, après quelques instants écoulés, lorsqu'ils eurent furtivement essuyé leurs larmes, Georges Ravergy prononça :

— Je vais te dire, ami Claude, ce que j'ai résolu de faire.

. . . .

Le lendemain, tout ayant été arrêté, entre les deux jeunes gens pour la réception que l'on ferait à Delaverne, il ne s'agissait plus que de mettre Thérèse au courant.

L'infortunée avait passé la nuit à se demander ce que lui réservait ce lendemain tant redouté.

Hélas ! elle n'avait plus d'espoir qu'en une intervention providentielle.

Le silence qu'avait observé Ravergy venait encore ajouter aux tourments de son âme, car elle interprétait ce silence, comme la preuve des souffrances morales qu'il subissait, cherchant vainement, pensait-elle, un moyen de venir à son secours.

Aussi appréhendait-elle de se retrouver en présence de ses deux compagnons, et son émotion fut grande quand, le matin, elle entendit frapper discrètement à la porte de sa chambre.

Mais à l'émotion qui la tenaillait si profondément, succéda un grand étonnement quand elle vit que Ravergy et Michot paraissaient absolument calmes.

Rien, en effet, sur leur visage qui indiquait une préoccupation grave.

Et ce Claude Michot dont, la veille, on avait dû combattre les emportements et modérer la fureur, semblait avoir abjuré cette violente colère dont il avait donné le spectacle.

Que pouvait-il donc s'être passé, entre les deux amis, pour qu'un pareil changement eût pu s'opérer en eux ?

Telle est la question que se posait Thérèse, quand Ravergy lui adressa la parole, en ces termes :

— Nous désirons, Claude et moi, être présents à l'entretien qui aura lieu aujourd'hui, entre vous et M. Delaverne.

Celui qui va venir ne nous connaît pas. Il reste donc à expliquer notre présence ici...

Thérèse au comble de l'étonnement se demandait quel but allaient poursuivre les deux amis.

— En quelle qualité, dit-elle, vous présenterai-je à lui, que dirai-je enfin, pour exiger que vous assistiez, à l'entretien qui doit avoir lieu,.. à cet entretien qui doit décider de mon sort et de la vie de mon père.

— Vous direz la vérité... Thérèse, la vérité tout entière, prononça gravement Georges Ravergy. Vous direz qu'au cours du terrible voyage que vous venez d'accomplir, deux hommes ont risqué leur vie pour sauver la vôtre et que ces hommes, ici présents, sont devenus vos compagnons, vos défenseurs, vos frères et, qu'en l'absence de votre famille, ils seront vos deux témoins devant l'autel où va être consacré votre mariage.

— Mon... mariage !.. s'écria avec épouvante la jeune fille.

C'est bien de mon mariage que vous parlez ?..

Voilà le résultat de vos profondes réflexions ? voilà ce que me conseille, non, ce que m'ordonne cette affection que vous ressentez pour moi, ce dévouement sans bornes qui ne s'est pas un seul instant démenti, que dis-je ?.. cet amour !... oui cet amour que vous affirmiez, dans un suprême adieu, et que votre voix m'apportait quand vous vous débattiez contre la fureur des flots prêts à vous engloutir !

Thérèse ! m'avez-vous crié, Thérèse, je vais mourir et je vous aime !.. Pensez à moi, Thérèse !..

Et voilà que cette même voix me dit aujourd'hui :

Vous épouserez cet homme, ce misérable, cet infâme !.. Vous l'épouserez et je serai témoin de ce mariage !...

Répétez moi que c'est bien là votre pensée, répétez-moi que je ne rêve pas, dites-moi que je ne suis pas folle.

— Thérèse, le même amour brûle encore dans mon cœur et le désespoir que je ressentais quand les flots allaient m'engloutir est, en ce moment, plus déchirant encore qu'il ne l'était à l'heure de cet adieu suprême.

Et, lorsqu'il parlait ainsi, on lisait sur le visage de Georges, une si mâle énergie, il y avait, dans son regard, tant d'élévation, de noblesse et, en même temps, de sainte résignation, que Thérèse, éblouie, fascinée, inclina la tête et ne put que prononcer ces mots :

— Parlez... Et que votre volonté soit faite.

— Thérèse, dit alors d'un accent grave et solennel, Georges Ravergy, vous tenez dans l'une de vos mains notre amour, notre bonheur à tous deux — et, dans l'autre, — l'honneur et la vie de votre père. Laquelle des deux va s'ouvrir, laquelle des deux va laisser tomber dans le néant ce qu'elle renferme ?...

Prononcez, Thérèse !

— Je sauverai mon père.

— Ah ! s'écria Claude Michot fondant en larmes ; il y a ici deux grands et nobles cœurs.

Le brave garçon aurait pu, sans orgueil, affirmer qu'il y en avait trois.

A ce moment de bruyantes acclamations se firent entendre.

Un cavalier montant un cheval richement caparaçonné apparut, suivi de plusieurs serviteurs qui, s'élançant, les uns, à la tête du cheval, les autres à ses côtés, aidèrent le cavalier à mettre pied à terre.

C'était le plus riche habitant du pays, le citoyen cent fois millionnaire, c'était Delaverne le traître, le voleur, l'assassin, que la foule acclamait !...

— Le voilà ! le voilà ! s'écria pleine de terreur, Thérèse, qui s'était élancée vers la fenêtre.

Un instant après la porte s'ouvrit et Delaverne parut.

Son premier mouvement fut un mouvement d'hésitation à la vue des deux hommes qui se tenaient un peu à l'écart, comme pour laisser Thérèse recevoir le visiteur.

Mais l'embarras de Delaverne fut de courte durée.

S'avançant vers Thérèse, il lui dit avec une politesse un peu affectée.

— J'aurais dû me faire annoncer pour être certain de ne pas vous déranger, et de vous trouver... seule, mademoiselle...

Et son regard tourné vers les deux jeunes gens exprimait sa surprise de les trouver là.

— Ces messieurs, répondit Thérèse ont été mes compagnons de voyage. Ils m'ont secourue, l'un et l'autre, au péril de leur vie, c'est grâce à eux que je ne suis pas morte et que j'ai pu arriver jusqu'ici.

— Alors, messieurs, permettez-moi de vous exprimer mes très vives félicitations, permettez-moi de vous dire à quel point je vous suis reconnaissant de tou ce que vous avez si courageusement accompli pour préserver Mlle Valomer des dangers qui la menaçaient.

Georges Ravergy restait muet. Un terrible combat se livrait en son âme. Il avait, là, devant lui, cet infâme gredin, ce traître, ce voleur, ce lâche dénonciateur qui, après avoir dépouillé son père, l'avait livré à ses ennemis.

Il le tenait à portée de sa main vengeresse cet assassin de son père, et, sous peine de tuer la pauvre Thérèse et Jacques Valomer du même coup, il se voyait forcé d'imposer silence à son cœur, de comprimer sa haine et de retarder sa vengeance !...

De là le silence prolongé qui suivit les dernières paroles de Delaverne.

Celui-ci, cependant, fort des armes irrésistibles qu'il tenait en ses mains ne perdait rien de son assurance et d'une voix calme, qu'il s'efforçait de rendre bienveillante et douce, il reprit :

Peut-être Mlle Thérèse vous a-t-elle appris, messieurs, que, tout ce qui intéresse son bonheur, sa vie, me sera bientôt personnel.

Claude Michot, dans un élan irrésistible, s'était emparé des mains de Thérèse...
— Vous ne mourrez pas!... (P. 1016.)

Peut-être savez-vous enfin quel lien va, bientôt je l'espère, unir sa destinée à la mienne.

— Mademoiselle Thérèse Valomer nous a dit, prononça froidement Georges que, détenteur d'une lettre qui doit arracher son père au déshonneur et à une mort infamante, vous offrez... généreusement, monsieur, de vous dessaisir de cet important document à la

127. — SEULE!   127.

condition expresse et formelle... que Mlle Thérèse deviendra... votre femme !...

— Oui, expresse et formelle... dit alors d'une voix énergique et impérieuse Delaverne en relevant fièrement la tête.

Oui, j'ai dit à Mlle Valomer : Votre père est couvert de honte et d'infamie, le bourreau tend déjà vers lui la main qui va faire tomber sa tête et j'offre de le sauver...

Et que demandé-je en échange de cette lettre libératrice ?

Est-ce une fortune ? J'offre des millions au contraire. Je dis à Thérèse Valomer : acceptez, de moi, le salut du condamné, le vôtre et je considérerai comme un bienfait cette acceptation qui pour vous, est un devoir impérieux et sacré. Devenez ma femme et je ne demande pour récompense que la joie de vous donner toutes les jouissances d'une fortune sans égale.

Et, maintenant, monsieur, vous qui êtes son ami, que lui conseillez-vous ?

— Je conseille, répondit Georges d'un ton bref et saccadé... je conseille... à Mademoiselle Thérèse de devenir votre... femme !

— C'est bien, monsieur, s'écria Delaverne qui, s'approchant de Ravagy, le sourire sur les lèvres, voulut lui prendre la main.

— Pardon, dit Georges, les yeux ardemment fixés sur les yeux de Delaverne, pour que nous nous serrions amicalement la main, monsieur, il convient que nous nous connaissions mieux l'un et l'autre... et,... si je sais à merveille... qui vous êtes, vous ignorez encore... qui je suis.

— J'attends que vous vouliez bien me le dire, répondit Delaverne étonné.

— Vous le saurez plus tard !... c'est, maintenant, de Mlle Valomer seule qu'il convient de nous occuper.

— Comme il vous plaira, monsieur, dit Delaverne avec une contrainte aisance et un sourire affecté.

Et Claude Michot, pendant ce temps, se serait rudement rongé les poings, s'il avait pu, devant les interlocuteurs les porter à sa bouche.

Le brave garçon se tenait à quatre pour ne pas sauter à la gorge du misérable Delaverne et l'étrangler.

IX

FIANÇAILLES

Un silence prolongé avait suivi le dernier échange de paroles qui avait eu lieu entre Georges et Delaverne, celui-ci pressentait dans le jeune homme un ennemi redoutable.

Sans se déconcerter, cependant, il reprit :

— Puisque Mlle Thérèse vous a choisi, messieurs, pour lui servir de témoins, et de conseils, il ne nous restera plus à régler que certaines mesures de détail, après que Mademoiselle Thérèse aura formellement ratifier ce qui semble convenu. Et s'approchant de la jeune fille, il lui dit d'un ton grave et solennel :

— Mademoiselle Thérèse Valomer, consentez-vous à devenir madame Delaverne ?

— L'heure fatale venait donc de sonner !... Le sacrifice de la malheureuse enfant allait s'accomplir, plus horrible, plus épouvantable encore qu'elle ne l'avait pressenti.

Elle allait, maintenant, prononcer sa propre condamnation...

Son cœur battait avec une violence inouïe, ses jambes fléchissaient, elle se sentait près de défaillir et de lugubres sons de cloches retentissaient à ses oreilles comme un glas funèbre.

A ce moment, ses yeux où roulaient des larmes brûlantes rencontrèrent les yeux de Georges... Elle en fut subitement éblouie, fascinée, le regard du jeune homme empreint d'une mâle énergie exprimait à la fois, l'amour le plus tendre et la ferme assurance d'un bonheur prochain !...

Thérèse se demandait si elle était le jouet d'une hallucination ou d'un rêve.

Et comme Delaverne, surpris de son silence répétait :

— Consentez-vous à devenir madame Delaverne ?...

La tête de Georges s'inclina deux fois et ses lèvres semblèrent dire : j'accepte.

— J'accepte, prononça Thérèse.

Le sacrifice était accompli.

La vierge martyre était arrivée au sommet de son calvaire.

Et Delaverne triomphait !

Il triomphait, riant mentalement de cette prétendue justice divine qui, tôt ou tard frappe les coupables.

Il avait commis les crimes les plus odieux ; il avait dépouillé d'honnêtes gens qui lui avaient confié le prix de leur travaux et de leurs veilles, il avait livré d'aveugles serviteurs d'une royauté déchue pour s'approprier la fortune qu'ils lui avaient confiée, il avait, à force de hontes et de crimes, réduit sa femme au désespoir et causé sa mort à elle et celle de ses enfants....

Et il triomphait !...

Sa fuite, loin de sa patrie, loin de sa famille, cette fuite qui aurait dû ne lui donner que les douleurs de l'exil, les souffrances de la misère et du remords, était devenue une source intarissable de richesse, de considération, de puissance sans limite et, pour lui faire oublier les luttes, les misères, les terreurs de la justice humaine qui auraient pu l'atteindre autrefois, voilà qu'il retrouvait, soumise à sa volonté, à ses ordres, cette jeune fille objet d'une passion frénétique et inassouvie jusqu'à ce jour !...

Oui, il triomphait. Le ciel lui apparaissait au-dessus de sa tête tout resplendissant de lumière, pur et sans le moindre nuage.

Et cependant, il y avait là-bas... là-bas... loin de ses regards, un point sombre et noir que ses yeux aveuglés par une prospérité passagère n'apercevaient pas.

Et ce point noir, qui, bientôt allait s'avancer, grandissant toujours, portait la foudre.

.   .   .   .

Le cœur satisfait, l'âme joyeuse, Delaverne n'avait plus qu'une seule préoccupation : hâter le plus possible la conclusion de son mariage.

Ce n'était pas, disait-il, dans le seul intérêt de son bonheur à lui, qu'il lui tardait que la bénédiction nuptiale vint, promptement sanctifier ce qu'il appelait la suprême félicité de sa vie, il voulait, surtout, rapprocher autant que possible, le jour de son départ et celui de *sa femme*, c'est-à-dire : le jour de leur retour en France et la justification de Jacques Valomer.

La reconnaissance, pensait-il ferait, bientôt après, naître l'amour dans le cœur de Thérèse.

Il ne soupçonnait pas qu'autour de lui, fermentait sourdement, une triple haine, prête à éclater, au premier signal.

Pour hâter la consécration de son mariage, il allait faire de pres-.

santes démarches auprs des autorités du pays, que son immense fortune mettait à sa dévotion.

Il était assuré, d'avance, du bienveillant empressement de l'archevêque et l'on sait, qu'à cette époque où le mariage civil n'était pas encore en usage, surtout en ce lointain pays, le mariage religieux consacrait à lui seul, des liens indissolubles.

Il convient, en attendant, dit-il, que la future Mme Delaverne, celle qui sera, bientôt la plus riche, la plus puissante de la contrée, n'habite pas une misérable possada et s'il ne lui plaît pas de s'installer dès à présent dans le palais que j'habite, je mets à sa disposition une résidence digne d'elle et de moi.

Il s'agit d'un château que j'ai fait construire sur les ruines d'un ancien palais, datant de l'époque où les empereurs Aztèques régnaient sur toute la contrée mexicaine et que l'on considère comme un chef-d'œuvre d'architecture.

— Où se trouve cette merveille? s'informa Ravergy d'un air indifférent.

— A une lieue de la ville.

Georges et Michot échangèrent un imperceptible signe d'intelligence :

Puis le premier répondit :

— Nous n'hésiterions pas à conseiller à Mlle Thérèse d'accepter...

— J'accepte, en effet, dit Thérèse, mais je désire ne pas habiter seule ce palais dont il est question. Je désire n'être pas séparée de ceux qui ont été mes soutiens et mes sauveurs et qui, ainsi que vous l'avez dit vous-même, me tiennent lieu de ma famille absente.

— C'est en effet ce que je pense; répondit Delaverne, et je ne pourrais que m'estimer très heureux que nos compatriotes voulussent bien accepter l'hospitalité que je leur offre, pendant le peu de temps qui va s'écouler jusqu'au jour de notre union.

Voilà qui est convenu, conclut-il, je vais donner des ordres et quand vous arriverez tout trois au château del Rio Grande, je vous y aurai précédés.

C'est sur ces mots qu'il accompagna d'un sourire, que Delaverne se retira.

— Ouf! fit Claude Michot en se laissant tomber sur un siège; il a bien fait de partir, car mille millions de tonnerres, je n'en pouvais plus, j'allais éclater comme une bombe !

Et s'adressant à Ravergy dont la physionomie n'avait pas perdu l'expression de calme qui faisait l'étonnement de Thérèse :

— Ah! mon capitaine, il faut avoir joliment de courage pour paraître aussi lâches que nous l'avons été en présence de cette infâme
canaille.

— Patience ! dit Ravergy, hochant la tête... et un amer sourire
vint crisper ses lèvres.

Il n'en fallut pas davantage pour que Thérèse comprit qu'elle venait d'assister à une comédie dont toutes les scènes avaient été arrêtées d'avance, entre Ravergy et Michot.

Il était temps, ainsi que l'avait dit Michot, que le misérable se
retirât, car Thérèse était à bout d'énergie pour supporter plus longtemps l'épreuve à laquelle on l'avait condamnée.

Maintenant, elle voulait savoir le motif de cette comédie dans laquelle elle avait dû accepter un rôle qu'elle ne se sentait pas le courage de remplir jusqu'au dénouement qu'elle connaissait.

Il lui fallait l'explication de tout ce qui venait de se passer et la
confidence des projets qu'on avait jugé à propos de tenir secrets pour
elle.

S'adressant à Ravergy, elle lui dit :

— Vous m'avez fait comprendre que je devais approuver, sans
réserve, tout ce que vous diriez à cet homme.

— Je l'ai fait !

— Vous avez parlé de façon à ce que je me rendisse au conseil
que vous me donniez...

— Et vous n'avez pas hésité ! interrompit Georges.

— J'ai prononcé le mot fatal qui devait engager ma vie ; j'ai prononcé ce mot, parce que j'avais lu dans votre regard le conseil de le
faire !..

— Vous avez bien compris ma pensée, Thérèse !

— Mais ce que je ne comprends pas moi, dit Thérèse, c'est que
vous ayez pu supporter sans bondir, la vue de cet homme, c'est que
vous avez conservé ce calme qui me stupéfiait et qui, maintenant m'é-
pouvante !...

Georges eut un mouvement de révolte qui semblait présager que
sa colère si longtemps contenue allait faire explosion.

Un flot de sang lui monta au cerveau, empourprant ses joues.

— Ce calme vous épouvante à présent ! s'écria-t-il. C'est que vous
avez compris ce qu'il m'a fallu de force de volonté, de puissance sur
moi-même, pour ne pas venger mon père !...

Je me suis contenu, parce qu'il s'agissait de sauver le vôtre !

— Hier, pendant que vous me racontiez l'entretien que vous

aviez eu avec cet infâme, je me suis renfermé dans un silence que vous ne pouviez nous expliquer...

— C'est vrai !

— C'est que, pendant que vous me faisiez part de l'odieux marché que vous avait proposé le sinistre bandit qui tient entre ses mains le sort de votre père..., la vie de votre infortunée mère...

— Et la mienne, Georges !..

— Pendant que vous me disiez que vous étiez enchaînée dans une situation sans issue, je réfléchissais au moyen de vous mettre en possession de cette lettre, que Delaverne veut placer dans votre corbeille de mariage...

— Et vous avez trouvé le moyen que je sais ? Rien que celui-là ?

— Ecoutez-moi, Thérèse : j'ai gardé le silence, jusqu'à tout à l'heure, parce que je ne me sentais pas encore la force d'âme suffisante pour prendre une suprème détermination...

J'avais encore besoin de me recueillir afin d'être prêt pour le terrible choc que j'allais ressentir.

Je voulais me donner le temps de m'armer d'une résolution que rien ne pourrait ébranler... Est-il besoin que je vous dise le violent combat qui s'est livré en moi, pendant cette nuit d'angoisses que j'ai passée...

— Ah ! j'aurais mieux aimé avoir à donner tête baissée, moi seul contre tout un bataillon, que d'avoir eu à discuter, comme je l'ai fait avec mon capitaine ! s'exclama Michot.

Georges vous a dit qu'il s'était battu avec lui-même ; eh bien, et moi donc ?...

C'est-à-dire que je ne sais pas comment la rage que j'avais dans la tête ne m'a pas rendu fou !...

— Et cependant mon ami, tu as fini par te rendre...

— Oui, et c'est bien la première fois de ma vie que j'ai rendu les armes... Mais tu m'as fait comprendre qu'il n'y avait moyen d'agir différemment !...

— Vous l'entendez, Thérèse, celui qui vous parle ainsi, vous le connaissez..., vous savez s'il partage la haine que vous et moi, nous avons vouée à ce Delaverne. Pour que ce brave cœur ait consenti à m'aider, il faut qu'il ait, comme moi, compris que vous ne pouviez vous soustraire à une dernière épreuve... la plus terrible de toutes !

— Oui, j'ai compris ça ! dit Claude Michot avec un calme effrayant.

Thérèse demeurait atterrée.

— Mais vous avez sans doute un projet? s'écria-t-elle, pour empêcher l'accomplissement de ce mariage que vous m'avez forcée d'accepter.

Et comme les deux hommes gardaient le silence, elle ajouta avec une extrême véhémence :

— Car je n'ai pas, un seul instant supposé que cette situation dans laquelle je me suis engagée sur votre conseil, se prolongerait au delà de quelques heures, au delà d'un jour peut-être !...

— Il me faut vous détromper, Thérèse ! Il est indispensable...

— Que j'épouse ce misérable ?

— Oui !..

— Oui, mamzelle, c'est indispensable ! prononça Michot couvrant la voix de son ami.

Thérèse se sentit frappée de vertige.

Pendant quelques secondes, elle regarda les deux hommes avec une expression d'effarement.

Puis tout à coup, elle trouva des paroles déchirantes pour exprimer le désespoir dans lequel la plongeait la décision qu'avaient prise ses deux amis, les deux seuls êtres capables de l'aider à accomplir sa mission de piété filiale.

Et, dans son affolement, la malheureuse leur rappela le sacrifice auquel elle s'était résignée en allant chez Delaverne.

Ravergy répliqua :

— Rendez grâce au ciel que ce misérable vous ait épargné le déshonneur auquel, martyre sublime, vous marchiez...

— Et serai-je moins déshonorée ?

Victime de la passion de cet homme, ne savez-vous pas que je n'eusse survécu à ma honte !...

Mariée..., je ne survivrais pas davantage à ce réel déshonneur !

Claude Michot, dans un élan irrésistible, s'était emparé des mains de Thérèse...

— Vous ne mourrez pas !... balbutiait-il, secoué jusqu'au fond des entrailles ; nous ne le voulons pas !... Est-ce que vous avez pu croire que Ravergy et moi, nous vous laisserions au pouvoir de cette bête fauve ?

— Alors, pourquoi me laissez-vous dans l'ignorance du plan que vous avez, sans doute, arrêté ensemble ? Vous avez donc un moyen de me sauver ?...

Ravergy l'interrompit doucement.

— Voilà le pavillon que doivent habiter messieurs les Français ! (P. 1021.)

— Thérèse, dit-il, il faut, je vous le répète, que vous épousiez Delaverne... Il le faut pour que nous vous sauvions !... Mais, n'insistez pas, je vous en supplie, pour connaître le moyen que nous allons employer...

— Oui, fiez-vous à nous, mamzelle ! supplia à son tour le brave Michot avec une touchante insistance.

— Et moi, Thérèse, je vous demande si vous pouvez douter de

mon dévouement !... Je vous demande si ce que je vous ai dit de mon voyage, en Nouvelle-Californie, ne doit pas vous donner la mesure du sacrifice que j'ai dû m'imposer pour n'avoir pas, hier, vengé mon père, sur le champ !

Je vous demande, enfin, si vous pouvez supposer que mon amour pour vous ait pu s'éteindre, au point, qu'indifférent aujourd'hui, je veuille vous jeter dans les bras de ce monstre ?

— Georges... Georges, par pitié, un mot... un mot qui me rassure, au moins !

— Eh bien, le mot que vous me demandez, je vais vous le dire : Je vous aime et, moi vivant, vous ne serez pas la victime de Delaverne !... Je vous le jure !

— Et, moi, j'en fait aussi le serment ! s'exclama Michot, en levant les bras au ciel.

Georges reprit :

— Mais, je vous en conjure, Thérèse, ne m'en demandez pas davantage !...

L'infortunée courba le front.

— Je me soumets à votre volonté, Georges ; prononça-t-elle. Je me fie à vous... à vous qui m'aimez, à vous... à vous... que j'aime !

— Et à vous aussi, mon ami ! ajouta Thérèse en tendant les deux mains à Michot.

Le pauvre garçon ne trouva pas un mot pour exprimer la joie qui, à ce moment, débordait de son cœur. Il regarda Ravergy comme pour lui dire : « Elle m'aime aussi un peu ? »

Il n'y avait plus maintenant qu'à attendre le moment où l'on quitterait la « possada », pour la magnifique résidence que Delaverne allait mettre à la disposition de sa fiancée et de nos deux amis.

Un grand tumulte de voix, provenant de la rue, annonça l'arrivée du carosse, dans lequel prirent place Thérèse et ses deux compagnons.

Delaverne les attendait, et nos trois personnages durent se prêter à la réception qu'il voulait leur faire.

Quand le carrosse eut franchi le portail de la grille monumentale, il roula jusqu'au perron en porphyre, au milieu d'un double rang de domestiques « pimos » qui formaient la haie.

Delaverne, qui se tenait sur le perron, en descendit les marches pour offrir la main à sa fiancée.

Thérèse dut se rappeler ce qui avait été convenu avec Ravergy, pour avoir le courage d'appuyer sa main sur celle du misérable.

Dans le vestibule à colonnades, attendait le majordome Talakis portant une corbeille en filigrane d'or contenant de merveilleuses fleurs qu'il présenta respectueusement à la fiancée de son maître.

Delaverne détacha du milieu de la corbeille une branche d'oranger fleurie qu'il offrit à Thérèse, pendant que Talakis semait, en jonchée, les autres fleurs sous les pas de la jeune fille.

A mesure qu'on pénétrait dans l'intérieur du château féerique, des serviteurs en ouvraient les portes.

C'est ainsi que le cortège arriva dans le salon d'honneur.

C'était là que Delaverne voulait que s'accomplisse la cérémonie des fiançailles.

A voir la pâleur de Thérèse et l'effort que faisait l'infortunée pour continuer à jouer le rôle qu'elle avait été contrainte d'accepter, on eut dit d'une martyre de la foi, marchant au supplice.

Elle était soutenue dans cette épreuve, par le regard de Ravergy, regard dans lequel elle lisait cette pensée : « Courage, pour accomplir jusqu'au bout ta mission ! »

Thérèse allait avoir besoin de se souvenir des mortelles angoisses, dans lesquelles sa mère attendait son retour, pour accepter de rester, seule, en compagnie de celui qui croyait avoir maintenant le droit d'user de sa qualité de futur époux, pour lui imposer sa présence odieuse et l'obliger à écouter ses paroles d'amour.

Elle s'était armée de courage, tant que ses compagnons étaient auprès d'elle, pour la soutenir. Mais Delaverne avait désiré se ménager le tête-à-tête avec Thérèse.

Aussi, lorsqu'il fut resté dans le salon d'honneur, le temps de laisser la jeune fille se remettre de l'émotion qu'il lui voyait :

— Messieurs, mes compatriotes, dit-il aux deux compagnons de Thérèse, je vous demanderai la permission de faire à ma fiancée les honneurs de cette résidence où elle devra, ainsi que je vous l'ai dit, passer les quelques jours qui précèderont notre mariage...

Il ajouta, pour préciser son intention, de rester seul avec Thérèse ;

— Je vous rends donc votre liberté, messieurs... mon majordome a reçu mes ordres pour se mettre à votre disposition...

Une collation est servie dans le pavillon que vous occuperez pendant votre séjour chez moi...

En vous destinant comme logis ce pavillon, j'ai voulu que vous y soyez absolument chez vous et vous dispenser de toute étiquette...

J'ose espérer, en vous mettant ainsi à l'aise, que vous

trouverez plus agréable l'hospitalité que je suis heureux de vous offrir.

Après avoir prononcé ces paroles, Delaverne fit un signe à Talakis.

Le viel Aztèque baragouina en mauvais français :

— Je suis aux ordres de ces messieurs !

Ravergy et Michot, avant de sortir, se retournèrent pour adresser un regard à Thérèse.

L'infortunée leva les yeux au ciel, pour faire comprendre à ses amis à quel degré de résignation elle était arrivée.

. . . .

— Est-ce que nous aurons toujours ce viel escogriffe avec nous ! dit tout bas Michot en désignant Talakis qui les précédait et se retournait, à chaque instant, pour les regarder et leur sourire.

On sait combien le descendant de l'empereur Guatimozin avait de sympathie pour la nation française.

Il ne devait pas laisser échapper cette occasion de témoigner cette sympathie aux deux compatriotes de son maître.

Mais son obséquiosité gênait fort Michot, il dit à Ravergy :

— Je m'imagine que ce scélérat de Delaverne a voulu tout simplement nous coller aux flancs un espion qui lui rapportera ce que nous pourrons faire ou dire.

Il ajouta entre les dents :

— Tant pis pour lui si je ne me trompe pas dans la supposition qui me trotte dans la tête; s'il faut se débarrasser de lui, on saura bien comment s'y prendre.

Ravergy imposa silence à son camarade.

— La première chose à faire, lui dit-il, c'est de ne pas donner prise aux soupçons de ce domestique qui paraît, j'en conviens, très dévoué à son maître.

Au surplus, nous devons, pour le moment, nous contenter de visiter la propriété et de prendre bien note de tout ce que nous aurons vu.

Tu as raison, mon capitaine; c'est comme lorsque nous étions en Vendée et que nous partions en reconnaissaece. Compris!

— Puisque tu te rappelles cette époque de notre vie militaire, tu dois aussi te souvenir que, lorsque nous allions en reconnaissance, on se parlait le moins possible. Donc, agissons de même aujourd'hui...

Ravergy se tut; l'Aztèque s'était approché et semblait écouter.

Il avait toujours le même sourire stéréotypé, ce qui agaçait de plus en plus Michot.

D'accord, pour cela, avec Ravergy, Claude ne rompit plus le silence pendant tout le temps qu'on mit à parcourir les jardins, et Talakis en fut réduit à conduire, sans dire mot, les deux Français, par les allées fleuries, s'arrêtant dans le but de leur faire admirer les plantes rares inconnues en Europe et dans les contrées du Nouveau-Monde qu'ils avaient dû traverser pour arriver au Mexique.

Mais, à la grande surprise de l'Aztèque, les hôtes de son maître paraissaient regarder, avec indifférence, toutes ces merveilles de la flore mexicaine, comme s'ils eussent eu hâte de s'éloigner de ces magnifiques parterres.

Une grille séparait le jardin de l'entrée du parc, dans lequel Talakis fit passer ceux qu'il était chargé de conduire.

— Je vais, dit-il, dans son baragouin, faire visiter, à ces messieurs, le pavillon qu'ils doivent habiter.

— Très bien ! se contenta de répondre Claude Michot d'un ton bourru.

Mais cette façon de parler ne parut pas avoir produit d'effet désagréable sur l'Aztèque qui continua de sourire.

Décidément, pensa Michot, cet animal là s'est fait une physionomie de circonstance; eh bien, il en sera pour ses frais ! »

Nous devons dire que, depuis qu'il savait que le mariage de Thérèse devait s'accomplir inévitablement, Claude Michot avait pris son parti d'attendre les événements.

Et, n'était la prudence que commandait la situation, il eût formulé tout haut ce qu'il pensait. Il éprouvait donc une furieuse démangeaison de prendre à partie le majordome de Delaverne, afin de s'assurer, par un interrogatoire de sa façon, s'il avait affaire à un espion.

Talakis allait bientôt lui fournir l'occasion de satisfaire son désir.

En effet, comme au détour d'une allée on apercevait une construction dont l'architecture rappelait les « rendez-vous de chasse » de France, l'Aztèque dit, en étendant le bras :

— Voilà le pavillon que doivent habiter messieurs les Français !

— Ah! c'est là qu'on va nous parquer! s'exclama Michot.

Et avant que Ravergy eut pu l'empêcher de continuer, il avait ajouté :

— Nous allons donc, encore cette fois, camper au milieu des bois, mon capitaine !

En entendant prononcer ce dernier mot, Talakis avait tout à coup dressé l'oreille.

Et, avec son éternel sourire, il se mit à répéter : « Capitaine,... capitaine », tout en regardant Ravergy.

Puis il ajouta :

— Ah! tant mieux,... tant mieux !...

A partir de ce moment, l'obséquiosité de l'Aztèque se changea en admiration pour celui qu'il avait entendu appeler « capitaine ».

Et cette admiration s'étendait quelque peu jusqu'à Michot, auquel il continuait de sourire, sans se douter qu'il agaçait singulièrement les nerfs de celui à qui il voulait manifester sa sympathie.

Il était temps pour Talakis que l'on arrivât au pavillon, car Michot allait probablement lui lancer quelque boutade de sa façon.

L'Aztèque ouvrit la porte et introduisit les hôtes de son maître dans la maison qu'ils allaient habiter.

Deux domestiques se tenaient dans l'antichambre, lesquels, sur un signe du majordome, ouvrirent les portes d'une première pièce, sorte de salon d'attente où Ravergy et Michot furent priés de se reposer, avant de pénétrer dans la salle où l'on avait servi la collation.

Quand, après quelques minutes, ils passèrent dans cette seconde salle, Talakis les y attendait, et, avec des marques non équivoques de satisfaction, présenta à Ravergy le siège qui lui était destiné, tandis que Michot s'installait, sans plus de façons, sur celui qui faisait face de l'autre côté de la table et se versait un plein verre du contenu d'une des carafes qui se trouvaient à portée de sa main.

— Du vin de France ! dit l'Aztèque en se chargeant de servir Ravergy.

Puis, emplissant un troisième verre, il le leva en disant :

— Capitaine français, permettre à petit-fils d'empereur boire à la France?

Pour le coup, Claude Michot ne savait plus que penser de cet individu dont le sourire l'agaçait tant et qui lui paraissait posséder un fort grain de folie.

Mais l'Atzèque avait à présent une tout autre physionomie.

Le sourire béat s'était effacé de son visage, sur lequel on pouvait remarquer un air de dignité.

Et c'est d'un ton qui ne manqua pas de surprendre Ravergy et Michot qu'il renouvela, en l'accentuant, sa proposition de lever son verre en l'honneur de la France.

Cette fois, Claude Michot n'hésita pas à procéder à l'interrogatoire qu'il avait ruminé de faire subir au prétendu espion.

Et, regardant l'Aztèque, il lui dit :

— Ah ! ça, majordome, tu aimes donc notre beau pays de France ?

— Oui ! répondit Talakis en appuyant la main droite sur son cœur.

— Mais, pour aimer notre patrie, y serais-tu allé, par hasard ?

— Non !... Jamais !...

— Alors, c'est que tu en auras entendu parler,... par ton maître, sans doute ?

— Pas par lui !...

— Et par qui donc ? demanda Ravergy qui jugeait maintenant utile de faire parler le majordome qu'il avait, depuis quelques instants, observé très attentivement.

Talakis releva la tête, sa physionomie semblait empreinte d'un sentiment d'orgueil.

Il répondit en se tournant vers Ravergy :

— Je n'ai entendu parler du pays de France par personne, capitaine français...

— Alors, je ne m'explique pas ton enthousiasme pour notre patrie !

Les yeux de l'Aztèque étincelèrent. Talakis prononça ces mots :

— J'aime pays de France à cause des Français, militaires français, courageux autant qu'empereurs aztèques, dont Talakis est le seul descendant...

Il s'était redressé, comme pour donner une force plus grande aux paroles qu'il venait d'adresser aux hôtes de Delaverne.

« Bon, pensa Michot, voilà encore son grain de folie qui fait des siennes. »

Mais telle n'était pas l'opinion qu'avait Ravergy au sujet de cet Aztèque qui se disait empereur et descendant de souverains qui avaient régné sur le Mexique.

Il fit donc à Michot signe de se taire.

Son intention était de profiter, si l'occasion s'en présentait, de cette sympathie du majordome pour les Français.

— Puisque tu es un ami de la France, dit-il à l'Aztèque, tu accepteras de partager la collation qu'un Français offre à des Français...

Claude Michot, ayant compris la pensée de son camarade, crut devoir ajouter à l'invitation formulée par Ravergy :

— D'ailleurs, tu peux accepter sans crainte, ton maître n'en saura rien !...

L'Aztèque avait écouté ces derniers mots en fronçant le sourcil.

— Talakis n'a pas de maître ! dit-il d'une voix ferme.

Talakis est libre !... C'est lui qui gouverne les riches domaines du puissant français, son excellence Delaverne... Talakis est un ministre !...

L'Aztèque parlait avec difficulté, employant tous les mots français qu'il avait retenus, ce qui formait un jargon bizarre.

— Oui, continua le majordome, Talakis est ministre d'un souverain...

— Delaverne, un souverain ! ne put s'empêcher d'exclamer Michot.

L'Aztèque répondit :

— Souverain par la fortune immense que Talakis lui a donnée !

Pour le coup, Michot et Ravergy purent croire qu'ils avaient réellement affaire à un fou.

Mais ce qu'ils allaient entendre devait leur donner singulièrement à réfléchir.

En effet, l'Aztèque prononça ces mots :

— Talakis a donné au Français le trésor de l'empereur Guatimozin... Et l'empereur Guatimozin était ancêtre de Talakis !

L'immense fortune de Delaverne, si rapidement acquise, donnait une certaine vraisemblance à la façon dont l'Aztèque l'avait expliquée.

Ravergy voulut essayer de tirer la chose au clair.

— Pourquoi Talakis n'a-t-il pas gardé pour lui cette fortune qui lui revenait de droit, puisqu'il est le seul descendant de Guatimozin ?

A cette question, qui lui était adressée, le mrjordome de Delaverne répondit :

— Talakis a eu confiance et...

— Et on a trompé Talakis ! acheva Claude Michot en se retenant pour ne pas dire sa façon de penser sur le compte de Delaverne.

Ravergy avait lu dans la pensée de l'Aztèque ; mais, en même temps qu'il croyait y découvrir une certaine rancune contre l'homme

... Le descendant de Guatimozin se montra rempli d'enthousiasme au récit de la campagne
contre les Prussiens et les Autrichiens. (P. 1032.)

qui l'avait dépouillé, il y trouvait également l'orgueil de la race, combattu par quelque passion dont il était l'esclave.

Et, comme le majordome paraissait vouloir faire largement honneur au vin de France, on pouvait supposer que l'ivrognerie était le
péché mignon de l'arrière petit-fils du célèbre et infortuné adversaire
de Fernand Cortès.

Il ne tarda pas à s'en convaincre, en voyant le majordome

prendre place à la table et se mettre en devoir de vider, les unes après les autres, les carafes de vin.

A présent, le grotesque personnage avait la langue suffisamment déliée pour s'étendre, avec la plus grande prolixité, sur ses fonctions de Ministre de Son Excellence et sur la confiance que Delaverne avait en lui, cette confiance était si complète, que Talakis, qui commandait d'une façon absolue sur tous les serviteurs de Son Excellence, était seul dépositaire de toutes les clefs ouvrant les portes de ses nombreux palais.

Et, pour preuve de ce qu'il avançait, le majordome montra, pendu à sa ceinture, un gros trousseau de clefs.

— Avec ça, dit-il, je puis entrer partout; j'ouvre même les portes secrètes, dont seul je connais l'existence; ajouta-t-il d'un air mystérieux.

Claude Michot tenait les yeux braqués sur le trousseau de clefs.

Et comme il s'écriait :

— Mais combien donc en avez-vous comme cela?

Talakis sortit d'une de ses vastes poches plusieurs autres clefs ornées, chacune, d'une chaînette avec petite plaque portant un numéro.

— Voici les clefs de portes que personne ne connaît, dit-il en riant de l'expression qu'il lisait sur le visage de Michot, et qu'il prenait pour une expression de simple étonnement,

Et s'adressant à Ravergy :

— Capitaine français voudrait peut-être voir la chambre nuptiale, dit-il; eh bien! en voici la clef.

Il avait jeté l'objet sur la table, Ravergy le prit comme pour en admirer le travail.

C'était, en effet, un chef-d'œuvre d'orfèvrerie que cette mignonne clef, petite comme une de ces breloques que les incroyables du Directoire portaient suspendues à la chaîne de leurs toquantes.

— Fais voir! dit Michot.

Mais, avant de lui passer l'objet, Ravergy avait eu soin de regarder le chiffre gravé sur la plaque d'or.

C'était un 5.

Talakis jouissait, sans méfiance aucune, de la surprise des deux Français, et, quand Ravergy lui eut remis la clef, il la glissa de nouveau dans sa poche.

« Tu en as trop dit, pour ne pas en dégoiser davantage », pensait Michot en écoutant de l'air le plus indifférent qu'il put se donner.

On continua à boire et, à tour de rôle, les deux hôtes de Delaverne se chargèrent d'emplir souvent le verre du loquace majordome.

Celui-ci raconta son admiration pour Lafayette et Rochambeau,
et s'emporta en paroles haineuses pour maudire et stigmatiser Fernand Cortès et la domination espagnole.

Insensiblement Ravergy, profitant de cet enthousiasme pour les
Français, ramena l'Aztèque à s'entretenir avec lui du mariage de
Delaverne avec la jeune française.

Se renfermant dans la plus absolue prudence, Ravergy se contenta de dire que Delaverne avait connu sa fiancée en France. Il
ajouta, avec intention, que la jeune fille serait assurément, avec
Delaverne, la plus heureuse des épouses.

Talakis s'étendit alors sur la vie de luxe et de plaisirs que la
jeune femme allait mener dans l'avenir.

Il apprit aux deux Français que déjà Son Excellence Delaverne
avait commandé la toilette royale, que la fiancée porterait pour la
bénédiction nuptiale.

Il dit les admirables bijoux qu'il avait commandés pour la corbeille de noces...

Enfin il ajouta que déjà l'on s'occupait activement, de l'ornementation de la chambre nuptiale, laquelle serait digne de l'épouse d'un
souverain.

— Et dire, mon capitaine, que nous ne verrons pas cette merveille! s'exclama Michot avec intention.

Le majordome regarda Ravergy en clignant de l'œil; puis il lui
dit confidentiellement.

— Capitaine français verra chambre nuptiale, s'il le veut...
Talakis le conduira... quand tout sera prêt...

Ravergy se contenta de consentir par un mouvement de la tête.

Quand les trois hommes se levèrent de table, Talakis avait donné
la mesure de sa discrétion et les deux compagnons de Thérèse allaient pouvoir, pensaient-ils, se servir du vaniteux personnage pour
les aider, inconsciemment, dans l'exécution de leurs desseins.

. . . .

Cette première journée de fiançailles avait été une journée
d'épreuve cruelle pour Thérèse.

L'infortunée, forcée de subir l'odieuse présence de Delaverne,
dut refouler en son âme la haine qu'elle avait vouée à cet infâme
devenu son bourreau après avoir été son persécuteur.

Pendant cette mortelle journée, son énergie cependant ne se démentit pas un seul instant, malgré l'effrayante tempête qui grondait en son cœur.

Pour soutenir son courage, elle avait sans cesse présent à l'esprit le but sacré qu'il lui fallait atteindre.

Aux paroles que lui adressait Delaverne, aux promesses qu'il multipliait, aux projets qu'il faisait miroiter à ses yeux, la malheureuse enfant essayait de ne pas répondre.

Elle se contentait d'écouter, sans laisser voir l'effet que la voix et les paroles du misérable produisaient sur elle.

Et ce supplice cessa enfin lorsque Delaverne voulut bien consentir à lui laisser la liberté de s'isoler dans l'appartement qu'il lui avait destiné.

Là, Thérèse put s'abandonner à ses douloureuses pensées.

Encore quelques jours d'anxiété, et elle serait conduite à l'autel, elle y recevrait le nom du misérable, et elle n'aurait d'autre ressource, pour échapper à la chaîne qui l'unirait à cet homme, que d'appeler la mort comme une délivrance.

Mais comment admettre que Ravergy laisserait s'accomplir jusqu'au bout cette union monstrueuse.

Puis elle se demandait si elle reverrait ses deux compagnons avant le moment décisif.

Pendant toute cette journée, elle les avait vainement attendus, sans oser, par prudence, manifester à Delaverne le désir de les voir.

Ravergy l'avait mise en garde contre les soupçons qui pourraient naître dans l'esprit de cet homme, avec lequel il fallait agir de ruse.

Aussi dut-elle se résoudre à parler le moins possible des amis sur le secours desquels elle comdtait.

En outre, elle se sentait entourée de serviteurs qui devaient être absolument dévoués à leur maître, et elle se disait que ses moindres gestes seraient épiés, ses paroles écoutées pour être rapportées à Delaverne.

Dans ces conditions, elle ne pourrait rien tenter pour revoir ses compagnons et s'entretenir avec eux.

Delaverne l'avait laissée seule, et cependant elle se sentait prisonnière.

Toutefois, elle voulut s'en assurer, et quitta l'appartement qu'elle occupait.

Mais elle avait à peine fait quelques pas dans la galerie, qu'elle se trouva escortée par deux servantes mexicaines qui se mirent à l'accompagner silencieusement.

Derrière ces servantes, apparaissaient, comme par enchantement, deux « pimos » pour compléter l'escorte.

Thérèse comprit alors que Delaverne avait donné des ordres qui
seraient observés de la façon la plus rigoureuse.

Une surprise l'attendait.

Les servantes se mirent à chanter d'abord, puis s'accompagnant
de la voix, elles dansèrent, sans s'inquiéter du plus ou moins de
plaisir que pouvait prendre à cet intermède la jeune femme qu'on les
avait chargées de divertir.

Ces chants et ces danses furent un nouveau supplice pour Thérèse, qui maintenant appelait de tous ses vœux la fin de l'épreuve
qu'elle subissait.

« Qu'il vienne donc ce jour fatal! pensait-elle. Qu'il vienne, afin
que je sache si la Providence s'est à jamais détournée de moi! »

Et dans son anxiété, elle se rappelait les paroles de Delaverne
les odieuses conditions qu'il avait imposées.

Elle se rappelait que cet homme sans cœur et sans âme lui avait
formellement déclaré qu'il ne lui remettrait la lettre que le lendemain
du mariage.

Toutes ces idées provoquaient chez Thérèse une agitation sans
cesse grandissante qui, à la fin cependant s'apaisait, quand l'infortunée se rappelait le regard plein d'amour, de foi et d'espérance que
Georges lui adressait en lui conseillant de se soumettre aux outra-
geantes et lâches conditions que lui imposait Delaverne.

XI

LA VEILLE DU MARIAGE

Les préparatifs du mariage avaient été menés rapidement, et
Delaverne put annoncer à Thérèse que leur union serait accomplie
sous peu.

Il lui renouvela son intention de ne pas retarder son départ pour
la France.

— Je me suis soumis à votre désir de faire célébrer notre mariage...

— Secrètement? interrompit Thérèse.

— Pas tout à fait; il m'était impossible de le faire; mais la céré-

monie n'empruntera pas la solennité que je lui eusse donnée si notre
union se fût accomplie dans d'autres circonstances...

Et Delaverne ajouta :

— Je n'ai pu me dispenser d'inviter quelques hauts personnages
qui assisteront à la bénédiction nuptiale, avec vos deux compagnons
de voyage, qui doivent vous servir de témoins.

Mais parlons de vous, de nous, devrais-je dire, puisque désormais nous ne nous quitterons plus.

Sachez donc, ma chère fiancée, que je n'ai pas perdu un instant
pour m'occuper de notre retour en France.

Et comme Thérèse avait tressailli, Delaverne s'empressa d'a-
jouter :

— Je comprenais que vous alliez mourir d'impatience, tant que
vous ne seriez pas de retour à Paris...

Mon devoir était de vous épargner le plus possible les angoisses
qui ne peuvent prendre fin que le jour où nous aurons fourni la preuve
de l'innocence de votre père...

J'ai tout fait pour abréger vos tourments, car, non-seulement
j'ai hâté notre mariage, mais j'ai envoyé un exprès à Vera-Cruz...

A l'heure qu'il est, je puis vous annoncer que le navire, qui doit
nous transporter en France, est à l'ancre dans le port de cette ville.
Une heure après notre embarquement, il lèvera l'ancre et cinglera
vers l'Atlantique...

Le navire a été choisi, comme le meilleur voilier, parmi toute
une flotte de bâtiments de commerce qui m'appartiennent...

Le capitaine est le plus expérimenté de tous ceux que j'emploie
pour les voyages au long cours.

Nous ferons la traversée dans la saison la plus favorable...

— Et combien de jours mettra-t-on pour arriver en France?
s'informa Thérèse, très anxieuse.

— De vingt-cinq à trente-cinq jours, si, comme le fait espérer
la saison où nous sommes, nous avons le vent favorable...

— Trente-cinq jours! prononça Thérèse, en levant les yeux au
ciel...

Trente-cinq jours! répéta-t-elle; quand le moindre retard peut
amener le plus affreux malheur!...

.   .   .   .

Pendant que Thérèse subissait toutes ces inquiétudes, ses deux
compagnons n'avaient pas négligé l'occasion inespérée de se faire un
allié du grotesque majordome de Son Excellence Delaverne.

Après s'être bien assurés que le descendant de l'empereur Gua-timozin aimait à chercher dans les vins de France une consolation à sa déchéance et l'oubli de ses malheurs, Ravergy et Michot avaient éprouvé un grand soulagement.

Mais ils pensaient qu'il leur fallait procéder avec la plus grande habileté, afin de ne pas éveiller les soupçons de l'Aztèque.

Ils décidèrent donc que le meilleur moyen à employer serait d'exploiter à leur profit la grande admiration de Talakis pour les généraux français dont l'Aztèque avait exalté les exploits en Amérique.

D'ailleurs, Claude Michot était l'homme tout désigné pour se charger de faire l'apologie de soldats français.

D'accord, en cela, avec son camarade, il se prépara d'avance à surchauffer l'enthousiasme de Talakis, par la narration des guerres de Vendée, d'Allemagne et d'Italie, et le récit de toutes les actions d'éclat auxquelles Ravergy et lui avaient pris part.

La chose se passa comme l'avaient espéré les deux anciens soldats de la République.

Talakis était venu, comme d'habitude, présider au lever des hôtes de Son Excellence. Il les trouva en grande conversation animée.

Et comme il s'informait de la cause de cette animation, Claude Michot lui répondit :

— C'est le capitaine qui ne veut pas convenir qu'il est un militaire d'aussi grande valeur que l'illustre Lafayette !

Ces simples mots ayant produit l'effet qu'on en attendait, Michot continua :

— Oui, mon ami Talakis, le capitaine est un véritable héros quand il se trouve en face l'ennemi !...

Tenez, ami Talakis, je ne sais pas ce que Lafayette aurait pensé de mon capitaine; mais je puis vous dire qu'un autre chef, un chef plus grand encore que Lafayette, le général Kléber lui a serré la main sur le champ de bataille...

Est-ce vrai, mon capitaine ?

— Oui !... Mais tu oublies d'ajouter qu'il t'a serré aussi tes mains noires de poudre !

— Sans compter, reprit Michot, que l'expression de physionomie de l'Aztèque encourageait à continuer, sans compter qu'un autre général encore plus grand que tous les autres, le général Hoche a vu mon capitaine à l'œuvre.

— Contez-moi ça! baragouina l'Aztèque en se laissant tomber
de joie sur un siège...

Claude Michot était arrivé à son but, et tandis que Ravergy,
allait et venait dans la pièce, absorbé par quelque grave pensée, il
entama, avec force détails, le récit de la guerre de Vendée..

Ce qu'il avait prévu arriva : l'Aztèque trépignait de joie en
écoutant...

Alléché par cette première narration, le descendant de Guatimozin se montra rempli d'enthousiasme au récit de la campagne
contre les Prussiens et les Autrichiens.

Puis, de plus en plus transporté d'admiration pour la valeur
française, il écouta le récit de la campagne d'Italie.

Naturellement, Michot exaltait la conduite de son capitaine, si
bien que Talakis, se levant, s'écria :

— Nous allons boire à la grandeur de la France, et, puis, à la
gloire de Hoche, et, puis après, au courage de Kléber... Et, puis,
nous boirons à votre capitaine !...

Il y avait là toute une perspective de vins de France à boire par
rasades.

Michot était enchanté du résultat qu'il avait obtenu. Toutefois, il
dut se rendre à l'avis de Ravergy, qui fit comprendre que l'on réser-
verait les rasades en l'honneur des généraux français pour le repas
du soir.

— C'est juste ! approuva l'Aztèque.

Il ajouta, d'un air de confidence, que Son Excellence s'absen-
terait pendant toute l'après-midi et, même, dînerait à Mexico.

— Eh ! bien, et sa fiancée ? demanda Michot.

— Elle dînera seule !... C'est l'ordre de Son Excellence !...

Ravergy et Michot attendaient avec impatience que Delaverne
s'éloigna. Et, quand avant de monter à cheval pour se rendre à la
ville, leur hôte fut venu leur rendre une courte visite dans le pavillon
du parc, et se fut retiré, les compagnons de Thérèse rappelèrent à
Talakis que celui-ci leur avait promis de leur faire visiter l'intérieur
de la chambre nuptiale...

— Ce sera la seule et unique fois que nous aurons l'occasion
d'entrer dans cette chambre si magnifique! dit avec intention
Michot.

— Venez ! répondit laconiquement l'Aztèque.

Et, comme il précédait les deux Français, Claude Michot en
profita pour dire tout bas à Ravergy :

— Attendez, dit-il, Talakis est prudent... (P. 1035.)

— Attention, mon capitaine, nous allons en reconnaissance !

On s'était tout d'abord dirigé vers le château, en traversant le jardin ; mais au moment de passer, du jardin dans la cour d'honneur, Talakis se ravisa tout à coup.

Il avait réfléchi que Son Excellence avait donné l'ordre que sa fiancée ne fut pas dérangée, et que ce serait agir imprudemment que d'introduire les deux étrangers auprès de Thérèse.

130. — SEULE!   130.

— Je ne puis vous laisser pénétrer dans le château, dit-il.

— Alors, nous ne verrons pas cette fameuse chambre nuptiale? s'exclama Michot d'un air de déception admirablement peint.

Et il ajouta :

— Mon capitaine aurait bien voulu, cependant, jeter un coup d'œil dans cette chambre si splendide!...

— Et capitaine français la verra! prononça l'Aztèque avec un clignement d'yeux significatif.

En même temps, Talakis fouillait dans la poche de son pantalon et en tirait la petite clef d'or.

« Poche de droite! » pensa Michot.

— Voilà qui va nous permettre de voir la chambre nuptiale de Son Excellence! dit Talakis.

— Et pour cela, nous n'aurons pas besoin de passer par les appartements du château? demanda Michot.

— Pas du tout!...

— Ah!... ce sera alors par une porte secrète! reprit Michot, répondant à ce que venait de dire le majordome.

Celui-ci avait conduit les deux Français à l'extrémité du jardin; une issue permettait l'accès dans une cour de côté, sur laquelle donnait une des ailes du château.

Talakis indiqua une porte dont il n'eut qu'à pousser le battant pour laisser pénétrer Ravergy et Michot dans une salle basse au fond de laquelle on voyait les premières marches d'un escalier.

Michot s'était approché de son camarade et lui glissait ces mots à l'oreille :

— Mon capitaine, je prends des notes dans ma tête.

— C'est bien! répondit Georges.

A ce moment, l'on était arrivé à l'escalier. Talakis passa le premier et les trois hommes gravirent les marches.

— Onze! compta Michot, quand on fut arrivé à la dernière marche.

On se trouvait maintenant dans une galerie qu'éclairaient, de distance en distance, des œils-de-bœuf pratiqués dans le mur.

Michot en compta six, au moment où l'on s'arrêta devant une porte de laquelle on ne voyait pas la serrure.

— Nous allons passer par là! dit l'Aztèque en indiquant cette boiserie.

— Là?... Et c'est avec cette toute petite clef que vous allez

ouvrir cette immense porte? demanda Michot, affectant la stupéfaction.

— Je n'aurai, pour cela, même pas besoin de clef du tout! répondit le majordome...

Vous allez voir.

En même temps, il appuyait de tout son poids sur le côté droit
de la boiserie qui, immédiatement, tourna sur elle-même.

— Il y a un secret pour ouvrir? dit Michot quand il eut, avec
son camarade, suivi l'Aztèque qui, jouissant de sa surprise, répondit :

— Pas de secret du tout; il faut pousser comme j'ai fait, voilà
tout!..

Seulement, ajouta-t-il finement, il faut savoir qu'on n'a qu'à
pousser et Talakis connaît seul ce secret.

Michot dit alors de l'air le plus naturel du monde :

— Mais quand on est dedans... Comment fait-on pour sortir?...

— Tout à l'heure!... Tout à l'heure! répondit le majordome en
riant.

Et il poussa la boiserie qui se referma d'elle-même.

— Mais il fait noir ici comme chez le diable! s'exclama Michot.

Lui et les deux autres étaient, en effet, dans un couloir très étroit
et dans une complète obscurité.

— Par exemple, si l'on peut trouver une issue ici, je veux bien
que le diable m'emporte! continua Michot.

Il ajouta :

— Dites donc, capitaine, ce serait peut-être bien le moment de
battre mon briquet?

— Inutile! prononça Talakis.

On entendit alors comme un petit grincement de métal sur
métal.

Une seconde après, un filet de lumière fit voir que le majordome
venait d'ouvrir une porte.

— Attendez, dit-il, Talakis est prudent, il va s'assurer qu'il n'y a
personne dans la chambre nuptiale.

Il poussa un ressort avec précaution et le filet de lumière s'agran-
dit progressivement.

Ravergy et Michot étaient maintenant tout près l'un de l'autre,
et ce dernier en profita pour dire à son camarade :

— Tout va bien!... Je reviendrais ici les yeux fermés.

L'Aztèque se retourna, après avoir constaté qu'il n'y avait personne dans la chambre.

— Venez! dit-il en livrant passage aux deux Français.

Ravergy et Michot n'auraient certainement pu s'empêcher de manifester leur admiration si, l'un, ainsi que l'autre, n'eussent été absorbés par leur unique préoccupation.

Cette chambre nuptiale était, en effet, la chose la plus merveilleuse qui se put imaginer.

On avait réuni, dans cette pièce destinée à l'épousée, tout le luxe virginal, tout le confort désirable pour une jeune mariée.

Talakis jouissait sans réserve du saisissement de surprise qu'il croyait avoir provoqué chez les deux Français, dont il interprétait le silence comme l'expression d'une admiration arrivée à son dernier degré.

Nous l'avons dit, les deux amis de Thérèse avaient une unique préoccupation, en pénétrant dans cette chambre qu'ils avaient, avec intention, demandé à visiter.

Aussi, tout en ayant l'air d'être éblouis par chaque détail que Talakis prenait soin de leur faire remarquer, ne s'occupaient-ils réellement qu'à se rendre compte de la disposition de la vaste pièce.

Ils avaient tout de suite porté leurs regards sur la porte secrète qui, une fois refermée par l'Aztèque, se confondait exactement avec la boiserie surchargée de motifs d'ornementation.

Claude Michot, qui s'était chargé de noter dans sa mémoire tout ce qu'il verrait, avait en vain cherché un trou de serrure dans cette boiserie. Aussi eût-il voulu abréger cette visite afin de voir comment s'y prendrait le majordome pour ouvrir à nouveau la porte secrète, cette fois à l'intérieur.

Mais Talakis semblait prendre plaisir à faire visiter consciencieusement la pièce destinée à recevoir la jeune Française.

Un détail avait plus particulièrement attiré l'attention de Ravergy et de Michot:

— Qu'est-ce que cette malle? demanda ce dernier en désignant un coffret en bois d'ébénier, très richement incrusté d'or et de pierres précieuses formant arabesques et fleurs.

Talakis répondit d'un air mystérieux:

— Un souvenir que veut conserver la Française, après qu'elle sera devenue la femme de Son Excellence.

La clef était à la serrure. Talakis ouvrit le coffre avec précaution, comme s'il eût contenu les objets les plus précieux.

Un morceau de satin blanc apparut. Il recouvrait d'autres étoffes.

Lorsque Talakis l'eut enlevé, Ravergy et Michot reconnurent, dans l'intérieur du coffre, les vêtements que portait Thérèse pendant son long et douloureux voyage.

— La senorita française a voulu conserver cela, dit l'Aztèque, pour le remporter en France comme souvenir... Et Son Excellence lui a donné ce coffre, qui ne fera pas partie des bagages de Son Excellence.

Talakis ajouta que, depuis la veille, Delaverne avait fait partir un certain nombre de colis, qu'on devait embarquer sur le navire qui transporterait en France Son Excellence et sa jeune épouse.

Le majordome, dont on connaît la prolixité de langage, parla avec force détails du bâtiment qui était à l'ancre dans le port de Vera-Cruz. A ce que Delaverne avait appris à Thérèse, il ajouta que le fin voilier était aussi presque un navire de guerre, capable de se défendre avec avantage contre les pirates qui infestaient la mer des Antilles, et poussaient souvent des pointes hardies jusque dans le golfe du Mexique, bravant audacieusement les croisières.

Talakis dit, en outre, que le coffre ferait partie des bagages légers que Son Excellence emporterait avec lui.

Pour expliquer ce qui précède, disons que Delaverne, ayant fait comprendre à la jeune fille qu'une fiancée ne pouvait continuer de porter ses humbles vêtements de voyage, Thérèse avait dû consentir à revêtir une luxueuse toilette.

Elle y avait toutefois mis, comme condition, qu'elle garderait ses anciens vêtements avec lesquels elle désirait reparaître devant sa mère.

Delaverne avait compris la pensée qui dictait ce désir à sa fiancée.

C'est ce que Talakis apprit aux compagnons de Thérèse.

La visite de la chambre nuptiale avait duré plus d'un quart d'heure, à la grande contrariété de Michot qui avait hâte de pouvoir s'entretenir, en particulier, avec Ravergy.

— Nous n'avons plus rien à voir ici, dit Talakis en se dirigeant vers la partie de la boiserie où se trouvait la porte secrète.

Michot l'avait suivi et put voir qu'il déplaçait une fleur d'ornement, sous laquelle se trouvait la minuscule ouverture servant de trou à la serrure.

« Bon, pensa Michot, c'est la sixième à partir du bas! »

. . . .

On était à la veille du mariage et, après une journée, marquée par une insurmontable anxiété, Ravergy et Michot virent enfin arriver le soir.

Ce devait être pour eux comme une « veillée des armes », car ni l'un ni l'autre ne songeait à dormir.

Ils causèrent longtemps et, lorsque le sujet qu'ils traitaient eut été épuisé, l'un et l'autre se renfermèrent dans un profond silence.

C'est qu'à ce moment, où allait se décider le sort de Thérèse, ces deux hommes, qui s'étaient donné la mission de sauver la jeune fille, fut-ce au prix de leur vie, éprouvaient le besoin de se recueillir.

XII

BÉNÉDICTION NUPTIALE

De bonne heure, tous les serviteurs du château furent sur pied pour le service de la fiancée de Son Excellence, et le majordome se multipliait pour veiller à la bonne exécution des ordres qu'il avait donnés.

Dans le but d'éviter qu'une foule nombreuse de curieux ne se portât aux abords de l'église, Delaverne avait décidé que la cérémonie nuptiale aurait lieu le soir, et il avait donné, en conséquence, ses ordres pour que le château fut splendidement éclairé, lorsqu'il y ramènerait Thérèse devenue sa femme.

. . . .

Lorsque le moment fut arrivé pour Thérèse de revêtir sa toilette d'hyménée, la pauvre enfant ne put comprimer ses larmes.

Arrivée à cette heure suprême, sa pensée se reportait vers celui qu'elle aimait et dont elle s'imaginait la douleur.

Son énergie l'avait abandonnée pour faire place au plus violent désespoir.

Victime sacrée du devoir et du dévouement, elle se comparait aux victimes de l'antiquité.

Celles là, vêtues de blanc et parées de fleurs, ainsi qu'elle l'était elle-même, étaient conduites à l'autel pour y être sacrifiées ainsi qu'elle le serait bientôt.

Mais plus heureuses, mille fois, les victimes antiques mouraient au pied de l'autel, tandis que pour la pauvre Thérèse, les prières et la bénédiction nuptiale n'étaient que le signal de son supplice.

Et quel supplice, grand Dieu !... quel abominable torture !...

Elle appartiendrait à ce misérable, à cet homme, couvert de honte, d'infamie et de crimes !...

Et elle n'aurait pas le droit de mettre fin à son horrible existence !

Non, elle était condamnée à vivre, car de sa vie dépendaient l'honneur et la vie des êtres infortunés et chéris qui l'attendaient là-bas !...

Et la pensée de Georges venait aussi lui déchirer le cœur...

Quel serait son désespoir ?

De quelle douleur mortelle n'allait-il pas être frappé lorsque devant Dieu, au nom de ce Dieu tout puissant, elle serait pour toujours unie à cet autre, à cet homme exécré par lui comme il l'était par elle-même.

Son âme se révoltait à cette pensée. Et puisque Georges avait dit : Soyez sa femme, c'est qu'il avait conçu un plan, c'est qu'il méditait un projet décrit pour la sauver. Mais quel était ce but, quel était ce projet ?...

Tout à coup, elle imposa silence à son esprit, et refoula ces douloureuses pensées au fond de son cœur.

Elle se raidit contre la défaillance qui, déjà l'envahissait.

Delaverne, le regard flamboyant de convoitise et de sauvage admiration se tenait debout et silencieux devant elle.

Et comme il s'approchait, prêt à lui adresser, sans doute, de tendres paroles qui eussent révolté son âme, Thérèse d'une voix qu'elle s'efforçait d'affermir prononça :

— Je suis prête !...

Et il lui fallut appuyer son bras sur le bras qu'il lui offrait !

Tous deux sortirent du château au milieu d'une double haie de valets, et précédés par le majordome Talakis.

Lorsqu'on fut au bas du perron, Delaverne dit à Thérèse :

— Voici vos deux compagnons de voyage, vos témoins qui vont nous accompagner à l'église.

Thérèse fit alors un pas au devant de ses deux amis et leur tendit à chacun une main, en disant :

— Vous qui m'avez soutenue, vous qui m'avez sauvée dans le passé, ne m'abandonnez pas maintenant.

Il y avait dans la voix de la jeune fille, en prononçant chacune de ces paroles, une expression si poignante que Delaverne en fut frappé.

Il intervint brusquement pour mettre fin à cette scène dont il redoutait l'issue et saisissant la main de sa fiancée :

— Venez, dit-il, le prêtre nous attend.

. . . .

Un grand nombre de curieux stationnaient aux abords de l'église, et lorsque les carrosses eurent été signalés, la foule se mit en haie, chacun se pressant pour voir celle qu'allait épouser le richissime personnage.

Quand Thérèse fut descendue de la voiture et qu'on la vit gravir les marches du parvis, la beauté de la mariée et sa merveilleuse toilette provoquèrent une admiration générale.

Sous son voile de vierge, l'infortunée courbait le front, en proie aux plus douloureuses pensées.

Puis quand la porte s'ouvrit toute grande devant elle et qu'elle vit, éclairé de mille feux, l'intérieur de cette église où le prêtre allait dans quelques instants, lui donner la bénédiction nuptiale, la fiancée de Delaverne éprouva une sorte de vertige.

Lorsque le prêtre la reçut au seuil du lieu saint, que les chants sacrés s'élevèrent, que la grande voix de l'orgue se fit entendre, pendant que la fumée de l'encens montait en spirales vers la nef, Thérèse ne voyait et n'entendait rien.

Elle avançait lentement le front penché, les yeux fixes dirigés sur les fleurs dont on avait jonché les dalles.

La pauvre créature marchait comme dans un rêve, il semblait qu'une volonté toute-puissante eut décidé de lui épargner, à ce moment, les horreurs de la réalité.

Et lorsqu'il fallut s'agenouiller devant l'autel, l'infortunée s'affaissa, les genoux brisés, telle une sainte martyre, attendant l'heure de la miséricorde divine.

Mais tout à coup l'âme se réveilla dans ce corps inerte.

Thérèse eut un mouvement d'insurmontable répulsion quand elle vit l'homme infâme agenouillé à côté d'elle.

Un tressaillement agita tout son être, comme une dernière suprême révolte de son âme toute pleine de la pensée d'un autre.

SEULE !

Les deux hommes marchèrent sans échanger un mot... (P. 1047.)

De cet autre qu'elle sentait derrière elle, et dont le cœur battait à l'unisson du sien.

Il assistait à son supplice, subissant les mêmes déchirements.

Le prêtre s'était tourné, vers elle les mains bénissantes, en prononçant la formule consacrée:

« Dominus vobiscum! »

Que le Seigneur soit avec vous! Ces mots tombés des lèvres du ministre de Dieu, rappelèrent à elle-même l'âme affolée de Thérèse.

La victime se sentit forte pour le sacrifice, qu'elle s'était imposé.

Et pendant que l'on donnait, pour ainsi dire, la bénédiction nuptiale à son corps, dont elle avait d'avance fait le sacrifice à l'odieux Delaverne, maîtresse de son âme, elle s'unissait par la pensée, à celui à qui elle s'était fiancée à la face du ciel au moment où jadis il disparaissait sous les flots.

La messe est terminée. Le moment est venu où le prêtre adresse aux deux époux, le sermon d'usage.

Et lorsque s'adressant à Thérèse il lui dit :

— Consentez-vous à prendre Delaverne pour époux?

— Oui! répond-elle.

Et ce mot qui s'échappe, d'ordinaire, des lèvres de la jeune épousée plein d'émotion, de joie et d'espérance est prononcé par Thérèse d'une voix vibrante de douleur et de résignation.

Georges, seul, a compris le véritable sens de ce « oui » si nettement accentué. C'est le sacrifice fait, à nouveau, par Thérèse au salut de son père.

C'est la suprême confirmation de ces paroles jetées par la jeune fille à travers l'espace, au milieu de la tempête:

— Et moi aussi, je vous aime!...

Que leur importait, maintenant, à tous deux, que l'anneau nuptial passât de la main de Delaverne au doigt de l'épousée?... Cet anneau n'avait pas plus de signification à leurs yeux que les bijoux dont le millionnaire avait voulu parer sa fiancée... sa victime!...

Cet anneau n'était plus un symbole sacré que l'épouse garde précieusement, mais, simplement, les arrhes d'un odieux marché.

. . . .

La cérémonie a pris fin au milieu des chants, pendant que les

nouveaux mariés se rendent à la sacristie pour apposer leurs noms
sur les registres de l'église.

C'est le moment où Ravergy et Michot doivent adresser leurs
adieux à celle dont ils ont été les amis, les protecteurs dévoués.

Ils se présentent, sans émotion apparente. Et Thérèse, qui
s'avance au-devant d'eux, ne peut lire sur leur visage ni trouble,
ni douleur, ni colère.

Et, cependant, elle devine, malgré ce masque d'impassibilité,
que ces physionomies, calmes, ne reflètent pas, en ce moment, les
véritables impressions de l'âme.

Non plus qu'eux, d'ailleurs, elle ne laissera voir ce qui se passe
en elle et, dans le regard qu'elle adresse à ses deux amis, — regard
que Delaverne pourrait surprendre, — il est impossible de lire l'inquiétude qu'elle éprouve, les angoisses qui l'étreignent...

Au banal adieu que lui adressent ceux qui ont partagé les dangers qu'elle a courus, et l'ont assistée dans la lutte contre les obstacles sans nombre et protégée au péril de leurs jours, elle répond par
des remerciements et des souhaits.

Mais, dans ces derniers mots qu'elle leur adresse simplement,
comme une formule consacrée : « Que Dieu soit avec vous! » les
deux jeunes gens ont compris le sens exact qu'elle y attachait.

. . . .

Ravergy et Michot se sont frayé un passage au milieu de la
foule de curieux qui encombrent le parvis.

Ils montent dans le carrosse qui les a amenés et donnent
l'ordre qu'on les reconduise au château le plus promptement
possible.

Et, pendant que la voiture est emportée au galop, ils gardent le
silence, pressés d'arriver et redoutant de n'avoir pas le temps de
préparer la tâche qu'ils vont accomplir, avant que Delaverne ne
ramène celle qu'il vient d'épouser.

. . . .

Le carrosse a fait le trajet à une allure vertigineuse et franchit
enfin le portail de la grille.

Nul doute que le cocher n'exécute les ordres que lui a donnés
le majordome, car il conduit directement les hôtes de Delaverne au
pavillon du parc.

Claude Michot a ouvert la portière et saute à terre précédant
Ravergy.

Pressé de profiter du congé que les autres valets ont déjà pris, le cocher est allé remiser le carrosse.

Quand il sera parti, il ne restera plus au château que Talakis qui doit, ce soir là, remplir auprès de Son Excellence les fonctions que remplissent, auprès des souverains, le personnage appelé : « gentilhomme de la chambre. »

Deux jeunes mexicaines resteront aux ordres de la jeune mariée, aussi longtemps que celle-ci aura besoin de leur service dans la chambre nuptiale.

XIII

L'HEURE DE LA VENGEANCE

En pénétrant dans le pavillon, Ravergy et Michot s'empressent de se dépouiller des habits dont ils s'étaient revêtus pour la cérémonie du mariage et reprennent leurs costumes de voyage.

— Maintenant que nous voici prêts, dit Claude, allons causer avec Talakis.

Mais, au fait, comment n'est-il pas déjà ici?

En même temps il se dirigeait vers la porte. Une exclamation joyeuse, provenant de la salle à manger, lui apprit que le majordome de Son Excellence prenait un acompte en les attendant.

Ravergy et lui purent, en effet, se convaincre, en pénétrant dans la salle à manger, où était servi un copieux « media noche », que le descendant de l'empereur Guatimozin passait en revue le bataillon de bouteilles qu'il avait l'intention de vider en l'honneur de la France.

Talakis avait déjà ingurgité quelques verres, n'ayant pu résister à sa passion dominante.

— Bonne affaire! dit Claude... Nous trouvons la besogne à moitié faite.

En effet, Talakis reçut les deux Français avec une exubérance de gestes et de paroles qui ne laissait aucun doute sur son état.

— A table!... à table, capitaine français! s'écria-t-il en indiquant les deux places que devaient occuper ses invités.

— A table! répéta Claude Michot en s'emparant d'une des bouteilles dont il fit sauter le bouchon, tandis que, de son côté, Ravergy en faisait autant.

L'Aztèque vida son verre d'un trait, puis il le tendit de nouveau.

Maintenant il bredouillait, la langue épaisse, avec une prolixité qui dénotait une complète ébriété.

Dans sa joie, il ne s'était pas aperçu que ses deux invités ne l'imitaient pas.

Ils attendaient, anxieux, que l'Aztèque fut arrivé au degré d'ivresse qui le mettrait à leur discrétion.

Tout à coup, cependant, Talakis sembla retrouver ses esprits, comme si une accalmie se fut produite en lui.

Il se leva, se rappelant qu'il avait négligé d'exécuter un ordre.

— Son Excellence va arriver, dit-il; il faut que j'aille la recevoir... Et vous, mes amis, vous allez partir pour vous mettre en route!

— Ah! nous avons le temps! répliqua Michot en échangeant, avec son ami, un signe d'intelligence... Nous allons boire un dernier coup à la santé de mon capitaine.

— Oui, à ma santé et aussi à la santé du descendant et héritier de l'empereur Guatimozin!

En prononçant ces mots, Ravergy emplissait les trois verres.

Mais, contrairement à ce qu'il avait espéré, le majordome ne se rassit pas et se contenta de vider son verre.

Après quoi, il fit mine de vouloir se retirer.

Mais si les vapeurs du vin avaient semblé se dissiper, les jambes de l'Aztèque ne retrouvaient pas leur aplomb.

Talakis trébuchait, se heurtant aux sièges.

— Il a du plomb dans les ailes, dit Michot... Il faut l'aider à marcher, mon capitaine!...

Puis, comme s'il se fut agi d'entraîner ses hommes au combat :

— En avant! s'écria-t-il.

Aussitôt Ravergy et lui se jetèrent sur l'Aztèque qui, renversé, se démenait et criait.

— J'ai de quoi t'empêcher de gigoter, mon vieux, et aussi de t'empêcher de t'égosiller, dit Claude Michot qui s'était muni d'une corde trouvée dans la garde-robe.

Et, pendant qu'il liait solidement son homme, Ravergy, de

son côté, s'était mis en devoir de le bâillonner à l'aide de sa serviette.

Le malheureux Talakis se trouva bientôt dans l'impossibilité de faire un mouvement ou de pousser un cri.

Michot, alors, se mit en devoir de s'emparer de la petite clef d'or ouvrant la porte secrète de la chambre nuptiale.

— La voici! dit-il d'un ton de triomphe.

— Donne! s'exclama Ravergy.

Il s'agissait maintenant de ne plus perdre une minute, car le moindre retard pouvait faire avorter le plan qu'ils étaient convenus de mettre à exécution.

— Je vais marcher en éclaireur, dit Claude Michot en dégaînant une rapière qu'il avait ajoutée à son costume.

Toi, mon capitaine, tu vas me suivre; j'ai remarqué par où ce pauvre majordome nous a fait passer, pour nous conduire à la chambre nuptiale.

A présent, j'irais les yeux fermés, s'il le fallait!

Les deux hommes marchèrent sans échanger un mot, traversant le jardin et franchissant la porte qui ouvrait sur la cour.

— Voilà le moment de battre ton briquet! dit à voix basse Ravergy, quand on se trouva, au bout de la longue galerie, devant la porte qu'il s'agissait de faire pivoter sur elle-même.

Les deux hommes, ayant procédé ainsi qu'ils avaient vu faire Talakis, arrivèrent devant la porte secrète.

Mais ils se trouvaient, comme on sait, dans une obscurité complète.

Cette fois encore, Claude battit le briquet et fit prendre une mèche qui lui servait à allumer sa pipe.

Et c'est pendant qu'il soufflait dessus pour obtenir un peu de clarté, que Ravergy parvint à trouver, non sans peine, le trou dans lequel devait être introduite la clef d'or.

Jamais, sur les champs de bataille, au moment d'aborder l'ennemi, ces deux vaillants soldats n'avaient éprouvé l'émotion qui, à ce moment, les étreignait au cœur.

Instinctivement, tous deux se mirent à écouter, l'oreille collée contre la porte, qui seule les séparait de cette chambre, dans laquelle ils allaient s'introduire clandestinement.

Et, n'entendant aucun bruit, ils se décidèrent à ouvrir et à pousser la porte.

La chambre était éclairée par une douce lumière, tamisée par les globes d'opale des lampes.

Ravergy et Michot entrèrent; mais, comme ils mettaient le pied dans cette chambre, des cris éclatèrent tout à coup, poussés par les deux jeunes Mexicaines qui attendaient le retour de la mariée.

D'un bond, Michot s'était élancé pour leur couper la retraite, au moment où, affolées de terreur, elles couraient vers la porte.

— Silence! commanda-t-il d'une voix de tonnerre.

Les pauvres filles tremblaient de tous leurs membres.

Ravergy les rassura.

— Nous ne voulons vous faire aucun mal, leur dit-il; vous n'avez rien à craindre de nous, à condition que vous obéissiez.

Les deux Mexicaines parlaient suffisamment le français pour se faire comprendre.

Claude Michot se chargea de leur faire subir un court interrogatoire, à l'aide duquel il se fit renseigner sur les êtres du château.

Les deux servantes lui apprirent que Son Excellence avait donné congé à toute la domesticité, sauf au majordome et à elles.

— Eh bien! mes petites, leur dit le brave garçon, nous vous donnons congé à vous aussi, car c'est Son Excellence qui nous envoie. Seulement, vous allez rentrer dans votre chambre, où vous attendrez que nous venions vous chercher, quand Son Excellence aura besoin de vous.

La chambre des deux jeunes filles se trouvait au dernier étage. Claude Michot se chargea de les y conduire.

Et quand il fut revenu auprès de son camarade qui, pendant son absence, avait fait le guet devant la porte du vestibule, il lui apprit qu'il avait enfermé les deux servantes, après s'être assuré que leurs cris ne pourraient être entendus si, malgré la promesse qu'il avait obtenue d'elles, les pauvres filles s'avisaient d'appeler au secours.

— Maintenant, répondit Ravergy, attendons ici.

— Bivouaquer dans une chambre nuptiale, voilà qui n'est pas ordinaire! dit Michot qui, comme à la veille des batailles, avait retrouvé sa bonne humeur de « risque tout ».

Par contre, Georges Ravergy était devenu sombre.

A ce moment où il s'apprêtait à reparaître devant Delaverne, il s'absorbait dans de graves souvenirs.

A la pensée de délivrer Thérèse venait s'ajouter celle de venger le marquis de Ravergy, son père.

...Quand d'un coup de son épée, Michot lui traversa la poitrine. (P. 1054.)

Jamais attente n'avait été empreinte d'une anxiété plus vive. Claude Michot bouillait d'impatience.

Un silence de mort régnait dans le château, dont toutes les pièces étaient brillamment éclairées par des lampadaires et des lustres.

La galerie conduisant au salon d'honneur resplendissait de mille feux.

Delaverne avait voulu que Thérèse put traverser cette galerie comme une reine de féerie prenant possession de son palais enchanté.

Claude Michot foulait les tapis d'un pas saccadé, brûlant d'impatience de pouvoir annoncer à son ami l'arrivée du carrosse.

Vingt fois déjà il avait, du haut du perron, parcouru du regard la route conduisant à la ville, quand, tout à coup, il lui avait semblé entendre un roulement lointain.

Précipitamment il courut rejoindre Ravergy dans la chambre nuptiale.

— Le moment est proche! lui dit-il.

Georges Ravergy se dressa, brusquement arraché aux sombres réflexions qui se succédaient en son esprit.

Il songeait à l'instant suprême où son père tombait sous les balles françaises.

Il avait évoqué cet atroce souvenir pour exaspérer la haine qu'il gardait au misérable dont les délations avaient provoqué la mort de l'homme qu'il avait dépouillé de sa fortune.

Il voulait, loyal comme il l'était, retremper son énergie dans cette haine si largement justifiée, avant de se donner le rôle de justicier.

Et quand Michot eut parlé :

— Je suis prêt! répondit-il, en mettant l'épée à la main.

Il avait, en parlant ainsi, l'air grave et inflexible du juge suprême prêt à prononcer un verdict de mort.

. . . .

Après être descendu du carrosse, Delaverne présenta la main à Thérèse pour l'aider à en descendre à son tour et la conduire dans le salon d'honneur.

Marche silencieuse pendant laquelle Thérèse élevait son âme et puisait dans sa foi en la Providence la force de supporter la terrible épreuve qui se préparait.

Delaverne lui avait fait parcourir la galerie, et l'ayant fait entrer dans le salon d'honneur, il lui dit :

— J'ai vu se réaliser en ce jour mes vœux les plus chers. En consentant à devenir ma femme, vous avez ouvert, devant moi, tout un avenir de félicités, ainsi qu'à ceux que vous affectionnez tendrement, et je m'applaudis d'être pour quelque chose dans leur bonheur.

— J'ai hâte de tenir la promesse que je vous ai faite. Si cette nuit m'appartient, à partir de demain, vous aurez le droit d'exiger que je consacre tout mon temps à l'œuvre de piété filiale que vous avez entreprise et à laquelle j'ai la plus grande hâte de m'associer.

Demain, je m'y consacrerai tout entier et tous mes efforts tendront à abréger l'anxiété dans laquelle vous allez vivre, jusqu'à ce que nous ayons déposé, entre les mains du défenseur, la lettre qui fera éclater l'innocence de votre père.

Cette précieuse lettre, que je porte là, sur mon cœur, vous sera bientôt remise par moi, Thérèse.

Elle sera, cette nuit même, le symbole d'union entre nos deux existences, entre votre âme et la mienne.

Elle vous rappellera tout ce que vous me devez et tout l'amour que je ressens pour vous.

Ainsi, tout était bien fini!... L'infortunée allait subir l'outrage d'un homme détesté qui réclamait ses droits d'époux.

— Quelles mortelles secondes s'écoulèrent pour la malheureuse, quand Delaverne lui prit la main pour la conduire jusqu'au seuil de la chambre nuptiale.

C'en était fait, elle allait franchir cette porte qui va se refermer sur elle, comme la porte d'une prison, et ne s'ouvrira plus que pour livrer passage à son bourreau....

— J'attendrai que vos servantes viennent m'annoncer qu'elles ont terminé leur service auprès de vous, dit-il.

Thérèse a franchi le seuil avec une sourde exclamation désespérée.

Soudain elle se retourne : une voix a prononcé son nom, une voix qu'elle connaît bien.

Et un cri de surprise et de joie vient expirer sur ses lèvres....

Mais déjà ses deux amis sont près d'elle, pour la recevoir, défaillante d'émotion, dans leurs bras.

— Georges..., Georges..., je vous attendais! s'écrie-t-elle! Sauvez-moi! Sauvez-moi!

Et tandis qu'elle déchire avec rage les soies et les dentelles de sa toilette de mariée et qu'elle arrache de son front la couronne et le voile d'hyménée, Ravergy et Michot gardent la porte de la chambre nuptiale, prêts à en défendre l'entrée...

— Vous me sauverez, n'est-ce pas? Vous me sauverez, répète d'une voix tremblante d'émotion, Thérèse affolée.

— Ayez confiance en moi et priez Dieu, Thérèse!

— Priez, car voici le moment où la prière d'un ange doit appeler le secours d'en haut sur celui qui a juré de vous sauver et qui a fait à un mort le serment de le venger!...

— Vous allez exposer votre vie, Georges!... prononce Thérèse d'une voix frémissante de terreur.

Et lui, l'entraînant, suspendue, des deux mains, à son bras auquel elle s'est accrochée, répond :

— Il me faut le salut de votre père et la vengeance du mien. Laissez-moi sortir....

— Allez donc Georges...

En prononçant ces mots, Thérèse leva les yeux au ciel et tomba à genoux.

On frappait à la porte.

. . . .

Delaverne avait attendu, comptant les minutes.

Enfin, jugeant qu'il s'était écoulé assez de temps pour que les servantes eussent terminé leur service, il avait pris le parti d'entrer.

Une seconde s'écoula pendant l'espace de laquelle les deux compagnons de Thérèse jetèrent un regard sur l'infortunée qui, les mains jointes et le front penché, priait en silence.

Puis, sur un signe de son camarade, Claude Michot ouvrit brusquement les deux battants de la porte....

Delaverne eut à peine le temps de se reconnaître, le temps de pousser une exclamation de surprise, que déjà les deux hommes se jetaient sur lui et l'entraînaient jusque dans la galerie.

Là, Ravergy écartant Michot, se campa résolument, l'épée haute, en face de Delaverne, saisi d'épouvante devant l'arme dont on menaçait sa poitrine.

Après un instant de stupeur, le misérable retrouva la parole pour appeler à son aide.

Mais le rire strident qui sortit des lèvres de Michot le glaça d'effroi. Toutefois il simula l'indignation :

— Comment vous êtes-vous introduits dans la chambre de ma femme?.. s'écria-t-il. Quels motifs vous y a conduits? Quels desseins avez-vous donc?.. Etes-vous des malfaiteurs et des assassins?.. Expliquez-vous!..

Ravergy baissa son épée, se croisant les bras et regardant son ennemi bien en face, il répliqua :

Il n'y a ici qu'un infâme bandit, c'est l'homme qui a trahi la confiance que l'on avait mise en lui, le voleur qui s'est approprié les sommes qu'on lui avait confiées; le traître qui, par ses délations, a causé la mort du marquis de Ravergy!..

Vous voulez savoir quels sont mes desseins, je vais vous le dire, assassin et voleur que vous êtes.

Et se redressant, calme, résolu, Georges laissa tomber ces mots :

— Je viens venger le marquis de Ravergy; je viens venger mon père!

— Vous?.. son fils?..

— Et son vengeur! prononça Ravergy d'un ton résolu, qui glaça le sang dans les veines du misérable.

Alors ce lâche voulut gagner du temps, dans l'espoir que Talakis qu'il attendait viendrait à son secours.

Il tenta de faire vibrer la fibre de l'honneur dans le cœur de celui qui se présentait comme un justicier, comme un vengeur.

— Vous m'accusez, dit-il; mais où sont les preuves de l'infamie que vous me reprochez?

— Ah! il te faut des preuves, gredin! interrompit Michot à bout de patience...

Ravergy, d'un geste, lui imposa silence.

De nouveau, Delaverne revint à son but.

— Quoi qu'il en soit, je ne puis supposer que, pour venger votre père, vous soyez venu ici avec l'intention de m'assassiner?..

Si vous exigez une réparation, je suis prêt à vous la donner.... une réparation par les armes !..

Que votre ami me donne son épée..., car je ne vous crois pas assez lâches pour vous placer tous deux en face d'un homme désarmé.

Il tendait la main, ne doutant pas que Michot lui donnât l'arme qu'il réclamait.

Mais Ravergy le foudroya par ces mots qui ne pouvaient laisser de doute sur la ferme résolution de celui qui les prononçait :

— On ne se bat pas avec un traître, avec un voleur, avec un assassin !.. On le tue, on l'écrase sans pitié.

Je ne suis pas venu demander réparation... J'ai juré de venger..., je vengerai.

Delaverne, à ces mots, fut saisi d'un tremblement convulsif, semblable à celui qui s'empare du condamné à la vue de l'échafaud...

— Lâche! lui jeta Michot à la face.

Ravergy abaissa son épée, dont la pointe toucha presque la poitrine du misérable.

— Delaverne, cria-t-il à ce dernier, si par impossible, une pensée de pitié eut pu me venir, te supposant repentant, ton odieuse conduite envers Thérèse Valomer, eut suffi à faire s'évanouir en moi toute compassion!..

Cette fois, Delaverne crut voir luire un espoir.

Pour être le défenseur de cette jeune fille.... de ma femme, veux-je dire, vous aspirez à lui donner la lettre, gage du salut de son père.... Si vous me tuez, comment l'aurez-vous, cette lettre?.. Où la trouverez-vous?

— Là, sur ta poitrine de lâche, dit Michot.

— Là..., dit Delaverne étonné, et tremblant de nouveau.

— Placés derrière cette porte, nous avons entendu les paroles que vous adressiez à Thérèse.

— Eh bien, oui, elle est là, s'écria Delaverne, agitant la lettre entre ses mains crispées, oui, la voilà; et si vous faites un pas vers moi, si vous ne me jurez pas de respecter ma vie, c'en est fait du salut de Valomer et de sa fille, je mets cette lettre à néant.

— Te laisser la vie, à toi l'époux frauduleux de Thérèse, à toi le meurtrier de mon père!.. non..., non...

— Eh bien, s'écrie Delaverne, regardez, et ses mains rapprochées, allaient lacérer la lettre, quand d'un coup de son épée, Michot lui traversa la poitrine.

Et arrachant le papier froissé des mains du moribond, Michot dit, avec force : La voilà, je la tiens, et intacte, bien entière, la voilà...

Tous deux se précipitèrent, alors, vers la chambre nuptiale.

— Dieu a écouté votre prière, Thérèse, cria Ravergy, à la jeune fille....

Voici la lettre!

Oui, il était entre leurs mains, ce document précieux, qui devait innocenter Valomer.

Il ne restait plus qu'à le placer sous les yeux de ses juges pour que l'accusé, réhabilité, fût rendu à la liberté.

C'était la joie, le bonheur rendu à cette pauvre famille éplorée;

mais c'est à Mexico que se trouvaient Thérèse et ses deux amis, c'est-à-dire à deux mille lieues de Paris!...

Et que de temps il fallait, à cette époque surtout, pour parcourir un aussi long trajet. Combien d'obstacles, de périls nouveaux pouvaient surgir encore avant le terme de cet immense voyage!...

XIV

LA VOIX DE LA CONSCIENCE!

Au moment où, à Mexico, se passaient les faits dramatiques que nous venons de raconter, les personnages que nous avons laissés en France ne restaient pas inactifs.

L'arrivée du missionnaire dans la famille Delamarre avait produit un effet de détente et de soulagement dans le cœur de tous.

Le moine, en faisant entendre la voix de sa conscience, avait ramené dans cette pauvre famille plus qu'un rayon d'espérance, la certitude que l'ancien forçat, devenu l'industriel en renom, retrouverait, à défaut d'une réhabilitation que lui refusait la loi, du moins l'estime dont il avait fait le sublime sacrifice.

Mais déjà, avant que le moine se fût mis en marche pour la grande réparation qu'il se faisait fort d'obtenir, de l'opinion publique, pour l'homme injustement condamné, celui-ci avait éprouvé une première impression des joies qui l'attendaient.

La mère de Thérèse avait voulu être la première à manifester, à l'égard de son bienfaiteur, ce que le religieux attendait de la grande voix du peuple, du peuple qui, plus autorisé encore que la magistrature, sait réhabiliter les victimes de la faillibilité de la justice.

Le moine venait de se retirer, quand, trouvant en elle-même une énergie que ne laissait pas présumer son état de maladie, Mme Valomer s'approcha de M. Delamarre en s'écriant :

— Je verrai donc s'accomplir ce que je n'ai cessé de demander au Seigneur!...

Je n'aurai donc pas la douleur d'avoir à me reprocher, toute ma vie, d'être la cause involontaire du malheur qui vous frappait!...

L'ancien forçat accueillit les paroles qu'on lui adressait comme une première satisfaction pour son cœur.

— Je bénis à présent la fatalité qui m'a associé si étroitement aux douloureux événements qui vous ont frappée, répondit-il.

Sans cette fatalité, que de malheurs n'eussent pu être conjurés !...

C'est grâce à elle que votre infortuné mari ne montera pas sur l'échafaud !... Nous l'espérons vivement, désormais.

Et, se tournant vers M. Morand qui assistait à cette scène touchante, auprès de Mme Delamarre et de Jeanne :

— Ce n'est pas le nom de Delamarre qui sera réhabilité !... Ce nom, je ne le porterai plus, je ne veux plus le porter...

A partir d'aujourd'hui, je redeviens pour tout le monde Urbain Rambaud, la victime d'une erreur judiciaire, le condamné innocent, le forçat martyr !...

On attendait anxieusement l'arrivée de Me Gardelle, afin de lui annoncer la bonne et stupéfiante nouvelle.

Stupéfiante en effet, car l'avocat, dans cette famille où il avait laissé l'affliction, le découragement et le deuil, retrouverait à présent l'espérance revenue dans tous ces cœurs, la joie sur tous ces visages qui naguère encore portaient si profondément l'empreinte de la désolation et des larmes.

Et lui-même qui ne comptait plus, depuis qu'il connaissait le naufrage de l'Abeille, que sur la problématique influence de son éloquence, pour convaincre ou attendrir les jurés, partageait à présent ces joies et cette espérance.

C'était un allié qu'en la personne du religieux lui envoyait le ciel, pour l'aider dans la double tâche qu'il allait poursuivre.

Il avait, à présent, deux causes à plaider : l'une devant le jury, pour obtenir l'acquittement de Jacques Valomer ; l'autre, devant la société, pour effacer la tâche d'infamie imprimée sur le nom d'Urbain Raimbaud.

Et, faisant allusion aux démarches dont allait s'occuper, sans retard et sans relâche, le missionnaire dont il s'était fait raconter en détail la visite, Me Gardelle, frappé d'admiration, s'exclama :

— Nous serons deux maintenant à poursuivre la même tâche, deux à atteindre le même but !

Ah ! pauvre femme, je puis vous dire à présent toutes les angoisses qui m'ont assailli, depuis que je savais la terrible catastrophe dans laquelle sombrait mon espoir d'obtenir l'acquittement de votre mari !

...Jeanne et André étaient aux genoux de celle qui venait de les fiancer. (P. 1060.)

En écoutant ces paroles que lui adressait l'avocat, la mère de
Thérèse ne pouvait retenir ses larmes.

Mais un rayon d'espérance éclairait maintenant son visage et y
ramenait une apparence de santé depuis si longtemps disparue.

. . . .

M. Morand s'était retiré, comprenant qu'il devait laisser la famille de son associé savourer sans témoins la première joie qu'il lui

était donné d'éprouver, après toutes les tortures morales qu'elle avait subies.

Le père d'André avait donné à entendre qu'il reviendrait bientôt, et le regard paternel dont il souligna ces mots, à l'intention de Jeanne, avait fait tressaillir de bonheur l'âme de la douce créature si cruellement frappée dans son amour et si pieusement résignée dans son malheur.

Aussi Jeanne attendait-elle, avec une indicible émotion, que M. Morand tînt la promesse qu'il avait faite en partant.

Elle ne s'était pas, pensait-elle, trompée sur les intentions du père d'André.

Toute la scène de la séparation lui revenait à la mémoire, cette scène déchirante pour son cœur, pendant laquelle elle s'était sentie mourir de désespoir, à l'idée de son bonheur à jamais perdu, de son rêve d'amour s'évanouissant pour toujours!

Il lui semblait les entendre encore, ces mots sortis des lèvres frémissantes d'André :

« J'aimais Jeanne lorsque je voyais en elle Mᵐᵉ Delamarre; depuis que je la sais la fille d'Urbain Rambaud, je l'adore!

« Elle était ma fiancée... Elle sera ma femme! »

Elle se souvenait aussi avec quels déchirements de son cœur elle avait dit à André un éternel adieu!

La plaie toujours béante en son cœur devenait chaque jour plus profonde et elle sentait bien que, pour elle, l'oubli ne viendrait qu'avec la mort!...

Son âme s'usait à cette lutte de tous les instants entre son amour et son devoir, et le jour n'était peut-être pas éloigné où elle y succomberait!...

Mais, tous ces souvenirs désespérants qui la torturaient naguère encore, elle les évoquait maintenant avec bonheur...

Il reviendra!... Cette pensée lui arrivait sans cesse délicieusement; elle aimait à la caresser.

N'avait-elle pas entendu le père d'André prononcer ces paroles :

« Oui, attendons, et lorsque, grâce à votre sublime dévouement, Valomer sera innocenté, l'estime publique vous reviendra, votre cause sera à demi gagnée, l'opinion ne vous marchandera pas la juste réparation qui vous est due...

« Et je vous dis à vous et à mon fils : attendons! »

Eh bien, cette réparation on allait l'obtenir pour celui dont le dévouement sauverait le père de Thérèse.

M. Morand le savait et il ne voudrait pas laisser plus long-temps son fils se désespérer dans une attente qu'il pouvait à présent faire cesser.

Et Jeanne se répétait à elle-même :

« Il reviendra ! »

Déjà la chère enfant entrevoyait tout un avenir radieux.

Elle se plaisait à reprendre le beau rêve interrompu à l'endroit où elle l'avait laissé pour tomber dans une affreuse réalité.

Elle aussi s'était rendue à la voix de sa conscience qui lui avait dicté de se soumettre à la volonté de son père; mais, aujourd'hui, cette conscience ne lui reprochait plus de garder son amour au fiancé qui s'était fait à lui-même le serment de lui conserver éternellement la foi jurée.

Comment exprimer la joie immense qui fit tressaillir son cœur, quand elle sut que M. Morand avait annoncé sa visite.

En entrant, le père d'André avait prononcé ces mots :

— J'ai voulu, mon cher Rambaud, que mon fils put prendre sa part du bonheur qui vous arrive...

Et je vous l'amène !

Alors André s'était précipité pour saisir les mains du père de Jeanne et les porter à ses lèvres.

L'émotion l'étouffait; il n'avait pas trouvé de voix pour exprimer la joie qui débordait de son cœur.

Ce fut son père qui dut prendre la parole pour dire le mot qu'attendait Jeanne.

Ce mot, c'est à la jeune fille même qu'il l'adressa :

— Chère enfant, je vous avais dit d'attendre et d'espérer, pro-nonça-t-il d'un ton paternel, aujourd'hui je viens vous dire : pour vous le temps des épreuves cruelles est passé.

M. Morand avait, à ce moment, tourné ses regards vers le père de Jeanne, afin de souligner sa pensée.

— Allons, mon cher Rambaud, ajouta-t-il en prononçant avec intention le vrai nom de son associé, vous ne pouvez plus refuser de fiancer tout de suite nos enfants !

Et je m'adresse en cette circonstance à la mère que j'ai hâte de donner à mon fils !

Mme Rambaud (nous lui rendrons dans la suite son vrai nom), ainsi sollicitée, s'approcha d'André.

Elle lui prit les deux mains et, le regardant avec une expression de tendresse maternelle, elle lui dit :

— Embrassez-moi, mon fils!

La chose avait été tellement imprévue que les deux pères n'avaient pu prononcer une parole et que déjà, d'un même mouvement, Jeanne et André étaient aux genoux de celle qui venait de les fiancer.

Et en cela, la pauvre mère répondait, elle aussi, à la voix de sa conscience.

Elle ne se reconnaissait pas le droit de retarder le bonheur de ces deux chers êtres dont elle connaissait les sentiments l'un pour l'autre.

Elle accomplissait, en ce moment, un acte dicté par son cœur de mère, désormais ouvert à toutes les espérances.

M. Morand s'empressa d'applaudir à cette résolution, qui correspondait si complètement au désir qu'il avait exprimé.

— Je n'attendais pas moins de votre belle âme, s'exclama-t-il en allant s'incliner devant la noble femme.

M. Morand s'adressa alors à son associé qui gardait le silence, mais dont le visage reflétait l'impression que cette scène touchante avait faite sur lui.

— Rambaud, lui dit-il, vous n'avez plus qu'à vous incliner, puisqu'il s'agit du bonheur de nos enfants...

Ils étaient prêts à s'unir dans le malheur, qu'ils le soient donc dans l'immense félicité que tous nous ne tarderons pas à éprouver!

Et n'essayez pas de douter que la chose ne puisse se réaliser bientôt, celui qui s'est chargé de ce soin saura faire entendre sa voix assez haut pour qu'elle parvienne jusqu'à ceux qui, chargés de nous gouverner, ont le devoir de réparer les erreurs de la justice.

Vous avez droit à une réhabilitation éclatante et j'ai voulu être, moi qui représente une partie de l'opinion publique, le premier à vous accorder cette réhabilitation...

Un amer sourire s'ébaucha sur les lèvres de l'ancien forçat.

M. Morand s'en aperçut et reprit cette fois sur un ton de véhémence :

— J'ai la conviction qu'en m'exprimant ainsi que je viens de le faire, je n'ai été, par anticipation, que le porte-parole de tous les honnêtes gens.

— Soit! prononça le père de Jeanne avec effort. Je m'incline devant la parole que ma femme a trouvée dans son cœur pour répondre à la demande que vous lui adressiez.

Elle a compris que, tant que je n'aurai pas reconquis l'honneur, c'est à elle que revient le droit de prendre un engagement et une décision en ce qui concerne la famille...

S'arrachant des bras de Mme Rambaud, Jeanne et André coururent se jeter au cou du malheureux homme qui s'effaçait ainsi.

— Mon père!... Mon père! s'exclamèrent les deux fiancés secoués par l'émotion.

Urbain Rambaud n'eut pas la force de résister à ces marques si touchantes d'affection et de respect.

Il s'abandonna, à la fin, à la tendresse filiale que lui prodiguaient les deux jeunes gens.

C'était pour lui une façon de consacrer leurs fiançailles.

Et cette soirée que Jeanne avait attendue avec une si grande anxiété, s'acheva pour les deux familles dans une intimité touchante.

— Dès demain, mon cher Rambaud, dit Morand, j'entends que vous vous remettiez aux affaires et qu'André reprenne, dans vos bureaux, l'emploi qu'il y tenait.

— C'est convenu, mon cher associé! répondit le père de Jeanne, très touché de cette nouvelle preuve d'estime de M. Morand.

XV

AVOCAT ET MISSIONNAIRE

Me Gardelle, depuis qu'il avait repris espoir, mettait la plus grande activité à s'occuper de l'affaire à laquelle il s'était consacré.

Il allait avoir dans le missionnaire un puissant allié.

En effet, dès le lendemain du jour où il était allé apporter à la famille Delamarre et à Mme Valomer des nouvelles de Thérèse, le religieux avait jugé qu'il devait rendre visite à l'avocat du condamné à mort.

En voyant entrer dans son étude le moine, dont il connaissait

l'histoire, Mᵉ Gardelle se porta avec empressement au devant du
visiteur.

— Je vous attendais, mon père, lui dit-il, mais si j'avais su
où vous trouver, c'est moi qui serais allé vous prier de m'accorder
un instant d'entretien.

— Je viens le solliciter de vous, monsieur l'avocat, répondit le
religieux, afin de vous exprimer les sentiments que j'éprouve pour
le défenseur d'un innocent, pour l'avocat qui a fait preuve, dans
cette affaire, d'une ardeur et d'une intelligence qui seront, Dieu
aidant, couronnés de succès.

Mᵉ Gardelle avait fait passer le moine dans son cabinet.

— Monsieur l'avocat, dit le religieux, vous êtes forcé d'attendre
de pouvoir fournir la preuve de l'innocence de Jacques Valomer et,
jusque-là, vous ne pouvez rien en faveur de votre client.

Mᵉ Gardelle s'inclina en signe d'assentiment et répondit :

— Mon rôle, jusqu'au moment où il me sera permis de porter
la parole devant le jury qui sera chargé de juger Jacques Valomer,
va consister à entretenir le courage de cet infortuné; tâche difficile,
mon père...

— Je m'autorise, monsieur l'avocat, de l'intérêt que je porte à
cette famille tant éprouvée, de l'admiration que j'ai pour cette enfant
sublime dont la Providence a permis que je fusse le compagnon,
pour vous adresser quelques questions...

— Je suis prêt à répondre!

Mᵉ Gardelle avait avancé un fauteuil pour le visiteur, et s'asseyant à son tour :

— Que désirez-vous savoir, mon père?

— Si vous avez jugé à propos de mettre Jacques Valomer au
courant...

— De la résolution qu'a prise sa courageuse fille? Oui, mon
père. Il le fallait absolument car, après le prononcé du verdict qui
le condamnait à mort, le père de Thérèse avait été, pour ainsi dire,
foudroyé. Cet innocent ne pouvait croire que la justice humaine pût
être sujette à de si effroyables erreurs.

Le moine courba le front, accablé par d'affreux souvenirs.

Mᵉ Gardelle s'interrompit pour ajouter :

— Le coup qui frappait Jacques Valomer devait produire sa
réaction. Je puis vous dire à vous ce que j'ai dû cacher à la malheureuse femme qui n'avait plus que le souffle.

Apprenez donc, mon père, que, sortant tout à coup de l'état de torpeur et d'anéantissement dans lequel il était tombé en quittant le tribunal, le condamné entra dans un accès de fureur qui pouvait faire craindre pour sa raison.

« Non seulement ils m'auront assassiné, moi, criait-il avec rage, mais encore ils vont faire mourir de désespoir ma femme et ma fille ! »

Impossible d'arriver à calmer cet infortuné qui s'exaspérait à l'idée que les siens seraient, désormais, voués à la honte et au mépris!

— Le malheureux! prononça le missionnaire en levant les yeux au ciel.

— Vous comprenez mon inquiétude et mes angoisses; continua' M⁰ Gardelle. C'est alors que je crus de mon devoir d'annoncer au désespéré qu'il restait un moyen de le sauver, quand j'aurai fait casser le jugement.

Signez ce pourvoi, mon ami, lui dis-je... Ce sera, je ne veux pas en douter, le salut!

Vous le dirais-je, mon père, en donnant cet espoir à Jacques Valomer, j'avais moi-même la mort dans l'âme. Le pourvoi était signé; mais aucun motif sérieux n'existait qui put faire obtenir la cassation du jugement.

A ce moment je n'avais pas encore vu...

— Urbain Rambaud !

— Oui, Urbain Rambaud... cette déplorable victime de la justice, qui s'est révélé le plus grand, le plus noble et le plus juste des hommes.

Pour la seconde fois, le missionnaire inclina la tête comme un coupable.

Puis, se redressant tout à coup :

— C'est de lui que je suis venu vous entretenir, monsieur l'avocat.

Vous me dispenserez de vous redire ce que vous savez déjà par Urbain Rambaud.

— Il m'a mis au courant de l'entretien que vous avez eu avec lui...

— Dites de la confession que je lui ai faite devant témoins! interrompit le moine.

Cette confession, je devais à ma conscience de la faire à celui qui m'avait donné l'exemple d'une fermeté d'âme au dessus des forces humaines.,.

Mᵉ Gardelle, profondément impressionné par ces paroles, voulut ramener la conversation sur le motif de la visite.

— Vous voulez m'entretenir de M. Rambaud, prononça-t-il. Vous voulez avoir, sans doute, mon avis sur la façon de procéder ?...

— Oui! monsieur l'avocat.

— Malheureusement, la loi...

Le moine interrompit en disant :

— Ancien magistrat moi-même, je sais qu'il n'y a pas de réhabilitation possible pour le condamné qui, après avoir subi sa peine, parvient à prouver son innocence...

Mais je sais aussi qu'il est permis à un ministre du Seigneur de monter en chaire pour proclamer l'innocence d'un homme injustement condamné.

Mais là ne doit pas se borner ma tâche. Si elle suffit au religieux, il en est une autre qui s'impose irrésistiblement à l'ancien magistrat.

— Vous avez donc l'intention de faire des démarches auprès du chef du Parquet, ou même auprès du ministre de la Justice?

— Telle est mon intention. Et voilà pourquoi j'ai désiré vous voir auparavant...

Depuis que j'ai quitté la France, bien des événements se sont accomplis et j'ignore le nom des magistrats qui ont succédé à ceux qui siégeaient à l'époque où j'étais moi-même juge d'instruction...

— Il existe peu de magistrats de cette époque, en effet. Beaucoup se sont retirés de la vie publique, d'autres ont été remplacés...

Quoiqu'il en soit, vous me trouvez tout disposé à vous accompagner soit chez le procureur général, soit chez le ministre de la Justice...

Vous pouvez donc disposer de moi, mon père; que ne ferais-je pas pour qu'au nom d'Urbain Rambaud soit rendue l'estime de tous !

— Que ne puis-je, à mon tour, vous aider à soutenir le courage de cet infortuné Valomer, qui subit les plus atroces souffrances et dont je me représente les angoisses chaque jour plus violentes...

— Il espère et il attend! interrompit Mᵉ Gardelle, soutenu par l'assurance que je lui ai donnée que sa fille réussirait à rapporter la lettre que vous savez.

Car je ne vous ai pas dit comment j'avais été amené à apprendre à Jacques Valomer que sa fille avait entrepris le voyage d'Amérique...

C'est, après avoir acquis la certitude que le jugement serait

Mais le missionnaire remercia en déclinant l'offre qu'on lui faisait. — J'irai seul ! dit-il.
(P. 1068.)

cassé, que je me rendis auprès de mon client. Et du seuil de la cellule, je lui criai : « — Jacques Valomer, ne vous désespérez plus !...
Ayez confiance, à présent je puis vous dire ce que j'espère, ce que
j'attends ! »

Et m'approchant du malheureux qui me regardait avec effarement, j'ajoutai :

— La providence a permis qu'un ange parvienne à ouvrir les portes de cette prison et à vous rendre à la liberté...

Et cet ange, c'est votre fille, votre Thérèse !

Je racontai alors à Valomer comment j'avais trouvé les fragments d'un brouillon de lettre dont il me fallait avoir l'original en main.

En apprenant que sa fille s'était courageusement mise en route pour aller conquérir cette lettre libératrice, le pauvre père ne put retenir ses larmes.

« Ah ! vous avez raison, balbutia-t-il au milieu des sanglots qui étouffaient sa voix. C'est un ange ! C'est notre ange sauveur. »

Le missionnaire avait écouté, silencieusement, et quand l'avocat eut cessé de parler :

— C'est le doigt de Dieu ! s'exclama-t-il en levant les bras au ciel.

Oui, c'est Dieu lui-même qui vous a guidé dans la recherche et la découverte des fragments de la lettre écrite par l'infortunée qui allait mourir avec ses deux enfants.

C'est Dieu qui a guidé mes pas et m'a conduit dans le désert de glace, auprès de la croix au pied de laquelle priait la malheureuse enfant, presque morte.

Et c'est lui qui m'inspirera, c'est lui qui me donnera l'éloquence capable d'émouvoir et de convaincre ceux devant qui je vais prêcher et combattre publiquement pour faire éclater l'innocence des deux victimes de nos déplorables erreurs judiciaires.

Et en parlant ainsi, l'homme de la prière se souvenait de la révolte de sa conscience, le jour où il apprenait la condamnation d'Urbain Rambaud.

Cette révolte d'autrefois renaissait aujourd'hui et, avec elle, renaissait aussi le remords.

Me Gardelle qui lisait dans sa pensée et devinait les souffrances qu'il éprouvait, voulut en adoucir l'amertume.

— Ne vous condamnez pas, mon père, lui dit-il, un fils ne pouvait être l'accusateur de son père — et ce n'était pas la condamnation d'un innocent que vous prononciez en remettant à un autre le soin de poursuivre cette mystérieuse affaire.

— J'avais effectivement la conviction, dit le prêtre, que le prévenu qu'allait interroger un de mes confrères, bénéficierait d'une ordonnance de non-lieu, faute de preuves suffisantes...

— Et comment se nommait donc ce magistrat qui fut, après vous, chargé de l'instruction?

— Il se nommait Lasnier-Dujallon.

— Lasnier-Dujallon? s'exclama Mᵉ Gardelle.

— Vous le connaissez?

— Oui!...

— Il existe encore?

— Oui! prononça l'avocat en se remettant de la surprise qu'il venait d'éprouver... Oui! répéta-t-il; et je reste confondu du hasard qui fait que le magistrat qui a envoyé Urbain Rambaud devant le tribunal criminel, soit le même qui, en qualité de président d'audience a prononcé la peine de mort contre Jacques Valomer.

— Lui! quoi, c'est lui!...

— C'est le magistrat Lasnier-Dujallon qui a présidé. et je dois, pour rendre hommage à la vérité, déclarer que son caractère est au-dessus de tout soupçon. C'est un magistrat sévère, mais intègre.

J'ajoute que le président Lasnier-Dujallon est très estimé en haut lieu, oui, le conseil à vie le tient en grande estime, et on dit même qu'il a recours à ses lumières, pour le grand travail législatif qu'il prépare, et qui ne sera pas une des moindres gloires de Bonaparte.

Le missionnaire était devenu pensif.

Tout à coup, il dit :

— C'est donc au président Lasnier-Dujallon, que je m'adresserai, en premier lieu, afin de lui parler de l'homme qu'il a contribué à envoyer aux galères...

— Et qu'attendez-vous, mon père, de cette démarche?...

— La revision du procès! s'exclama le moine en se redressant.

— Je n'ai pas à apprendre à un ancien magistrat, quelles sont les difficultés qu'il rencontrera...

Pour obtenir la revision d'un procès, il faut que l'on puisse amener à la barre un autre accusé...

A défaut de la présence de cet accusé, vous n'ignorez pas que celui qui demande cette revision doit fournir des preuves irrécusables...

— Je les fournirai! prononça le missionnaire d'une voix forte

Puis s'animant :

— Je ferai appel à la conscience de cet homme intègre, et je ne doute pas un seul instant, qu'il ne consente à m'aider à réparer la faute que j'ai commise, lui qui a sa part de responsabilité dans l'injuste condamnation qui a frappé Urbain Rambaud!...

La revision d'un procès ne peut être demandée que par le ministre de la Justice, je le sais...

Eh bien, j'obtiendrai du conseiller Lasnier-Dujallon qu'il m'accompagne chez le Garde des Sceaux!...

M⁰ Gardelle, très ému, renouvela au moine sa proposition de le servir dans ses démarches. Mais le missionnaire remercia en déclinant l'offre qu'on lui faisait.

— J'irai seul! dit-il.

L'avocat comprit et s'inclina.

.   .   .   .

Le soir de ce jour, M⁰ Gardelle et le missionnaire se rencontrèrent, à nouveau, dans l'appartement de la rue Saint-Roch.

Tous deux y avaient été amenés par une même pensée : entretenir dans le cœur d'Urbain Rambaud et de la mère de Thérèse, l'espoir qu'ils y avaient, l'un et l'autre, fait naître

XVI

MOINE ET MAGISTRAT

Le scandale qui avait éclaté, au moment de l'appel en cassation, sur le nom de Delamarre, n'avait pas tardé à avoir un grand retentissement dans le public.

Mais la nouvelle, colportée du Palais de Justice dans les salons, y avait déterminé, tout d'abord, une impression pénible.

Puis, comme il arrive souvent, une réaction s'était produite en faveur de l'homme qui tombait de si haut, par le seul fait de sa volonté.

Comme toujours aussi, dans les événements de ce genre, il s'était formé deux partis.

Dans l'un, on portait aux nues l'acte du juré, au point de faire de celui qui l'avait accompli un être qui méritait non la compassion, mais le respect le plus profond.

Dans l'autre parti, comme on ne pouvait ne pas reconnaître que M. Delamarre eût accompli un acte pour lequel il fallait un grand courage; mais on se rejetait sur cette remarque que l'industriel en renom n'aurait pas dû exposer les honnêtes gens à recevoir un homme condamné à une peine infamante.

Dans le premier camp, on disait qu'en supposant même qu'il se fût rendu coupable du crime de faux pour lequel il avait fait dix années de galères, il se serait réhabilité par une vie exemplaire depuis qu'il avait purgé sa condamnation, puis, et surtout, par l'abnégation sans exemple dont il avait fait preuve en dévoilant son terrible passé, pour sauver un innocent de l'échafaud.

Aussi l'étonnement des uns et la satisfaction des autres furent-ils grands, lorsque l'on apprit que l'ancien forçat Urbain Raimbaud prétendait avoir été la victime d'une erreur judiciaire, et que Me Gardelle, le défenseur de Jacques Valomer, colportait la nouvelle qu'il existait une preuve irrécusable de cette erreur.

Il n'en fallut pas davantage, ainsi que nous l'avons dit, au commencement de ce chapitre, pour qu'une réaction se produisit et que d'aucuns, parmi les plus chauds admirateurs de Delamarre, ne le missent sur un piédestal.

La magistrature se trouva très affectée de certains jugements dont le caractère acerbe était de nature à l'indisposer contre le personnage qui s'inscrivait en faux contre l'infaillibilité de la Justice.

Il se trouva même qu'au cours d'une conversation sur le scandale du jour, un magistrat très en évidence, sollicité de donner son opinion, répondit, non sans une certaine amertume : « Que cet individu produise la preuve de son innocence, et je serai le premier à faire amende honorable, tant en mon nom personnel qu'au nom de la magistrature tout entière ».

Celui qui s'exprimait ainsi, d'un ton d'ironie à peine dissimulé, n'était autre que le conseiller Lasnier-Dujallon.

Quelqu'un ayant répliqué que Me Gardelle affirmait l'innocence, le magistrat répondit avec un sourire significatif :

— Me Gardelle est avocat et, comme tel, il a une tendance à voir des innocents partout.

On eût pu — et c'était la façon de penser de la plupart de ceux qui assistaient à cette conversation aigre-douce, — riposter qu'il était peut-être préférable de voir des innocents partout que de n'en voir nulle part.

Mais on se contenta de ne pas relever le propos.

Par ce qui précède, on voit que le magistrat n'était rien moins que disposé à accueillir favorablement ceux qui voudraient tâcher de l'intéresser à M. Delamarre.

Le conseiller Lasnier-Dujallon était donc dans les plus mauvaises dispositions d'esprit, quand le missionnaire se présenta pour
solliciter un entretien.

Ignorant le motif de cette visite, mais très pratiquant en fait de
religion, le magistrat donna l'ordre qu'on introduisit dans son cabinet le pieux visiteur.

— Je suis très honoré de vous recevoir et vous prie de me dire,
mon Père, ce qui me procure votre visite.

— Excusez-moi, monsieur le conseiller, de ne vous avoir pas
demandé audience par écrit et en vous disant le motif de ma visite.

— Quel est-il, je vous prie, mon Père?

— Je vais vous l'apprendre.

Le magistrat s'assit, après avoir avancé un fauteuil au visiteur.

Celui-ci paraissait ressentir un certain embarras. Le magistrat
s'en aperçut et lui dit :

— Vous êtes missionnaire, mon Père; comme tel vous prêchez
la charité et sans doute vous voulez m'associer aux aumônes que
vous faites... En ce cas, je vous remercie de m'avoir compris parmi
ceux que vous sollicitez en faveur de vos pauvres...

Le religieux, à présent maître de lui, répondit :

— Je viens auprès de vous, monsieur le magistrat, non pour solliciter une aumône pour mes pauvres, mais afin de vous associer à
un acte de réparation en faveur d'un homme qui subit la conséquence
d'une grave erreur de la justice...

— Une grave erreur de la justice! s'exclama le magistrat avec
un mouvement où la surprise se mêlait à la mauvaise humeur.

Il ajouta :

— N'était votre caractère qui commande le respect, mon Père,
je manifesterais mon étonnement de vous entendre dire, avec une
pareille assurance, que la justice a commis une erreur grave...

— Loin de moi la pensée d'accuser les magistrats dont j'honore
le caractère et la haute indépendance.

— Cependant... vous croyez qu'une erreur a pu avoir lieu!...

— Je le crois et j'ai la certitude de ne pas me tromper, dit le
prêtre.

— La certitude, dites-vous? Mais, pour affirmer ainsi,... vous
avez donc la preuve de ce que vous avancez?

Le missionnaire s'inclina sans répondre autrement.

— Mais qui vous a chargé de faire auprès de moi,... *de moi pré-*

cisément,... (le magistrat souligna ces mots) cette démarche qui a
lieu, je vous le répète, de me surprendre?

— Personne ne m'a chargé de faire cette démarche... Je suis
venu de mon propre mouvement... Et si je m'adresse à vous, de préférence à tout autre membre de la magistrature, c'est uniquement
parce que vous avez eu connaissance de l'affaire dont je viens vous
entretenir.

— Moi!... En quoi ai-je pu m'occuper de cette affaire?...

Et, se redressant d'un air de dignité blessée :

— N'oubliez pas je vous prie, mon père, que vous avez tout à
l'heure parlé d'erreur judiciaire...

— Ce que je n'oublie pas, surtout, c'est que je m'adresse à un
homme dont la réputation d'intégrité, d'honneur et de justice m'est
connue...

— S'agit-il d'un conseil que vous venez réclamer de moi?

— Mieux que cela... ·

M. Lasnier-Dujallon interrompit son interlocuteur, et avec une
grande vivacité :

— J'avoue, mon Père, que vous me faites passer de surprise
en surprise, et que j'ai hâte de savoir au juste ce que vous attendez de moi...

— Permettez-moi de vous rappeler l'époque où le conseiller Lasnier-Dujallon n'était encore que juge d'instruction.

Le magistrat accueillit ce préambule par un léger froncement de
sourcils.

Mais le moine n'en continua pas moins :

— A cette époque, M. Lasnier-Dujallon fut chargé d'instruire une
affaire de faux...

— Eh bien? interrompit sèchement le magistrat.

— Le prévenu se nommait... Urbain Rambaud.

— Vous aussi mon Père, vous vous occupez de cette affaire qui
passionne le public? s'exclama le conseiller... Il est vrai que votre
admirable charité vous fait prendre indistinctement en compassion
tous ceux qui souffrent...

Mais, par malheur, vous êtes souvent dupes, vous et vos honorables confrères, de malfaiteurs qui savent adroitement exploiter vos
vertus chrétiennes!...

Et j'ai tout lieu de croire qu'il en est de même présentement,
mon père.

— Je vous affirme, monsieur le conseiller, que j'ai la certitude du contraire.

Et sans s'arrêter à l'expression de physionomie de son interlocuteur, le missionnaire ajouta :

— Chargé d'instruire l'affaire dont il s'agit, vous avez cru, en toute conscience, avoir trouvé des preuves suffisantes pour faire un rapport écrasant pour le prévenu qui était innocent.

— Innocent! En pouvez-vous donner la preuve!

— Attendez, je vous prie, et veuillez m'écouter.

Pour faire l'instruction dont vous aviez été chargé, vous succédiez à un autre magistrat...

— Je m'en souviens, ce magistrat avait été remplacé, sur sa demande expresse.

— Sur sa demande... expresse, cela est exact, dit le prêtre.

— Permettez... Mon prédécesseur se nommait, je crois, Justi de Balmère!

— Oui! prononça le missionnaire.

— Vous avez donc connu ce magistrat?

Sans répondre directement à cette question, le missionnaire continua :

— Celui qui demandait qu'on le remplaçât se disait atteint d'une indisposition sérieuse... Il altérait la vérité!

— Vous affirmez...

— Je l'affirme!

Et le missionnaire relevant la tête, ajouta d'un ton ferme :

— Il invoquait cette prétendue maladie, parce qu'il n'avait pas le courage d'accomplir un très rigoureux devoir.

— Que m'apprenez-vous là?

— C'est une confession que je vous fais!

— Vous? Mais à quel titre?...

— Je suis Justin de Balmère!

Cette déclaration était si complètement inattendue, que le magistrat en demeura interdit.

Pendant quelques secondes les deux hommes se regardèrent silencieux.

Tandis que le conseiller Lasnier-Dujallon restait saisi d'un pénible étonnement, le missionnaire avait retrouvé le calme et l'énergie dont il avait déjà fait preuve.

Ce fut le magistrat qui rompit le silence.

— Mon père! répondit le moine d'une voix brisée par le désespoir et la honte. (P. 1080.)

— M. de Balmère, s'exclama-t-il, ici, et sous cette robe de religieux!...

M. de Balmère, trappiste et missionnaire!

— Oui! répondit l'ancien magistrat.

Parlant avec une lenteur calculée, il ajouta :

— Et l'homme qui s'était consacré à la prière éternelle et à une mission de charité, ne s'en serait pas laissé distraire, s'il n'y avait été contraint par le plus impérieux des devoirs!

— Je demeure confondu de tout ce que j'entends! prononça le conseiller visiblement troublé.

Je me demande pourquoi votre conscience serait en jeu dans cette affaire Rambaud!...

Je me souviens, qu'en vous déchargeant de l'instruction, vous aviez omis de laisser les notes habituelles pouvant guider le magistrat qui serait désigné pour vous remplacer.

— C'est vrai!... Et, depuis, dans ma retraite, je me suis bien des fois reproché...

— Cet oubli, n'est-ce pas?

— Non!... ce n'était pas un oubli, mais une défaillance d'âme que je n'avais pas eu le courage de surmonter!

— Une défaillance!...

— J'aurais continué à expier ce que je considérais comme une faute, comme un crime, si je n'avais appris que ce crime pouvait être en partie réparé, quand je m'en serais premièrement confessé à qui de droit!

— Et cette première confession?

— Je l'ai faite... à Urbain Rambaud, lui-même!...

— Vous?...

— Coupable repentant, je me suis prosterné aux pieds de cet homme, j'ai imploré le pardon de ce martyr!...

— Vous avez fait cela?

— Il ne me suffisait pas d'avoir expié ma faute pendant quinze années, d'avoir imploré, chaque jour, la miséricorde divine, ma conscience exigeait un châtiment plus sévère, une réparation plus complète.

Il se fit un instant de silence.

Puis le missionnaire reprit :

— Et celui qui aurait eu le droit de repousser l'homme qui l'avait condamné à la honte et au désespoir, l'homme qui par sa lâcheté avait causé la mort d'une pauvre créature, angélique entre toutes, et qui succomba foudroyée par la douleur, devant le pilori sur lequel on marquait du sceau d'infamie Urbain Rambaud, le forçat innocent me tendit les mains. Le martyr pardonnait à son bourreau!

La voix vibrante du missionnaire avait fait tressaillir le magistrat.

Le conseiller Lasnier-Dujallon subissait l'autorité de cette parole élevée que trouvait le moine pour peindre son repentir.

Il se sentait dominé par cet homme qui lui disait à quel point il s'était humilié.

Cependant il crut devoir répondre :

— Vous aviez, dites-vous, la certitude que le prévenu Urbain Rambaud n'était pas coupable, et vous n'avez pas fait part de cette certitude à celui qu'on chargeait, en votre lieu et place, d'instruire l'affaire?...

Je ne puis m'expliquer un pareil oubli, une négligence à ce point impardonnable...

Et tout à coup le conseiller Lasnier-Dujallon s'interrompit, se frappant le front, comme si un souvenir eut soudainement traversé son esprit.

Il regarda le moine avec une singulière expression.

Puis il lui dit :

— Si mes souvenirs sont bien exacts la maladie qui avait motivé votre remplacement a été grave...

— Vous ne vous trompez pas!... J'ai été bien près de mourir!... On a craint, longtemps, pour ma vie, d'abord, et, ensuite, pour ma raison.

— Mes souvenirs me reviennent maintenant, dit le magistrat, la nouvelle a circulé au Palais que vous étiez atteint d'une fièvre... cérébrale, d'un délire incessant... qui devait vous tenir éloigné de vos fonctions de magistrat pendant bien longtemps... cela est-il vrai?

— Absolument vrai.

— Bien,... bien! Je comprends...

Tout en parlant, M. Lasnier-Dujallon jetait un regard de compassion sur le visage du moine.

On eut dit un médecin aliéniste examinant un malade et formulant son diagnostic sur l'état du sujet.

— Mon Père, dit-il du ton dont on parle aux déments inoffensifs, je me doute que vous devez éprouver une vive émotion à parler de choses si douloureuses pour vous; mais vous vous accusez probablement... à tort!... Je veux bien que vous ayez été très affecté en apprenant la condamnation d'un prévenu pour lequel vous vous étiez senti de la pitié... Nous ne sommes pas toujours maîtres de nos impressions, nous autres magistrats...

C'est même ce qui explique comment, tout à l'heure, je vous faisais presque le reproche de n'avoir pas laissé de notes au sujet de l'accusé en question.

En prononçant ces mots, M. Lasnier-Dujallon regardait attentivement le moine.

Il crut remarquer dans la physionomie de son interlocuteur une certaine crispation nerveuse indiquant un effort de mémoire.

Et de fait le visage du religieux avait perdu son expression de calme.

Mais le magistrat se trompait quand il croyait avoir deviné ce qui se passait dans l'esprit de l'ancien juge d'instruction, Justin de Balmère.

Il avait sa conviction faite et il ne lui restait plus qu'à mettre le plus tôt possible fin à cet entretien, avec un homme privé de sa raison, pensait-il.

Toutefois il ne voulait pas brusquer les choses, jugeant que le religieux pouvait n'être atteint que d'une monomanie particulière qui le laissait absolument lucide, quand on ne s'attaquait pas à son « idée fixe. »

Il fallait arriver à l'éconduire le plus doucement possible, et c'était à quoi visait le magistrat.

C'est donc avec les plus grandes précautions de langage qu'il chercha à distraire le visiteur de la préoccupation qui, pensait-il, s'agitait dans son esprit.

Et, de nouveau, il exhorta celui qu'il considérait comme un pauvre dément, à ne plus s'accuser d'un crime qui, très vraisemblablement, n'avait jamais existé, disait-il.

— En vous présentant ici, vous prétendiez, m'avez-vous dit, faire appel à ma conscience ; eh bien, j'ai tout lieu de supposer que la vôtre a été trop prompte à s'alarmer.

Et comme le missionnaire étonné de cette persistance, gardait le silence, le conseiller Lasnier-Dujallon se crut, par cela même, autorisé à insister :

— Permettez-moi de faire ici appel à votre jugement, dit-il : croyez-vous que je ne me sois pas entouré de toutes les preuves, avant de renvoyer le prévenu Urbain Rambaud, devant la chambre des mises en accusation?

Je vous avoue que, tout d'abord, mon impression a été mauvaise, mais il était de mon devoir de ne pas m'arrêter à des impressions personnelles.

Ai-je besoin de vous affirmer que l'instruction a été menée avec les plus grandes précautions, pour ne laisser aucun doute sur les graves préventions, qui pesaient sur le prévenu...

Donc, vous avez compris maintenant combien il m'est impossible de vous aider dans la tâche que vous vous êtes donnée, laquelle n'a pas, selon moi, de raison d'être.

Laissez-moi vous exhorter, mon Père, à ne rien tenter en faveur d'Urbain Rambaud, l'ancien forçat. Vous vous trouveriez inévitablement mêlé à un scandale qu'il serait de l'intérêt de celui qui l'aurait provoqué d'étouffer promptement.

Le magistrat espérait avoir réussi à ramener le missionnaire dans un autre courant d'idées. Aussi grande fut sa déception, en entendant Justin de Balmère répliquer d'un ton calme, qui prouvait la netteté de sa pensée et l'équilibre de son cerveau :

— Je crois, monsieur le conseiller, que vous avez, vous surtout, grand intérêt à ce que la lumière se fasse, le plus rapidement et le plus complètement possible, sur cette mystérieuse affaire.

Vous avez parlé tout à l'heure de scandale à éviter ; je ne veux à aucun prix m'y dérober, car ce serait de ma part une défection odieuse, ce serait une lâcheté, et je vous verrais avec un grand regret, refuser de m'aider à faire rendre justice à l'homme innocent que vous avez contribué à envoyer aux galères.

Le conseiller Lasnier-Dujallon ne put réprimer un mouvement de colère.

— Je m'abstiens, dit-il avec vivacité, de qualifier une pareille insistance...

Puis, comme s'il se fut tout à coup rappelé qu'il devait avoir égard à l'état mental de l'ancien juge d'instruction, il ajouta d'un ton de bienveillante compassion :

— J'ai eu tort de m'irriter à ce point... croyez mon père, que je n'ai nullement l'intention de vous offenser.

— En me mettant au service de celui qui a prêché l'oubli des offenses, dit le prêtre, j'ai fait abnégation de toute susceptibilité, de tout orgueil et j'ai chassé de mon cœur toute pensée de haine.

Je ne veux donc plus me souvenir de votre refus de participer à ce que je veux faire pour Urbain Rambaud ; et, à nouveau, je vous exhorte à revenir sur le cruel jugement que vous avez porté sur cet infortuné...

Le conseiller Lasnier-Dujallon exprima un geste de découragement ; il désespérait d'avoir raison de ce que, plus que jamais, il considérait comme une « idée fixe ».

Pour lui, la preuve de démence éclatait dans la résolution qu'avait prise le juge d'instruction Justin de Balmère de quitter la magistrature pour entrer dans les ordres.

L'idée même d'aller comme missionnaire, prêcher la foi à des peuples à demi-sauvages, devait, dans la pensée du conseiller Lasnier-Dujallon, être interprétée comme une preuve que le cerveau du malheureux homme était profondément atteint.

Le magistrat comprenait difficilement, en effet, que le Père trappiste ait voulu « expier » en silence ce qu'il considérait comme un crime de sa part, au lieu de tâcher de réparer le mal qui en avait été l'affreuse conséquence.

Et c'est sous l'empire de cette idée qui lui vint tout à coup, qu'il adressa à son interlocuteur ces paroles, à l'improviste :

— Permettez-moi de vous demander, mon Père, pourquoi, convaincu comme vous n'avez cessé de l'être, de l'innocence d'Urbain Rambaud, pourquoi, dis-je, vous avez attendu quinze années pour tenter des démarches...

Une ride profonde sillonna le front du missionnaire. Et le magistrat qui observait ce dernier put croire, pendant quelques secondes, avoir enfin provoqué un choc qui rétablissait l'équilibre dans le cerveau du religieux.

Celui-ci surmontant l'impression qu'il subissait, répondit tout d'abord de façon à affermir M. Lasnier-Dujallon dans son opinion.

— J'avais quitté la France! dit le missionnaire.

— C'était là un premier tort, mais que vous pouviez réparer en revenant dans votre patrie...

Donc, une fois parti, vous ne vous occupez plus d'Urbain Rambaud.

— Je le croyais mort?

— Mort?...

— Oui!... Son nom figurait sur une liste de forçats décédés aux galères...

— Ah!... Et comment avez-vous appris que *votre* forçat était revenu à la vie? interrogea M. Lasnier-Dujallon en effaçant aussitôt qu'ébauché un sourire de pitié.

— Par miracle! prononça le missionnaire en fixant son interlocuteur.

Il ajouta :

— N'est-il pas miraculeux, en effet, que la nouvelle m'en soit parvenue, quinze ans, plus tard, et alors que je me trouvais dans le pays des Esquimaux ?...

Pour le coup le magistrat ne conserva plus de doute sur l'opinion qu'il s'était faite au sujet du religieux.

Il répliqua :

— Et vous avez entrepris un long voyage pour venir vous jeter aux pieds du forçat ressuscité ?... Tout exprès ?... Mais la justice ne peut croire aux miracles. Il lui faut des preuves sérieuses, irrécusables...

Vous serez tenu à lui en fournir, ne l'oubliez pas !...

Et même, en venant me demander de vous aider dans vos démarches et tentatives, ne vous êtes-vous pas dit que je vous demanderais moi d'éclairer ma religion ?

Le missionnaire répondit :

— J'espérais que vous vous en rapporteriez à ma parole !

— Elle pourrait suffire, s'il ne s'agissait que de moi !... Mais vous aurez à faire entrer votre conviction dans l'esprit du ministre de la Justice qui, seul, vous le savez, peut demander la revision d'un procès...

Au Garde des Sceaux qui a pour devoir de faire observer et respecter les lois, vous ne pourrez demander qu'il s'en rapporte à votre simple parole, quelle que soit l'autorité qu'elle emprunte à votre caractère...

Avez-vous une preuve ?

— Oui !...

— Sérieuse assurément ?

— Sacrée, Monsieur le conseiller !...

— Et vous la produirez.

— Oui ?...

— Dites-là donc alors, dévoilez-moi cette preuve irrécusable ! s'écria le conseiller.

Le moine se recueillit pendant quelques secondes ; puis il prononça ces mots :

— Je déclare qu'Urbain Rambaud est innocent... Je le déclare hautement, parce que je connais le coupable...

— Vous prétendez connaître le coupable !... s'exclama le magistrat au comble de l'agitation.

— Je l'affirme !...

— Et vous le connaissiez... avant la condamnation d'Urbain Rambaud ?

— Je le connaissais !

— Et vous n'avez pas éclairé la Justice ?...

— C'est là mon crime !

Très impressionné par l'attitude de son interlocuteur, le magistrat se demandait à présent s'il ne s'était pas trompé sur le compte du religieux.

— Vous persistez donc toujours à vous accuser vous-même ? interrogea-t-il.

— Je m'accuserai tant que je n'aurai pas fait proclamer l'innocence d'Urbain Rambaud !...

— Soit !... J'admets que vous ayez commis cette faute grave, ce crime si vous préférez, mais... pourquoi ce silence coupable ?... Vous aviez un motif ?...

Lequel ?... Vous m'avez annoncé une confession... je l'attends !...

— Oui. J'avais un terrible motif, répondit l'ancien juge d'instruction ; il s'agissait pour moi de laisser condamner un innocent ou de porter une accusation terrible, infamante contre le véritable coupable...

— Vous ne pouviez hésiter !

— Et j'hésitai, cependant ! J'hésitai parce qu'il m'eut fallu accuser quelqu'un qui m'était cher... Pour sauver l'innocent, il m'eut fallu accuser...

— Qui ?... interrogea vivement le magistrat.

— Mon père ! répondit le moine d'une voix brisée par le désespoir et la honte.

— Votre père !...

— Oui, le véritable coupable se nommait Antonin de Balmère...

Le conseiller Lasnier-Dujallon poussa une exclamation de surprise...

— Votre père ?... C'est impossible !... Antonin de Balmère était considéré comme un homme d'une suprême honorabilité.

— Je vous ai dit la vérité ! dit le moine.

— Voyons, réfléchissez, songez à l'horrible accusation que vous portez, et contre qui, grand Dieu !

— Je vous ai dit la vérité ! répéta Justin de Balmère avec force.

Le magistrat avait été, tout d'abord, vivement ému.

L'air de sincérité, de profonde conviction du prêtre l'avait presque entièrement convaincu ; mais cette conviction s'effaçait peu à peu lorsqu'il songeait à tout ce qu'il lui avait dit, et en récapitulant l'existence aventureuse de cet étrange ecclésiastique.

SEULE !

Maître Gardelle voulut également s'assurer que le prévenu pourrait, lui aussi, supporter cette entrevue... (P. 1087.)

Il se souvint de la façon brusque dont Justin de Balmère avait demandé d'être dessaisi de l'instruction; et de cette maladie foudroyante, dont il fut atteint presque aussitôt, de l'affaiblissement cérébral qui survint ensuite pour faire place, peu de temps après, à la détermination d'entrer dans les Ordres et de partir, pour les pays lointains, en qualité de missionnaire. Il se rappela ce prétendu miracle qui, après quinze années, s'était produit au milieu d'un désert de glace, pour que le missionnaire apprît que le forçat Urbain Rambaud n'était pas mort, et prit la résolution de revenir en France afin de faire reviser le procès :

— Tout cela, se disait le conseiller, est le rêve d'une véritable démence, d'une monomanie, c'est, en un mot, se disait-il, ce que les médecins appellent : délire de la persécution.

Il ne lui était pas venu, un seul instant, à l'esprit, que le missionnaire pût être un cœur capable du plus poignant repentir.

Tandis que le moine s'accusait d'une faute qui avait entraîné les conséquences les plus terribles, lui n'admettait pas qu'il eut pu se tromper sur la culpabilité du prévenu dont on l'avait chargé d'instruire l'affaire.

Plus le religieux s'accusait de sa lâche faiblesse, plus il s'enfermait étroitement, lui, dans sa conviction que l'homme qu'il avait envoyé aux galères était réellement coupable.

Justin de Balmère dut deviner le genre de réflexions auquel s'abandonnait le magistrat, car il lui dit :

— Il faut savoir reconnaître les erreurs que nous avons commises. C'est un courage qui rehausse le caractère du magistrat et ne peut que l'élever dans l'estime publique...

En venant à vous, j'avais la conviction que je ne m'adresserais pas en vain à votre conscience.

Je vous ai donné la preuve qu'Urbain Rambaud est innocent; c'était mon devoir. C'est le vôtre de m'aider à la réparation qui lui est due.

— Ma conscience n'a rien à me reprocher ! répliqua M. Lasnier-Dujallon.

Je me suis tenu strictement dans mon devoir... J'ai fait mon rapport concluant au renvoi devant la chambre des mises en accusation, parce que j'étais convaincu, en mon âme et conscience, qu'il devait en être ainsi...

Et vous venez aujourd'hui me demander de me déjuger; vraiment, si j'y consentais, ce serait, de ma part, agir avec une légèreté condamnable au premier chef..:

— Mais... mettriez-vous en doute ce que je viens de vous dire?... Ne trouvez-vous pas suffisante la preuve que... vous m'avez arrachée?

Que supposez-vous donc, monsieur le magistrat?

Avez-vous oublié que, pour vous convaincre, j'ai dû remuer des cendres et porter atteinte à une mémoire sacrée pour moi?

— A votre tour, n'oubliez pas que d'autres pourraient trouver que ce que vous considérez comme une preuve suffisante, ne satisferait pas la conscience publique...

Il ne suffit pas de porter une accusation, encore faut-il que la personne qu'elle atteint puisse se défendre...

Or, M. Antonin de Balmère n'est plus de ce monde!...

Pour la première fois, depuis qu'il s'entretenait avec l'ancien juge d'instruction, le missionnaire sortit du calme et de l'impassibilité qu'il s'était imposés.

Un flot de sang lui monta au visage, l'épreuve qu'on lui faisait subir était au-dessus des forces humaines.

L'homme de la résignation et de la prière se révoltait contre le doute injurieux dont on le flagellait.

Il s'exclama :

— D'autres, dites-vous, pourront penser que la preuve est insuffisante; mais quel est celui, parmi les gens de cœur, qui ne reconnaîtrait pas qu'il m'a fallu m'élever au-dessus de toutes les considérations humaines, s'en trouvera-t-il un seul pour ne pas me plaindre d'avoir été forcé de porter atteinte à la mémoire de mon père !...

— Vous attaquez là une question de sentiment, permettez-moi de vous ramener dans les limites de la loi...

Le conseiller Lasnier-Dujallon ajouta :

— Vous m'avez demandé le secret, vous pouvez être certain que je saurai le garder !

— Mais ce n'est pas tout ce que j'attends de vous.

— C'est cependant tout ce que je puis vous promettre.

« Malheureux ! » pensa Justin de Balmère en levant les yeux sur l'homme qui ne s'était pas senti remué par la terrible révélation qu'il venait d'entendre.

« Pauvre fou ! » se disait en lui-même le conseiller.

Et M. Lasnier-Dujallon ajoutait mentalement : « Cette accusa-

tion portée contre un mort, — un mort dont la mémoire devrait lui
être sacrée, — n'est-elle pas la preuve évidente d'un déplorable dérangement d'esprit ! »

Après un instant, le moine s'était ressaisi, résolu à ne se retirer
que lorsqu'il aurait épuisé toutes les ressources pour arriver à
son but.

— Je voudrais, dit-il, vous amener à croire, ainsi que j'y crois
moi-même, au miracle qui m'a fait rencontrer, dans les plaines couvertes de neige du pays des Esquimaux, cette jeune fille, à peine
sortie de l'adolescence, et qui m'apparaissait, venue seule de si loin,
au milieu de ces pays sauvage.

M. Lasnier-Dujallon eut un imperceptible mouvement d'impatience, tandis que le missionnaire continuait à raconter l'apparition
soudaine de Thérèse.

— Tout cela, je le vois, vous paraît surprenant...

— Dites miraculeux... prononça le magistrat, plus que jamais
convaincu que le moine redisait des faits enfantés par son imagination.

Le moine ne releva pas l'intention d'ironie que le conseiller
mettait dans ses réponses.

— Comme vous, j'ai crié au miracle, mais je l'ai fait, moi, sans
ironie ! répliqua Justin de Balmère, d'un ton de suprême autorité.

J'ai pensé que la Justice d'en-haut avait voulu réparer une erreur
de notre Justice d'ici-bas, et qu'elle avait désigné cette pauvre frêle
créature dans ce but.

J'ai cru à une mission inspirée à cette jeune fille, quand je l'ai
vue prosternée devant la croix que j'avais élevée dans le désert de
glaces.

Elle m'apparaissait comme un ange, au milieu de cette solitude
désolée !

Le missionnaire s'attendait à produire un effet de stupeur sur
son interlocuteur, lorsqu'il lui apprendrait que l'angélique créature
dont il parlait était la fille du condamné à mort Jacques Valomer.

Il éprouva une grande déception en entendant le conseiller
Lasnier-Dujallon répliquer, d'un ton de glaciale incrédulité :

— Je sais que maître Gardelle a colporté certains racontars qui
auraient, paraît-il, trouvé créance auprès d'un personnage porté à
l'indulgence.

— Vous voulez parler du président de la Cour de cassation ?...

— Oui, c'est bien cela. Mais comme je ne suis pas tenu, moi, à une bienveillance exagérée...

— Vous vous inscrivez en faux contre ce qu'a avancé l'avocat de Jacques Valomer ?... Est-ce ce que vous voulez dire ?... interrompit le missionnaire en se redressant.

— Je me contente, pour l'instant, de me tenir en garde contre ce qui ne pourra. être qu'une manœuvre habile afin de gagner du temps.

— Puissiez-vous ne pas avoir à regretter un jour de vous être montré si peu bienveillant pour des infortunés, monsieur le magistrat !

— Puissiez-vous, monsieur le missionnaire, vous réveiller bientôt comme au sortir d'un rêve mensonger !

— J'étais venu à vous plein de confiance. Me laisserez-vous me retirer sans me donner une parole plus réconfortante?

— Je vous ai parlé selon ma conscience.

— Il ne me reste plus alors qu'à espérer que Dieu l'éclaire !

C'est pourquoi je me permets de vous donner rendez-vous, en l'église Saint-Roch, le jour où j'y monterai en chaire, pour prêcher sur *la faillibilité de la Justice humaine...*

.   .   .   .

Le lendemain du jour où avait eu lieu l'entretien que nous avons rapporté, deux nouvelles à sensation circulaient dans Paris.

D'une part, on annonçait qu'un missionnaire revenant du Canada avait obtenu de l'archevêché l'autorisation de prêcher, à Saint-Roch, un sermon de charité.

D'autre part, le bruit circulait mystérieusement, de bouche en bouche, que le Père trappiste, dont on allait entendre la parole, était entré dans les ordres à la suite d'un dérangement d'esprit.

XVII

L'ENTREVUE

Après avoir constaté la fière incrédulité, l'orgueilleuse obstination et l'absolue sécheresse de cœur de ce magistrat, qui faisait au missionnaire repentant un si décourageant accueil, retournons auprès de ceux de nos personnages qui se sentent revivre, depuis que le missionnaire a ramené l'espérance en leur cœur.

La pauvre Mme Valomer était transfigurée. Son état de santé s'améliorait de jour en jour, depuis qu'elle avait eu des nouvelles de sa fille, et son esprit était maintenant tout entier à Jacques Valomer, à l'infortuné qu'elle n'avait pas revu depuis le jour de son arrestation.

Aussi n'aspirait-elle plus qu'à revoir le prisonnier.

— Vous obtiendrez aisément pour moi cette autorisation, disait-elle à maître Gardelle.

Celui-ci redoutait une entrevue, qui pourrait avoir les suites les plus fâcheuses pour la malade. Mais comme la mère de Thérèse, outre qu'elle insistait auprès de l'avocat, faisait agir dans ce sens M. et Mme Delamarre, il fut convenu que maître Gardelle se rendrait au désir exprimé par Mme Valomer.

Toutefois on mit comme condition que celle-ci promettait de ne pas se laisser aller, en présence du prisonnier, à une explosion de douleur.

— Oh! je vous le promets! s'exclama-t-elle...

Loin de vouloir lui montrer l'émotion qui m'étreint, c'est l'espérance que je veux lui apporter!...

— Que dis-je l'espérance! C'est la certitude que nous serons réunis, au retour de ma Thérèse?

Est-ce que vous ne l'avez pas comme moi, cette certitude, depuis que l'homme de Dieu, est venu faire cesser l'affreuse incertitude où je vivais?...

Maître Gardelle voulut également s'assurer que le prévenu pourrait, lui aussi, supporter cette entrevue et ne pas s'abandonner au désespoir, quand sa femme paraîtrait devant lui.

Donc le lendemain, après avoir rendu visite au prisonnier, Maître Gardelle se rendit chez M. Rambaud.

— Je viens vous chercher, dit-il à la mère de Thérèse, mais permettez-moi de renouveler les recommandations que vous m'avez promis d'observer...

— Je vous le promets encore; et s'il vous faut un serment, je suis prête à le faire! interrompit Mme Valomer...

Puis, anxieusement, elle demanda si l'avocat avait vu son mari et si ce dernier était prévenu de sa visite.

— Il vous attend, répondit maître Gardelle.

— Oh! partons, partons bien vite! s'écria la pauvre femme toute frémissante de joie.

. . . . , ...

Depuis le jour de son arrestation et jusqu'au moment où le chef du jury avait donné lecture du verdict, Jacques Valomer n'avait pas cessé d'avoir confiance en son acquittement.

— J'ai ma conscience tranquille ; disait-il à son défenseur et je ne doute pas que vous soyez animé d'une confiance égale à la mienne.

Mais si l'accusé avait la conscience calme, il n'en était pas de même de son âme profondément angoissée, à l'idée des souffrances que devaient éprouver les deux malheureuses créatures, des bras desquelles il lui avait fallu s'arracher pour suivre le commissaire chargé de l'arrêter.

Tout d'abord, Jacques Valomer, avait cru qu'il bénéficierait d'une ordonnance de non-lieu, et il avait essayé de surmonter la douleur qui l'étreignait.

Impatient de voir arriver le jour où il serait conduit à l'instruction, il s'informait auprès des gardiens s'il lui serait permis de voir les siens ou de leur écrire.

Puis il avait attendu la visite de l'avocat qui serait chargé de le défendre.

— On vous nommera un défenseur d'office, lui avait dit le gardien-chef, puisque d'après ce que vous dites, vous n'avez pas les moyens de vous faire défendre par une de nos célébrités du barreau. Et c'est, ma foi, tant pis, avait ajouté le gardien-chef, car les avocats nommés d'office sont presque toujours des jeunes qui font leur début, et alors, c'est chanceux, très chanceux !...

Aussi Jacques Valomer éprouva-t-il un très vif soulagement, quand le même gardien vint lui annoncer qu'il s'était trouvé un avocat distingué qui sollicitait la faveur de plaider sa cause devant le jury.

— Et cet avocat se nomme ?

— Maître Gardelle !...

— Mais je le connais !... Et lui aussi nous connait bien, ma famille et moi,... puisque nous habitons la même maison...

— Il viendra demain conférer avec vous.

Cette nuit là fut, pour le prévenu une nuit d'insomnie, pendant laquelle il prépara tout ce qu'il dirait, à son défenseur.

Et quand il entendit ouvrir la porte de la cellule, il ne put retenir cette exclamation :

... C'est le gardien, apportant les vêtements qui doivent remplacer ceux que l'accusé
portait à l'audience. (P. 1093.)

— C'est Dieu qui vous envoie, monsieur, pour me tirer de l'anxiété où je suis!... de grâce parlez-moi de ma femme, de ma fille...

Jacques Valomer s'était précipité sur les mains de l'avocat qu'il
étreignait convulsivement dans les siennes...

Et comme, très impressionné, maître Gardelle ne répondait pas
tout de suite :

137. — SEULE!   137.

— Vous ne venez pas m'apprendre un nouveau malheur? s'écria le prisonnier, d'une voix qui s'étranglait dans sa gorge...

— Rassurez-vous! prononça maître Gardelle, convaincue de votre innocence, Mme Valomer a supporté, avec courage, le coup qui la frappe.

Jacques Valomer, portant la main à son cœur s'écria :

— Ah! c'est la vie que vous me rendez.

Des larmes roulaient sur ses joues. Il n'avait plus la force de prononcer une parole.

L'avocat lui parla de façon à l'encourager à surmonter son émotion en lui racontant que Mme Valomer acceptait avec résignation l'affreuse catastrophe qui la séparait momentanément de son mari, parce qu'elle avait la conviction que celui-ci lui serait bientôt rendu...

L'avocat parla ensuite de la tendresse dont Thérèse entourait sa mère, s'efforçant de lui cacher sa propre douleur.

Jacques Valomer se sentit réconforté à la suite de ce premier entretien avec celui qui s'était chargé de le défendre.

Il ne tarissait pas de remercîments, exprimant à maître Gardelle sa reconnaissance.

— Vous avez eu pitié de ma pauvre famille, monsieur, dit-il, et c'est, de votre part, un acte que je n'oublierai jamais!

— Je remplis un devoir, un devoir d'humanité! répondit Me Gardelle, car j'ai la conviction que vous n'avez pas commis le crime dont on vous accuse.

Oui, continua Me Gardelle je vous connaissais bien, je savais avec quel courage vous luttiez pour éloigner de votre foyer la misère qui, depuis si longtemps, s'y était installée.

Ce n'était un secret pour personne, que vous étiez sans ressources pour faire soigner votre femme, et vous procurer les remèdes qui lui étaient prescrits. Je savais, moi, que votre fille passait des nuits à travailler afin qu'il y eut un peu d'argent à la maison...

Jacques Valomer baissait la tête, accablé par les douloureux souvenirs que rappelait l'avocat.

Chaque fois que Maître Gardelle venait conférer avec le prévenu, celui-ci s'affermissait dans l'idée que l'arrêté de non-lieu serait prononcé.

Ce fut pour lui une terrible déception et une épouvantable douleur, quand Maître Gardelle dut lui faire part du résultat de l'instruction : Son courage se raffermit, cependant, à la pensée qu'il sortirait du tribunal criminel, lavé d'une odieuse accusation et qu'il n'aurait rien perdu de l'estime qu'avaient toujours eue pour lui ceux qui le connaissaient.

Maître Gardelle qui partageait cet espoir, crut devoir faire des recommandations à Jacques Valomer, afin que celui-ci se préparât à la contenance qu'il devait tenir, pendant l'audience :

— Il faut vous attendre à ce que le ministère public ne vous ménagera pas, lui dit-il.

Il vous faudra entendre des accusations qui vous feront bondir le cœur et vous devrez cependant refouler en vous-même votre colère, votre indignation et me laisser le soin de répliquer à l'accusateur public.

— Je vous obéirai ! promit Jacques Valomer...

Et d'ailleurs est-ce que tous ceux qui assisteront à l'audience ne iront pas sur mon visage que je suis victime d'une erreur, victime d'une horrible fatalité. Non, mille fois non, il n'en sera pas un seul qui puisse me croire capable d'avoir lâchement égorgé une malheureuse femme et trempé mes mains dans le sang de ses deux enfants...

Jacques Valomer, en prononçant ces mots, relevait la tête d'un air de souveraine énergie.

Si Maître Gardelle avait pu avoir le moindre doute sur le résultat du procès qui allait se plaider, il eut senti ce doute s'évanouir en regardant l'homme qu'il avait devant lui.

C'est donc, avec la certitude qu'il verrait son innocence proclamée, que Jacques Valomer attendit de comparaître devant le Jury du Tribunal Criminel.

. . . .

Pendant les débats, Jacques Valomer, observant les recommandations que lui avait faites son avocat, s'était contenu en entendant l'organe du Ministère public fulminer contre lui la plus virulente accusation.

La parole éloquente de Me Gardelle était venue le réconforter. Il ne supposait plus, après la péroraison magistrale du défenseur, que le jury put avoir le moindre doute sur son innocence.

Aussi, le malheureux avait-il été réellement foudroyé en entendant le prononcé du verdict et la condamnation à mort qui en avait été la conséquence.

Et quand, après qu'on eut été obligé de l'entraîner de force, c'est avec les cris d'une rage désespérée qu'il avait protesté de son innocence; c'est avec des efforts inouïs qu'il avait essayé de se dégager des mains vigoureuses qui s'étaient abattues sur lui.

Lorsque la porte de la cellule se fut refermée et qu'il se sentit séparé de tout être vivant, comme dans une tombe où il agoniserait jusqu'à l'heure suprême de la mort sur la place des exécutions, il chancela, saisi de vertige, et, battant l'air de ses bras, comme si tout à coup il eut perdu toute force de résistance, il s'abattit comme une masse sur le grabat de paille qui devait lui servir de couche.

Et là, frappé de torpeur et d'inconscience; il demeura, pendant quelques minutes, sans volonté, sans pensée, sans regard et sans voix, perdu dans une sorte d'assoupissement qui paralysait ses membres et obstruait ses facultés.

Puis, tout à coup, sortant de cet état de prostration, Jacques Valomer se redressa, effaré, les yeux hagards, la face convulsée, les membres agités par un tremblement convulsif comme si, pendant cet assoupissement de tout son être, un affreux cauchemar l'eut tout à coup épouvanté et ramené brusquement à l'affreuse réalité.

Sa pensée revivait, affolée, et il la reportait vers les deux êtres qui, comme lui, avaient dû attendre, espérer même, le jour du jugement lequel, pour elles comme pour lui, devait être le jour de l'éclatante réhabilitation.

Le coup qui le frappait écraserait les siens qu'il ne reverrait plus, en ce monde, car c'était la mort qui attendait les deux infortunées, condamnées, elles aussi, par le verdict du jury.

»Et il ne pourrait plus rien pour faire éclater la vérité, rien pour échapper à cette condamnation inique, inouïe, rien pour sauver ces deux malheureuses créatures désormais liées à son sort.

Rien!... Rien!... Rien!...

Et Jacques Valomer, dans un indescriptible accès de rage, se labourait la poitrine, hurlant d'horribles blasphèmes contre la Providence qui permettait de pareilles choses,

Son esprit s'égarait; dans son cerveau, en ébullition, passaient d'effroyables tableaux, semblables à ceux qu'enfante la démence.

Jacques Valomer eut la vision des événements qui allaient se succéder pour lui. Il se vit les membres emprisonnés dans la camisole de force, avec l'impossibilité de se soustraire, par le suicide, à la mort qu'il lui faudrait subir par la main du bourreau.

Puis on lui amenait le prêtre pour l'exhorter à se confesser afin de paraître, repentant, devant le juge suprême.

Et il ne pouvait pas prouver son innocence, et il lui fallait subir les consolations, comme le coupable qui va expier son crime.

Alors on venait le prendre pour le conduire, par de longs corridors sombres, dans la salle où se fera, tout à l'heure, l'affreuse toilette pour l'échafaud.

Il éprouve la sensation du fer sur sa nuque, pendant qu'on lui coupe les cheveux, et il se baisse avec horreur comme pour échapper au couperet.

Le voilà prêt pour la mort!...

On le redresse, on le soutient pour l'aider à marcher.

Rien ne peut plus le sauver.

Alors la voix du prêtre lui souffle à l'oreille : « Repentez-vous et Dieu vous pardonnera! »

Il va répondre, protester, supplier; mais la porte s'est ouverte...

Un murmure s'élève quand on le voit paraître entre les aides qui l'escortent!

Il hésite, chancelle; on le soutient, on le pousse, on le porte presque, car il se sent soulevé et ses pieds touchent à peine le sol!... Un cri de révolte s'arrache de sa gorge et, quand le prêtre s'approche pour l'embrasser, il se jette vivement la tête en arrière. Et levant les yeux au ciel il crie : « Mon Dieu, vous savez vous que je suis innocent; vous le savez et vous laisserez s'accomplir cette chose monstrueuse, infâme, ce crime!... Vous permettrez qu'on m'arrache la vie!... »

Mais le voilà devant les marches qu'on l'oblige à gravir, et son regard se porte avec horreur sur la sinistre machine.

Il veut crier encore son innocence à cette foule qui s'est découverte, silencieuse, comme devant le mort que l'on porte au champ de l'éternel repos. Mais on ne lui laisse plus le temps de parler; les aides l'ont saisi...

. . . .

Jacques Valomer a sursauté; l'horrible vision s'évanouit soudain, au bruit de la lourde clef qui s'enfonce dans la serrure.

La porte de la cellule s'ouvre. C'est le gardien, apportant les vêtements qui doivent remplacer ceux que l'accusé portait à l'audience.

Et, pendant qu'on l'oblige à revêtir le costume qu'il ne quittera plus et avec lequel on inhumera son corps décapité, le condamné, redevenu silencieux et morne, passe par toutes les souffrances de l'âme, par toutes les tortures de la pensée.

Désormais il ne sera plus seul, jamais seul, dans la *solitude* de la cellule, car il perçoit distinctement le bruit de pas sur les dalles du couloir, et, par instants, le petit judas de la porte s'ouvre, encadrant le visage d'un surveillant.

C'est donc fini?... La terrible sentence aura son exécution. L'assassinat, au nom de la justice, sera perpétré sans rémission !

La vindicte publique se sera abattue sur un homme de bien, sur un homme d'honneur. Et ce sera la mort pour lui, la honte et le mépris pour les deux êtres infortunés dont, à ce moment de violente angoisse, la pensée emplit son cœur.

C'est pendant qu'il s'abandonne ainsi à la douleur, qu'il ne peut ni ne cherche à surmonter, qu'il voit arriver, dans sa cellule, l'avocat qui a dépensé, à le défendre, toutes les ressources de l'intelligence et du cœur.

La physionomie de Mᵉ Gardelle exprime l'émotion qu'il cherche à renfermer en soi.

Et quand Jacques Valomer lève sur le nouveau venu ses yeux baignés de larmes, l'avocat incline le front, par respect pour cette immense infortune.

Pendant quelques secondes, il contemple avec douleur celui qu'il n'a pu réussir à défendre victorieusement.

Puis il s'écrie :

— C'est une grande iniquité!...

Il ajoute d'un ton d'amertume :

— Je plains ceux qui n'ont pas trouvé dans leur conscience une pensée généreuse...

Ils sont à plaindre ces hommes qui tenaient dans leurs mains le sort d'un de leurs semblables, et qui n'ont pas été frappés de l'attitude si digne de ce visage, attestant l'honnêteté de l'homme qu'on leur présentait comme un misérable, un assassin, un monstre!...

Un sourd gémissement, s'arrachant de la poitrine du prisonnier, interrompit les paroles de l'avocat.

— Ah! vous comprenez ce qui se passe en moi! s'exclama Mᵉ Gardelle.

Ai-je besoin de vous dire que j'ai, comme vous, la rage au cœur?...

— Oh! les misérables! rugit Jacques Valomer, les misérables!

L'avocat l'interrompit par ces mots :

— Jacques Valomer, vous êtes la victime d'une de ces fatalités qui dépasse l'imagination ! Moi qui vous ai défendu, n'ayant pas douté, même une seconde, de votre innocence, je savais que l'accusation serait étayée sur des apparences vraisemblables, que la culpabilité semblerait possible, mais j'espérais arriver à convaincre les jurés ; je comptais sur ma conviction et sur la bonne cause, pour me donner l'éloquence qui trouve le chemin du cœur ?

— Et l'on m'a condamné, moi, moi ?

Le malheureux se révoltait contre cette horrible sentence...

Et, dans l'égarement de ses esprits, il avait des paroles déchirantes pour se raccrocher à la vie désespérément, non pour lui, mais pour les siens !...

Puis, s'interrompant, il regarda son défenseur en s'écriant :

— Mais vous n'allez pas m'abandonner ?... Il doit y avoir quelque chose à faire pour empêcher qu'on égorge un innocent ?...

Ah ! puisque vous avez la certitude que je n'ai pas commis de crime... vous agirez... vous agirez pour ces deux infortunées qui ont mis toute leur confiance et tout leur espoir en vous...

Mᵉ Gardelle dut contenir son émotion déchirante. Un nuage assombrit son front, car il se sentait impuissant à calmer, même par un vague espoir, l'affreuse exaltation du prisonnier.

Cependant il ne pouvait laisser sans réponse les paroles que venait de lui adresser le condamné à mort.

— Vous me demandez d'agir... vous me demandez s'il n'y a pas un moyen de vous sauver...

— Oui !... Ne peut-on pas casser l'arrêt ?

— Vous avez effectivement, et c'est ce dont je viens vous entretenir, trois jours francs pour vous pourvoir en cassation...

— Eh bien !... il faut le faire... tout de suite ; ne me laissez pas attendre trois jours, car ce serait pour moi trois jours d'agonie !...

Je suis prêt à signer tout ce qu'il faudra...

— Vous ignorez, sans doute, qu'il faut que je trouve, pour faire accepter le pourvoi, un motif de cassation....

— Un motif !... Est-ce que la protestation de mon innocence ne suffit pas ?...

— Non ! répondit l'avocat d'une voix sourde : pour faire casser un jugement, il faut pouvoir relever un vice de forme dans la procédure!...

— Vous en trouverez un, n'est-ce pas? interrogea le prisonnier tout tremblant d'anxiété.

Quoi?... Vous ne répondez pas?... Est-ce qu'il n'exsterait pas un moyen?...

— Je n'en ai pas encore trouvé, je dois vous l'avouer?... répondit en hésitant l'avocat.

Jacques Valomer laissa retomber ses bras en signe de découragement.

Le malheureux demeura sans voix devant l'avocat également silencieux.

Tous deux passaient, à ce moment, par les plus atroces sensations.

Me Gardelle n'était pas homme à feindre. Il lui répugnait de donner une banale consolation à celui qui s'adressait à lui désespérément.

Il reprit donc :

— Ne croyez pas que je veuille consacrer un seul de mes instants à autre chose qu'à l'affaire que j'ai prise à cœur.

Je vous le répète : je n'ai pas encore trouvé le moyen de cassation, mais je vais de nouveau repasser toute la procédure afin d'y découvrir, s'il se peut, un vice de forme...

— Mais... vous avez parlé de trois jours!...

— Oui...

— Trois jours?... prononça le prisonnier en levant les yeux au ciel.

— Je reviendrai donc pour vous faire signer le pourvoi... D'ici là, je vous exhorte à la patience...

Songez que vous n'avez pas le droit de désespérer et de succomber à votre douleur, quand deux créatures infortunées espèrent et prient...

Je vais retourner auprès d'elles... pour leur parler de vous... Et je reviendrai bientôt... pour vous parler d'elles!...

Puis, serrant dans les siennes les mains du prisonnier, Me Gardelle ajouta :

— Il m'en coûte de vous exhorter à être fort, moi qui comprends que votre douleur est de celles qu'on ne peut surmonter quand on les sait partagées par des êtres affectionnés... Mais, je vous le répète, mon ami, songez à votre femme, songez aussi à la

Que faire? se demandait Gardelle en proie à la plus affreuse perplexité. (P. 1104.)

douce créature que Dieu a placée, comme un ange gardien, auprès de l'affligée !

Le cri de désespoir et de rage qu'allait pousser le prisonnier, s'éteignit dans un sanglot... Jacques Valomer tomba à genoux et se mit à prier...

. . . .

138. — SEULE !   138.

Il nous faut renoncer à dépeindre les souffrances subies par le condamné pendant les deux mortelles journées qui suivirent.

Nous ne trouvons pas davantage d'expressions pour dire la joie qui se peignit sur la face convulsée et déjà presque cadavérique de Jacques Valomer, lorsque Me Gardelle se précipitant dans la cellule, dont on venait d'ouvrir la porte, s'écria :

— J'ai trouvé!... J'ai trouvé!...

— Le motif?... Le moyen?... balbutiait le prisonnier d'une voix étranglée...

— Il est là!... répondit l'avocat en frappant de la main sur un dossier...

— Le jugement sera cassé?...

— J'en réponds, maintenant!...

— Alors, que va-t-il se passer?

— Tout est à recommencer : enquête, instruction, débats!... Tout, vous dis-je! s'exclama Me Gardelle en se jetant au cou du prisonnier défaillant d'émotion.

Après ce premier mouvement d'exaltation, dont il n'avait pas été maître, l'avocat fit asseoir le prisonnier à côté de lui sur le grabat.

Il se mit aussitôt à lui raconter toutes les angoisses qu'il avait éprouvées jusqu'au moment où, croyant la chose absolument désespérée, il avait enfin trouvé le motif sur lequel allait s'appuyer le pourvoi en cassation.

— Mon désespoir était immense, car j'avais la preuve de votre innocence et il me fallait perdre l'espoir de faire casser le jugement!

Me Gardelle ajouta en s'animant :

— J'étais certain... certain, entendez-vous, d'obtenir un acquittement, que dis-je, c'était un verdict de réhabilitation qu'eut prononcé le chef du jury, et il me fallait vous voir monter à l'échafaud!...

Eh bien, pendant que j'étais auprès de votre femme, de votre fille, à me désespérer d'avoir vainement cherché un vice de forme, un homme est venu me dire : « Je vous apporte un moyen de cassation! »

— Ah!... nommez-moi cet homme, ce sauveur!...

Me Gardelle se redressa et, parlant avec une émotion qui faisait trembler sa voix, il prononça ces mots :

— Laissez-moi, avant de vous nommer celui que vous avez raison d'appeler un sauveur, laissez-moi vous dire que Mme Valomer a tendu vers lui ses mains tremblantes, en le bénissant comme on bénit un saint, et que votre fille s'est prosternée à ses genoux, comme on se prosternerait devant un martyr...

Car pour vous sauver, Jacques Valomer, cet homme se perdait lui-même !

Mᵉ Gardelle raconta alors au prisonnier le sacrifice auquel s'était si généreusement résolu le juré.

. . . .

— Vous n'êtes donc plus qu'un prévenu ! dit l'avocat reprenant la conversation après l'émouvant récit qu'il venait de faire.

Il me restera à vous défendre, à nouveau, quand l'affaire reviendra devant une autre Cour...

— Et, cette fois, vous me rendrez à ma famille?... Vous en avez la certitude, m'avez-vous dit !

— Oui ! car il existe une preuve de votre innocence.

— Vous l'avez... en main ? demanda le prisonnier en proie à la plus violente anxiété.

Mᵉ Gardelle hésita pendant une seconde, puis il se décida à dire la vérité.

— Je ne possède pas encore réellement cette preuve, et c'est afin qu'on ait le temps de se la procurer que je vais m'attacher à faire retarder, le plus possible, votre nouvelle comparution devant le jury.

— Que me dites-vous là?... Retarder ma comparution, alors que j'ai hâte d'être jugé?... Mais vous ne savez donc pas ce que je vais souffrir séparé des miens?...

— Il le faut, cependant ! Et je demande, moi, que cette séparation se prolonge, qu'elle puisse durer encore pendant plusieurs mois !...

Je vais, je vous le déclare, mettre tout en œuvre pour cela et remuer ciel et terre afin d'obtenir ce résultat...

— Des mois... plusieurs mois ! s'exclama le prisonnier.

Puis, regardant avec inquiétude l'avocat :

— Mais... où donc faut-il qu'on aille la chercher cette preuve?...

— Loin de France!... répondit Mᵉ Gardelle qui prévoyait une question encore plus embarrassante.

En effet, Jacques Valomer demanda vivement :

— Qui se chargera de faire le voyage?

— Votre fille ! prononça l'avocat.

— Thérèse?

— Oui !... Comme nous cherchions à qui l'on pourrait confier une pareille mission, votre fille s'est offerte.

Et quand nous avons entendu les raisons qu'elle donnait pour expliquer cette décision énergique, il nous a fallu nous incliner devant sa volonté...

— Mais, sa mère?... Comment a-t-elle pu consentir à se séparer de son enfant?

La dernière fois que vous êtes venu ici pour m'exhorter à ne pas m'abandonner au désespoir et à songer aux miens, ne m'avez-vous pas dit, en parlant de ma fille, que c'était un ange gardien que la Providence avait placé auprès d'une affligée?

Et aujourd'hui, cet ange déserterait son poste, de votre consentement à tous?... C'est impossible!.,. Elle doit rester auprès de sa mère malade, qu'une si violente émotion tuerait sur le coup...

C'est impossible, vous dis-je, c'est impossible!

Gardelle répliqua :

— Je vous dois la vérité tout entière; apprenez donc que, en effet, Mme Valomer s'est vivement récriée contre la décision que voulait prendre votre fille.

La pauvre femme avait attiré Mlle Thérèse qu'elle tenait emprisonnée sur son cœur, et elle lui dit : « Tu ne me quitteras pas!... Je refuse... Je te le défends!... Essaye donc de partir, essaye donc de t'arracher de mes bras !... »

— Et malgré cela, Thérèse a insisté, dites-vous?... Elle a eu le courage de résister aux supplications et aux larmes de sa mère ?

— L'homme qui m'avait fourni le moyen de cassation, témoin de cette scène déchirante, dit à votre fille qu'il était impossible qu'elle quittât sa mère...

— Eh bien ?

— Mlle Thérèse a répondu énergiquement : « Il existe une chance de salut pour mon père... Et je sais que cette chance est en moi... en moi seule ! »

— Nous avons insisté, disant que la personne qui détenait la preuve de votre innocence, s'était réfugiée dans un pays lointain, à plus de deux mille lieues de France...

— Deux mille lieues !...

— Votre fille a maintenu plus fermement encore sa résolution. Elle a répondu, d'un air inspiré : « Je partirai ! »

Jacques Valomer était devenu pâle et palpitant d'émotion, de terreur.

Il n'existait qu'une seule chance de salut pour lui, et il se disait que cette chance lui échapperait si Thérèse ne partait pas.

Un terrible combat se livrait en lui. Maître Gardelle jugea qu'il devait y mettre un terme.

— Il serait d'ailleurs trop tard pour mettre obstacle, si vous y songiez, au départ de votre fille.

— Trop tard !... s'exclama le prisonnier.

— Oui... A l'heure qu'il est, elle a quitté Paris. Dans quelques jours, elle sera sur l'Océan, en route pour le Nouveau-Monde.

Jacques Valomer demeura atterré.

— Partie ?... Sa mère abandonnée !... seule... malade... mourante peut-être !...

— Il fallait que ce départ eut lieu, mon ami ! répondit l'avocat, interrompant avec douceur le malheureux homme. Mais soyez sans inquiétude sur le compte de Mme Valomer !... Il s'est opéré en elle une transformation miraculeuse.

— Ah ! n'essayez pas de me tromper... Ne sais-je pas, hélas ! que ma pauvre femme est dans un état des plus graves ?... Ne sais-je pas que ses jours sont en danger ?...

— Eh bien, Mme Valomer a retrouvé des forces, elle a repris courage, elle s'est résignée et elle espère...

C'est à la suite d'un entretien qu'elle eut avec sa mère, que votre fille a réussi à convaincre sa mère.

Mme Valomer ne sera pas abandonnée, ajouta Me Gardelle.

Pendant le temps que durera l'absence de Mlle Thérèse, votre femme aura retrouvé une famille... une famille qui l'entourera de sollicitude et lui prodiguera tous les soins que réclame son état.

Et celui qui lui donne l'hospitalité, depuis le départ de votre fille, est le même homme providentiel qui s'est fait un devoir de conscience de me fournir le moyen de cassation.

— Son nom ?... Son nom, que je le bénisse ?...

— Cet homme de bien se nomme M. Delamarre, dit Me Gardelle qui raconta au prisonnier l'histoire détaillée et le généreux dévouement de Delamarre.

Tout à coup, Valomer s'écria :

— Mais vous ne m'avez pas dit en quoi consiste la preuve de mon innocence ?

— C'est une lettre.

— Et ma fille la rapportera ?...

— Elle en est certaine !

— Mais qui donc possède cette lettre ?

— M. Delaverne...

— Lui ?...

Jacques Valomer avait éprouvé comme un choc violent au cœur.
Maître Gardelle lui demanda instamment de l'écouter avec calme.

— Je vais vous mettre, lui dit-il, au courant de tout ce qui peut
vous intéresser ou qu'il est indispensable que vous sachiez.

— Je vous écoute ! répondit le prisonnier en s'efforçant de
paraître calme.

. . . .

Jacques Valomer avait entendu, en se contenant, le récit que
l'avocat avait jugé à propos de lui faire, dans l'ignorance où il était
lui-même des dangers qu'allait affronter Thérèse en se présentant,
seule, devant le misérable, de la lubrique passion duquel elle avait
failli être victime.

Et quand il eut appris, de la bouche de maître Gardelle, que rien
n'aurait pu détourner Thérèse de la résolution qu'elle avait prise, le
pauvre père n'eut plus la force de retenir ses larmes.

Tout ce que lui avait raconté l'avocat lui paraissait tenir du
prodige. Et il implorait le ciel pour sa fille, partie seule, irrésistiblement entraînée par sa piété filiale.

Maître Gardelle lui avait, en le quittant, promis de le tenir au
courant de ce qui l'intéressait.

Et c'est avec une immense joie que le prisonnier avait appris que
le jugement qui le condamnait à mort, avait été cassé.

— Je vous l'avais dit : tout est à recommencer ! prononça maître
Gardelle ; et cette fois je n'aurai pas à faire appel à la conscience et
à l'humanité des jurés !

L'avocat annonça, en outre, au prisonnier redevenu simplement
prévenu, qu'il avait intéressé à sa cause le Président de la cour de
Cassation.

Il lui dit que l'éminent magistrat avait été profondément remué
en apprenant l'acte de dévouement de Mlle Valomer.

— Nul doute, ajoutait maître Gardelle, que la puissante intervention de ce magistrat, ne me fasse obtenir tous les délais que je
vais solliciter, en dehors des délais légaux.

Et le pauvre prisonnier accueillait avec un soupir de douloureuse résignation, cet espoir que caressait l'avocat.

Maître Gardelle apportait, le plus souvent possible, des nouvelles de Mme Valomer.

— Le miracle continue; se plaisait à dire l'avocat : notre malade se soutient, même elle reprend des forces.

Parlant de Jeanne Delamarre, maître Gardelle rapportait au prisonnier que la jeune fille avait pris, auprès de la mère de Thérèse et par intérim, le rôle d'ange gardien.

Peu à peu, Jacques Valomer s'était habitué à cette incarcération préventive qu'il savait devoir être si longue.

Il attendait avec impatience les visites de son avocat, afin de s'entretenir avec lui de sa femme et de sa fille.

— Je compte les jours, disait-il, et voici déjà plus d'un mois que ma Thérèse a quitté sa mère!...

Il s'informait anxieusement si l'on ne pouvait pas déjà avoir des nouvelles du navire qui transportait Thérèse dans le Nouveau-Monde!

— C'est à peine si le bâtiment a pu franchir la distance !...

— Mais le navire a pu être rencontré en mer; en ce cas, rien d'impossible à ce que l'on en ait des nouvelles.

— Assurément!

Et chaque fois que maître Gardelle devait venir, le prisonnier était profondément émotionné.

— Toujours sans nouvelles? demandait-il à peine l'avocat avait-il pénétré dans la cellule.

Maître Gardelle calmait l'impatience du prisonnier, par ces mots invariablement les mêmes :

Il n'y a pas de temps perdu!... D'ailleurs je m'occupe de faire marcher, le plus lentement possible, la nouvelle procédure.

Pour consoler le pauvre homme, l'avocat lui donnait, chaque fois, de meilleures nouvelles de la mère de Thérèse.

— Mme Valomer, affirmait-il, montre une résignation et un courage qui devraient vous servir d'exemple.

Il racontait alors tous les événements qui se produisaient dans la famille Delamarre.

Il avait pris grand soin de ne pas parler du scandale qui avait éclaté dans le monde, à la nouvelle de l'extraordinaire aventure du grand industriel Delamarre.

Ce fut le prisonnier qui mit, tout à coup, un jour, la conversation sur ce sujet.

— Lui aussi se résigne et attend ! répondit l'avocat...

— Il attend?

— Oui!... comme vous, il a droit à une éclatante réhabilitation.

Désormais pour moi vos deux causes n'en font plus qu'une seule, quand j'aurai obtenu votre acquittement, il me faudra m'occuper sans relâche de faire rendre justice à l'homme qui s'est sacrifié, afin de m'aider à vous sauver de l'échafaud!

— Et réussirez-vous?

— Je l'espère!... prononça maître Gardelle.

Les jours se succédaient sans que l'avocat pût donner au prisonnier des nouvelles de sa fille.

Par contre, il l'entretenait dans la certitude absolue que l'acquittement serait prononcé sans débats, si l'on allait au tribunal, toutefois.

— Car, ajoutait l'avocat, j'ai tout lieu de supposer que M¹¹ᵉ Thérèse arrivera avant que l'affaire ne soit mise au rôle...

Songez donc que nous avons encore plus de trois mois devant nous...

Jacques Valomer poussait de longs soupirs, comme s'il eut eu de tristes pressentiments.

— Dieu vous entende! murmurait-il.

Puis il s'informait de l'état de santé de sa femme.

— Quel courage! s'exclamait-il quand l'avocat lui racontait que Mᵐᵉ Valomer se faisait indiquer sur une carte les contrées que traversait sa fille.

Et récapitulant les événements extraordinaires qui s'étaient succédé, depuis son arrestation, il se prenait à tressaillir et à désespérer.

L'optimisme de Mᵉ Gardelle n'allait pas tarder à faire place à la plus affreuse déception.

La nouvelle du naufrage de l'*Abeille*, publié par les gazettes, allait jeter aussi le désespoir dans l'âme de l'avocat.

Mᵉ Gardelle, littéralement atterré, se demanda, pendant deux jours, s'il aurait le courage de reparaître devant le malheureux dont il avait relevé l'énergie et à qui il avait affirmé qu'il le ferait acquitter.

Et pendant que, dans la famille Delamarre, tout le monde était d'accord pour cacher la fatale nouvelle à Mᵐᵉ Valomer, l'avocat se faisait un cas de conscience de laisser le prévenu s'abandonner à la confiance qu'il avait fait naître en lui.

Que faire? se demandait Gardelle en proie à la plus affreuse perplexité.

Il lui restait la ressource d'aller consulter Urbain Rambaud.

Elle l'étreignait, haletante d'émotion, le visage collé sur le sien;... (P. 1112.)

Celui-ci, après l'avoir écouté, répondit :

— Vous reste-t-il quelque chance de sauver Jacques Valomer ?

— Tant que le verdict ne sera pas prononcé, je le défendrai énergiquement..., je crierai son innocence et, Dieu aidant, peut-être trouverai-je des accents capables de convaincre les jurés; mais qui sait, hélas! si j'y parviendrai !...

— Alors, vous ne devez pas révéler l'horrible vérité au malheureux homme.

Vous ne le devez pas ! répéta Urbain Rambaud d'un ton ferme.

— Mais s'il est condamné, il aura le droit de me reprocher mon silence ; et quand il marchera à l'échafaud, sa dernière parole sera une malédiction contre moi !

En quittant l'hôte de Mᵐᵉ Valomer, Mᵉ Gardelle n'avait pas encore pris une décision.

« J'attendrai » pensait-il.

Pendant deux jours, ainsi que nous l'avons dit, le combat qui se livrait en lui, se continua, jetant le désarroi en son esprit.

Il se retrouvait dans la même situation que, pendant les terribles heures qui avaient suivi la condamnation à mort de Jacques Valomer.

De même que, ce jour-là, il s'était creusé vainement la tête à chercher un moyen de cassation, de même il ne pouvait trouver une issue pour sortir de la situation présente.

Et maintenant il ne lui était plus possible de retarder la visite qu'il avait l'habitude de faire au prisonnier.

Nul doute que le malheureux dont il se représentait l'anxiété, ne supposât que ce retard avait pour cause quelque grave événement survenu dans son affaire.

Mᵉ Gardelle ne se trompait pas. Jacques Valomer ne le voyant pas venir avait été soudainement saisi d'inquiétude.

Le premier jour, quand il eut vu passer l'heure où l'avocat avait l'habitude de se présenter dans la cellule, il avait éprouvé une insurmontable tristesse.

Cette nuit-là, il la passa à réfléchir, faisant les suppositions les plus décourageantes.

Le matin, il attendit la visite du gardien-chef qui, depuis la cassation du jugement, témoignait à son prisonnier redevenu simple prévenu, un peu plus d'intérêt que lorsqu'il le croyait destiné à la guillotine.

Il s'informa donc :

Est-ce que mon avocat ne s'est pas présenté hier ?... Peut-être est-il arrivé... après l'heure réglementaire ?

— Non, Mᵉ Gardelle s'est dispensé de venir ! répondit le gardien.

Le visage du prisonnier se couvrit d'une pâleur livide.

— Il viendra peut-être aujourd'hui ajouta le porte-clefs.

Une expression de désappointement se peignit sur le visage du prisonnier, tandis que le gardien ajoutait :

— Mais il n'y a rien d'étonnant à cela ; il vous a gâté, votre avocat, en venant vous voir presque tous les jours...

Il n'a, d'ailleurs, peut-être pas grand chose à vous dire de nouveau.

Très loquace, ce matin-là, notre homme continua :

— Votre affaire, à ce que j'ai entendu dire, n'est pas près de revenir devant la Cour. Il paraîtrait même que l'on s'occupe beaucoup de vous au Palais... Vous savez bien pourquoi, n'est-ce pas ? Votre avocat n'a pas été sans vous mettre au courant.

Jacques Valomer paraissant ne pas se douter de ce que voulait dire le gardien, celui-ci continua :

— C'est un véritable miracle que votre jugement ait été cassé...

C'est une chose qui ne se reverra probablement pas dans bien des années...

— Je sais qu'un des jurés n'avait pas le droit de siéger, dit Valomer.

— Voilà tout ?

— C'est tout ce que j'ai appris...

— Et votre avocat ne vous a pas dit pourquoi le juré ne pouvait pas siéger ?

— Non !

— Eh bien, je vais vous le dire, moi; d'autant plus que la chose est publique aujourd'hui même que cela fait assez de bruit...

Le juré en question se nomme...

— M. Delamarre, je sais son nom! interrompit le prisonnier.

— Eh bien... vous n'y êtes pas, du tout, mon cher... Delamarre, c'est un nom qu'il s'était donné parce qu'il avait un motif sérieux pour ne vouloir plus porter le sien...

— Et quel est ce motif ?

— Ce M. Delamarer se nomme Urbain Rambaud... Et moi qui vous parle, je me rappelle bien avoir connu ce particulier-là, quand j'allais voir mon père qui était alors gardien à la prison du Châtelet... Il y a de cela un peu plus de quinze ans.

— Et ce M. Urbain Rambaud avait été condamné ? demanda Jacques Valomer.

— A dix ans de galères.

— Dix ans de galères !

— Qu'il a bel et bien faits, au bagne de Toulon, jusqu'au dernier jour, car on ne lui aurait pas fait grâce d'une minute, tant il passait pour un scélérat de la pire espèce.

— Vous avez connu ce prisonnier? demanda Jacques Valomer très étonné, de ce que maître Gardelle, en lui parlant du juré, lui ait laissé ignorer ces choses.

Le gardien ne se fit pas prier.

— J'allais voir mon père, tous les jours, au Châtelet, parce qu'il était question, de me donner sa place quand il prendrait sa retraite, ce qui ne devait pas tarder.

Dans ces conditions, j'étais, pour ainsi dire un « apprenti-geôlier » comme m'appelaient les gardiens de la prison.

Bref, j'accompagnais souvent mon père, quand il faisait ses rondes; et c'est comme ça que j'ai pu voir le fameux faussaire dont tout le monde s'occupait tant il avait l'air d'être un honnête homme, ce coquin-là!

— Un faussaire?

A cette exclamation, le gardien répondit d'un ton de conviction :

— Tout ce qu'il y a de plus habile! Il vous grattait les livres de comptabilité des Finances, de telle sorte que l'on n'y avait vu que du feu, pendant bien des années.

Mais les crimes, ça finit toujours par se découvrir, tôt ou tard, et notre faussaire a été pincé, coffré, jugé, condamné et tout ce qui s'en suit.

Eh bien, lorsque je l'ai vu dans la cellule, moi tout le premier, je lui aurais bien donné, comme on dit, le bon Dieu sans confession... Il pleurait, il se désolait si habilement qu'il fallait savoir que c'était la plus fieffée canaille de la terre pour ne pas se laisser prendre à à toutes ses simagrées.

— Mais on pouvait s'être trompé sur son compte interrompit le prisonnier. Oui, on peut se tromper, reprit-il d'une voix ferme; je le sais mieux que personne!

Le gardien hocha dédaigneusement les épaules.

Puis il reprit :

— Si on se trompe, ce n'est même pas une fois sur mille!... Enfin pour en revenir à Urbain Rambaud, il avait si bien caché son jeu que sa famille ne se douta de rien et quand on est allé l'arrêter, sa femme et sa fille ont crié que c'était une erreur et qu'on allait le leur ramener tout de suite.

Bref, j'étais au premier rang quand on est venu prendre le forçat pour le conduire en place de Grève, où l'on avait dressé l'échafaud.

— L'échafaud?

— Oui, pour la « marque ».

— On a « marqué » Urbain Rambaud !... s'exclama le prisonnier.

— Comme on marque au fer rouge tous les galériens.

Par exemple, malgré que je savais que c'était un misérable faussaire, je me suis senti remué tout de même quand j'ai entendu un cri, et que j'ai pu voir qui l'avait poussé.

— Ce n'était pas Urbain Rambaud ?

— C'était sa fille.

— Sa fille ?... Cette malheureuse créature a assisté...

— Elle avait suivi la charrette avec la foule...

Et quand la pauvre enfant a vu appliquer le fer rouge sur l'épaule de son père, elle a poussé un cri terrible.

— Oh ! la malheureuse balbutia le prisonnier, saisi d'un tremblement convulsif.

— Tout le monde l'a entourée, on a essayé de lui porter secours, mais il n'y avait rien à faire...

Elle était tombée morte sur le coup.

— Morte !... Morte !... répéta le prisonnier en levant les yeux au ciel.

Il songeait, à ce moment, à sa propre fille.

Il se la représentait se frayant un passage jusqu'au pied de l'échafaud dont il était menacé, et tombant morte, elle aussi, comme avait succombé la fille d'Urbain Rambaud.

Et cette vision lui arrivait précisément alors qu'il s'inquiétait de ne pas avoir vu son avocat depuis deux jours.

Le malheureux se sentait envahi, de nouveau, par tous les tourments par toutes les angoisses qu'il avait subies lors de son incarcération comme prévenu, puis après par sa condamnation à mort.

La fille d'Urbain Rambaud était morte de douleur ; n'était-ce pas le sort qui attendait sa femme, qu'il avait laissée presque agonisante, le sort qui attendait aussi la pauvre Thérèse !

Et le prisonnier, qui, aurait voulu mourir là, sur ce grabat, dût-il, pour cela, s'arracher la vie, se broyer le crâne contre le mur, ne s'en reconnaissait pas le droit.

Mourir dans ces conditions serait avouer sa culpabilité ; ce serait condamner sa femme et sa fille à la honte, et les vouer au mépris du monde.

Jacques Valomer se sentait devenir fou.

Après tout une journée d'inénarrables angoisses, après une nuit d'agonie, le jour surprit Jacques Valomer debout, arrivé au paroxysme de l'exaltation.

Il ressentit une violente commotion lorsqu'il entendit le grincement de la clef dans la serrure.

Maître Gardelle accompagnait le gardien.

La vue de l'avocat avait, tout à coup, fait tomber l'exaltation du prisonnier.

— Je vous apporte d'heureuses nouvelles, s'empressa de dire maître Gardelle.

— De ma fille? interrompit anxieusement le prisonnier.

— D'elle et de sa mère! répondit l'avocat.

Mais je veux laisser à votre femme le plaisir de vous les faire connaître... Tout ce que je puis vous dire, c'est que l'une et l'autre sont en bonne santé.

— Ma femme va donc se rendre ici?

— Oui! Mme Valomer m'a fait solliciter pour elle la permission de vous voir.

— Et vous avez obtenu cette permission ?

— La voici !

Et l'avocat, montrant la pièce, ajouta :

— Avant de mettre Mme Valomer en votre présence, j'ai tenu à vous prévenir de sa visite, afin que vous conteniez votre émotion.

Vous ne devez pas oublier dans quel état de santé vous avez laissé votre femme. Si, aujourd'hui, cet état s'est sensiblement amélioré, il suffirait d'un choc violent pour que la pauvre dame retombât dans un état plus grave... N'oubliez pas les recommandations que je vous fais.

— Ah ! je serai fort ! s'exclama le prisonnier, tout frémissant de joie à l'idée de revoir sa chère malade.

Maître Gardelle dut modérer aussi ce transport :

— Songez, dit-il, qu'un grand bonheur subit peut devenir dangereux pour une nature impressionnable comme celle de Mme Valomer, qui n'est soutenue, hélas ! que par une énergie factice.

— Je serai maître de moi, je vous le promets,... je vous le jure, monsieur l'avocat.

— En ce cas, je vais me rendre, immédiatement, auprès de Mme Valomer qui doit m'attendre avec anxiété..

— Et quand... la verrai-je ?

— Demain !

— Demain !... demain ! s'écria Valomer.

— Jusque là, prononça maître Gardelle, préparez-vous pour que l'entrevue ait lieu sans secousse violente; réfléchissez bien à ce que vous direz; que pas une parole imprudente ne sorte de votre bouche, quelles que soient les impressions que vous éprouverez.

Vous m'avez promis d'être maître de vous, j'y compte !

A demain donc, ajouta maître Gardelle en serrant la main du prisonnier.

. . . .

Le lendemain Jacques Valomer était transfiguré au point que le gardien qui faisait sa ronde du matin, ne put s'empêcher de lui dire :

— Vous voilà bien calme et bien tranquille ce matin; on ne se douterait guère que vous n'avez pas fermé l'œil de la nuit.

Car moi comme les autres gardiens, nous vous avons vu et entendu, par le judas, vous vous parliez à vous-même, avec une violence qui nous a fait croire que nous serions obligés de vous mettre la camisole de force...

Jacques Valomer accueillit ces paroles avec un calme parfait. Ainsi qu'il l'avait promis à maître Gardelle, il avait réussi à se trouver en pleine possession de lui-même.

Quand on lui apporta le repas de midi, il se hasarda à s'informer s'il y avait une heure réglementaire pour les visites.

Il lui fut répondu que les avocats des prévenus pouvaient se présenter, en dehors de l'heure réglementaire, mais que pour les visiteurs ordinaires, il y avait des formalités à remplir.

— D'ailleurs, ajouta le gardien, si le directeur autorise que l'on vous rende visite, on viendra vous prendre pour vous conduire au parloir !...

— On ne peut donc me voir dans ma cellule ? demanda Valomer avec vivacité.

— Ça n'est pas l'habitude; il y a ici un parloir dans lequel on cause avec les visiteurs à travers un grillage.

Le prisonnier, ainsi renseigné, était devenu sombre et soucieux.

Aussi éprouva-t-il un grand saisissement quand il entendit plusieurs personnes s'arrêter dans le couloir devant la cellule, et qu'il reconnut la voix de l'avocat, au moment où l'on ouvrait la porte.

Il chancelait comme saisi de vertige et tout son corps tremblait convulsivement.

Maître Gardelle était entré le premier, voulant, par prudence, faire signe à Jacques Valomer de se contenir.

Mais, écartant l'avocat, Mme Valomer s'était jetée dans les bras de son mari.

Elle l'étreignait, haletante d'émotion, le visage collé sur le sien; et pendant quelques secondes les deux infortunés confondirent leurs baisers et leurs larmes.

Maître Gardelle crut devoir mettre fin à ces effusions dont il redoutait les conséquences pour la pauvre femme qu'il voyait défaillir.

— Vous m'aviez tous deux promis de ne pas vous abandonner à pareille émotion, dit-il, je vous exhorte donc à vous entretenir avec calme, puisque vous pouvez maintenant attendre plus patiemment la fin de cette terrible histoire.

Mais Mme Valomer s'écria :

— Jacques,... mon pauvre Jacques, laissez-moi l'embrasser encore pour moi et pour elle!

Et de nouveau elle se jeta au cou de Valomer qui essayait de la calmer, en balbutiant :

— Chère femme ne pleure pas ainsi, ne pleure plus.., puisque nous serons réunis... tous les trois,... bientôt!

Et le pauvre diable, en prononçant ces paroles dévorait ses sanglots.

Maître Gardelle dut intervenir de nouveau.

— Songez, dit-il, que la visite ne pourra se prolonger, le règlement en a fixé la durée... Et vous avez tant de choses à vous dire !

— Ah! vous avez raison, monsieur Gardelle, le temps me manquera pour exprimer à mon pauvre mari tout ce que j'ai là !...

Elle appuyait la main sur son cœur, et se tournant vers le prisonnier elle ajouta :

— Il faut d'abord que nous causions de ta fille, de notre Thérèse !

Jacques Valomer saisit les mains de sa femme en disant avec une indicible expression de tendresse.

— C'est un ange que tu as mis au monde !

— Oui! Un ange!... répéta Mme Valomer.

— Je sais tout, ma chère femme; je sais qu'elle ne s'est pas laissé retenir par tes supplications et tes larmes!...

Je sais aussi, pauvre sainte créature, que tu t'es imposé d'avoir le courage de supporter cette séparation, sachant que c'était la moitié de ta vie qu'emportait notre fille!...

— Il s'agissait de te sauver, Jacques, et... j'ai résisté à ma dou-

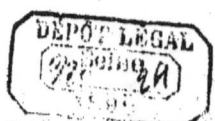

— Après avoir échappé au naufrage, qu'est devenue ma fille?... (P. 1115.)

leur, j'ai maîtrisé mon désespoir, j'ai voulu avoir la force de volonté,...
et je l'ai eue!

— Oui, toi aussi, comme notre Thérèse, tu as été admirable de
courage, d'énergie et de dévouement.

Ah! je sais tout ce que je vous devrai à toi et à l'enfant sublime à
qui nous pouvons être fiers d'avoir donné le jour!...

— Je sais aussi, ajouta Valomer en se tournant vers Maître Gardelle, avec quel désintéressement, quelle ardeur et quel généreux dévouement, ce noble cœur s'est consacré à ma justification, c'est-à-dire, à notre salut à tous !...

L'avocat fit un mouvement pour imposer doucement silence à l'homme qui laissait ainsi déborder la reconnaissance de son cœur.

Mme Valomer prit la parole pour ajouter à ce que venait de dire son mari :

— Ce n'est pas seulement à l'avocat qui a pris ta cause en main, qui t'a défendu et te défendra jusqu'à ce que tu sois rendu à la liberté, que nous devons exprimer notre reconnaissance, c'est aussi à celui qui s'est donné, auprès de la pauvre femme plongée dans l'affliction, de la pauvre mère torturée par le désespoir, le rôle de consolateur !...

Car ce que tu ne sais pas, ce que Maître Gardelle ne t'a certainement pas dit, c'est la part qu'il n'a cessé de prendre à ma douleur, c'est sa sollicitude, c'est le soin avec lequel il entretenait en moi l'espoir qu'il avait su faire pénétrer dans mon cœur ! Ah ! Que de fois sa parole est venue relever cet espoir chancelant !...

Et hier encore, n'est-ce pas à lui, en partie, que j'ai dû de n'être pas morte !...

— Morte ?... Morte, as-tu dit ? s'exclama le prisonnier en levant les yeux au ciel.

Avant que l'avocat eut eu le temps de l'empêcher de continuer, Mme Valomer ajoutait :

— Oui, je serais morte, si j'avais eu connaissance de l'affreuse nouvelle que tout le monde m'avait cachée...

— Une affreuse nouvelle !... Ah !... Je sentais bien en moi que quelque chose avait dû se passer,... j'étais tourmenté par des pressentiments, Maître Gardelle, pendant ces trois derniers jours,... je me demandais ce qui avait pu vous empêcher de venir me voir, comme d'habitude...

L'avocat courba le front, en disant :

— Pourquoi parler de cela, puisque... ce que je redoutais n'existait pas...

— Ah ! ne m'empêchez pas de lui dire la vérité, Monsieur Gardelle !

Mme Valomer, se tournant alors vers son mari, ajouta :

— Apprends donc, Jacques, cette terrible nouvelle et dis-moi si elle n'était pas de nature à me tuer sur le coup!...

— Le navire sur lequel s'était embarquée Thérèse a fait naufrage...

— Et ma fille?

Le prisonnier n'avait pu retenir cette exclamation déchirante, à laquelle Mᵐᵉ Valomer répondit par ces mots :

— Est-ce que je serais ici, si notre Thérèse n'avait échappé au naufrage?

— Ah! parle, parle, je t'en prie! balbutia le malheureux père en proie à une agitation qu'il ne pouvait surmonter, à l'idée que sa fille avait couru ce terrible danger de mort!...

Je veux tout savoir!... Parle!... Ne me cache rien!...

Maître Gardelle voulut épargner à Mᵐᵉ Valomer l'émotion qu'elle n'eut pas manqué d'éprouver violemment, s'il lui laissait faire le dramatique récit que l'on sait.

Il dit au prisonnier dans quelles conditions avait eu lieu le naufrage et comment Thérèse avait été sauvée!

En apprenant que, sans l'acte de dévouement, de sacrifice, d'abnégation sublime du passager qui, dans un élan d'incroyable générosité, avait cédé sa place dans la chaloupe, Thérèse eut éprouvé le sort des malheureux restés à bord du bâtiment qui sombrait, le prisonnier laissa échapper un cri étouffé et chancela, prêt à défaillir.

Il balbutiait d'une voix brisée :

— Sauvée!... Sauvée par un inconnu!...

Mais tout à coup, le prisonnier se releva en s'écriant :

— Après avoir échappé au naufrage, qu'est devenue ma fille?... La nouvelle que vous aviez voulu nous cacher, comment vous est-elle parvenue?

— Cette nouvelle a été publiée par les gazettes! répondit l'avocat.

— Et... c'est tout ce que vous savez?... Ces gazettes annonçaient, sans doute, que quelques passagers et marins s'étaient embarqués à bord d'une chaloupe de sauvetage... et c'est tout?...

— Oui!... Tout ce que disait le journal...

Ce fut Mᵐᵉ Valomer qui répondit dans une exclamation délirante :

— Est-ce que je serais venue, si je n'avais eu à t'apporter de bonnes nouvelles.

Sache donc qu'au moment où j'allais jeter les yeux sur ce journal que j'avais réussi à me procurer, au moment où tout le monde, dans cette famille où j'ai reçu l'hospitalité, m'entourait pour m'empêcher de lire la fatale nouvelle, un homme providentiel a paru et a prononcé ces mots : « Je vous apporte des nouvelles de Thérèse Valomer! »

Ah! mon ami, continua Mme Valomer, c'était aussi la vie que m'apportait le religieux.

— Et ces nouvelles dis-les moi bien vite! supplia le prisonnier impatient de savoir ce qui était arrivé à sa fille et où elle était en ce moment.

— Je les ai apportées ces nouvelles; elles sont écrites par notre Thérèse elle-même... Lis!...

Mme Valomer avait tiré de son sein la lettre que lui avait remise le missionnaire.

— Une lettre? s'exclama le prisonnier.

— Une lettre de notre fille... Lis les lignes qu'elle m'adressait dans l'espoir qu'on pourrait me la faire parvenir. Et c'est le religieux qui s'est chargé de me l'apporter lui-même.

Jacques Valomer avait pris ce précieux message que lui tendait sa femme. Il le porta à ses lèvres d'abord, puis le plaçant devant ses yeux voilés de larmes.

— Je ne peux pas; balbutia-t-il; lisez, maître Gardelle, je ne peux pas, je ne peux pas.

L'avocat s'empressa d'accéder au désir du pauvre homme que l'émotion étouffait.

Il donna lecture de la missive que nous connaissons et dans laquelle Thérèse racontait tout ce qui lui était arrivé depuis le moment où elle avait été embarquée dans la chaloupe de sauvetage, jusqu'à l'heure où elle avait été secourue par le missionnaire.

Jacques Valomer avait fréquemment interrompu cette lecture par des exclamations de douleur ou d'épouvante, à mesure que Thérèse racontait qu'elle n'avait échappé à un danger que pour tomber dans un autre.

Quand l'avocat fut arrivé au passage, concernant le sauveteur de Thérèse, le prisonnier se fit relire cette phrase, comme s'il eut voulu la graver dans sa mémoire :

« Un jeune homme avait entendu mes lamentations et ému par ma douleur, par les paroles que m'arrachait le désespoir de ne pouvoir accomplir ma tâche, il me tendit le billet qui lui donnait une place dans la chaloupe, et il me dit : « Le Ciel vous a entendue, ne pleurez plus! »

Après une courte pause, pendant que le prisonnier et Mme Valomer donnait libre cours à leur émotion, maître Gardelle reprit la lecture interrompue. Thérèse écrivait :

« Mère, il faut que je te dise le nom de celui qui, en me sauvant, vous a sauvés, mon père et toi ; ce nom ne sortira plus ni de ma mémoire, ni de mon cœur ; ce nom que tu ajouteras, dans tes prières, aux noms de ceux que tu aimes et à ceux que tu vénères, et que voici : GEORGES RAVERGY. »

— Georges Ravergy ! répéta le prisonnier !

Et se parlant à lui-même :

— Je ne l'oublierai pas, ô ma Thérèse !

Et comme s'il eut eu, à ce moment, le pressentiment qu'un lien mystérieux allait désormais unir sa fille à l'homme qui s'était sacrifié pour elle, Jacques Valomer s'exclama :

— Nous le verrons sans doute, ce Georges Ravergy !... nous pourrons lui témoigner notre reconnaissance...

— Hélas ! interrompit maître Gardelle, il faut perdre cet espoir.

Et il raconta au prisonnier qu'un navire avait pêché, en pleine mer, une bouteille cachetée, dans laquelle se trouvait, avec les noms des passagers et marins embarqués dans la chaloupe, une note rédigée comme suit :

« Le navire coule. Nous recommandons nos âmes à Dieu. A bord de l'*Abeille*, le 29 avril 1802. »

Jacques Valomer était atterré.

— Mort ! balbutia-t-il, mort pour avoir voulu sauver Thérèse !... Ah ! cette pensée me bouleverse l'âme ! Mort !... mort ! répétait le prisonnier en proie à une violente affliction.

Mᵐᵉ Valomer, très émue aussi, dit à son mari :

— Thérèse nous l'a recommandé, nous prononcerons jusqu'à notre dernier jour, dans nos prières, ce nom désormais sacré pour nous.

On sait que, dans la lettre qu'elle écrivait à sa mère, Thérèse avait omis de parler de l'échange de paroles d'amour qui avait eu lieu, entre Ravergy et elle, au moment où la chaloupe s'éloignait et que Georges Ravergy disparaissait dans les flots.

Maître Gardelle reprit la lecture de la lettre et c'est avec des exclamations d'épouvante que le prisonnier apprit comment Thérèse avait été brusquement séparée de ses compagnons d'infortune.

— Emportée.... Sur un bloc de glace ! s'exclama-t-il affolé, les yeux hagards.

— Dieu ne devait pas l'abandonner ! dit Mme Valomer... Écoute la suite, mon ami et tu verras,... tu verras.

— Ah ! les bonnes âmes ! prononça le prisonnier après avoir appris que Thérèse avait été secourue par une famille d'Esquimaux.

La lettre de Thérèse, on s'en souvient, se terminait par cette phrase relative au missionnaire :

« Il veut être mon guide pour me conduire vers ce pays lointain encore où je dois rencontrer... celui qui me remettra la lettre qui doit sauver mon père ! »

Jacques Valomer, après avoir entendu ce passage, s'écria :

— Mais puisque le missionnaire a apporté cette lettre, notre Thérèse a donc été séparée de lui ?...

Pourquoi ne lui a-t-il pas servi de guide, ainsi qu'il le lui avait offert et promis ?...

— Il a été contraint de se séparer d'elle, dit Mme Valomer. Un danger tout aussi terrible que ceux qu'elle avait déjà courus, était venu, tout à coup, menacer notre pauvre enfant...

Des loups !... Une bande de loups acharnés à la poursuite du traîneau dans lequel voyageaient Thérèse et le missionnaire !

— C'était, comme vous le voyez, la mort,... une mort horrible pour les deux voyageurs ! interrompit maître Gardelle.

— Mais ils ont été sauvés tous deux !

— Non sans avoir été au moment de succomber ! répondit l'avocat avec empressement.

Sauvés tous deux, oui !... Mais sauvés l'un par l'autre !...

— Que voulez-vous dire ? interrogea le prisonnier, impressionné par les paroles que venait de prononcer maître Gardelle.

— Je vous ai dit qu'au moment où les bandes de loups les attaquaient de toute part, Thérèse et son compagnon avaient été sauvés l'un par l'autre.

Je ne peux mieux donner l'explication de la chose qu'en vous répétant les paroles du missionnaire.

C'est de votre bouche que je les tiens, ajouta l'avocat, en se tournant vers Madame Valomer.

Et les voici, textuellement :

« Nous étions assaillis de toute part ; d'autres bandes de loups étaient venues se joindre à ceux qui s'acharnaient à notre poursuite !... C'est alors que la jeune fille que je m'apprêtais à défendre jusqu'à mon dernier souffle de vie, se révéla comme une de ces créatures que le ciel dote d'une énergie surhumaine...

— Tu entends, Jacques ! balbutia la mère de Thérèse avec une émotion débordante... Tu entends !...

Maître Gardelle raconta alors comment le missionnaire, au moment où les carnassiers se jetaient furieusement sur lui, avait vu Thérèse s'emparer d'une hache qui se trouvait dans le traîneau et frapper sans relâche jusqu'à ce qu'elle eut réussi à avoir raison de deux loups qui allaient infailliblement l'égorger.

— Quel courage !... Quelle énergie !...

— Et c'est à ce courage et à cette énergie que votre fille a dû son salut ! répondit l'avocat. Elle avait sauvé son compagnon, c'était maintenant au tour de celui-ci de l'empêcher d'être dévorée par les carnassiers affamés.

Il fallait une proie à ces loups, sur laquelle ils s'acharneraient, ce qui permettrait à Thérèse de fuir.

« Il n'y avait plus qu'un espoir, un seul, avait dit le missionnaire. Je saisis la hache !... Puis après avoir recommandé mon âme à Dieu, je sautai à bas du traîneau, me livrant, ainsi, moi-même à la voracité des fauves, pour sauver, à mon tour, l'admirable jeune fille.

« Je soutenais une lutte désespérée, lorsqu'une troupe de voyageurs vint mettre en fuite les féroces carnassiers.

Le prisonnier avait écouté ce récit, partagé entre la joie et une instinctive appréhension.

Il se demandait comment la pauvre enfant avait pu surmonter, seule, les obstacles et les dangers que des hommes n'affrontaient pas sans effroi.

On lui avait parlé du courage, de l'énergie, dont elle avait fait preuve jusqu'au moment où son guide avait dû se séparer d'elle.

Jusque là allaient les nouvelles rassurantes. Mais depuis ?

— Depuis ? s'exclama Maître Gardelle, tout prouve que votre courageuse fille a réussi, grâce aux indications du religieux, à atteindre l'endroit où se trouve un monastère, sur les bords du lac Michigan. Nul doute que Mlle Thérèse n'ait trouvé asile chez les missionnaires. Ils lui auront assurément fourni les moyens de continuer son voyage. Il est même probable que l'un d'eux aura voulu lui servir de guide.

Jacques Valomer hocha tristement la tête.

— En peux-tu douter ? s'écria à son tour la mère de Thérèse. Ne devons-nous pas avoir toute confiance en Dieu qui la protège ?... Pouvons-nous mettre sur le compte d'un simple hasard, le dévouement de Georges Ravergy, le sauvetage de Thérèse par les Esquimaux, la rencontre qu'elle a faite du missionnaire et enfin la façon miraculeuse dont elle a pu échapper aux bandes de loups?...

Non, mon ami, il y a, dans toutes ces choses, une volonté mystérieuse qui conduit les événements et guide la volonté humaine... Et si j'ai confiance, moi, c'est qu'après tous les désespoirs que j'ai subis, j'éprouve un soulagement à toutes mes douleurs.

Et depuis que le missionnaire m'a dit, en me quittant : « Espérez, madame, espérez! » j'attends avec confiance le retour de notre Thérèse,... j'attends et j'espère!...

— Et vous avez raison, madame, prononça Maître Gardelle. Il y a une justice immanente qui annihile tous les arrêts injustes, toutes les faiblesses iniques, toutes les erreurs des hommes. Et cette justice, qui vient d'en haut, fait la lumière sur les choses d'ici-bas.

« Vous espérez en elle, moi, je l'attends! »

L'avocat avait, en prononçant ces mots, regardé le prisonnier, comme pour lui communiquer la confiance qui emplissait son âme.

Et il faut croire qu'il y réussit, car le visage de Jacques Valomer perdit l'expression douloureuse qui l'envahissait tout à l'heure.

Au bout d'un instant, le prisonnier releva la tête, pour dire à la mère de Thérèse :

— Tu m'as rendu le courage.

Au milieu des tourments qui m'assaillaient, le plus amer était le désespoir de ne t'avoir pas revue, depuis le jour fatal de mon arrestation... Je voulais, pauvre amie, te supplier de ne pas t'abandonner à ta douleur, et c'est toi qui t'efforces de m'exhorter à être fort contre l'adversité!...

— Et si cette consolation m'est accordée, dit Mme Valomer, c'est grâce à l'homme généreux qui m'a certainement sauvée de la mort!...

Sans lui, je n'aurais pu supporter le mortel désespoir auquel j'étais en proie.

Maître Gardelle approuvait du geste et du regard, surpris de voir que le prisonnier gardait un silence embarrassé.

Mme Valomer ajouta :

— Celui dont je te parle nous a sauvés tous deux, toi de la façon que tu sais, moi en me donnant, dans le sein de sa famille, une place, pour me préserver des horreurs de la misère et de l'abandon. Et qu'est-ce que cela comparé à tout ce qu'il a fait pour toi, Jacques!... Qu'est-ce que cela auprès de son honneur perdu, de sa famille plongée dans la douleur et le deuil!

SEULE !

— J'ai voulu vous montrer combien est possible l'erreur de la justice humaine... (P. 1127)

Et il n'a pas hésité!...

Il a dit à M⁰ Gardelle qui, lui, n'osait accepter ce dévouement sublime ; « Dénoncez-moi, ou bien, je me dénoncerai moi-même!

— Et il s'est perdu, perdu...

— Pour sauver l'homme qu'il jugeait innocent! acheva l'avocat. Il a rendu publique la honte que lui avaient infligée dix années de bagne imméritées!...

— Imméritées, interrogea Valomer.

— Oui, dit Maître Gardelle. Et j'espère faire éclater son innocence comme je ferai éclater la vôtre.

. . . .

A ce moment la porte de la cellule s'ouvrit.

Le gardien venait annoncer que l'heure réglementaire avait sonné.

XVII

LE SERMON

Après l'entretien qu'il avait eu avec le magistrat Lasnier-Dujallon, le missionnaire avait, plus que jamais, décidé de donner suite à son intention de prêcher à l'église Saint-Roch.

C'est maintenant du haut de la chaire qu'il va laisser tomber des paroles de nature à mettre un frein au scandale qui voue à la honte et au mépris Urbain Rambaud, respecté, honoré, hier encore, sous le nom de « Delamarre ».

La veille, le missionnaire s'est rendu chez l'homme dont il se doit à lui-même de prendre la cause en main.

Il s'est transporté dans la maison de la rue Saint-Roch, habitée par ceux qui sont restés les amis du malheur : M. Morand, André, maître Gardelle entourent Urbain Rambaud au moment où il pénètre dans le salon.

— Je viens, dit-il, s'adressant à Urbain Rambaud, vous prier, vous et votre famille, d'assister demain au sermon que je vais prononcer à l'église Saint-Roch.

Et, se tournant vers les autres personnes présentes :

— Vous tous aussi, messieurs, qui avez entendu la confession que j'ai faite ici-même, ou qui en avez eu connaissance.

Alors, s'avançant vers la mère de Thérèse :

— Je viens également solliciter votre présence, madame, lui dit-il, car ce que je vais dire au sujet d'un innocent ayant subi un châtiment immérité concernera un autre innocent qu'il faut empêcher de devenir victime d'une nouvelle erreur judiciaire !

— J'irai !... J'irai, mon père ! répondit Mᵐᵉ Valomer.

La mère de Thérèse, encore sous l'impression de l'entretien qu'elle avait eu avec son mari, paraissait transfigurée par la confiance qui emplissait maintenant son âme.

Le missionnaire s'inclina en signe de remerciement.

Et comme Urbain Rambaud s'approchait, il lui dit :

— Il ne suffit pas à ma conscience que vous m'ayiez, dans votre grandeur d'âme, pardonné la faute dont je me suis rendu coupable et dont les conséquences auraient dû me rendre odieux pour vous... Il me reste à présent à obtenir de moi-même mon propre pardon, en accomplissant, comme prêtre, le devoir auquel j'ai failli comme magistrat !

J'ajoute que j'ai pris mes mesures pour que l'assistance soit nombreuse et composée, autant que possible, de personnes revêtues d'un caractère officiel.

Je veux que ma parole porte haut et soit communiquée par ceux qui les auront entendues, à ceux à qui, en réalité, elles seront adressées.

M. Morand l'interrompit par ces mots :

— Je me charge, pour ma part, d'une propagande qui, j'en suis certain, augmentera, comme vous le désirez, le nombre de vos auditeurs.

Maître Gardelle se fit également fort de propager la nouvelle parmi les membres les plus en renom de la magistrature et du barreau.

Tous avaient tenu parole au missionnaire car, longtemps avant l'heure indiquée, l'église Saint-Roch était encombrée par une assistance où l'on remarquait, parmi un grand nombre de personnages de distinction, des présidents de cour, des conseillers, et les principaux représentants de la magistrature.

Une grande affluence de dames connues pour leur piété, avaient tenu à écouter le sermon annoncé comme devant être un véritable événement.

Au premier rang, en face de la chaire, un personnage attirait tous les regards, et l'on faisait circuler le nom du conseiller Lasnier-Dujallon.

Un certain nombre de places avaient été réservées à proximité d'un des côtés de la chaire, et l'on se demandait quels pouvaient être les privilégiés...

Les racontars les plus singuliers étaient mis en circulation.

On allait même jusqu'à prétendre que le premier consul, Joséphine Bonaparte et les personnes de leur entourage viendraient écouter le sermon du missionnaire, comme on assiste à un spectacle à sensation.

Un mouvement de déception se produisit quand on vit que ces places réservées allaient être occupées par de simples particuliers. On vit en effet passer, pour s'y rendre, trois dames vêtues de deuil, qu'accompagnaient plusieurs messieurs également habillés de noir.

On a deviné que c'était Urbain Rambaud, sa famille et la mère de Thérèse qu'avaient voulu accompagner M. Morand, André et Maître Gardelle.

Dans l'assistance, l'attention qui commençait à se porter sur les nouveaux venus, fut tout à coup distraite par le bruit de la hallebarde du Suisse frappant les coups réglementaires sur les dalles.

On vit alors passer, revêtu de la robe de Père de la Trappe, un religieux qui, les mains jointes et le front penché, gravit les marches de la chaire.

Un long frémissement parcourut l'assistance. Puis le silence se rétablit, soudain, profond, solennel.

Pendant les quelques secondes que le missionnaire mit à promener son regard sur l'assistance, tous les yeux se portèrent sur lui et une impression de respect se manifesta aussitôt.

Le religieux qui allait faire entendre sa parole inspirée, réalisait, en effet, le type du missionnaire dans son austérité la plus complète.

Le visage empreint de sérénité du Père Trappiste ne rappelait en rien celui de l'ancien juge d'instruction Justin de Balmère.

La tête était d'un beau caractère où s'alliait à l'énergie dans la Foi, le reflet d'une âme s'inspirant, chaque jour, des devoirs envers l'humanité.

L'attitude du moine complétait un ensemble qui commandait le respect et la sympathie.

On avait été attiré par la curiosité à l'annonce d'un sermon sensationnel pour les friands d'éloquence sacrée, et l'on éprouvait tout à coup, à la vue du prédicateur, l'impression que quelque événement inattendu allait se produire.

Seul, peut-être, le conseiller Lasnier-Dujallon ressentait au cœur une sensation mauvaise quand, après l'avoir remarqué, aux premiers rangs de l'assistance, le missionnaire le regarda de façon à lui faire comprendre que c'était à lui, surtout, que s'adresserait son sermon.

Le magistrat s'était armé de volonté contre les atteintes d'une éloquence qui allait, se disait-il, se déchaîner contre lui.

Toutefois il ne fut pas maître d'un tressaillement quand, sans le quitter des yeux, le prédicateur prononça ces mots :

— En venant dans ce lieu consacré au culte du Dieu de clémence, de miséricorde et de justice, je me suis donné la mission de vous entretenir de la faillibilité de la justice humaine !

Après une courte pause, il reprit :

— Qu'on ne me suppose pas la pensée de vouloir ici prendre à partie des hommes qui ont jugé d'après leur conscience !... Je ne veux ni blâmer, ni condamner ; mon but est d'éclairer, si je peux, et de sauver, dans l'avenir, des infortunés qui, par le fait d'une erreur de Justice, pourraient aller grossir encore le nombre déjà si grand des martyrs suppliciés.

Dans un langage élevé, le prédicateur indique le devoir de l'homme à qui incombe la mission de prononcer sur la culpabilité d'un accusé.

Il représente le juré comme investi de la plus haute magistrature qui soit, magistrature qui le place au-dessus de tous les pouvoirs publics, et lui donne le droit de disposer de la vie d'un être humain, n'ayant de responsabilité que devant sa conscience.

— Mais malheur à celui qui, investi par la loi de ce pouvoir qui n'appartient qu'à Dieu qui, lui, est infaillible, se laissant influencer par des intérêts personnels ou par une suggestion quelconque ou par quelque lien, par quelque affection de famille, juge et condamne, alors qu'il devrait s'abstenir !

Le moine parlait d'abondance, calme lorsqu'il exposait, dans des périodes magistrales, les grands principes de morale, les grands devoirs qui incombent à l'homme dont la loi fait un justicier.

Mais au calme de la voix succédait la fougue des idées et la tempête des paroles, quand le prédicateur parlait des remords incessants qui torturent le cœur et l'âme du magistrat accusateur, ou du juge, ou du juré, qui acquiert la terrible conviction d'avoir envoyé un innocent au bagne ou à l'échafaud!

Et il s'écriait :

— Et qu'on ne se demande pas pourquoi le Tout-Puissant laisse s'accomplir d'aussi effroyables erreurs, pourquoi celui qui sait et peut tout, abandonne l'innocent à la faillibilité de la Justice humaine!

Je laisse aux rhéteurs de chercher à pénétrer d'impénétrables mystères.

Je vous rends grâce, Seigneur, d'avoir permis que je sois l'instrument de votre Souveraine Volonté, pour confondre ceux qui, croyant rendre la Justice, ont été entraînés à commettre une épouvantable erreur judiciaire!

Je vous bénis de m'avoir donné la force d'accomplir une mission au bout de laquelle, l'innocent doit trouver la réhabilitation qui lui est due, et moi l'apaisement de ma conscience, après la longue expiation à laquelle je m'étais condamné!

Après ces paroles énigmatiques qui avaient frappé d'étonnement un auditoire suspendu aux lèvres du prédicateur, celui-ci reprit le sermon interrompu :

— J'ai voulu vous montrer combien est possible l'erreur de la justice humaine, je ne puis, pour atteindre le but que je me suis proposé, trouver rien de plus frappant que de vous rapporter, dans toute son atroce vérité, l'histoire d'une de ces victimes de l'erreur de cette justice.

Le missionnaire fit alors une émouvante biographie d'Urbain Rambaud. Il le présenta, arrivé après d'énergiques luttes, à une situation qui assurait le bonheur de la famille, — une famille où l'on s'adorait, sans que le plus petit nuage eut jamais assombri le foyer béni.

— Tout à coup le malheur s'abat comme la foudre sur cette famille. On arrache le père à ses enfants, l'époux à sa compagne!

Puis il conduisit son auditoire dans la cellule dont la porte venait de se refermer sur le malheureux accusé de crime et qui, innocent, se livrait au plus affreux désespoir.

— Fort de son innocence, que demandait cet homme? A être jugé tout de suite pour être bientôt rendu aux siens!

Et lorsqu'une première fois, il comparut devant le magistrat chargé de l'instruction de l'affaire, lui parut un jour béni, tant il

avait la conviction qu'il allait, le jour même, bénéficier d'une ordonnance de non-lieu...

Il était parti de la prison, le cœur bondissant d'espoir, il y
retourna l'âme pleine de nouvelles angoisses.

Le prédicateur s'interrompit pour ajouter d'une voix sourde :

— Peut-être lui était-il venu le pressentiment que l'homme qui
l'avait interrogé et qui l'avait accueilli avec un sentiment d'impartialité, allait tout-à-coup se rendre coupable d'une lâche défection !

C'est ce qui arriva : le magistrat n'avait pas tardé à acquérir la
preuve qu'un autre avait commis le crime.

Un autre qu'il était de son devoir d'envoyer remplacer l'innocent
dans son cachot.

Le magistrat n'avait qu'à prendre conseil de sa conscience,
qu'un mot à dire pour qu'un époux fut rendu à sa compagne désespérée, un père à ses enfants tout en larmes !...

Un mot, et le bonheur allait de nouveau briller dans cette famille,
après une tempête éphémère !

Ce mot n'a pas été prononcé.

Au lieu du rayon de soleil au foyer de la famille, c'était, pour le
condamné innocent, dix années de ténèbres au bagne de Toulon !

Au magistrat coupable d'avoir étouffé le cri de sa conscience,
Dieu réserve, dit-il, un terrible châtiment.

Et il fit alors le récit des choses douloureuses, des événements
déplorables que connaissent nos lecteurs.

Il dit la condamnation d'Urbain Rambaud, son propre désespoir, en apprenant la mort supposée du forçat innocent, son entrée
dans les Ordres, son départ pour aller cathéchiser les peuples plongés dans l'ignorance de la parole divine.

— Celui-là avait péché, ayant conscience de la mauvaise action
dont il se rendait coupable ; mais le magistrat qui, après lui, fut chargé
de l'instruction, mena l'affaire avec une rigueur que pouvait justifier
la conviction qu'il avait de la culpabilité du prévenu.

C'était un magistrat intègre ; mais il n'en a pas moins envoyé un
innocent au bagne et, en disant ces mots, son regard s'attachait sur
le conseiller Dujallon et il ajoutait : « Mais cette condamnation prononcée par lui, n'est-elle pas une preuve irrécusable de l'incessante
faillibilité humaine ? »

Le conseiller Lasnier-Dujallon semblait prendre en pitié celui
qu'il considérait toujours comme un insensé.

Ils purent bientôt voir la ville de Mexico, sur la hauteur, dans la clarté des millions
de lumières... (P. 1133.)

Mais il était seul dans l'auditoire, qui ne fut pas entraîné par la
parole du prédicateur.

Tous, en effet, grandes dames et magistrats, subissaient une
vive impression que faisait naître la parole du missionnaire.

Celui-ci avait annoncé un sermon, et c'était, en réalité, sa propre
confession qu'il venait de faire, c'était un implacable réquisitoire

qu'il venait de prononcer contre lui-même, d'abord et, ensuite, contre les magistrats aveuglés par d'injustes préventions.

Le prédicateur chaque fois qu'il avait interrompu son sermon, après une période à effet, était respectueusement applaudi, par un long frémissement dans l'auditoire.

Certes, parmi tous les auditeurs capables d'apprécier la valeur des arguments que formulait le religieux, il n'en était guère qui n'approuvassent celui qui faisait ainsi le procès de la faillibilité humaine.

Pour tous, le sermon empruntait une haute portée aux circonstances dans lesquelles il était prononcé.

On y voyait une énergique allusion au scandale qui défrayait toutes les conversations.

Mais si le sermon de l'ex-juge d'instruction Justin de Balmère avait le don d'impressionner quelqu'un, dans l'assistance, c'était bien le conseiller Lasnier-Dujallon.

Nous avons dit de quelle façon le magistrat avait accueilli la démarche qu'avait faite auprès de lui le missionnaire.

En écoutant le sermon avec une attention religieuse, M. Lasnier-Dujallon n'avait pas sensiblement modifié son opinion sur l'état mental du prédicateur.

Cependant la puissance d'argumentation l'avait, à plusieurs reprises, frappé, au point même de faire chanceler sa conviction.

Mais quand le prédicateur eût, avec une grande élévation de pensée et une éloquence entraînante, gagné tout l'auditoire, un revirement irrésistible se fit dans l'esprit du conseiller.

Le magistrat avait senti sa conviction s'amoindrir, peu à peu, et il avait été pris, ensuite, dans le flot d'éloquence et entraîné à partager l'enthousiasme de l'auditoire.

Son regard à l'expression quasi-narquoise s'adoucissait maintenant sous le regard plein d'assurance du prédicateur.

C'était, pour celui-ci, un véritable triomphe car, en prononçant ce sermon, c'est surtout l'entêtement de l'ancien juge d'instruction qu'il voulait combattre.

Et maintenant il ménageait à ce magistrat qu'il tenait vaincu devant lui, un dernier coup inattendu qui allait produire un effet foudroyant.

Arrivé à la péroraison de son sermon-réquisitoire, le missionnaire prononça ces mots, d'une voix forte qui emplit l'église tout entière :

— Au moment où je vous parle, m'inspirant de ma conscience et me basant sur des faits dont j'ai été témoin, j'ai, devant les yeux, la victime de la double erreur judiciaire, et le magistrat qui, se prononçant en toute conscience, en toute sincérité, après l'instruction dont il avait été chargé, a renvoyé devant le Tribunal criminel, un innocent !

Il sont ici tous deux, l'un arrivé à une situation éminente de la magistrature, l'autre qui, par un admirable sacrifice, s'est élevé à ce point au dessus de toutes les considérations et de toutes les faiblesses humaines qu'il commande mon respect et mon admiration !...

Et c'est ici, dans la maison du Seigneur, du haut de cette chaire où l'on ne monte que pour parler des choses saintes, des vérités éternelles, des devoirs envers Dieu et envers l'humanité, que je dis à cet homme, à cette victime :

— « Pardonnez !... Pardonnez ! »

Le prédicateur avait, en prononçant ces mots, tendu les mains vers le groupe où se trouvait Urbain Rambaud.

Au même instant, un cri sourd se faisait entendre, poussé par la mère de Thérèse.

La pauvre femme n'avait pu contenir son émotion et elle s'était évanouie.

Pendant qu'on lui portait secours, Urbain Rambaud s'était levé et, après s'être incliné devant le prédicateur, se tournait vers l'assistance, comme s'il y eut cherché quelqu'un.

Ses yeux se dirigèrent sur le conseiller Lasnier-Dujallon. Pendant quelques secondes ces deux hommes se regardèrent, puis le magistrat baissa les yeux, comprenant, à l'expression de la physionomie d'Urbain Rambaud, que celui-ci pardonnait.

On n'avait pas tardé à reconnaître l'homme auquel faisait allusion le discours du prédicateur, et des mouvements divers se produisirent dans l'auditoire, pendant que le missionnaire descendait les degrés de la chaire.

. . . .

Le sermon qui venait d'être prononcé avait eu un grand retentissement et, ainsi qu'on le verra plus tard, on devait bientôt s'en occuper en très haut lieu.

SEPTIÈME PARTIE

I

LA FUITE

Après le drame qui s'était déroulé dans la propriété de *Rio-Grande*, Thérèse et ses deux compagnons avaient hâte de s'éloigner de ces lieux où l'infortunée avait éprouvé tant et de si cruelles angoisses.

Ravergy en remettant la précieuse lettre qu'il venait de prendre sur le corps ensanglanté et inerte de Delaverne, avait dit à Thérèse :

— Ne perdons plus une seconde.

Et comme la jeune fille, toute tremblante, l'interrogeait du regard, ce fut Claude Michot qui se chargea de la rassurer :

— Maintenant, vous n'avez plus rien à redouter de ce scélérat qui vous a forcée de l'épouser...

Thérèse épouvantée, à la vue des taches de sang qui marbraient les mains de Georges Ravergy, balbutia :

— Qu'avez-vous fait ?

— Nous avons simplement réglé un petit compte avec cette misérable canaille ; répondit Michot.

Ravergy intervint, lui recommandant, de nouveau, de se hâter.

— Je suis prête ! prononça Thérèse, très pâle et se soutenant à peine.

Claude Michot dut lui dire :

— Appuyez-vous sur le bras de votre ami, et partons.

Plus tôt nous aurons quitté cette chambre nuptiale mieux cela vaudra ! — ajouta-t-il, en regardant Ravergy d'un air significatif.

Allons, mon capitaine, — continua-t-il. — Pour cette fois, je veux marcher en tête de colonne ; c'est moi qui ai la clef et je sais comment il faut s'en servir.

Il passa devant, suivi par les deux jeunes gens appuyés au bras l'un de l'autre, et tous trois quittèrent cette chambre maudite.

Claude Michot avait allumé la mèche de son briquet, et c'est à la faveur de cette faible lumière que nos trois personnages arrivèrent jusque dans la cour où se trouvaient les écuries.

Il s'agissait maintenant de choisir la façon dont on voyagerait.

Claude Michot voyant l'état de faiblesse dans lequel se trouvait Thérèse par suite de l'émotion qu'elle avait éprouvée, avait tout de suite proposé d'atteler un des carrosses.

— Je vais prendre les deux meilleurs chevaux, je les reconnais bien, les voici ; ce sont ceux qui traînaient la guimbarde qui nous a transportés ici, après la cérémonie à l'église.

Déjà Michot se disposait à atteler, quand Ravergy lui fit observer que voyager en carrosse serait une grosse imprudence.

— Tu crois donc qu'on va se mettre à notre poursuite ? demanda Michot. Tu sais que tous les valets ont reçu la permission d'aller se divertir où bon leur semblerait ; en outre, nous avons eu la précaution de mettre sous clef les deux jeunes servantes, comme tu sais.

Quant à ce qui est de ce grand escogriffe qui boit comme un trou, je crois qu'il se passera quelques moments avant qu'il n'ait cuvé le vin qu'il a englouti.

Donc, je ne vois pas pourquoi nous ne nous donnerions pas l'agrément de faire voyager mam'zelle dans une bonne voiture...

Ravergy l'interrompit :

— Tu oublies, dit-il, que les voitures de Delaverne sont connues et que nous devons éviter toute curiosité de la part de ceux que nous pourrions rencontrer.

Nous allons utiliser les mules que Talakis avait mises à notre disposition.

Au bout de quelques instants, tout étant prêt pour le départ, nos trois personnages quittèrent la résidence de *Rio-Grande*.

C'est par une des nuits étoilées de ce merveilleux pays que les trois voyageurs se mirent en route.

Ils purent bientôt voir la ville de Mexico, sur la hauteur, dans la clarté des milliers de lumières, comme un décor féerique.

Le silence le plus complet régnait dans les plaines et les forêts endormies.

— Nous allons faire halte ici! dit Claude Michot, en désignant un bouquet d'arbres dont les rayons fulgurants de la lune argentaient les cimes.

— Est-ce nécessaire? demanda Thérèse.

— Je comprends votre impatience, mam'zelle, répondit Michot; mais nous ne pouvons pas aller à l'aventure... N'est-ce pas, mon capitaine!

Georges approuva d'un mouvement de tête. Depuis qu'il s'était emparé de la lettre, le compagnon de Thérèse était devenu sombre. Il semblait, à le voir garder le silence, que tout un flot de pensées se heurtaient en son esprit.

Ce que venait de dire Michot le tira des réflexions par lesquelles il paraissait profondément absorbé.

— Tu as raison, dit-il, non seulement nous ne pouvons aller à l'aventure; mais il est urgent de tenir conseil.

Thérèse et Michot ayant mis pied à terre, on s'assit à la lisière du bouquet d'arbres.

Ravergy prit la parole, en ces termes :

— Le moyen le plus prompt de retourner en France serait d'aller nous embarquer dans le port le plus voisin.

— C'est Vera-Cruz! interrompit Claude Michot, d'un air capable.

Je le sais, ajouta-t-il, puisque c'est là que j'ai débarqué en venant de France.

J'ai, du reste, raconté mon voyage à mademoiselle.

— Alors, tu connais le chemin?

— Je suis payé pour cela, mon capitaine, car j'ai bien failli laisser ma peau sur cette maudite route!..,

— Tu pourras donc nous servir de guide?

— Oui et non... C'est-à-dire que si je parviens à m'orienter et à arriver au monastère des moines-bandits, je suis certain que je vous conduirai à Vera-Cruz. Mais le tout est de m'y reconnaître.

Claude Michot dut expliquer alors que lorsqu'il s'était enfui, il avait marché au hasard, prenant presque toujours à travers bois, dans la crainte d'être poursuivi et rattrapé par les bandits auxquels, disait-il, il avait brûlé la politesse, en compagnie de son ami le gorille.

Cependant, il fallait prendre un parti, car la distance de Mexico à Vera-Cruz était longue, et on devait perdre le moins de temps possible en route.

Il eut été prudent d'attendre le jour avant de s'orienter; mais les trois voyageurs comprenaient trop la nécessité dans laquelle se trouvait Thérèse d'arriver aussitôt que possible à Paris pour perdre une nuit à camper.

Au surplus, Georges Ravergy fit observer que tant que l'on apercevrait la ville de Mexico, on ne courrait pas le risque de s'égarer.

Claude Michot approuva l'idée de se remettre en route dès que l'on aurait laissé suffisamment reposer les mules.

— Ça sera prudent, dit-il, malgré que les valets de cette canaille de Delaverne ne prendront pas sur eux de se mettre à notre poursuite sans en avoir reçu l'ordre... A moins, toutefois, que cet ivrogne de Talakis ne veuille se venger du bon tour que nous lui avons joué... Mais il lui faudra pas mal d'heures pour cuver son vin et être en état de prendre une résolution.

— Nous devons tout prévoir, interrompit Ravergy, même l'improbable, même l'impossible. Aussi, maintenant, allons-nous nous remettre en route.

Les mules étaient reposées, Claude Michot s'assura que les sangles du cacolet étaient bien serrées, et il aida son compagnon à placer Thérèse le plus commodément possible sur sa monture.

La lumière projetée par la lune dispensait de se servir, pour se guider, des lanternes accrochées aux selles et au cacolet.

Au surplus, nos voyageurs allaient bientôt atteindre une forêt au milieu de laquelle passait une large route dont l'aspect fit dire à Ravergy :

— Voilà là-bas, très probablement, la grande route qui mène de Mexico à Vera-Cruz.

En tout cas, il doit se trouver, à certains endroits de cette route, des auberges où nous pourrons nous renseigner.

Les trois mules furent donc mises au trot, dans la direction conduisant à la forêt.

On allait ainsi parcourir une assez grande distance au milieu des arbres.

Claude Michot, suivant son habitude, prit le devant, en éclaireur, disait-il, mais en réalité afin de laisser Georges et Thérèse libres de s'entretenir sans témoin.

De temps en temps, le brave garçon poussait un soupir, provoqué par les réflexions qui lui venaient à l'esprit. Puis, se parlant à lui-même, il se gourmandait de revenir sur des choses qu'il devait oublier.

On eut pu alors l'entendre murmurer, en se labourant la poitrine
à coups de poings :

— Est-ce que tu vas toujours faire des tiennes, maudit cœur ? Tu
sais bien que tu as ton rôle tout tracé, Médor !

Il regardait alors, à la dérobée, les deux jeunes gens dont, par
instinct, les montures s'étaient rapprochées.

Alors, l'amitié fraternelle qu'il avait vouée à son ancien compa
gnon d'armes refoula bien vite le sentiment que le pauvre Michot
combattait, ainsi qu'on vient de le voir, à chacun des retours offen-
sifs qui se produisaient.

Mais si le brave cœur se faisait une raison, il n'en était pas moins
vrai que, depuis que l'on avait quitté Mexico, il ne se dissimulait
pas qu'un cruel changement allait s'opérer dans sa vie.

Il n'osait encore s'avouer à lui-même qu'il allait bientôt éprouver
une des plus grandes souffrances morales qui se puissent subir.

Et pour éloigner cette pensée pénible, Claude Michot aimait à se
dire qu'il aura été pour quelque chose dans le succès de la mission
que Thérèse réussirait maintenant à mener à bien, pensait-il.

Il éprouvait une grande joie en songeant au rôle qu'il avait joué
quand, avec son ami Ravergy, il s'était trouvé en face de l'homme
qui détenait la preuve de l'innocence de Jacques Valomer.

A ce moment, il n'avait vu qu'une chose, c'est qu'il fallait,
n'importe comment, s'emparer de la lettre que Delaverne menaçait
de mettre en pièces.

Prompt à prendre une décision extrême, il s'était précipité résolument sur Delaverne qui allait déchirer la lettre, et il lui avait traversé la poitrine de son épée.

Puis, après avoir savouré cette satisfaction, Claude Michot se
disait en lui-même :

— Il n'y avait pas une seconde à perdre !... Pas une !... Qui sait,
en effet, si Ravergy aurait pu s'emparer à temps de la lettre si je
l'avais laissé agir...

Puis, peu à peu, Claude Michot retombait dans de douloureuses
réflexions.

Il pensait :

— Ça sera l'affaire d'une dizaine de jours pour arriver à Vera-
Cruz. Il est probable que nous n'attendrons pas longtemps qu'il y
ait un bâtiment en partance pour la France.

Tout compte fait, avec le temps qu'on mettra à se rendre à
Paris, une fois que nous aurons débarqué dans un des ports de

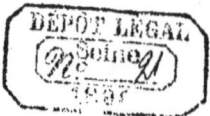

Pendant quelques instants il s'abandonna à cette joie qui réconfortait son cœur. (P. 1138).

France, j'aurai une quarantaine de jours, tout au plus, à voyager en compagnie de Ravergy et de Mlle Thérèse.

Il répéta tout haut, avec un soupir :

— Quarante jours !... Et après?

Claude Michot porta la main à son cœur plein de tristesse, et son front s'assombrit.

— Après, reprit-il mentalement, je ne sais que trop ce qui m'attend.

Il se mit à récapituler :

— D'abord, la première chose c'est d'aller chez l'avocat porter la lettre... Rien de plus pressé, naturellement, après qu'on aura couru chez la mère de Mlle Thérèse, bien entendu... car la pauvre femme doit attendre sa fille avec une mortelle impatience.

Voilà deux bonnes choses de faites !

Il est possible que Georges et Mlle Thérèse me demandent de les accompagner... ça me ferait un rude plaisir !... dit le pauvre garçon qui sentit que son cœur se dilatait.

Pendant quelques instants il s'abandonna à cette joie qui réconfortait son cœur.

— Oh ! oui, répéta-t-il, ça me fera grand plaisir d'être là quand cette pauvre maman se trouvera, tout à coup, en face de sa fille. Je vois d'ici sa joie, son bonheur, j'entends ses paroles de ravissement, et, du revers de sa main, Claude Michot essuyait ses paupières humides.

Cet être, d'une énergie presque sauvage quand il s'agissait de s'exposer à un danger, s'attendrissait en se représentant l'émotion de Mme Valomer, ouvrant ses bras à sa fille qui apporte le gage de salut de son père, après tant de périls affrontés !...

— Oui, reprit Claude Michot ; je vois d'ici le papa de la jeune fille... Il revient dans sa famille, heureux, fou de bonheur !... L'ami Ravergy est de la fête, lui... Il ne peut pas en être différemment, puisque c'est lui qui a sauvé Thérèse...

Peut-être bien qu'on me permettra d'accompagner Georges... Et puis... après ?... Je vois d'ici ce qui doit arriver... Mlle Thérèse confiera à sa famille ce qu'elle éprouve dans le cœur pour le brave Ravergy !... C'est naturel...

Ils s'aiment depuis qu'ils se sont rencontrés à bord du bâtiment qui a coulé avec George au fond de la mer !...

Je comprends tout le bonheur que vont éprouver le père et la mère de Thérèse d'avoir un gendre comme mon capitaine...

Sans compter que mon camarade Georges n'est ni plus ni moins que marquis !...

Et Mlle Thérèse deviendra marquise... Mme la marquise de Ravergy !...

Et moi, je verrai ça... avec bonheur, avec joie... se disait Michot qui, très ému, avait, de nouveau, les larmes aux yeux.

Il se demandait alors ce qui arriverait après le mariage.

— Rien de plus naturel que Ravergy et sa femme demeurent avec la famille... Jamais le papa et la maman ne voudront se séparer de leur fille; c'est assez d'une fois...

Ravergy ne demandera pas mieux que de vivre avec eux... Ça sera le bonheur pour tous!...

Et Michot continua :

— Quant à toi, mon pauvre Claude, il faudra chercher quelque part une niche pour Médor!...

Il n'y aura pas de place pour toi au milieu de ce bonheur-là!...

Tu te retrouveras, après dix ans, ce que tu étais quand tu as rencontré Georges Ravergy devant la table où l'on inscrivait son nom pour s'enrôler...

Ce jour-là tu n'avais plus de famille et tu t'es donné à ta patrie pour te rendre bon à quelque chose.

Et tu as suivi l'homme qui avait signé pour toi sur le registre; tu t'es cramponné à lui et, à lui seul, il a remplacé pour toi toute ta famille.

C'est pour le rejoindre que tu as traversé la mer et que tu t'es mis à parcourir le Nouveau-Monde!...

C'est pour lui que tu as supporté des fatigues, des privations et un tas d'autres choses rudes et douloureuses...

Et il te faudra le quitter, te séparer de lui... et d'elle, ajouta-t-il tout bas, oui, t'en séparer pour toujours!... En te disant : Du moins, ils sont heureux!...

Claude Michot était, ainsi qu'on le voit, partagé entre la satisfaction de savoir que son ami Ravergy, après bien des tribulations, serait le plus heureux des hommes, et le chagrin de voir s'évanouir tous les beaux projets qu'il avait formés, quand il croyait que Georges et lui ne cesseraient pas de vivre en commun.

Son amitié, pour celui qu'il avait pris l'habitude d'appeler son capitaine, avait combattu, dans son cœur, le très réel amour qu'il avait ressenti pour Thérèse et, à présent qu'il voyait s'approcher le jour où les deux jeunes gens, qui s'étaient fiancés l'un à l'autre, pourraient voir consacrer leur union, le pauvre Michot trouvait que cette récompense revenait de droit à Ravergy qui avait sauvé Thérèse.

Il oubliait les services qu'il avait rendus, lui-même, aussi bien à Thérèse qu'à Ravergy.

Pour l'attachement fraternel qu'il vouait à Georges, il n'avait ambitionné d'autre récompense que de finir sa vie à côté de son ami; et voilà que cette récompense lui échappait à jamais!

Qu'allait-il faire, maintenant, dans la vie?

Quel espoir l'y rattacherait désormais?

Telles étaient les idées qui s'agitaient dans l'esprit de Claude Michot, pendant qu'il poussait sa mule en avant, sur la route qui s'étendait au loin, à l'infini, comme un ruban d'argent.

. . . .

Pendant que le pauvre diable s'abandonne à ses douloureuses réflexions, jetons un regard sur les deux jeunes gens auxquels il sert d'éclaireur.

Thérèse, dans la certitude où elle était, maintenant, de pouvoir prouver l'innocence de son père, sentait son cœur déborder de reconnaissance pour celui qui, après l'avoir sauvée, sauvait également Jacques Valomer.

Et quand, après que leur compagnon se fut éloigné et qu'elle se trouva seule auprès de l'être aimé, une expression de joie et d'amour se peignit dans le regard qu'elle adressa à Ravergy.

Et lui, agité par une pensée qui pesait en son esprit, dût faire un effort pour dissiper le nuage qui assombrissait son front.

Pendant quelques secondes, tous deux demeurèrent comme embarrassés sans qu'une parole leur vint aux lèvres, alors que leurs cœurs battaient à l'unisson.

On eut dit, qu'après toutes les épreuves qu'ils avaient subies, une même sensation douce les berçait.

Ils s'étaient fait la confidence de leur amour; à la suite de ces aveux, ils s'étaient fiancés, et voilà que tous deux éprouvaient ce sentiment de pudeur qui retient, prêtes à s'envoler, les tendres confidences.

Elle brûlait de lui dire combien elle se sentait heureuse auprès de lui.

Et lui, formulait mentalement ces paroles qu'il n'osait prononcer:

« Je t'ai reconquise, ô ma bien-aimée; désormais, personne ne tentera plus de t'arracher à mon amour. »

Par cette nuit pleine de tiédeurs odorantes, sous ce firmament constellé de millions d'étoiles, dans cette forêt dont les grands arbres les protégeaient contre toute poursuite, Georges et Thérèse pouvaient s'abandonner à un doux entretien.

Après les violentes secousses, les appréhensions de toute sorte, la douleur de l'un et le désespoir de l'autre, leur ciel s'était rasséréné.

Laissant de côté tout ce passé plein de tristesse et d'épouvante, ils pouvaient envisager l'avenir avec confiance !

Ne leur souriait-il pas, à présent, cet avenir si longtemps voilé de ténèbres ?

Tous deux trouvaient une sensation délicieuse dans ce silence qu'ils observaient, se comprenant sans se parler, s'unissant plus étroitement par le serment tacite qui se formulait dans leur esprit.

Puis, comme si le fil qui retenait leurs pensées, se fut brisé tout à coup, deux mots, deux noms se croisèrent dans le court espace qui séparait leurs visages tournés l'un vers l'autre :

— Thérèse !

— Georges !

Leur mains se rapprochèrent et s'unirent, comme s'ils eussent en même temps cette pensée que, d'en haut, leur tombait la bénédiction nuptiale, mettant à néant celle que le prêtre avait donnée dans la cathédrale de Mexico.

A ce moment, où sa main frémissante touchait la main du fiancé de son cœur, Thérèse se sentait à tout jamais déliée du consentement que lui avait arraché Delaverne.

Et libre, elle se liait, à nouveau, à la face du ciel, au milieu d'une explosion de joie immense, joie partagée et que consacraient ces deux noms prononcés en même temps :

— Georges !

— Thérèse !

— Désormais, dit Georges, viennent de nouvelles épreuves, c'est mon épouse que je protégerai, mon épouse devant Dieu !

Un léger frémissement agita la main de Thérèse.

— Pourquoi parlez vous d'épreuves à subir encore?... J'étais forte tant qu'il s'agissait pour moi de conquérir cette lettre...

Et maintenant que vous me l'avez remise, que je la tiens là, sur mon cœur, il me semble que toute mon énergie s'est évanouie... Je n'ai plus qu'une violente anxiété qui me dévore... J'ai hâte d'arriver, Georges !

— Quel pressentiment vient donc vous troubler ainsi ?

— Ce n'est pas un pressentiment, mon ami !... C'est une crainte !

— Une crainte?... Laquelle ?... Avez-vous peur qu'on se soit mis à notre poursuite ?...

— Cela ne se peut-il pas?... Est-il impossible que nous soyions poursuivis par ceux qui auront trouvé le cadavre... du mort?

— Qu'ils viennent.! Mais, croyez-moi, personne n'oserait condamner l'acte de justice que j'ai accompli.

— Non, non, dit Thérèse, Dieu ne saurait vous punir d'avoir
vengé votre père !... Et il ne peut que vous récompenser d'avoir sauvé
le mien !...

— Vous vous trompez, Thérèse, celui qui a vengé mon père et
sauvé le vôtre..., le voilà !

Et Ravergy montrait son compagnon dont la mule trottait en
avant !

— M. Michot ? interrogea vivement Thérèse.

— C'est à lui que vous devez de posséder en ce moment la lettre
qu'allait anéantir Delaverne...

— Que m'apprenez-vous là ?

— La vérité, Thérèse... Je dois ajouter que... c'est Claude Michot
qui a vengé mon père !

— Lui !

Sans répondre, Georges Ravergy courba le front, déplorant amèrement de n'avoir pu, lui-même, accomplir son œuvre.

— Qu'importe la main qui a frappé, dit Thérèse, pourvu que
celui dont vous vouliez tirer vengeance, ait subi le châtiment de ses
crimes ?

— J'avais un impérieux devoir à accomplir, dit Georges. C'est
de ma main que devait être châtié ce misérable, voleur et assassin...
C'est sous mon talon que devait être broyé le crâne de ce monstre
abattu à mes pieds !..

Vous comprenez, Thérèse, combien je dois regretter qu'un autre
ait à ma place rempli ce rôle sacré de justicier, qu'un autre...

— Cet autre, mon ami, avait de tout son cœur épousé vos res-
sentiments et votre juste haine, interrompit la jeune fille.

Cet autre fut votre compagnon d'armes.., votre frère...

Témoin de l'horrible drame qui vous laissait au cœur un deuil
éternel, n'avait-il pas partagé ce deuil ?... N'avait-il pas partagé votre
affliction et votre désespoir ?... Ignorez-vous à quel point ce brave
cœur a souffert de vos douleurs.

Je sais moi qu'avant de vous avoir retrouvé, je sais qu'il se proposait d'aller tirer vengeance de Delaverne, aussi bien en votre nom
qu'au sien.

Je le sais, et mon plus grand désir est de présenter aux miens,
celui qui a été pour moi le compagnon le plus dévoué, le guide le plus
vigilant..

Je veux que mon père et ma mère apprennent quel grand cœur m'a secourue.

Il faut qu'ils sachent que jamais leur reconnaissance ne sera à la hauteur de son généreux dévouement pour moi;

Et j'ai la conviction que le brave Claude Michot trouvera dans ma famille l'affection et l'accueil auquel il a droit.

Telles étaient les pensées de Georges Ravergy et de Thérèse, pendant que Claude Michot s'abandonnait aux tristes réflexions que nous avons rapportées plus haut.

. . . .

On avait voyagé toute la nuit, ne s'arrêtant que pour laisser reposer les mules.

C'était pendant ces haltes que Claude Michot se retrouvait avec ses compagnons et que la conversation s'engageait entre eux.

Mais celui qui s'était donné le rôle d'éclaireur, ne négligeait pas son incessante surveillance.

Au moindre bruit produit par une branche sèche qui se détachait, Claude Michot se levait prêt à toute surprise, à toute attaque.

Et comme Ravergy cherchait à lui prouver l'inutilité de cet incessant qui-vive, Claude Michot secouait la tête en disant:

— Ce n'est pas que j'aie crainte que l'on nous donne la chasse, mais je suis payé pour savoir que, dans ce diable de pays, on est exposé à faire de mauvaises rencontres.

On ne saurait donc prendre trop de précautions.

Puis il ajoutait en regardant Thérèse:

— C'est qu'à présent nous avons à défendre quelque chose de plus précieux que notre vie...

Il faut rester sans cesse sur nos gardes, et se méfier de tous ceux que l'on trouve sur son chemin. Dans ce pays-ci, concluait-il, on ne sait jamais, quand on rencontre un homme même portant l'habit religieux, si on a à faire à un moine ou à un bandit, et il raconta à ses amis sa captivité dans le couvent des prétendus moines.

— Ce que j'aimerais à te voir te rappeler, ami Claude, dit Ravergy, c'est le chemin que tu as suivi en quittant Vera-Cruz pour te rendre à Mexico...

— Il faudrait pour cela que je pusse retrouver ce fameux monastère de brigands... c'est à partir de là que je m'y reconnaîtrais...

— Te souviens-tu, du moins, du nombre de jours que tu as employés partant de Vera-Cruz pour arriver au monastère?

— Cinq jours pleins!

— Je me suis renseigné, reprit Georges Ravergy, et je sais qu'entre Mexico et le port vers lequel nous nous dirigeons est d'environ cent lieues.

— Cent lieues! s'exclama Thérèse.

S'il n'arrive pas d'accident aux mules, nous pouvons faire facilement nos dix lieues par jour, en comptant le temps que nous mettrons à nous reposer...

Par conséquent, dans une dizaine de jours nous serons arrivés à Vera-Cruz...

Une fois là, tout ne sera pas fini!...

— Nous ne serons pas au bout de nos peines... veux-tu dire, mon capitaine?

— Oui, car il nous faudra trouver un navire en partance prochaine pour l'Europe...

— C'est vrai, dit Claude Michot, qui se grattait le front d'un air embarrassé..,

Puis tout à coup:

— Mais j'y pense, s'exclama-t-il, il y a dans le port de Vera-Cruz un bâtiment tout prêt à lever l'ancre...

Tu le sais aussi bien que moi, mon capitaine... C'est le navire de ce scélérat de Delaverne.

Tu dois te rappeler que c'est à bord de ce bâtiment que nous devions tous retourner en France... Eh bien, nous pourrons peut-être bien partir par ce même navire...

Le tout serait de s'y prendre adroitement, et je m'en charge.

Il nous faudra ensuite quitter Vera-Cruz le plus tôt possible; et, je ne reculerai devant aucun moyen pour arriver à notre but!

En fait d'audace et d'énergie, nous avons fait nos preuves, et nous n'en avions pas autant besoin qu'aujourd'hui!...

Donc en selle et bon courage.

Claude Michot alla chercher les mules et les trois voyageurs se remirent en route!

Jamais voyageur n'a traversé pays plus accidenté que celui que parcouraient nos trois personnages.

C'était une succession de plateaux entourés de bois, alternant avec des descentes rapides; puis d'immenses vallées que traversait la route tantôt droite, tantôt tortueuse.

Mais au même instant celui-ci a rebroussé chemin et fait signe aux autres de ne pas avancer.
(P. 1152.)

Par moments, les masses disparaissaient confuses, quand des nuages poussés par le vent du Nord, voilaient le firmament...

Plus loin, ces nuages dissipés, une fois envolés, le paysage se retrouvait tout à coup dans un bain de lumière tantôt douce et pâle, tantôt phosphorescente, comme si la lune eut, par caprice, dépensé plus ou moins ses rayons.

Le sol des pentes était crevassé, et il semblait que des cratères, après avoir vomi des torrents de lave et projeté d'énormes blocs arrachés, dans d'effroyables convulsions, au flanc des volcans, eussent conservé l'aspect qu'ils avaient pendant la violente convulsion.

La lune dardant ses rayons, on pouvait voir des morceaux de rochers broyés, renversés, tordus par la combustion, lesquels avaient fini par garnir l'intérieur et les bords des cratères.

Les montagnes succédaient aux montagnes, séparées les unes des autres, soit par des ravins rocailleux au sol affreusement tourmenté; soit par de longues vallées couvertes d'une végétation active, grâce à une température excellente, soit enfin par des torrents d'une extraordinaire impétuosité.

Ces torrents, brisés dans leur parcours par des bataillons de rochers, se divisent, et leurs eaux vont former, dans les vallées assoiffées de minces ruisseaux, aux courants peu rapides, et aussi des lacs qui marquent comme des taches livides les grandes nappes de verdure.

Le voyage dans cette contrée si extraordinairement tourmentée était bien de nature à impressionner.

Thérèse et ses deux compagnons subissaient cette impression, à des degrés différents.

Georges Ravergy et Michot ne pouvaient se défendre d'une certaine appréhension pour Thérèse quand on était obligé de descendre une pente rapide sur le flanc d'une montagne dont le pic semblait se confondre, dans la nuit, avec le ciel.

Alors les deux hommes mettaient pied à terre et laissant leurs mules descendre librement, ils tenaient, de chaque côté, la bride de la monture de la jeune fille.

Celle-ci éprouvait un sentiment de froid dans les veines, quand le mugissement lointain des torrents, lui arrivait à travers l'espace.

De ce train on n'avait encore fait que peu de chemin relativement quand le petit jour commença à poindre.

Il fallut faire halte à la lisière de la forêt car, succombant à la fatigue extrême ressentie pendant ce voyage de nuit, Thérèse s'assoupissait.

Ses deux compagnons lui eurent bientôt préparé un matelas de mousse sur lequel elle put reposer.

— Voici bientôt le jour dit Ravergy parlant à mi-voix afin de ne pas interrompre le sommeil de la jeune fille; il faudrait songer à s'orienter, mon ami !

Michot se mit à parcourir des yeux toute l'étendue qu'on avait parcourue pendant la nuit.

La ville de Mexico n'apparaissait plus qu'à l'état d'estompe vague au sommet d'un lointain plateau encaissé dans la chaîne des Cordilières.

— Voilà d'où nous sommes partis! prononça Michot, le bras tendu vers le plateau. L'important serait de savoir si nous avons pris la bonne route! ajouta-t-il d'un air soucieux...

Pour moi, comme tout chemin conduit à Rome, dit le proverbe, je m'inquiéterais pas de cela, si mamzelle Thérèse n'était si pressée de retourner en France!

Il avait prononcé ces mots avec une expression de mélancolie qui n'avait pas échappé à Ravergy.

Ami Claude, dit-il, pourquoi cet air de tristesse?... Si tu as un motif de t'affliger, ne me le cache pas, mon ami!...

— Je n'ai rien, mon capitaine!

— Je vois bien le contraire... et, je me doute de la cause de cette tristesse, Claude!... Elle existe depuis que tu t'es chargé...

— De venger ton père?... C'est-ce que tu veux dire?...

Georges Ravergy fit un signe affirmatif.

Michot reprit:

— Si tu m'en as voulu pour cela, mon capitaine, je le regrette. Mais ce serait à refaire que je recommencerais!...

Il fallait donc laisser à cette canaille de Delaverne le temps de faire disparaître la preuve que le père de Mlle Thérèse n'avait pas commis de crime?...

Si j'avais tardé une seconde de plus à l'expédier en enfer, il aurait eu le temps de mettre la lettre en pièces!...

Ma foi, j'ai pensé qu'il valait mieux en finir tout de suite, malgré que je me doutais bien que tu serais furieux de n'avoir pas fait la chose toi-même...

— Eh bien, oui, je t'en ai voulu... Mais à présent, mes regrets sont amoindris, et tendant les deux mains à son camarade, Ravergy ajouta :

— Laisse-moi serrer la main qui a vengé mon père!

Michot se jeta au cou de son ami, et l'étreignant sur sa poitrine:

— Georges..., dit-il très ému, tu viens de me réconcilier avec l'existence...

— Que dis-tu là?...

— J'avais l'âme si triste, si désespérée que je me sentais dégoûté de la vie...

— Toi ?...

— Eh bien ! oui, moi !... Parce que tu m'as vu, plein d'ardeur depuis que nous sommes en route, tu t'es imaginé que ton pauvre ami Claude avait hâte comme toi et mademoiselle Thérèse, de retourner en France ?...

— Est-ce que je me trompais, Claude ?

— Faut-il te dire la vérité ?... Eh bien, oui, tu te trompais, mon capitaine...

— Quel dessin avais-tu donc ?

— Je vous aurais embarqués... elle... et toi... et je vous aurais dit adieu... Je n'aurais pas quitté le Mexique...

— Pourquoi ?...

— Parce que je n'avais plus rien à faire là-bas... où vous alliez !...

Et comme Ravergy atterré gardait le silence, Michot ajouta :

— Qu'irais-je faire en France, moi ! La maison paternelle est passée en d'autres mains... je n'ai plus personne qui tienne à moi et qui se soit inquiété de savoir si j'étais mort ou vivant...

— Personne qui tienne à toi, dis-tu ?... Tu comptes donc pour rien Thérèse et ton ami Ravergy ?

Claude Michot exhala un soupir.

— Alors, reprit Ravergy, tu ne crois pas à notre affection ?

— Je crois que vous avez l'un pour l'autre, toute la tendresse dont votre cœur est capable et que dans ce cœur il ne reste guère de place...

— Même pour la reconnaissance, demanda Ravergy.

— La reconnaissance ?

— Ne dois-je pas la mienne toute entière à celui qui a voulu partager mes dangers ?... N'était-elle pas acquise à l'être bon, affectueux comme le meilleur des frères, qui a relevé mon courage dans les moments où, frappé cruellement, j'étais prêt à m'abandonner au désespoir ?

— Je t'aimais comme un frère, mon capitaine...

— Et tu doutes de mon affection ?

— Non !... Mais tu te dois tout entier à... celle que tu vas épouser une fois arrivés en France... je serai de trop entre vous deux.

Claude, c'est mal ce que tu dis là... Et si tu veux savoir ce que pense de toi Thérèse, je vais te l'apprendre...

— Permettez-moi de le lui dire moi-même, Georges !

Les deux amis, dans le feu de leur conversation, ne s'étaient pas aperçus que Thérèse s'était réveillée de son assoupissement et les écoutait, très émue.

Quand elle avait cru le moment propice, elle s'était levée.

— Mon ami, ajouta-t-elle, en posant sa main sur le bras de Michot, nous avions, votre ami et moi, deviné la cause de votre tristesse, et tous deux nous nous sommes promis de vous prouver que notre amitié pour vous resterait la même dans l'avenir...

Oui, le pauvre sans-famille trouvera, auprès de nous, la place à laquelle il a droit et que nous lui donnerons avec bonheur.

Claude succombait à l'émotion qu'il s'efforçait en vain de renfermer en lui.

Il voulut balbutier quelques paroles de remerciement, mais les mots expiraient sur ses lèvres.

Thérèse continua :

— Vous avez entendu, M. Michot, *notre ami!* et maintenant, dites-moi si vous avez toujours l'intention de nous laisser partir seuls, M. Georges et moi?

Le pauvre garçon leva les yeux sur celle qui l'avait réconforté par de si bonnes paroles, et sur son visage passa comme un éclair de bonheur.

— Merci, mamzelle!... Merci, mon capitaine !

C'est tout ce qu'il put dire, car il avait envie de rire et de pleurer, à la fois.

Et quand, après la halte, les trois amis se remirent en marche, Claude Michot piqua des deux pour filer en avant, en éclaireur.

Et jamais, croyons-nous, depuis le jour où il s'était enrôlé au service de la patrie en danger, le brave garçon n'avait montré autant de gaîté, de bonheur!

— En avant!... En avant, Médor! criait-il.

II

LES « LEPEROS ».

Le jour naissait et les premiers rayons de soleil éclairèrent le magnifique tableau qui s'offrit aux regards de nos trois voyageurs.

De toute part, l'horizon était borné par des montagnes d'altitudes différentes, faisant partie de la grande chaîne des Cordilières. C'était un merveilleux spectacle : Ravergy, Michot et Thérèse se trouvaient au milieu d'une immense enceinte tout autour de laquelle le dos des montagnes des Andes forme plateau. On dirait autant de forteresses gigantesques qui, s'étageant, atteignent les hauts sommets voisins des nuages.

Sur les flancs de ces montagnes, véritables colosses coniques, on voit de belles forêts de cèdres et de pins.

L'œil ne sait plus où se fixer; tous les points de ce vaste panorama sollicitent également le regard.

Ici, c'est le pic couvert de neige du Mont de l'Étoile, un volcan éteint dont les cendres, lors de la dernière éruption, furent projetées à plus de soixante lieues en droite ligne.

Aujourd'hui il semble que les neiges éternelles aient refroidi ce volcan dont autrefois les laves en feu portaient la désolation dans les villages indiens, semant la ruine, l'épouvante et la mort sur leur passage.

Là, une montagne d'une forme bizarre arrête l'œil : c'est le fameux Coffre-de-Pérote, ou Montagne carrée, que les premiers habitants du Mexique considéraient, dans leur superstition, comme la demeure qu'habitait le Grand-Esprit quand il quittait le ciel pour descendre sur terre.

La légende affirme que l'arrivée du Manitou dans l'intérieur de la montagne sacrée était annoncée par de sourds grondements et des tressaillements formidables du sol, lesquels faisaient danser les arbres des forêts et jaillir les eaux placides des rivières, mises en ébullition.

Plus loin, le Volcan du Diable, couronné d'un panache de fumée, et qui, pendant une nuit, sortit spontanément de terre pour s'élever à plus de deux mille mètres au-dessus du sol.

Tout à coup, le sommet s'ouvrit, et de ce cratère jaillirent des flammes qui semblèrent embraser le ciel.

Et à la clarté projetée au loin par ces flammes, on put voir que plus de deux mille bouches fumantes entouraient le Volcan du Diable.

Des vallées sont couvertes d'une végétation luxuriante, où les palmiers se mêlent à de véritables forêts de bananiers...

Quelques plaines donnent de loin l'illusion de nappes d'or, quand le soleil darde sur les millions de fruits pendus aux branches des orangers et des citronniers poussant à l'état sauvage.

Bientôt le regard va se porter sur d'immenses champs de canne-à-sucre, à la flèche empanachée.

Quand le souffle du vent passe sur ces champs, courbant les flèches flexibles, on dirait d'une cavalerie fantastique, innombrable lancée au galop de charge.

En dépit de l'anxiété qu'ils éprouvent et des préoccupations qui s'agitent en eux, les trois voyageurs ne peuvent s'empêcher d'admirer ce tableau à la fois grandiose et saisissant, dont les différentes parties se présentent à leurs regards, à mesure qu'ils embrassent tour à tour les quatre points de l'horizon.

Ils vont pouvoir, maintenant qu'il fait jour, rattrapper, en doublant les étapes, le temps perdu pendant la nuit.

Bientôt, le plateau sur lequel est perchée la ville de Mexico, ne s'aperçoit plus, masqué par des sommets plus élevés.

Mais à mesure qu'ils s'éloignent de leur point de départ, nos trois personnages constatent avec inquiétude l'absence de toute auberge sur la route qu'ils suivent.

Même, ils trouvent extraordinaire que l'on n'ait pas rencontré de voyageurs depuis Mexico.

Si la crainte, très vague du reste, d'avoir été poursuivis, disparaît par ce fait, celle d'avoir pris une fausse direction ne laisse pas de les tourmenter fortement.

Claude Michot a beau chercher à s'orienter, c'est en vain qu'il fouille du regard dans toutes les directions, rien, partout rien, pas apparence d'une construction quelconque, à portée de la vue.

A Ravergy qui, très anxieux, l'interroge, il ne peut que répondre:

— Je ne m'y reconnais pas du tout!... Nous verrons plus loin!

Et tous trois continuent à avancer sur la route qui se déroule toujours, sans solution de continuité.

Le soleil monte à l'horizon, les heures s'écoulent, sans apporter de changement à la situation qui se complique singulièrement, à ce que pense Ravergy.

Thérèse, de son côté, manifeste son inquiétude par les regards interrogateurs qu'elle adresse à son compagnon.

Tout à coup, Claude Michot, qui, comme on le sait, marche en avant, arrête brusquement sa monture; et les deux autres voyageurs peuvent voir qu'il s'est dressé sur ses étriers et se fait une longue-vue de ses mains rapprochées.

— Il a sans doute fait quelque découverte, dit à la jeune fille Ravergy qui se dispose à rejoindre son compagnon.

Mais au même instant celui-ci a rebroussé chemin et fait signe aux autres de ne pas avancer.

Son air mystérieux n'est pas sans impressionner Thérèse.

Elle interroge :

— Que supposez-vous?

Mais Ravergy n'a pas le temps de répondre que déjà Michot est auprès d'eux et prononce à mi-voix, comme s'il craint que quelqu'un autre que ses compagnons puisse entendre :

— Nous ne sommes plus seuls sur la route, mes amis!...

— Qu'est-ce? qu'as-tu donc vu?

— Toute une nichée de lézards, mon capitaine!

— Explique-toi!

Claude Michot répondit :

— Il y a là-bas, à une demi-portée de fusil, une demi-douzaine d'individus étendus sur le bord de la route... On les aperçoit si bien que j'ai pu les compter...

Six!... Mais rien ne prouve que ce ne soit pas là que l'avant-garde et que le gros du bataillon ne soit pas caché dans le champ de canne-à-sucre qui s'étend jusqu'au bois que l'on aperçoit plus loin.

— Pourquoi supposer que ces gens-là que tu nommes des « lézards », je ne sais pourquoi, ne sont pas des voyageurs comme nous!... Puisqu'ils sont à pied, nous pouvons supposer que nous nous trouvons à proximité de quelque village!... Il faut tout de suite aller vers ces individus qui pourront très probablement nous renseigner...

— Imprudence, mon capitaine, grande imprudence! Nous pourrions bien tomber sur un gros d'ennemis!

— Cependant nous ne pouvons pas nous attarder ici, à attendre que tes « lézards » se décident à s'en aller?

— D'accord, mon capitaine; je m'attendais à cette réponse! Parbleu! c'est comme si l'on avait dit au général Marceau de ne pas charger sur des Kaiserlicks.

Mais je ferai observer à mon capitaine qu'il doit veiller sur Mlle Thérèse et que, malgré tout son courage et toute son ardeur, il faut... qu'il se cache!...

Montrant le bois qui borde la route, de chaque côté, Michot ajoute :

— Là, sous les arbres, mon capitaine! Et cachez-vous le mieux que vous pourrez...

— Et toi? interrompit Ravergy.

Michot dut se contenter d'envoyer une balle aux fuyards... (P. 1156.)

— Je vais partir en reconnaissance, comme c'est mon habitude!

— Va! commanda Ravergy qui savait combien il serait inutile de vouloir empêcher son camarade de s'exposer.

Claude Michot poussa sa mule sur la route, non sans s'assurer que son fusil était en état et qu'il y avait de la poudre dans le bassinet.

Georges avait conduit Thérèse sous bois et tous deux se cachaient dans la futaie, derrière un buisson touffu.

De l'endroit où ils étaient, on ne pouvait apercevoir Michot.

Celui-ci avait mis sa monture au trot et sifflait une marche guerrière, sans avoir l'air de se préoccuper de savoir si quelqu'un entendait.

L'oreille tendue, Ravergy percevait, s'éloignant de plus en plus le sifflet de son ami.

Tout à coup il n'entendit plus rien, et se tournant vers Thérèse, il lui dit :

— Je tremble que ce brave garçon ne se laisse emporter par son courage !...

— Vous m'épouvantez, Georges !

— Et moi je serais désespéré, si quelque malheur le menaçait, de ne pouvoir lui porter secours !...

— Il le faudra, cependant! prononça Thérèse d'une voix forte.

Et je vous accompagnerai, mon ami, je serai auprès de vous pour défendre notre compagnon...

Tous deux se mirent à écouter de nouveau. Georges était devenu pâle.

— Je n'entends rien ! dit-il.

— Nous ne pouvons rester ici, quand peut-être notre ami est-il aux prises avec des adversaires nombreux !...

— Je vais jusqu'à la lisière du bois... Restez ici, je vous en supplie !

Ravergy ayant obtenu que Thérèse ne s'exposât pas, se rendit à la lisière du bois et ce qu'il vit lui fit passer un courant de feu dans les veines.

Michot, assailli par plusieurs individus, avait été jeté bas de sa mule.

Prompt à se relever, il avait pris son fusil par le canon et exécutant un vigoureux moulinet il parvenait à maintenir ses adversaires à distance.

Ravergy bouillait de courir à son secours, la voix de Thérèse vint tout à coup l'empêcher de mettre tout de suite son projet à exécution.

Elle avait quitté le fourré, y laissant les deux mules.

La voyant arriver, Ravergy se précipita à sa rencontre, en s'écriant :

— Notre ami a été attaqué; il lutte vaillamment, mais ils sont plusieurs à s'acharner contre lui!... A la fin, il succombera inévitablement...

— Il faut lui porter secours, Georges!...

Je veux, entendez-vous, je veux vous accompagner.

— Eh bien, puisque vous l'exigez, prenons nos montures car le temps presse et la distance est encore longue!...

Georges prit la jeune fille par la main pour retourner à l'endroit où l'on avait laissé les deux mules.

En arrivant au buisson, tous deux poussèrent une exclamation de surprise.

Les mules avaient disparu.

.   .   .   .

Ravergy et Thérèse durent se résoudre à parcourir, à pied, la distance qui les séparait de l'endroit où Michot continuait à tenir tête à ses six adversaires.

Après avoir cru la période des épreuves passée, voilà que, tout à coup, on tombait dans de nouvelles tribulations et de nouveaux dangers.

La disparition des mules était, dans la situation, la chose la plus désastreuse qui pût arriver à nos trois personnages.

Tout d'abord, Ravergy et Thérèse n'avaient songé qu'à porter secours à leur compagnon et laissaient de côté toute autre préoccupation.

Au surplus, Michot, malgré son énergie et la force qu'il déployait, ne pouvait se débarrasser de ses adversaires.

Même, ceux-ci eurent l'idée d'une diversion qui devait réussir à diminuer la résistance de Michot.

En effet, un des individus qu'il essayait de tenir à distance se détacha pour courir après la mule, restée libre, et s'en emparer.

En le voyant emmener sa monture au milieu du champ de canne à sucre, Michot poussa un cri de rage.

— Brigand! cria-t-il, prêt à se mettre à la poursuite de l'individu.

Mais il avait suffi de ce court moment pour changer la face du combat.

Brusquement, ses adversaires se jetèrent sur lui, avant qu'il n'eut eu le temps d'exécuter son terrible moulinet.

Michot ne s'en défendait pas moins comme un lion, tout en vociférant de terribles menaces et de violentes imprécations contre les lâches qui se mettaient à cinq pour avoir raison de lui.

— Mais vous ignorez donc, misérables « leperos » que vous êtes, car je vous reconnais bien, tas de malandrins ! vous ignorez qu'un Français vaut dix des vôtres, et que je vais vous broyer les uns contre les autres !...

La rage décuplant ses forces, Michot avait, en effet, réussi à se dégager pour un instant.

Il avait saisi au collet, de chaque main, un de ses adversaires et se mettait en devoir de leur broyer le crâne, l'un contre l'autre.

Mais ce n'avait été là qu'un suprême effort, et bientôt Claude Michot fut, à nouveau, appréhendé au corps par les trois autres individus, auxquels il venait de donner la qualification de « leperos ».

Il allait fatalement succomber, quand, apercevant ses deux compagnons, qui arrivaient en courant sur le lieu du combat, il leur cria :

— A moi, mes amis !... A moi, mon capitaine !...

A cet appel désespéré, Ravergy n'hésita pas à mettre l'épée à la main pour charger les cinq individus qui s'acharnaient sur son camarade.

Thérèse suivait, frémissante de colère, comme si le courage qui l'animait eut pu suppléer aux forces qui lui faisaient défaut.

Mais déjà Ravergy attaque vigoureusement, et la meute surprise hésite, indécise.

Elle s'enfuit bientôt quand Michot, dégagé, se joint à celui qui vient de lui porter secours, en s'écriant :

— Ne les ménageons pas, mon capitaine !... Ce sont des « leperos », des gibiers de potence !...

. . . .

Le combat s'étant terminé à l'avantage des deux Français, ceux-ci allaient se mettre à la poursuite des fuyards.

Mais la chose fut jugée inutile, car, d'une part, les « leperos » détalaient avec une vélocité de lièvre, et, d'autre part, il eut fallu laisser en arrière Thérèse, qui s'était arrêtée, toute tremblante et se soutenant à peine, de l'émotion qu'elle venait d'éprouver.

Michot dut se contenter d'envoyer une balle aux fuyards, au jugé, car ceux-ci avaient disparu dans la forêt de flèches empanachées qui couronnait le champ de canne à sucre.

Se tournant vers son ami, il s'exclama :

— Me voilà bien, mon capitaine ! De « cavalerie » dont j'étais tout à l'heure, me voici passé « infanterie ».

Enfin, ça arrive à la guerre, ces choses-là ! J'en serai quitte pour faire comme lorsque j'étais, avant de t'avoir rencontré dans ce pays-ci, l'unique compagnon de Mlle Thérèse, et que nous n'avions qu'un cheval pour deux, elle dessus, moi à pied et tenant la bride !

— Tu ignores ce qui est arrivé, mon pauvre Claude...

— Quoi donc?

On avait rejoint Thérèse, et ce fut celle-ci qui répondit :

— Nous n'avons plus de mules !

Michot resta, pendant quelques secondes, atterré.

Puis il s'écria :

— Parbleu, ce sont ces damnés « leperos » qui ont fait le coup ! Ils étaient divisés en deux troupes, selon leur habitude, afin de nous prendre « entre deux feux », comme on dit à la guerre, mon capitaine.

Cette fois, ajouta-t-il, nous n'avons même pas une mule pour nous trois !...

— Et plus de provisions ! dit Ravergy qui, le visage contracté, ne dissimulait pas l'anxiété qu'il ressentait de la triste situation où l'on allait se trouver.

Quand Thérèse eut prononcé ces mots, témoignant ainsi d'une résolution inébranlable :

— Nous ferons le voyage à pied, mes amis, puisqu'il ne nous reste plus que cette ressource...

Les deux hommes hochèrent tristement la tête.

Ils se consultaient du regard, fort perplexes tous deux.

Enfin, Michot rompit le silence :

— Nous ne pouvons pas nous attarder ici, car ce serait perdre son temps sans profit.

Malgré que la Providence nous a été favorable en maintes occasions, il n'est pas probable qu'il nous tombera du ciel trois mules, afin que nous puissions continuer notre voyage.

Donc, il faut prendre le parti de faire la route à pied, jusqu'à ce que nous ayons rencontré une auberge...

— Il est impossible, en effet, que les voyageurs ne trouvent pas quelque refuge où ils puissent s'arrêter, interrompit Ravergy.

— Alors, marchons, dit Thérèse.

— C'est bien notre avis, à mon capitaine et à moi ; seulement, nous allons peut-être avoir encore les « leperos » sur les bras ! fit observer Michot.

— Des « leperos » ? interrogea Thérèse.

— Comment connais-tu ces individus ?. demanda à son tour Ravergy.

— C'est là première fois que j'en rencontre depuis que je voyage dans le monde Nouveau-Monde, répondit Michot.

Il ajouta :

— Mais je les connaissais pour en avoir appris les habitudes, par John Mathis.

Il les connaissait bien, lui, et il me renseignait, afin qu'au besoin je me tienne sur mes gardes, si jamais, disait-il, j'avais l'occasion de voyager dans les États de Mexico ou de Vera-Cruz.

Michot, on le sait par les récits faits à Thérèse, aimait à raconter ses exploits, ses aventures, ses impressions de voyages.

Et, tout en marchant, il raconta à ses deux compagnons ce que lui avait appris John Mathis concernant les « leperos ».

Il commença brusquement :

— Ces gaillards-là sont, comme on dit vulgairement, des gens de sac et de corde !... Jamais on n'a mieux défini cette catégorie d'individus, à la fois pieux et malfaiteurs.

En effet, s'ils cherchent à emplir leur sac du butin fait sur les voyageurs, il leur arrive souvent de finir au bout d'une corde de potence.

Bref, les « leperos » sont des descendants d'espagnols, par le croisement. Ils ont pour ancêtres les jolies mexicaines et les soldats que Fernand Cortez entraînait avec lui à la conquête de l'empire des aztèques.

Voilà pour leur origine ! Je vous rapporte à peu près les propres paroles de John Mathis, s'empressa de dire Michot qui voyait l'étonnement de ses compagnons à l'entendre employer des expressions qui ne lui étaient pas familières.

Puis il reprit :

— Tu te rappelles les « lazaroni » que nous avons rencontrés à Naples, mon capitaine. C'étaient des lézards qui passaient leur vie, étendus au soleil, pour digérer le mauvais macaroni pareil à celui qu'on nous donnait à l'ordinaire de la demi-brigade, et dont nous nous régalions, faute d'autre fricot, n'est-ce pas ?

Ravergy approuva d'un signe de la tête, et Michot continua :

— La différence avec les « lazaroni », c'est que ceux-ci, une fois la panse à peu près pleine, se contentent de dormir au soleil, tandis que le « lepero » du Mexique, s'étend au soleil, lui aussi, mais ne dort pas ou ne dort que d'un œil, comme on dit.

— Il attend les voyageurs au passage, ainsi que j'ai pu en juger?

— Justement, mon capitaine.

— Ce sont alors des bandits de grand chemin?

— Pas tout à fait. Les bandits font métier de vous dévaliser, tandis que les « leperos » vous attaquent et vous dévalisent pour leur plaisir...

— Mais ils vous dévalisent quand même, puisqu'ils se sont emparés de nos mules?

— Qu'ils iront vendre au village le plus voisin, souvent même à l'auberge qui se trouve sur leur chemin. Ils sont assez coulants, à ce que m'a dit John Mathis, et ne se donnent même pas la peine de débattre les prix. Ils acceptent ce qu'on leur offre et s'en vont avec l'argent touché, faire boire et danser les jolies filles.

Claude Michot avait baissé la voix, par respect pour Thérèse. Il ajouta, encore plus bas :

— Les « leperos » ont des complices parmi les filles des villes et des villages, et ces demoiselles les tiennent au courant des bons coups à faire.

Ils se fiancent et les « padres » leur donnent avec onction la bénédiction nuptiale.

— Les « padres », dis-tu?.., Mais ce sont des religieux?

Interrompu par son ami, Michot répondit :

— Des religieux d'une espèce particulière : des prêtres *volontaires*, qui ne font partie d'aucun ordre reconnu par l'église.

Exempts de tout travail, ils exploitent la charité des uns, les reproches de conscience des autres auxquels ils vendent l'absolution et ils vivent grassement à l'aide de leur sacerdoce usurpé.

John Mathis m'a raconté que les *padres* faisaient commerce d'amitié avec les « leperos », en ce sens que ces derniers croiraient perdre leur part de paradis, s'ils dévalisaient les bons *padres* qu'ils rencontrent.

Même, il paraîtrait qu'ils préféreraient se passer de nourriture plutôt que de la devoir à la sacoche d'un padre-voyageur.

De son côté, celui-ci ne laisserait pas son bon ami le « lepero » dormir le ventre vide.

D'après John Mathis, — ce n'est là qu'un échange de bons procédés, car jamais un « lepero » n'a réussi une bonne affaire de vol, sans aller se confesser au *padre*, obtenir l'absolution et remettre au religieux un cadeau en nature ou en espèces.

Aussi, étant données les bonnes relations, les *padres* ont toujours la sacoche bien garnie.

— Tout cela ne nous dit pas comment nous allons pouvoir continuer notre route?

— Je ne le sais pas plus que toi, mon capitaine... Cependant...

— Quoi? interrogea Ravergy.

— J'ai un espoir...

A ce mot d'espoir, Thérèse s'était approchée vivement.

Michot ajouta :

— J'ai l'espoir que nous retrouverons nos mules à la première hôtellerie, auberge ou *posada*.

— Parce que tu supposes que les « leperos » les y auront vendues.

— Justement ! Et dans ce cas, nous n'aurons plus qu'à faire marché avec l'aubergiste...

Le principal c'est que ces brigands ne t'ont pas dépouillé de ton argent.

Mais l'espoir dont venait de parler Michot ne pouvait empêcher les deux compagnons de celui-ci d'éprouver les plus vives inquiétudes sur la durée de ce voyage qui commençait dans de si mauvaises conditions.

Ils allaient à l'aventure, peut-être dans une fausse direction.

— Mais, j'y pense s'écria tout à coup Michot, John Mathis qui connaissait admirablement tout ce pays-ci m'a donné une indication.

— Quelle indication? demanda Thérèse... Si c'est pour retrouver son chemin?

— Justement !

Et Michot ajouta, le bras tendu vers l'un des pics que l'on apercevait dans la chaîne des Andes :

— Voici là-bas, le pic d'Orizada, j'en mettrais ma main au feu !

— Qu'est-ce qui te fait supposer cela?

— Sa forme ! répondit Michot, d'un air capable.

— Tu l'avais donc déjà remarqué, ce pic?

— C'est John Mathis qui me l'a indiqué, un jour que, comme nous en ce moment, il cherchait à s'orienter.

— Mais... était-ce en ce pays que vous voyagiez?

— Tout à l'opposé, mon capitaine !

SEULE !

— Pour aller où nous voulons arriver, il faut laisser ce pic à gauche et appuyer à droite,
toujours à droite... (P. 1163.)

Ravergy regarda son ami, d'un air sévère. Mais Michot était tout ce qu'il y a de plus sérieux.

— C'est comme je te le dis, prononça-t-il. Nous nous trouvions de l'autre côté de ce pic. Par conséquent, au lieu de nous diriger vers la mer, nous allions vers les plaines qui s'étendent au nord, du côté des Montagnes-Rocheuses.

— Eh bien ?

— Suis bien attentivement, mon capitaine. John Mathis m'ayant montré le fameux pic, comme je vous le montre moi-même, en ce moment, me dit :

— Pour aller où nous voulons arriver, il faut laisser ce pic à gauche et appuyer à droite, toujours à droite. Et cela, ajoutait mon compagnon, parce que nous prenons cette direction. Ce serait le contraire, si nous voulions aller vers le golfe du Mexique; dans ce cas, comme nous serions de l'autre côté de la montagne d'Orizaba, il faudrait le laisser à droite et appuyer à gauche, toujours à gauche, jusqu'à ce que l'on soit arrivé à la mer,... c'est-à-dire à Vera-Cruz, mon capitaine ! prononça Michot d'un air triomphant.

Ses deux compagnons étaient loin de partager son enthousiasme. Mais lui, de plus en plus convaincu qu'il sortirait, avec eux, de la fâcheuse situation où ils se trouvaient, continua, en s'animant :

— Et parbleu, je me souviens encore de quelque chose qui me confirmera dans mon opinion que ce pic couvert de neige nous servira d'indication.

— Parlez, nous avons besoin d'être rassurés, mon ami ! dit Thérèse qui marchait, appuyée au bras de Ravergy.

— Voilà ce que c'est : ainsi que je vous l'ai dit, mamzelle, j'ai débarqué à Vera-Cruz.

— Oui, je me souviens...

— Mais ce que j'ai omis de vous dire, c'est que le capitaine qui ne faisait pas pour la première fois le voyage, ordonna de gouverner vers la côte, avec une extrême prudence.

Il nous dit la cause de cette prudence : le port de Vera Cruz n'est pas, paraît-il, facile à trouver; et bien des naufrages ont eu lieu, sur la côte, parce que les capitaines se trompaient dans leurs calculs.

Celui qui commandait notre bâtiment n'était — c'est ce qu'il apprit aux passagers — rien moins que rassuré quand il cherchait l'endroit de la côte où se trouve le port de Vera-Cruz.

En effet, cette côte a de nombreux replis, et si l'on ne gouverne pas avec une extrême prudence et une grande précision, on risque de jeter son navire sur des écueils à fleur d'eau, qui sont en grand nombre tout le long de la côte...

Pour lors, comme j'étais assez près pour écouter, j'entendis notre capitaine qui disait qu'à quarante lieues en mer on apercevait, fort heureusement pour les navigateurs, le pic d'Orizaba, couvert de neige en tout temps et sur lequel on se guidait pour trouver la direction du port de Vera-Cruz...

Mais il ajoutait que lorsqu'on était devant, il n'était pas toujours facile d'entrer, à cause des coups de vent qui sont, presque toujours, si violents que le navire risque d'aller s'écraser sur des récifs vers lesquels vous entraîne un diable de courant qu'il est difficile d'éviter...

C'est pourquoi, sur un petit îlot, on a construit un phare...

— L'îlot de Saint-Jean-d'Ulloa, interrompit Ravergy.

— Justement !

Et Claude Michot s'écria :

— Tu vois donc, mon capitaine, que ce beau, bon et brave pic va nous servir !

— Puissiez-vous dire vrai !...

— Maintenant, j'en réponds, mamzelle ? Aussi me voyez-vous bien plus en train que tout-à-l'heure, quand j'avais à mettre à la raison ces malandrins de « leperos ».

Il ajouta :

— Allons, mes amis, avançons ! Il ne faut pas que la nuit arrive avant que nous ayons rencontré la *posada* où nous pourrons racheter nos mules, à moins que nous ne les reprenions, sans bourse délier.

. . . .

Ravergy et Thérèse n'avaient plus qu'à se confier à celui qui se proposait pour leur servir de guide.

Michot prit les devants, afin de laisser les deux jeunes gens échanger leurs pensées.

On marcha ainsi pendant plusieurs heures, sans rencontrer d'auberge.

— Patience ! disait Michot chaque fois qu'on s'arrêtait pour se reposer ; j'ai le pressentiment que nous serons bientôt au bout de nos peines, grâce à ce fameux pic que vous voyez là-bas !

Mais les heures s'écoulaient, et l'interminable route continuait à se dérouler, avec une désolante monotonie.

Il fallait bien songer à prendre un peu de nourriture. Ce fut Claude Michot qui se chargea de trouver de quoi remplacer les provisions que l'on avait emportées et qui se trouvaient sur les mules.

. . . .

Après être resté absent, Michot rejoignait ses compagnons qui avaient fait halte pour l'attendre.

Le brave garçon était, c'est le cas de le dire, chargé comme un baudet.

Il portait sur la tête, en équilibre, tout un régime de bananes et sur l'épaule toute une charge de cannes à sucre.

— Voilà? dit-il, en laissant tomber sur le sol tout le fardeau.

Dans ces états mexicains la banane est la grande ressource pour les populations pauvres.

Les familles d'indiens nomades qui parcouraient le pays, à l'époque où se passaient les faits que nous relatons dans ce récit, en faisaient le fond de leur nourriture.

Claude Michot n'avait eu que l'embarras du choix, dans le petit bois de bananiers qu'il avait rencontré au bout d'une centaine de mètres.

Il avait coupé le plus beau régime de ces longues bananes d'un jaune d'or pâle, lesquelles sont, à la fois, légumes et fruits.

Par une de ces contradictions curieuses, dans les climats chauds, la banane, à l'intérieur, est presque glacée, alors que l'enveloppe solide qui recouvre la pulpe est tiédie par l'action des rayons du soleil.

Après avoir mangé des bananes mûres on pourrait, au besoin, se passer de boire pendant ce repas frugal, à la vérité, mais dont l'estomac s'accommode fort bien.

— Je vous apporte à manger et à boire, mes amis, dit Michot, en détachant les bananes qui adhéraient solidement au régime.

Et tandis que ses compagnons attaquaient, avec appétit, le fruit savoureux, Michot coupait, taillait et mettait à nu la pulpe sucrée et juteuse de la canne.

— Voilà de quoi nous désaltérer, pendant la marche, dit-il, en écrasant sous sa dent les morceaux de pulpe dont le jus constitue une boisson à la fois délicieuse et réconfortante.

. . . .

Après s'être restaurés le mieux possible, nos trois personnages se trouvèrent plus alertes pour continuer leur route, et ils auraient accepté avec résignation l'ennui d'un voyage à pied, s'ils eussent eu la certitude qu'ils se trouvaient sur la route conduisant à la Vera-Cruz.

Claude Michot était, nous devons le dire, le seul qui n'en doutait pas.

Il ne cessait de consulter le fameux pic d'Orizaba, afin de se diriger à gauche, toujours à gauche, ainsi que l'avait indiqué John Mathis.

Mais, tout à coup, le guide de Ravergy et de Thérèse s'arrêta, en poussant une exclamation qui dénotait une impression des plus désagréables.

— Qu'est-ce? demanda Ravergy.

Thérèse et lui n'eurent pas besoin que leur compagnon indiquât la cause de la surprise qu'il venait d'éprouver.

En effet, on pouvait voir, à moins de cinquante mètres en avant, que la route que l'on suivait était coupée par une autre.

C'était devant cette croix formée par les deux chemins, que nos personnages s'arrêtèrent et se regardèrent tous trois, également en proie à la plus grande perplexité.

— Que faire? Lequel des trois bras de route choisir?

Fallait-il continuer tout droit? Prendre à droite ou à gauche?

C'était ce que se demandait chacun des trois voyageurs.

Et le pic, le fameux pic couvert de neige, ne pouvait, — Michot était obligé de se l'avouer à soi-même, — donner qu'une très vague indication, car en inclinant à gauche, d'après la recommandation de John Mathis, on trouvait devant soi deux routes.

On ne pouvait se fier au hasard pour vous faire choisir la bonne et, bien qu'il eut éprouvé les bienfaits de la Providence, Claude Michot jugeait imprudent de ne se fier qu'à elle, du soin de le guider dans le choix à faire.

Cependant, chacun de nos trois personnages reconnaissait qu'il était impossible de tarder plus longtemps à prendre un parti.

Thérèse, en cette circonstance, ne se laissa pas aller au découragement.

Son énergie ne se démentit pas un seul instant. Résolue à supporter toutes les fatigues, la vaillante fille prit les devants, choisissant, d'instinct, un des quatre chemins à l'intersection desquels on s'était arrêté pour délibérer et se consulter.

Ravergy et Michot la suivirent, sans opposer la moindre observation à la décision qu'avait prise la jeune fille.

Michot se contenta de dire :

— Mam'zelle a peut-être une bonne inspiration, mon capitaine.

Le mieux que nous avons à faire c'est de la suivre, quitte à revenir sur nos pas si nous avions pris le mauvais chemin.

On marchait en silence, chacun s'abandonnant, aux réflexions qui lui venaient.

La grande préoccupation de Ravergy gisait dans l'incertitude de trouver un bâtiment prêt à lever l'ancre.

Et se souvenant que Delaverne avait parlé à Thérèse d'un navire lui appartenant, bon voilier, admirablement commandé, à bord duquel on ferait la traversée de l'Atlantique, Ravergy n'était pas éloigné de s'associer au projet dont l'avait déjà entretenu son camarade Michot.

Il s'approcha donc de ce dernier pour lui dire :

— Il ne suffit pas d'arriver à la Vera-Cruz, il faudra quitter cette ville le plus tôt possible.

— Je crois bien!... Pour deux motifs, prononça Michot d'un air devenu subitement soucieux. C'est que je connais de réputation cette maudite ville; on y meurt comme des mouches, quand on n'est pas né sous ce climat terrible pour les gens d'Europe.

— Tu veux parler de la maladie qui vous enlève en quelques heures, sans doute,

— Oui! le « vomito négro. » C'est un miracle quand on vous sauve!

Les deux hommes avaient tourné, instinctivement et d'un même mouvement, les yeux vers Thérèse qui continuait à marcher à quelques pas en avant.

Ils avaient tous deux eu la même pensée qui leur fit passer un frisson dans le cœur.

Mais ni l'un, ni l'autre n'osait formuler l'inquiétude dont ils avaient été saisis, à l'idée que l'on allait peut-être, en arrivant à la Vera-Cruz, tomber en pleine épidémie de fièvre jaune.

Ce fut Ravergy qui rompit le silence.

— Et l'autre motif?... Quel est-il?

— Plus tôt nous pourrons nous emparer du bâtiment qui attend ce scélérat de Delaverne, mieux cela vaudra!... Car tout est à craindre, après que l'on aura découvert le corps que nous avons laissé là-bas.

Ravergy était visiblement impressionné. Michot continua :

— La chose aura fait un bruit du diable dans la ville où l'on appelait « Excellence » cette canaille. Toutes les autorités auront été sur pied et, naturellement, ce qu'elles auront eu de plus pressé, c'est de mettre toute leur police à nos trousses...

— C'est vraisemblable!... approuva Ravergy...

Et nous avons perdu le peu d'avance que nous pouvions avoir sur ceux qu'on aura lancés à notre poursuite. C'est une fatalité !

— Voilà bien pourquoi je voudrais m'emparer du bâtiment, avant que le capitaine ait pu recevoir des ordres ou simplement apprendre ce qui est arrivé au propriétaire du navire...

Ce que je te dis là, ami, a son importance...

— Explique-toi.

— C'est que, ainsi que je te l'ai déjà donné à entendre, j'ai une idée pour prendre possession du navire.

— Explique ton idée.

— Mon Dieu, c'est tout à fait simple, et tu vas voir, mon capitaine, qu'il ne m'a pas fallu de grand efforts d'imagination pour trouver ça...

Il s'agirait tout bonnement d'aller voir le capitaine du bâtiment et de lui dire que nous venons de la part de Delaverne...

— Pour qu'il nous prenne à son bord?

— Tout simplement !...

— Soit!... J'admets, ce qui est improbable, que ce capitaine se contente de notre parole... Mais pour appareiller, il voudra avoir des ordres...

— Je lui en donnerai!

— Et il t'enverra promener.

— Moi?...

Dans ce simple mot prononcé avec une expression particulière, Michot avait mis toute sa fierté blessée.

— Moi? répéta-t-il. Moi, Michot?... On m'enverrait promener! Mais apprends donc que je ne reconnais ce droit qu'à une seule personne : à toi, mon capitaine !...

— Je n'ai pas voulu t'offenser, mon ami, répondit doucement Georges... Mais il est évident que tu t'abuses quand tu supposes qu'un capitaine appointé par un armateur, va mettre sous voiles sans un ordre écrit...

Claude Michot se gratta le front ainsi qu'il faisait chaque fois qu'il était embarrassé.

— Eh bien, reprit-il tout à coup, j'ai à ma disposition deux moyens.

— Voyons le premier.

— Mais, c'est ma mule, ou bien un animal qui lui ressemble joliment! (P. 1175.)

— Fabriquer des ordres...

— Tu parles comme un fou, mon pauvre ami?... Mais ce serait commettre un faux...

— Eh bien après?...

— Tu n'ignores pas que c'est un crime!

— Un crime, quand il s'agit d'un misérable comme celui dont j'ai débarrassé la terre?

Eh bien, un crime, soit!... Mais il faut que Mlle Thérèse parte!...
Il le faut, n'importe ce qu'il sera nécessaire de faire pour cela!...

Tu dis que c'est un faux, je le ferai!... un crime, je le commettrai !

Claude Michot saisit le bras de son camarade, en disant :

— Tu me connais, mon capitaine ; tu sais si je recule devant un
danger quel qu'il soit!... Eh bien, voyons quel serait le danger que
je pourrais courir, dans cette affaire...

— Mais si le faux est découvert, on t'arrêtera, on te gardera en
prison jusqu'à ce qu'on te juge et te condamne... Sais-je même si
l'on prend la peine de juger, dans ce pays!... En tout cas, c'est pour
toi la prison !...

— Ça me serait égal, si pendant le temps qu'on me coffrerait,
vous pouviez, Thérèse, et toi filer avec le bâtiment...

— Vraiment, mon pauvre Claude, c'est à croire que tu perds
réellement la tête, et si je t'écoute, c'est que malheureusement j'ai
tout le temps de le faire, puisque nous marchons à l'aventure !

— Et quand ça serait : est-ce qu'il n'y a pas de quoi devenir fou
quand on pense que Mlle Thérèse ne pourra peut-être pas arriver à
temps en France, pour sauver son père?

Est-ce que toi-même, toi dont je connais les sentiments pour
notre amie, tu ne t'exposerais pas à commettre ce que tu appelles
une folie ou un faux, si tu avais l'ombre d'un espoir de réussir à faire
partir Mlle Thérèse pour la France?

— Dis-moi ton second moyen! répondit George très impressionné par ce qu'il venait d'entendre.

— Il demande de la volonté, de l'énergie et de l'audace... Nous
avons de tout cela, n'est-ce pas, mon capitaine?

Nous avons tous les deux fait nos preuves...

— Le moyen?... Dis le moyen que tu tiens en réserve.

— C'est de prendre d'assaut le bâtiment! répondit Michot d'un
ton d'assurance...

Ravergy le regarda.

Mais sans se déconcerter, Claude continua :

— Est-ce que nous n'avons pas déjà fait plus fort que ça?

Ravergy hocha la tête.

— Voyons, mon capitaine, rappelle-toi la Vendée ; et sans aller
aussi loin, rappelle-toi la façon dont tu as traité les Peaux-Rouges
qui avaient attaqué la caravane...

Et tant d'autres choses, sans compter le moyen que tu as trouvé pour débarrasser *notre* amie de ce Delaverne !...

Nous prendrons le bâtiment de vive force, s'il le faut; avec toi, rien me semble impossible, rien, entends-tu, mon capitaine !...

— Je voudrais pouvoir te croire; mais tu ne réfléchis pas, mon pauvre Michot, que même si nous réussissions dans cette entreprise que je considère comme une folie, nous serions aussi embarrassés qu'avant...

— Embarrassés, pourquoi?

— Pour nous servir du bâtiment.

Michot resta, un instant, interloqué.

— Tu n'avais donc pas réfléchi que, pour sortir du port dangereux de la Vera-Cruz, il faut des marins expérimentés...

Le courage, l'énergie, l'audace, la volonté, que nous pouvons posséder tous deux, ne remplacent pas le métier qui nous fait absolument défaut.

— Il faut tout de même essayer, il n'y a pas d'autre moyen!

— Soit! j'admets que nous réussissions à sortir du port,... comment parviendrions-nous à diriger le navire?...

C'est de la folie, te dis-je!

Ravergy ajouta :

— Mais pourquoi se donner la peine de nous demander tout cela... Tu veux, dis-tu, t'emparer du bâtiment? Mais il y a des hommes à bord, lesquels opposeront une résistance énergique, en peux-tu douter?...

Est-ce que tu espères les tuer tous?...

— Pourquoi pas?

— Encore un crime?

— Ah! mon capitaine, pourquoi me décourager ainsi?

Et le brave garçon courba la tête, vaincu par le raisonnement que venait de lui tenir son camarade.

Puis, relevant la tête :

— Il me vient une idée...

— Parle!

— Je connais du monde à la Vera-Cruz. J'ai raconté à Mlle Thérèse comment j'avais fait la rencontre d'individus qui étaient chargés de servir d'escorte à un voyageur qui se rendait à Mexico...

— Mais si je ne me trompe ce voyageur n'était autre que Delaverne lui-même...

— Justement!

— Et ceux qui l'escortaient... des misérables qui avaient comploté de le dépouiller et, au besoin, de l'assassiner?

— Parfaitement!

— Et c'est à de pareils scélérats que tu voudrais t'adresser?

— On prend ses alliés où l'on peut, quand on n'a pas le choix...

— Et tu supposes que ces hommes de sac et de corde consentiraient à t'aider, sans bénéfice pour eux?

— Mais ils auront leur bonne part du butin, mon capitaine.

— Comment l'entends-tu?

— Tu veux le savoir; eh bien, je leur abandonnerai le bâtiment, lorsque nous serons arrivés en France...

— Tu comptes donc les garder comme matelots?

— Est-ce que tous les hommes de ce pays-ci ne sont pas un peu marins?... D'ailleurs, ils s'adjoindront de vrais matelots; il y en a toujours, dans les ports de mer, qui attendent un engagement.

— Mais, c'est tout simplement un acte de piraterie que tu commettrais là, mon ami!

— A la guerre tous les moyens sont bons, pourvu qu'on arrive à la victoire!... Et ne sommes-nous pas en état de guerre contre Delaverne et ses serviteurs?...

Et puis, songe à celle qui doit, coûte que coûte arriver en France, sans retard!... Tiens, veux-tu que nous la consultions?...

— Inutile!

Et Ravergy, le visage sévère, rompit cette conversation qui mettait en révolte son âme loyale.

— Tu te tais? lui dit Michot.

Mais le brave garçon s'interrompit, voyant l'expression de désespoir qui se peignit sur le visage de son ami.

Georges Ravergy passait, en effet, par toutes les souffrances de l'âme.

La voix de Thérèse vint tout à coup faire diversion aux douloureuses pensées dont il était accablé.

La jeune fille appelait, à ce moment, ses deux compagnons sur lesquels elle avait pris quelques pas d'avance.

— Regardez! leur dit-elle.

A l'endroit où se trouvaient nos voyageurs, le chemin cessait.

Pour aller plus loin dans cette direction, il eut fallu s'engager sur un sol couvert en partie de broussailles, et en partie défoncé, marécageux, raviné.

— Nous avons pris le mauvais chemin! dit Michot; car il n'est pas probable que l'on se rende à la Vera-Cruz en passant à travers champs et marais.

D'ailleurs, je me rappelle bien que lorsque j'ai quitté la Vera-Cruz en compagnie du voyageur qui se rendait à Mexico, il y avait une route..., une vraie route qui traversait une forêt...

Thérèse était désespérée.

— J'ai eu une mauvaise inspiration ! dit-elle avec tristesse.

— Nous allons rebrousser chemin ! proposa Ravergy.

A moins que nous coupions à travers ces plaines, pour aller reprendre l'autre route. Ce sera le moyen de perdre moins de temps.

— Allons ! dit Thérèse avec résolution.

Ses deux compagnons la suivirent.

La marche devenait de plus en plus pénible, dans ce terrain tourmenté.

Par moments, on était obligé de contourner des brousailles touffues ; d'autre fois, il fallait marcher en file indienne, quand les sentiers étroits se présentaient.

Plus loin, un marécage obligeait les deux hommes à porter Thérèse, afin qu'elle ne s'enlisât pas dans le terrain détrempé et glissant.

— Nous aurions peut-être bien fait de rebousser chemin ! hasarda Michot qui voyait les obstacles se succéder, à mesure qu'on s'engageait plus avant dans cette plaine qui s'étendait au loin.

— Marchons toujours ! dit Ravergy ; nous avons déjà trop perdu de temps !

Le fait est que cette marche pénible avait pris plus de deux heures et il importait de ne pas se laisser surprendre par la nuit dans cette immense plaine où l'on se trouverait sans abri.

— Marchons! répéta Claude Michot, en soulevant Thérèse pour lui faire traverser un étroit ruisseau qui coulait lamentablement au milieu des brousailles.

Maintenant, la plaine allait devenir à peu près impraticable, sillonnée qu'elle était par de petits cours d'eau, au lit bourbeux, lesquels chariaient des débris de plantes en putréfaction.

— Courage, mam'zelle, courage ! prononça le malheureux Michot.

Et il ajouta :

— Nous allons, le capitaine et moi, vous porter à tour de rôle.

Il était dans un piteux état, le pauvre diable.

La boue avait tranformé son pantalon en sorte de cuir, sous l'action du soleil.

— Bah ! fit-il, en constatant l'état déplorable de ses vêtements, avant d'arriver à la Vera-Cruz, je donnerai un coup à ma toilette, car on pourrait me prendre pour un brigand de grand chemin.

— Hélas ! nos trois personnages n'étaient pas près d'arriver au terme de ce pénible voyage.

III

PADRE ET COMPADRES

— Halte ! commanda Michot, après qu'on eut fourni encore une longue et pénible étape.

Ce n'était pas, de la part du brave garçon, une invitation à se reposer.

Michot venait d'apercevoir, à quelque distance, un cavalier et, naturellement, après l'aventure avec les « leperos », notre homme était devenu d'une prudence extrême.

— Regarde, mon capitaine ? dit-il.

Il indiquait à Ravergy le cavalier qui continuait d'avancer.

— On dirait qu'il est sur un chemin ! lui fit observer Michot. Tant mieux, car cela prouve que nous avons bien fait de couper par ici et que nous allons probablement bientôt retrouver la route que nous aurions dû prendre.

Ensuite ce cavalier pourra nous dire si nous sommes dans la direction de la Vera-Cruz.

Le tout est de savoir si nous n'aurons pas affaire à quelque malandrin de l'espèce de ceux que nous avons déjà rencontrés.

Je vais partir en reconnaissance ! ajouta Michot, d'un air délibéré.

— Prends bien garde !

A cette recommandation de son camarade, Michot répondit :

— Il n'y a pas à hésiter, mon capitaine ; quand on part en reconnaissance, on ne sait jamais ce qui va nous arriver.

D'ailleurs, si je vois un danger, j'appellerai !

— Mon ami, déclara avec fermeté Thérèse, nous vous suivrons...

Georges Ravergy n'essaya pas de faire revenir la jeune fille sur sa déclaration.

Ils lui offrit le bras et tous deux emboîtèrent le pas à leur compagnon qui se mettait résolument en marche.

Toutefois, on put voir que Michot prenait la précaution de renouveler la poudre du bassinet, après avoir examiné son fusil.

Le cavalier s'était arrêté et regardait dans la direction où se trouvaient nos trois personnages.

Au bout d'un instant, les voyant avancer, il attendit.

Michot, se tournant vers ses deux compagnons, leur dit :

— Il est seul ! Aussi loin que je puis voir, je n'aperçois pas d'autres individus sur la route.

Ces paroles ayant rassuré Thérèse et Ravergy, tous deux précipitèrent le pas, autant que le leur permettait l'état du terrain

Bientôt on fut assez près du cavalier pour être complètement rassuré.

C'était un religieux monté sur une belle mule blanche, dont la vue fit pousser à Michot cette exclamation :

— Mais, c'est ma mule, ou bien un animal qui lui ressemble joliment !

Il n'en fallait pas davantage pour que notre ami se mît à courir afin de rejoindre le cavalier.

Celui-ci était, ainsi que nous l'avons dit, un personnage religieux.

Il paraissait âgé d'une soixantaine d'années.

Sa barbe blanche tranchait avec son teint bronzé.

Il était coiffé d'un de ces chapeaux que portent les ecclésiastiques espagnols, forme dite *à la Basile*.

Son vêtement était composé d'une robe noire, tenant de la soutane et de l'habit des frères ignorantins et d'un manteau; le tout quelque peu râpé, ce qui donnait une piètre idée de l'état de fortune du personnage.

Mais, ce qui rendait l'aspect de celui-ci tout à fait bizarre, c'est que le vêtement qu'il portait était mi-partie religieux et mi-partie militaire.

En effet, sous le manteau flottant qui recouvrait ses épaules, on pouvait voir un baudrier auquel pendaient une forte dague et un pistolet d'arçon.

Ce qui fit dire à Michot, à voix basse :

— Regarde donc, mon capitaine, il a tout le fourniment.

Pour compléter l'originalité de ce costume, le religieux était chaussé de fortes bottes, garnies de solides éperons.

Ne pouvant douter que les trois piétons se dirigeassent vers lui, il éperonna la mule, afin de se porter au devant d'eux.

Par prudence, Ravergy se tenait sur la défensive, car l'aspect du cavalier ne lui disait rien de bon.

Michot s'était placé devant ses deux compagnons, comme pour les couvrir de son corps, au cas où il prendrait au cavalier la fantaisie de se servir de ses armes.

Mais le prêtre les avait accueillis avec un sourire qui ne dénotait pas d'intentions mauvaises.

S'exprimant en espagnol, il leur adressa un salut de bienvenue, et après avoir prononcé quelques paroles, il étendit la main, comme pour les bénir.

— Nous ne comprenons pas ce que vous nous dites ; nous ne parlons pas votre langue : nous sommes Français ! prononça Michot.

— Ah ! Français !... Français ! répéta l'ecclésiastique.

Il se mit alors à baragouiner quelques mots de français, qu'épiçait un fort accent du cru.

On comprit tant bien que mal qu'il s'étonnait de voir trois personnes voyageant à pied, et s'informait du motif qui leur avait fait traverser cette plaine désolée.

— Parbleu ! ce n'est pas pour notre plaisir... dit d'un ton bourru ce brave Michot, qui n'avait qu'une médiocre confiance en ce religieux armé jusqu'aux dents.

Il continuait à regarder la mule, et acquit bientôt la conviction que c'était bien la sienne.

Il n'en fallut pas davantage pour que la méfiance que lui inspirait déjà l'homme à la soutane se changeât aussitôt en certitude.

Tout bas, il fit part à Ravergy de ses soupçons concernant le cavalier.

— Prudence... lui recommanda son camarade.

Pendant que les deux hommes avaient échangé à voix basse ces répliques, le cavalier ne cessait de dévisager Thérèse.

Il semblait qu'il fut frappé de sa beauté et curieux d'apprendre qui elle était et où elle allait.

— Senorita ! dit-il avec un sourire, je voudrais bien savoir ce que je pourrais faire pour vous et ces *senores* qui vous accompagnent.

Thérèse n'éprouvait pas la même impression que ses compagnons, et les paroles du religieux lui rappelant le missionnaire à qui elle devait tant, elle s'inclina devant l'ecclésiastique et répondit :

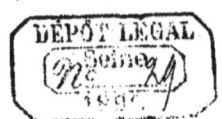

— Je vais vous conduire auprès des braves gens qui vous vendront les mules... (P. 1184.)

— Mon père, nous voulons nous rendre à la Vera-Cruz, et nous nous sommes égarés en chemin, mes amis et moi.

Michot interrompit brusquement la jeune fille.

S'adressant au religieux, il lui dit, d'un ton qui laissait percer sa mauvaise humeur :

— Si nous voyageons, mademoiselle et nous, aussi pénible-

148. — SEULE!   148.

ment, c'est parce que des malfaiteurs, que nous avons rencontrés, nous ont volé nos mules...

— Le cavalier n'eut pas l'air de comprendre.

Claude Michot continua :

— Est-ce que vous ne les auriez pas rencontrés aussi, monsieur le *padre* ?

Michot se rappelait que c'était le mot auquel correspond l'expression « mon père ». que l'on donne, en France, aux religieux de certains ordres.

Le *padre* (nous le désignerons, à l'avenir, par le titre auquel il avait droit) n'eut pas l'air de s'offusquer de l'allusion.

Il se contenta de répondre :

— Si la senorita est fatiguée, je suis disposé à lui prêter ma mule !...

Michot, intérieurement furieux de tant d'audace, interrompit vivement par ces mots :

— Il serait plus convenable et surtout plus véridique de dire que vous voulez bien restituer à mademoiselle la mule qui m'appartient. monsieur le *padre*.

Toujours sans répondre, le cavalier mit pied à terre.

Michot saisit la bride, et, faisant faire demi-tour à la mule, il prit possession de celle-ci.

Mais il ne lui suffisait pas d'avoir repris l'animal que lui avaient dérobé les *leperos*.

— Ce n'est pas tout ça, dit-il, je désire savoir où vous avez trouvé cette mule, monsieur le *padre*. Car où était celle-ci doivent se trouver les autres. Nous avions chacun la nôtre, et je n'ai pas à vous cacher, monsieur le *padre*, que mon ami le capitaine et moi, nous n'avons nullement l'intention de continuer la route à pied.

La physionomie du *padre* prit une expression d'humilité, et c'est d'une voix pleine d'onction qu'il répondit :

— Je suis un serviteur de Dieu, et je ne prends que ce que l'on m'offre. Voilà, je crois, monsieur le Français, ce qui devrait me dispenser de vous en dire davantage. Mais je tiens à ce que la senorita et vous ayez une bonne opinion du *padre* don Benito.

Sachez donc que la bête que je montais avant celle-ci, ayant roulé dans un ravin, s'est blessée et que, voyant mon embarras pour continuer mon chemin, des braves gens que j'ai rencontrés m'ont charitablement offert cette mule...

— Et ils en avaient deux autres, n'est-ce pas ? interrogea Michot.

— Oui, deux autres, répondit le *padre* Benito, sans se laisser déconcerter par l'air bourru de son interlocuteur.

— Parbleu ! Ce sont celles que lès maudits *leperos* nous ont volées, et ils se sont mis à six pour cette besogne ; malgré ça, s'ils n'avaient pris la fuite, comme des lâches, ils ne seraient pas sortis avec tous leurs membres entiers, de mes mains ?

Le *padre* répondit, toujours avec onction :

— Je n'ai pas à juger la chose ; je suis également au service de tous ceux qui s'adressent à moi pour des prières ou pour se confesser des péchés et des fautes qu'ils ont eu la faiblesse de commettre.

— Alors, monsieur le *padre*, vous pratiquez, à ce que je vois, de la façon la plus large, le proverbe : « A tout péché, miséricorde ! »

— C'est mon devoir, comme prêtre. Si j'étais juge, j'aurais eu le devoir de condamner les *leperos* qui vous ont pris vos mules. Mais, comme prêtre, je ne pouvais leur refuser d'écouter leur confession, et de leur donner l'absolution, puisqu'ils la réclamaient de moi !

— Michot demanda, d'un air d'ironie :

— Je ne doute pas, monsieur le *padre*, que vous ne leur ayiez infligé une forte pénitence ?

— J'ai exigé qu'ils me donnassent quelque chose pour mes pauvres...

— De l'argent ? Mais le *lepero* n'a pas le sou vaillant, je sais cela, moi ! Ce sont des paresseux qui vivent de ce qu'ils peuvent voler...

— Aussi, ne pouvant me donner une aumône pour mes pauvres, ils m'ont offert cette mule...

— Pour vous !... interrompit Michot. Alors vous pratiquez également ce proverbe : « Charité bien ordonnée commence par soi-même ! »

N'est-ce pas, monsieur le *padre* ?

Pour que nos lecteurs comprennent le double caractère de cette catégorie de religieux, d'une conscience si facile, nous devons les initier à certains usages en pratique dans les États du Mexique, pendant la domination espagnole.

Disons d'abord que la population, à l'époque de notre récit, se composait, en grande partie, de métis.

Jamais variété plus grande dans les teintes de la peau, par le fait des croisements, à différents degrés et selon que le sang espagnol y dominait plus ou moins.

Les Indiens, dont les soldats de l'invasion avaient fait un grand carnage, en étaient réduits à une proportion infime.

La plupart, dégénérés par l'habitude de l'ivrognerie, se *louaient* pour de très modiques gages, et on les employait principalement comme domestiques.

Nous avons parlé des *leperos*, vivant de larcins et de mendicité.

Mais on les considérait comme des mendiants de première catégorie.

Très audacieux, d'une effronterie sans pareille, ils amusaient les passants dans les rues, les voyageurs sur les routes, par leurs saillies; et obtenaient toujours quelques pièces de monnaie des gens qu'ils avaient distraits pendant quelques instants.

En dehors de ces « mendiants d'élite », qu'on nous passe cette expression, les mendiants vulgaires, crapuleux, couverts de vermine, hâves, épuisés par la faim, dépenaillés et couverts de haillons sordides, pullulaient au Mexique.

Leur nombre était si considérable qu'il eut constitué un danger permanent pour le reste de la population, si ces mendiants n'avaient été complètement abrutis et dépourvus d'initiative.

Tout en faisant la part de l'exagération particulière aux voyageurs, rapportons qu'au Mexique, le nombre des malfaiteurs de toute espèce égalait celui des honnêtes gens.

La vérité est que le brigandage dépassait, dans cette partie du Nouveau-Monde, tout ce qui se peut imaginer en ce genre.

Les légendaires exploits des bandits qui infestaient, à cette époque principalement, les grandes routes, en Italie, étaient dépassés de beaucoup par ce qui se passait sur les grandes routes, dans les forêts, les montagnes, de la Nouvelle-Espagne.

Avant l'invasion qui devait donner à l'Espagne cette riche contrée, plus étendue que la métropole, il n'y avait pas, dans le pays des Aztèques de brigandage proprement dit.

C'étaient des partisans qui parcouraient les routes, s'embusquaient dans les défilés des montagnes, campaient dans les ravins, afin d'y attendre l'ennemi; et l'ennemi c'était tous ceux qui n'appartenaient pas à leur race.

Dans ces conditions les attaques à main armée prenaient les proportions de véritables combats.

Le seul point de similitude entre les brigands d'alors et ceux qui infestaient les États mexicains, à l'époque de notre récit, c'est que les uns comme les autres dépouillaient leurs adversaires.

Mais avec l'invasion espagnole, les mœurs des coureurs de chemins se modifièrent, les soldats de Fernand Cortez, très experts dans l'art de piller les villes, de dévaster les plantations et surtout de tenir la campagne pour leur propre compte, se chargèrent d'introduire dans les mœurs du peuple qu'ils avaient vaincu l'habitude du brigandage tel qu'il se pratiquait dans leur patrie.

Après les trente premières années d'occupation, le Mexique s'était augmenté d'une population de colons et de descendants plus ou moins abatardis des guerriers du capitaine Fernand Cortez qui s'était fait, dans le pays conquis, la réputation d'un véritable chef de brigands.

C'est donc dans cette population nouvelle que, au moment où nous sommes, se recrutaient, pour le plus grand nombre, les malfaiteurs que nous avons tenu à faire connaître au lecteur pour l'intelligence des faits qui vont suivre.

On a pu dire, qu'en entreprenant la conquête du Mexique, Fernand Cortez y avait amené autant de moines que de soldats.

Les religieux de tous les ordres de la métropole, les ecclésiastiques, prêtres et *padres* affluèrent, pour prendre leur part de la conquête.

On sait quelle autorité avaient prise les Pères Jésuites sur les populations récemment soumises au joug du vainqueur; nous devons ajouter que les *padres*, à leur tour, prirent bientôt une telle influence sur l'esprit des populations en général et des bandits en particulier, qu'on ne désigna plus les malfaiteurs, rôdeurs de grand chemin, *leperos* et brigands armés, que par la dénomination de *compadres*, d'où notre mot français *compères*.

Et, de fait, il y avait bien réellement alliance tacite entre les *padres* et les *compadres*.

Mais ce ne sont pas, ainsi qu'on pourrait le croire, ces derniers qui tiraient le plus grand bénéfice de cette singulière entente.

Leur profit était, en effet, tout moral, s'il est permis de s'exprimer ainsi. Il consistait, pour les *compadres* en bons procédés de la part des *padres*.

Il n'était pas rare de voir les premiers aller demander asile aux seconds, ce qui fait que les *compadres* habitaient presque tous des maisons appartenant aux corporations religieuses qui étaient en grand nombre, dans les différents États du Mexique.

Les *compadres* y étaient reçus avec des égards tout particuliers, comme de véritables enfants prodigues rentrant au bercail.

On se gardait bien de les sermonner, et les bons *padres* les traitaient de père à fils, témoignant ainsi d'une élasticité de conscience tout à fait extraordinaire.

Par contre les *padres* retiraient d'importants bénéfices de ces traités d'amitié avec leurs *compères*. Mais, comme il fallait toujours sauver, autant que possible, les apparences, on mettait au compte « location de logis », la *part* que les *compadres* apportaient à leurs « alliés », après chaque expédition fructueuse.

Le *padre* Benito, au moment où nos trois personnages le rencontrent, est en tournée pour visiter certains locataires de la congrégation.

Si Michot avait été au courant des habitudes des *padres* et de leurs relations avec les *compadres*, il aurait compris tout de suite de quelle façon sa belle mule blanche était devenue la propriété du religieux.

Il se fut donc évité la peine d'interroger ce dernier. Mais à présent qu'il avait repris la bête, il voulait absolument retrouver les montures de ses deux compagnons.

— M. le *padre*, dit-il, va nous conduire, je suppose, à l'endroit, où nous pourrons reprendre nos mules ?

Mais s'il ne veut pas se déranger, je compte qu'il pourra d'ici nous indiquer cet endroit; je me chargerai, une fois là, de corriger d'importance ces malandrins qui ont pris la fuite, dès qu'ils ont vu que mon capitaine et mademoiselle Thérèse, se portaient à mon secours !

N'est-ce pas ton avis, mon capitaine ?

L'attitude de Ravergy sembla donner à réfléchir au religieux, dont le regard allait de celui à qui l'on venait de donner la qualification de capitaine, à la jeune fille dont la beauté avait produit sur lui une si bonne impression.

Donc le *padre* paraissait indécis sur la réponse à faire, quand Michot reprit avec plus d'insistance :

— Nous nous adressons à vous parce que nous pensons bien que vous ne voudrez pas nous laisser dans l'embarras...

— Ne me suis-je pas mis à la disposition de la *senorita*? interrompit le prêtre.

— Certainement !

Thérèse jugea qu'elle devait intervenir :

Elle prit le ton respectueux que lui inspirait le caractère du personnage :

— Que mon Père, dit-elle en s'approchant, reçoive mes remerciments pour l'offre qu'il me fait. Il appartient à ceux qui sont dans la peine de s'adresser à un ministre du Seigneur, quand, comme nous, ils ont l'heureuse chance d'en rencontrer un !

Le *padre* éprouvait assurément une grande satisfaction, car sa physionomie prit une expression dénotant le plaisir qu'il ressentait des bonnes paroles que lui adressait la jeune fille.

— La *senorita* a raison de compter sur moi et je lui renouvelle l'offre de me mettre à sa disposition...

Outre que ce sera un plaisir pour moi de lui être utile, c'est également mon devoir comme ministre du Seigneur !...

Thérèse pria alors le *padre* de faire rendre les mules, s'il était en son pouvoir d'obtenir cette restitution...

Le mot restitution sonna mal à l'oreille du religieux.

Il chercha, pendant quelques secondes, un moyen de sortir d'embarras.

Puis il répondit d'un air d'humilité :

— Je ne sais si j'aurais le pouvoir de faire entendre raison à ceux dont vous parlez...

— Des voleurs ! s'exclama Michot, que le calme du *padre* commençait à révolter fortement.

Le religieux n'eut pas l'air d'avoir compris ; et il continua :

— Mais... ce que je crois pouvoir obtenir, ce sera que l'on vous cède les mules, à un prix modéré.

Michot ne put s'empêcher de faire un bond de colère.

— A un prix modéré !.. Quoi ! Il faudra payer ce qu'on nous a volé !

C'est une drôle de chose que vous nous offrez là, M. le *padre* !

Mais sachez que ni mon capitaine, ni moi, nous ne consentirons...

Thérèse l'interrompit.

Son avis était d'accepter, afin de ne pas retarder l'arrivée à la Vera-Cruz.

Ce fut donc elle qui répondit :

— Mon Père ! nous vous remercions et nous acceptons !

— Je vais vous conduire auprès des braves gens qui vous vendront les mules dont vous avez besoin pour continuer votre route.

Thérèse fut placée sur la mule, dont le |*padre* voulut, galamment, tenir la bride.

Ravergy et Michot escortaient et purent, à voix basse, se communiquer leurs impressions.

— Il faut en passer par là, dis-tu, mon capitaine ; mais tu avoueras qu'il y a bien de quoi me faire bouillir le sang dans les veines !...

— Je te recommande la prudence, mon ami, quand tu te retrouveras en face de ces misérables.

— On en aura, mon capitaine, puisqu'il n'y a pas moyen de faire différemment.

— Il te suffira, dit Georges de faire appel à ta conscience.

— Qu'est-ce que ma conscience vient faire dans tout ceci, mon capitaine...

— Je vais te le dire, mon brave Michot : rappelle-toi simplement à qui appartenaient les mules que l'on nous a volées...

— Tu veux me rappeler que nous les avions empruntées... à ce bandit de Delaverne...

— Tu pourrais dire : empruntées de force.

— Admettons !

— Il n'y a pas de mal, alors, à ce que nous les achetions aujourd'hui, ce sera une sorte de réparation et un soulagement pour notre conscience.

— Ainsi soit-il répondit Michot qui consentit à se soumettre.

. . . .

Une surprise attendait nos voyageurs, en arrivant devant une maison basse tellement encaissée dans une excavation de la montagne qu'on ne l'apercevait qu'au moment d'en franchir le seuil.

Des arbres la masquaient presque complètement, et l'avis de Michot fut que ce devait être un repaire de brigands.

Le *padre* s'étant arrêté dit :

— Je vais me rendre auprès de ceux qui vous vendront les mules. Veuillez m'attendre ici.

Il quitta alors la route et s'engagea dans un étroit sentier conduisant à un cours d'eau.

Michot l'avait suivi des yeux :

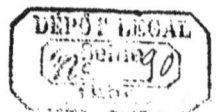

On vit le *padre* s'y hasarder avec une assurance qui prouvait qu'il en avait l'habitude.
(P. 1186.)

— Quand je vous disais que c'était un repaire?... En voici la preuve. Regardez et vous verrez, comme moi que pour arriver à cette masure, ce n'est pas si facile que vous pourriez le croire.

Thérèse et Ravergy purent se convaincre de l'exactitude de la chose.

En effet, ils virent qu'un torrent précipitait ses eaux écumeuses

149. — SEULE!   149.

entre la plaine et le roc dans lequel se trouvait la maison où allait le *padre*.

Pour traverser ce cours d'eau rapide, pas de pont ; mais des troncs d'arbre que supportait un pilotis d'aspect fort peu solide.

Il y aurait eu quelque imprudence à se hasarder sur ce pont si fragile qu'un caprice du torrent eût pu l'emporter avec la plus grande facilité.

On vit le *padre* s'y hasarder avec une assurance qui prouvait qu'il en avait l'habitude.

En quelques secondes il eut traversé de l'autre côté.

— Eh bien, mon capitaine, dit Michot, qu'est ce que vous pensez de ce *padre* qui va trouver des voleurs de sa connaissance avec autant de calme que s'il allait chez des honnêtes gens ? Je crois, moi que le proverbe à raison : qui se ressemble s'assemble !...

D'ailleurs est-ce que vous avez jamais vu, ailleurs que dans ce pays, des prêtres qui portent des bottes de cavalerie et sont armés de pied en cap ?

La conversation fut interrompue par Thérèse qui annonçait, à ce moment, à ses compagnons le retour du religieux.

Celui-ci revenait, en effet, le visage souriant, comme un ambassadeur qui rapporte une bonne nouvelle.

Il venait annoncer que, grâce à son éloquence, les braves gens qu'il avait vus consentaient à se défaire des mules, moyennant vingt piastres fortes par tête ; ils donnaient le hanarchement par dessus le marché.

Michot allait éclater en injures et en menaces contre les voleurs qui avaient la prétention de paraître généreux. Un regard sévère de Ravergy l'empêcha de formuler sa colère, en même temps que Thérèse engageait Georges à accepter le marché.

Ravergy compta le nombre de piastres exigées et le *padre* s'en retourna auprès de ceux qu'il qualifiait onctueusement de « braves gens. »

Cette fois Michot, n'y tenant plus, l'avait suivi et allait se hasarder sur les troncs d'arbre qui servaient de pont, quand un bruit sourd comme un lointain roulement de tonnerre retentit tout à coup.

En même temps une trombe sablonneuse s'éleva au loin, poussée par le vent avec une effrayante rapidité.

Le ciel se voilait de nuages sombres, qui se lézardaient, déchirés par des éclairs. La foudre grondait.

IV.

CYCLONE

La trombe augmentait de volume, au point que, maintenant, on eût dit d'un immense voile enveloppant tout à coup les montagnes, les plaines, les forêts.

Le moment était proche où Ravergy et Thérèse disparaîtraient sous ce linceul mobile.

Michot les appelait, épouvanté, voyant le danger imminent.

Il dut se porter à leur rencontre.

— Mon capitaine, criait-il, nous n'avons d'autre refuge contre cette tempête que le repaire de brigands... Venez!... Si nous tardons une minute,... il ne sera plus temps!... Venez!...

Il fallait traverser le pont fragile ; et déjà l'ouragan commençait, terrible avant-coureur, à s'engouffrer dans le ravin où coulait le torrent.

Ravergy et Michot n'avaient d'autre moyen de faire passer Thérèse sur l'autre rive, que de la porter.

Mais il était à redouter que le vent ne leur fît perdre l'équilibre lorsqu'ils viendraient à s'engager sur les troncs d'arbres, maintenant battus par les eaux soulevées du torrent qui menaçait de les emporter dans sa course furibonde.

Pendant quelques minutes qui leur parurent des siècles, les deux hommes faisaient des efforts inouïs pour se maintenir en équilibre ; leur vie et celle de Thérèse étaient, en ce moment, exposées au plus terrible danger.

La mule blanche, affolée, avait pris sa course, fuyant devant le cyclone.

La pauvre bête s'était jetée dans la rivière et nageait vers l'autre rive, pour chercher un refuge.

C'est par miracle que le vent ne l'entraîna pas.

Ce fut par miracle aussi que Michot et Ravergy purent atteindre l'autre bord.

Il était temps, car déjà l'épais rideau de sable avançait avec une vertigineuse rapidité.

Mais un secours leur arrivait : le *padre* apparut au seuil de la maison enclavée dans le roc. Il se précipita pour aider à transporter Thérèse.

La porte se referma aussitôt.

. . . .

Dans l'intérieur de cette maison, une dizaine d'individus étaient réunis et parlaient tous à la fois, s'exprimant en un patois espagnol dont les nouveaux venus ne purent comprendre un seul mot.

Le *padre* se chargea de traduire la conversation.

— Ces messieurs vous prient d'accepter l'hospitalité qu'ils sont heureux de vous offrir, dit-il.

Ils vous souhaitent la bienvenue, *señorita* et *senorès*, et remercient le Seigneur de vous avoir fait échapper à la tempête.

— Mais, ils n'en ont pas moins accepté et encaissé notre argent ! grommela Michot.

Selon son habitude, le *padre* Benito n'eut pas l'air de comprendre.

Il salua Thérèse, à qui il présenta un siège que, épuisée par l'émotion, la jeune fille s'empressa d'accepter.

Ravergy s'était placé à son côté, afin de lui servir de garde-du corps, prêt à la défendre s'il en était besoin.

Il faut dire, en effet, que ceux à qui le *padre* avait donné la qualification de « braves gens », ne payaient guère de mine.

A les voir, on les eût pris pour une collection de bandits triés sur le volet, mais sur le volet du bagne.

Ce qui avait tout de suite plongé Michot dans le plus profond étonnement, c'est de n'avoir pas reconnu, parmi ces hommes, un seul des « leperos » qui l'avaient attaqué, pour lui dérober sa mule.

Comment se faisait-il alors que ces hommes se trouvassent en possession des trois bêtes volées ?

C'est ce que le *padre* se chargea d'expliquer.

— Vous ne devez pas trouver extraordinaire que ces braves gens aient voulu vendre vos mules au lieu de vous les offrir gracieusement.

C'est qu'ils ne les ont pas pas volées, eux ; ils les ont échangées contre des objets ayant une équivalente valeur...

— Contre des objets qu'ils avaient volés ! murmura Michot...

Ravergy fit signe à son ami de se taire, et force fut à ce brave garçon de renfoncer sa colère.

Après l'explication qu'il venait de donner, le *padre* se mit à causer d'une façon paternelle et familière avec les habitants de la masure.

. . . . . .

Au dehors, le cyclone battait son plein. Le vent soulevait des fragments des rochers, arrachait des arbres, qu'on entendait tomber avec fracas.

— On dirait des boîtes à mitraille qui éclatent! dit Michot qui, inaccessible à la peur, s'était approché de Thérèse dont le visage exprimait l'épouvante.

Au milieu du tumulte qui s'éleva dans la maison qu'on craignait de voir emportée par l'ouragan après avoir été arrachée de son roc, la voix du *padre* exhortait les *compadres* (car c'était un groupe de ces individus qui se trouvait là), à implorer la clémence du ciel.

Aussitôt, tous ces hommes aux mines rébarbatives s'agenouillèrent comme obéissant à un commandement.

Et ce ne fut pas sans stupéfaction que nos trois personnages les virent se frapper la poitrine à coups redoublés après avoir fait le signe de la croix.

Le *padre* se mit à faire la prière à haute voix et tous les bandits, prosternés, demeurèrent plongés dans le plus grand recueillement, comme s'ils eussent assisté à la célébration d'une messe.

— Qu'est-ce tu penses de cela, mon capitaine? dit tout bas Michot, parlant à l'oreille à Ravergy. Que signifie ce singulier mélange de pitié et de banditisme?

Le spectacle est effectivement des plus bizarres et bien fait pour donner une piètre idée du caractère de ce religieux, officiant pour des malfaiteurs.

Car on ne pouvait douter que ce fût un véritable ecclésiastique, priant, en ce moment, avec toute la sincérité de son âme pieuse et appelant toute les bénédictions du ciel sur ses singulières ouailles.

Mais quelque étrange que leur parût cette scène, Michot et ses compagnons n'étaient pas au bout de leur stupéfaction, bien justifiée, on le reconnaîtra sans peine.

Le cyclone avait fait rage et maintenant s'éloignait, laissant, après lui, les éléments dans une agitation qui s'apaisait graduellement.

Le *padre*, ayant achevé la prière, donna la bénédiction aux *compadres*, qui la reçurent, le front incliné et les bras en croix sur la poitrine.

Instinctivement, Thérèse avait, elle aussi, courbé la tête, tandis que Ravergy et Michot protestaient par leur attitude contre ce qu'ils supposaient n'être qu'une comédie.

Pendant que le *padre* continuait de bénir, Claude Michot disait
à son camarade :

— Est-ce qu'il ne va pas finir de nous faire assister à cette
simagrée?

Il ne put s'empêcher d'apostropher le religieux, qui achevait de
prononcer les paroles de bénédiction.

— N'allons-nous pas pouvoir bientôt nous remettre en route,
monsieur le *padre*? Car voilà que l'ouragan est passé et que nous
avons hâte d'arriver à la Vera-Cruz.

Il ajouta, en prenant un ton qui frisait l'autorité :

— Puisque nous avons payé les mules, il faut qu'on nous les
livre tout de suite !

— Marché conclu, marché tenu ! répondit le *padre* sans se montrer froissé le moins du monde. Ces braves gens savent très bien
que je me suis engagé pour eux, et il ne s'en trouverait pas un seul
pour repousser une offre venant de moi et refuser une faveur que je
leur demanderais.

Aussi leur ai-je fait une proposition qu'ils se sont empressés
d'accepter et qui vous concerne, *senorita*, et vous aussi, *senores*.

Il s'interrompit pour dire :

— Vous avez l'intention d'aller à la Vera-Cruz, n'est-ce pas?

— Oui, mon père, répondit Thérèse.

— Seulement, nous ne connaissions pas la route ! ajouta Ravergy.

Michot s'écria :

— Et c'est moi qui ai eu la mauvaise inspiration de proposer de
traverser la plaine !...

— Heureuse inspiration, au contraire! dit le *padre*, car, sans
cela, il est certain que nous ne nous serions pas rencontrés et que,
par conséquent, je n'aurais pu vous rendre le double service de vous
procurer des mules et de vous renseigner sur la route à prendre.

Le religieux ajouta, avec un gros rire, qui n'avait rien de bien
respectueux pour son caractère:

— Quand je vous ai rencontrés, vous tourniez le dos à la Vera-
Cruz, et en continuant tout droit devant vous, vous seriez infailliblement retournés à Mexico.

Thérèse ne put réprimer un tressaillement.

Michot, obligé de se rendre à l'évidence, baissait la tête d'un air
contrit.

Ce fut donc Ravergy qui dut se charger de répondre à ce que
venait de dire le *padre* Benito.

— Retourner à Mexico ?... Dites-nous bien vite, je vous prie, quelle est alors la route que nous devons prendre..,

— Il y en a plusieurs qui conduisent de Mexico à la Vera-Cruz ; pour choisir la moins longue, il faut bien connaître le pays.

Vous êtes étrangers, à ce que j'ai appris de la bouche de votre compagnon ; il n'y a donc rien d'extraordinaire à ce que vous vous soyez égarés en chemin.

Je vois qu'en partant de Mexico, vous avez pris par le Nord, au lieu de suivre la direction de l'Ouest.

En outre, ainsi que je viens de vous l'apprendre, vous vous êtes égarés...

— Que de temps perdu ! s'exclama Ravergy.

— Nous le rattraperons, mon capitaine, quand M. le *padre* nous aura mis dans le bon chemin.

Le religieux sourit en répondant, d'un air aimable :

— Cela ne suffirait pas, senorita et senores. La route n'est pas toute droite jusqu'à la Vera-Cruz. Elle est souvent coupée par d'autres routes, particulièrement celle qui conduit à Jalapa.

Dans ces conditions, il serait imprudent de vous remettre en route sans un guide pour vous conduire...

— Un guide ? dit Michot. Il ne sera pas facile, je suppose, d'en trouver par ici.

A moins que monsieur le *padre* ne se rende, lui aussi, à la Vera-Cruz, auquel cas nous pourrions faire route ensemble...

— Malheureusement, il n'en est pas ainsi, et je le regrette beaucoup, vous pouvez me croire, *senores*, car il m'eût été agréable de vous accompagner.

— Tant pis ! dit Ravergy.

Quant à Michot, il ne se souciait guère, — c'est ce que l'on pouvait supposer à en juger par l'expression de sa physionomie, — d'avoir pour compagnon de route un religieux qui avait de si intimes relations avec des malfaiteurs.

Mais le brave garçon allait éprouver une surprise bien autrement désagréable, quand il entendit le *padre* Benito ajouter, de son air le plus patelin :

— Mais si je ne puis avoir le plaisir de vous accompagner, je me suis mis en mesure de vous donner qui me remplacera, et avec avantage assurément.

Je ne dois pas vous laisser ignorer, en effet, que nos grandes

routes ne sont pas sûres et même que les attaques à main armée y
sont fréquentes...

— Parbleu ! Nous en avons eu la preuve, monsieur le *padre* ! dit
ironiquement Michot.

Sans se déconcerter, le religieux répondit :

— Vous n'avez eu affaire, jusqu'ici, il faut le reconnaître, qu'à
de très honnêtes gens !... Mais il pourrait bien ne pas en être toujours
de même !

C'est pourquoi j'ai pensé que vous auriez besoin d'une bonne
escorte, capable de vous défendre si vous étiez attaqués...

— Un seul guide pour nous indiquer la route, nous suffira,
n'est-ce pas, mon capitaine ?

Ce fut le *padre* qui répondit :

— Possible, si vous voyagiez seul ou avec le senor capitaine !...
Mais vous avez une senorita avec vous, et la prudence exige que
vous vous arrangiez de telle sorte qu'elle ne soit pas exposée à de
graves dangers...

J'ai donc traité avec de très braves gens, afin que vous soyez
assurés de bons guides et d'une bonne escorte tout à la fois.

— Vous avez traité sans avoir consulté mon capitaine ! s'exclama
Michot de plus en plus monté contre l'homme d'église.

— J'ai cru qu'en agissant en votre lieu et place, j'obtiendrais de
meilleures conditions... Je puis donc vous annoncer que votre escorte
de dix hommes armés, solides, déterminés et... très honnêtes, vous
coûtera, grâce à mon intermédiaire, la modeste somme de cent
piastres fortes...

— Mais ça fait plus de cent écus, mon capitaine.

A cette exclamation de son camarade, Ravergy répondit par un
signe de tête qui signifiait qu'il fallait se résigner à subir toutes ces
exigences, pour arriver le plus tôt possible à la Vera-Cruz.

Au surplus, Thérèse se chargeait de la réponse à faire au *padre*.

— Je vous remercie, tant en mon nom qu'au nom de mes compagnons, de l'intérêt que vous nous témoignez, mon Père.

Ces messieurs et moi, nous nous empressons d'accepter le prix
que vous dites avoir débattu avec les personnes qui nous serviront
d'escorte.

Elle se tourna vers Ravergy qui débouclait sa ceinture pour
en tirer les cent piastres.

— Pendant ce temps Michot décochait sur le *padre* des regards
chargés de colère.

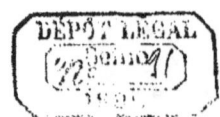

A chaque pas, l'on pouvait, en effet, constater les traces du passage du terrible cyclone...
(P. 1199.)

Et à mesure que les *piastres* tombaient dans la main d u religieux il murmurait rageusement...

— Cent! compta le *padre* d'un air de satisfaction. Maintenant, *senorita* et *senores*, vous pourrez vous mettre en route, dans quelques minutes.

Le *padre* Benito sortit, sur ces mots, pour aller rejoindre les *compadres* qui se trouvaient réunis dans une chambre voisine.

On peut bientôt entendre le cliquetis des pièces, car le *padre* comptait à chaque homme la somme qui lui revenait.

Hâtons-nous de dire que le digne homme n'oublia pas *ses pauvres*, en cette circonstance.

Il sut d'abord, avant tout partage, prélever une somme qui alla réjoindre, dans la sacoche, celle qui lui était échue dans le prix donné pour les mules.

Michot qui, depuis qu'il avait été obligé d'accepter l'hospitalité des *compadres*, n'avait pas déragé, laissa éclater enfin toute sa mauvaise humeur.

— Nous allons avoir dix hommes pour nous protéger... Eh bien! j'aurai soin, moi, de tenir mon fusil en état pour nous défendre contre nos défenseurs.

— Je vous ai prévenus, dit le padre, que les routes ne sont pas sûres.

— Je le sais, parbleu bien, puisque vos amis ou vos associés les parcourent.

— Vous avez leur parole d'honneur... et la mienne..., croyez moi, contentez vous en...

— Faute de mieux, grommela Michot.

— Tais-toi, dit à voix basse Ravergy, il est inutile de froisser la susceptibilité de ces hommes...

— Soit! Je renfoncerai au plus profond de moi-même ma colère. Cependant je ferai observer, que voyager en compagnie de détrousseurs de cette espèce, c'est comme si on donnait à des souris une escorte de chats!...

— Enfin, puisque nous ne sommes pas maîtres de la situation, il faut l'accepter telle qu'elle se présente et la subir telle qu'elle est!..

A ce moment, le *padre* revenait annoncer aux voyageurs que les mules étaient sellées et que le moment était venu de se mettre en route.

— Nous sommes prêts! répondit Thérèse.

Le religieux la regarda avec onction et lui parlant avec une extrême douceur, il lui dit :

— Je demande à la senorita la permission, avant de lui souhaiter un bon voyage, de la bénir...

Michot se tourna pour cacher son envie de répliquer par une parole d'ironique colère à l'offre du *padre*.

Mais celui-ci, comme toujours, n'eut pas l'air de voir le Français affecter de lui tourner le dos.

Il étendit les mains sur le front incliné de Thérèse et se mit à formuler la même bénédiction qu'il avait donnée, tout à l'heure, à ses bons amis les *compadres*.

— Hypocrite animal! grommela Michot.

Le *padre* ayant achevé sa prière, s'adressa aux deux Français :

— Senores, dit-il, j'ai tout lieu de croire que vous serez satisfaits de votre escorte!... Je vous ai recommandés tout spécialement à ces « braves gens » qui seront à votre service pour vous conduire, vous protéger et au besoin vous défendre.

Je suis heureux d'avoir pu vous être utile.

L'un des compadres, le chef probablement, étant venu à la porte, avait échangé quelques paroles avec le religieux.

Celui-ci s'adressant alors aux trois voyageurs, leur dit qu'on les attendait.

Il les accompagna dans une vaste cour couverte où étaient rangés les dix hommes de l'escorte.

Instinctivement, Thérèse se plaça entre ses deux compagnons, comme si l'aspect de ces hommes lui eût rappelé, à ce moment, l'horrible scène qui s'était passée dans la « taverne sanglante. »

Mais, en dépit des regards courroucés que roulait Michot, les *compadres* gardèrent une attitude calme, respectueuse même, obéissant sans doute à d'expresses recommandations qu'avait dû leur faire le saint homme Benito.

Le *padre* voulut s'assurer, par lui-même, que les mules étaient en bon état et bien sellées.

Il fit observer aux trois voyageurs qu'il avait fait placer quelques provisions sur l'une des bêtes.

Maintenant l'escorte n'avait plus qu'à enfourcher les montures, et c'est alors qu'on put voir que celles-ci étaient des plus variées.

La petite cavalerie était, en effet, composée de chevaux, de mules et d'ânes, et l'on comprenait sans peine que « ces braves gens » s'étaient montés tant bien que mal, en s'appropriant les montures des voyageurs qu'ils avaient détroussés.

— Allez avec Dieu ! prononça en espagnol le *padre* Benito.

Ce fut le signal du départ.

Deux des *compadres* avaient pris la tête, six autres encadraient les voyageurs, et deux formaient l'arrière-garde.

C'est dans cet ordre que la petite caravane s'ébranla.

Le *padre* attendit qu'elle eût défilé devant lui, pour rentrer dans la maison où l'attendaient les *compadres* qui n'avaient pas été choisis pour l'escorte.

On avait pris par un petit chemin qui entourait le flanc de la montagne.

Chemin tortueux qui, dans certains endroits, rasait le bord des rochers d'où l'on pouvait voir le ravin battu par les eaux d'un torrent.

Et les trois voyageurs eurent la même pensée qu'ils seraient à la merci de ces bandits s'ils prenaient à ceux-ci la fantaisie de les attaquer.

Ils purent se communiquer leurs impressions à voix basse, et Michot conclut qu'il n'y avait plus qu'à se fier à la parole du *padre*.

On pouvait voir de l'endroit élevé où l'on se trouvait, les ravages qu'avait faits le cyclone, bien qu'il n'eût duré que l'espace de quelques minutes.

Partout des arbres déracinés, des rochers déplacés qui avaient roulé dans là ravin. Le sol était bouleversé, comme si des milliers de faux et de bêches y eussent déchiré, crevé, labouré les terres, après en avoir haché et émietté la végétation.

V

LA FORÊT QUI TOMBE

Celui que ses compagnons avaient désigné pour être le chef de l'escorte, était un individu à l'air résolu.

Mais si on l'avait choisi, c'était uniquement parce qu'étant le seul qui parlait quelques mots de français, il pourrait s'entretenir avec les voyageurs que le *padre* avait tout spécialement recommandés à ses amis et ouailles, les *compadres*.

Ce chef se nommait Domingo.

En prenant le commandement de la caravane, il avait reçu des instructions spéciales de la part du religieux. Aussi se montra-t-il très respectueux à l'égard des trois voyageurs, lorsqu'il eut, pour la première fois depuis qu'on était en route, l'occasion de leur adresser la parole.

Il s'était approché, le *sombrero* à la main et l'air souriant.

— Senores, dit-il, je crois prudent d'activer la marche, afin d'avoir dépassé la forêt que vous voyez là-bas, avant la tombée de la nuit.

Michot cligna de l'œil à son camarade, afin de faire comprendre à celui-ci que le *compadre* devait avoir un but caché pour parler ainsi.

Ravergy s'informa donc :

— Est-ce qu'il y a danger à traverser cette forêt?

— Probablement! répondit sans hésiter le chef de l'escorte.

— Et il n'y a pas moyen d'éviter cette dangereuse forêt? demanda Michot.

— Non, senor, pas moyen!...

Thérèse avait écouté et une expression d'inquiétude se peignit sur ses traits.

Le *compadre* s'en aperçut et se crut obligé de détruire en partie la mauvaise impression que ses paroles avaient produite.

— Malgré la crainte des obstacles que nous pourrions rencontrer d'un moment à l'autre, je dois toutefois dire à la senorita qu'il n'y a encore aucune apparence de péril.

Il avait tiré d'une des fontes de la selle, une lunette d'approche et la braquait sur la forêt dont on n'était plus bien éloigné.

— Je ne vois toujours rien, senorita, dit-il...

Il ajouta, s'adressant à Ravergy et à Michot :

— Mais ce n'est pas une raison pour que le danger que je redoute ne se produise pas d'un moment à l'autre.

— De quelle nature est ce danger? demanda Ravergy aussi étonné des paroles qu'il venait d'entendre que de l'air calme dont le *compadre* les avait prononcées.

Michot ne put retenir cette exclamation dont le sens échappa au chef de l'escorte :

— Tu demandes quel genre de danger?... Quel danger peut-on courir quand on traverse une forêt? Y rencontrer des brigands, parbleu!...

Si ce particulier qui nous sert de guide est si pressé de traverser la forêt avant la tombée de la nuit, tu ne peux douter, mon capitaine, qu'il craigne d'y rencontrer d'honnêtes gens de son acabit!

Le chef de l'escorte voyant que les deux voyageurs s'entretenaient, s'éloigna pour aller se remettre à la tête de la caravane.

Alors n'ayant plus à se gêner, Michot se laissa emporter en invectives contre le *compadre*.

— Ce gaillard-là est bien sûr un hypocrite et un fourbe! s'écria-t-il.

— Mais il est venu nous prévenir que nous risquons de courir un nouveau danger !... Ce n'est pas là un mauvais procédé, je suppose ! dit Ravergy.

— Toujours confiant, mon capitaine !... Ne vas-tu pas avoir de la reconnaissance pour ce bandit ?

Eh bien, moi qui n'ait pas, comme toi, le cœur plein de générosité, je pense que ce *compadre* ne nous a prévenus que pour nous donner le change...

— Mon cher Michot, dit Ravergy, ton bon sens habituel te fait, en ce moment, complètement défaut.

— Tu crois cela.

— Oui, certes, si ceux qui nous ont volé d'abord nos mules pour nous le revendre ensuite, avaient formé de sinistres projets contre nous, ils se dispenseraient de ces avertissements et de ces ruses. Ils sont, à présent, dix contre nous deux et n'ont pas besoin de se trouver avec nous dans une forêt pour nous dévaliser.

S'ils en veulent à nos jours et redoutent une résistance désespérée qui pourrait, peut-être, leur coûter cher, ils se seraient gardés de nous laisser partir avec une escorte de quelques-uns d'entre eux et se seraient empressés de nous attaquer et de se défaire de nous, là-bas, lorsque leur troupe était au complet.

— Ton raisonnement est juste et il se peut que je me trompe sur le genre de piège que nous tendent ces bandits, riposta Michot ; mais rien ne me persuadera que ces voleurs soient d'honnêtes gens. Qui vivra verra... attendons.

. . . .

On avait précipité l'allure des bêtes, ainsi que l'avait désiré le chef de l'escorte.

Celui-ci revint vers les voyageurs, au moment où l'on allait s'engager dans la forêt.

— Senores, dit-il, le moment est venu de vous tenir sur vos gardes ; je crois devoir vous prévenir qu'il faut redoubler d'attention en passant devant de grands arbres.

Michot ne put se contenir plus longtemps.

— Oui, interrompit-il, des bandits pourraient les choisir pour s'embusquer.

Nous aurons l'œil ouvert ! ajouta-t-il en tapant sur la crosse de son fusil.

Mais pas plus que devant les précédentes menaces de Michot, le chef de l'escorte ne prit de l'humeur.

Il se contenta de renouveler la recommandation qu'il venait de faire, et s'éloigna pour aller reprendre la tête de la caravane.

— Je le disais bien et nous voilà avertis, grommela Michot, c'est de derrière les gros arbres qu'on se jettera sur nous!

. . . .

La forêt que l'on allait avoir à traverser était une des plus épaisses que nos voyageurs eussent encore rencontrées en traversant les États du Mexique.

C'était une de ces forêts dans lesquelles, semblait-il, la hache n'avait encore été employée que pour tailler le chemin qui faisait communiquer les deux extrémités de la grande route que séparait l'immense étendue boisée.

Ce chemin, ainsi qu'on pouvait le voir, était bordé de grands arbres séculaires touffus, serrés les uns contre les autres, très bien disposés pour l'embuscade.

Au moment où la tête de colonne franchissait la lisière, nos trois personnages entendirent tout à coup un chant religieux.

C'étaient les *compadres* qui, avant de pénétrer dans la forêt avaient entonné un cantique.

Thérèse, très impressionnée, reprocha doucement à Michot d'avoir mal jugé les hommes qui avaient consenti à les escorter jusqu'à la Vera-Cruz...

— Ils éprouvent bien réellement une crainte! dit en terminant la jeune fille.

— A moins que ça ne soit un signal hypocrite! répliqua Michot qui ne voulait pas démordre de son opinion sur le peu de confiance que l'on devait avoir en des individus qui ne vivaient que de vols.

Mais son attention et celle de ses compagnons furent attirées par le spectacle qui s'offrit à leurs yeux.

A chaque pas, l'on pouvait, en effet, constater les traces du passage du terrible cyclone, dans sa course vertigineuse, ravageant, broyant, détruisant, emportant tout sur son passage.

Dans la profondeur des futaies, aussi loin que l'œil pouvait distinguer, on voyait, de ci de là, des arbres qui avaient été littéralement tordus par la trombe, d'autres, abattus, gisaient, masses feuillues, comme des cadavres de géants qu'au temps des forêts druidiques on recouvrait de branches; d'autres enfin, n'ayant pu toucher faute d'espace, étaient appuyés sur les arbres voisins qui avaient échappé aux mortels embrassements du cyclone.

C'était un grandiose et terrible spectacle, fait pour glacer d'épouvante les spectateurs de cette immense désolation.

Thérèse et ses deux compagnons subissaient une impression qui ravivait en eux le saisissement qu'ils avaient ressenti à l'approche du cyclone, au moment où il leur avait fallu chercher un asile dans la demeure des *compadres*.

Mais ils allaient bientôt éprouver des émotions bien autrement violentes.

Tout à coup, la voix du chef de l'escorte s'éleva pour donner un commandement; aussitôt toutes les mules partirent à fond de train, enlevées qu'elles étaient par de vigoureux coups de fouet.

Instinctivement, Michot avait donné de grands coups de talons dans les flancs de sa monture.

Il avait vu le danger terrible, imminent, et il criait à ses deux compagnons :

— Un arbre !... un arbre !

En même temps un chêne énorme s'abattait, et c'était véritablement miracle qu'il n'eut enveloppé dans ses branches toute la caravane.

Affolées, les mules galopaient furieusement, pendant que l'on entendait crier à l'avant comme à l'arrière : « Un arbre !... Un arbre ! » à mesure qu'un de ces géants de la forêt s'abattait avec d'effroyables craquements et des cliquetis formidables de feuilles.

Et, de la profondeur des taillis, des coups sourds se répercutaient, chaque fois que les victimes du cyclone succombaient aux blessures qu'elles avaient reçues pendant la lutte gigantesque des éléments déchaînés.

Soudain, un bruit semblable à un formidable roulement de tonnerre fit pousser à tous une même exclamation d'épouvante.

Le vent se levait furieux et grondait dans les futaies.

Maintenant c'était un ennemi qui, dans cette déroute des arbres, allait activer la fin pour les blessés restés encore debout.

Ce n'était plus un arbre qui s'abattait de temps en temps, c'étaient des bataillons entiers qui jonchaient le sol.

C'était toute la forêt qui menaçait de tomber, comme sapée par une armée d'invisibles bûcherons.

Et de refuge, nulle part pour se mettre à l'abri de l'horrible écrasement !

— Voilà le danger !... Voilà le danger dont nous étions menacés ! s'écriait Ravergy s'adressant à Michot qui, ayant saisi par la

— Arrêtez, mes amis!... arrêtez!... En voilà un qui tombe... (P. 1203.)

bride la monture de Thérèse, entraînait la pauvre bête dans une course folle.

A chaque chute nouvelle, Michot s'exclamait :

— En avant, mon capitaine, en avant!..

Le désarroi s'était mis dans l'escorte; les *compadres* cherchaient à se garer sans s'occuper des voyageurs.

C'était, comme après la déroute, un « sauve-qui-peut » général.

Bientôt ils eurent poussé en avant de telle sorte que Thérèse, Ravergy et Michot se trouvèrent séparés de ceux qui devaient leur servir de guides.

Il fallait à présent s'abandonner au hasard. Nos trois personnages pressaient les mules dans l'espoir de rejoindre l'escorte.

Celle-ci s'était dispersée, chacun des cavaliers cherchant à fuir, le plus rapidement possible, dans des directions différentes.

Toutefois ils s'appelaient de temps en temps, afin de pouvoir se grouper de nouveau, lorsque l'on serait arrivé à l'extrémité de la forêt.

Mais, hélas! on n'était pas près d'en atteindre la fin. Le danger augmentait à mesure qu'on avançait.

Les trois voyageurs passèrent par toutes les épouvantes, toutes les angoisses pendant cette épouvantable fuite; chacun oubliait le soin de sa propre conservation pour s'occuper de ses compagnons et se tenait prêt à leur porter secours.

Michot avait des yeux partout, afin de prévenir ses compagnons s'ils les voyait menacés.

On l'entendait crier :

— Un arbre!... Là!... à droite!... En avant, mon capitaine!

D'autres fois il leur disait :

— Arrêtez, mes amis!... arrêtez!... En voilà un qui tombe... devant nous !

Il fallait alors tourner l'obstacle et c'était, chaque fois, une perte de temps et un nouveau danger.

On entendit tout à coup des clameurs arrivant d'un point de la forêt.

Les appels se succédaient plus fréquents, plus distincts, et nos trois voyageurs purent s'orienter.

Bientôt ils aperçurent les hommes de l'escorte qui les appelaient.

Ceux-ci avaient réussi à se réunir dans une clairière où ils étaient désormais à l'abri de la chute des arbres.

Michot avait pris les devants, comme s'il eût voulu frayer un passage à ses deux compagnons.

En arrivant à la clairière, il sauta à bas de sa mule pour empoigner les brides des deux autres et les traîner.

Une exclamation accueillit nos personnages que les *compadres* entourèrent aussitôt.

Le chef de l'escorte prit la parole :

— Je vous avais prévenus que nous allions courir un danger, senores ; vous voyez que je ne me suis pas trompé.

Michot était embarrassé en songeant au jugement qu'il avait porté sur le *compadre*.

Mais il n'était pas homme à se mettre martel en tête pour si peu.

— Mon capitaine, dit-il, nous sommes en sûreté ici !... Mais nous perdrons du temps et la nuit va arriver avant que nous puissions nous remettre en route !...

Et, de fait, la clairière était maintenant entourée d'un véritable rempart de troncs et de branches, lesquels s'amoncelaient de plus en plus.

— Comment allons-nous pouvoir sortir d'ici ? prononça Ravergy qui voyait l'état d'inquiétude dans lequel se trouvait Thérèse.

— Nous en sortirons comme on sort d'une place assiégée ! répondit Michot...

— Mais quand ? demanda Thérèse.

Les *compadres* s'étaient, selon leur habitude, mis à prier et à chanter des cantiques.

. . . .

La journée allait tirer à sa fin. Déjà le soleil baissait, dorant de ses rayons les neiges des cimes dans la chaîne de montagne des Andes.

Il allait falloir se résigner à passer la nuit dans cette clairière, au milieu de cette forêt toute pleine de bruits sinistres, et en compagnie de malfaiteurs.

Thérèse se désespérait. Près de toucher au but, elle se voyait arrêtée par un obstacle qui pouvait retarder le voyage, peut-être pour plusieurs jours.

C'est à Ravergy qu'elle fit part de ses appréhensions et des angoisses dont elle était tourmentée.

Et lui qui, dans aucune circonstance de sa vie, n'avait connu la

peur ni le découragement, ne savait comment rassurer celle dont il
comprenait l'anxiété et dont il partageait les transes.

Michot, qui observait ses deux compagnons, devina ce qui se
passait dans l'esprit et le cœur de son camarade.

Il s'approcha en disant :

— Il faut prendre une résolution, mon capitaine, si nous ne voulons pas bivouaquer ici...

— Quelle est ton idée, Michot ?

A cette question, qui lui était adressée à brûle-pourpoint, le brave
garçon ne trouva rien à répondre tout de suite.

Mais il se fut bientôt ressaisi, et son caractère aventureux reprenant le dessus, il répondit :

— Ma foi, mon capitaine, si nous nous trouvions enfermés dans
une ville assiégée, et que nous y soyions exposés à mourir de faim
et de soif, que ferions-nous ?

Je te connais, mon capitaine, pour le moins aussi bien que je
me connais moi-même. Je crois donc que ton idée serait, en ce cas,
exactement la mienne, et tous deux, au risque de nous faire tuer,
nous tenterions de sortir de la ville entourée d'ennemis ; car, tous
deux, nous aurions fait cette réflexion, qu'il vaut mieux mourir d'une
balle, qui vous tue sur le coup, que de mourir de faim...

Ravergy, hochant la tête, Michot continua :

— Et si mamzelle Thérèse n'est pas tout à fait exposée à mourir
de faim, elle l'est assurément à périr de désespoir, et l'un vaut
l'autre...

— Ah ! vous comprenez bien ce qui se passe en moi, mon ami !
s'exclama Thérèse.

Vous parlez de ce que vous feriez, je suis prête à m'associer à
l'idée que vous pourriez avoir pour nous remettre en route... Parlez,
il n'est rien que je ne fasse pour arriver sans retard au port où nous
pourrons nous embarquer pour retourner en France !

— Eh bien ! mon avis est qu'il faut obliger ces bandits à cesser
de chanter des cantiques, et à nous aider à faire une brèche dans cet
amas d'arbres, au milieu duquel nous sommes emprisonnés.

— Mais ne s'y refuseront-ils pas ? dit Ravergy, qui prévoyait des
difficultés nouvelles.

— C'est toi qui me demandes cela, mon capitaine ?

Eh bien ! c'est moi qui vais aller leur commander de se mettre à
tes ordres.

Michot n'avait que quelques pas à faire pour se rendre au milieu des *compadres*.

Ceux-ci prenaient leurs dispositions en vue d'un campement.

Les uns s'occupaient de préparer les vivres, tandis que quelques-autres coupaient du bois.

Le chef de l'escorte, voyant l'un des voyageurs se diriger vers lui, se porta à sa rencontre.

— Tu vas venir causer avec mon capitaine, lui dit Michot.

Le *compadre* s'inclina, très respectueux des recommandations que lui avait faites le *padre* Benito.

— Je vous suis, répondit-il

Devant Ravergy, l'attitude du *compadre* fut tout aussi correcte, si nous pouvons nous exprimer ainsi.

— Le *senor* a désiré me parler? dit-il.

— Oui. Nous voulons savoir de vous comment vous comptez sortir d'ici?

— Mais nous allons d'abord y rester, *senor*... répondit le *compadre*, d'un air tout à fait naturel.

Thérèse l'interrompit par ces mots :

— Le religieux qui nous a recommandés à vous, ne vous a-t-il pas dit à quel point nous sommes pressés d'arriver à la Vera-Cruz?

— Je sais que vous avez hâte d'y arriver, senorita.

— Alors, nous devons nous attarder le moins longtemps possible dans cette clairière... Avez-vous pris vos dispositions pour cela?

Et comme le *compadre* hésitait à répondre, Michot répéta la question, d'un ton de fermeté, ajoutant :

— J'ignore ce que le *padre* vous a dit, mais ce que je sais parfaitement, c'est que nous voulons voyager pendant toute la nuit...

— C'est impossible, senor.

— Nous le voulons, vous dis-je ! répéta Michot en élevant la voix.

Il ajouta, toujours sur le même ton de véhémence :

— Nous sommes habitués, mon capitaine et moi, à mener rondement les choses... Donc, il faut se mettre, c'est notre désir, tous et tout de suite à l'ouvrage, pour faire une brèche, par laquelle nous sortirons d'ici.

Vous avez entendu : tous et tout de suite !...

— C'est impossible ! répéta le *compadre*.

— Pourquoi ? demanda Ravergy?

— Parce qu'il y aurait encore plus de danger à voyager la nuit, à travers cette forêt qui s'écroule, qu'il n'y en avait pendant le jour, et je dis aux senores et à la senorita que si nous nous hasardions à nous remettre en route, il est probable que pas un de nous ne sortirait vivant de la forêt.

Il ajouta, avec la plus grande politesse, qu'il comprenait parfaitement que les voyageurs eussent hâte d'arriver au terme de leur voyage, mais que ni lui, ni ses hommes n'avaient hâte d'aller dans l'autre monde.

— Et c'est ce qui arriverait fatalement, ajouta-t-il, si j'acceptais de me rendre au désir des senores.

Cette affirmation du *compadre* n'avait rien d'exagéré.

Il est positif que l'effrayant phénomène qu'il redoutait pour lui et pour ses compagnons se produisait fréquemment, et les défricheurs de terrains ont rencontré, parfois, de véritables plaines jonchées d'arbres immenses, là où s'élevaient, peu de temps auparavant, d'épaisses forêts.

Et parmi ces arbres, renversés par de terribles ouragans, il n'était pas rare de trouver des cadavres d'hommes ou de fauves, écrasés par la chute de ces arbres dix fois séculaires.

Force fut donc à Michot de ronger son frein.

— Alors, mon capitaine, nous allons rester ici, à bivouaquer?

— Vois-tu le moyen de faire autrement?

Thérèse ajouta :

— Ai-je besoin de vous dire que la peur du danger ne m'arrêterait pas si la mort, qui m'atteindrait ici, ne devait pas entraîner les plus terribles conséquences pour ceux qui attendent, là-bas, mon retour !...

— Soit, dit Michot, mais moi, je n'ai pas à me ménager ; personne, en France, n'attend mon retour...

Aussi, je peux bien m'exposer si cela me plaît.

— Que veux-tu faire ?

— Sortir d'ici, mon capitaine !... Sortir seul, pour aller voir si les arbres continuent de tomber...

— Et puis, ensuite?

— Ensuite, je reviendrai vous dire ce qu'il en est... S'il n'y avait plus de danger, rien ne nous empêcherait de nous remettre en route...

— Sans guides ? Tu perds la tête, mon pauvre ami ! prononça Ravergy avec émotion. Crois-moi, le sacrifice que tu ferais de ta vie ne servirait de rien... S'il n'y avait plus de danger, ces hommes de l'escorte ne s'arrêteraient pas ici !

Comme pour donner raison à Ravergy, la tempête qui, au moment du crépuscule, s'était apaisée, se déchaîna de nouveau avec violence.

Et on entendait le fracas produit par la chute des arbres.

— Écoute! dit Ravergy.

— Mille millions de tonnerres! s'écria Michot, tu as raison, mon capitaine, voilà cette forêt du diable qui recommence à tomber.

. . . .

La nuit approchait, et il fallait prendre les dispositions pour le campement.

Michot se chargea de ce soin.

De leur côté, les *Compadres*, après avoir suffisamment chanté leurs cantiques, songèrent à se restaurer.

Tous les dix s'assirent en rond pour prendre le repas en commun.

Nos trois voyageurs les entendirent rire et chanter pendant plusieurs heures.

Puis le silence se fit, interrompu seulement par des bruits sourds et des détonations lointaines.

VI

UNE SURPRISE

Nos trois voyageurs avaient passé la nuit en proie à l'anxiété.

Thérèse, après toutes les émotions de la journée, succomba au sommeil.

Sommeil agité, troublé par des cauchemars, car la pauvre enfant paraissait souffrir horriblement.

Ravergy et Michot, qui veillaient près d'elle, pouvaient suivre sur sa physionomie les impressions qu'elle subissait.

Parfois ses traits se contractaient et son corps avait des tressaillements convulsifs.

Puis, tout à coup, Thérèse ouvrait les yeux tout grands, sans que pour cela le sommeil l'eût abandonnée, car, presqu'aussitôt, ses paupières se fermaient de nouveau.

— Si vous la perdiez, mon bonhomme, vous n'auriez plus besoin d'argent!...
répliqua Michot. (P. 1211.)

Il avait été convenu que les deux compagnons de Thérèse prendrait la garde chacun à son tour. Mais ils n'observaient ni l'un, ni l'autre cette convention.

Claude prit alors le parti de laisser son ami veiller sur la jeune fille.

— Il est inutile que nous soyons deux attelés à la même besogne... Reste ici, toi, c'est plutôt ta place que la mienne... Moi, je vais faire ma ronde !

Il ajouta :

— On ne saurait prendre trop de précautions, mon capitaine.

Et, sans plus attendre, Michot jeta son fusil sur son épaule et s'éloigna dans la direction du lieu où les *Compadres* bivouaquaient.

Sur les dix, huit dormaient, tandis que deux factionnaires se promenaient de long en large, l'œil ouvert, se tenant prêts à tout événement.

En voyant s'approcher Michot, qu'ils n'avaient pas reconnu, à demi-masqué qu'il était par les branches d'un énorme cyprès, les deux hommes se mirent aussitôt sur la défensive.

Puis l'un deux cria en espagnol :

— Qui vive ?

— Français ! répondit l'ancien volontaire de 92. Rien que ça !...

Et, sans attendre qu'on lui en donnât l'autorisation, il franchit précipitamment la distance qui le séparait des deux *compadres*.

Ceux-ci l'accueillirent avec des marques de respect, et il eut été difficile, si l'on eût ignoré ce qui s'était passé précédemment, de s'imaginer que nos personnages voyageaient en compagnie de brigands de grand chemin.

Les deux *compadres* avaient salué le nouveau venu et paraissaient très satisfaits de pouvoir passer, en sa société, une partie de leur temps de faction.

L'un d'eux comprenait le français et, au moyen d'une pantomime expressive qui accompagnait les quelques mots de notre langue qu'il parlait, réussissait à se faire comprendre.

La conversation put donc s'engager entre les trois hommes, à condition toutefois que le *compadre*, dont nous venons de parler, traduirait les phrases pour son camarade.

De son côté, Michot espérait pouvoir obtenir des deux factionnaires des renseignements qu'il utiliserait afin de pouvoir, lui et ses deux amis, se remettre en route, cette nuit même, malgré le danger qui leur avait été signalé.

— Puisque vous comprenez le français, dit-il, nous allons causer.

Le *compadre* s'étant incliné, Michot continua :

— D'abord, l'ami, apprenez que nous voulons arriver à la Vera-Cruz le plus tôt possible.

— Eussiez-vous des ailes, dit le *compadre*, vous ne pourriez franchir la distance en moins de douze jours... Et comme nous n'avons, pour remplacer les ailes, que des mules, des chevaux et des ânes, il faut compter que nous n'atteindrons pas Vera-Cruz avant quinze jours.

— Et c'est pour abréger ce délai que nous voulons continuer notre route, sans perdre tout une nuit ici.

C'est impossible ! répondit brièvement le *compadre*.

Et il expliqua comment il se faisait que la forêt était si dangereuse à parcourir.

Les pluies torrentielles qui tombent dans les États du Mexique, pendant les trois mois d'hivernage, finissent par détremper le sol, très profondément.

Or les chutes d'arbres si subites sont un accident d'autant plus dangereux que la cause en est presque invisible.

Ce sont, pour la plupart, des arbres arrivés à l'état de décrépitude, dont toutes les racines sont desséchées, dont la moëlle est devenue poussière.

L'intérieur du tronc étant mort, il suffit d'un orage violent pour faire tomber ces vieux arbres.

Mais quand c'est comme aujourd'hui, un cyclone qui passe, il emporte, en même temps, les arbres les plus vigoureux qu'il déracine et projette au loin .

Voilà ce qu'apprit à Michot le *compadre*, afin de lui expliquer pourquoi il jugeait souverainement imprudent, impossible même, de se mettre en route, avant le jour.

Et il affirma que ses amis endormis, ainsi que le *padre* Benito, refuseraient irrévocablement de s'exposer à ce terrible danger.

— Eux, c'est possible ; mais dit Michot, est-ce qu'une bonne récompense ne mettrait pas au cœur de l'un de vous deux plus de courage qu'ils n'en ont, vos camarades ?

— Une... bonne récompense ! dit le bandit hésitant.

— Quel prix exigerez-vous pour nous servir de guide ? Combien de piastres enfin ?

— C'est que je n'ai qu'une existence, senor, et si je la perdais...

— Si vous la perdiez, mon bonhomme, vous n'auriez plus besoin d'argent !... répliqua Michot.

— C'est vrai, senor.

Mais je pense à une chose. Si le guide qui consentirait à se mettre à votre service était écrasé par un arbre, comment feriez-vous pour continuer votre voyage ? Il vous faudrait deux guides, pour le cas où il arriverait malheur à l'un d'eux et alors le prix serait doublé!

Michot avait une forte envie d'étrangler ce bandit qui luttait de finesse avec lui. Enfin, dit-il, quel serait votre prix?

Le *compadre* sembla calculer, puis il articula : vingt piastres...

— Pour chacun? interrompit Michot furieux.

— Oui, senor, et ce n'est pas trop.

— Eh bien, soit, va pour vingt piastres, dit Michot, qui courut prévenir ses compagnons du résultat de sa négociation avec les deux *compadres*.

Thérèse fut la première à approuver la combinaison.

— Il faudra débourser encore vingt piastres, mon capitaine.

Ravergy s'exécuta sans une observation, et Michot se chargea de prendre, avec les deux bandits, les dernières dispositions avant le départ.

Mais ce ne fut qu'après une heure de travail qu'on parvint à ouvrir une brèche, par laquelle passèrent les cinq personnes qui allaient s'exposer à traverser une partie de la forêt, au risque d'être écrasées par la terrible chute des arbres.

. . . .

Fort heureusement pour nos voyageurs le vent ne soufflait plus avec autant de violence.

Bientôt même il cessa tout à fait de faire entendre ses lugubres sifflements dans la profondeur de la forêt.

Michot, au moment où l'on quittait la clairière, avait pris la précaution de faire marcher les deux guides en avant.

Il avait dit à Ravergy :

— Je suis maintenant bien plus tranquille, mon capitaine, car nous serons en force, s'il prenait fantaisie à ces deux coquins de nous jouer quelque mauvais tour.

On a vu que Thérèse avait tout de suite accepté de traverser la dangereuse forêt.

Comme il avait fallu s'engager dans un étroit sentier, les deux *compadres* étant en tête de ligne, Michot s'était placé immédiatement derrière eux, afin de les surveiller.

Puis, venait Thérèse, que suivait Georges Ravergy. On marcha ainsi en file indienne, silencieusement, l'œil aux aguets et l'oreille attentive.

Bien que le vent ne soufflât plus que comme une forte brise, on entendait encore, de temps en temps, tomber un arbre.

Mais il semblait qu'après toutes les émotions de ce genre, qui s'étaient succédé pour eux, depuis qu'ils avaient pénétré dans la forêt, nos trois voyageurs s'y fussent habitués.

Ils commençaient donc à croire que le reste du voyage s'accomplirait sans accidents, quand, tout à coup, le guide Alvarez, qui, s'était approché, leur dit à voix basse :

— Senores, j'avais oublié de vous prévenir que la chute des arbres n'est pas le seul danger qui nous menace dans cette forêt...

Regardez là... et puis aussi de ce côté...

Tous les regards se dirigèrent dans les deux directions que venait d'indiquer le *compadre*.

Tout d'abord, nos trois voyageurs ne purent se rendre un compte exact de ce qu'ils apercevaient.

— Bah ! c'est un feu follet !... dit Michot, en voyant un point lumineux qui semblait voltiger dans les branches d'un arbre, tout près de l'endroit où l'on s'était arrêté.

— Il y en a plusieurs... dit Ravergy, en indiquant d'autres feux, qu'il venait d'apercevoir sur un autre arbre.

Puis, tout à coup, les points lumineux se déplacèrent, montant, descendant, se réunissant, pour se séparer de nouveau.

— Prenez garde ! crièrent en même temps les deux *compadres*, qui se mirent aussitôt sur la défensive, comme s'ils eussent craint d'être attaqués à l'improviste.

Instinctivement, Michot avait pris et armé son fusil.

Soudain, les feux mobiles se mirent à voltiger dans les branches et tout autour des voyageurs, avec une vélocité extraordinaire, se croisant dans l'espace.

L'obscurité empêchait nos trois personnages de se rendre compte de la cause de cette mobilité comme de la nature de ces points lumineux, qui brillaient et chatoyaient.

Mais, soudain, un cri strident se fit entendre, lequel sembla avoir donné un signal, car, aussitôt, tout un concert de cris du même genre, alternant avec des miaulements aigus, prolongés, s'éleva, répercuté par tous les échos de la forêt

— Des chats ! des chats sauvages !... cria Michot, en s'approchant de Thérèse, pour être prêt à la défendre contre une attaque des félins en fureur.

— Chats-tigres ! Chats-tigres !...

Cette fois, c'étaient les guides qui annonçaient aux voyageurs à quel genre d'ennemis ils avaient affaire.

Le nom de l'animal, poussé avec épouvante par les *compadres*, était bien de nature à jeter l'effroi dans l'âme de nos personnages.

Le chat-tigre, que l'on rencontre dans les forêts du Mexique, est un animal d'autant plus redoutable que, perfide par nature, il attaque avec une ruse consommée.

Il bondit et s'accroche des griffes à sa proie, qu'il laboure, mord, étrangle avec une telle cruauté, qu'il semble éprouver une féroce jouissance à faire souffrir sa victime.

Lorsqu'ils voyagent par bandes, les chats-tigres sont aussi redoutables que les léopards, les panthères, et autres grands félins.

Les deux guides, hommes déterminés, cependant, ne songeaient guère à résister à une attaque dans l'obscurité et ne pensaient qu'à y échapper par une fuite précipitée.

Ils savaient qu'ils étaient tombés au milieu d'une bande de chats-tigres de l'espèce la plus dangereuse, terribles chasseurs de nuit qui, lorsque la faim les dévore, deviennent furieux au point de se cramponner à l'homme et de se laisser tuer plutôt que de lâcher prise.

Il arrive que ces animaux sont atteints d'hydrophobie ; leur morsure est alors mortelle.

La bande des cruels carnassiers qui venaient de surprendre les voyageurs, dans leur marche à travers la forêt, se composait d'animaux qui, poussés par la faim, chassaient les oiseaux, les écureuils et même leurs propres congénères de la petite espèce.

C'est ce que les deux guides apprirent à Ravergy et à Michot, étonnés de les voir si alarmés.

— Il faut abattre ces chats-tigres, mon capitaine, si nous ne voulons pas qu'ils nous attaquent tous à la fois...

Nous n'allons pouvoir tirer qu'au jugé, parce que ces satanées bêtes font des bonds qui ne permettent pas de les viser...

Michot fut interrompu par un cri d'effroi poussé par Thérèse, sur qui venait de se jeter, du haut d'une branche, un chat-tigre, aux yeux brillants comme des escarboucles.

L'animal allait infailliblement labourer les chairs du visage de Thérèse, quand Ravergy le saisit par la peau et lui enserra la gorge à deux mains.

A demi étranglé, le félin criait avec rage.

Ce fut le signal d'une attaque générale.

Les chats-tigres accouraient de toute part, et se lançaient du haut des branches, furieusement, comme des animaux fantastiques.

Sans perdre la tête, Ravergy après avoir brisé le crâne du chat en l'écrasant sur un arbre, se prépara à protéger Thérèse contre une nouvelle attaque.

Michot, de son côté, épaulait son fusil et tirait.

— Coup double, mon capitaine! s'écria-t-il en voyant tomber, deux chats qu'avait atteints la même balle.

Mais il ne s'arrêtait pas après ce premier succès et, avec un rare bonheur, il réussissait à tout coup.

— Voilà une chasse qui pourra compter dans mon existence, mon capitaine!... dit-il.

Et de fait, un certain nombre de chats-tigres agonisaient, râlant sur le sol.

Les autres avaient pris la fuite.

Respirant enfin, après cette chaude alerte, les voyageurs jetèrent les yeux autour d'eux, et demeurent surpris en ne trouvant plus les deux guides. Un bruit de galop se fit entendre, au loin, dans la direction du campement qu'ils venaient de quitter.

Les deux guides s'étaient enfuis.

— Canailles! s'exclama Michot.

C'est tout ce qu'il trouva à dire, dans sa fureur pour stigmatiser la conduite des ouailles du *padre* Benito.

Et regardant Thérèse et Ravergy, il ajouta d'un air consterné :

— Pour le coup, nous voilà bien, mon capitaine!

.   .   .   .

Attristés et très abattus nos voyageurs réfléchissaient, se demandant quel parti leur restait à prendre, quand leur attention fut tout à coup attirée par un autre bruit lointain.

Tout d'abord il purent supposer que des bêtes féroces traversaient la forêt, à quelque distance, et allaient peut-être déboucher des taillis.

Croyant à une nouvelle attaque, Michot prenait ses dispositions pour le combat, quand il vit passer un cavalier qui suivait un sentier masqué par les arbres.

Bientôt d'autres cavaliers débouchèrent de plusieurs côtés à la fois.

C'étaient les hommes de l'escorte.

Réveillés en sursaut par le bruit des détonations, ils n'avaient pas tardé à constater la disparition de deux d'entr'eux et des trois voyageurs.

Aussitôt le chef avait donné à ses hommes l'ordre de quitter, en

toute hâte le campement, pour se mettre à la recherche des fugitifs.

Renseignés par les détonations qui se succédaient, ces hommes
habitués à courir les bois dont ils connaissaient les moindres sentiers, n'avaient pas tardé à être sur la piste de nos voyageurs.

Mais afin de les surprendre et de leur couper la route, ils s'é-
taient séparés pour se rallier au premier signal.

Aussi lorsque le cavalier qu'avait aperçu Michot eut découvert
l'endroit où se trouvaient les voyageurs, envoya-t-il le signal de ral-
liement aux autres *compadres*.

Ceux-ci se portèrent rapidement vers l'endroit d'où était parti
l'appel.

Bientôt ils eurent entouré les trois Français et le chef de l'escorte
s'informait, avec une politesse qui eut lieu de les surprendre, du
motif qui leur avait fait abandonner le campement.

— Est-ce que vous ne savez pas que nous avons hâte d'arriver
au terme de notre voyage? répondit Michot.

Ravergy ajouta :

— Vous vous refusiez à continuer la route par crainte du danger; nous avons décidé qu'il était préférable de nous exposer à tous
les dangers, plutôt que de perdre ici un temps précieux...

— Mais les *senores* ne connaissant pas la route, ont trouvé qui
pourrait les conduire, car j'ai constaté la disparition de nos camarades Alvarez et Antonio...

Ravergy releva la tête pour répondre avec fermeté :

— Vous ne vous trompez pas, deux des vôtres ont effectivement
consenti à braver, avec nous, le danger qu'il pouvait y avoir à traverser, de nuit, cette forêt...

— Et c'est moi qui me suis chargé de traiter l'affaire, moyennant vingt piastres! interrompit Michot qui voulait prendre toute la
responsabilité.

— Vingt piastres! répéta le chef de l'escorte en regardant d'un
air significatif les *compadres* qui faisaient cercle autour de lui.

Ravergy ne le laissa pas continuer.

Au surplus il n'était guère disposé à se soumettre plus longtemps
aux conseils de prudence du *compadre* en chef.

— Nous avons pris la décision, dit-il, d'une voix ferme, de ne
plus nous arrêter en route. Sachez donc que, pour un motif que nous
ne voulons pas qualifier, nos deux guides, nous ont quittés précipitamment à votre approche...

— Vous n'allez pas me voler, je suppose le produit de ma chasse ? (P. 1219.)

Et je vous demande, à vous qui avez pris l'engagement de diriger notre marche, si, oui ou non, vous voulez tenir scrupuleusement cet engagement ?

Le chef de l'escorte s'inclina d'un air de respect :

— Je tiendrai l'engagement que j'ai pris avec le *padre* Benito. Cependant je fais remarquer au senor qui me fait l'honneur de me parler, qu'il n'était pas convenu que deux de mes hommes recevraient, chacun, dix piastres de plus que chacun des autres.

— Ah! c'est là où tu voulais en venir, scélérat! grommela Michot, qui ne cessait, depuis un instant, de tourmenter la crosse de son fusil.

Ravergy lui fit signe de se taire, et s'adressant au bandit qui affectait de plus en plus le ton respectueux, il lui dit :

— Vous réclamez donc quelque chose?

— Simplement la justice, senor.

— Et cette justice doit se chiffrer par...

— Oh! tout simplement par une somme égale, pour chacun de nous, à celle qu'ont touchée Alvarez et Antonio...

— Encore des piastres?

— Tais-toi, Michot!

Et se tournant de nouveau vers le chef de l'escorte :

— Vous réclamez donc quatre-vingts piastres!

Le *compadre* répondit par un signe affirmatif.

Puis tout haut :

— Le senor voudra bien comprendre que notre seul but est de ne pas nous laisser voler par Alvarez et par Antonio qui sont deux déserteurs.

Michot ne put s'empêcher de répliquer :

— Et c'est pour cela que vous essayez de nous extorquer quatre-vingts piastres!... C'est là une façon à vous de comprendre la justice et de définir l'équité...

Eh bien, je puis vous dire que mon capitaine, — et c'est le seul d'entre nous qui possède de l'argent, — n'est pas le moins du monde disposé à se laisser intimider par vos prétentions et à se laisser dépouiller par vous...

— Tu te trompes, interrompit Ravergy, qui venait d'échanger, tout bas, quelques mots avec Thérèse. Je vais compter les quatre-vingts piastres que réclame notre guide...

— Le senor est juste et équitable! prononça le bandit, en présentant la main ouverte.

Michot, rageant, s'éloigna pour ne pas s'emporter en invectives contre le chef de l'escorte qui, très respectueusement et avec force remercîments, empochait les piastres.

Pendant ce temps les autres *compadres* s'étaient mis en devoir de ramasser les chats-tigres que Michot avait tués, et qui jonchaient le sol.

Michot s'élança vers eux, en s'écriant :

— Vous n'allez pas me voler, je suppose le produit de ma chasse ?

Je m'y oppose, ajouta-t-il d'un ton d'autorité, le gibier appartient à celui qui l'a tué !...

Le chef de l'escorte intervint.

— Le senor est dans son droit, dit-il, en adressant un imperceptible signe à ses hommes.

Tout fier de son succès, le camarade de Ravergy, apprit alors à ce dernier que la fourrure du chat-tigre avait une valeur marchande, et que ces peaux étaient même très recherchées.

— Ce sera pour nous une ressource, mon capitaine, ajouta Michot, enchanté que le hasard lui eût procuré l'occasion de faire cette chasse miraculeuse.

Nous trouverons à nous défaire facilement et à bon compte de ces fourrures, en arrivant à La Vera-Cruz, et cela aidera à rétablir l'état de nos finances.

Les animaux tués, ayant été réunis en un monceau, Michot les chargea en bloc sur sa mule ; comme on allait être obligé de marcher au pas, il se proposait de les dépouiller pendant la route.

Le chef de l'escorte ne tarda pas à donner le signal du départ.

VII

LA ROUTE DE VERA-CRUZ

Les voyageurs allaient pouvoir voyager pendant la seconde partie de cette nuit qui avait été marquée par les incidents que l'on sait.

Le chef de l'escorte connaissant parfaitement cette forêt, il dirigea la petite caravane par les sentiers les plus faciles.

Michot s'était, cette fois, placé à l'arrière-garde, car après tout ce qui s'était passé, il ne craignait plus une attaque de la part des guides.

Après les dangers qu'ils avaient courus, Thérèse et Ravergy, complètement rassurés toux deux, s'abandonnaient à l'espoir de voir se terminer ce voyage dans des conditions meilleures.

Les *compadres* s'entretenaient à voix haute, en patois espagnol, et aux éclats de voix, aux rires, dont ils émaillaient leur conversation, on pouvait juger de la satisfaction qu'ils éprouvaient.

Et ce n'était pas la chose la moins étrange de ce voyage si accidenté que de voir nos personnages qui avaient eu à lutter contre des ennemis de toute sorte, avoir pour guides et défenseurs les pires bandits de ces contrées infestées de malfaiteurs et d'aventuriers.

Mais nos trois voyageurs n'étaient pas encore au bout des fatigues. Ils avaient à franchir des cours d'eau, à tourner des montagnes, à escalader des rochers, à traverser des broussailles presque inextricables.

Cette marche de nuit, bien que ne présentant plus de dangers, devenait de plus en plus difficile, à mesure qu'on s'enfonçait plus avant dans la forêt.

Le chef de l'escorte, pressé par Ravergy d'avoir à prendre le chemin le plus court, avait fait observer que ce serait aussi le plus pénible à parcourir.

Mais Ravergy avait décidé que l'on ne tiendrait aucun compte de cette observation.

La nuit avait été fraîche, comme cela arrive souvent dans les régions tropicales.

Après plusieurs heures d'une marche très pénible pour les animaux, très fatigante pour nos voyageurs, le chef de l'escorte annonça à ceux-ci que l'on ne tarderait pas à atteindre l'extrémité de la forêt.

Moins d'une demi-heure plus tard, la caravane débouchait, en effet, sur un plateau aride et sablonneux, que coupait une route carrossable.

— Voilà le chemin qui vous mènera jusqu'à la ville où vous allez, dit le chef de l'escorte.

Il n'en fallut pas davantage pour donner du courage à tout le monde.

Quand la caravane fut engagée sur la route, qu'on ne devait plus quitter jusqu'à Vera-Cruz, le spectacle était magnifique.

On avait tourné une énorme montagne, à l'aspect imposant.

Le chef de l'escorte, en l'indiquant aux voyageurs, leur dit :

— C'est la montagne aux Cigales.

C'est ainsi que le *compadre* désignait la Chapultepec, dont le pic se voit à une grande distance, et dont les flancs énormes ont contenu, autrefois, des laves aujourd'hui refroidies.

C'est sur l'un des plateaux de ce gigantesque volcan éteint que le vice-roi Bernardo fit construire, pour sa résidence officielle, un magnifique palais au milieu d'un grand bois de cyprès séculaires, qui lui servait de parc.

Une particularité remarquable, c'est que les branches de ces énormes cyprès forment, à une grande hauteur, une coupole impénétrable aux plus ardents rayons du soleil.

Lorsque l'on parle sous cette coupole, la voix résonne longuement, comme cela se produit sous les voûtes monumentales.

Grande fut la surprise de Thérèse et de ses compagnon, quand le chef des *compadres* leur eut dit que cette montagne des Cigales se trouvait dans les environs de Mexico.

Il fallut, pour qu'ils ne fussent pas déçus, leur affirmer que l'on était à une grande distance de cette montagne, soit plus de six jours de bonne marche.

Thérèse, en apprenant que l'on avait fait plus de la moitié du chemin, poussa un soupir de soulagement ; elle retrouvait toute son énergie.

— Encore quelques jours, et nous pourrons remercier Dieu de nous avoir protégés dans toutes ces épreuves, qui auront pris fin !... dit-elle.

— Et ce ne sera pas trop tôt, mam'zelle ! s'exclama Michot qui, maintenant, était entouré des peaux de ses chats-tigres, qu'il avait dépouillés en marchant.

Mais celui qui s'amusait le plus de cet accoutrement bizarre, c'était assurément le chef de l'escorte.

Le *compadre* Domingo riait sous cape et, par moments, on pouvait le voir échanger des signes d'intelligence avec ses camarades de la bande.

. . . .

Nous ne nous étendrons pas sur la monotonie de ce voyage, pendant les trois jours qui suivirent.

Seul, Michot se préoccupait de savoir si l'on ne rencontrerait pas bientôt une auberge où l'on pourrait se restaurer, car il voyait la fatigue envahir davantage, chaque jour, la courageuse créature, dont l'âme était plus forte que le corps.

Chaque fois qu'on s'était arrêté pour prendre un repos indispensable, Thérèse cherchait à montrer une énergie plns grande, quand il s'agissait de repartir.

A mesure que l'on approchait du terme du voyage, les *compa-*

dres semblaient se consulter entre eux, ce qu'ils n'avaient pas fait jusque-là.

Ravergy et Thérèse ne remarquaient pas ces conciliabules ou n'y prêtaient pas attention. Mais Michot s'en inquiétait. Il n'avait refoulé qu'à grand'peine, et pour obéir à son camarade, les soupçons qu'il avait eus sur les mauvaises intentions des guides que leur avait donnés le *padre* Benito. Aussi ne se fiait-il plus beaucoup à ces hommes, à présent qu'il les voyait causer avec animation, ayant même l'air de discuter, comme s'il se fût agi d'un marché.

— Qu'est-ce qu'ils peuvent bien ruminer, ces coquins-là? se demandait-il, quand il les voyait prendre un peu d'avance, pour pouvoir causer plus librement.

Cependant, malgré cela, les guides se montraient toujours aussi réservés, aussi respectueux qu'au départ.

Le chef de l'escorte ne s'était pas départi de sa ligne de conduite.

Toujours aussi obséquieux, il ne manquait jamais de s'incliner avant de s'adresser à l'un des voyageurs.

Le matin du quatrième jour, comme la caravane n'était plus qu'à une courte distance d'une hôtellerie, ce chef vint demander à Ravergy s'il désirait s'y arrêter.

L'extrême fatigue de Thérèse exigeant un repos de quelques heures, on poussa droit sur l'hôtellerie.

Mais à la grande surprise de tous, l'aubergiste qui se tenait sur le pas de la porte, déclara qu'il n'avait pas de place dans l'hôtellerie même pour un seul voyageur et que les écuries étaient pleines, au point qu'une mule n'y pourrait trouver un coin.

Michot qui s'était tenu à côté du *compadre* se fit traduire la réponse de l'aubergiste.

Il apprit qu'un grand nombre de personnes quittaient en toute hâte la Vera-Cruz où venait de se déclarer une épidémie de fièvre jaune, d'une violence extrême.

Et c'était dans cette ville empestée, ravagée par le terrible fléau, que Thérèse ne pouvait se dispenser de se rendre, sans retard.

Epouvanté, Michot alla rejoindre Ravergy pour lui communiquer l'affreuse nouvelle.

— Oui, c'est une mort foudroyante qui nous attend dans cette ville maudite où nous nous rendons...

Et nous laisserons notre amie s'y exposer?

— Que faire? Que faire? balbutia Ravergy désespéré.

— Moi, je suis d'avis de tout dire à mademoiselle Thérèse...

Il faut qu'elle sache que ni chez les Esquimaux, ni chez les Peaux-Rouges, ni dans l'autre de cette bête féroce qui s'appelait Delaverne, elle n'a été autant en danger qu'elle va l'être dans cette maudite ville.

Et lorsqu'elle saura à quoi elle s'exposerait, ce sera à elle de décider...

Quant à nous, mon capitaine, nous n'aurons qu'à obéir.

. . . .

Ce fut Ravergy qui se chargea de prévenir Thérèse.

La réponse de l'énergique fille de Jacques Valomer fut catégorique :

— S'il existe une autre ville où je puisse m'embarquer pour la France, je suis prête à renoncer à entrer dans la ville où sévit l'épidémie qui, dites-vous, en chasse les habitants.

Le chef de l'escorte, appelé à donner des renseignements à ce sujet, répondit qu'en dehors du port de Vera-Cruz, il n'y avait que celui de Tampico où l'on pourrait trouver des navires faisant la traversée pour l'Europe; mais il ajoutait que cette ville de Tampico était très éloignée du lieu où l'on se trouvait et que, bien certainement, il faudrait y attendre longtemps un bâtiment en partance.

— Alors, dit résolument Thérèse, j'irai à Vera-Cruz.

— Nous irons à Vera-Cruz, dit à son tour Ravergy.

— A Vera-Cruz!... s'écria Michot.

Et, s'adressant au *compadre* qui avait assisté à ce court entretien, il lui dit :

— Puisqu'il n'y a pas de place dans cette auberge, nous allons camper sur la route et mon capitaine et moi nous saurons bien préparer le repas.

Puis, après, nous nous remettrons en route...

— Pour la Vera-Cruz? demanda le bandit très supris de cette décision.

— Certainement!... C'est convenu, entendu, et il n'y a pas à y revenir.

Donc, allez prévenir vos hommes, car il m'a semblé m'apercevoir qu'ils ne se souciaient guère de continuer de nous accompagner jusqu'à la ville.

Et Michot, après avoir parlé d'un ton de commandement, tourna le dos au *compadre*, afin de tout disposer pour la halte.

Or, pendant que nos voyageurs prenaient le repas que Michot s'était chargé de préparer, ils virent défiler de nombreux convois et caravanes qui prenaient les uns la direction de Mexico, les autres celle de Xalapa, ville renommée pour la salubrité de son climat.

Et tous les voyageurs qui passaient, s'arrêtant devant l'hôtellerie, y communiquaient à ceux qui s'y trouvaient les nouvelles les plus alarmantes...

— C'est une véritable débâcle, mon capitaine! dit Michot qui était était allé aux renseignements.

Mais, nous l'avons dit, rien ne pouvait arrêter Thérèse dans l'acplissement de sa mission.

Et, pressée de partir, elle priait ses compagnons de prévenir les guides.

Pendant que ceux-ci sellaient les montures, Thérèse voulut s'entretenir avec ses deux compagnons au sujet des éventualités qui pourraient se produire.

Il s'agissait de prendre des dispositions, afin que chacun sût ce qu'il aurait à faire, au cas où il arriverait malheur à l'un d'eux.

Ce fut Thérèse qui prit la parole :

— Vous savez, mes amis, à quel danger nous allons être exposés, dit-elle.

Si le ciel a décidé que je doive mourir dans cette ville où sévit ce terrible fléau, c'est à vous, Georges, que je lègue le soin de continuer la tâche que j'ai entreprise...

— Dieu ne permettra pas qu'un autre que vous rapporte en France cette précieuse lettre, dit Ravergy.

— Elle est là, mon ami! interrompit Thérèse, en appuyant la main sur son cœur.

Elle ajouta, en essayant d'assurer sa voix qui tremblait :

— Si je meurs, Georges!... Vous savez à qui il faudra la remettre?

— A Me Gardelle dont vous m'avez parlé et m'avez donné l'adresse, rue Saint-Louis-en-l'Ile!...

En prononçant ces mots, Ravergy avait grand peine à contenir son émotion.

Se tournant vers son camarade :

— Tu as entendu, Michot, dit-il; et comme il peut se faire qu'il me soit impossible d'accomplir la mission dont j'aurai hérité, c'est à toi que reviendra la tâche de porter cette lettre à son adresse.

—Mille millions de tonnerres! s'écria Michot, ils nous ont volé nos mules!... (P. 1229.)

— C'est-à-dire, répondit Michot, que si ce damné fléau vous emporte tous les deux, il me sera interdit de me faire sauter le caisson pour aller vous rejoindre?

— Absolument interdit, mon brave camarade, dit Ravergy, et j'exige que tu t'y engages.

— Eh bien, soit : je le jure; mais la lettre une fois remise!...

Ah! mille millions de cartouches, quelle jolie danse exécutera cette misérable boule.

Et, en parlant ainsi, il se frappait le front en feignant de rire, pour cacher les larmes que lui arrachait la pensée de survivre à tout ce qu'il aimait en ce monde : Ravergy et Thérèse!...

.   .   .   .

Quand la petite caravane se fut mise, de nouveau, en route, nos trois voyageurs n'avaient plus la même énergie.

L'espoir qui les avait soutenus s'évanouissait, et de sombres pensées s'agitaient dans leur esprit.

Et comme s'ils eussent eu le pressentiment qu'ils seraient bientôt séparés pour toujours, ils éprouvaient le besoin de se rapprocher.

Bien tristement continuait cette marche que, la veille encore, on cherchait à précipiter le plus possible.

Avec quelle joie on eut, hier encore, accueilli l'annonce que l'on allait bientôt découvrir, au tournant de la route, la ville de la Vera-Cruz, dans le lointain!

Tout était changé maintenant. Et lorsque le chef de l'escorte eut indiqué du doigt la ligne bleue qui coupait l'horizon, et dit :

— Senores et senorita, regardez, là-bas, c'est la mer!

C'est avec un même serrement de cœur que Thérèse et ses deux compagnons accueillirent ces paroles qui, naguère encore, les eussent fait tressaillir de bonheur.

En dirigeant leur regard vers la ville, que l'on distinguait vaguement dans la grisaille du lointain, il leur semblait que la cité maudite était enveloppée d'un immense voile de deuil.

Sur sa mule au milieu d'un rempart de peaux de chats-tigres, le pauvre Michot faisait maintenant triste figure, plongé qu'il était dans d'amères réflexions.

Il regardait à la dérobée ces deux êtres qu'il affectionnait également, pleins de vie aujourd'hui, et qui, demain peut-être, ne seraient plus de ce monde!

.   .   .   .

Le chef de l'escorte avait quitté la tête de la petite caravane, pour venir annoncer aux voyageurs que l'on allait bientôt approcher des remparts de la ville.

Mais il restait encore à affronter les sables brûlants dont les dunes servaient de remparts avancés à la cité.

Ce sont d'ailleurs ces dunes, dont la hauteur atteint celle de véritables collines qui, en empêchant la circulation de l'air, enferment, dans la ville déjà malsaine, les miasmes qui déterminent l'explosion d'effroyables épidémies.

En les montrant aux voyageurs, le chef de l'escorte avait dit à ceux-ci :

— Nous nous arrêterons là !...

Thérèse et ses compagnons avaient supposé qu'on prendrait là un repos avant de fournir la dernière étape.

Aussi leur stupéfaction fut grande quand, après avoir encore marché l'espace d'une lieue, les *compadres* firent tout à coup halte, comme on était arrivé à proximité d'une énorme dune qu'on eût dit placée là comme une fortification avancée pour défendre les approches de la ville.

Croyant à un simple repos, Thérèse, Ravergy et Michot avaient mis pied à terre, et laissant à un de leurs guides le soin de mener boire les mules à un ruisseau à moitié desséché, ils se mirent à causer avec le chef de l'escorte, s'informant du temps qu'il fallait encore pour atteindre le terme du voyage.

Le *compadre* sembla calculer mentalement pendant quelques secondes.

Puis il répondit :

— Senores qui m'avez fait l'honneur de m'interroger, je répondrai qu'à pied on peut bien mettre, en marchant bon pas, à peu près une heure, mais guère plus...

— A pied ; mais à dos de mules ? interrompit Michot.

— Je puis dire au senor que l'on mettrait peut-être plus de temps.

— Pourquoi cela ?

— Mais, senor, parce que les mules ont plus de peine que nous à franchir les dunes... Ça va encore pas mal pour monter, mais c'est pour descendre de l'autre côté que ça devient plus difficile.

D'ailleurs, les voyageurs qui suivent le même chemin que vous allez prendre, ont l'habitude, pour ne pas retarder leur marche, de conduire leurs montures par la bride...

Vous voyez, senores et senorita que, dans ces conditions, vos mules ne vous serviraient pas à grand'chose...

Depuis quelques instants Ravergy, tout en écoutant, observait le *compadre*.

Il lui semblait que le bandit avait, selon l'expression consacrée, « une idée de derrière la tête ».

Une phrase, prononcée par le chef de l'escorte, l'avait frappé et lui donnait à réfléchir.

Le *compadre* avait dit : « Les voyageurs qui suivent le même chemin que vous allez prendre... »

Ravergy se demandait ce que le guide avait voulu faire entendre au juste.

Celui-ci comptait-il simplement indiquer le chemin à suivre ?...

Michot avait eu la même impression que son camarade. Aussi, peu habitué comme il l'était à prendre des précautions pour parler aux gens, se campa-t-il devant le bandit, pour demander à celui-ci ce qu'il comptait faire.

— Mais, senor, répondit d'un ton patelin le chef de l'escorte, je compte tenir les engagements que j'ai pris avec le *padre* Benito.

— Nous savons, mon capitaine, mademoiselle et moi, que vous vous êtes engagés, vous et vos hommes, à nous conduire à la Vera-Cruz...

Le senor se trompe un peu, très peu : nous avons promis, en effet, au *padre* Benito, que nous vous rendrions le service de vous indiquer la route... C'est ce que nous avons fait.

— La route?... La route?...

— Le senor peut voir que j'ai tenu mon engagement : voici la route; elle continue tout droit jusque dans la ville... Il est impossible de se tromper.

J'ai promis, en outre, au *padre* Benito que je m'arrangerais pour qu'il ne vous arrive rien de fâcheux pendant le voyage; et le senor peut me rendre cette justice que j'ai tenu la seconde promesse aussi exactement que la première. Est-ce la vérité, senor?

— La vérité, répliqua Michot qui commençait à avoir la bile échauffée, c'est que vous allez nous conduire jusque dans la ville... Nous l'exigeons, entendez-vous ?

— Que le senor me permette de lui faire observer que ce serait m'exposer à un danger...

— Est-ce que nous n'allons pas nous y exposer, nous-mêmes?...

— Mais ce n'est pas le même danger, senor! fit en s'inclinant le *compadre*.

Car il était à remarquer que, plus Michot montrait d'emportement, plus le bandit de grand chemin affectait le ton respectueux.

Le chef de l'escorte ajouta:

— Nous sommes acclimatés, nous autres, et nous n'avons pas

à redouter d'être atteints de la maladie qui s'attaque aux gens étrangers au pays...

— Mais alors que crains-tu donc?

Pour la première fois, depuis qu'il avait pris le commandement de l'escorte, le *compadre* affecta le ton dégagé pour répondre ;

— Je vous avouerai, senor, que je ne tiens pas le moins du monde, — et mes amis pas davantage, — à me trouver en présence de certains personnages qui font métier d'arrêter les honnêtes gens de mon espèce...

— Des agents de police, sans doute?...

— Le senor les appelle comme cela; pour nous ce sont de bas alguazils, fort méprisables...

— Méprisables à votre point de vue?

Le *compadre* s'inclina en souriant.

— Vous voyez, senores, dit-il, que je vais être obligé de vous saluer et de repartir tout de suite.

D'ailleurs, vous pouvez voir que mes hommes sont déjà en route et que je n'ai que tout juste le temps d'aller les rejoindre.

En prononçant ces mots, et comme s'il eût prévu que les deux hommes pourraient s'opposer à son départ, le bandit salua et se mit à courir dans la direction qu'avaient prise les autres *compadres*.

— Mille millions de tonnerres! s'écria Michot, ils nous ont volé nos mules!...

En même temps, il prenait son fusil, l'armait vivement et couchait en joue le bandit.

Mais Ravergy abaissa l'arme avant que le coup ne partît.

— Voleur! voleur! criait Michot mis ainsi dans l'impuissance de se venger.

Voilà bien ce que je soupçonnais, continua-t-il. Je me doutais bien que ces mâchonneurs de prières nous réservaient quelque coup de leur façon, avec leurs airs mielleux et leur échine toujours souple, quand ils nous parlaient...

Voilà bien pourquoi il nous a dit que l'on arriverait plus vite à pied et que nous n'aurions plus besoin de nos mules...

Et moi qui comptais faire de l'argent avec ma chasse!...

Certainement, à ce qu'avait dit le chef de l'escorte, nos voyageurs allaient avoir de nouvelles difficultés à vaincre, et non les moindres qu'ils eussent rencontrées depuis leur sortie de Mexico.

Des dunes ils tombaient dans d'inextricables marécages.

L'air était saturé de miasmes; des mares d'eau croupie marquaient, comme de lèpre, cette plaine d'une lieue d'étendue.

On peut se rendre compte de la peine qu'avaient nos voyageurs à marcher sur ce sol, alternativement pierreux ou visqueux, et par une température de plomb.

Michot, selon son habitude, marchait en avant afin de servir d'éclaireur à ses compagnons.

Parfois il était cependant obligé de les aider à se tirer des fondrières dans lesquelles on se trouvait tout à coup engagé.

Il était seul à maudire cet horrible pays et à rager contre la fatalité, car Thérèse et Ravergy acceptaient stoïquement la situation.

On marchait depuis deux heures déjà, et l'on n'atteignait pas encore les portes de la ville.

Il fallait, pour y arriver, franchir un dernier rempart de dunes.

Après toutes les fatigues déjà subies, c'était un nouvel obstacle qui se présentait et devant lequel nos trois personnages durent s'arrêter pendant quelques instants.

Au moment où il allait pénétrer dans la cité contaminée, Michot était, pour la première fois de sa vie, saisi d'une frayeur insurmontable

Ce n'était pas la peur de la mort qui le faisait tressaillir. Il l'avait cent fois affrontée sur le champ de bataille. Mais il ne pouvait se faire à l'idée que les deux amis qui étaient là, devant lui, auraient peut-être, dans quelques heures, cessé d'exister.

Cette horrible pensée déchirait son cerveau à le rendre fou.

Il cherchait à se ressaisir, ne voulant pas que ses deux amis pussent lire sur son visage ce qu'il éprouvait au fond de l'âme.

— Allons, mon capitaine, dit-il avec un effort pour assurer sa voix, il faut monter à l'assaut!...

S'il se fût écouté, il eût serré dans ses bras le camarade affectionné, ainsi qu'il avait l'habitude de faire, quand tous deux attendait l'ordre de se jeter, tête baissée, sur les bataillons ennemis, dont les fusils vomissaient la mort.

Mais il comprit qu'il fallait épargner une émotion à Thérèse, et il se contenta de serrer, à la dérobée, la main à Ravergy.

. . . .

Après qu'ils eurent pris le repos nécessaire, Ravergy donna le signal pour l'escalade des dunes.

Michot s'engagea, le premier, sur la colline de sable, ce qui n'était pas sans présenter quelque difficulté; le soleil dardait à pic et l'absence complète de vent, bien qu'on eût pu espérer avoir la brise de mer, rendait l'ascension pénible.

Mais nos personnages étaient loin de soupçonner ce qui allait encore leur arriver, quand il auraient réussi à franchir les remparts de sable.

De l'autre côté des dunes, l'atmosphère lourde, pleine d'émanations, rendait la respiration tellement difficile que, par moments, on était obligé de s'arrêter, à bout de souffle, comme après une course précipitée.

C'était une de ces journées tropicales telles qu'il s'en présente souvent dans le golfe du Mexique et qui ont donné naissance à ce dicton familier aux marins : « Il fait si chaud que les poissons sont au court-bouillon. »

Pour Thérèse et ses compagnons d'infortune, à l'intensité insupportable de la chaleur, s'ajoutait la crainte d'être saisis par le fléau qui sévissait dans la ville, et foudroyés, tous ensemble.

Jusque là, en effet, ils n'avaient paré qu'à une éventualité ; mais, la pensée ne leur était pas venue qu'ils pussent tous trois succomber à l'atteinte de l'horrible épidémie.

L'état de malaise qu'ils subissaient à présent, au même degré, par le manque d'air respirable, leur faisait entrevoir cette épouvantable perspective.

Cherchant toutefois à se dissimuler mutuellement leurs transes, ils continuaient de marcher, même ils s'efforçaient de précipiter le pas qui, malgré la force de volonté de chacun, s'alourdissait de plus en plus, sur un sol brûlant et que rasaient, comme un vol d'oiseau de mort, les miasmes pestilentiels.

— Chien de pays ! grommelait Michot qui sentait son énergie s'user dans cette lutte contre les éléments.

Et il pensait, en regardant avec compassion les deux êtres qui suivaient, silencieux, résignés en apparence, mais dont il devinait les angoisses à en juger par celles qu'il subissait lui-même :

« Pourvu qu'ils puissent arriver tous deux sains et saufs ! »

Tout à coup ses regards furent attirés vers un point, en avant, où le sol semblait se mouvoir.

Etait-ce une illusion, un mirage ou une sensation de vertige produit par la chaleur de plomb qui pesait sur lui ?

C'est ce que s'était demandé Michot.

Mais bientôt le doute ne fut plus permis. Le sol remuait comme s'il eût été soulevé par quelque commotion souterraine.

— Qu'est-ce que cela? ne put s'empêcher de s'écrier Michot qui voyait maintenant d'autres oscillations du même genre se produire à droite et à gauche.

Il rétrograda vers ses deux compagnons, afin de leur faire part de ce qu'il avait observé; mais Ravergy et Thérèse avaient déjà remarqué ce que leur compagnon considérait comme un phénomène.

Ils pouvaient voir à présent s'élever au-dessus du sol trois masses noires qui augmentaient de volume à mesure qu'elles montaient.

La masse qu'ils apercevaient semblait une armée qui se développe, avec son centre et ses deux ailes, pour prendre ses dispositions en vue de la bataille imminente.

Et de fait, nos voyageurs allaient subir l'assaut d'une armée formidable de moustiques.

C'est un des fléaux de cette partie de la contrée.

L'Etat de Vera Cruz en est particulièrement infesté.

Tous les rapports des voyageurs qui ont parlé du moustique, sont restés bien au-dessous de la réalité.

Thérèse et les deux hommes allaient en faire la cruelle expérience.

C'est en vain qu'ils eussent cherché à éviter le contact, par une retraite précipitée.

L'armée des terribles insectes étendait démesurément ses deux ailes, pour un mouvement tournant qui, exécuté avec la promptitude voulue, allait enfermer l'adversaire dans un cercle d'où il n'était plus possible de sortir.

En effet, nos trois voyageurs se trouvèrent, en moins de quelques minutes, complètement enveloppés dans une véritable nuée formée par des milliards de moustiques qui poussaient à la fois leur assourdissant chant de guerre.

Et la nuée bourdonnante devenait plus épaisse, plus compacte, à mesure que d'autre bataillons venaient la grossir sans cesse.

On ne pouvait espérer la voir se disperser après avoir pris si rapidement position dans cette plaine marécageuse.

C'était, pour les voyageurs, si rien ne venait mettre en déroute ces innombrables ennemis, la mort horrible par la suffocation, car ils étaient maintenant menacés d'avoir les voies respiratoires envahies, obstruées, puis définitivement bouchées par des cohortes d'insectes, tandis que d'autres s'acharneraient sur toutes les parties du corps qui ne seraient pas à l'abri de leurs piqûres.

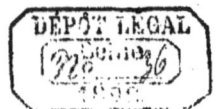

— Cachez vos mains, mademoiselle; criait Michot harcelé, lui aussi, par des piqûres...
(P. 1233.)

Aussi, se voyant attaqués, Ravergy et Michot s'étaient-ils immédiatement portés au secours de Thérèse.

Ils avaient rabattu sur le visage de leur amie, les plis d'une mante qu'elle portait en guise de coiffure.

— Cachez vos mains, mademoiselle; criait Michot harcelé, lui aussi, par des piqûres qui se multipliaient à l'infini.

Ou avait été forcé de s'arrêter, de s'accroupir, de se couvrir le mieux qu'on pouvait, afin de laisser le moins de prise possible à la redoutable invasion.

Mais la situation s'aggravait de minute en minute et l'on ne pouvait prévoir le moment où l'on serait débarrassé de cette nuée que, seul, un vent violent eût pu réussir à emporter plus loin.

Les moustiques prennent, effectivement, la fuite quand le vent se lève et les charge avec impétuosité.

On peut voir dans ce cas des nuées d'insectes aller chercher un abri derrière les rochers où ils resteront jusqu'à ce que le vent ait cessé de souffler.

Mais, hélas ! pendant cette journée torride, pas le plus léger souffle d'air. Les insectes pouvaient stationner tout à leur aise dans la plaine et la couvrir comme d'un immense linceul.

Dans ces conditions, c'était l'issue fatale, la mort après la plus affreuse agonie.

Après avoir voulu braver, en allant à Vera-Cruz, les atteintes d'une effroyable maladie épidémique, voilà que l'on succomberait fatalement aux portes de la cité contaminée, à moins d'un secours inespéré.

VIII

DÉROUTE !

Accroupis, au milieu de cette masse acharnée à les attaquer de toute part, Thérèse, Ravergy et Michot semblaient accablés et prêts à succomber.

Ils avaient réussi à se rapprocher les uns des autres, afin de pouvoir se parler. Dans l'horrible situation où ils se trouvaient, il y avait urgence à communiquer ensemble, afin de savoir si l'un des trois aurait trouvé un moyen de salut.

Michot, se sentant à côté de son camarade, se mit à crier à travers le morceau d'étoffe dont il s'était couvert le visage :

— Est-ce que tu as une idée pour essayer de sortir d'ici, mon capitaine ?

— Non ! répondit, dans un cri, le malheureux, étouffé à demi.

Un souffle râlant se fit entendre. C'était l'infortunée Thérèse que menaçait la suffocation par le manque d'air respirable.

— Georges!... Georges! appela-t-elle d'une voix haletante.

Celui dont on prononçait le nom se traîna, guidé par la voix.

Il put entendre, murmurée, cette exclamation qui alla retentir au plus profond de son être :

— Georges,... vais-je donc mourir ici?...

N'y aura-t-il personne pour nous porter secours?...

Nous laisserez-vous périr, ô Seigneur Dieu?

En entendant ces paroles que le désespoir arrachait à Thérèse à bout d'énergie, Michot avait poussé un rugissement de fureur, dans son impuissance à porter secours à celle qui se lamentait, s'adressant désespérément à la providence.

On l'entendit crier d'une voix étouffée :

— Mille millions de tonnerres, c'est trop bête de mourir comme ça!...

Puis s'animant, dans un accès de rage, il vociféra :

— Mon capitaine, il ne sera pas dit que des moustiques seront venus à bout de nous!...

Craignant de la part de son ami, une imprudence qui pourrait coûter la vie à ce dernier, Ravergy répondit vivement :

— Garde-toi bien de découvrir ton visage ou tes mains, car tu subirais d'atroces souffrances!...

— Alors, il faudrait mourir étouffés, tous les trois, ou nous laisser dévorer? Il faut agir, mon capitaine, il faut agir!

— C'est inutile, mon ami!... Je te le répète, il faut attendre...

La voix de Thérèse vint interrompre la recommandation que Ravergy faisait à son camarade.

— Mes amis, dit l'infortunée à bout de souffle, n'oubliez pas, l'un et l'autre, ce dont nous sommes convenus!... La lettre!... La lettre!...

La voix cessa tout à coup de se faire entendre.

Thérèse n'avait pu ajouter un mot à ce qu'elle venait de dire.

La pauvre créature éprouvait l'horrible sensation qu'elle avait déjà ressentie au moment où elle allait être complètement ensevelie dans la plaine de sable.

Ravergy et Michot poussèrent un même cri de douleur, à l'idée que Thérèse avait succombé...

Alors oubliant toute prudence, les deux hommes n'eurent plus qu'une pensée, la crainte de ce qui avait pu arriver à leur amie...

Ils allaient se mettre le visage à nu, quand, fort heureusement, on entendit distinctement un bruit de voix, comme si plusieurs personnes eussent parlé à la fois...

— Mon capitaine,... as-tu entendu ?

— Oui !... On parle... non loin d'ici !

Et Ravergy reprenant espoir ajouta s'adressant à son amie :

— Thérèse !... On vient peut-être à notre secours !...

— J'entends,... j'entends ! balbutia la jeune fille.

Puis un silence pendant lequel les trois infortunés prêtèrent attentivement l'oreille.

Ils purent bientôt se rendre compte qu'un certain nombre de personnes se trouvaient dans la plaine, et ils ne comprenaient pas que ces gens s'exposassent à se laisser envelopper comme eux par l'armée de moustiques.

Ils ne purent douter, en effet, que l'on s'approchait, car maintenant on pouvait entendre parler, tout près.

Quant à comprendre, c'était autre chose. Ceux qui marchaient s'exprimaient en espagnol.

Seul, Ravergy comprenait quelques mots, tels que ceux-ci : *Mosquitos,... fuego.* »

Ces individus parlaient de « moustiques et de feu. »

En tout cas, ils approchaient de la nuée d'insectes, à visage découvert et comme s'ils eussent eu le passage absolument libre.

Comment avaient-ils pu se hasarder ainsi ?... Quel moyen avaient-ils donc de circuler librement, sans crainte de leurs piqûres, au milieu du nuage d'insectes ?

Le mot « fuego » revenant à la pensée de Ravergy, celui-ci supposa que les individus qu'on entendait parler, employaient le « feu » comme moyen préservatif.

Bientôt il éprouva une impression toute différente : le bourdonnement des millions d'insectes devenait moins fort ; il semblait diminuer rapidement. Au bout de quelques minutes, on ne le percevait plus que, par moments, comme si une des ailes de l'armée mise en déroute, précipitait la retraite.

— Entends-tu ? demanda Ravergy.

— C'est-à-dire que je n'entends plus rien ! répondit Michot.

Et tous deux se mirent à exhorter Thérèse à reprendre courage et espoir.

Toutefois, bien que le bourdonnement des moustiques eût presque complètement cessé, nos trois voyageurs ne se fussent hasardés à découvrir leurs visages et leurs mains, s'ils n'eussent entendu passer des gens tout près d'eux, en courant.

Pour le coup Michot n'y tint plus :

— Ma foi, mon capitaine, je me risque! dit-il.

Mais en enlevant le morceau d'étoffe qui lui voilait le visage, il put voir qu'il se trouvait au milieu d'un nuage de fumée épaisse et qui prenait à la gorge.

Thérèse et Ravergy étaient devant lui, tout près, et c'est à peine s'il les voyait.

Ce ne fut qu'un bout d'un instant, quand la fumée se fut dissipée, qu'ils purent se rendre compte de la façon dont ils avaient été si rapidement débarrassés des moustiques.

— C'est la fumée de résine qui les a fait fuir! s'écria Michot enchanté de ce changement à vue..

Il raconta alors à ses deux compagnons ce que John Mathis lui avait dit concernant les moustiques.

Quand les nuées de ces insectes s'abattent sur une habitation, il n'est d'autre moyen de les en déloger que de les attaquer par le feu.

Pour cela on fait des bûchers de bois résineux qu'on dispose tout autour des habitations envahies.

Le moustique a horreur de la fumée et on le voit prendre la fuite dès qu'il en éprouve les premiers effets.

Dans l'Etat de Vera-Cruz où cet insecte dangereux se rencontre partout, on raconte que les Aztèques comptaient infiniment sur le secours des armées de moustiques pour les débarrasser des soldats de Fernand Cortez.

Et, en réalité, bon nombre de ces hommes aguerris et faits à toutes les souffrances de la vie militaire, désertèrent en masse, pour se mettre à l'abri des mortelles piqûres de moustiques, lesquelles ils redoutaient plus encore, dit la légende, que les flèches que leur décochaient les Aztèques.

Ces piqûres, en effet, réitérées à l'infini et profondes, finissent par gangréner les chairs et peuvent amener une rapide décomposition du sang.

— Nous voici, encore une fois, hors d'affaire! dit Michot en terminant son récit.

Il n'en est pas moins vrai, ajouta-t-il, que sans ce secours inespéré, nous serions encore prisonniers de ces maudits moustiques...

Mais, au fait, où sont ceux qui nous ont délivrés?

En effet, le nuage de fumée cachait les individus que l'on avait entendus marcher et parler.

Toutefois on put les apercevoir au milieu du voile vaporeux qui les enveloppait.

Ils étaient au nombre de cinq, dont trois portaient des torches enflammées, desquelles s'échappait l'épaisse fumée âcre qui avait mis les moustiques en déroute.

— Voilà nos sauveurs, dit Michot, qui déjà voulait aller les remercier.

Mais Ravergy l'en empêcha.

— C'est inutile, lui dit-il, ces gens, très probablement, ont passé près de nous, sans même nous apercevoir.

Ces cinq individus, en effet, avaient disparu derrière une dune de sable.

— En route donc! prononça Michot.

Le brave garçon allongeait le pas, comme autrefois quand il marchait au combat, c'est à dire au danger.

A présent qu'on avait échappé aux moustiques, il se reprenait à songer au fléau qui désolait la ville de la Vera-Cruz.

Et il se rappelait les paroles que tout à l'heure avait prononcées Thérèse : « N'oubliez pas ce dont nous sommes convenus... La lettre, mes amis... La lettre !... »

.   .   .   .

Contrairement à ce qu'avait supposé Ravergy, les individus qu'il avait vus disparaître derrière la dune de sable, suivaient la même route que lui et ses compagnons.

Il put, en effet, voir que les cinq hommes marchaient parallèlement à eux.

Après avoir réussi à mettre en complète déroute l'armée des moustiques, ils avaient éteint les torches de résine.

Tous les cinq paraissaient causer avec une grande animation, comme des gens qui délibéreraient.

Nos trois voyageurs étaient trop douloureusement préoccupés, pour s'inquiéter de ces individus.

Même ils ne remarquèrent pas que ceux-ci appuyaient de leur côté, comme s'ils eussent eu l'intention de les rejoindre.

Ce ne fut qu'en se retournant, par hasard, que Michot les vit très rapprochés.

Ces hommes, simplement vêtus, paraissaient appartenir à la catégorie des gens du peuple.

Ils causaient d'un ton de familiarité, comme des personnes vivant sur le même pied d'égalité sociale.

Bien que Ravergy eût, précédemment, convenu avec Michot, qu'il était inutile d'adresser des remercîments à ces individus, en les voyant près de lui, il s'arrêta pour leur dire, en français :

— Vous nous avez rendu un grand service, messieurs, en nous débarrassant des moustiques...

— Oui, un fameux service, ajouta Michot en dévisageant les cinq hommes qui, eux aussi, dévisageaient Thérèse et Ravergy, d'une façon toute particulière.

L'un d'eux qui avait compris, se chargea de répondre, s'exprimant tant bien que mal dans notre langue :

— Nous ne méritons pas vos remercîments, c'est sans intention que nous vous avons rendu service. La fumée était si épaisse que nous sommes passés près de vous, sans vous voir...

— Ah ! vous ne nous aviez pas vus ? interrogea Michot, qui n'avait pas été sans remarquer le sourire dont l'inconnu avait accompagné ses paroles.

Il ne put même réprimer un mouvement de surprise, en entendant le mexicain ajouter :

— Et c'eût été grand dommage !...

— Pourquoi ça ? interrompit Michot, prompt, comme on sait, à prendre la mouche.

Le Mexicain comprit, sans doute, qu'il avait commis une imprudence, car il s'empressa de répondre :

— Dommage, en effet, senores, parce que je vois que vous êtes étrangers au pays...

— Vous ne vous trompez pas tout à fait ; c'est la première fois, que mademoiselle et monsieur, verront la Vera-Cruz ; mais, moi, j'y suis déjà venu...

— Ah !... vous y êtes venu... par terre ? demanda l'inconnu d'un air légèrement narquois.

— Non !... Par mer !

— C'est donc pour cela que...

— Que quoi ?

— Que vous ne me paraissez pas connaître la bonne route pour entrer dans la ville...

— Mais n'est-ce pas tout droit ? s'informa Ravergy, le bras tendu dans la direction où l'on apercevait déjà quelques maisons...

— Il vous semble que ce soit tout droit, senor, et cependant en continuant à marcher pour arriver au lieu où se trouvent situées ces maisons ; si vous persistiez à suivre le même chemin, vous tomberiez dans des marécages, où il vous faudrait patauger longtemps, avant de pouvoir vous orienter.

L'inconnu s'était exprimé avec une très grande politesse, se montrant très affable.

Il y avait, dans cette attitude, de quoi rassurer tout autre que le soupçonneux Michot.

Aussi eut-il un air de méfiance, lorsque le mexicain lui proposa, fort poliment, de lui servir de guide.

Il fallut même que Thérèse eût fait mine d'accepter, pour qu'il ne refusât pas catégoriquement l'offre courtoise qui lui était faite.

Au surplus le mexicain avait ajouté :

— Il y a, avant d'arriver dans la ville, des lagunes d'eau douce et des anses salins, qu'il est très facile à ceux qui connaissent le pays d'éviter.

Voilà pourquoi, je me mets, senor, à votre disposition.

— Nous acceptons avec reconnaissance, dit Thérèse.

A son tour, Ravergy remercia l'inconnu, qui lui dit, d'un ton très poli :

— Cela ne nous coûtera pas beaucoup, à ces messieurs et à moi, de vous accompagner, car nous nous rendons tous à la ville.

Michot n'était rien moins que satisfait. Il profita de que l'inconnu causait avec les quatre autres mexicains, pour dire tout bas à Ravergy :

— Je t'avoue, mon capitaine, que je trouve ces gens-là beaucoup trop polis... Et tu sais ce que vaut la politesse dans ce pays-ci ; nous en avons fait l'expérience avec les *compadres*.

— En tout cas, répondit Ravergy, nous ne serons pas longtemps en leur compagnie ; nous les quitterons dès que nous serons arrivés à l'entrée de la ville.

Michot, comme toujours, se laissa convaincre par son camarade.

On s'était remis à marcher ; mais par moments on était forcé de s'arrêter, quand nos voyageurs se trouvaient tout à coup aveuglés par des nuages de poussière, que le vent de mer, qui commençait à souffler, soulevait en tourbillons.

Ce vent, loin d'être un soulagement aux effets d'une température torride, devenait insupportable, étant donné qu'il se chauffait, dans sa course, aux sables brûlants des dunes.

Ces arrêts dans la marche faisaient bouillir de colère Michot

SEULE !

Là-dessus, le Mexicain dit à nos trois voyageurs : — Allez avec Dieu, señores et señorita ! (P. 1246.)

LIV. 156. — ADOLPHE D'ENNERY. — SEULE ! — J. ROUFF ET Cᵉ, DÉPÔT LÉGAL Seine Nᵒ 1895 LIV. 156.

qui avait hâte de terminer au plus tôt ce qu'on aurait à faire dans la
ville, avant de pouvoir s'embarquer pour la France.

Mais il était obligé de convenir que le Mexicain qui s'était proposé pour guide, leur avait à Thérèse, Ravergy et lui, rendu un signa_
lé service, car il reconnaissait que, sans l'intervention de cet homme,
on eût pu s'égarer dans les lagunes et y perdre beaucoup de temps.

Chemin faisant, on avait causé.

Le guide se montrait très curieux, comme si réellement il se fût
intéressé aux étrangers auxquels il avait offert de les accompagner.

Sans méfiance Thérèse et Ravergy répondaient aux questions qui
leur étaient adressées.

Et cela, à la grande inquiétude de Michot, qui voyait partout des
gens dont il fallait se défier.

— Vous êtes Français? demanda le guide.

— Parbleu, ça se devine bien à notre accent! répondit Michot
en haussant légèrement les épaules.

— Et vous venez de Mexico, sans doute?

Pour le coup, Michot étouffa une forte envie de répliquer à sa
façon.

Mais Ravergy répondit :

— Effectivement, nous sommes partis de Mexico, pour nous
rendre à la Vera-Cruz...

— Sans doute avec l'entention de vous embarquer pour l'Europe...

— Pour la France !

A peine son camarade avait-il prononcé ces mots, que Michot
lui coupait la parole, en lui murmurant à l'oreille :

— Tu en as déjà trop dit, mon capitaine, car il me paraît que
ces gens-là voudraient nous tirer les vers du nez...

Après un moment de silence, pendant lequel il avait semblé à
Michot que le guide improvisé avait échangé des signes d'intelli-
gences avec les quatre autres, le Mexicain reprit :

— Et y a-t-il longtemps que vous avez quitté Mexico, senor?

— Dix jours !

— A pied? interrogea le guide d'un air étonné.

— Non ! nous avions des mules...

— Qu'on nous a volées ! ajouta Michot.

— Volées !... Vous avez sans doute rencontré en route des *com
padres* qui courent, en grand nombre, le pays...

— Oui, nous avons eu affaire à des bandits de grand chemin..

Michot regardait fixement son interlocuteur comme pour lui dire : « Je ne suis pas bien certain que tu ne sois pas de la même trempe que ces malfaiteurs. »

Mais le Mexicain répondit, avec un sourire :

— Ce que vous me dites là n'a pas lieu de me surprendre ; nos *compadres* sont connus...

Puis, s'interrompant :

— Dix jours à dos de mules ; mais si vous aviez eu des chevaux pour montures, vous auriez fait le même trajet en cinq jours,... six au plus !

Après tout, vous n'étiez peut-être pas très pressés...

— Pas pressés !... C'est-à-dire que nous brûlons d'arriver, interrompit Michot que cette conversation commençait à énerver fortement.

— Et pressés sans doute aussi de vous embarquer ?

Mais quel intérêt a-t-il donc à savoir tout cela ? pensa Michot.

Puis tout bas à Ravergy dont le calme l'étonnait :

— Mon capitaine, je ne te cacherai pas qu'il me tarde de brûler la politesse à ces gens-là !

Mais Ravergy, sans prendre garde à ce qu'on lui disait, s'adressa au Mexicain pour lui demander quelques renseignements.

— Nous habitons la Vera-Cruz, répondit le guide ; mes compagnons et moi, nous en sommes partis depuis ce matin,... et vous voyez, senor, que nous y retournons.

— En ce cas, vous pourriez peut-être nous dire si vous savez qu'il y ait, en ce moment, des navires en partance.

— Il y en a toujours, senor...

— Pour l'Europe ?...

— Pour partout, répondit le guide.

— Savez-vous si nous trouverons prochainement à nous embarquer pour la France ?

— Je le pense !

Cette fois Michot était tout oreilles.

— Vous le pensez, dites-vous ?

— Attendez, senor, je vais aller m'informer !

Le Mexicain marcha vers les autres individus qui, ne parlant pas un mot de français, n'avaient pu prendre part à la conversation.

Il s'entretint avec eux pendant quelques instants, puis revenant vers Ravergy :

— Oui, senor, mes amis viennent de m'affirmer qu'un bâtiment
ne tardera pas de mettre à la voile, à destination de France...

— Nous avons donc un peu de chance, après tous nos malheurs,
mon capitaine! ne put s'empêcher de dire Michot

— Puissiez-vous dire vrai, mon ami! dit Thérèse.

Maintenant que nous savons qu'il y a un navire prêt à partir
pour la France, il ne reste plus qu'à savoir quel jour ce navire lèvera
l'ancre. De ça je vais m'informer tout de suite.

S'adressant alors au Mexicain :

— Pourriez-vous me dire quel jour le navire en question prendra la mer?

— Cela dépendra du vent, de l'état de la mer surtout.

Il ajouta :

— Notre pays, de ce côté-ci, n'est pas favorisé... Il est surtout
funeste aux étrangers, par ce fait que Vera-Cruz est situé sur une
terre basse et, ainsi que vous avez pu en juger, entourée de dunes de
sables...

Ce n'était pas ce que voulait savoir Michot; mais le Mexicain
avait sans doute un motif pour prolonger la conversation, car il continua :

— Les chaleurs sont, pour l'étranger, tout à fait insupportables,
entre le mois de mai et celui de septembre...

— Mais ce n'est pas ce que je vous demande...

— Je vais y arrriver, senor.

Et le Mexicain, sans paraître s'apercevoir que son interlocuteur
multipliait les mouvements d'impatience à peine dissimulés, reprit :

— Pendant les autres mois de l'année, l'air est rafraîchi par les
vents du Nord...

Et pour répondre sur ce que vous désirez savoir, je vous dirai
que dans ce moment où l'épidémie de « vomito » sévit avec une grande
violence, tout le monde, dans la ville, adresse au ciel des prières
pour que le vent du Nord se mette à souffler.

— Et ce vent du Nord...

— Empêcherait le navire de quitter son mouillage, car il met
en danger même les bâtiments qui se trouvent à l'ancre dans le
port.

Et ce n'est pas tout : ce diable de vent enveloppe la ville d'une
atmosphère de poussière de sable qui empêche de circuler dans la
ville et pénètre même dans les maisons...

Vous voyez que si le bon Dieu écoutait les prières que toute la population ne cesse de lui adresser, le « vomito » pourrait faire beaucoup moins de victimes, mais par contre les navires ne pourraient sortir du port, sans risquer de s'écraser sur les récifs...

— Je vous dis cela pour répondre à la question que vous m'adressiez tout à l'heure.

— Mais ce serait une malédiction ! s'écria Michot.

— Espérons ! dit Thérèse, qu'il n'en arrivera pas ainsi...

. . . .

Comme on n'était plus qu'à quelques pas du faubourg avancé de la ville, le Mexicain salua les trois voyageurs fort poliment, en leur annonçant qu'il allait, lui et ses compagnons, prendre congé d'eux.

Il ajouta qu'il était obligé de se rendre sur un autre point de la ville et qu'il s'était un peu détourné de son chemin, uniquement pour leur rendre service.

— D'ailleurs, vous trouverez, en entrant en ville, des personnes de bonne volonté, qui se feront un plaisir de vous accompagner partout où vous voudrez aller, moyennant quelques pièces de monnaie.

Là-dessus, le Mexicain dit à nos trois voyageurs :

— Allez avec Dieu, senores et senorita !

— Encore des piastres, toujours des piastres à la main, dans ce maudit pays, mon capitaine !

Mais Ravergy avait bien d'autres préoccupations que la question d'argent.

Il tremblait pour Thérèse, qui allait forcément séjourner dans cette ville, où la mort moissonnait sans relâche une population affolée et n'ayant recours, comme espoir suprême, qu'à la prière.

Et son âme se brisait à l'idée que l'on ne pouvait se dispenser d'entrer dans ce foyer pestilentiel.

Son courage, que rien n'avait pu abattre, ni dans le cours de sa carrière de soldat, ni pendant le terrible naufrage du paquebot « l'Abeille », l'abandonnait pour la première fois.

En regardant, à la dérobée, l'angélique créature à laquelle il avait à tout jamais lié sa vie, il demandait au ciel de le prendre, lui, s'il fallait une victime au fléau, mais d'épargner Thérèse.

. . . .

On avait déjà dépassé les premières maisons du faubourg, en traversant des rues désertes et des ruelles, où des animaux domestiques semblaient s'être cantonnés, épuisés par la chaleur, dans l'eau bourbeuse des ruisseaux.

— Hâtons-nous de quitter ces quartiers empestés! dit Ravergy, engageant Thérèse et Michot à activer leur marche.

— Marche lugubre, s'il en fut, et silencieuse, car on éprouvait un irrésistible besoin de recueillement, en pénétrant, au son des carillons de mort, dans cette cité en deuil.

Dans le sinistre parcours, on pouvait compter les maisons dont la porte ne portât pas le petit écriteau encadré de noir, sur lequel on lisait le mot « décès ».

Une église se trouvait dans ce faubourg; le porche en était encombré de fidèles attendant de pouvoir pénétrer dans le lieu saint, où tous ceux qui avaient pu y trouver place s'éternisaient dans la prière.

D'autres, dans leur superstition, y étaient venus chercher un refuge contre les atteintes du fléau, dans l'espoir que la mort ne franchirait pas le portique sacré.

Thérèse voulut s'arrêter, elle aussi, devant la maison du Seigneur, afin d'affermir son âme, en prévision d'épreuves qu'elle pourrait avoir à subir.

Et, pendant qu'elle implorait la compassion d'En-Haut, Ravergy et Michot avaient la même pensée, que l'intervention et les prières de cet ange pouvaient, seules, les préserver de ce nouveau malheur.

Absorbés, eux aussi, dans une douloureuse méditation, ils demeuraient étrangers à tout ce qui se passait autour d'eux.

Ils ne virent pas que trois individus s'étaient, à plusieurs reprises, approchés, afin de les regarder de plus près, comme s'ils eussent voulu comparer les physionomies et les costumes de nos voyageurs avec un signalement qui leur aurait été transmis.

Cette manœuvre, qu'ils avaient renouvelée, avait échappé à Michot, toujours si prompt, cependant, à prendre l'éveil.

Le pauvre garçon n'avait d'yeux, maintenant, que pour Thérèse, comme s'il eut voulu être prêt à lui porter secours.

Et il pensait en lui-même :

— Mon pauvre Médor, tu ne pourrais guère la défendre contre cet ennemi-là!

L'idée ne lui était pas venue, en effet, que Thérèse pût courir un danger autre que celui d'être atteinte et emportée par la terrible épidémie.

Et c'était à quoi il faisait allusion en se disant que le bon et vigilant chien de garde ne pourrait rien contre cet ennemi invisible.

Quand Thérèse eut achevé sa prière, elle s'appuya sur le bras de Ravergy pour continuer à marcher.

Michot fut, à ce moment, abordé par un des trois individus, qui ne les avaient pas perdus un seul instant de vue.

Cet homme, très poliment, lui dit :

— Est-ce que le senor n'aurait pas besoin de mes services ?

En même temps, les deux autres s'approchaient l'un de Ravergy, l'autre de Thérèse.

IX

ESPOIR !

Se souvenant que le Mexicain lui avait dit qu'il trouverait facilement, en arrivant à Vera-Cruz, des personnes disposées à le renseigner, moyennant finance, Ravergy s'empressa d'accepter l'offre de service qui lui était faite.

Dans cette ville où ils se trouvaient pour la première fois, Thérèse et Ravergy n'auraient pu être utilement guidés par leur compagnon Claude qui n'avait fait qu'y passer.

Au surplus l'individu qui se proposait pour leur servir de guide s'exprimait couramment en français et c'eût été un motif suffisant pour qu'on agréât sa proposition ; mais il avait, en outre, fort bonne mine, ce qui pouvait bien étonner un peu pour un homme faisant métier de servir de cicerone aux étrangers.

Ravergy passa sur ce détail si tant est qu'il en eût été frappé.

Pressé de voir Thérèse quitter ce maudit pays, il eût passé sur bien autre chose.

Seulement, comme il ne voyait pas la nécessité d'avoir trois guides, il en fit l'observation au premier qui s'était présenté.

— Rien de plus juste, senor, et je vais faire part à ces deux hommes de votre observation, répondit le guide avec une très grande politesse.

Michot ne put s'empêcher de dire à son camarade :

— Mon capitaine, pour que tous ceux que nous avons rencontrés, depuis que nous avons quitté Mexico, aient été et soient si polis avec nous, il faut supposer qu'ils obéissent à un mot d'ordre.

Ceux qui n'avaient pu trouver place dans les gros navires... (P. 1251.)

— Encore des soupçons !

— Oui, capitaine, c'est vrai ; mais c'est malgré moi !... mais la preuve que je ne me suis pas toujours trompé, c'est ce qui nous est arrivé, finalement, avec les *compadres* à qui le *padre* Benito nous avait si charitablement recommandés.

Enfin j'espère que cette fois-ci nous serons plus heureux.

— Voici notre guide ! dit Ravergy.

Le Mexicain annonça que les deux hommes avaient parfaitement compris qu'on ne pouvait accepter leurs services...

— Maintenant je suis à vos ordres, messieurs, dit-il, en manière de conclusion.

— Il s'informa :

— Où voulez-vous que je vous conduise en premier lieu?... Avez-vous l'intention de rester quelques jours dans notre ville? Désirez-vous vous reposer, en ce cas je pourrai m'occuper tout de suite de vous installer fort convenablement dans une bonne *posada*?

— Non!... non! Le plus pressé est de nous occuper d'un navire en partance pour l'Europe...

— Ah! vous voulez partir?

— Pour la France, oui!... Le plus tôt possible, demain, ce soir même, s'il y avait moyen? prononça Michot avec vivacité.

Ravergy voyant l'hésitation du guide, s'empressa d'ajouter :

— On nous a dit qu'il y avait un navire qui prendrait la mer prochainement...

— Nous pouvons nous en assurer, monsieur, et pour cela, je n'aurai qu'à vous conduire à l'office maritime...

C'est précisément l'heure où les capitaines qui ont leurs navires en chargement s'y réunissent...

— Allons-y donc! dit Ravergy.

Pour arriver sur le port, où se trouvait l'office maritime, nos trois personnes durent traverser une grande partie de la ville.

C'est alors qu'on put se faire une idée de l'effarement de la population étrangère.

A chaque pas on rencontrait des familles qui donnaient le spectacle de fugitifs quittant précipitamment une ville menacée d'un siège.

Puis on voyait des portefaix chargés de bagages, d'autres occupés à des déménagements hâtifs.

Partout des malheureux, indigènes acclimatés, suivant les fuyards pour quêter une aumône, avec cette supplique :

« Donnez, senores, ça fera plaisir au bon Dieu qui vous épargnera. »

L'effarement se lisait sur tous les visages. On marchait à grands pas comme si l'on était talonné par l'impitoyable fléau.

Enfin, nos voyageurs, toujours accompagnés de leur obligeant cicerone, débouchèrent sur le quai.

L'aspect du port se ressentait de la panique causée par les ravages de l'épidémie.

Le mouvement qu'on y remarquait différait d'une façon frappante de celui qu'on aurait pu y observer en temps ordinaire.

Ce n'était pas cette activité du trafic, se manifestant par le chargement et le déchargement des cargaisons, par l'alignement des piles de caisses et de ballots, par l'entrain endiablé des matelots et le va-et-vient incessant des portefaix entre le navire et les entrepôts.

On ne comptait pas dans le port plus de trois bâtiments armés pour la navigation au long cours.

Et ces bâtiments, ayant pour abri du côté du large, l'îlot à fleur d'eau que domine le fort de Saint-Jean d'Ulloa, étaient mouillés à plusieurs encâblures du rivage.

Cette mesure de précaution avait été prise afin de soustraire autant que possible les équipages à la contamination ; les communications indispensables avec la ville ne se faisaient plus qu'au moyen des chaloupes.

Mais si le trafic commercial semblait suspendu, en revanche, on n'avait jamais vu se presser sur le quai une pareille affluence de voyageurs.

Là, comme vers les routes de terre, le départ de la population européenne s'accomplissait dans un indicible désarroi.

Ceux qui n'avaient pu trouver place dans les gros navires en partance s'entassaient à la hâte, pêle-mêle avec leurs bagages, dans des embarcations de toute sorte, impatients de mettre coûte que coûte la mer entre eux et le terrible fléau.

Ne pouvant avoir la prétention d'aller bien loin, ils espéraient du moins rencontrer quelque point moins insalubre du littoral, où ils aborderaient et camperaient provisoirement en attendant la fin de l'épidémie.

La moindre place sur le bateau le plus grossier, le plus sommairement aménagé, se payait à prix d'or.

Les piastres pleuvaient dru dans les mains calleuses et dans les chapeaux d'écorce des patrons, qui ne se faisaient aucun scrupule de rançonner leurs clients, sans se préoccuper autrement des déplorables causes de leur aubaine.

Bien qu'ignorants de l'économie politique, inconsciemment, ils appliquaient, pour leur part, d'une façon draconienne, la loi de l'offre et de la demande.

Ils se contentaient de la morale un peu élastique du dicton

populaire : « Ce qui fait le malheur des uns fait le bonheur des autres. »

D'ailleurs, il se présentait beaucoup plus de passagers que chaque bateau n'en pouvait transporter à la fois, et naturellement, comme il y avait plus d'appelés que d'élus, le droit de priorité s'achetait et donnait lieu à des surenchères.

Dans cette lutte pour le départ, où les gens affolés, obéissant à l'instinct de la conservation, fuyaient en déroute, n'importe où, n'importe comment, de même qu'on fuit devant un incendie ou une inondation, la victoire restait parfois aux plus fortunés, au détriment des plus intéressants.

C'est ainsi que nos voyageurs furent témoins d'une scène émouvante.

Une embarcation déjà pleine se préparait à larguer l'amarre, lorsqu'on vit accourir en même temps un homme paraissant appartenir à la classe aisée et une femme de condition plus modeste, portant sur le bras un enfant en bas âge et, de sa main libre, entraînant un autre enfant, de six à sept ans, dont les petites jambes avaient peine à suivre l'allure de sa mère.

L'homme avait un peu d'avance.

Il héla le patron :

— Avez-vous encore une place ?

— Vous voyez bien que nous sommes au complet, répondit le rude Mexicain, dont la physionomie trahissait la rapacité rusée du *compadre* sous l'apparente franchise du marin.

— Au complet! répétèrent comme un écho les passagers installés, qui n'avaient qu'une pensée : quitter le port au plus vite.

En de pareilles circonstances, la charité chrétienne fait aisément place à un égoïsme féroce.

Retarder fût-ce d'une minute, ce départ fiévreusement désiré, c'était s'attirer l'hostilité des privilégiés.

— Une seule place se trouve toujours, avec un peu de bonne volonté, insista le premier arrivant.

Un murmure malveillant accueillit cette affirmation téméraire.

— On vous dit qu'il n'y en a plus, appuya le patron.

— Même en payant un bon prix ?

A cette insinuation, les traits durs du Mexicain se détendirent.

Son refus n'était qu'une rouerie de sa façon. L'affaire qu'il guignait étant amorcée, il se disposait à la traiter prestement, quand la femme dont nous venons de parler intervint.

Elle haletait, tout essoufflée de sa course précipitée.

— Et moi, moi, ne me prendrez-vous pas ? s'écria-t-elle d'une voix que faisait trembler une angoisse poignante, autant que la difficulté de la respiration.

Le batelier eut un geste et un sourire ironiques.

— Tout le monde, alors ! fit-il. Vous n'y songez pas senora. Si le senor que voici est déjà de trop, où vous mettrais-je, vous et vos deux enfants ?

— Ils sont si petits qu'ils ne comptent guère, dit la femme.

— Eux, passe encore, mais vous ?... A la rigueur, je pourrais prendre une personne de plus, deux pas moyen.

— Vous m'acceptez donc ! se hâta de dire l'homme, saisissant la balle au bond.

— Ça dépend...

— De quoi ? Ne suis-je pas le premier arrivé ?

— Assurément.

— Alors ?..,

— Alors, ça dépend... de vous.

— De moi ?

— Oui, senor, de votre générosité.

Et le patron souleva son chapeau.

— Qu'est-ce que vous voulez ? Dix piastres !...

— Le senor plaisante.

— Ce n'est pas assez ? Eh bien, quinze piastres ?

Un hochement de tête significatif fut toute la réponse du batelier.

La femme assistait à ce débat pécuniaire avec une anxiété croissante.

Profitant d'une courte pause dans le dialogue engagé entre les deux intéressés, elle intervint de nouveau :

— Et nous, nous, va-t-on nous abandonner ?...

— Si le senor se décide, déclara le Mexicain, il faudra bien vous résigner à attendre un autre bateau.

— Attendre ! s'écria la pauvre mère, hélas ! je n'ai déjà que trop attendu. Que n'avons-nous pu fuir tous ensemble cette ville maudite ?

Ceux que j'ai perdus dans cette épouvantable épidémie vivraient peut-être encore.

Je n'aurais pas vu mourir en quelques jours mon père, mon mari, l'aîné de mes enfants.

Le malheur s'est abattu sur notre maison ; me voilà seule maintenant, avec deux orphelins.

Ah! si j'étais restée seule, que m'importerait la mort? Elle serait
pour moi la délivrance, j'irais rejoindre ceux qui sont partis!

Mais ai-je le droit de disposer de la vie de ces chers petits êtres?
Non, non! mon devoir est de les sauver, de les emmener sans délai
loin de ce foyer pestilentiel...

Ces lamentations commençaient à exciter la compassion des passagers.

Quelques-uns proposaient d'accueillir parmi eux cette veuve
désolée et ses frêles compagnons.

Mais la majorité demeurait indifférente, plongée dans une sorte
de torpeur physique et morale, comme si les transes de la peur eussent oblitéré chez ces gens tous les sentiments humains pour ne
laisser subsister en eux que le souci de leur propre existence.

C'est à cet unique souci qu'obéissait celui qui venait d'engager
des pourparlers au sujet de son passage.

— J'irai jusqu'à vingt piastres, reprit-il, interrompant brusquement les doléances de sa concurrente.

— Va pour vingt piastres, — dit le le patron, — à moins que la
senora...

— Et, complétant d'un geste expressif sa phrase inachevée, il
donna à entendre qu'il était prêt à accorder la préférence à la femme...
moyennant un prix supérieur aux propositions de l'homme.

Sa générosité consistait à mettre la place aux enchères.

La malheureuse ne s'y trompa point.

Ses traits se contractèrent en une expression d'amertume et de
découragement.

— Ah! murmura-t-elle d'une voix rauque où montaient des sanglots, c'est de l'argent qu'il faut!

Vingt piastres! comment pourrais-je offrir davantage, puisque
je ne puis même pas offrir autant!

— Désolé! senora, fit le patron, avec un accent de regret d'une
sincérité quelque peu suspecte.

A vous, donc, senor! ajouta-t-il en se tournant vers le privilégié
de la fortune.

Et, d'un mouvement plein de désinvolture, il mit le chapeau à
la main.

De sa part, cet acte était moins une démonstration de politesse qu'une invite à l'exécution immédiate de la première clause du contrat.

L'homme tira de sa ceinture les vingt piastres, bien comptées, qui tombèrent une à une dans le couvre-chef en écorce.

— Bon! prononça le patron, en versant les pièces reluisantes dans une grosse sacoche de cuir dissimulée sous son vêtement.

Maintenant, senor, veuillez embarquer — et vivement! Nous avons déjà perdu beaucoup de temps.

Il allait s'engager, à la suite du nouveau passager, sur l'étroite planche reliant le bord du quai au bateau...

Résolue à une tentative suprême, la veuve le retint.

Le tintement des piastres libératrices résonnait encore douloureusement à son oreille.

— Écoutez, dit-elle, je suis pauvre aujourd'hui, presque réduite à la misère par la mort de mon mari.

La maladie, le chômage ont épuisé nos dernières ressources; mais, si vous l'exigez, je vous donnerai tout ce que je possède, le fond de ma bourse.

Plus tard, avec l'aide de Dieu, j'acquitterai le surplus de ma dette...

Le patron l'interrompit :

— Non, senora, c'est impossible; quand même vous me promettriez tout l'or de la Californie, je n'embarquerais pas un passager de plus.

J'ai déjà dépassé la limite raisonnable — pour rendre service à cet excellent senor, — et, à moins que lui ou quelqu'un de ses compagnons ne consente à vous céder sa place...

— Nous nous contenterions d'un réduit, d'un coin... Nous nous ferions si petits!... Nous ne gênerions personne.

— Vous en parlez à votre aise, senora. Et ma responsabilité! Et la sécurité de mes passagers !

Je ne puis pourtant pas, sur ma gabare de caboteur embarquer autant de monde que sur un brick ou un trois-mâts de fort tonnage.

Savez-vous que nous sommes déjà chargés outre mesure? C'est à peine s'il reste les dégagements nécessaires pour la manœuvre.

La navigation est difficile et périlleuse sur la côte. Une faute, une imprudence, et voilà le bateau chavirant ou coulant à pic.

La belle affaire, en vérité, que j'aurais faite-là !...

N'insistez donc pas davantage, senora, c'est inutile.

Il fit un effort pour se dégager.

Mais la malheureuse femme, sourde à toutes les objections plus ou moins plausibles, était tombée à genoux; elle s'accrochait aux vêtements du marin.

— Au nom de ce que vous avez de plus cher et de plus sacré, implorait-elle, ne repoussez pas ma prière.

C'est la prière d'une mère, pas pour elle, mais pour ses enfants. Voyez-vous, c'est tout ce qui me reste d'une famille bien-aimée... Ils ne demandent qu'à vivre.... et pourtant le terrible mal est là qui les guette... s'ils ne quittent pas cette ville empestée, peut-être n'existeront-ils plus demain.....

Quoi! Dieu, dans sa bonté, me les avait-il conservés pour m'enlever si cruellement ma dernière consolation.

Par ce Dieu tout puissant, par la Sainte-Vierge, par tous les saints, je vous en conjure, emmenez-les, permettez-moi de les sauver... Le ciel vous bénira...

La voix de cette femme avait des accents déchirants.

Son beau visage d'Espagnole, au teint d'un brun mat, pâli par les veilles, la douleur, l'angoisse, s'illuminait de la flamme sublime de l'amour maternel; des larmes brûlantes, jaillissant de ses paupières bordées de longs cils, roulaient le long de ses joues.

Tandis que d'une main à laquelle le désespoir communiquait une force extraordinaire, elle tenait le vêtement du patron, de l'autre, elle pressait sur son sein le plus jeune de ses enfants, dont les grands yeux innocents, démesurément ouverts, exprimaient un étonnement mêlé d'une vague terreur.

L'aîné, qui, lui, était mieux à même de comprendre la situation critique, se pressait contre sa mère, cramponné à sa robe, et pleurait surtout de la voir pleurer.

Une pareille détresse eût attendri un cœur de roc.

Il n'est pas bien certain que le Mexicain y fût complètement insensible.

Malgré sa rudesse, ce n'était point un sauvage inaccessible à la pitié, et baptisé catholique, conciliant volontiers, comme la plupart de ses compatriotes, les pratiques pieuses avec les mœurs profanes les moins scrupuleuses, l'invocation opportune de Dieu, de la Vierge et des Saints ne le trouvait pas absolument indifférent.

Un combat se livrait en lui; mais, après un instant d'hésitation, les appels impatients et impératifs des passagers qui le pressaient de partir, puis aussi une sorte de vanité qui l'incitaient à ne pas revenir sur son refus, l'emportèrent sur sa tendance à se laisser fléchir.

En même temps, cette main l'appréhendait comme une tenaille... (P. 1259.)

Il finit par secouer brutalement la femme pour se dégager de son étreinte...

Nos trois voyageurs avaient suivi depuis le commencement cette scène dramatique.

Pas une des péripéties ne leur en avait échappé.

Ils avaient été outrés de l'odieux marchandage qui assurait la préférence à l'homme aux piastres, au détriment de la pauvre femme.

158. — SEULE! 158.

Et, toujours prompt à exprimer sa pensée librement, avec sa rude franchise de paysan et de soldat, Claude Michot n'avait pas caché son opinion.

— C'est infâme, ce qu'ils font-là ! s'était-il écrié.

Quel brigand, que ce batelier ! Et quel lâche que cet individu qui n'as pas le cœur de céder sa place à une femme, à de pauvres petits enfants !

Non ! il ne songe qu'à sauver sa chienne de peau, qui ne doit pas valoir grand'chose.

Un Français ne se conduirait pas comme ça, n'est-ce pas, mon capitaine ?

Drôle de façon qu'ils ont de comprendre la galanterie dans ce pays-ci !

Ces gens-là, mille tonnerres ! mériteraient d'être flanqués à l'eau, et je ne sais ce qui me retient...

— Du calme, mon camarade ! interrompit Ravergy, redoutant les fâcheuses complications que pouvait amener l'intempérance de langue de son fidèle compagnon.

Mais, est-il besoin de la dire ? Il partageait complètement ses sentiments.

N'avait-il pas, dans des conjonctures plus critiques encore, offert le sacrifice de sa vie à Thérèse, lors du naufrage de l'*Abeille*, en renonçant généreusement, au profit de la jeune fille, au privilège dont le sort l'avait favorisé ?

L'analogie des situations réveillaient dans le cœur de Thérèse le souvenir vivace de cet acte si noble, si spontanément, si simplement accompli.

Et sa main frémissait sur le bras où elle s'appuyait, ses beaux yeux mouillés de larmes cherchaient ceux de l'ami, comme pour lui dire en leur muet mais expressif langage :

« Je me souviens ! »

Oui, elle se souvenait, et, reportant son regard plein de compassion vers l'infortunée dont on repoussait la prière, elle déplorait son abandon et mentalement, demandait à la Providence de lui susciter un sauveur.

Elle ressentait l'anxiété torturante de cette femme, de cette mère ; elle la devinait, sous l'empire d'un farouche désespoir, capable d'une criminelle folie.

Le gouffre tentateur était si proche !

Quelques pas, un plongeon, et, en une seconde, la mer englou-

tissait une triple proie, refermait sur elle ses vagues comme les plis
d'un vaste linceul.

— C'est affreux ! murmura Thérèse.

— Abominable ! appuya Georges.

Sans avoir échangé d'autres paroles, les deux jeunes gens
s'étaient compris.

Ravergy s'était rapproché du groupe.

Il allait intervenir, au moment où le batelier, pressé d'en finir,
repoussait l'Espagnole suppliante à ses genoux.

Mais, Michot, qui, suivant son expression, « se mangeait le
sang » l'avait devancé.

A peine le patron du bateau, tournant le dos au quai, avait-il fait
fait un pas sur la passerelle, qu'il entendait retentir à son oreille un
formidable : « Halte-là ! » et sentait s'abattre sur son épaule une main
vigoureuse.

En même temps, cette main l'appréhendait comme une tenaille et
lui imprimait malgré lui un brusque demi-tour.

Il proféra un énorme juron et tenta un effort pour se dégager.

Mais la tenaille était fortement serrée, et d'autre part, un poing
solide se levait, prêt à remplir, au besoin, le rôle de marteau.

Le Mexicain baragouina quelques mots interrogatifs dans son
patois espagnol.

Michot en saisit aisément le sens.

Ils signifiaient :

— Qui êtes-vous? Que me voulez-vous?

Sans lâcher son homme, l'ancien soldat de la République
répondit :

— Je m'appelle Claude Michot... pour te servir et je désire avoir
un brin de conservation avec toi.

— Français ? fit le Mexicain, qui, en raison de son contact assez
fréquent avec des matelots de notre pays, possédait quelques brides
de notre langue.

— Oui, Français... et pas manchot, je te prie de le croire.

— Et en quoi puis-je vous être utile, senor ?

— En rien, pour ce qui me concerne personnellement...

Seulement, tu vas me faire le plaisir de prendre à ton bord cette
brave dame.

— Mais...

— Il n'y a pas de *mais*.

Je t'offre le choix entre deux partis : ou obtempérer à mon invitation polie, ou aller instantément boire à la grande tasse et régaler les requins.

Tu as une demi-seconde pour y réfléchir ; je suis gentil, hein?

Et, comme, au lieu de répondre à cette mise en demeure comminatoire, le batelier essayait encore de se soustraire à la poigne de son adversaire, celui-ci, rassemblant toutes ses forces en un suprême effort, se mit en devoir d'exécuter sa menace.

Quoique doué d'une assez grande vigueur, le Mexicain sentit son infériorité.

— A moi ! rugit-il.

Des curieux étaient accourus, attirés par le bruit de la querelle.

Ils se montraient, d'ailleurs, peu disposés à se mêler d'une affaire où il n'y avait que des horions à recevoir.

Mais il n'était pas de même des gens de l'équipage, dont deux matelots, franchissant la passerelle avec une agilité de singes, se portèrent au secours de leur patron.

En présence du danger imminent auquel était exposé le fidèle Michot, brave jusqu'à la plus imprudente témérité, Thérèse tremblait de tous ses membres, prête à défaillir.

La malheureuse femme, cause involontaire de la bagarre, levait les bras au ciel, poussait des cris perçants.

Sur le pont du bateau, les passagers s'agitaient, manifestaient leur hostilité contre le fâcheux qui retardaient encore leur départ.

Déjà des couteaux luisaient dans les mains des matelots.

Il était grand temps que Ravergy s'interposât.

— Arrêtez! fit-il d'une voix impérieuse.

Puis, s'adressant à Michot :

— Allons, mon ami, pas de brutalités inutiles. Rends la liberté à cet homme.

L'ancien soldat lâcha prise à regret, non sans maugréer dans sa barbe.

Mais, pour lui, habitué à la discipline, toute exhortation de son « cher capitaine » était un ordre auquel il devait obéir.

Par la fermeté de son attitude, par l'autorité de sa parole, Ravergy imposa également aux Mexicains.

En paraissant désavouer son compatriote dont il était visiblement le supérieur, le senor leur inspirait confiance.

— Il y a un malentendu, ajouta-t-il, comprenant que, même avec ces gens grossiers, le meilleur moyen d'arranger les choses c'étaient d'avoir recours aux procédés diplomatiques.

A ces mots une détente générale s'était produite.

L'Espagnole attendait, anxieuse, l'œil inquiet, comprenant que, du dénouement de cet incident dépendait son sort, celui de ses enfants.

Ravergy poursuivit :

— En causant pacifiquement, sans se fâcher, on peut s'entendre.

Voyons ! combien exigez-vous, ponr prendre la senora à votre bord ?

Une grimace, presque un sourire, du patron prouva qu'il préférait de beaucoup cette façon d'entamer les pourparlers à celle qu'avait employée le précédent négociateur.

— Je me contenterais de vingt-cinq piastres, dit-il.

— Pourquoi vingt-cinq ? fit observer judicieusement Michot ; vous n'en avez exigé que vingt du dernier passager ; c'était pourtant déjà un joli chiffre ?

— Le senor voudra bien me permettre de lui faire remarquer à mon tour que plus les places disponibles sont rares, et plus elles augmentent de valeur.

Quand il n'y en a plus...

— Et qu'il y en a encore tout de même... alors, ça n'a plus de prix ?

— Parfaitement... Et puis, on me doit bien une petite indemnité pour le retard et... pour les autres désagréments, n'est-ce pas ?

— Coquin ! grommela Michot.

— C'est juste, le patron a raison, approuva Ravergy, s'empressant de couvrir la voix de son compagnon, dont l'a-parté risquait de tout gâter.

Va donc pour vingt-cinq piastres !

— Mais, senor, objecta le batelier, à quoi bon faire un prix, puisque la senora, tout à l'heure, a déclaré qu'elle ne pouvait même pas disposer de la moitié de cette somme.

— Tout à l'heure, c'est possible ; mais elle peut en disposer maintenant.

Le Mexicain, ahuri, écarquillait les yeux, se demandant si l'on se moquait de lui.

L'étonnement de l'Espagnole était plus grand encore.

Que signifiaient ces paroles ?

Comment cet étranger, dont l'intervention avait été si imprévue se croyait-il autorisé à prendre un ton si affirmatif pour déclarer sa maigre bourse beaucoup mieux garnie qu'elle ne l'était en réalité ?

Ravergy ne la laissa pas longtemps en proie au doute, et, se
tournant vers elle :

— La senora, dit-il, me permettra bien de lui rendre service...

Et le geste de sa main, portée à sa ceinture, précisa d'une façon
significative le sens de sa proposition.

A cette offre inattendue, le visage de la pauvre femme s'éclaira
d'une lueur fugitive d'espoir ; mais, presque aussitôt, il se contracta
de nouveau douloureusement.

En quelques paroles inintelligibles pour les Français, mais sou-
lignées d'une mimique expressive, elle expliqua qu'elle éprouvait de
scrupule à accepter cet argent, ne sachant si elle serait jamais en
mesure de le rendre.

Le guide qui accompagnait nos voyageurs, remplissant l'office
d'interprète, se chargea de traduire la réponse de Ravergy, comme
il avait fait des explications de la femme.

— Le senor, dit-il, vous prie d'accepter, sans vous préoccuper
de la restitution.

Que votre fierté n'en soit pas humiliée : c'est un petit cadeau qu'il
vous offre... pour les enfants.

— Pour les enfants ! répéta dans son idiome la veuve éplorée.

Ces trois mots avaient produit l'effet d'une formule magique.

En vibrant profondément au cœur de la mère, ils avaient, à l'instant triomphé de ses hésitations.

Alors, la scène atteignit au plus haut degré de pathétique.

Renaissant tout à coup à l'espoir, cette femme, qui venait de
passer par des transes mortelles, se précipita aux pieds de Ravergy.

La surexcitation nerveuse, jointe à l'ardeur native de la race,
donnait à toutes ses démonstrations cette vivacité bruyante qui carac-
térise les gens des pays chauds.

Autant elle avait mis d'exaltation dans l'expression de sa douleur, autant elle en mettait dans l'expression de sa joie reconnaissante.

— O senor bienfaisant, senor magnanime, clamait-elle, merci
pour mes enfants !... que le Dieu tout-puissant vous bénisse ! que la
Vierge et les saints du Paradis vous protègent, vous et la senorita,
votre douce compagne !... Et aussi, votre vaillant compagnon !...

Bienfaiteur... sauveur... Envoyé de la Providence !... Elle accumulait les mots les plus sonores pour qualifier celui qui croyait n'a-
voir accompli qu'un devoir d'humanité bien simple et bien naturel.

Elle baisait les mains du jeune homme, en les mouillant de lar-

mes brûlantes comme les gouttes d'une pluie d'orage; elle baisait le
bas de la robe de la jeune fille, à qui elle attribuait, à juste titre
d'ailleurs, une part dans l'acte de générosité de son ami.

Cet acte, il faut le reconnaître, avait également provoqué l'admiration des spectateurs.

Un revirement complet s'était produit, parmi les passagers du
bateau, en faveur de l'étranger et de sa protégée.

De tous côtés, des acclamations s'élevaient, des applaudissements éclataient.

Mais Ravergy, dont la modestie s'accommodait mal de tous ces
témoignages de gratitude, de toutes ces démonstrations trop enthou-
siastes, avait hâte de s'y soustraire.

Un long et pénétrant regard de Thérèse n'avait-il pas été pour
lui le plus éloquent des remerciements, la plus précieuse des récom-
penses?

Le patron de l'embarcation se chargea de couper court à cette
cette scène en invitant l'Espagnole à embarquer sans plus de retard.

Maintenant qu'il avait une bonne recette en poche, rien ne le retenait plus au rivage; les arguments sonnants avaient eu raison de
ses scrupules au sujet de sa responsabilité et de la sécurité de ses
passagers.

La veuve ne voulut pas partir sans avoir comblé ses bienfaiteurs
de bénédictions, et, comme dernière marque de sa reconnaissance,
elle leur offrit les naïves et touchantes caresses de ses enfants, dont
Thérèse, dans un élan de tendresse féminine, couvrit les joues de
baisers.

— Adieu, senores! Adieu, senorita, s'écria la pauvre femme en
s'éloignant. Ce que vous venez de faire-là vous portera bonheur!

Bientôt, la gabare levait l'ancre, larguait ses voiles et quittait le
port.

Nos voyageurs restèrent encore quelques instants immobiles,
sur le quai.

Ils virent le bateau lourdement chargé tirer des bordées, puis,
graduellement, décroître jusqu'aux dimensions d'une coquille de noix,
tandis que, de l'avant où elle avait trouvé place avec ses enfants, l'Espagnole continuait à agiter la main vers ces amis inconnus, qu'elle ne
reverrait probablement jamais.

— C'est égal, mon capitaine, disait Michot, tu leur as donné une
fière leçon à ces sauvages-là; sans ton bon cœur...

— Laissons cela, interrompit Ravergy. Ce que j'ai fait n'a rien d'extraordinaire, et, en tout cas, tu as bien aussi quelque droit, je pense, à la gratitude de cette malheureuse femme.

— Moi?

— Oui, toi, mon cher camarade. Car si tu ne t'étais précipité à temps pour retenir l'inexorable patron, si tu ne l'avais intimidé par ton attitude énergique, j'arrivais trop tard.

— Mais tu as paru blâmer ma manière de faire?...

— Il le fallait bien, sous peine de compromettre les intérêts de notre protégée et de nous mettre nous-mêmes dans un très mauvais cas.

En feignant de te donner tort, j'ai évité le dénouement tragique d'une rixe qui pouvait ne pas tourner à ton avantage et j'ai obtenu le résultat désiré.

— C'est vrai, avoua Claude Michot, je m'étais peut-être un peu trop emporté. Mais des piastres, tout le temps des piastres dans ce maudit pays de coquins!... A ce train-là, mon capitaine, tu ne tarderas pas à te ruiner...

« Qui veut voyager loin ménage sa monture », dit le proverbe.

Ravergy répliqua :

— Il y a aussi un proverbe qui dit : « Mieux vaut douceur que violence. »

Écoute, ami Claude, tu es la bravoure même, toujours prêt à payer de ta personne et à risquer ta vie; mais tu ne feras jamais un diplomate.

— Ça n'est pas dans mes moyens, je le reconnais.

— Tu es avant tout l'homme du premier mouvement...

— Qui est souvent le bon!

— D'accord, et tu l'as prouvé une fois de plus tout à l'heure. Seulement, il y a des cas où le premier mouvement a besoin d'être corrigé par le second...

— Et, alors, en avant la diplomatie!

— Parfaitement!

— Et la danse des piastres?

— Quand c'est nécessaire.

— Ma foi! j'en conviens, j'ai la tête près du bonnet, le sang vif, et, lorsqu'on m'échauffe les oreilles, je suis porté à payer en plomb plutôt qu'en argent les particuliers qui me mettent le marché à la main, dit Michot en frappant sur la crosse de son fusil.

— Question d'opportunité, fit Ravergy.

Elle voyait s'étendre devant elle, à l'infini, l'immense nappe d'eau... (P. 1266.)

Il faut savoir ménager sa poudre aussi bien que ses écus, et ne les employer, l'une comme les autres, qu'à propos.

D'ailleurs, conclut-il, il n'entre aucune intention de blâme ou de reproche dans mes observations. A chacun son lot et son rôle, suivant les circonstances. Le tout est de s'entendre, et, avec l'aide d'un gaillard comme toi, sur l'énergie et le dévouement duquel on peut compter, il n'est pas permis de douter du succès final de notre entreprise.

— Tu me flattes, capitaine, protesta Claude modestement.

Je ne suis qu'un bon chien de garde, armé de pattes et de crocs solides... Médor, quoi!...

— Non, monsieur Michot, M. Georges ne vous flatte pas, il vous rend justice, prononça Thérèse qu'une profonde méditation avait, jusque-là, tenue la bouche close.

Revenue peu à peu de l'émotion que lui avait causée la scène à laquelle elle venait d'assister, la jeune fille s'était abandonnée à l'impression intense qu'elle ressentait à la vue de la mer.

Après tant de vicissitudes subies, d'angoisses éprouvées, de périls courus, elle la retrouvait donc enfin cette mer, naguère perfide, aujourd'hui libératrice!

Elle voyait s'étendre devant elle, à l'infini, l'immense nappe d'eau qui, d'abord, avait porté ses espérances, avait ensuite menacé de l'engloutir dans un épouvantable naufrage et, maintenant, lui offrait l'unique voie pour regagner la France, où la preuve certaine irrécusable de l'innocence de son père était si impatiemment attendue.

Tout à l'heure, elle avait suivi des yeux, le cœur palpitant, la malheureuse Espagnole, fuyant un danger mortel, emportant ses enfants, son cher trésor, loin du foyer de l'épidémie, vers quelque rive plus clémente.

De toute sa sympathie, elle avait compati à sa douleur, elle s'était associée à ses sentiments.

Et maintenant, n'attendait-elle pas elle-même un service semblable de l'Océan capricieux, devenu le maître de sa destinée?

La soustraire à un danger immédiat, la conduire au plus vite au port définitif, munie de son trésor — la lettre arrachée à Delaverne — voilà ce qu'elle lui demandait.

Oh! franchir l'espace! Aborder à la terre promise! brûler les relais en poste jusqu'à Paris, et là, accourir sans perdre une minute auprès de sa mère, en poussant ce cri d'allégresse et de triomphe :

« Me voici!

« Ne tremble plus, ne pleure plus, mère chérie : j'apporte le salut de mon père! »

Enlevée sur les ailes de l'imagination, elle se croyait déjà au but, elle vivait presque son beau rêve enfiévré, et il fallut un brusque rappel de sa raison pour la ramener à la réalité et à une juste notion de la distance.

Mais si la réalité était encore bien loin du rêve, elle n'était pas décourageante.

Si elle s'offrait sous l'aspect du vaste océan, elle se présentait aussi sous la forme de ces bâtiments mouillés en rade, et dont l'un, sans doute, allait, peut-être aujourd'hui même, la prendre à son bord, elle et ses fidèles compagnons.

Il ne lui restait plus qu'à prier Dieu et Notre-Dame des flots de vouloir bien assurer à ce navire des vents propices et une heureuse traversée.

Quels nouveaux obstacles pouvaient surgir désormais?

Quelle fortune contraire pouvait l'entraver dans l'accomplissement de sa tâche filiale?

La parole de la veuve espagnole, appelant sur la tête de ses bienfaiteurs la protection d'En-Haut, résonnait encore aux oreilles de Thérèse comme une prophétie de bon augure.

— N'avait-elle pas dit :

« Cela vous portera bonheur! »

X

NOUVELLES COMPLICATIONS

Pendant les divers incidents, dont on vient de lire le récit, le guide qui s'était mis si obligeamment à la disposition de nos voyageurs, s'était abstenu de toute intervention.

Il avait conservé l'attitude passive et désintéressée d'un homme dont tout le temps appartient à ses clients et qui n'a qu'à attendre leur bon plaisir et à se plier à leurs caprices.

Tout à l'heure, ces gens se montraient si pressés de s'occuper d'un navire en partance pour l'Europe!

Il leur avait plu d'oublier leur impatience et de s'attarder à cette diversion ; après tout, c'était leur affaire et non la sienne.

Le Mexicain n'était pas pressé, lui!

Il avait la placidité que donne la certitude d'atteindre le but sans courir.

Mais il put constater bientôt que nos personnages n'avaient pas perdu de vue l'objet principal de leur souci.

— Hâtons-nous, maintenant ! avait prononcé Thérèse, s'arrachant à la contemplation de la mer.

— Oui, appuya Michot, ne nous laissons pas moisir ici : c'est trop malsain.

Et Ravergy, s'adressant au guide :

— Ne nous avez-vous pas dit que l'office maritime était proche ?

— Parfaitement, le voici.

Il indiquait de la main un bâtiment bas, situé à une cinquantaine de pas et sur lequel flottait le pavillon espagnol.

— Allons !

Quelques instants après, ils pénétraient dans une salle à laquelle son mobilier sommaire, ses murs blanchis à la chaux donnaient l'aspect d'un corps-de-garde.

Une demi-douzaine d'hommes s'y trouvaient réunis en ce moment, causant bruyamment : négociants de la ville, capitaines de navire.

Ceux-ci étaient aisément reconnaissables, dès l'abord, au hâle particulier de leur teint, à la rondeur de leurs allures, au sans-gêne de leurs manières.

Une âcre fumée de tabac emplissait la pièce, ce qui inspira au brave Michot cette boutade lancée à mi-voix.

— C'est pour chasser le mauvais air !

L'entrée des étrangers provoqua un mouvement d'attention et interrompit les conversations.

L'ancien soldat, qui avait toujours l'œil au guet, crut même remarquer comme un signe d'intelligence, rapidement échangé entre le guide et l'un des marins.

Mais il n'y attacha pas grande importance, et il était plutôt disposé à l'interpréter favorablement.

« Je vous amène des passagers. — Compris ! Merci ! » N'était-ce pas le sens qu'il fallait attribuer au langage muet des deux compères ?

— D'ailleurs, le Mexicain dit tout de suite, très explicitement :

— La senorita et les senores cherchent passage pour l'Europe.

— Ah ! répondit le capitaine plus particulièrement interpellé, madame et ces messieurs sont Français, à ce que je présume !

Thérèse et Ravergy inclinèrent la tête affirmativement, tandis que Michot, avec son impétuosité accoutumée, s'écriait :

— Oui, capitaine, Français de France, et très pressés de retourner dans notre pays.

— Je comprends ça, dit le marin.

— Vous comprenez?...

— Dame! il ne fait pas bon ici, et je m'explique qu'on ne tienne pas à y laisser sa peau.

A ces paroles, qui s'appliquaient si bien à leur situation critique les fugitifs éprouvèrent un léger tressaillement; mais ils s'appliquèrent à ne rien laisser paraître de leur trouble intime.

— La violence de l'épidémie n'est pas pour nous engager à prolonger notre séjour, dit Ravergy.

— C'est ainsi que je l'entends, reprit le capitaine avec un gros rire.

Le *vomito-negro* est un failli-chien auquel on fausse volontiers compagnie... quand on le peut.

Ainsi, moi qui vous parle, j'ai là, en rade, un trois-mâts, un fin voilier, capable de filer ses huit nœuds à l'heure, et il y a beau jour, je vous en réponds, que j'aurais tiré ma révérence à la Vera-Cruz et mis le cap sur la France si j'étais libre!

— Comment! monsieur, vous n'êtes pas libre? interrogea Thérèse, anxieuse.

— Hélas! non, mad... madame.

— « Mademoiselle », rectifia Michot.

— Eh bien, mademoiselle, je vous le répète, je ne suis pas mon maître; sans cela...

— Et votre maître, quel est-il?

— Mon armateur.

— Et vous ne pouvez partir?...

— Sans ses ordres.

— L'armateur, c'est comme qui dirait votre général, fit Michot.

— Si vous voulez.

— Alors, on s'adressera au général.

— Pourquoi faire?

— Hé! parbleu! pour obtenir l'autorisation de lever l'ancre aujourd'hui-même.

Ça fera notre affaire à tous, puisque vous ne vous souciez pas plus que nous, comme vous le disiez tout à l'heure, de laisser votre peau dans ce sacré pays de peste.

— Je ne demande pas mieux... si vous obtenez l'autorisation.

— Nous y tâcherons, intervint Ravergy, et, dût on doubler, tripler pour nous le prix du passage, nous sommes prêts à bourse délier.

— Oh! répliqua le capitaine, mon armateur n'a pas besoin de saigner les gens; il est assez riche déjà, et je crois que la question d'argent est pour lui secondaire.

— Son nom ?... sa demeure... insista Ravergy, bouillant d'impatience, et si une démarche peu cruelle est nécessaire...

— Sa demeure est un peu plus loin d'ici, monsieur; il habite Mexico.

— D'où nous venons! Mille tonnerres! laissa échapper Michot.

— Quant à son nom, il est bien connu au Mexique; vous n'êtes pas sans avoir entendu parler du richissime Delaverne!

— Delaverne!

Ce nom maudit, abhorré, monta en même temps aux lèvres des trois voyageurs.

Toutefois, chacun d'eux fit un effort surhumain pour dominer son émotion,

Thérèse, presque défaillante, avait dû s'appuyer sur le bras de Georges.

Celui-ci reprit, en affectant le plus grand sang-froid :

— En effet, nous ne pouvons ignorer le nom d'un personnage de cette importance; mais peut-être, en cette affaire, son intervention n'est-elle point aussi indispensable que vous le supposez.

— Il faudra bien se passer de lui, et pour cause, pensa Michot, qui mieux que personne savait à quoi s'en tenir sur ce point et se flattait d'avoir expédié *ad patres*, de sa propre main, le coquin millionnaire.

— Cette intervention est, au contraire, tout à fait indispensable, affirma le capitaine.

J'ai reçu de M. Delaverne des instructions formelles, m'enjoignant d'attendre qu'il soit prêt lui-même à s'embarquer; car il a l'intention de faire un voyage en Europe.

— Bon! pensa encore Michot, ce brave loup-de-mer n'est pas au courant des événements : il ignore totalement qu'en fait de voyage, son brigand de patron a accompli celui dont on ne revient pas.

Ce fut également la conclusion logique que les deux compagnons de Claude tirèrent de cette déclaration; et ils se sentirent rassurés, bien que la situation restât singulièrement difficile.

— C'est un contre-temps extrêmement fâcheux, dit Ravergy, qui cherchait un moyen de surmonter les obstacles.

— Désolant! murmura Thérèse.

— Certes, répliqua le capitaine, je conçois votre ennui, puisque vous avez hâte de partir. Mais que voulez-vous? à l'impossible nul n'est tenu.

Tant que je n'aurai pas reçu d'instructions nouvelles, je ne bouge pas d'ici.

Si M. Delaverne a renoncé à son projet, il me le fera savoir. Si nous voulons solliciter de lui l'autorisation de lever l'ancre, il faudrait lui dépêcher un exprès : alors, c'est une quinzaine au moins à attendre pour connaître sa décision.

— Quinze jours! oh! mon Dieu! mon Dieu! gémit Thérèse, épouvantée de ce nouveau délai qui menaçait de compromettre le succès de son entreprise.

Dans son trouble, elle avait un instant oublié la mort tragique de Delaverne, et elle raisonnait comme si le misérable était encore de ce monde et animé de sentiments autres que ceux que nous lui connaissons.

Mais la notion de la réalité lui revint bientôt, et cette réalité lui apparut brutale, implacable, surtout quand elle entendit Michot grommeler entre ses dents :

— Quinze jours!... L'éternité, plutôt!...

— Tout cela n'est guère pratique, conclut Ravergy, de plus en plus soucieux; mais, puisque le capitaine est lié, notre insistance serait inutile.

— Complètement inutile, monsieur; je suis l'esclave de mon devoir et de ma consigne.

Et, s'efforçant de prendre un ton galant pour s'adresser à la jeune fille, le marin ajouta :

— Croyez à mes sincères regrets, mademoiselle; j'aurais été charmé de vous être agréable, ainsi qu'à messieurs vos amis.

Là-dessus, il esquissa un salut un peu gauche et tourna brusquement les talons.

Michot était devenu très perplexe.

Une chose le tracassait : après avoir paru tout d'abord accueillir avec plaisir l'arrivée des étrangers qu'on lui amenait en qualité de futurs passagers, pourquoi le capitaine montrait-il si peu d'empressement à les prendre à son bord?

Que signifiait alors le coup d'œil qu'il avait, au début, échangé avec le guide?

Il est vrai qu'il n'avait pu deviner tout de suite le désir des voyageurs de partir à bref délai, et qu'il ne soupçonnait pas les puissants motifs de leur impatience.

En somme, il ne leur avait pas refusé le passage; il les avait seulement avertis de la nécessité d'une attente dont il n'était point en mesure de leur fixer le terme.

N'importe! on débutait par un gros échec.

D'autres tentatives allaient-elles être plus heureuses?

Il l'espérait vaguement, sachant d'ailleurs que, pas plus que lui, son ami Georges n'était homme à battre en retraite avant d'avoir épuisé toutes ses munitions.

Ravergy s'était tourné vers le guide :

— Il doit y avoir ici d'autres capitaines de navire; veuillez me les indiquer.

— Parfaitement, senor, répondit le Mexicain.

Et il désigna un grand diable au teint de brique, à la barbe rousse, offrant en toute sa personne le type de l'Américain du Nord.

— Vous avez un bateau en partance: demanda Ravergy

— Oui, monsieur, une goëlette.

— Et vous partez?..

— Au premier jour.

— Voulez-vous nous prendre à votre bord? Vos conditions seront les nôtres.

— Où allez-vous?

— En France.

— Ce n'est pas mon chemin; je vais, moi, à la Nouvelle-Orléans.

Une profonde déception se peignit sur le visage des voyageurs.

Michot, toutefois, ne se laissa pas démonter.

Bien qu'il eût déjà pas mal couru le monde, l'ancien soldat ne possédait que des connaissances géographiques que fort sommaires, et les cartes qu'il pouvoit avoir eu sous les yeux l'avaient assez mal initié à l'appréciation des distances.

Les degrés de longitude et de latitude, tout cela était pour lui de l'hébreu.

Ce fut donc avec un superbe aplomb qu'il proposa :

— Eh bien, capitaine, si vous nous conduisiez en France avant d'aller à la Nouvelle-Orléans, vous en seriez quitte pour un peu de retard.

Malgré leurs graves préoccupations, Thérèse et Ravergy ne purent s'empêcher de sourire.

L'Américain demeura impassible.

Le guide, ayant pris une avance de quelques pas, indiquait le chemin. (P. 1277.)

— Vous voulez plaisanter, se contenta-il de dire, en haussant les épaules.

— Ce n'est pas le moment, riposta Michot, ne comprenant pas l'énormité de sa proposition.

Et croyant user de cette diplomatie dont son compagnon lui avait donné des leçons, il insista :

160. — SEULE !   160.

— Voyons, capitaine, laissez-vous tenter; on ne regardera pas au prix.

— Vous auriez beau m'offrir des lingots d'or à faire couler mon bateau, que je ne changerais rien à mon itinéraire.

— Pourquoi?

— Parce que, quand même j'en aurais le temps, je n'en ai pas le droit.

— Alors, il faut s'adresser au bon Dieu?

— Non, cela ne regarde pas le bon Dieu; cela regarde l'armateur pour le compte duquel je navigue.

— Et qui s'appelle?

— M. Delaverne.

Michot crispa les poings en poussant un sourd grognement.

De peur de se trahir, Thérèse et Ravergy n'ajoutèrent pas un mot.

L'Américain ne prolongea pas l'entretien et s'éloigna sans s'être départi de son flegme.

— A un autre! prononça Ravergy d'une voix saccadée, où perçait son impatience nerveuse.

— Parfaitement! senor, acquiesça le Mexicain; il y en a encore un, si je ne me trompe, et peut-être celui-ci fera-t-il votre affaire.

Le troisième capitaine était un Espagnol olivâtre, aux yeux noirs très mobiles, au verbe exubérant.

Il expliqua qu'il avait à bord de son brick un chargement pour Cadix, où il devait se rendre directement après une courte escale à La Havane.

Une lueur d'espoir éclaira le visage de nos voyageurs.

— Et une fois arrivé à Cadix? demanda Ravergy.

— Je reprendrai un chargement pour la Vera-Cruz.

— Ne pourriez-vous, à l'aller, faire un crochet et aborder à quelque point de la côte de France?

— Oui, appuya Michot, l'Espagne, la France, ça se touche.

— Par terre, assurément; mais, par mer, le voisinage est un peu plus éloigné, objecta l'Espagnol en souriant; le crochet dont parle le senor serait beaucoup trop long.

— Impossible? insista le jeune homme.

— Impossible, senor, malgré mon désir de vous rendre service.

— Eh bien, déclara Ravergy, nous irons à Cadix...

Toute l'Espagne à traverser, ensuite les Pyrénées à franchir, sans compter le trajet à travers la France qui, de la frontière à Paris, ne sera pas un petit voyage!

Mais faute de mieux, nous nous résignerons à cet itinéraire.

— Puisqu'il le faut! approuva Thérèse, en complète communauté de pensée avec son ami, et comprenant que c'était là le salut.

— Nous en avons vu bien d'autres! s'écria Michot, pris d'une ardeur martiale...

— Le brick est prêt à partir?

— Il est prêt, répondit le capitaine.

— Dès aujourd'hui?

— Si l'on veut.

— Si nous le voulons? dit Michot. Je crois bien! N'est-ce pas, monsieur Georges? N'est-ce pas, mamzelle Thérèse?

Un geste des deux jeunes gens fut l'expression suffisamment éloquente de leur plus cher désir.

— A vos ordres, capitaine! A vos ordres! clamait l'ancien soldat. Embarquons!

— Hé! l'ami, interrompit le marin, vous allez un peu trop vite en besogne. Le jour du départ ne dépend ni de votre volonté ni de la mienne.

— La mer n'est pourtant pas mauvais

— Excellente!

— Le vent est-il contraire?

— Excellent aussi.

— Eh bien?...

— Je voulais dire que le départ est subordonné à une volonté supérieure à la nôtre, et tant que je n'aurai pas reçu l'ordre définitif du propriétaire du bateau, le senor Delaverne...

Le nom exécrable tombait pour la troisième fois comme la foudre, ruinant, anéantissant la suprême espérance des malheureux voyageurs.

Ce dernier coup fut le plus terrible.

— Et de trois! gronda Michot, furieux, en lâchant un juron.

Ravergy fut secoué d'un frémissement, et Thérèse lui serra convulsivement la main.

Elle éprouvait la sensation du vide, de la chute au fond d'un gouffre où elle disparaissait, entraînant avec elle d'autres victimes dont l'existence lui était cent fois plus chère que la sienne.

Ainsi, étrange et cruelle fatalité, même mort, Delaverne se dressait encore devant elle pour lui barrer la route de la Terre promise!

XI

LA « BUENA POSADA »

Nos trois amis étaient restés consternés, à la suite des déceptions successives qu'ils venaient d'éprouver.

Ils étaient comme des naufragés qui voient leur échapper une à une, au remous des vagues, les épaves auxquelles ils cherchent à ss cramponner.

Un espoir ne luisait à leurs yeux que pour s'évanouir aussitôt.

Cruelle ironie du sort! Il ne restait plus à la Véra-Cruz que trois navires en partance et ces trois navires appartenaient à Delaverne.

Et, pour mettre à la voile, ils attendaient les ordres de leur propriétaire!

Ils pouvaient attendre indéfiniment.

De ces bâtiments, le seul qui les aurait conduits droit au but tant désiré devait être, précisément, celui lequel le millionnaire comptait s'embarquer avec Thérèse, après son mariage; sa destination était la France, il semblait les narguer, là, tout prêt, à quelques encâblures : leur mauvaise étoile leur interdisait d'en profiter.

Les mêmes pensées, les mêmes sentiments s'agitaient en eux; mais la présence de témoins gênants ne leur permettait pas de se les communiquer autrement que par le langage des yeux.

Leurs angoisses, leur détresse se lisaient dans leurs regards.

Ravergy luttait de toutes ses forces contre le découragement dont il se sentait envahi.

Michot dévorait sa rage, se creusait la cervelle, tâchant d'imaginer quelque ruse de guerre qui les sortît d'affaire.

Quant à Thérèse, elle adressait à Dieu une pressante prière mentale, mettant en lui son suprême recours, comme elle l'avait toujours fait dans les circonstances critiques.

Le guide avait assisté aux pourparlers dont le résultat était si complètement négatif.

Il paraissait compatir, bien sincèrement, à la peine des voyageurs.

— Très fâcheux, dit-il. Oui, très fâcheux; mais que les senors et la senorita ne se désolent pas trop...

— Eh! l'ami, vous en parlez à votre aise! s'écria Michot, toujours prêt à s'emporter.

— Un changement peut se produire...

— Vous voyez?...

— Qui sait?... En attendant, si j'osais donner un conseil aux senors et à la senorita, je les engagerais à prendre un peu de repos; ils doivent être extrêmement las.

Il n'était pas besoin d'être très perspicace pour constater chez les fugitifs, et surtout chez Thérèse, les traces d'une grande fatigue, après les rudes étapes qu'ils venaient de parcourir de Mexico à la Véra-Cruz.

— Cet homme a raison, dit Ravergy; il faut d'abord nous restaurer et nous reposer.

En prononçant ces mots, il tournait vers la jeune fille un regard plein de sollicitude.

— Oh! protesta Thérèse, s'il ne s'agit que de moi, je me sens capable de surmonter bien des fatigues, bien des privations, pour éviter de perdre un temps précieux.

— Mam'zelle Thérèse est la plus courageuse de nous trois! proclama Michot, n'est-ce pas, mon capitaine?

— Certes! répliqua Georges; mais ses forces finiraient par trahir son courage.

D'ailleurs, ce n'est pas dans l'état de fatigue et d'énervement où nous sommes que nous pourrions délibérer utilement sur les moyens de résoudre les difficultés de la situation.

Puis, s'adressant au guide:

— Allons! conduisez-nous dans une hôtellerie convenable.

— A vos ordre, senor, à vos ordres.

Et dans un baragouin mi-espagnol, mi-français, le Mexicain se confondait en formules serviles, répétant constamment:

— *Servidor de ustedes... Buena posada...*

Ils quittèrent donc sans plus tarder l'office maritime et se dirigèrent vers une des rue voisines du port.

Le guide, ayant pris une avance de quelques pas, indiquait le chemin.

Thérèse marchait, escortée de ses fidèles compagnons et Ravergy tout en cheminant, exprimait son avis sur la nécessité de pouvoir se concerter entre eux, à l'abri des oreilles indiscrètes.

Ce qu'ils n'avaient pu faire en présence des capitaines de navire et de ce guide, ils pourraient le faire librement et en toute sécurité, lorsqu'ils seraient installés à l'hôtellerie.

D'ailleurs, le gîte à leur convenance n'était pas loin.

Ils arrivèrent bientôt devant une vaste maison blanche, d'aspect assez confortable.

C'est ici, dit le guide.

Il s'était arrêté près du seuil, s'effaçant déjà respectueusement pour leur laisser le passage, lorsque, tout à coup, se ravisant, il se frappa le front, comme s'il avait oublié quelque chose.

— Je n'y pensais plus, dit-il ; avant votre installation, il y a une petite formalité à remplir.

— Ah ! bah ! s'écria Michot.

— Quelle formalité ? interrogea Ravergy d'un ton d'impatience.

— Oh ! peu de chose ; seulement c'est indispensable.

— Mais encore ?

— Il faut une déclaration.

— Une déclaration ?

— Vous êtes étrangers, n'est-ce pas ?

— Pas besoin d'être sorcier pour le deviner, grogna Michot.

— Et vous ne connaissez personne à la Véra-Cruz ?

— Personne !

— Eh bien, expliqua le guide, il y a ici un règlement très sévère : tout étranger débarquant dans notre ville et désirant y séjourner à l'hôtellerie doit faire une déclaration ?

— Où ? A qui ? demanda Ravergy.

— A l'administration de la municipalité.

— L'hôtelier ne peut-il recevoir notre déclaration ?

— Non, senor caballero !

— Ne pouvez-vous la porter, de notre part, à qui de droit ?

— Pas davantage. Sans cela, ce serait avec plaisir ; mais il faut comparaître en personne.

— On tient à voir notre figure ! lança ironiquement Michot, en passant ses doigts dans sa barbe broussailleuse.

— C'est pour tout le monde la même chose, affirma le guide. Une petite formalité... cinq minutes, au plus... Du reste, la Maison municipale est près d'ici.

— Allons ! commanda Ravergy.

— En voilà des pékins de Chinois ! ne put s'empêcher de grommeler son compagnon.

Je vous demande un peu !... Comme si tant de cérémonies étaient nécessaires pour héberger d'honnêtes gens !...

Un sourire éclaira la face bronzée du Mexicain et, tout en paraissant goûter la boutade facétieuse de l'ancien soldat, il eut un geste qui signifiait :

— Que voulez-vous ? Je n'y puis rien.

— La Maison municipale était, comme il l'avait dit, située à peu de distance, sur une place où elle se distinguait tout de suite par ses dimensions et ses prétentions architecturales.

Une assez grande animation régnait aux abords de l'édifice, en raison des mesures nécessitées par l'épidémie et du chiffre considérable de décès à enregistrer.

Le guide y retrouva, rôdant comme des simples flâneurs, les deux camarades qui, en même temps que lui, avaient faits des offres de service aux voyageurs.

La préférence dont il bénéficiait ne semblait pas avoir altéré leurs bons rapports, ni éveillé chez les concurrents évincés la moindre animosité contre les étrangers.

— Les trois Mexicains échangèrent entre eux des sourires et des propos amicaux et quelques instants après, celui auquel était échu l'honneur de piloter les voyageurs les introduisait dans le bureau où ils avaient affaire.

A leur entrée, l'employé affalé sur un siège rustique sembla se réveiller, comme surpris au milieu d'une sieste paresseuse.

Un homme qu'on dérange est toujours maussade.

Quand cet homme est un bureaucrate, la mauvaise humeur atteint à son comble.

Mais celui-ci se rasséréra bien vite en apercevant l'introducteur des nouveaux venus.

— Ah ! c'est vous, Pablo ? dit-il.

Et rien que la façon dont il l'interpellait ainsi, familièrement, par son nom, indiquait que le guide était pour lui une vieille connaissance.

Oui, senor, répondit le Mexicain, je vous amène des étrangers pour la déclaration.

— *Muy bien !* Je vais l'enregistrer.

Tout en feuilletant les pages d'un registre posé sur la table, l'employé coulait, à la dérobée, un regard inquisiteur vers les voyageurs.

— Ces trois personnes sont ensemble ? interrogea-t-il.

— Ensemble, senor.

— Alors, c'est une bonne aubaine pour vous ?

— Excellente, *gracias à Dios !* fit Pablo, avec un jeu de physionomie qui exprimait une vive satisfaction.

Et, chose curieuse, le même jeu de physionomie se reproduisit sur les traits de l'employé.

Cette coïncidence ne fut pas sans frapper nos amis.

Il était évidemment tout naturel que le guide se réjouît d'une aubaine qui lui promettait une rémunération assez ronde ; mais quelle communauté d'intérêt pouvait-il y avoir entre les deux compères et pourquoi semblaient-ils s'entendre comme larrons en foire ?

L'explication la plus simple, la plus vraisemblable était probablement la suivante :

Dans ce pays, le mercantilisme des fonctionnaires subalternes était un abus courant :

Peut être les déclarations de séjour faites par les étrangers impliquaient-elles le paiement d'une taxe et il n'était pas téméraire de supposer que la majoration arbitraire de cette taxe fournissait à l'agent chargé de la percevoir un gain supplémentaire non négligeable.

— Veuillez approcher, senores et senorita, dit le plumitif... Bon !... Maintenant, faites-moi l'honneur de répondre à mes questions.

De qué nacion ?... De quel pays ?...

— Français ! clama Michot d'une voix tonnante.

— « Français », répéta l'employé, tout en écrivant.

Mais je vous interrogerai l'un après l'autre ; laissez parler premièrement le *senor caballero*, reprit-il en désignant Ravergy ?

— D'où venez-vous ?

— De Mexico.

— Où allez-vous ?

— En France.

— Combien de temps pensez-vous séjourner à la Vera-Cruz ?

— Le moins de temps possible.

— Je comprends... Notre ville n'est guère hospitalière en ce moment, à cause de cette terrible épidémie, et je m'étonne que vous n'ayez pas choisi de préférence un autre point d'embarquement

— Nous ignorions que la fièvre jaune sévissait ici.

— Votre nom ?

— Georges Ravergy.

— Votre profession ?

— Ex-officier aux armées de la République.

SEULE !

Tournant dans son étroit réduit comme un fauve dans sa cage .. (P. 1286.)

— Et vous voyagez ?...

— Pour des affaires de famille.

— *Gracias* ! senor. La discrétion me fait un devoir de ne pas insister davantage... A votre compagnon, maintenant...

Le brave vendéen débita son chapelet tout d'une haleine :

— Michot... Claude... ancien soldat aux armées de la République, au service de mon capitaine, ici présent ; prêt à la suivre partout où il ira, sur terre, sur mer... et cœtera...

— *Muy bien* !... Et vous senorita ?

— Thérèse Valomer...

— Voyageant ?

— Également pour affaires de famille.

— Parente ou alliée des senores présents ?

— Ces messieurs... sont... mes amis, balbutia la jeune fille en rougissant.

— *Muy bien* ! La discrétion... Le devoir... conclut l'employé en clignant de l'œil d'un air entendu... L'identité des trois personnes est suffisamment établie ; pour nous mettre tout à fait en règle, il ne reste plus qu'une petite formalité...

Michot éclata :

— Encore une !... Petite formalité par-ci, petite formalité par-là !... Ah ! ça on, n'en finira donc jamais avec toutes ces tracasseries de bureaucrates ?

Faut-il vous le répéter monsieur le fonctionnaire ? nous sommes d'honnêtes chrétiens, et non pas des *compadres* de grand chemin. Nous n'abuserons pas de l'hospitalité mexicaine, allez !... S'il y avait eu seulement dans le port un navire prêt à nous ramener chez nous, nous serions embarqués à l'heure où j'ai l'honneur de vous parler.

Ravergy, qui croyait avoir compris l'objet de la dernière « petite formalité » avait porté la main à sa ceinture, au risque de provoquer une nouvelle sortie de son peu endurant compagnon sur la danse des piastres.

Et, comme pour corroborer la justesse de l'interprétation donnée par le jeune homme aux paroles du fonctionnaire, le guide souriait toujours...

Une de ces surprises qui ont la soudaineté d'un coup de foudre allait démontrer à Ravergy combien son interprétation était erronée.

Quel mot à double entente avait été prononcé ? Quel signal convenu avait été donné ?

Avant que nos voyageurs eussent eu le temps d'apercevoir rien de suspect, ils se trouvèrent brusquement entourés par une douzaine d'hommes qui, un à un, à la muette, s'étaient glissés derrière eux.

Immédiatement, chacun d'eux fut cerné, appréhendé par un groupe de quatre argousins.

Il n'en fallait pas autant pour s'assurer de la personne de Thérèse.

En ce moment, épuisée par les fatigues et les émotions, atterrée par ce coup de surprise, elle n'était plus que la pauvre femme qu'il est facile de capturer sans recourir à la force brutale.

Mais il n'en était pas de même de ses compagnons.

Leur premier mouvement avait été de se précipiter vers la jeune fille pour la dégager.

Vaine tentative.

Les poignes vigoureuses qui, avec un parfait ensemble s'étaient abattues sur eux, paralysaient tous leurs mouvements.

Ils eurent beau protester, crier au guet-apens, se débattre en efforts désespérés, ils devaient fatalement succomber sous le nombre.

Après une courte lutte, les prisonniers se voyaient entraînés, chacun d'un côté différent.

L'habileté de la tactique employée pour les arrêter avait consisté non seulement à user de ruse, mais encore à les séparer à l'improviste.

.   .   .   .

C'était donc dans l'isolement de leurs cellules respectives qu'ils s'abandonnaient maintenant à leurs pensées.

Des cellules ! Le mot n'est pas tout-à-fait juste.

Les pièces où on les avaient enfermés étaient plus exactement des chambres appropriées pour la circonstance.

Elles n'offraient pas l'aspect rébarbatif du cachot de prison : ni portes épaisses et verrouillées, ni barreaux aux fenêtres, ni chaînes fixées à la muraille.

Mais elles étaient étroitement gardées par les solides gaillards qui avaient procédé à l'arrestation des fugitifs, et les mesures les plus rigoureuses étaient prises pour empêcher toute tentative d'évasion.

Leurs gardiens, interrogés, avaient d'ailleurs obstinément refusé de leur fournir la moindre explication sur les motifs de cette arrestation inattendue.

Ignorance réelle ou consigne reçue, à toutes les questions ils se contentaient de répondre :

— *No lo sé...* Je ne sais pas.

Aussi, nos amis en étaient-ils réduits aux conjectures.

— Comment, songeait Ravergy, avons-nous été signalés comme suspects?

De quoi nous accuse-t-on?

Depuis notre arrivée à la Vera-Cruz, aucun incident ne s'est produit qui pût nous compromettre.

D'autre part, tout semble prouver que notre arrestation était préméditée et que ce guide si complaisant avait mission de nous faire tomber dans un panneau tendu d'avance.

Le drame de Mexico serait-il connu ici, et serions-nous désignés comme les auteurs de la mort tragique de Delaverne?

Cette supposition est tout au moins vraisemblable.

Et Ravergy envisageait les conséquences inquiétantes d'une telle complication à laquelle ses amis et lui avaient cru se soustraire par une fuite rapide.

Une seule chose le consolait un peu, c'était la certitude que Delaverne avait emporté dans la tombe le secret du drame.

La bouche close à jamais par le coup foudroyant de Claude Michot, l'odieux personnage n'avait pu rien révéler, et, dans le cas probable où Talakis et les domestiques auraient désigné les hôtes momentanés de Delaverne à la police comme les assassins de leur maître, les présomptions ne s'étayaient sur aucune preuve certaine.

Une grosse partie allait peut-être s'engager, où il faudrait jouer serré, sous peine d'échouer misérablement dans l'entreprise commune, après avoir remporté cette victoire : la conquête de la lettre libératrice.

Aux soucis tenaillants de Ravergy se mêlait intimement la pensée de Thérèse.

Il la voyait seule, elle aussi, dans sa cellule, s'abandonnant au plus cruel désespoir, appelant en vain à son secours ses amis dont on l'avait brutalement séparée.

Il souffrait de ne pouvoir être auprès d'elle pour la réconforter et l'encourager, dans une circonstance aussi critique.

Enfin il se demandait, avec une poignante angoisse, à quel traitement elle allait être soumise par ses geôliers et si ceux-ci, abusant de sa faiblesse de femme et de l'état de dépression physique et morale où avaient dû la jeter la lassitude et l'émotion, ne lui arracheraient pas, soit par la ruse, soit par la terreur, quelque demi-aveu compromettant.

Certes, il savait bien — des preuves antérieures l'attestaient hautement — de quels prodiges sublimes la courageuse jeune fille était capable, en sa ferveur d'amour filial; mais les forces humaines ont des limites.

Quelle torture indicible, de se sentir absolument impuissant à franchir, au moment d'un danger si menaçant, les obstacles qui se dressaient entre lui et la chère créature à laquelle il avait voué l'amour le plus pur et le plus désintéressé.

En supposant que Thérèse était en proie à un profond accablement, Ravergy ne se trompait point.

Elle demeurait épuisée, anéantie, ne sachant si elle faisait un horrible cauchemar ou si elle était éveillée.

Elle s'abandonnait à des crises de désespoir bruyant d'où elle ne sortait que pour retomber dans une prostration voisine de l'évanouissement.

— Mon malheureux père !... ma pauvre mère !... murmurait-elle en paroles entrecoupées de sanglots.

Et parfois aussi, un nom venait errer sur ses lèvres frémissantes : Georges !... le nom du bien-aimé, dont elle implorait l'assistance, comme s'il eût pu l'entendre à travers les murailles.

Le brave Michot, lui non plus, ne supportait pas avec résignation ce dernier coup du sort.

N'ayant ni le sang-froid, ni l'esprit de réflexion comme son capitaine, il se laissait aller à toute la fougue primesautière de son tempérament.

D'abord, quoique désarmé, il avait voulu résister à ses gardes, engager contre eux une lutte inégale.

Il avait dû promptement renoncer au dessein généreux mais téméraire de se frayer par la force un chemin à travers cette barrière humaine, et de courir délivrer ses compagnons.

Obligé de céder à la supériorité du nombre, comprenant l'inutilité d'une tentative insensée, il en était réduit à exhaler sa rage en un monologue véhément, où il ne mâchait pas les expressions.

Tournant dans son étroit réduit comme un fauve dans sa cage :

— Ah ! les coquins d'alguazils, grondait-il, nous ont-ils assez joués !

J'avais un pressentiment, je flairais le traquenard où nous sommes bêtement tombés.

C'était bien le cas de se rappeler le vieux dicton : « Méfiance est mère de sûreté. »

Gredin de guide! Je m'explique maintenant pourquoi son museau
de renard ne me revenait pas... Et son sourire faux... Et sa politesse
obséquieuse... Et sa complaisance trop empressée !...

— « *Buena posada !* » répétait-il de son ton mielleux.

Eh bien, nous y voilà dans sa *buena posada !*

C'était lui, tout simplement, le chef des policiers apostés à l'entrée de la ville pour nous recevoir à notre arrivée, le malin de l'es-
couade, chargé de nous enjôler et de nous conduire ici en douceur,
sans tambour ni trompette.

— Ah! traître !... Si je te tenais, tu passerais un mauvais quart
d'heure, je t'étranglerais comme un chien !

L'animal nous a menés à la souricière en se gaussant de nous,
par-dessus le marché.

La *buena posada !* La bonne auberge ! Elle est excellente, en
vérité !... Quatre murs nus et, en guise de valets, quatre gaillards
prêts à vous assommer si l'on fait mine de vouloir prendre l'air par
la porte ou par la fenêtre.

Je suis là, bouclé, ignorant du sort de mon capitaine et de Mademoiselle Thérèse.

La *buena posada !* Et pas seulement une croûte de pain à se mettre
sous la dent, pas un verre d'eau à avaler... On crève de faim et de
soif... Ce n'est guère le moment de se laisser périr pourtant...

A peine achevait-il ces mots que, comme si son souhait eût été
entendu, la porte s'ouvrit, livrant passage à un homme de service qui
apportait un repas sommaire au prisonnier.

Ses compagnons venaient d'être l'objet de la même attention.

Dans les circonstances les plus pénibles de la vie, alors que l'âme,
en proie à une grande douleur ou à un grand souci, semble se détacher du corps et se désintéresser des nécessités matérielles, la nature
réclame impérieusement ses droits.

Nos trois amis, exténués et défaillants, se décidèrent donc, malgré leurs graves préoccupations, à prendre quelque nourriture, sentant d'instinct qu'ils avaient besoin de soutenir leurs forces pour des
éventualités inconnues, mais probablement redoutables.

XII

LA VOIX ACCUSATRICE

Il y avait une heure environ que les prisonniers étaient chambrés, quand deux hommes ayant l'aspect de fonctionnaires se présentèrent à la municipalité.

Grand, maigre, le regard dur, l'un de ces hommes paraissait être le chef hiérarchique de l'autre.

Son subordonné, petit, replet, l'air paterne, portait sous le bras un long portefeuille de cuir.

Pablo, le faux cicerone, dont nous connaissons maintenant la véritable qualité, les accompagnait.

Le premier, reçu respectueusement par les gens de service, alla d'abord conférer quelques instants avec le bureaucrate devant lequel les voyageurs avaient été amenés à leur arrivée et qui avait recueilli de leur propre bouche des renseignements sommaires sur leur personnalité.

Puis il ordonna qu'on le conduisit immédiatement auprès des prisonniers, afin de les interroger successivement.

Ce fonctionnaire n'était autre que le chef de la police, remplissant en même temps l'office de magistrat enquêteur.

Il commença son enquête par l'interrogatoire de Thérèse.

C'était de sa part une tactique adroite ; en effet, il pouvait présumer que la jeune fille, moins bien armée que ses compagnons pour se défendre contre ses questions insidieuses, serait plus accessible à l'intimidation.

Il la trouva dans un état d'anéantissement complet, d'où son apparition la tira brusquement.

En voyant entrer les deux personnages, devant lesquels les gardiens postés à la porte s'effacèrent avec déférence pour leur livrer passage, Thérèse tressaillit et se releva vivement, le regard effaré.

Quels étaient ces hommes ?

Venaient-ils en ennemis ou en libérateurs ?

— Que voulez-vous, Messieurs ? demanda-t-elle anxieuse.

— Vous interroger d'abord, senorita, déclara le fonctionnaire, nous verrons ensuite si nous pouvons vous rendre la liberté.

Thérèse était entraînée brutalement, comme une criminelle... (P. 1295.)

A ce mot de liberté, une lueur d'espoir éclaira les yeux de la prisonnière, tout humides de larmes.

Les traits rigides du magistrat s'étaient détendus, adoucis en une expression presque souriante.

Il semblait avoir été touché par tant de jeunesse, de grâce et de douleur.

Il échangea quelques mots en espagnol avec son auxiliaire.

Celui-ci, sorte de greffier, ouvrit le portefeuille dont il était porteur, s'installa à une petite table qui, avec deux chaises, composait tout le mobilier de la pièce, y étala des papiers, et tira d'une de ses poches une écritoire.

Le chef de la police reprit en français (il parlait très couramment cette langue qu'il avait fréquemment l'occasion de pratiquer, comme beaucoup de ses compatriotes, dans une ville maritime où l'élément cosmopolite comptait en proportion assez considérable dans la population) :

— Veuillez vous remettre, Mademoiselle, et répondre à mes questions... Vous vous appelez bien Thérèse Valomer ?

— Oui, Monsieur.

— Vous êtes Française ?

Thérèse fit un signe de tête affirmatif.

— Vous venez directement de Mexico ?

— Oui, Monsieur.

— Et quel est le motif de votre présence dans notre ville ?

— J'ai l'intention de m'embarquer sur le premier navire en partance pour retourner dans mon pays.

— Très bien ! vos réponses sont conformes aux déclarations que vous avez faites tantôt à l'officier municipal...

— Ne lui avez-vous pas dit aussi que des affaires de famille vous avaient appelée à Mexico ?

— C'est exact.

— Parfaitement ! Toutefois, senorita, je suis obligé de me montrer sur ce point moins discret que ne l'a été ce fonctionnaire. Me ferez-vous l'honneur de m'expliquer quelle est la nature de ces affaires... de famille ?

— Ce sont des choses d'un caractère tout intime, répondit Thérèse, visiblement troublée par des interrogations qui se précisaient et par le regard inquisiteur que le magistrat fixait sur elle, comme pour fouiller jusqu'au fond de sa pensée.

— Voyons, mon enfant, insista celui-ci, en redoublant d'apparente bienveillance et en prenant un ton paternel, ces choses... intimes, vous me ferez bien l'honneur de me les confier, à moi.

— De quel intérêt cela serait-il pour vous, monsieur ? dit la jeune fille, dont le trouble augmentait et qui, instinctivement, cherchait à se dérober, sentant qu'on arrivait au point redouté où l'interrogatoire devenait scabreux.

— D'un très grand intérêt, senorita, car de vos explications dépend votre mise en liberté et aussi celle de vos compagnons de voyage...

Ses dévoués compagnons, ses chers amis ! Thérèse ne les avait certes pas oubliés.

Elle s'inquiétait de leur sort comme ils s'inquiétaient du sien ; elle se désolait d'en être séparée, de ne pouvoir se concerter avec eux, et d'être privée de leur appui, dans une circonstance si critique.

Mais les dernières paroles du magistrat eurent pour résultat de dissiper la confusion de ses idées.

Le sentiment de l'étroite solidarité qui unissait les trois prisonniers lui dicta sa conduite.

Elle comprit que, abandonnée à elle-même, si elle se laissait arracher quelques réponses imprudentes, elle risquait de détruire par avance l'effet de leur résistance probable aux entreprises de l'inquisiteur et de compromettre ainsi le salut de tous.

Elle s'était complètement ressaisie, résolue à ne pas s'engager dans une voie périlleuse et à garder maintenant le silence.

— Eh bien ! senorita, reprit le chef de la police avec un léger mouvement d'impatience, j'attends vos explications.

— Veuillez m'excuser, monsieur, répondit Thérèse, mais elles seraient fort longues et m'obligeraient à entrer dans de pénibles détails, à rappeler les douloureux événements qui ont motivé mon voyage.

Soyez assez bon pour m'épargner cette épreuve que je sens en ce moment au-dessus de mes forces brisées par ces terribles émotions.

Mon ami, M. Ravergy, vous fournira au sujet de ma personne et de mes actes tous les renseignements nécessaires...

Le chef de la police avait subitement changé de visage et de voix.

Son masque était empreint de sévérité, son ton devenait rude et autoritaire.

— Alors, dit-il, vous refusez de me répondre ?

— Non, monsieur, je voudrais le pouvoir et n'en ai pas le courage, vous le voyez, mais un autre saura remplir ma tâche.

— Ma tâche, à moi, est d'interroger chacun individuellement.

— Elle n'est pas, je pense, de torturer inutilement une malheureuse femme accablée de douleur et de lassitude.

— Il ne tiendrait qu'à vous d'abréger vos explications.

Thérèse secoua péniblement la tête.

— Je vais être obligé de consigner votre mauvaise volonté dans mon rapport, déclara le magistrat et ce rapport, je vous en préviens, sera d'un grand poids auprès de la justice.

— Je n'ai rien à craindre, n'ayant rien à me reprocher.

— Alors, pourquoi ne pas parler ?...

— Je souffre, monsieur... je vous en supplie, n'insistez pas davantage.

— Soit ! mais prenez garde que votre attitude ne vous fasse tort ainsi qu'à vos amis !

Les sourcils froncés, le chef de la police dardait des regards chargés de menaces sur la jeune fille toute tremblante d'émotion contenue, mais ferme en sa résolution.

Il comprit qu'il ne réussirait pas à l'intimider et, renonçant à prolonger l'entretien, il se retira, suivi du greffier auquel, sur le seuil, il fit part de son vif désappointement.

Si la langue espagnole avait été intelligible à Thérèse, elle aurait pu saisir le sens de la phrase qui se traduisait ainsi :

— Décidément, la senorita est plus forte que je ne le croyais...

Poursuivant le cours de son enquête, le fonctionnaire allait interroger Ravergy.

Celui-ci ne se montra pas trop surpris d'une visite qu'il attendait et à laquelle il s'était préparé.

Ses réponses touchant son identité et sa situation personnelle, furent brèves et précises.

Mais les questions relatives aux motifs du voyage et à la présence des trois Français à Mexico, le trouvèrent beaucoup plus réservé.

Il se contenta prudemment de formules vagues, à peu près semblables à celles qu'avait employées Thérèse.

Puis il protesta énergiquement contre les procédés dont étaient victimes d'honnêtes et inoffensifs voyageurs.

Le magistrat ne s'en étonna pas.

« Si, pensait-il, les étrangers, arrêtés par surprise et immédiatement séparés, n'avaient pas eu le temps de se concerter au moment même de leur arrestation, du moins avaient-ils pu s'entendre antérieurement, en prévision de cette éventualité, et adopter un même système consistant à se retrancher dans les réponses évasives ou le mutisme absolu, pour tout ce qui serait de nature à les compromettre. »

Or, il avait, comme on dit, plus d'un bon tour dans son sac.

Il eût été un policier bien peu habile et un bien médiocre inquisiteur, s'il n'avait songé à user d'une ruse élémentaire, qui manque rarement son effet, lorsqu'il s'agit d'obtenir les aveux d'un coupable récalcitrant dans une affaire où il a des complices.

Il connaissait le meilleur moyen de délier la langue au capitaine.

— Discrétion inutile, senor ! prononça-t-il brusquement ; *je sais tout !*

Ravergy eut peine à réprimer un tressaillement.

— Ah ! fit-il simplement, d'un ton d'indifférence affectée.

— Oui, affirma le magistrat, je sais pourquoi et à la suite de quels événements vous avez fui Mexico... Ne cherchez donc pas plus longtemps à me donner le change... Mˡˡᵉ Valomer, votre compagne, et, j'ai le droit de le dire, votre complice, que je viens d'interroger à l'instant, m'a tout avoué...

Devant cette affirmation, Ravergy fut sur le point de perdre contenance.

Il se sentit chanceler, comme s'il avait reçu un choc violent en pleine poitrine.

Quoi ! La malheureuse Thérèse s'était laissé circonvenir, intimider !

La ruse et la menace avaient eu raison de sa faiblesse !

Elle n'avait pas eu le courage de se résoudre à un mensonge absous d'avance par l'intention, ou de se renfermer dans le silence, où elle aurait pu mettre sa conscience à l'abri !

Sa vaillance tant de fois éprouvée avait fléchi au moment du suprême danger !...

Ils étaient perdus, et par sa faute, à elle !...

Mais, presque aussitôt, il se reprocha la trop facile crédulité avec laquelle il avait accepté cette affirmation du policier intéressé à le tromper.

Une réflexion rapide, fruit des laborieuses méditations auxquelles il venait de se livrer dans l'isolement de sa cellule, frappa d'un trait de lumière son esprit troublé.

Non, c'était impossible ! Thérèse si généreuse, dévouée jusqu'à l'immolation, n'avait pas livré ses amis en trahissant sa cause...

Il n'y avait, dans l'allégation de ces prétendus aveux, qu'un artifice dont il discernait le mobile et apercevait le ressort grossier.

— Eh bien, monsieur le magistrat, déclara-t-il tranquillement, si vous savez tout, je n'ai rien à vous apprendre.

Et, les bras croisés, il s'immobilisa dans l'attitude d'un homme décidé à ne plus desserrer les lèvres.

Le chef de la police, pris à son propre piège, eut une grimace de dépit.

Il se hâta de la corriger par un geste de menace, et, toujours accompagné de son greffier, se retira en répétant :

— Prenez garde!

Après le double échec qu'il venait d'essuyer, il ne se faisait guère d'illusion sur le résultat de la dernière formalité de son enquête : l'interrogatoire de Claude Michot.

— Celui-là, pensait-il, n'est qu'un serviteur; il doit avoir reçu une consigne et être payé pour se taire.

Il ne sera probablement pas plus bavard que ses maîtres et se gardera bien de les vendre.

Le chef de la police ne se trompait pas.

Sans autre guide que son gros bon sens naturel, l'ancien soldat s'était tenu à lui-même ce petit discours :

— Attention, camarade! Si quelqu'un cherche à te tirer les vers du nez, tiens-toi sur tes gardes et surveille ta langue.

Tu ne sais pas ce que diront le capitaine et Mlle Thérèse; mais moins tu parleras, toi, mieux ça vaudra.

En ne disant rien, tu es sûr de ne pas dire de bêtises.

En présence du magistrat, il resta fidèle à cette ligne de conduite.

Comme son tempérament batailleur ne perdait jamais ses droits, il commença par tempêter, protestant, à l'exemple de Ravergy, contre une incarcération qu'il qualifiait d'arbitraire et d'inique.

Puis, après avoir fait toutes les réponses banales qui n'offraient aucun danger, quand l'interrogateur aborda les points délicats, il déclara catégoriquement qu'il n'était que le très obéissant et très dévoué serviteur de son capitaine.

— Je ne connais que mon service, ajouta-t-il, et tout ce que j'ai à vous dire, c'est que Claude Michot, pas plus que M. Georges et Mlle Thérèse, n'a rien à se reprocher.

— Vous en êtes sûr?

— Aussi sûr que de mourir un jour... Et j'espère bien ne pas coucher ici.

— Vous n'y coucherez probablement pas, dit le chef de la police, avec un sourire énigmatique que Michot put interpréter comme un indice rassurant.

. . . .

Le jour commençait à tomber quand Thérèse, plongée dans une

torpeur fiévreuse, entendit le corridor accédant à sa cellule s'animer d'un bruit confus d'allées et venues et de voix.

On semblait parlementer, transmettre des ordres.

Que présageait cette animation particulière, bien distincte des colloques échangés entre les gardiens tenant des propos grossiers ou jouant aux dés, pour tuer le temps.

Était-ce une aggravation de rigueur?

Était-ce la délivrance?

Le cœur de la jeune fille battait à se rompre.

Son émotion redoubla lorsqu'un de ces hommes, ouvrant la porte, invita la prisonnière à le suivre.

Escortée des quatre gardiens chargés de la surveiller, Thérèse se laissa conduire par le long corridor, descendit un escalier et se trouva dehors, dans une ruelle tortueuse située derrière la Maison municipale.

— Où allons-nous? demanda-t-elle, inquiète, à un des aguazils.

Soit qu'il n'eût pas compris la question, soit qu'il obéît à une consigne formelle, il répondit :

— *No lo sé.*

Il le savait fort bien, pourtant.

La ruelle, à cette heure, était complètement déserte.

Pas un passant à qui s'adresser.

Personne de qui réclamer aide et assistance.

Thérèse était entraînée brutalement, comme une criminelle, comme l'avait été son malheureux père.

Un sort pareil l'attendait, peut-être.

Plus que jamais, en ce moment, elle songeait à la victime pour le salut de laquelle elle s'était dévouée.

Après un parcours d'une centaine de mètres, on aboutit au pied d'une muraille percée seulement de quelques jours de souffrance et d'une porte basse.

L'aspect fruste de cette muraille, dépourvue d'agréments d'architecture, indiquait la partie postérieure d'un grand bâtiment ayant sa façade principale du côté opposé : vraisemblablement un édifice public.

Franchir la porte, ouverte, après trois coups de marteau, par un guichetier; gravir un escalier en colimaçon, traverser une sorte de vestibule, puis pénétrer dans un vaste cabinet à l'ameublement austère, fut l'affaire de moins de cinq minutes.

Thérèse, hélas! ne marchait pas vers la liberté.

Elle venait d'être conduite à la Maison de Justice.

Elle le comprit du reste en voyant, assis à un bureau, un homme d'âge mûr, vêtu de noir et offrant, en toute sa personne, les traits caractéristiques d'un magistrat de l'ordre judiciaire.

Des lunettes sur le nez, il inscrivait des notes et des marques aux marges de larges feuilles de papier (le rapport du chef de police, peut-être!).

A sa droite, un greffier griffonnait, également vêtu de noir, mais passablement crasseux.

L'entrée de Thérèse interrompit les deux hommes de loi dans leurs occupations.

Ils levèrent la tête et dévisagèrent la jeune fille avec une attention curieuse.

Puis le juge ordonna d'une voix nasillarde :

— Faites asseoir la senorita, et que deux gardes restent à ses côtés.

Thérèse prit place sur une banquette, entre les policiers qui ne la perdaient pas de vue.

Au bout de quelques instants parut Ravergy.

Claude Michot le suivit de près.

L'un et l'autre, extraits de leurs cellules et conduits à la Maison de Justice par la même voie détournée, s'assirent aussi en face du magistrat, encadrés de la même façon que Thérèse.

Il était évident que des précautions rigoureuses étaient prises pour empêcher les prisonniers de communiquer ensemble pendant la confrontation, comme on les en avait empêché pendant leur détention préventive.

Ils ne purent qu'échanger de rapides regards où se lisaient toutes leurs angoisses, mais aussi tous leurs sentiments de dévouement réciproque.

Et, quelque imparfait que fût ce langage muet, une certitude leur apparut, qui raffermit leur courage : c'est que, malgré l'impossibilité où ils avaient été de se concerter, aucun d'eux n'avait trahi la cause commune.

Grâce à un fil invisible, miraculeux, leurs pensées étaient restées unies, dirigées vers le même but.

— Que les prévenus se lèvent! ordonna le juge.

Et, passant un grimoire au greffier, il l'invita à en donner lecture à haute et intelligible voix.

C'était Delaverne. La chute de la foudre, l'effondrement du toit n'auraient pas frappé
les malheureux d'une plus grande stupeur. (P. 1300.)

Le scribe s'exécuta de son mieux, en bredouillant le contenu du
grimoire, qui était, on le devine, le rapport du chef de la police, c'est-
à-dire un procès-verbal, assaisonné de quelques commentaires, des
interrogatoires préliminaires que ce magistrat avait fait subir aux
prisonniers.

Ce document n'apprenait rien de nouveau aux intéressés, sinon
que de graves soupçons pesaient sur eux.

— Les prévenus reconnaissent-ils l'exactitude de leurs déclarations respectives ? demanda le juge.

— Parfaitement, répondit Ravergy ; mais je fais toutes réserves au sujet des commentaires de M. le chef de la police.

Thérèse et Michot acquiescèrent à cette réponse.

Le magistrat demanda encore ;

— N'avez-vous rien à ajouter à vos précédentes déclarations et persistez-vous à vous taire sur les événements qui ont motivé votre départ précipité de Mexico ?

— Nous n'avions plus rien à y faire, voilà tout ! laissa échapper Michot, toujours prêt à la riposte primesautière.

Mais aussitôt, il se mordit la langue, craignant d'avoir risqué une parole de trop et se promettant bien, pendant le reste de l'audience, d'éviter toute initiative imprudente et d'emboîter le pas à son capitaine, militairement.

Nous ignorons le motif de notre arrestation, dit laconiquement Ravergy.

— Je vais vous l'apprendre, répliqua le juge ; j'ai là un autre rapport dont je résumerai la substance avant de pousser plus loin mon interrogatoire.

Une vive anxiété s'empara des prisonniers.

L'accusation qu'ils redoutaient allait se formuler et se préciser définitivement.

— Il y a une quinzaine de jours, reprit le magistrat, un homme puissamment riche épousait, à Mexico, une jeune fille sans fortune, qu'il daignait élever jusqu'à lui.

Le soir même des noces, cet homme tombait, mortellement frappé, d'un coup d'épée, au seuil de la chambre nuptiale.

Par une singulière coïncidence, à peine venait-on de relever le cadavre de la victime que l'on constatait la disparition de sa jeune épouse et de deux étrangers qui avaient reçu l'hospitalité dans la demeure de l'époux.

N'y avait-il pas une corrélation évidente entre cette disparition simultanée et le crime accompli ?

Les deux étrangers étaient les compatriotes et les compagnons de voyage de la senorita.

Soit que celle-ci eût été victime d'un rapt, soit qu'elle eût prêté à ces personnages équivoques l'appui bénévole de sa complicité, les auteurs de l'assassinat ne pouvaient être que les gens intéressés à le commettre.

Leur fuite précipitée constituait, à elle seule, une présomption des plus graves.

D'ailleurs, les révélations d'un fidèle serviteur attaché à la maison de la victime devaient promptement changer ces présomptions en certitude et démontrer la préméditation des assassins.

Afin de s'assurer les moyens de perpétrer leur abominable crime, ils avaient pris soin d'endormir, au moyen d'un narcotique, ce serviteur incorruptible et ils avaient profité de son lourd sommeil pour lui dérober une clef des appartements privés.

Ce témoignage était écrasant...

A ce passage de la narration du juge, qui ressemblait fort à un acte d'accusation, Claude Michot, bien qu'il n'eût pas envie de rire, eut toutes les peines du monde à retenir une de ces saillies dont il était coutumier.

Pour un peu, il se serait écrié :

— Le narcotique de Talakis ! nous le connaissons : du bon vin de France et qu'il sifflait sans se faire prier. Le gaillard n'a pas éprouvé le besoin de confesser son péché mignon !

Ravergy pensait :

— Talakis seul a pu parler; mais cet unique témoin ne connaît pas les détails circonstanciés de l'affaire.

Comment pourrait-il prouver que c'est nous qui lui avons dérobé la clef?

Il nous a désignés comme étant les auteurs du meurtre de son maître; mais, ce n'est là qu'une supposition.

Enfin, il ignore totalement le secret du drame : l'histoire de la lettre.

La parole de ce vieil ivrogne ne saurait faire foi devant la justice.

Le juge poursuivit :

— Voilà les faits; les prévenus voudraient-ils nous dire s'il ont quelque chose de commun avec les personnes mises en cause ou s'ils sont étrangers au crime de Mexico?...

Et le magistrat observa par-dessus ses lunettes l'effet produit sur les prévenus par cette mise en demeure précise.

— Monsieur le juge, répondit Ravergy, Mlle Thérèse Valomer, ici présente, est la plus pure, la plus admirable des jeunes filles; Claude Michot, mon brave compagnon d'armes, mon ami, est l'honnêteté et le dévouement en personne; moi-même, je n'ai jamais failli au devoir.

—. Oseriez-vous affirmer par serment?

— Sur le Christ dont l'image se dresse là, devant moi, prononça le jeune homme, en étendant la main vers un grand crucifix accroché à la muraille, je jure que notre conscience n'a rien à se reprocher.

— Cependant, on vous accuse.

— Qui nous accuse? Qui?...

— Moi!... dit une voix connue, une voix d'outre-tombe, dont l'intonation fit tressaillir les trois prisonniers jusqu'au fond de leurs entrailles.

En même temps, derrière le juge, une tenture se soulevait, découvrant un spectre au visage livide, dans lequel les yeux dilatés et animés d'un éclat fiévreux brillaient comme les lueurs phosphorescentes des feux follets.

C'était Delaverne!

La chute de la foudre, l'effondrement du toit n'auraient pas frappé les malheureux d'une plus grande stupeur.

Thérèse poussa un cri de terreur folle.

Peu s'en fallut qu'elle ne s'évanouît entre les bras de ses gardiens.

Ravergy, frémissant, devint blême.

Claude Michot resta hébété.

Le spectre eut un ricanement sinistre.

— Ah! ah! dit-il, vous ne m'attendiez pas, et ma présence ne semble pas vous procurer une surprise agréable...

J'en suis bien fâché; mais le ciel accomplit parfois des miracles : il y a des morts qui ressuscitent pour punir les fourbes et les assassins...

— S'il y a un fourbe ici, c'est toi, grogna entre ses dents Claude Michot, dont la première impression d'épouvante superstitieuse se dissipait devant la trop palpable réalité... Je t'ai donc manqué, infâme gredin!... Ça, je ne me le pardonnerai jamais!...

Très satisfait du coup de théâtre qu'il avait ménagé de concert avec le prétendu assassiné, le juge intervint :

— Je vois, senor, dit-il, que ces personnes ne vous sont point inconnues; mieux que moi vous saurez leur rappeler les faits qu'elles feignent d'ignorer.

— Oui, reprit Delaverne (car c'était lui, en chair et en os, non pas un fantôme ou un sosie jouant le rôle de revenant), je les reconnais bien, les auteurs de cet odieux attentat, et ils me reconnaissent bien aussi, tout l'atteste : leur surprise et leur frayeur en voyant vivant celui qu'ils croyaient couché dans la tombe...

C'est vous, monsieur Ravergy, l'hôte accueilli, par moi, en ami, qui avez été l'âme de cet affreux complot.

Michot, le digne serviteur à vos gages, a été le bras qui frappe.

Pour Mlle Valomer — ma femme, veux-je dire, car elle est ma femme devant Dieu, — j'hésite encore à admettre sa complicité!... Non, je n'ose croire qu'elle ait récompensé d'une criminelle perfidie mon amour et ma générosité.

Persuadé que sa fuite n'a été qu'une erreur momentanée, qu'elle a cédé aux suggestions de ces aventuriers sans scrupules, peut-être à leurs violences, je suis prêt à lui pardonner, à la condition qu'elle regrette sa faute et rentre dans le devoir....

Quand à ces gens-là, je les livre à la justice...

— C'est trop d'audace! interrompit Ravergy, exaspéré.

Si un crime abominable a été commis, c'est par cet homme et non par nous... cet homme qui ne doit sa fortune qu'au vol et à la trahison... cet homme, cause de tant de ruines et de tant de catastrophes!...

Ecoutez-moi bien, monsieur le juge!... Sur sa tête abhorée retombe le sang du juste, le sang de ses propres enfants et de leurs mère...

Les violences exercées à l'égard de quelqu'un, c'est lui, lui seul qui en est coupable..., lui qui, abusant d'un sublime dévouement filial, a imposé à Mlle Valomer un odieux marché, l'a conduite de force à l'autel!...

Nous des assassins, des criminels? Allons donc!... Des libérateurs et des justiciers !

La vérité, toute la vérité, monsieur le juge, la voici :

Mlle Valomer, livrée à ce monstre, était en état de légitime défense....

Nous, les protecteurs que des circonstances providentielles avaient donnés à cette malheureuse jeune fille, seule, au milieu de difficultés inouies et de périls redoutables, nous avons eu pitié de sa faiblesse, nous sommes accourus à son secours pour arracher sa proie à la bête fauve, empêcher la consommation d'un irréparable forfait...

Nous avons voulu faire justice... Hélas! nous n'y avons pas complètement réussi, puisque cet homme est vivant!...

— Et c'est ma faute! s'écria Michot, entraîné par le courageux exemple de son capitaine et fier de réclamer sa part de responsabilité.

— Vous avouez donc avoir frappé M. Delaverne ? dit le magistrat.

— Oui, répondit Ravergy, mais, je le répète, pour sauver une faible créature en état de légitime défense.

— Cela vous plaît à dire, répliqua Delaverne.

Monsieur le juge voudra bien retenir l'aveu des accusés et laisser de côté toute cette histoire romanesque imaginée par eux pour expliquer et excuser leur attentat.

— J'ai dit la vérité, je maintiens mes affirmations sous la foi du serment, riposta Ravergy d'une voix ferme et retentissante.

Et, désignant tour à tour l'accusateur et Thérèse :

— Voilà le bourreau criminel et voilà la victime innocente !...

— Fable et mensonge ! protesta Delaverne, en haussant les épaules.

Il y a un détail de quelque importance que cet honnête chevalier, galant serviteur des dames, passe prudemment sous silence... le vol de certaine lettre...

Voudriez-vous, monsieur le juge, lui demander si ce vol n'était pas le principal mobile du crime ?

— Cette lettre, répondit Ravergy, était l'arme dont vous vous serviez lâchement pour terroriser Mlle Valomer et la réduire à votre merci.

Vous me comprenez suffisamment et ce serait plutôt à vous de fournir à l'honorable magistrat des explications sur ce point.

— Oui, dit Delaverne, je comprends...

Vous cherchez à dénaturer les faits à votre profit ; mais la justice ne sera pas dupe de votre duplicité.

Mlle Valomer, on saura pourquoi, attachait un grand prix à cette lettre ; du jour où elle devenait ma femme, ce papier de famille qui m'appartenait en propre devenait notre bien commun... Les bénéfices lui en étaient assurés et je m'étais engagé d'honneur à la mettre à sa disposition, le cas échéant.

Alors, quel intérêt Mlle Valomer, ou plus exactement Mme Délaverne, avait-elle à me la faire soustraire ? Aucun.

Mais notre jeune chevalier servant pensait sans doute, qu'il était de son intérêt, à lui, que celle dont il prétendait capter les faveurs, tînt la lettre de sa main plutôt que de la mienne.

Donnant, donnant; c'était un service dont il attendait la récompense...

A ces insinuations perfides, où se montrait toute l'astuce impudente de l'aventurier, Thérèse sentit son cœur bondir dans sa poitrine.

Une rougeur de honte et d'indignation empourpra ses joues Ravergy se cabra sous l'outrage.

— Misérable lâche! infâme calomniateur! s'écria-t-il.

Hors de lui, les poings crispés, il se serait élancé sur Delaverne, s'il n'avait été retenu par les gardes.

Il maudissait l'impuissance où il se trouvait de venger à l'instant l'affront fait à sa loyauté en même temps qu'à l'honneur de Thérèse.

Le juge intervint.

— Qu'est devenue la lettre dont il vient d'être parlé? demanda-t-il?

Il y eut un silence plein d'anxiété pendant lequel Thérèse et Georges échangèrent un rapide regard.

— Quelqu'un d'entre vous possède-t-il cette lettre? insista le magistrat.

— Je l'ai, répondit résolument la jeune fille, acculée à cet aveu inévitable.

Un sourire de joie satanique éclaira le visage de Delaverne.

— A merveille! dit-il, elle est, je le vois, restée en bonnes mains.

Que mademois... madame veuille bien la restituer; cette restitution est le seul gage de soumission, la seule réparation que j'exige d'elle...

J'oublierai un égarement passager... Qu'elle n'oublie pas, elle, qu'elle est ma femme légitime, que je lui ai donné mon nom en lui mettant au doigt l'anneau nuptial...

Mon pardon lui est acquis, ma maison est la sienne, je lui ouvre mes bras... Quant aux vrais coupables, je les abandonne à la justice qui saura leur infliger un châtiment mérité...

Il n'y avait pas que de l'hypocrisie dans les paroles doucereuses adressées par Delaverne à Thérèse.

On y sentait aussi l'ardeur de la passion dont il était dévoré, le désir obsédant de ressaisir la proie tant convoitée qui lui avait échappé.

— Venez, madame, reprit-il après une pause, venez, votre place n'est pas ici.

Et il fit un mouvement pour s'avancer vers la jeune fille.

Celle-ci recula, l'œil hagard, les membres secoués d'un tremblement convulsif, envahie de toutes les affres de l'épouvante.

La brebis qui voit le loup prêt à foncer sur elle n'éprouve pas une frayeur plus affolée.

— Jamais !... Jamais !... s'écria Thérèse avec une énergie presque sauvage.

Ce cri strident du cœur, cette invincible répulsion de tout l'être, déconcertèrent Delaverne.

Il essaya cependant de faire encore bonne contenance.

— Quoi ! répliqua-t-il, au partage de mon rang et de ma fortune, à une existence enviée de souveraine, vous préféreriez le déshonneur, là prison ?...

— Je préférerais la mort !

Delaverne tentant un suprême effort s'efforça de donner à sa voix des inflexions de tendresse :

Voyons, ma chère Thérèse, votre raison s'égare... Réfléchissez, revenez à des sentiments plus sages... Ne renoncez pas à votre bonheur... Songez aussi à celui dont le salut est entre vos mains...

Cette allusion à la terrible situation de son père ne produisit pas sur Thérèse l'effet qu'en attendait Delaverne.

La jeune fille connaissait trop bien, maintenant, la fourberie de cet homme, pour se laisser prendre à l'appât grossier qu'il lui tendait.

— Non! Non! déclara-t-elle, encouragée par le loyal regard de Georges, jamais, à aucun prix, je ne consentirai à subir de nouveau le joug dont la protection de Dieu m'a délivrée.

— La protection de Dieu... et du chevalier Ravergy, dit Delaverne, affectant un ricanement ironique qui dissimulait mal une sourde rage prête à déborder.

Encore une fois, vous refusez une proposition que toute autre s'empresserait d'accepter de la générosité d'un homme gravement offensé ?...

— Je refuse.

— Alors, restituez au moins la lettre, elle m'appartient.

— Moi vivante, vous ne l'aurez pas.

— C'est ce que nous allons voir... Monsieur le juge, veuillez user de votre autorité.

— Senorita, dit le magistrat, au nom de la loi, nous vous invitons à remettre cette lettre.

Thérèse ne bougeait pas.

À l'intérieur de la pièce, à quelques pas du seuil, le millionnaire gisait inanimé. (P. 1311.)

Seuls, la contraction de ses traits, le frémissement de ses lèvres, trahissaient en elle la violence de la lutte désespérée à laquelle elle était résolue.

— Nous vous l'ordonnons! confirma le juge, en haussant le ton.

La vaillante jeune fille continuait à opposer la force d'inertie.

Ses deux compagnons d'infortune éprouvaient pour son attitude une admiration muette, dont l'expression se lisait sur leur physionomie.

— Senorita, reprit le magistrat, votre résistance est vaine.

Ne nous obligez pas à recourir à la contrainte, ce serait pour nous, pour vous surtout, une pénible extrémité.

Thérèse comprit enfin la témérité d'une obstination que la force brutale, au service de la loi, avait des moyens de briser.

Elle se voyait déjà appréhendée par de rudes mains, à moitié dévêtue, fouillée devant ces hommes et finalement vaincue, après avoir inutilement souffert dans toutes ses délicatesses de femme.

La révolte de sa pudeur triompha de ses autres sentiments.

Mais, avant de se résigner, la mort dans l'âme, à l'accomplissement de l'acte que lui imposait une puissance supérieure à sa volonté, elle eut encore assez de présence d'esprit pour faire une réserve dont la portée ne pût échapper à Delaverne.

— Je consens, dit-elle, à remettre la lettre... à la justice.

Ravergy fit un geste affirmatif.

— C'est bien ainsi que nous l'entendons, prononça le juge.

— Pardon! objecta vivement Delaverne, j'ai déclaré que ce papier était ma propriété personnelle et...

— Nous ne le contestons pas, répliqua le magistrat; mais notre devoir est de retenir et de verser au dossier, pour être soumises au tribunal compétent, toutes pièces relatives à l'affaire.

Après le jugement définitif seulement, la pièce susdite pourra faire retour à son légitime possesseur...

Greffier, veuillez recevoir le document que la prévenue va déposer entre nos mains.

Une horrible grimace crispa le visage de Delaverne.

Le greffier, se levant, s'était approché de Thérèse.

Celle-ci prit dans son corsage la précieuse lettre, qu'elle y tenait précieusement dissimulée, tout près de son cœur, et, en la tirant de sa cachette, il lui sembla qu'elle arrachait de sa poitrine ce cœur endolori.

Le papier trembla pendant quelques secondes entre ses doigts, puis elle le remit au scribe, qui le plaça sur le bureau du magistrat.

A ce moment, les yeux de Delaverne étincelèrent d'un éclat farouche, et son visage blême revêtit une expression hideuse de dépit et de fureur concentrée.

Il était aisé de deviner ce qui se passait en lui.

Voir là, tout près, à portée de sa main, ce papier si mince, si

fragile, et pourtant d'un si grand poids et d'un prix inestimable!
N'avoir qu'à étendre le bras, et ne pouvoir le prendre, le déchirer,
l'anéantir, savourer ainsi, à la face de ses ennemis qui le mépri-
saient, de cette jeune fille qui l'abhorrait, les délices d'une féroce
vengeance.

Mais il n'osa pas.

Cet homme, auquel la richesse donnait l'apparence de la toute-
puissance, éprouvait, malgré toutes ses audaces, les timidités des
gens qui n'ont pas la conscience tranquille.

Il avait peur de la justice!

Le juge jeta un coup d'œil rapide sur la lettre, ordonna au greffier de la mettre sous scellés ; puis, prenant le pli aux larges cachets
de cire rouge, il le plaça dans un secrétaire qu'il referma soigneusement à clef.

— La confrontation est terminée, prononça-t-il.

Monsieur Delaverne, nous vous remercions d'avoir bien voulu
comparaître en personne, malgré l'état précaire de votre santé, afin
de mieux éclairer la justice sur cette ténébreuse affaire.

Vous pouvez vous retirer, mais nous vous saurons gré de vous
tenir à la disposition du tribunal, qui sera saisi à très bref délai...

Puis, s'adressant aux alguazils :

— Gardes, emmenez les prévenus, et qu'ils soient immédiatement écroués à la prison, conformément au mandat que voici.

Tandis que le magistrat et Delaverne disparaissaient par la porte
du fond, les prisonniers étaient entraînés par un couloir intérieur
vers la geôle contiguë à la Maison de justice.

Thérèse, tout éplorée, venait la première.

Ravergy la suivait d'un pas assuré, la tête haute, ne voulant pas
donner à ses compagnons le spectacle de son abattement moral.

Claude Michot fermait la marche du triste cortège, murmurant
ces mots où se traduisait l'unique pensée un peu réconfortante qui
pût soutenir les trois amis dans une situation aussi alarmante :

— Nous sommes dans de beaux draps ! Mais c'est égal, la lettre
n'est pas retombée entre les mains du Delaverne.

Il y a peut-être encore du bon !

XIII

RÉSURRECTION

Delaverne était vivant !

Comment expliquer une résurrection quasi-surnaturelle?

Quelques éclaircissements rétrospectifs sont indispensables à ce sujet.

Le jour des noces, on s'en souvient, Ravergy et Claude Michot, afin de sauver Thérèse, avaient dérobé à Talakis la clef de la chambre nuptiale.

Pour opérér cette soustraction, ils avaient profité des habitudes d'intempérance du vieil Astèque, et, après l'avoir abominablement grisé, ils l'avaient solidement garrotté et bâillonné, puis abandonné dans le pavillon voisin du château, où ils venaient de souper avec lui.

On n'a pas oublié non plus que Delaverne avait, pour la soirée, donné congé à toute la domesticité, sauf à deux caméristes spécialement attachées à la personne de la jeune mariée.

Ces cameristes ayant été préalablement chambrées, nos amis avaient pu réaliser leur projet sans encombre.

Delaverne, tremblant sous les menaces de mort, eût en vain appelé au secours.

Le drame achevé, personne pour s'opposer à la retraite des justiciers et de leur compagne.

Ce ne fut qu'assez tard dans la nuit que des domestiques, en rentrant au château, furent frappés de divers indices qui mirent leur attention en éveil.

Des portes soigneusement fermées d'ordinaire étaient restées ouvertes.

Ils s'en étonnèrent : Talakis, si méticuleux dans l'exercice de ses fonctions, n'avait-il donc pas fait sa ronde, comme de coutume?

Puis, tout à coup, dans le silence nocturne, ils entendirent des cris perçants provenant des chambres où les servantes avaient été enfermées.

Ils allèrent les délivrer et apprirent d'elles comment les étrangers s'étaient débarrassés de leur présence.

Dans quel dessein?

Il y avait là quelque chose d'anormal et de mystérieux qui troublait ces gens, les inquiétait.

L'un d'eux émit l'avis qu'il fallait immédiatement prévenir le majordome.

Lui seul, en effet, avait qualité pour pénétrer sans ordre dans les appartements privés et s'enquérir de ce qui avait pu se passer d'insolite au château.

Tous convinrent que c'était le meilleur parti à prendre pour mettre à couvert leur responsabilité, sans s'exposer, par un excès de zèle, à quelque réprimande sévère.

Donc, pendant que des valets surveillaient les issues, d'autres, munis de lanternes, se dirigeaient vers le pavillon, où ils savaient que le majordome était installé avec les hôtes de leur maître.

Quelques instants après, ils trouvaient le vieil Aztèque étendu sur les dalles de la salle à manger, dans la position où l'avaient laissé Ravergy et Claude Michot.

Sous l'influence des trop copieuses libations qu'il avait faites, il dormait d'un profond sommeil.

Mais son ligottage, son bâillon indiquaient suffisamment que l'ivresse n'était pas la seule cause de sa fâcheuse situation.

Des malfaiteurs, évidemment, avaient abusé de son état d'ébriété et pris la précaution de l'immobiliser pour tenter tout à leur aise un mauvais coup.

Les domestiques commencèrent par enlever le bâillon et détacher les liens.

Talakis, reprenant sa libre respiration, poussa un long soupir, qui bientôt se transforma en un ronflement sonore.

Il continuait à dormir à poings fermés.

On dut le secouer vivement à plusieurs reprises, pour l'arracher à cette sorte de léthargie.

Enfin, un sourd grognement sortit de sa gorge, ses paupières battirent, il ouvrit tout grands des yeux égarés de dément et articula avec difficulé des paroles incohérentes :

— Bon!... Vin de France... L'autre bouteille... Encore un verre... A votre santé, capitaine!... A la santé de l'empereur, mon noble ancêtre!...

Un sourire méprisant effleura le visage des serviteurs.

Cependant, Talakis avait réussi à se dresser sur son séant.

Son regard trouble, hébété, virait, cherchant à percer le nuage à travers lequel il apercevait confusément, dans une pénombre fantastique, ces figures d'hommes penchées vers lui et qu'il ne reconnaissait pas.

— Quoi!... Qu'y a-t-il?... Qui êtes-vous?... Que me voulez-vous? bégaya-t-il d'une voix étranglée.

— C'est nous... senor Talakis... Nous, les serviteurs de Son Excellence, lui fut-il répondu.

Alors, le nuage qui obscurcissait la vue et la raison du majordome, commença seulement à se dissiper.

Il répéta d'une voix un peu plus nette :

— Que me voulez-vous, drôles?... Qui vous a permis de troubler mon sommeil?...

— Votre présence au château est nécessaire.

— A cette heure?... Y a-t-il donc le feu?

— Non ; mais des malfaiteurs ont dû s'introduire dans les appartements... Notre devoir est de vous prévenir.

— Des malfaiteurs!...

A ce mot, Talakis fit un effort pour se lever complètement; mais, bien qu'il eût cuvé son vin, il n'avait point encore la tête ni les jambes bien solides, et il lui fallut l'aide de ses subalternes pour se mettre sur ses pieds.

Le prestige du descendant de Guatimozim recevait en ce moment une rude atteinte.

L'orgueil du vieil Aztèque n'en parut pas d'ailleurs offusqué, et, prenant son aplomb tant bien que mal, il s'écria comiquement, d'un ton impérieux :

— Allons, drôles, tout le monde debout!

Quand il voulut donner l'exemple en s'élançant en avant, il constata qu'il avait les membres gourds et endoloris comme à la suite d'une courbature.

En même temps, il aperçut près de lui une corde et une serviette tordue.

— Qu'est-ce que cela? demanda-t-il.

— C'est, lui répondit un des domestiques, ce qui a servi à vous garrotter et à vous bâillonner.

Et on lui expliqua dans quelle position on l'avait trouvé, ficelé comme un paquet.

— Pas de doute! s'écria Talakis, ce sont ces étrangers!... Ah! les brigands!... Ils me le paieront cher. Qu'on leur donne la chasse, et pas de merci!...

Accompagné des serviteurs munis de leurs lanternes, le majordome se hâta vers le château.

Dans la partie du parc qu'ils traversèrent, aucun mouvement, aucun bruit.

De leur côté les domestiques, restés sur le qui-vive en attendant l'arrivée de Talakis, n'avaient rien observé de suspect.

Marchant avec précaution, amortissant leurs pas, afin de ne pas troubler le repos des nouveaux époux, les gens de Delaverne explorèrent plusieurs pièces où brûlaient encore les lumières allumées au déclin du jour.

Comme on atteignait l'extrémité d'une galerie aboutissant aux appartements privés, Talakis leur intima l'ordre de s'arrêter.

A lui seul il était permis d'y pénétrer; ils ne l'y suivraient qu'à son appel, en cas de nécessité.

Tout en donnant ses ordres, le majordome fouillait ses poches, où l'on entendait le cliquetis de ses clefs.

Il en possédait, nous l'avons dit, tout un jeu qu'il examina minutieusement.

Et, tout à coup, son visage parcheminé prit une expression d'ahurissement grotesque, en même temps que de sa bouche grimaçante s'échappait une exclamation gutturale.

La clef portant le numéro 5 manquait.

— Malédiction! gémit-il, les coquins me l'ont volée! Se seraient-ils glissés ici par le panneau secret?...

Il allait faire jouer la serrure de la porte qu'il avait devant lui, quand il constata, non sans étonnement, qu'elle était seulement tirée, car c'était par là que Thérèse et ses compagnons avaient fui.

Une légère pression de la main, et cette porte s'ouvrit.

Alors un spectacle inattendu s'offrit aux regards de Talakis.

A l'intérieur de la pièce, à quelques pas du seuil, le millionnaire gisait inanimé.

Cloué d'abord sur place par la stupeur, le majordome se précipita vers Delaverne en appelant à l'aide.

On s'empressa autour du maître.

La mare de sang où le corps baignait, la terrible blessure qu'on découvrit à la poitrine, en disaient assez.

Le malheureux avait été assassiné.

Il avait dû être frappé au moment où il allait entrer dans la chambre nuptiale, et la porte de communication ouverte à deux battants, cette chambre vide dont la toilette de mariée, précipitamment dépouillée par Thérèse, jonchait les tapis de ses débris en désordre, tout indiquait un enlèvement ou une fuite volontaire de la jeune femme...

Comme Delaverne ne donnait plus signe de vie, les deux servantes, que la vue d'un cadavre épouvantait, se dérobèrent en poussant des cris stridents.

Convaincus qu'il n'y avait plus rien à faire, les serviteurs se débandaient déjà.

Dans ces âmes de mercenaires, il n'y avait guère de place pour le regret ou pour la pitié.

Devant ce cadavre, c'étaient des instincts de vile cupidité qui s'éveillaient chez ces valets, et, délivrés du joug, il ne songeaient plus qu'à faire main-basse, en toute hâte, sur les objets de valeur qu'ils pourraient s'approprier sans trop de risques.

Talakis, complètement dégrisé et ayant recouvré son sang-froid, retint deux d'entre eux et, avec leur aide, transporta Delaverne sur le lit de la chambre nuptiale.

Le corps inerte offrait tous les signes de la mort.

Une pâleur livide couvrait le visage, aucun souffle ne s'échappait des lèvres décolorées.

Les membres étaient glacés.

L'Aztèque palpa les poignets, appliqua son oreille sur la poitrine : le pouls était nul, les battements du cœur ne se percevaient plus.

Il procéda cependant à un examen attentif de la blessure.

Après avoir écarté les vêtements et la chemise, il put constater à la partie gauche de la poitrine une plaie étroite dont le sang coagulé au contact de l'air avait produit l'obturation.

L'hémorragie avait été ainsi arrêtée; mais il en était probablement résulté des désordres internes qui avaient amené le dénouement fatal.

— Fini!... fini!... gémit le pauvre majordome.

Sa douleur n'était pas exempte de remords; car il s'accusait d'être la cause involontaire de ce malheur.

Un intérêt égoïste y avait aussi sa part : il se voyait déchu du poste de confiance auquel l'avait élevé inopinément la faveur de Delaverne : malgré sa qualité de dernier descendant de Guatimosim, retrouverait-il jamais, auprès d'une Excellence, ces fonctions de « premier ministre » dont il était si fier?

Il n'y comptait guère, et il y avait plus de chance pour que, précipité du faîte des grandeurs, il fût rendu à sa misérable condition

—Une visite pour la senora! prononça le gardien, en s'effaçant pour laisser passer
son compagnon. (P. 1319.)

de vagabond, errant par les rues de la ville, en butte aux quolibets
de la populace.

Mais une résolution soudaine mit vite fin à ses lamentations.

— Talakis sauvera peut-être son maître, prononça-t-il, Talakis
connaît des moyens de chasser la mort !...

Et il donna des ordres aux deux domestiques qui étaient restés
à ses côtés, ahuris, les bras ballants.

165. — SEULE!   165.

Ils avaient mission d'apporter en toute hâte, l'un, de l'eau en quantité; l'autre un coffret de bois et santal placé dans une cachette du pavillon qu'il désigna.

Ces ordres furent promptement exécutés.

L'Aztèque était un peu médecin et chirurgien, à la façon de ces sauvages qui puisent dans l'expérience une sorte de science empirique.

Lorsqu'il eut sous la main les choses nécessaires au traitement qu'il voulait tenter, il épongea et lava soigneusement la blessure, d'où filtra un mince filet de sang, puis, tirant du coffret un paquet de feuilles sèches, il appliqua sur la plaie une de ces feuilles, préalablement humectée.

A l'aide de bandes déchirées dans la plus fine batiste du trousseau destiné à la jeune épouse, il acheva le pansement avec une étonnante dextérité.

Ensuite, sur un *brasero* que lui prépara un des serviteurs, il fit macérer, dans l'eau bouillante, d'autres plantes extraites de la même réserve, et, quand la décoction fut à point, il en versa quelques gouttes sur la langue de Delaverne.

D'abord, l'effet fut nul.

Mais, tout à coup, après une nouvelle introduction du breuvage, le majordome, anxieusement penché sur le visage de son maître, crut apercevoir une légère contraction des muscles de la face, un frémissement des lèvres.

Peu à peu, les chairs se colorèrent, et enfin un long soupir s'exhala, bientôt suivi d'un tressaillement de tout le corps.

La vie revenait, la respiration et la circulation reprenaient peu à peu leur fonctionnement normal.

Le majordome poussa un cri de joie :

— Le maître est sauvé! Les plantes de Talakis sont infaillibles!

En présence de cette résurrection, les deux domestiques demeuraient bouche bée, saisis d'une sorte de terreur superstitieuse, comme s'ils assistaient à l'accomplissement d'un miracle.

Le vieil Aztèque, pour qui jusqu'alors ils n'avaient professé que le respect hypocrite imposé par la hiérarchie, prenait à leurs yeux le prestige terrifiant d'un sorcier.

— Le maître vit, leur expliqua le guérisseur; mais la blessure est grave... Une grosse fièvre va survenir : Talakis sait les plantes qu'il faut pour la vaincre.

Le maître tombera dans une grande faiblesse : Talakis sait les plantes qu'il faut pour lui rendre des forces... Allez vous reposer sur les nattes de la pièce voisine ; moi, je veille...

Et il veilla toute la nuit, au chevet du lit, l'œil aux aguets, l'oreille tendue.

A l'aube naissante, Delaverne sortit de la torpeur comateuse où il était plongé.

— A boire! murmura-t-il, la gorge desséchée par la fièvre inévitable.

Talakis lui fit avaler quelques gorgées de la potion calmante qu'il avait composée.

Cependant, le blessé continuait à battre la campagne.

Dans son délire, où le cauchemar se mêlait à la réalité, il articulait distinctement les noms de Thérèse, de Ravergy, de Michot, de Talakis lui-même ; les mots : traître... assassin... vendu... La lettre...

Après une vive agitation, il eut un brusque réveil.

Il essaya de se redresser, mais affaibli par la perte de sang, ressentant à la poitrine une douleur aiguë, il ne put y parvenir.

Alors, promenant autour de lui des yeux égarés, il s'écria :

— Où suis-je? Que m'est-il arrivé?...

— Son Excellence est dans son lit, répondit Talakis... son Excellence est blessée... Ce n'est rien... Que son Excellence reste en repos... Elle va mieux, beaucoup mieux... Et son fidèle serviteur veille sur sa précieuse santé...

— Dans mon lit?... Blessé? continua Delaverne... Ah ! oui, je me souviens... les brigands m'ont assassiné... Mais Thérèse, ma femme, où est-elle?...

Déconcerté par cette dernière question, qui le prenait au dépourvu, l'Aztèque cherchait une explication quelconque, de nature à rassurer son maître.

La senora... commençait-il à balbutier.

Delaverne l'interrompit :

— Ah ! coquin, tu veux me tromper ! Inutile... Je sais, maintenant... Elle a fui avec ces misérables... Ils m'ont volé la lettre... ce lit... cette chambre... Je comprends tout... Mourir sans avoir...

— Du calme, maître! du calme! supplia le majordome effaré. Votre Excellence a besoin de se ménager, sinon...

Mais Delaverne qui avait recouvré juste assez de lucidité pour rendre compte de la situation.

Il fut pris d'un accès de fureur qui se tourna contre le majordome.

— Tais-toi, chien! rugit-il. C'est toi qui as laissé ces malfaiteurs pénétrer ici! C'est toi qui les y as introduits peut-être!... Disparais de ma présence!... Je te chasse, en attendant que je te fasse pendre avec ces voleurs, ces assassins!...

Puis, revenant à sa pensée dominante :

— Thérèse! Thérèse!... Oh! je la retrouverai, j'aurai ma revanche... Je ne veux pas mourir... Non, non, je ne veux pas!...

L'accès de rage était arrivé à son paroxysme.

Empruntant au feu de la fièvre une vigueur factice et momentanée, Delaverne avait réussi à se lever à demi.

Les membres secoués de spasmes violents, les yeux injectés, la bouche écumante, il essayait de se jeter hors de ce lit nuptial qui lui faisait horreur, en lui rappelant le dénouement ironiquement tragique de sa journée de noces.

Réveillés par ces hurlements, les deux domestiques couchés dans la pièce voisine accoururent, et ce ne fut pas trop de tous leurs efforts joints à ceux de Talakis pour maîtriser l'énergumène.

Cette crise ne tarda pas, d'ailleurs, d'être suivie d'une réaction.

Épuisé, haletant, le blessé retomba dans une torpeur profonde.

Talakis en profita pour procéder à un nouveau pansement de la blessure, que les mouvements désordonnés de Delaverne avaient rouverte.

Après quelques heures d'un sommeil relativement calme, celui-ci se réveilla brisé, mais sensiblement soulagé.

Ses yeux rencontrèrent de nouveau le visage de Talakis penché à son chevet.

— Toi?... Encore ici?... murmura-t-il.

— Oui, moi, répondit l'Aztèque; Talakis ne quittera pas son Excellence, il la guérira.

Cette promesse de guérison alluma une flamme dans les prunelles de Delaverne.

— Tu me guériras, dis-tu?

— Oui, si son Excellence daigne me laisser continuer le traitement qui m'a permis de la sauver.

— Quel traitement? Parle!

Le majordome expliqua comment grâce aux plantes merveilleuses et aux recettes dont il possédait le secret, il avait tiré son maître d'une syncope proche de la mort et conjuré les redoutables conséquences de la blessure.

— Mais, objecta Delaverne, sans cesse en proie aux mêmes

préoccupations, les fugitifs ont pris leur course, ils sont loin déjà, et malgré tes drogues et tes soins, me voilà cloué ici pour de longs jours...

— Cela dépend, prononça l'Aztèque de l'air entendu d'un docteur de la Faculté.

— De quoi cela dépend-il? interrogea le blessé impatient.

— De la confiance de son Excellence en Talakis.

— Je pourrai être bientôt sur pied?...

— Si son Excellence suit scrupuleusement toutes mes prescriptions.

— Et je serai en état de me mettre à la poursuite des fugitifs avant qu'ils aient eu le temps de s'embarquer?...

— J'en réponds.

Delaverne, maintenant, ne songeait plus à faire pendre son majordome métamorphosé en médecin.

— Ecoute! dit-il, je sacrifierais toutes mes richesses pour *les* rejoindre et rentrer en possession de mon bien le plus cher au monde, de ma femme... Une magnifique récompense t'attend si tu m'en donnes la possibilité.

— Son Excellence, déclara gravement le descendant de Guatimozim, devra ce résultat à la vertu merveilleuse des plantes cueillies dans la montagne par Talakis, et dont lui seul connaît l'usage.

Cette vertu vraiment efficace devait, en effet, opérer d'une façon miraculeuse.

En moins d'une semaine, Delaverne était, sinon complètement rétabli, du moins en mesure de se mettre en chasse, en prenant des précautions pour soutenir ses forces encore chancelantes et ne pas compromettre la cicatrisation définitive de sa blessure.

Sa fortune, son train de maison lui assuraient tout le confort nécessaire.

Ses équipages de voyage, sa cavalerie sans rivale lui permettaient d'entreprendre l'expédition dans des conditions exceptionnellement favorables.

Dès qu'il fut debout, il ne voulut pas la retarder d'une heure, et, après avoir hâté les préparatifs, il partit accompagné de Talakis et d'une nombreuse escorte...

On a vu comment, grâce à la supériorité de ses moyens de locomotion et à la parfaite connaissance de la topographie et des routes du pays, il avait pu brûler les étapes et atteindre la Vera Cruz avec plusieurs journées d'avance sur les fugitifs.

XIV

SOUS LES VERROUS

Revenons à nos prisonniers.

Nous les avons laissés au moment où, après leur confrontation avec Delaverne, ils étaient, sur l'ordre du juge d'instruction, conduits à la geôle de la Maison de justice pour y être écroués, en attendant leur comparution devant le tribunal.

Les formalités remplies au greffe, ils ont été enfermés dans des cellules séparées les unes des autres par d'épaisses cloisons.

Quelques instants après, un gardien leur a apporté un peu de nourriture grossière, puis, ayant soigneusement verrouillé la porte, s'est retiré en leur jetant ces mots d'une familiarité ironique :

— *Buenas noches !...* Bonne nuit !

La nuit s'est faite complète, en effet ; elle enveloppe les malheureux reclus de ses ombres mélancoliques, dont les ténèbres augmentent l'horreur de leur sinistre séjour.

On devine aisément quelles pensées s'agitent dans leur esprit, quelle angoisse poignante leur étreint le cœur, quel désespoir les accable.

Ravergy reste longuement méditatif, la tête entre les mains, sur l'escabeau où il est tombé accablé.

Michot, exaspéré, se démène comme un diable dans un bénitier, va, vient, palpe à tâtons les murs et la porte, ruminant des projets, supputant des chances d'évasion, se rappelant des histoires de prisonniers légendaires qui accomplirent des prodiges de ruse et d'audace pour recouvrer la liberté.

Par moment, il s'adresse des invectives à lui-même, se reproche d'avoir manqué Delaverne.

Thérèse se désole, se lamente, cherche un réconfort dans la prière.

Et, malgré ces oraisons qu'elle récite presque machinalement, elle sent chanceler sa foi en la justice divine, qui, si cruellement la livre à la justice des hommes.

Elle se remémore avec amertume les paroles de gratitude et de bénédiction de l'Espagnole, ces paroles où elle s'était plu à voir un heureux présage : « Cela vous portera bonheur ! »

Ah ! la prophétie se réalise de singulière façon !

Les premières lueurs du matin, glissant faiblement à travers les barreaux d'étroites lucarnes, trouvèrent les prisonniers étendus sur les dures couchettes où, vaincus par la fatigue et le sommeil, ils s'étaient résignés à s'étendre tout habillés.

Le réveil ne dissipa leurs mauvais rêves que pour y substituer la réalité pire encore.

Une nouvelle journée commençait, pleine de menaces et d'inconnu.

Que leur réservait-elle ?

Probablement la perte de la partie décisive, sans espoir de revanche.

La victoire resterait au tout-puissant millionnaire, jouissant dans le pays d'une influence considérable !

Eux, les tenants du bon droit, ils seraient condamnés, flétris, écrasés sous les pieds de la scélératesse triomphante.

Que leur importait d'ailleurs la peine capitale ?

Le supplice n'était-il pas plus atroce, de survivre à l'échec de leur généreuse entreprise, à la ruine totale de leurs nobles espérances.

Ils attendaient le jugement avec une impatience fiévreuse et souhaitaient qu'il fût prochain, comme le magistrat instructeur l'avait donné à entendre.

Peut-être serait-ce pour le jour même ?

Thérèse crut que le moment à la fois tant désiré et tant redouté était arrivé, lorsque vers le milieu de la matinée, le geôlier, secouant le trousseau de clefs pendu à sa ceinture, s'approcha d'un pas lourd dont retentissait la sonorité des voûtes du corridor.

On venait sans doute la chercher.

Et cette supposition semblait d'autant plus plausible qu'un autre pas résonnait à côté de celui du porte-clefs.

La porte grinça sur ses gonds et s'ouvrit laissant paraître dans son cadre les deux personnages.

— Une visite pour la senora ! prononça le gardien, en s'effaçant pour laisser passer son compagnon.

La jeune fille poussa un cri.

Dans la demi-obscurité de la cellule, la jeune fille venait de reconnaître le visiteur.

C'était Delaverne!

— Oui, moi, ma chère Thérèse! dit le millionnaire, affectant la plus parfaite courtoisie, moi, votre mari, qui ai obtenu du magistrat l'autorisation d'être admis auprès de vous.

Vous ne me refuserez pas, je l'espère, la faveur d'un entretien nécessaire.

Thérèse avait peine à revenir de sa stupeur.

Le gardien, par discrétion, s'était retiré dans le corridor, se contentant de rester à portée du guichet à travers lequel il pouvait observer du dehors ce qui se passait à l'intérieur de la cellule.

Avant que la jeune fille, la gorge contractée, la langue paralysée par l'émotion, eût recouvré l'usage de la parole, Delaverne annonça brièvement l'objet de sa démarche, dont il n'était que trop facile de pressentir le but.

— Veuillez m'écouter, ma chère Thérèse, dit-il, je ne vous tiendrai pas de longs discours.

La nuit porte conseil; vous avez dû mûrement réfléchir. Eh bien! voici mes propositions :

Présentement, vous êtes enfermée dans un affreux cachot, comme la plus misérable des créatures, accusée de complicité dans un crime abominable, livrée aux rigueurs de la justice, qui, si elle épargne votre existence, par pitié pour votre sexe, vous renverra de son tribunal condamnée à un châtiment terrible et infamant...

Il est dix heures. A dix heures et demie au plus tard, par votre seule volonté, vous sortirez d'ici, lavée de toute accusation, la tête haute, vous appuyant sur mon bras, prête à partager mon rang et ma fortune, sûre de rentrer en possession de cette lettre à laquelle vous attachez avec raison un si grand prix.

Je vous l'ai déjà dit hier, je vous l'affirme de nouveau, j'oublierai un moment d'aberration... Un navire à l'ancre dans la baie de la Vera-Cruz, nous attend... Nous partirons immédiatement pour la France... Voulez-vous?

Pendant que Delaverne parlait, Thérèse, debout, accotée à sa couchette, s'était peu à peu ressaisie.

— Non! répondit-elle d'une voix sourde.

Le millionnaire eut un haut-le-corps.

— Ai-je bien entendu? reprit-il.

Ainsi, c'est là le fruit de vos réflexions! Vous refusez votre bonheur et le salut de votre père?...

SEULE !

... Du cataclysme qui allait bouleverser la ville de la Vera-Cruz. (P. 1328.)

— Je refuse un odieux marché, dont le bénéfice ne me serait même pas assuré.

— Cependant vous aviez consenti?

— A me laisser épouser par vous, voulez-vous dire?... Oui, si l'on appelle consentement la soumission à la force!...

Mais n'aviez-vous pas compris que je me réservais de me soustraire à votre contrainte par tous les moyens possibles?

J'ai repris ma liberté, je la garde!...

— Singulière liberté qui vous plonge dans un cachot avec des malfaiteurs!

— Mais qui met une barrière infranchissable entre vous et moi.

Quant au nom de malfaiteur, ce n'est pas à mes loyaux et fidèles amis qu'il s'applique?

— C'est à moi, peut-être! fit Delaverne, avec un ricanement ironique.

Puis continuant sur un ton adouci :

— A moi, dont tout le crime est de vous aimer éperdûment et de vous prouver ma tendresse ardente et désintéressée... A moi, dont les sentiments et les intentions sont méconnus... A moi dont la présence ici, en ce moment, est le gage le plus certain, le plus éclatant d'un amour sans bornes...

Il s'avançait, les bras tendus, comme la veille, devant le juge d'instruction, mais plus pressant encore, pâle, frémissant, l'œil enflammé de désir...

La jeune fille, d'un bond en arrière, s'était réfugiée dans un des angles de la cellule.

— Vous me faites horreur! s'écria-t-elle éperdue. Sortez!... Sortez!...

Delaverne, perdant toute mesure, sous l'empire de sa passion, se jeta aux pieds de Thérèse.

— Ce n'est plus un mari, ce n'est pas un maître qui vous implore, poursuivit-il, c'est un esclave soumis, prêt à tous les sacrifices pour vous complaire et gagner votre affection... Ayez pitié!...

— Assez! Encore une fois, sortez! ou j'appelle.

Devant l'attitude résolue de la jeune fille, renonçant à la douceur hypocrite qui lui réussissait si mal, Delaverne crut le moment venu de passer aux moyens d'intimidation, et, se relevant brusquement :

— Ah! dit-il, je voulais en douter, mais j'en acquiers la triste conviction, vous n'êtes pas seulement une femme sans foi, vous êtes une femme sans cœur, une mauvaise fille...

Une lettre existe qui, prétendez-vous, peut sauver votre père...
Cette lettre est à moi... Après le procès, vous le savez, elle me sera
restituée, j'aurai le droit d'en disposer à mon gré... de la détruire,
s'il me plaît...

A cette menace, Thérèse tressaillit douloureusement.

Voyant l'effet produit, Delaverne appuya :

— La destruction de ce papier, c'est à coup sûr la mort de votre
père sur l'échafaud... Et entre la satisfaction de vos sentiments personnels et la chute infamante de cette tête si chère, vous n'hésitez
même pas, c'est votre... caprice égoïste qui prévaut! Pourvu que
vous me repoussiez et marquiez la préférence dont vous honorez
M. le capitaine Ravergy, votre conscience est en repos... Admirable
exemple de piété filiale, en vérité !...

Une si violente émotion se peignait sur le visage de Thérèse,
toute frémissante, que Delaverne put croire, cette fois, au succès de sa
tentative suprême.

Aussi, éprouva-t-il une surprise et une déception profondes,
quand la jeune fille répliqua d'une voix ferme :

— La mesure est comble, monsieur; vous joignez l'insulte à la
perfidie...

Si moi-même j'avais pu concevoir quelques doutes sur vos intentions, vous venez de les dissiper complètement...

L'homme capable d'employer de pareils procédés est aussi capable de manquer à ses engagements et de violer les serments les
plus sacrés.

J'ai maintenant la certitude que ma soumission, c'est-à-dire mon
déshonneur, ne serait point un sûr garant de l'exécution de vos promesses.

Dieu a voulu que cette précieuse lettre sortît de vos mains... Je
ne sais le sort qui lui est réservé; mais, j'aime mieux me fier à la
Providence qu'à la parole d'un fourbe, et, quoi qu'il advienne, j'aurai
subi ma destinée sans faillir...

Retirez-vous, monsieur, je ne veux plus vous voir ni vous entendre!...

Delaverne comprit enfin que toute insistance était absolument
inutile.

Il s'éloigna, la rage au cœur, la menace à la bouche.

XV

LE TREMBLEMENT DE TERRE

Une heure environ s'était écoulée depuis la scène à laquelle le lecteur vient d'assister.

Nul changement ne s'était produit dans la situation des prisonniers.

Chacun d'eux ignorait le sort de ses compagnons : les questions adressées au gardien qui leur avait apporté leur maigre pitance du matin étaient restées sans réponse.

Claude Michot, dont la cellule était contigüe à celle de Thérèse, avait bien cru percevoir chez sa voisine un bruit de conversation et quelques éclats de voix ; mais l'épaisseur de la cloison ne lui avait pas permis de distinguer les paroles prononcées.

Pas plus que Ravergy, il ne soupçonnait la visite de Delaverne.

Cette ignorance réciproque des trois amis au sujet de ce qui pouvait leur advenir ajoutait un tourment au supplice de l'attente et de l'incertitude.

Ils s'énervaient donc, entre leur quatre murs, tantôt en proie à une stérile agitation dans le vide, tantôt plongés dans un douloureux état de prostration.

Michot, lui-même, était devenu très méditatif.

Les réflexions morales, les hautes inspirations n'étaient pas son affaire.

Le brave garçon n'avait qu'une pensée en tête : fausser compagnie à la justice mexicaine, en laquelle il n'avait qu'une médiocre confiance ; donner de nouvelles preuves de son dévouement à Mlle Valomer et à son capitaine.

Assis sur sa couchette, les coudes aux genoux, les poings au front, il se creusait la cervelle, en quête de moyens pratiques pour mettre à exécution ses plans plus ou moins chimériques.

De l'œil, il sondait les murailles massives, mesurait l'étroite lucarne percée en meurtrière et ses énormes barreaux.

Son imagination travaillait : peut-être ne seraient-ils pas traduits devant le tribunal le jour même ; alors, il avait encore le temps de chercher, de combiner.

Et il rêvait d'une audacieuse évasion nocturne...

Soudain, au beau milieu de son rêve, il se sentit projeté en avant, comme si la couchette s'était brusquement soulevée, en même temps qu'une forte secousse, accompagnée d'un grondement sourd, ébranlait la prison.

L'ancien soldat avait trop couru le Nouveau-Monde, pour se tromper sur la nature d'un phénomène qu'il avait eu déjà mainte occasion d'observer.

— Sacrebleu ! grogna-t-il, en reprenant son équilibre, un tremblement de terre !...

La secousse unique avait duré une demi-seconde à peine.

Michot, en arrêt, guettait la suivante, redoutant un danger possible et songeant à l'émotion qui devait avoir saisi Mlle Thérèse.

Mais un calme persistant ayant succédé à cette alerte :

— Allons ! pensa-t-il, rassuré, ce n'est rien... Une petite plaisanterie du diable seulement, histoire de rappeler que ses marmites chauffent sous nos pieds !...

Et il reprit le cours interrompu de ses méditations.

. . . .

Si, au lieu d'être claquemuré dans une cellule de prison, Michot avait pu exercer librement son observation au dehors, il aurait conservé moins de quiétude, car voici ce qu'il lui aurait été loisible de constater.

Mise en émoi par l'ébranlement souterrain que, malgré sa brièveté, elle considérait comme un avertissement alarmant, la population de la Vera-Cruz était loin de partager cette quiétude.

Nombre d'habitants se souvenaient de tremblements de terre précédents dont ils avaient été témoins et qui leur avaient laissé une impression ineffaçable.

Ils éprouvaient une terreur invincible de cette puissance mystérieuse, se révélant tout à coup dans le calme trompeur de la nature.

On eût dit qu'ils sentaient déjà le sol se dérober sous eux.

Les animaux eux-mêmes étaient pris d'une angoisse instinctive.

Les chevaux, les mules, les chiens, les porcs s'ébrouaient d'une façon significative, effarés comme à l'approche d'un danger.

Aux abords de la ville, les reptiles sortaient de leurs marécages, fuyaient précipitamment vers des abris problématiques...

Si les bêtes n'obéissaient qu'à leur instinct, les hommes, eux, instruits par l'expérience, attendaient, en proie à des transes mortelles, le développement probable d'un phénomène fréquent et quasi périodique dans ces régions tropicales.

La plupart des habitants avaient, par prudence, quitté leurs maisons, s'étaient répandus dans les rues et sur les places publiques.

Des groupes se formaient, où l'on devisait bruyamment.

Les uns formulaient des pronostics, les autres évoquaient des souvenirs.

Des hommes d'âge mûr faisaient remarquer qu'aucun tremblement important ne s'était produit dans le pays depuis celui qui, en 1784, avait ravagé la province de Guanaxato.

Et ils inféraient que, en raison des règles presque immuables de la périodicité, une grande perturbation était imminente.

Les vieillards hochaient tristement la tête; les femmes se lamentaient et se signaient; les enfants apeurés se pressaient contre leurs mères.

La désolation était d'autant plus profonde, qu'elle se manifestait chez des familles déjà cruellement éprouvées par la fièvre jaune.

Depuis la veille, le relevé des décès accusait une notable diminution de la mortalité.

Une modification atmosphérique avait suffi pour amener cette amélioration.

Le vent du sud avait fait place au vent du nord, si ardemment souhaité, et au souffle bienfaisant duquel l'air embrasé méphitique qui pesait sur la ville s'était rafraîchi et purifié.

Et c'était au moment où la population décimée commençait à renaître à l'espoir qu'une terrible catastrophe menaçait de succéder au fléau décroissant!

Il est des cataclysmes que l'industrie humaine est impuissante à conjurer, même quand elle les prévoit.

Le tremblement de terre en est, avec le cyclone, l'exemple le plus frappant.

Pour en atténuer les effets, il faudrait pouvoir réfréner la force initiale à sa source, et cette source réside hors de portée, dans les entrailles mêmes du globe.

L'intérieur de notre planète forme, on le sait, une masse de matière fluide, encore incandescente.

Quant à la partie solide, l'écorce terrestre, d'après les calculs de la science, elle n'a qu'une épaisseur de six à sept lieues.

Cette écorce présente des fissures; on a constaté, en outre, la porosité plus ou moins sensible des roches qui la composent.

Que par des infiltrations lentes ou rapides les eaux de la mer viennent à pénétrer jusqu'à la matière incandescente, alors, à son contact, ces eaux se vaporisent brusquement, et, par leur dilatation produisent des déchirements, des ondulations des couches géologiques.

C'est, en un mot, dans des proportions beaucoup plus considérables, comme l'explosion d'une chaudière à vapeur, avec ses effets de répercussion aux alentours.

Telle est, parmi plusieurs autres, la théorie la plus accréditée et la plus vraisemblable sur la formation des volcans et les tremblements de terre, deux phénomènes dont la corrélation paraît évidente.

Une fois formés, les volcans sont en quelque sorte les soupapes de sûreté de la chaudière; par leurs cratères, ils vomissent les gaz et les matières en fusion expulsés de la masse intérieure; sous les poussées déterminées par les infiltrations sous-marines, les couches de terrain plus résistantes se soulèvent, oscillent, se crevassent, le sol *tremble*.

Aussi, les faits confirment-ils la corrélation établie par la théorie scientifique, et les régions volcaniques sont-elles en même temps celles où les tremblements de terre se signalent par leur fréquence et leur intensité.

Tel est le cas du Mexique, qui possède deux volcans célèbres : l'Orizaba et le Popocatepetl.

Ces quelques explications étaient utiles pour permettre au lecteur de se rendre un compte plus exact du cataclysme qui allait bouleverser la ville de la Vera-Cruz.

Les pressentiments de la population n'étaient que trop justifiés.

Une demi-heure environ après la première secousse, qui avait été relativement légère, il s'en produisit une seconde, également rapide, mais plus violente.

Bientôt les ondulations se répétèrent, se rapprochant de plus en plus et augmentant graduellement d'amplitude.

En même temps on entendait gronder les roulements formidables d'un tonnerre souterrain.

Dans les arcanes de la terre retentissaient sourdement comme un cliquetis de chaînes entrechoquées, puis des explosions semblables à des coups de mine, puis encore un craquement de roches, cédant sur une immense étendue à la pression des gaz qui les brisait...

Mais la brèche était ouverte, et Thérèse, poussant un cri, se précipitait vers son sauveteur.
(P. 1333.)

Les maisons craquaient, les édifices chancelaient sur leurs bases.

C'était parmi les habitants un sauve-qui-peut général.

Tous, à l'envi, désertaient leurs demeures, qu'ils craignaient à chaque instant de voir se transformer en tombeaux.

Les uns gagnaient la campagne.

Les autres se réfugiaient sur le rivage.

167. — SEULE! 167.

Les moins ingambes se réunissaient sur les places, aux carrefours les plus larges.

Des malades, survivants de l'épidémie, étaient, à peine vêtus, portés dehors, à la hâte, par des parents, par des amis.

Des convalescents se traînaient péniblement à l'arrière-garde de la cohue.

En pareille circonstance, il n'y avait qu'un seul abri dont la chute ne fût pas à redouter : le ciel, — un ciel sans nuages, balayé par la brise du Nord et qui, dans sa pureté ensoleillée, semblait narguer la détresse de tous ces malheureux.

L'orage ne planait pas sur leurs têtes, il grondait sous leurs pieds.

. . . .

Ces bruits de foudre sans éclairs, ces ondulations de vagues souterraines qui suffisaient à terrifier des milliers d'êtres humains, n'étaient, hélas ! que les sinistres avant-coureurs de la catastrophe imminente.

Une dernière secousse, où la ténébreuse puissance semblait concentrer tous ses efforts ; une immense clameur d'épouvante...

En trois secondes, le tremblement de terre avait accompli son œuvre de mort et de destruction.

La majeure partie de la ville n'offrait plus qu'un amas indescriptible de ruines.

Instantanément, par l'effet de l'oscillation, des surfaces planes s'étaient soulevées en monticules, des gouffres s'étaient creusés, engloutissant les constructions ébranlées dans leurs fondements, disloquées, désagrégées.

Sous les décombres gisaient de nombreuses victimes, les unes écrasées, broyées sur le coup, les autres à demi asphyxiées ou affreusement mutilées, poussant des gémissements de douleur à fendre l'âme.

Et, pour achever le désastre, la mer, elle-même, avait coopéré à cette horrible hécatombe.

Comme il arrive parfois, le mouvement du sol s'était communiqué aux flots, provoquant un raz-de-marée, qui non seulement avait causé une collision funeste entre les navires mouillés dans la rade, mais encore noyé des centaines de malheureux rassemblés sur le rivage, où ils se croyaient en sécurité.

. . . .

Et nos amis? Qu'étaient-ils devenus, dans cette épouvantable catastrophe?...

Que le lecteur veuille bien se diriger avec nous, par la pensée, vers la Maison de justice, où nous les avons précédemment conduits.

Tâchons de retrouver notre itinéraire, à travers ces quartiers qui n'offrent plus vestige de voies tracées.

Nous avons un point de repère : l'hôtel de ville... Cherchons-le d'abord... Il a disparu... Peut-être était-il là, sur ce terrain affaissé, large excavation au fond de laquelle on distingue un fragment de campanile?...

Continuons notre route, au hasard... La Maison de justice et ses annexes, agglomération de constructions massives, doit être facilement reconnaissable...

Pourtant, rien ne la signale à nos regards anxieux...

Aurait-elle disparu aussi?...

L'événement donnerait une fois de plus raison à ceux qui ont observé que, pour la résistance aux secousses des tremblements de terre, les bâtiments en maçonnerie sont de beaucoup inférieurs aux bâtiments de bois.

En effet, nous y voici : ces pans de murs branlants, ces ouvertures béantes, ces barreaux descellés indiquent l'emplacement de l'édifice.

Sans doute, aucun de ceux qu'il abritait n'a survécu à sa chute...

Ses prisonniers ont péri misérablement...

Tout l'atteste : le silence morne, ces cadavres méconnaissables, couchés parmi les pierres, les plâtras, les poutres brisées et enchevêtrées...

Mais approchons-nous davantage.

Dans une tranchée creusée par la révolution souterraine, des formes humaines ont remué...

Quels sont ces gens aux vêtements souillés et en désordre, qui semblent ramper mystérieusement au milieu de ce chaos?...

Ils se redressent, lèvent la tête : le doute n'est plus possible.

Thérèse! Ravergy! Michot!

Dieu soit loué! Ils vivent!

Par quel miracle ont-ils échappé à une mort presque certaine?...

Le récit de ce qui s'est passé va nous l'apprendre.

La puissance destructive des éléments, qu'on se plaît à dire aveugle, a parfois de curieux caprices.

Au moment de l'écroulement de la prison, Claude Michot s'était tout à coup trouvé projeté hors de sa cellule et, lorsqu'étant retombé sur le sol, sans autre mal que quelques contusions insignifiantes, il s'était remis sur pieds, il s'était aperçu, à sa grande stupéfaction, que, du cachot où il se morfondait un instant auparavant, il ne restait plus trace.

Si bien qu'il s'était écrié :

— Tiens! le tremblement de terre qui vient de lever mon écrou !

Mais il avait, en outre, constaté un autre fait dont il avait moins lieu de se réjouir.

Les cellules voisines, celles de Thérèse et de Ravergy n'étaient pas complètement démolies.

Une partie des murs était restée debout et, soutenu seulement par des poutres prêtes à se rompre ou à fléchir, le plafond chargé du poids des matériaux de l'étage supérieur détruit, menaçait d'écraser les deux prisonniers, qui peut-être, hélas! étaient déjà mortellement blessés.

Michot entendait distinctement les gémissements plaintifs de Thérèse, qui croyait sa dernière heure arrivée, et les appels désespérés de Ravergy.

S'ils allaient être ensevelis vivants!

A cette pensée, l'ancien soldat sentit son sang se glacer dans ses veines ; mais il maîtrisa bien vite son émotion.

— Courage, mes amis ! cria-t-il d'une voix retentissante comme un clairon, je suis là !

Êtes-vous blessée, mam'zelle Thérèse ?... Et toi, mon capitaine ?...

— Non ! répondirent simultanément le jeune homme et la jeune fille.

Puis ils expliquèrent tour à tour que, enserrés dans un extricable enchevêtrement de débris amoncelés autour d'eux, il leur était presque impossible de faire un mouvement.

— Tiens bon, mon capitaine ! reprit Claude Michot. A mam'zelle Thérèse, d'abord !...

La situation était des plus critiques et le problème qu'il se proposait de résoudre offrait de grosses difficultés.

Il s'agissait de dégager les prisonniers, sans compromettre l'équilibre instable de l'abri providentiel, de l'abri auquel ils devaient leur salut et dont la moindre fausse manœuvre risquait de provoquer la chute.

Cet équilibre rompu, c'était pour eux l'écrasement certain.

Michot engagea la jeune fille à se blottir dans l'angle le plus sûr de son réduit, et, s'armant d'une pièce de bois qu'il trouva sous sa main, il se mit à saper la muraille croulante, à l'endroit où cette opération lui paraissait offrir le moins de danger pour la solidité du château branlant.

Là seule prudence modérait son ardeur.

Il travaillait sans relâche, les muscles tendus, le front inondé de sueur.

Enfin, sous un suprême effort, un pan de mur céda, et Michot, atteint par le lourd morceau de maçonnerie qui venait de se détacher brusquement, tomba à la renverse dans un nuage de poussière aveuglante.

Mais la brèche était ouverte, et Thérèse, poussant un cri, se précipitait vers son sauveteur.

— Oh! mon Dieu!... Pauvre Michot!...

— Ce n'est rien! mamzelle, dit l'ancien soldat, en se relevant, tout endolori et abasourdi du choc; j'ai mal calculé mon dernier coup, voilà tout.

Mais puisque vous êtes sauvée, ça va bien.

Ce que ce brave cœur ne disait pas, c'est qu'il s'y était pris, au contraire, de façon à sacrifier sa propre personne, plutôt que d'exposer la vie de la jeune fille.

Il ne laissa même pas à celle-ci le temps de lui exprimer toute sa reconnaissance.

— Ma besogne n'est pas terminée, fit-il. Au capitaine, maintenant!

La seconde entreprise, heureusement, présentait moins de difficultés, et il la conduisit plus rapidement à bonne fin.

Bientôt, les trois amis se trouvèrent de nouveau réunis, sains et saufs.

Ils se serraient les mains, ils se félicitaient mutuellement, s'abandonnaient à une de ces joies délirantes qu'on éprouve, après avoir échappé à un grand danger.

Mais leurs fronts ne tardèrent pas à se rembrunir.

Une indicible tristesse les envahissait, à l'aspect lugubre de cet effondrement épouvantable, de ces ruines désolées qui s'étendaient autour d'eux et sous leurs pas.

Puis une crainte les prenait, qu'ils n'avaient pas besoin de se communiquer.

Si Delaverne, épargné comme eux, allait tout à coup se montrer et poursuivre contre eux son œuvre infâme de persécution!...

— Libres! s'écria Ravergy, répondant à la préoccupation intime de chacun. Il est pénible de penser que nous devons la liberté à cet effroyable malheur; mais hâtons-nous d'en profiter, ne restons pas ici.

Et déjà il entraînait Thérèse, chancelante, brisée par la terrible commotion qu'elle avait ressentie.

— Un instant, mon capitaine, fit Michot, et la lettre?...

— La lettre!... répétèrent Ravergy et sa compagne, en échangeant un regard navré.

— Oui, reprit l'ancien soldat, j'y pense tout le temps, à ce satané papier, et je ne m'en irai pas d'ici que je ne l'aie retrouvé ou que je n'aie acquis la certitude qu'il est perdu ou détruit....

Je me rappelle bien!... Le juge l'a mis dans une enveloppe et enfermé dans son secrétaire.

Donc, à moins que tout le mobilier ne soit englouti à cent pieds sous terre, il y a des chances...

— C'est insensé! objecta Ravergy.

— Les fous n'ont pas toujours tort! répliqua Michot.

Et le voilà en campagne, arpentant les décombres, soulevant les pierres, remuant les gravats, fouillant fiévreusement de ses ongles les débris de toute sorte, jusqu'à s'ensanglanter les mains.

Ravergy et Thérèse elle-même imitent son exemple.

Courbés sur le sol, ils cherchent, chacun de son côté, ils cherchent, sans succès, hélas!

On dirait des pilleurs d'épaves en quête d'un trésor caché.

Enfin, Michot découvre un amas de débris informes, où il aperçoit un meuble défoncé, des papiers épars, et, parmi ces papiers, une enveloppe scellée de cachets rouges...

Non, il ne se trompe pas... Il reconnaît ce pli, dont l'aspect s'est fixé dans son souvenir...

Une exclamation de triomphe s'échappe de sa poitrine haletante :

— La lettre! La lettre!...

Ses compagnons, qui cherchaient, de leur côté, à quelques pas de là, accourent, en proie à une émotion indicible.

De ses doigts tremblants, Ravergy brise la cire.

Thérèse chancelle, prête à s'évanouir de joie, lorsqu'elle voit réapparaître le précieux trésor, sans la possession duquel la liberté si chèrement reconquise n'était qu'un leurre, un ironique bienfait, auquel la mort eût été préférable.

Une chaleureuse accolade de Ravergy, une étreinte de la main de Thérèse, étreinte qu'il n'oubliera jamais, sont la récompense de Claude Michot.

Pleinement content, fier avec modestie, le brave garçon n'en ambitionnait pas d'autre.

— Vous ne m'avez pas seulement sauvée, lui dit la jeune fille, de sa douce voix où elle met toute l'expression de sa profonde gratitude, vous sauvez mon père !

. . . .

Mais, après cette heureuse trouvaille, nos trois amis ne pouvaient s'attarder davantage sur ces décombres.

Ils comprenaient l'impérieuse nécessité de se soustraire au plus vite à des recherches probables de la justice et surtout à la plus redoutable des éventualités : un retour offensif de Delaverne !

Il fallait fuir promptement, s'assurer d'un moyen de quitter sans délai la Vera-Cruz, et de s'embarquer à tout prix.

Leur délibération fut courte.

Afin de parer à des complications possibles, Thérèse, d'accord avec Ravergy, pria Michot de se charger jusqu'à nouvel ordre de la garde de la lettre.

Elle serait ainsi plus en sûreté, et aurait plus de chances d'échapper à leur ennemi qui si elle restait en la possession de l'un des deux principaux personnages de la petite caravane, plus exposés que l'humble serviteur aux soupçons et aux inquisitions.

En cas de contre-temps ou de malheur, il n'était pas à craindre que le papier risquât de se perdre entre les mains du fidèle Michot.

L'ancien soldat, on le pense bien, ne se fit pas prier pour accepter ce dépôt sacré, et rien ne pouvait le flatter autant qu'une pareille marque de confiance.

— Soyez tranquille, mamzelle, déclara-t-il, en serrant soigneusement la lettre sous ses vêtements, j'en réponds : avant de m'arracher ça, il faudrait avoir ma peau.

Nous nous en rapportons à toi, mon camarade, dit Ravergy.... Maintenant, hâtons-nous de sortir d'ici et de nous mettre à l'abri.

Notre intérêt est de profiter du désarroi général.

Ce qu'était ce désarroi, les fugitifs s'en rendirent compte dès qu'ils eurent mis le pied hors des décombres de la Maison de justice.

La panique qui, au moment même de la catastrophe s'était emparée de la population, était loin de se calmer.

Dans la crainte de nouvelles secousses, la fuite affolée des survivants vers la campagne continuait.

La ville achevait de se vider, et bientôt, l'on aurait pu se croire au milieu de ruines désertes, si l'on n'avait entendu çà et là, sous les pierres et les débris de toute sorte, au fond des ravines creusées par les ondulations du sol, les lamentables gémissements des blessés et des mourants.

Ailleurs, c'était le silence funèbre de la mort.

A chaque pas, il fallait enjamber des cadavres à demi enfouis sous des monticules de terre, écrasés, mutilés par la chute des maisons et des édifices.

L'horreur de ce tableau lugubre, autant que la fiévreuse impatience d'atteindre leur but problématique, précipitait la course de nos amis.

Ravergy et Claude Michot, se raidissant contre leurs impressions déprimantes, soutenaient la démarche incertaine de Thérèse qui, dans sa terreur, avait des hallucinations, croyait à chaque instant sentir sur ses talons des alguazils lancés à ses trousses ou voir surgir devant elle le spectre menaçant de son persécuteur.

Enfin, après avoir traversé non sans difficulté ce chaos indescriptible, ils aboutirent au quai.

Bien que celui-ci ne fût pas très éloigné de leur point de départ, ils leur semblait qu'ils avaient fait plus d'une lieue de chemin !

Là, un spectacle non moins effrayant les attendait.

Un raz-de-marée, avons-nous dit, avait été la conséquence immédiate du tremblement de terre.

A la suite du phénomène, le fond de la mer avait oscillé et imprimé un mouvement violent à la masse des eaux.

Brusquement, l'énorme nappe liquide s'était soulevée à une hauteur de plusieurs mètres, submergeant sous une inondation instantanée les quais et les bas quartiers de la ville, envahissant, renversant les constructions, noyant les hommes...

Puis, rentrant aussitôt dans leur lit normal, les eaux, en se retirant avaient laissé sur le rivage dévasté des centaines de morts, qu'on eût dit jetés là par le flux, comme les victimes d'un épouvantable naufrage.

— Vous voyez, expliqua l'ancien soldat, ils s'organisent pour camper... (P. 1339.)

Glacés de terreur et de pitié, nos amis détournèrent leurs yeux de ce spectacle pour les porter vers la mer, qui, avec son niveau, avait repris sous un ciel serein, son mouvement régulier.

Ils l'observaient attentivement, ils cherchaient les navires qu'ils avaient vus la veille à l'ancre sur la rade...

Hélas! il n'en restait plus trace, et ils comprirent que le raz-de-marée les avait engloutis ou jetés à la côte, loin de là.

Rien au port, par un bâtiment au large, pas une voile à l'horizon!

Ils avaient beau appeler de leurs vœux ardents le vaisseau libérateur, l'océan n'offrait à leurs regards anxieux et déçus que le vide de son immensité mouvante...

XVI

LE CAMPEMENT

Pendant des heures, ils prolongèrent leur station, interrogeant sans cesse l'espace.

— Vaine attente, où les surprit le déclin du jour.

— Il faut chercher un abri pour la nuit, dit Ravergy.

— Un abri! objecta Michot, tu en parles à ton aise, mon capitaine.

Et, montrant d'un geste la ville bouleversée :

— Je ne crois guère prudent de nous aventurer là-dedans, pour toutes sortes de raisons...

D'abord, la préservation de notre existence : les maisons où l'on pourrait se réfugier sont rares et ce qui en reste manque de solidité... Aller dormir là-dessous?... Merci bien! nous risquerions fort de nous réveiller aplatis comme des feuilles de papier, c'est-à-dire de ne pas nous réveiller du tout,..

M'est avis que le plus sage est de passer la nuit à l'hôtellerie de la Belle-Étoile.

— Tu as raison, répliqua Ravergy, c'est le parti que conseille la prudence ; mais quelle pénible nécessité pour Mlle Thérèse !

— Ça, c'est vrai. Nous autres, nous avons appris l'habitude de la dure, n'est-ce pas? En campagne, nous ne couchions pas souvent dans un lit, nous n'avions pas toujours une pierre pour nous servir d'oreiller.. Tandis que mam'zelle Thérèse...

— Oh! moi, dit la jeune fille, je suis prête à tout, vous le savez. Et puis, n'ai-je pas fait aussi un rude apprentissage pendant mes courses aventureuses à travers tant d'épreuves ?

Je ne connais plus aucune fatigue, désormais; je me sens forte, grâce à Dieu !

— Allons! reprit Ravergy. Hâtons-nous de quitter ce lieu
d'horreur qui, avec tous ces morts couchés sur le sable, ressemble à
un champ de bataille après l'action.

— Oui, approuva Michot, c'est tout à fait ça. Et même, pour être
franc, j'avoue que ça m'impressionne encore davantage...

Quand on pense que ces pauvres gens ont été frappés par
centaines, sans défense, sans lutte, comme un essaim d'abeilles
qu'on bousculerait d'un coup de pied et sur lequel on verserait un
seau d'eau!...

— De quel côté nous orientons-nous?

— Tiens, mon capitaine, dit Claude Michot, en étendant la main
dans la direction du nord, regarde : voici quelque chose qui prouve
que mon idée n'est pas si mauvaise...

Le parti que je viens de conseiller, les gens d'ici l'ont déjà pris
avant nous.

— C'est vrai, ils nous donnent l'exemple.

En effet, du côté que Michot indiquait, on apercevait, aux abords
de la ville une masse confuse, se mouvant dans l'ombre qui, peu à
peu, s'épaississait.

De cette masse, une rumeur s'élevait, coupée, par intervalles,
d'appels stridents, tandis que, çà et là, des flammes jaillissaient et de
minces colonnes de fumée montaient vers le ciel limpide, encore
teinté des rougeurs du couchant.

— Vous voyez, expliqua l'ancien soldat, ils s'organisent pour
camper... ils allument des feux de bivouac... Nous n'avons qu'à les
rejoindre.

— Un instant! objecta Ravergy, il serait peut-être imprudent de
nous mêler à la population.

Qui sait si, dans ce pêle-mêle, où toutes les classes doivent être
confondues, la mauvaise chance ne nous mettra pas en présence de
ceux dont nous redoutons la rencontre?

Puisque nous avons échappé à la catastrophe, nos alguazils,
notre juge, notre geôlier, Delaverne, lui-même, peuvent avoir béné-
ficié du miracle...

Michot répliqua:

— Si les aguazils et le juge sont encore de ce monde, je crois
qu'ils ne se soucient guère de nous à l'heure présente; ils ont, comme
dit l'autre, d'autres chiens à fouetter.

Le geôlier, j'ai reconnu parfaitement son cadavre, là-bas, sous les décombres. Pas d'erreur! il avait son trousseau de clefs pendu à la ceinture.

Quant à Delaverne, je ne veux pas faire au bon Dieu l'injure de supposer qu'il a épargné ce vilain oiseau-là.

D'ailleurs, s'il était encore en vie, j'imagine que nous aurions eu déjà de ses nouvelles; il se serait certainement mis en chasse et il n'aurait pas eu trop de peine à nous retrouver.

Du moment où il manque à l'appel...

— N'importe! interrompit Ravergy, la consigne est de se méfier.

— Tu me donnes, à ton tour, une leçon de prudence, dit Michot; nous voilà quittes, mon capitaine.

Mais il faut aboutir à un résultat pratique, nous ne pouvons coucher ici.

Pour nous mettre tout à fait d'accord, je vais aller en éclaireur et pousser une reconnaissance...

— C'est cela, et, si tu observes quelque chose de louche, nous tâcherons de faire bande à part, en attendant les événements.

La petite troupe se mit donc en marche silencieusement, Thérèse s'appuyant au bras de Ravergy, l'ancien soldat formant l'avant-garde.

Celui-ci s'avançait délibérément, presque heureux d'avoir l'occasion d'utiliser l'expérience consommée qu'il avait acquise en Vendée, dans cette guerre de partisans, semée d'embuscades et de surprises.

Ouvrir l'œil, flairer l'ennemi, le dépister, lui tenir tête, au besoin, c'était son affaire.

Une seule chose le tracassait : lors de l'arrestation, son compagnon et lui avait été désarmés; il n'avait plus sur lui ni fusil, ni pistolet, ni couteau, et cette absence totale de moyens ce défense ne laissait pas de l'inquiéter.

En cas de danger, il devrait se contenter de la force musculaire, peu commune il est vrai, et des poings solides dont la nature l'avait doué.

Mais il n'était pas homme à reculer.

Ne se retournant de temps en temps que pour s'assurer qu'il était toujours suivi de près par ses amis, il arriva enfin à une cinquantaine de mètres du campement qui était son but.

Sur un signe de lui, Ravergy et Thérèse s'arrêtèrent, tandis qu'il continuait d'avancer avec précaution.

Ainsi qu'il put le reconnaître au premier coup d'œil, le bivouac dont il approchait n'était qu'une fraction détachée du campement provisoire établi autour de la ville par la population survivante.

Au hasard de la fuite et suivant les directions diverses, des groupes plus ou moins nombreux s'étaient formés, séparés les uns des autres par les terrains marécageux où il avait été impossible de chercher un refuge.

Ce dernier groupe comptait une quarantaine de personnes de toute condition, les unes debout, les autres assises, d'autres s'installant tant bien que mal pour la nuit.

Dans le brouhaha des voix, où les idiomes de plusieurs pays se mêlaient, Michot distingua dès l'abord des mots de sa langue natale...

Il prêta l'oreille et ouvrit l'œil.

Le plaisir qu'il éprouvait à entendre parler cette langue s'atténuait de la crainte de constater que les paroles sortaient d'une bouche ennemie.

Les agents, les fonctionnaires mexicains dont la rencontre était à éviter ne pratiquaient-ils pas le français ?

Delaverne lui-même, l'homme néfaste, n'était-il pas son compatriote ?

Sa crainte, heureusement, n'était pas justifiée.

En écoutant plus attentivement les conversations, en examinant de plus près les visages, il acquit, au contraire, une conviction des plus rassurantes.

La bonne fortune avait voulu que ce petit clan fût en majeure partie composé d'habitants du quartier français qui, dans l'exode général, s'étaient naturellement portés vers ce point, le plus voisin de leurs demeures.

Pas de figures suspectes, et, suivant toute probabilité, pas de mauvais accueil à redouter.

Un nouveau signe de Michot avertit ses compagnons qu'ils pouvaient approcher sans danger.

Ils l'eurent bientôt rejoint.

— Allons-y carrément, dit-il, nous avons la chance de bien tomber, nous sommes en territoire ami.

L'éclaireur sagace ne s'était pas trompé.

La colonie française ouvrit avec empressement ses rangs aux nouveaux venus.

Bien que ceux-ci fussent des inconnus pour leurs compatriotes établis à la Vera-Cruz, leur qualité de voyageurs était une explication suffisante de leur présence, et, comme leur aventure judiciaire était restée ignorée dans la ville, loin d'être exposés à la suspicion, ils devaient rencontrer autour d'eux la bienveillance et la sympathie.

Naturellement, la catastrophe et ses terribles conséquences étaient l'objet de toutes les conversations.

Chacun racontait à l'envi comment il avait été surpris par la secousse destructive, comment il avait échappé à la mort, comment il s'était enfui.

Ceux-ci se félicitaient d'en être quittes pour des contusions ou des blessures sans gravité.

Ceux-là se lamentaient sur leurs pertes matérielles.

Quelques-uns, en larmes, déploraient la disparition de parents ou d'amis dont ils ignoraient le sort.

Comme bien on pense, Ravergy et ses deux compagnons, tout en prenant part à ces conversations animées, se gardaient bien d'entrer, à leur propre sujet, dans des détails trop circonstanciés.

Ils se bornèrent à dire que, arrivés de la veille à la Vera-Cruz, pour s'embarquer, ils étaient descendus dans une hôtellerie d'où, par bonheur, ils étaient sortis peu de temps avant son effondrement.

Et, en participant à cet excusable mensonge, Michot ne pouvait s'empêcher de songer à la sinistre facétie du faux guide qui, effrontément, qualifiait de « buena posada » la prison où sa traîtrise les avait jetés.

Ah! il l'avait sur le cœur, cette « buena posada »!

— Un homme d'un certain âge, qui n'en était pas à son premier tremblement de terre, fit observer :

— Les bâtiments les plus solides en apparence sont ceux qui supportent le moins bien les secousses, parce que les matériaux dont ils sont construits, pierre ou brique, se désagrègent plus facilement. La moindre case résiste davantage. C'est l'histoire du chêne et du roseau...

J'en ai remarqué un exemple bien frappant aujourd'hui même.

Quand le cataclysme s'est produit, je n'avais pas eu le temps d'évacuer la maison que j'habite, et qui est en bois. Un horrible craquement l'ébranla du haut en bas, les meubles furent bouleversés, la vaisselle brisée en mille pièces, nous pûmes croire, ma femme et moi, que notre dernière heure était arrivée...

Eh bien! en sortant précipitamment hors de cet enfer, quelle ne fut pas notre stupéfaction de voir notre modeste maison debout, tandis que, tout près, à quelques mètres à peine de distance, une superbe maison en maçonnerie, bâtie à l'européenne, s'était écroulée, écrasant probablement tous les habitants qui avaient commis l'imprudence d'y rester.

Au fait, conclut le narrateur, en s'adressant à ceux de ses auditeurs auxquels le plan de la Vera-Cruz était familier, vous savez bien, cette magnifique bâtisse, récemment achevée pour le compte du fameux millionnaire Delaverne...

A ce nom, les trois amis tressaillirent.

— Delaverne! laissa échapper malgré lui Claude Michot.

— Vous le connaissez?...

— Oui... c'est-à-dire... pas personnellement... j'en ai beaucoup entendu parler... comme tout le monde.

— Ce n'est pas étonnant, il est connu comme le loup blanc, non seulement en Amérique, mais encore en Europe.

— Et vous dites, intervint Ravergy, que ce palais était habité?

— Par le propriétaire lui-même. Sa résidence habituelle est à Mexico; mais il a de gros intérêts à la Vera-Cruz, où il arme des navires pour le trafic, et il y était arrivé depuis quelques jours, avec un grand train de domestiques et d'équipages... Je l'ai aperçu plusieurs fois; il paraissait souffrant, et j'ai même été étonné qu'étant libre de ses faits et gestes, il ait justement choisi pour séjourner dans notre ville le moment où la fièvre jaune y régnait.

— Le souci de ses intérêts était probablement plus fort chez lui que la crainte de la maladie, fit Michot, comme s'il énonçait une vérité banale.

Son allusion ne fut comprise que de ses deux compagnons, de plus en plus attentifs à la conversation.

Thérèse, silencieuse, écoutait, le cœur serré.

Ravergy reprit:

— C'était, en effet, une grosse imprudence que de se risquer ainsi en pleine épidémie...

— On a toujours tort de braver la mort sans nécessité, prononça sentencieusement son interlocuteur, car elle n'épargne pas plus les riches que les pauvres, et tel se flatte d'échapper à un danger, prévu, qui, si son heure est marquée là-haut, périt victime d'un danger imprévu. A preuve l'exemple du senor Delaverne.

— Que voulez-vous dire?...

— Que, partageant le sort de beaucoup de simples mortels, ce richissime personnage est probablement resté enseveli sous les ruines de son palais...

— Dieu ait son âme! fit Michot avec une feinte compassion, dont Ravergy et Thérèse furent seuls à saisir l'ironie.

Le capitaine, afin de ne pas se trahir, refoula en lui, d'un énergique effort, le sentiment de soulagement qu'il éprouvait.

La jeune fille, frémissante, serra la main de son ami d'une étreinte nerveuse et furtive.

Si leur émotion fut visible aux yeux de ceux qui n'étaient point initiés à leur secret, ceux-ci ne purent l'interpréter que comme une manifestation de l'impression toute naturelle produite sur des cœurs sensibles par la fin tragique d'un homme auquel son immense fortune semblait assurer la prospérité la plus complète et la plus enviable.

La coïncidence entre la nouvelle de la mort probable de Delaverne et ce fait que leur persécuteur n'avait plus reparu depuis la catastrophe ne laissait guère de place au doute dans l'esprit de nos trois amis.

Cet événement, d'une si grande importance pour eux, leur causait, faut-il le dire, une satisfaction semblable à celle qu'on ressent quand on se trouve débarrassé d'un lourd fardeau qui vous pèse sur les épaules.

Claude Michot, nature simpliste et un peu fruste, goûtait cette satisfaction sans réserve.

Ravergy, pour faire taire en lui la voix de la pitié, n'avait qu'à se souvenir de la fin également tragique, mais noble de son père, tombé victime de la trahison de l'ancien banquier prévaricateur.

La seule chose qu'il regrettait, c'était de n'avoir pas, à Mexico, quand l'homme était à sa merci, tranché de sa propre main, le fil d'une vie d'infamie et de crimes.

Plus délicate, la sensibilité féminine de la jeune fille éveillait des scrupules dans sa conscience timorée.

Tout d'abord, elle se reprocha le premier mouvement de joie que lui avait causé la mort cruelle d'une créature de Dieu, fût-elle méritée.

Mais elle aussi se souvint de son père.

Son imagination lui suggéra en outre, dans le même ordre d'idées, une évocation de la scène sanglante qui avait été l'origine de l'épouvantable erreur judiciaire commise au préjudice de M. Valomer: la femme de Delaverne se suicidant après avoir tué ses enfants, par

Il avait eu beau interroger l'horizon, il n'y avait aperçu que quelques bateaux
de petit tonnage... (P. 1352.)

la faute de l'être indigne qu'elle rougissait d'avoir épousé et dont le
déshonneur menaçait de rejaillir sur toute une malheureuse famille.

Et, l'âme allégée, s'inclinant devant l'arrêt de la justice divine
qui venait de supprimer un monstre à figure humaine, elle put s'endormir sans remords, une prière aux lèvres, sous le ciel constellé
d'étoiles d'une splendide nuit des tropiques.

XVII

L'ATTENTE

Le réveil, au campement, fut douloureux, comme le sommeil avait été pénible et agité.

Les malheureux, chassés de la ville par la terreur, n'avaient cédé qu'à l'invincible fatigue, et l'horreur de la catastrophe les avait poursuivis jusque dans leurs rêves enfiévrés.

Le retour du soleil les rendit à la triste réalité, et, lorsqu'il sortit des brumes de l'aube, éclaira d'une lumière brutale l'immense désastre de la veille.

Un silence de mort enveloppait les ruines désertes, sur lesquelles planaient des vols d'oiseaux de proie.

Cette nuit passée en plein air n'avait procuré aux habitants qu'un repos incomplet.

Toutefois, leurs nerfs violemment surexcités s'étaient un peu calmés et un apaisement relatif s'était fait dans leurs esprits.

Rien, d'après les pronostics des gens les plus expérimentés, ne laissant présager le renouvellement de violentes secousses à bref délai, la plupart des réfugiés se décidèrent à regagner la ville ou plutôt son emplacement, car elle était aux trois quarts détruite.

Ils avaient hâte de retrouver les vestiges de leurs demeures et de leurs mobiliers, de constater l'importance de leurs pertes de toute nature.

Puis un devoir pressant s'imposait à eux : ramasser et enterrer les nombreuses victimes.

Ils avaient aussi à soigner les blessés, c'est-à-dire ceux des survivants qui, bien qu'atteints, étaient restés assez valides pour participer à la fuite.

Quiconque, grièvement frappé, était tombé sans pouvoir se relever, n'avait pas tardé à succomber, faute de secours immédiats, que l'affolement général n'avait pas permis de leur porter.

Aucun intérêt matériel, aucun lien d'affection ne les attachant à ce lieu de désolation, nos trois amis étaient tout entiers à leur préoccupation d'embarquement prochain.

Le premier debout, Claude Michot, donna l'exemple à ses compagnons.

Il avait d'ailleurs passé toute la nuit sur le qui-vive, ne dormant que d'un œil, remplissant en conscience son rôle de chien de garde.

Ce rôle avait consisté principalement à pourchasser de gros lézards et une foule de bêtes rampantes qui, sorties des marécages voisins, étaient venues rôder parmi les dormeurs, qu'ils frôlaient de leurs peaux gluantes ou squameuses.

C'est ainsi que, plein d'une sollicitude affectueuse pour Thérèse il s'était appliqué à la préserver de contacts répugnants et à protéger son sommeil, à chaque instant troublé de tressaillements et de sursauts.

Les paupières de la jeune fille s'étaient ouvertes à la clarté du jour.

Elle eut d'abord un mouvement de surprise effrayée, en se voyant là, étendue par terre, sous le ciel ; mais elle se rassura bien vite en reconnaissant les visages amis dont elle était entourée.

Et, reprenant complètement ses esprits, elle se souvint...

Lorsqu'elle se leva de la couche d'herbes sèches que Michot lui avait préparée, elle se sentit tout engourdie, endolorie, frissonnante.

— Sapristi ! dit l'ancien soldat, c'est la fraîcheur !

— Oui, confirma Ravergy, sous ce diable de climat, certaines nuits semblent presque glaciales, après la chaleur torride du jour, surtout quand le vent souffle du nord, comme c'est le cas présentement.

— Ça manquait de couvertures, ajouta Claude.

— Aussi, fit Thérèse, avez-vous cru devoir, M. Georges et vous, vous dépouiller pour moi de vos habits.

— C'était bien naturel, mam'zelle, nous sommes moins délicats que vous... A la guerre comme à la guerre !... Nous en avons vu bien d'autres, nous, des soldats de la République !

Le soleil va se charger de nous réchauffer le sang... un peu trop peut-être...

Le meilleur moyen de se dégourdir, c'est de se secouer et de marcher.

Hâtons-nous de lever le camp sans plus de cérémonie ; ce ne sont pas les bagages qui nous gênent.

— En effet, dit Ravergy, tout nous manque, y compris les vivres, qui sont d'une nécessité urgente.

— J'y pensais, répliqua Michot. Et pas seulement une arme

pour tuer un de ces lézards dont j'aurais pu confectionner un pâté comme celui que mam'zelle Thérèse me fit l'honneur de partager avec moi !

— Regagnons la ville en attendant notre embarquement, proposa Thérèse.

— Mais, objecta Ravergy, dans l'état où le tremblement de terre l'a réduite, nous n'y trouverons probablement ni gîte ni ressources.

Un habitant, témoin de la perplexité des voyageurs s'approcha d'eux.

C'était ce colon français qui avait raconté l'écroulement de la demeure de Delaverne.

— Veuillez m'excuser, senores et senorita, dit-il, si j'ose prendre part à votre conversation ; mais je vous vois dans un grand embarras, et si je pouvais vous être utile en quelque chose ?...

— Mon Dieu ! monsieur, répondit Ravergy, nous sommes fort en peine, en effet; il nous faudrait le vivre et le couvert pour un temps que nous souhaitons le plus bref possible, et nous craignons bien de ne point les trouver à la Vera-Cruz, où tout est détruit, dévasté.

— Eh bien, reprit le colon, permettez-moi de vous offrir l'hospitalité.

Il y a quinze ans que je suis établi au Mexique. J'exerce la profession de comptable dans une factorerie française, je me nomme Justin Durieu, et voici ma femme, la mère d'une grande fille, que nous avons eu le bonheur de marier récemment à un commerçant de la Havane...

Notre modeste habitation a eu, comme je vous l'ai dit, la chance de résister à la formidable secousse qui en a abattu tant d'autres... Notre pauvre mobilier doit en être en piteux état; mais nous retrouverons bien quelques provisions... Je vous invite à les partager avec nous, ainsi que notre toit, en attendant mieux.

— Votre offre, monsieur, nous va au cœur, répliqua Ravergy. Je l'accepte, surtout pour mademoiselle, qui a déjà subi bien des fatigues et des privations; mais croyez bien qu'à notre vive gratitude s'ajoutera le juste prix de...

— Ne parlons pas de cela, je vous en prie, interrompit Durieu; il ne saurait être question d'argent.

Il est des services qu'on se doit entre bons chrétiens, et plus encore entre compatriotes.

Puisque l'occasion m'est donnée de vous rendre un de ces services, dans des circonstances particulièrement pénibles je m'en réjouis et ne veux pas entendre parler de rémunération.

— Cependant... voulut insister Ravergy.

— Vous nous désobligeriez, dit à son tour la femme, avec un sourire empreint de bonté.

Georges s'inclina et mêla ses chaleureux remerciements à ceux de Thérèse.

Michot, lui, resté au second plan par discrétion, se montrait plus réservé.

L'impression toute fraîche que lui avait laissée la fâcheuse aventure de la « buena posada » était lente à se dissiper en lui.

Il se défiait par dessus tout de la politesse des gens.

— Hum ! grommelait-il, ils sont trop aimables, ces paroissiens-là !... Quel intérêt ont-ils à nous héberger gratis ?... Encore un traquenard, peut-être !... Le capitaine pèche toujours par excès de confiance... Heureusement, je suis là pour veiller au grain, et, s'il y a du louche... Suffit ! je me comprends...

Néanmoins il suivit ses compagnons, mais sans enthousiasme, et sans cesse obsédé de l'idée d'un bloc enfariné qui ne lui disait rien qui vaille...

La maisonnette de Justin Durieu était demeurée debout, telle qu'il l'avait laissée.

Bien que les dégâts, à l'intérieur, fussent assez graves, le mal n'était point irrémédiable.

Les propriétaires purent se réinstaller d'une façon passable dans leurs pénates bouleversées, après y avoir remis un peu d'ordre, avec le concours actif de leurs hôtes, qui tenaient à payer leur écot au moins sous la forme d'une aide efficace.

L'honnêteté, la serviabilité de ces excellentes gens eurent vite raison des injustes préjugés de l'ancien soldat.

Sa vigilance, n'ayant pas à s'exercer de ce côté, trouva un emploi plus utile ailleurs.

Il fut convenu entre les trois amis que, par mesure de précautions, Thérèse et Ravergy se montreraient le moins possible dehors, afin de ne pas s'exposer à quelque fâcheuse rencontre.

Certes, la disparition de Delaverne écartait le principal sujet de crainte ; mais il fallait tout prévoir : éviter les difficultés que pourrait créer le zèle des policiers ou du magistrat qui avaient eu à s'occuper de l'affaire judiciaire brusquement interrompue dès ses préliminaires.

Tous n'avaient peut-être pas péri, et, quels que fussent en ce cas leurs intentions présumées, dans le doute la prudence s'imposait,

A Claude Michot — et il avait revendiqué hautement ce privilège — incomberait donc le soin d'aller guetter au bord de la mer l'arrivée du bateau tant désiré qui rapatrierait les voyageurs.

Il se flattait, d'ailleurs, de remplir cette mission sans courir de risques personnels.

L'expérience de la dernière aventure l'avait, disait-il, mis en garde contre une nouvelle surprise : le cas échéant, il saurait flairer les individus suspects et leur brûler la politesse.

Aux raisons de prudence s'étaient joints des motifs d'un autre ordre pour convaincre Ravergy que Thérèse agirait sagement en restant dans l'hospitalière maison où il lui tiendrait compagnie.

Elle prendrait un repos réparateur, dont elle avait grand besoin, elle ménagerait ses forces pour de nouvelles fatigues, et, en même temps, elle se soustrairait au lamentable spectacle du dehors qui ne pouvait que lui causer de pénibles et dangereuses émotions : le déblaiement des ruines, les cadavres horriblement mutilés retirés des décombres, les scènes déchirantes...

Elle en avait trop vu déjà, et elle avait failli s'évanouir, quand Durieu, s'arrêtant au seuil de son logis, avait montré à ses hôtes les navrants vestiges du palais du millionnaire, dont il ne restait plus, à peu près intacts que les communs et les écuries, constructions plus légères que les autres corps de bâtiments...

Après avoir pris quelque nourriture, Claude Michot, descendit donc vers le port.

Les quais, fortement endommagés, reprenaient un peu d'animation.

Des hommes de bonne volonté travaillaient aux besognes les plus urgentes pour la réparation du désastre.

Une certaine activité régnait, qui contrastait avec la désolation de la veille.

Mais pas un navire accosté ni même en vue.

L'ancien soldat prit sa faction et la monta patiemment pendant plusieurs heures.

Puis, lassé d'une vaine attente, honteux de son oisiveté, il prit le parti de donner un coup de main aux travailleurs.

C'était le meilleur moyen de tuer le temps et de justifier sa présence prolongée en cet endroit, dont on aurait pu suspecter le motif.

Il rentra au logis, le soir, de fort méchante humeur.

— Rien de nouveau au rapport, mon capitaine, dit-il, empruntant cette locution au vocabulaire militaire, comme si la formule atténuait l'effet de la mauvaise nouvelle.

— Et pas d'espoir pour demain? interrogea Ravergy.

— Aucun renseignement précis. Encore ceux que j'ai recueillis ne sont pas fameux,.. des probabilités.

— Et ces probabilité?...

— C'est qu'on n'attend pas de navires au long cours à la Vera-Cruz, avant une quinzaine.

— Une quinzaine! s'écria Thérèse, qui assistait à l'entretien. O mon Dieu! que dites vous-là?... Nous n'arriverons jamais à temps... Mon père! Mon pauvre père!...

Ne vous désespérez pas, mam'zelle! fit Claude, regrettant la franchise de son rapport; on peut se tromper.

— Assurément, appuya Georges. Il n'y a pas que les les services réguliers, et le nombre des bateaux qui accomplissent la traversée entre l'Amérique et l'Europe n'est pas strictement limité.

Cette observation rasséréna un peu la jeune fille.

Au souper, la conversation des voyageurs étant naturellement tombée sur ce sujet, qui leur tenait au cœur, Durieu confirma les renseignements pessimistes de Michot, sans toutefois repousser l'hypothèse optimiste de Ravergy,

— Les mouvements du port me sont depuis longtemps familiers, dit-il. Les prévisions ordinaires ne me permettent pas d'annoncer comme certain un départ prochain de la Vera-Cruz pour la France; mais il y a l'imprévu.

— Dieu vous entende, monsieur! soupira Thérèse.

— Je comprends, mademoiselle, reprit le comptable, votre hâte de revoir votre patrie, de vous retrouver au milieu des vôtres, surtout après avoir échappé à l'effroyable catastrophe qui a failli vous séparer d'eux pour toujours; je comprends aussi que le séjour de notre malheureuse ville dévastée et décimée vous soit pénible : mais nous ferons, croyez-le bien, tout notre possible pour vous rendre ce séjour supportable...

— Et pour adoucir l'ennui de votre attente, bien que nous ne prétendions pas, malgré notre bon vouloir, remplacer votre famille absente, ajouta Mme Durieu, à qui la jeune fille inspirait une vive sympathie.

— Merci! merci! balbutia Thérèse, en retenant ses larmes.

Ces braves gens crurent l'avoir consolée.

Ils ne soupçonnaient pas quelle angoise filiale torturait son cœur, dissimulée sous l'expression émue de sa gratitude.

Ce fut encore sur le bien faible et bien problématique espoir qui berça leur sommeil, que nos amis vécurent la majeure partie du lendemain.

XVIII

EN ROUTE POUR LA FRANCE

Claude Michot, pendant cette journée, avait, comme la veille, passé de longues heures en observation au bord de la mer.

Mais, comme la veille aussi, son attente était restée vaine.

Il avait eu beau interroger l'horizon, il n'y avait aperçu que quelques bateaux de petit tonnage faisant le cabotage sur la côte et venant ravitailler la Vera-Cruz.

Le brave garçon commençait à se décourager.

— Ah ! çà, grommelait-il, est-ce que je vais encore m'en retourner bredouille aujourd'hui.

Rien, rien, rien ! N'avoir pas autre chose à annoncer à cette pauvre mam'zelle Thérèse, et voir ses beaux yeux se remplir de larmes ! Non, vrai, ça me crève le cœur. Il me semble que c'est par ma faute qu'elle a de la peine, et, si je ne craignais pas de l'inquiéter davantage, j'aimerais mieux ne pas rentrer au cantonnement...

L'après-midi s'avançait.

Par acquit de conscience, l'ancien soldat continuait à observer la mer si peu propice, les mains en abat-jour à la hauteur du front pour atténuer le rayonnement oblique du soleil qui déclinait...

Il était tellement absorbé dans sa contemplation, qu'il n'entendit point un bruit de pas derrière lui.

Et il fut très surpris de l'appel prononcé tout près de son oreille par une voix familière.

— Michot !

Il se retourna brusquement.

— Toi ! mon capitaine ?

Vous ! mam'zelle Thérèse ?...

— Est-ce possible? murmura la jeune fille. Dieu soit loué!... (P.1355.)

J'en suis tout saisi...

— Oui, nous! répondit Ravergy. Cela t'étonne?...

— Dame! après ce qui avait été convenu...

— Que veux-tu? Nous ne vivions plus ; nous ne pouvions plus supporter l'inertie à laquelle nous nous étions condamnés par prudence.

— Oh! appuya la jeune fille, rester enfermé, inactif, quand on se

sent agité d'une fièvre d'inquiétude et d'impatience ; compter les heures, les minutes, dans une mortelle attente, c'est un supplice affreux !
M. Georges l'a bien compris...

— Et j'ai cédé à vos instances, estimant que nos ennemis ne
donnant plus signe de vie, notre sortie n'offrait plus de dangers
sérieux.

Voilà pourquoi, au lieu d'attendre les nouvelles, nous nous sommes décidés à venir au-devant d'elles.

Nous constatons que l'ami Claude monte sa faction consciencieusement.

— Comme vous voyez ; malheureusement, je la monte jusqu'à
présent pour le roi de Prusse.

— Tu n'as rien aperçu ?

— Pas l'ombre d'un navire

Tiens ! capitaine, regarde-moi ça, et dis-moi s'il n'y a pas de
quoi se mettre en rage.

D'un geste découragé, il montrait l'immense étendue qu'animait
seul le moutonnement des vagues.

— Le fait est, dit Ravergy, que la mer, indifférente à notre
détresse, a l'air de se moquer de nous.

Et tous trois, le regard perdu dans l'espace infini, s'abandonnèrent à une rêverie silencieuse.

Un profond découragement s'emparait d'eux.

Ils se sentaient accablés par leur impuissance absolue devant
l'obstacle insurmontable qui les séparait du but.

Tout à coup, Thérèse tressaillit, et le bras étendu dans la direction du nord,

— N'est-ce pas une voile qu'on aperçoit là-bas ? demanda-t-elle.

Ses compagnons tournèrent aussitôt leurs regards du même
côté.

— En effet, dit Ravergy, il me semble qu'on voit pointer quelque
chose au ras de l'eau.

— Mam'zelle Thérèse a peut-être raison, fit Michot.

Mais voulant épargner à la jeune fille une déception probable,
il s'empressa d'ajouter :

— Ne nous réjouisssons pas trop tôt. A une pareille distance,
on ne distingue pas bien ; c'est peut-être tout bonnement un de ces
caboteurs comme il y en a quelques-uns dans le port. Moi-même,
hier, j'y ai été trompé plusieurs fois.

— Ah ! soupira douloureusement Thérèse, encore une fausse joie !... J'avais eu un instant une lueur d'espoir...

— Il ne faut pas désespérer non plus, dit Georges.

— En tout cas ouvrons l'œil, conclut Claude.

Ils concentrèrent toute leur attention sur le point signalé à l'horizon.

Ce point grossissait lentement.

C'était bien le haut d'une voilure qui surgissait au loin ; mais, par un phénomène d'optique que les marins et les voyageurs ont eu mainte occasion d'observer, la convexité de la mer, conforme à celle du globe terrestre, ne permettait pas encore d'apercevoir la coque du bateau.

Lorsqu'enfin elle émergea au-dessus des flots, Michot crut la distinguer suffisamment pour opiner qu'il s'agissait d'un bâtiment d'assez fort tonnage.

Ce fut aussi l'avis de Ravergy.

Était-ce un mirage, une illusion ?

Non, la masse grisâtre, d'abord confuse, prenait progressivement une forme plus précise.

— Pardieu ! s'écria Georges, on dirait un brick ou une goélette...

— Ça se pourrait bien, dit Claude, qui n'osait encore se prononcer.

En proie à une anxiété indicible, Thérèse sentait son cœur battre à se rompre et n'avait pas la force de proférer une parole.

Soudain, secouant énergiquement le bras de son ami, Michot, le visage épanoui, poussa une exclamation formidable :

— Un brick ! C'est un brick ! mon capitaine. Tiens, regarde : si je n'ai pas la berlue, il n'y a plus à en douter maintenant...

— Certainement ! approuva Ravergy d'un ton joyeux ; tu as l'œil marin, mon brave Claude.

— Alors, nous sommes sauvés !

— Sauvés !

— Est-ce possible ? murmura la jeune fille. Dieu soit loué !...

Et elle tomba à genoux, les mains jointes, offrant au ciel une muette prière d'actions de grâces.

Cependant, le navire s'avançait toujours, le cap sur la Vera-Cruz.

Il filait, vent arrière, ses voiles gonflées à la brise propice, sa coque noire bordée de blanc balancée en cadence au gré des vagues.

Maintenant, il n'était plus qu'à quelques encablures.

On voyait distinctement manœuvrer les matelots, courant le long du bastingage, grimpant aux mâts et aux vergues ; on entendait le claquement de la toile, le grincement des agrès sur les poulies.

Graduellement, la voilure était amenée, il entrait dans le port, il accostait!...

Dès que le navire avait été signalé, la plupart des survivants valides de la catastrophe s'étaient précipités en foule vers les quais.

La présence de ce bâtiment dans les eaux de la Vera-Cruz, c'était pour eux comme un retour à la vie normale, une reprise des relations avec le reste du monde.

Aussi, son arrivée fut-elle accueillie avec des démonstrations de joie.

Les ouvriers du port rivalisaient de zèle pour recevoir et attacher les amarres.

Les portefaix se ruaient à l'assaut du bord.

Les habitants de toute condition se disputaient le privilège d'aborder les premiers matelots débarqués et de leur expliquer l'état lamentable où ils trouvaient la ville, en leur faisant le récit circonstancié du tremblement de terre qui venait de la dévaster.

M. Durieu et sa femme n'avaient pas été des moins empressés à suivre le mouvement général de la population.

Ils étaient d'ailleurs en peine de leurs hôtes, sachant avec quelle impatience fiévreuse ceux-ci attendaient une occasion d'embarquement.

La rencontre qu'ils firent des trois amis, dans le rassemblement formé devant le navire, n'était pas pour les étonner.

— Eh bien, dit M. Durieu, voilà une aubaine imprévue, vous devez être contents ?

— Si nous sommes contents! Pas besoin de le demander! s'écria le pétulant Michot, à qui l'heureux événement rendait toute sa belle humeur.

— Je n'ose croire à mon bonheur, prononça Thérèse, d'une voix altérée par l'agitation nerveuse qui s'était emparée d'elle.

— Il faut y croire, car vous le méritez, répliqua Ravergy, en adressant à la jeune fille un regard empreint d'une tendre et respectueuse sollicitude.

Mais, j'y pense, ajouta-t-il, n'oubliant pas qu'à cette heure, les madrigaux fussent-ils bien troussés, devaient céder la place aux solutions pratiques, il conviendrait, avant toute chose, de s'assurer de la destination de ce bateau.

— C'est indispensable, en effet, approuva M. Durieu. Justement, voici un matelot qui va vous renseigner tout de suite.

Michot, sans plus de cérémonie, se chargea d'interpeller le mathurin.

— Hé! l'ami, un mot, s'il vous plaît?

— Qu'est-ce qu'il y a pour votre service?

— Un simple renseignement. Où allez-vous?

— Mais, vous le voyez bien, répondit l'autre, légèrement goguenard, je vais en ville, histoire de constater si ce fichu de tremblement de terre a démoli tous les cabarets.

— Je me suis mal exprimé, répliqua l'ancien soldat en riant, j'ai voulu dire : « Où va votre bateau? »

— A la bonne heure! répliqua le matelot, je comprends... Nous allons, mon bateau et moi, à la Havane.

— Pas plus loin? interrogea Michot, pris d'inquiétude.

— Si fait! La Havane n'est qu'une escale. Ensuite, nous filerons vers l'Amérique du Nord, jusqu'à New-York.

— Et après?...

— Après, nous reviendrons au Mexique, à Tampico, notre port d'attache.

Thérèse et Ravergy avaient suivi avec une anxiété croissante ce court dialogue.

Une triple exclamation, non plus de joie, cette fois, en accueillit la conclusion.

— Contre-temps fâcheux ! dit M. Durieu sur un ton de bonhomie compatissante.

— Fâcheux! tonna Michot, exaspéré, à la pensée du nouveau coup qui venait d'être porté à Thérèse; bien pis que cela, monsieur... Un mauvais sort, un guignon du diable !

Comment! nous avons là, à portée de la main, c'est le cas de le dire, un superbe bateau qui nous ramènerait dare-dare en France, où nous sommes pressés d'arriver, et il va nous passer sous le nez? C'est impossible !

— Vous aurez beau vous fâcher, ce sera comme ça, répliqua le matelot. On ne peut pourtant pas changer la destination d'un bâtiment pour le bon plaisir de tout un chacun.

— Cependant, insinua Ravergy, en y mettant le prix?...

— Toujours la « diplomatie! » pensa Michot.

— Vous offririez des mille et des cent, que vous n'obtiendriez point pareille faveur, affirma le mathurin. On n'est pas libre d'en faire à sa tête, dans le métier ; on dépend de l'armateur...

— Nous en savons quelque chose ! allait risquer Michot.

Mais Ravàrgy l'interrompit, et, suivant toujours son idée :

— On peut noliser un bateau ; ce ne serait pas la première fois...

— Au port de départ, possible ; jamais en cours de route, objecta le matelot, un ancien, qui s'y connaissait et n'était pas homme à s'en laisser remontrer.

Après tout, conclut-il, ceci n'est point mon affaire. Si vous voulez vous adresser au capitaine... Justement, le voici sur le pont ; faites-lui vos propositions ; mais que les requins me croquent s'il les accepte !...

Bonsoir, la compagnie.

Et, tournant les talons, après un salut sommaire, le matelot s'éloigna en bourlinguant.

— Je crains bien que ce brave gabier n'ait raison, opina M. Durieu.

Avec la complaisance prolixe d'un homme de la partie, le comptable de factorerie, auquel les us et coutumes de la marine marchande étaient familiers, entamait une conférence en règle sur le chargement, le fret de retour, etc.

Mais Michot, sans ménagements, coupa court à ces explications oiseuses.

Il n'y comprenait rien, et se souciait fort peu de comprendre.

En ce moment, Ravergy et lui ne songeaient qu'à Thérèse.

La jeune fille était plongée dans un abattement d'autant plus profond que la dernière déception qu'elle éprouvait était plus cruelle, succédant brutalement à un élan de joie, égal à celui qui l'avait secouée quand la précieuse lettre avait été retrouvée.

Son attitude, l'aspect de son beau visage contracté par l'angoisse, eussent suffi pour rendre ses deux compagnons capables de toutes les audaces.

— Ne nous arrêtons pas à ces machines-là, déclara Claude, péremptoirement. Coûte que coûte, il faut tenter le coup. Qui ne risque rien n'a rien !

— Bien parlé, camarade ! approuva Ravergy, peu disposé à se laisser influencer par l'avis décourageant de M. Durieu.

— Allons-y, et tout de suite ! comme pour une charge à la

baïonnette, lança l'ancien soldat. Ce n'est pas eu discutaillant à
perte de vue sur les difficultés qu'on enlève une position, morbleu!

Le bon M. Durieu ne pouvait s'empêcher de sourire de cette
belle témérité, qui, dans son intime conviction, exposait les jeunes
gens à un échec certain.

Avant de s'éloigner, le matelot avait désigné comme étant le
capitaine de l'*Alcyon* (tel était le nom du brick) un homme à la
robuste carrure, dont les allures, la voix autoritaire indiquaient du
reste suffisamment la qualité.

Les voyageurs, accompagnés de leurs nouveaux amis, qui prenaient un intérêt sincère à leur démarche, n'hésitèrent pas à franchir
la passerelle jetée entre le navire et le quai et se mirent en devoir
d'aborder l'important personnage.

Celui-ci était occupé à donner ses derniers ordres pour que tout
fût paré à bord en prévision du séjour de quelques heures qu'il
comptait faire à la Vera-Cruz.

Il avait la tête coiffée d'un large chapeau d'écorce, excellent
abri contre les insolations toujours à redouter dans ces climats, et
qui, rabattu sur son visage, en cachait en partie les traits.

— Capitaine, commença Ravergy poliment, en s'avançant, nous
vous présentons nos salutations respectueuses et nous vous prions
d'excuser la liberté que nous prenons...

Mais le loup de mer sembla rester sourd à cette interpellation,
et ne daigna même pas, tout d'abord, s'apercevoir de la présence
des visiteurs.

— Hum! murmura Michot, ça débute mal; il n'a pas l'air
commode, ce marsouin-là!

Ravergy, sans se laisser déconcerter, reprit en élevant un peu la
voix :

— Nous permettrez-vous, capitaine?...

— Quoi?... Qu'est-ce que c'est?... interrogea enfin le marin avec
la brusquerie d'un homme d'un caractère peu sociable, ou du moins
n'aimant pas à être dérangé dans le service.

— A peu près aussi aimable qu'un dogue auquel on disputerait
un os! grogna Michot. Décidément, ça n'ira pas tout seul!

Mais le marin avait entrevu des dames.

Rappelé aux devoirs de la galanterie, il se radoucit et leva son
chapeau, découvrant ainsi son visage.

Alors, presque simultanément, quatre exclamations de surprise
retentirent, tandis que des mains s'étreignaient.

— Mⁱˡᵉ Valomer ! M. Ravergy ! M. Michot !...

— Le capitaine Cardovan !...

— Oui, moi, mes chers amis !

Vous ne m'aviez pas reconnu, sous mon parasol, et ses vastes bords m'avaient empêché moi-même de vous bien voir.

Quel bon vent vous amène ?

— Nous vous l'expliquerons, dit Ravergy, si vous voulez bien nous accorder quelques minutes d'entretien.

— Comment ! si je le veux ? Mais je suis trop heureux de vous retrouver pour avoir quelque chose à vous refuser !...

Je ne regrette qu'une chose, ajouta-t-il, c'est d'avoir si peu de temps à passer avec vous.

— Vous repartez bientôt ?

— Demain matin, dès l'aube.

— Oh ! alors, s'écria Thérèse, c'est Dieu qui vous envoie vers nous ! Vous êtes notre sauveur ! Vous nous emmenez, n'est-ce pas ?

— Certes, mademoiselle, je ne demande pas mieux ; mais quelle est votre destination ?

— Eh ! parbleu ! la France, capitaine ! clama l'impétueux Michot. Nous en avons assez du Mexique !

— Je le comprends, répliqua en souriant Cardovan, ce terrible tremblement de terre, dont j'aperçois d'ici les dégâts, vous a laissé une mauvaise impression.

Combien je vous félicite, mes chers amis, d'être sortis sains et saufs d'un pareil effondrement !

— Oui, intervint Ravergy, nous avons été épargnés par un véritable miracle, et nous avons eu la bonne fortune de trouver un abri provisoire sous le toit hospitalier d'obligeants compatriotes...

En même temps il présentait M. et Mᵐᵉ Durieu, qui, discrètement, étaient restés un peu à l'écart.

— Mais, ajouta-t-il, si la perspective d'un séjour prolongé au Mexique nous séduit médiocrement, vous devez comprendre aussi que nous avons de sérieuses raisons pour désirer notre prompt rapatriement.

Ravergy avait, à dessein, appuyé fortement sur ces derniers mots, et il les avait soulignés d'un regard expressif adressé à Cardovan.

Celui-ci parut saisir l'allusion.

— Je me mets bien volontiers à votre disposition, dit-il ; mais pourrai-je vous conduire directement en France, c'est une question...

SEULE !

La jeune fille éprouva une sensation délicieuse en prenant possession du réduit qui allait être sa demeure...
(P. 1868.)

— Au nom du ciel, capitaine, faites l'impossible ! implora Thérèse, avec un accent d'ardente supplication.

— Je le ferai, mademoiselle. Toutefois, je ne saurais vous laisser ignorer que mon itinéraire est strictement fixé : la Vera-Cruz, la Havane, New-York et retour à Tampico d'où je viens. Ce n'est pas précisément le chemin de l'Europe...

Une lamentation douloureuse s'échappa de la poitrine de la jeune fille, dont la détresse faisait peine à voir :

— Mon Dieu ! mon Dieu ! vous n'aurez donc pas pitié de moi ?

Le visage tanné du marin s'épanouit, éclairé d'une expression de bonté.

— Allons, dit-il de sa voix rude, ne vous désolez pas, mademoiselle. Je vous prends à mon bord, vous et vos amis...

— Oh ! merci, merci, capitaine ! s'écria Thérèse ; je le disais bien, moi, que vous étiez l'envoyé de la Providence !

Et, saisissant avec effusion la main de Cardovan, elle aurait voulu la porter à ses lèvres.

Georges et Claude, de leur côté, se confondaient en témoignages de vive gratitude.

Le capitaine interrompit ces démonstrations :

— Ne vous hâtez pas de me remercier, déclara-t-il, d'un ton bourru qui, malgré lui, contrastait avec la bienveillance cordiale peinte sur sa physionomie.

Je vous embarque pour vous mettre en route, voilà tout ! Il faut profiter de l'occasion et parer au plus pressé. Quant à la suite de la traversée, nous allons en délibérer dans ma cabine, où nous serons plus à l'aise pour causer que sur le pont.

Dès maintenant, vous êtes mes passagers.

— Vous nous prenez tout de suite, comme ça ? interrogea Michot.

— Naturellement, puisque je compte appareiller demain, au point du jour.

Le plus simple est de passer la nuit à bord. Si vous avez des bagages, mes matelots iront les chercher...

— Pas la peine ! répondit Michot ; il y a belle lurette qu'ils sont escamotés, nos bagages !

Nous portons tout notre bien sur nous, et encore joliment allégé, depuis nos rencontres avec certains *compadres* et un tas d'autres paroissiens trop polis pour être honnêtes.

— Oublions nos rancunes à l'égard du Mexique, intervint Ravergy. Le dernier souvenir que nous en emporterons sera celui de l'hospitalité la plus franche, la plus cordiale et la plus désintéressée.

M. Durieu et sa femme, à qui s'adressait ce petit discours plein de tact et d'opportunité, protestèrent à l'envi contre l'appréciation trop élogieuse, prétendaient-ils, d'un acte qu'ils considéraient comme tout naturel.

— Ainsi, vous nous quittez? dirent-ils, sincèrement contristés de ce brusque départ.

— Il le faut, répondit Thérèse, de graves intérêts, d'impérieux devoirs nous appellent; mais, croyez-le bien, nous vous garderons une inaltérable reconnaissance.

Des formules de sympathie réciproque, des vœux de prospérité, des adieux émus furent échangés.

Après avoir souhaité une heureuse traversée à leurs hôtes de deux jours, les excellentes gens retournèrent à terre et regagnèrent leur logis, tout en commentant la scène dont ils venaient d'être les témoins quelque peu ébahis, et qui était restée pour eux assez énigmatique, puisqu'ils ignoraient le secret des voyageurs et les relations antérieures que ceux-ci avaient eues avec le capitaine Cardovan.

Le lecteur lui, est mieux renseigné à ce sujet.

Il n'a pas oublié le nom de l'ancien second de l'*Abeille*, le navire sur lequel, au début de ce récit, Thérèse et Ravergy voguaient vers l'Amérique, ayant entrepris la tâche sacrée l'une de sauver son père, l'autre de venger le sien.

Lors du naufrage du navire, Cardovan avait admiré l'héroïque sacrifice de Georges n'hésitant pas à céder à la jeune fille, dans la chaloupe, la place dont le sort l'avait favorisé.

Il avait eu également l'occasion d'admirer le courage viril de Mⁱˡᵉ Valomer, en face des terribles dangers qu'ils avaient courus ensemble.

— Plus tard, soucieux d'accomplir la mission que le capitaine Aubert, avant d'être englouti dans les flots, lui avait donnée, en lui confiant le commandement de la chaloupe, il s'était enquis des passagers dispersés à la suite du sauvetage.

C'est ainsi, on s'en souvient, qu'il avait un jour retrouvé Thérèse et qu'il l'avait secourue, au moment où seule, égarée au milieu d'une plaine immense, elle allait être ensevelie vivante sous les sables soulevés en tourbillons par une furieuse tempête.

C'est ainsi qu'il avait reçu de la jeune fille la confidence de son secret de famille et du but de son voyage.

Il s'était séparé d'elle pour prêter assistance à Robert Darnis dans l'expédition entreprise par le planteur, afin de délivrer sa fille Marie, victime d'un rapt, et devenue la femme d'un chef sauvage sous le nom de Kaïnara.

Mais il ne l'avait quittée qu'après avoir acquis la certitude que Mlle Valomer était assurée du concours de Ravergy et de Claude Michot.

Bref, il avait été trop étroitement mêlé aux aventures des trois amis, pour ne pas s'intéresser vivement à leur destinée.

Tel était l'homme devant lequel une coïncidence providentielle réunissait aujourd'hui Thérèse et ses fidèles compagnons.

Lorsque le capitaine Cardovan eut introduit ses passagers dans la grande cabine de l'arrière, il leur laissa d'abord la parole pour raconter les principales péripéties de leur existence mouvementée, depuis le moment où il les avait perdus de vue.

Il apprit de leur bouche le mariage forcé de Thérèse avec Delaverne, le drame de Mexico, la fuite à travers les dangers et les difficultés de toute nature, l'arrestation à la Vera-Cruz; comment Delaverne ressuscité avait failli triompher, et comment le tremblement de terre, cause de tant de désastres, non seulement les avait épargnés, mais encore leur avait permis de rentrer en possession de la lettre.

— Êtes-vous bien sûrs, au moins, qu'il vous ait à jamais débarrassés de ce Delaverne? demanda Cardovan.

— Dame! répondit Michot, nous n'avons pas vu sa vilaine carcasse, qui est probablement restée ensevelie sous les décombres; mais c'est tout comme.

— S'il avait survécu, confirma Ravergy, il est probable que nous en aurions eu connaissance, et deux jours ne se seraient pas écoulés sans qu'il recommençât ses persécutions contre nous.

— Toute autre hypothèse est assez invraisemblable, en effet, conclut le capitaine.

— Il est ressuscité une fois, c'est déjà trop, ajouta Michot. S'il ressuscitait une seconde fois, ce serait à croire que c'est le diable en personne.

Ce fut ensuite au tour de Cardovan de faire le récit de ses faits et gestes restés ignorés de nos amis.

Il raconta son expédition chez les Peaux-Rouges avec Robert

Darnis, la délivrance de Kaïnara, le souvenir attendri que la jeune femme avait conservé de la captive dont elle avait favorisé l'évasion au péril de sa vie, le désir qu'elle avait manifesté de revoir un jour sa « sœur » française.

Et Thérèse, à cette évocation de la douce figure de sa compagne regrettée, sentit ses yeux se mouiller de larmes.

Cardovan expliqua enfin dans quelles conditions il avait quitté le père de Marie-Kaïnara, après l'avoir aidé à retrouver et à reconquérir sa fille.

— Je croyais, dit-il, avoir acquis le droit de reprendre ma liberté.

Je venais de m'associer à une entreprise dont le succès m'avait suffisamment récompensé de mes peines.

Quant aux anciens passagers de l'*Abeille*, je pensais que, vis-à-vis d'eux, ma tâche était terminée, et j'avais lieu de supposer que tous s'étaient tirés d'affaire.

Par exemple, j'étais convaincu que Mlle Valomer était arrivée sans encombre à Mexico, sous la conduite de l'escorte sûre que M. Darnis lui-même lui avait fournie, et que, grâce à l'aide de M. Ravergy et de son brave compagnon, elle avait surmonté toutes les difficultés qu'elle redoutait.

L'excellent homme, dont je me séparais à regret, se montra très peiné de ma résolution.

Il me demanda quelles étaient mes intentions.

J'avais la nostalgie de la mer, comme tous ceux qui ont voué leur vie à cette maîtresse, — si rude et si séduisante à la fois.

Je ne lui cachai pas que mon vœu le plus cher était de naviguer comme par le passé et de trouver un commandement.

« Eh bien, me dit-il, il est tout trouvé ».

Et, voyant ma surprise :

« Quoi de plus simple? Acheter un navire de fort tonnage dont j'ai besoin pour développer mes affaires d'exportation et d'importation, vous offrir, avec une grosse part d'intérêt, le commandement de ce bâtiment, tel est mon projet. Cela vous va-t-il?...

« Si vous acceptez, je resterai encore votre obligé; car le service que vous m'avez rendu est inappréciable ».

J'ai accepté, conclut Cardovan. Voilà comment vous me voyez capitaine d'un beau brick tout neuf et fin voilier, l'*Alcyon*, naviguant pour le compte de M. Darnis... et bien heureux, grâce à Dieu, de vous conduire à destination.

Les trois amis demeurèrent un instant stupéfiés, hésitant à comprendre le sens exact de ces dernières paroles.

Mais, capitaine, objecta Ravergy, ne nous disiez-vous pas tout à l'heure que votre itinéraire, strictement fixé, vous permettrait seulement d'avancer notre départ de la Vera-Cruz et de nous mettre dans notre route ?

— Quand je vous disais cela, j'ignorais les derniers incidents que vous venez de m'apprendre.

Maintenant, je me rends mieux compte de la situation, et ma décision est prise : c'est moi-même qui vous conduirai au terme de votre voyage...

— Oh ! capitaine, que de bonté ! s'écria Thérèse, le cœur gonflé de joie et de reconnaissance.

— Non, je ne suis pas bon, protesta le marin, je suis un vieil entêté, une vieille tête de breton, voilà tout.

Quand j'ai commencé une besogne, j'ai la manie de vouloir l'achever.

Je croyais ma tâche terminée, elle ne l'est pas : je tiens à l'achever jusqu'au bout.

Comment ! après avoir contribué pour ma part, si peu que ce soit, à vous arracher aux dangers auxquels vous exposait votre admirable dévouement filial, je vous abandonnerais en ce moment critique !

Je me contenterais, comme j'y avais songé d'abord, de vous déposer dans un port des Antilles pour y attendre encore l'occasion de quelque embarquement hasardeux, au risque de compromettre par de nouveaux retards le résultat de votre mission sacrée !

Cette lettre que vous avez si chèrement payée, au prix de tant de fatigues, d'émotions et de périls, cette lettre que vous possédez enfin, resterait un papier sans valeur, faute de pouvoir être remise à temps entre les mains de ceux de qui dépend le sort de votre père !

Cela ne sera pas, tonnerre de Brest !

Mes instructions ? Je les annule. Mon itinéraire ? Je le modifie.

— Et votre armateur ?... interrompit timidement Ravergy.

— Mon armateur ?... Est-ce que je ne suis pas son associé, son ami ?

Dussé-je renoncer à ma part de bénéfices dans cette campagne, je n'en ferai qu'à ma tête.

D'ailleurs, si j'avais le loisir de consulter M. Darnis, je suis sûr d'avance qu'il m'approuverait et que la douce Kaïnera joindrait sa voix à celle de son père pour me dire : « Capitaine Cardovan, vous avez raison ! »

Cet homme excellent et chevaleresque ne s'est-il pas intéressé, lui aussi, à votre entreprise ? Ne vous a-t-il pas généreusement fourni les moyens de gagner Mexico ?...

Et aujourd'hui, ayant en son pouvoir les moyens d'assurer le succès définitif de l'œuvre à laquelle il a coopéré, il refuserait de les mettre à votre disposition !

La vie d'un innocent menacée par un jugement inique a plus de prix que toutes les marchandises arrimées dans la cale de mon bateau, et la Providence, en favorisant notre rencontre, m'a dicté mon devoir.

Je prends sur moi la décision, vous dis-je.

Au diable les inquiétudes, mes chers amis ! Espoir et courage !

Avec l'aide de Dieu, le capitaine Cardovan vous conduira rapidement à bon port...

C'est le premier voyage de l'*Alcyon* : votre présence à son bord lui portera bonheur ainsi qu'à son équipage et à celui qui le conduit.

C'est entendu, n'est-ce pas ? Maintenant, vous voudrez bien me faire le plaisir de partager mon modeste souper ; puis vous irez vous reposer, car nous partons au lever du soleil.

Ayant ainsi parlé, le marin, sous prétexte d'ordres à donner sur le pont, se déroba aux remerciements chaleureux de ses passagers.

Cependant, suivant les instructions antérieurement reçues, un matelot spécialement attaché au service personnel du capitaine procédait à l'installation de ses hôtes inattendus.

Les cabines distribuées à l'arrière, autour de la pièce principale, étaient peu nombreuses et fort exiguës, le bateau étant plus particulièrement affecté au trafic des marchandises et ses vastes cales occupant la majeure partie de la place ; mais, à défaut d'un aménagement luxueux, elles offraient la propreté irréprochable d'une construction toute neuve, sortie récemment des chantiers.

La plus confortable fut réservée à Thérèse.

Ravergy et Michot se partageaient l'autre, voisine de celle de Cordovan.

La jeune fille éprouva une sensation délicieuse en prenant possession du réduit qui allait être sa demeure jusqu'au retour en France.

Avec son mobilier sommaire, son cadre servant de lit, l'odeur de peinture fraiche et de goudron qui se dégageait de ses boiseries, il lui faisait l'effet d'un petit paradis.

...Cinglait, toutes voiles dehors, vers l'Europe. (P. 1369.)

Une demi-heure après le souper, dans l'étroite couchette de la cabine qu'on lui avait préparée, Thérèse, se sentant en pleine sécurité pour la première fois depuis bien longtemps, s'endormait au bercement du navire.

Le lendemain matin, dès l'aube, le brick *l'Alcyon* appareillait, et, le capitaine Cardovan ayant prononcé le solennel : « A-Dieu-Vat ! » cinglait, toutes voiles dehors, vers l'Europe.

172. — SEULE ! 172

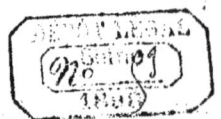

HUITIÈME PARTIE

I

SANS NOUVELLES!

Pendant que Thérèse et ses compagnons voguent sur l'Atlantique dont la traversée, même en supposant les conditions les plus favorables, durera bien des jours, revenons à Paris.

Au moment où nous l'avons quitté pour suivre dans leur fuite les acteurs du drame de Mexico, la confiance renaissait chez tous ceux qui, autour de Mᵐᵉ Valomer, s'intéressaient au sort du malheureux condamné.

On sait par quelles transes cruelles ils avaient encore passé, avant l'arrivée du missionnaire qui leur avait apporté les dernières nouvelles de Thérèse, rencontrée par lui dans un désert glacé, au pied d'une croix rustique devant laquelle l'abandonnée était tombée à genoux.

Sur la foi d'un journal annonçant la perte corps et biens de l'*Abeille*, Mᵉ Gardelle et la famille Raimbaud avaient cru d'abord à la mort de la jeune fille.

Mᵐᵉ Valomer elle-même, malgré les précautions prises par la sollicitude affectueuse de ses amis pour lui cacher le fatal événement, ne pouvait l'ignorer indéfiniment.

Cette catastrophe, en admettant la véracité de l'information, n'était pas seulement la fin tragique d'une chère créature, victime de son dévouement filial.

C'était aussi la ruine complète, irrémédiable, des suprêmes espérances fondées sur la preuve matérielle de l'innocence de Jacques Valomer : la lettre écrite à son mari par Mᵐᵉ Delaverne avant de se suicider et d'entraîner ses enfants avec elle dans la nuit du tombeau.

L'arrivée du missionnaire, en rassurant Mme Valomer et ses amis sur le sort de Thérèse, avait ranimé le courage et stimulé le zèle de Me Gardelle, qui voyait dans le nouveau-venu un précieux auxiliaire.

L'avocat se proposait un double but.

D'abord, sauver Jacques Valomer, menacé de la peine capitale, puis réhabiliter moralement Urbain Raimbaud, puisque, à cette époque la loi ne permettait pas la réhabilitation judiciaire.

C'est à cette seconde partie de la tâche, on s'en souvient, que le trappiste tout d'abord avait voulu s'associer.

Il était allé trouver le président Lasnier-Dujallon, et, franchement, courageusement, lui avait fait sa confession.

Mais, tout en rendant hommage à la générosité de ses intentions, le magistrat, devant l'étrangeté de l'histoire qu'il lui racontait, avait conçu des doutes sur l'état mental de Justin de Balmère.

Celui-ci, pensait-il, devait avoir éprouvé des troubles cérébraux, à la suite de la maladie qui avait coïncidé avec sa démission de juge d'instruction et précédé son entrée dans les ordres.

Pour ébranler sérieusement M. Lasnier-Dujallon, il n'avait fallu rien de moins que le fameux sermon de Saint-Roch, où, sous la forme d'une allusion transparente pour tous ceux qui étaient dans le secret, le prédicateur avait pris comme exemple des erreurs de la justice humaine le cas d'Urbain Raimbaud.

Ce sermon sensationnel avait eu, avons-nous dit, un grand retentissement.

On en parla partout : à la ville, au Palais, chez le Premier Consul.

Et, si les avis furent partagés sur la convenance et l'opportunité d'une manifestation aussi hardie, un sentiment du moins fut unanime, c'est que le saint homme n'avait pas dû s'engager à la légère, au risque de compromettre son respectable caractère.

Personne ne doutait que son éloquente protestation lancée du haut de la chaire d'une des plus importantes paroisses de Paris, en présence d'un nombreux auditoire, ne s'appliquât à des faits réels.

A la suite de ce sermon, le missionnaire alla trouver Me Gardelle.

— J'ai réussi, dit-il, à provoquer dans l'opinion une agitation nécessaire ; maintenant, il faut agir.

Mon concours entièrement dévoué vous est acquis ; mais c'est à vous, homme du Palais, qu'appartient l'initiative à prendre, plutôt qu'à moi, qui ne suis plus rien qu'un humble religieux.

Je parlerai encore, s'il le faut, au nom de Dieu ; à vous de parler au nom de la loi.

— Je suis prêt de mon côté, répondit l'avocat, et puissiez-vous attirer sur ma double tâche les bénédictions du ciel.

Mais, pour le moment, tous mes efforts doivent se concentrer sur l'affaire de Jacques Valomer.

— Cependant, fit observer Justin de Balmère, les deux causes, quoique distinctes, se trouvent liées, de ce fait que l'intervention de Raimbaud vous a permis d'obtenir la cassation de l'arrêt qui condamnait votre infortuné client et de tenter ainsi la chance suprême d'un acquittement.

— Je ne conteste pas cette corrélation, et je n'oublie pas l'acte de désintéressement admirable de M. Raimbaud ; je dis seulement qu'en ce moment je ne puis, je ne dois viser qu'un but unique : l'acquittement de Jacques Valomer.

Or, j'attends toujours la preuve, la preuve matérielle, irréfutable qui fera éclater son innocence.

Vous nous avez raconté à quels terribles dangers s'était déjà trouvée exposée M⟨lle⟩ Thérèse ; peut-être a-t-elle rencontré de nouveaux obstacles au cours de sa mission.

Pour peu que son retour tarde encore, il nous faudra tâcher d'obtenir des délais, et je crains de me heurter à de fortes résistances.

— Lesquelles ? interrogea le religieux.

— Après la cassation de l'arrêt et le renvoi de l'affaire devant le Tribunal criminel de Versailles, le président de la Cour suprême a bien voulu me promettre son bienveillant appui ; mais, malgré sa haute situation, son influence est limitée : elle peut être contrecarrée par d'autres influences, notamment celle du président Lasnier-Dujallon, qui jouit d'un grand crédit en haut lieu.

Exercer une action directe sur ce magistrat ? Puis-je y songer, moi, l'avocat de l'accusé dont il a prononcé l'arrêt ?

Quelque bien intentionnées qu'elles soient, il tiendrait pour suspectes mes démarches auprès de lui ; il estimerait qu'elles sont motivées uniquement par l'intérêt professionnel, par le désir de gagner une cause coûte que coûte, dussé-je égarer la justice au profit d'un coupable.

Les magistrats, même les plus humains, ont un amour-propre particulier qui les porte à repousser systématiquement tout argument en faveur de l'homme jugé coupable, et M. le conseiller Lasnier-Dujallon ne fait point exception, tant s'en faut, à cette règle générale.

Et il se méfiera toujours des raisons d'un avocat ; seul, un intercesseur empruntant à sa condition et à son caractère une autorité personnelle, mais étranger au barreau, aurait quelque chance de le convaincre par la persuasion.

Vous, par exemple, mon père, vous pourriez être cet intercesseur.

— J'ai, vous le savez, voulu remplir ce rôle, en essayant d'intéresser M. Lasnier-Dujallon à la cause de M. Raimbaud.

J'y ai complètement échoué, après avoir reçu de cet homme inflexible un accueil plus que froid.

— Peut-être, grâce à la réflexion, sa conscience est-elle mieux éclairée maintenant.

— Je le souhaite.

— En tout cas, votre insistance ne le laissera pas indifférent.

— Soit ! prononça le missionnaire.

Qu'importent les humiliations à un chrétien qui a fait abnégation de lui-même et déposé toute vanité au pied de la croix !

Dieu, par votre voix, me dicte mon devoir ; je n'ai pas le droit de m'y soustraire : j'irai où il m'appelle.

. . . .

En quittant Me Gardelle, Justin de Balmère se rendit immédiatement chez M. Lasnier-Dujallon.

Le magistrat montra d'abord quelque étonnement de cette visite, à laquelle il ne s'attendait pas.

— C'est encore moi, monsieur le conseiller, dit le trappiste.

Veuillez m'excuser, si je me permets de renouveler auprès de vous mes instances importunes.

Quoique le personnage restât un peu guindé, par habitude, son accueil fut sensiblement moins glacial que la première fois.

— Je rends d'autant plus hommage à votre persévérance, mon père, répondit-il, que je n'ai rien fait pour l'encourager, croyant d'ailleurs, en agissant de la sorte, obéir à ma conscience.

Vous ne m'en gardez pas rancune, et je vous en remercie...

Ainsi donc, vous venez m'entretenir de nouveau de cette affaire qui vous tient tant au cœur...

— Oui, monsieur, de cette erreur judiciaire qui sera le remords de toute ma vie et pèsera lourdement sur ma conscience, à moi, tant que *ma* victime, je ne dis pas la vôtre, n'aura pas reçu la réparation à laquelle elle a droit.

— Je vous écoute, dit le conseiller en avançant un siège à son interlocuteur, et en s'asseyant lui-même dans une posture attentive.

— S'il n'y avait à juger Urbain Raimbaud que sur l'acte spontané par lequel, libre de conserver sa personnalité d'emprunt et de continuer à jouir en sécurité de tous les bénéfices d'une vie honorée, cela seul, à mon avis, suffirait pour présumer de son innocence...

Mais, cette innocence, j'en ai la preuve matérielle, puisque je connaissais le vrai coupable à la place duquel il a été condamné, je vous l'ai apportée...

— Alors, interrompit le conseiller, vous maintenez complètement votre récit ?

— Je le maintiens et j'en affirme l'absolue exactitude, sous la foi du serment, déclara le trappiste en élevant la main vers un vieux crucifix d'ivoire accroché à un des panneaux du cabinet de M. Lasnier-Dujallon.

— J'avais d'abord pensé, répliqua celui-ci, et je vous l'avoue en toute franchise, que vous pouviez vous tromper sur la réalité des faits.

La raison humaine a parfois de ces obscurcissements... Mais je ne m'arrête pas à cette première hypothèse, et j'aurais mauvaise grâce à mettre votre parole en doute.

Je crois donc à ce que vous m'affirmez avec tant d'assurance et d'énergie...

A ces mots, le visage ravagé du trappiste s'illumina d'une clarté soudaine.

— Dieu soit loué! s'écria-t-il. Sa lumière a enfin pénétré dans votre esprit.

— Oui, mon père ; chez moi, comme chez saint Thomas, l'incrédulité n'est pas incurable...

— Alors, je puis compter sur votre précieux concours pour la réparation que je poursuis?...

— Certes, j'y suis tout disposé, en principe; mais laissez-moi vous soumettre une observation, dont, j'en suis sûr, vous ne méconnaîtrez pas l'importance.

— Parlez, je vous en prie! dit le missionnaire, anxieux.

— Cette réparation que vous poursuivez, reprit M. Lasnier-Dujallon, c'est, n'est-ce pas? la réhabilitation morale d'Urbain

Raimbaud, à défaut de sa réhabilitation légale, juridiquement impossible...

— Parfaitement!

— Eh bien, quelque autorité que vous me fassiez l'honneur d'accorder à mon intervention personnelle en cette affaire, elle ne saurait suffire au succès de l'entreprise.

— Cependant...

— Non, mon père, d'autres interventions seront encore nécessaires.

En dépit de notre bonne volonté, nous ne pouvons avoir la prétention de résoudre à nous deux un problème aussi grave, aussi délicat. Le cas sera vivement discuté, des objections seront soulevées, entre autres celles-ci :

« Sans qu'il soit permis de contester la bonne foi des protecteurs du prétendu Delamarre, leurs affirmations peuvent être erronées.

» Or, les faits positifs ont plus de poids que les paroles, quelle qu'en soit la sincérité.

» Ici, le seul fait avéré, de notoriété publique, c'est qu'un homme ayant passé dix ans au bagne et se cachant, depuis sa libération, sous un nom d'emprunt, vient tout-à-coup de révéler sa véritable personnalité, afin de provoquer la cassation d'un arrêt du tribunal criminel, qui condamnait à la peine capitale un individu accusé de vol et d'assassinat... »

— Acte sublime ! interrompit le missionnaire.

— Acte sublime à vos yeux et aux miens, reprit le magistrat, poursuivant son raisonnement... Acte suspect et peut-être intéressé ! penseront certains...

Le trappiste, indigné, se récria :

— Comment admettre une appréciation aussi injuste, aussi monstrueusement paradoxale ?

Est-il possible, au contraire, de pousser le désintéressement plus loin que ne l'a fait Urbain Raimbaud, sacrifiant tout, réputation, fortune, pour sauver la tête d'un innocent ?...

— D'un innocent ! répliqua M. Lasnier-Dujallon. Ah ! c'est là que je vous attendais...

Mais, mon père, rien n'est moins prouvé que l'innocence de Jacques Valomer; on a constaté une irrégularité dans la procédure de l'affaire : l'indignité d'un membre du jury qui a prononcé le verdict, voilà tout!

Entre ce vice de forme, motif de la cassation de l'arrêt, et la non-culpabilité de l'accusé, il n'y a aucun rapport, que dis-je ? il y a un abîme.

— Cependant, M⁰ Gardelle...

— Oh ! M⁰ Gardelle est comme tous ses confrères du barreau, il voit des innocents partout, surtout parmi ses clients.

C'est bien naturel, et je ne lui en fais pas un reproche : on n'est un bon défenseur qu'à cette condition ; mais il faut d'autres conditions pour être un bon juge...

J'achève donc. On dira ce que j'ai déjà entendu dire autour de moi (car on s'émeut beaucoup de cette affaire) :

« Est-ce là un acte si louable, si admirable, que le coup d'éclat de cet ancien forçat, profitant d'une erreur, heureusement bien rare, commise à son profit, pour tendre une main secourable à un infâme coquin voué à l'échafaud ?

» Qui sait s'il n'a pas voulu simplement se donner le plaisir de jouer un tour de sa façon à la justice, dont il n'eut pas jadis à se louer ?

» Qui sait même s'il n'y a pas là-dessous quelque louche complicité entre ces deux hommes ?... »

— Mais c'est abominable ! s'écria le missionnaire. Les révélations que je vous ai faites et auxquelles vous ajoutez foi maintenant, m'avez-vous assuré, réduisent à néant ces odieuses insinuations.

— Je ne vous dis pas que je m'y associe, mon père, je vous signale les propos qu'on tiendra, qu'on tient déjà...

Ni vous, ni moi, je vous le répète, n'empêcherons certaines gens de penser que l'acte retentissant d'Urbain Raimbaud n'est point une garantie suffisante de son honorabilité.

Nous, qui sommes en possession de toute la vérité, nous l'estimons à sa juste valeur ; pour d'autres, il reste sujet à caution.

— Et si Jacques Valomer était acquitté ?... fit vivement le missionnaire, sentant qu'il touchait au nœud de la question.

Le conseiller ne put réprimer un geste de doute.

— C'est peu probable, prononça-t-il.

— Veuillez au moins admettre un instant cette hypothèse, reprit le trappiste.

Si Jacques Valomer était acquitté, ne serions-nous pas en droit de dire à notre tour :

« Un homme venait d'être condamné pour un crime horrible dont il n'était pas coupable ; il allait porter sa tête sur l'échafaud...

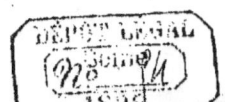

On juge de la joie de M⁰ Gardelle quand Justin de Balmère lui apprit le résultat
de sa démarche. (P. 1379.)

Un autre homme surgit, qui, par son intervention, oblige la justice
à suspendre l'exécution de son arrêt, empêche la consommation de
l'erreur irréparable et permet au malheureux faussement accusé de
faire éclater son innocence...

» Eh bien! l'innocence proclamée de celui-ci, n'est-elle pas la
garantie morale de l'innocence de celui-là?

» Ainsi apparaît à tous les yeux, avec la clarté de l'évidence, le

vrai mobile de la conduite d'Urbain Raimbaud, qui s'est généreusement sacrifié pour sauver son semblable du déshonneur et de la
mort.

» Le souvenir poignant de l'erreur judiciaire dont il fut autrefois
victime, c'est là qu'il a puisé sa noble inspiration, et aussi la force
d'accomplir un des plus beaux actes de charité chrétienne qu'on
puisse offrir en exemple !... »

En prononçant ces paroles, le missionnaire s'était graduellement
échauffé.

Sa voix avait pris une ampleur extraordinaire; ses yeux étince-
laient de l'ardeur de sa conviction, son visage émacié s'était transfiguré.

Son auditeur, captivé, retrouvait en lui, non seulement le prédicateur qui l'avait si profondément remué; mais encore l'ancien magistrat discutant et raisonnant avec la sûreté d'une logique aussi
serrée que vigoureuse.

A présent, M. Lasnier-Dujallon n'était plus tenté de voir dans
cet homme, en pleine possession de ses facultés intellectuelles, un
insensé obsédé d'une idée fixe, en proie à une exaltation délirante.

— Vous parlez d'or, mon père, dit-il. Ce n'est pas la première
fois, d'ailleurs, que j'ai l'occasion d'apprécier votre éloquence.

J'ai entendu dernièrement votre admirable sermon à Saint-Roch
et, je l'avoue, j'en ai été profondément touché.

— La vérité seule est éloquente, répliqua le trappiste. J'ai dit la
vérité.

— Peut-être, reprit le conseiller en souriant, vous êtes-vous
montré un peu sévère pour les représentants de la justice.

— La justice humaine est faillible, riposta Justin de Balmère;
elle peut s'égarer. ·

Mais, au-dessus d'elle, il y a la justice divine; je vous demande
de m'aider à la faire prévaloir; car, il n'en faut plus douter, le doigt
de Dieu se manifeste clairement dans ces conjonctures.

— Précisez votre pensée, mon père, que dois-je faire?

— User d'abord de toute votre influence pour qu'on laisse à
Jacques Valomer le loisir de se justifier.

— Alors, vous voulez ma conversion complète?

— J'ai opéré bien d'autres conversions, et de plus difficiles, chez
les peuplades infidèles.

Vous-même, du reste, m'avez amené à cette conclusion, monsieur le conseiller. Ne m'avez-vous pas dit, tout à l'heure, que la

cause d'Urbain Raimbaud, à laquelle vous êtes acquis, se liait à l'affaire Valomer et que le succès de la première était subordonné au dénouement de la seconde ?

— C'est mon avis.

— Eh bien, agissons en conséquence, joignons nos efforts à ceux de Mᵉ Gardelle pour laisser à la fille de l'accusé le temps d'apporter la lettre qu'elle est allée chercher si loin, à travers tant de dangers, et, je puis en témoigner, au péril même de sa vie.

— Vous croyez à l'existence de cette prétendue preuve ?

— J'y crois fermement.

— Si elle existe, je souhaite que l'avocat de Valomer ne se soit pas mépris sur l'importance qu'il attribue à ce document ; tant de preuves contraires semblent établir la culpabilité de l'accusé !

En tout cas, je vous promets mon concours dévoué, dans la mesure de mes moyens.

Comptez sur moi.

.   .   .   .   , ...

On juge de la joie de Mᵉ Gardelle quand Justin de Balmère lui apprit le résultat de sa démarche.

Ainsi l'inflexible Lasnier-Dujallon s'était laissé convaincre.

Les chaleureuses objurgations du missionnaire avaient eu raison de ses préjugés, et il était prêt maintenant à payer de sa personne dans la généreuse campagne qui d'abord lui avait paru si téméraire.

Ce n'était pas trop de cette promesse d'un concours inespéré pour rendre la confiance au jeune avocat.

En effet, il commençait à s'inquiéter de l'absence prolongée de Thérèse.

Depuis l'arrivée de Justin de Balmère, on était sans nouvelles de la jeune fille.

Qu'était-elle devenue à partir du moment où le trappiste s'était séparé d'elle ?

Était-elle en bonne voie ? Avait-elle atteint son but ? Avait-elle réussi dans sa mission ? Son retour était-il prochain ?

Autant de questions sans réponse.

Toutefois, loin de laisser percer toute son inquiétude devant Mᵐᵉ Valomer, Mᵉ Gardelle, au contraire, affectait en sa présence la plus grande tranquillité.

Quand la pauvre femme, anxieuse, s'écriait, en joignant les mains.

— Mon Dieu ! pourvu qu'elle revienne à temps !

Il s'efforçait de la rassurer :

— Espérons! madame, disait-il. D'ailleurs, il n'y a pas encore péril en la demeure.

Et c'est par les mêmes paroles, prononcées d'une voix ferme qu'il calmait les angoisses du prisonnier, lorsqu'il allait le visiter.

Dans ses conversations avec M. Raimbaud, auquel il ne pouvait prétendre donner le change, il se montrait moins optimiste, sans toutefois aller jusqu'au découragement.

— Le temps marche, faisait observer celui-ci. Ne craignez-vous pas que l'affaire Valomer ne soit appelée bientôt?

— Entre nous, oui, je le crains, répondait l'avocat; mais le retour de Mlle Thérèse ne saurait tarder beaucoup.

— Et s'il tardait au delà de la dernière limite?

— Je solliciterais un délai pour supplément d'information.

Aussitôt après le renvoi de l'affaire, devant le Tribunal criminel de Versailles, le président de la Cour de cassation, qui veut bien s'intéresser à mon client, a fait savoir officieusement au chef du parquet de cette ville qu'il serait heureux de voir les choses traîner en longueur, afin de donner à la défense le plus de latitude possible.

Bien que l'action de l'éminent magistrat ne soit ici qu'indirecte, son intervention favorable est un gros atout dans notre jeu.

— Sera-t-il suffisant pour gagner la partie?

— Nous en avons encore un autre : le concours désormais assuré de M. Lasnier-Dujallon, dont le revirement presque miraculeux, dû à l'éloquence du Père de Balmère, fait un allié d'autant plus précieux que, en qualité de président d'audience, il a eu à connaître au fond de l'affaire Valomer.

— Puissiez-vous mener votre œuvre à bonne fin, cher ami! dit Urbain Raimbaud, c'est mon vœu le plus ardent.

— J'y emploierai tout mon courage et toute mon intelligence, répliqua Me Gardelle, et s'il ne tenait qu'à moi d'abréger la terrible épreuve que vous subissez...

— Hé! interrompit l'ancien forçat, qu'est cette épreuve auprès de celle que subit la famille Valomer?

Certes, les miens et moi nous attendons impatiemment l'heure de la réparation; mais celui qui poursuit la réhabilitation de son nom doit céder le pas à celui qui, plus malheureux encore, est menacé à la fois dans son honneur et dans sa vie.

Consacrez-vous donc d'abord tout entier à la cause urgente de Jacques Valomer; mon tour viendra ensuite.

— Ah ! cher monsieur Raimbaud, ce sublime désintéressement vous sera compté, et votre réhabilitation sera la conséquence immédiate de l'acquittement de M. Valomer !

Dans l'esprit de l'avocat, cette exclamation répondait aux propos dont M. Lasnier-Dujallon s'était fait l'écho lors de son entretien avec le missionnaire, entretien que celui-ci lui avait fidèlement rapporté.

Maintenant, Me Gardelle pouvait se présenter chez le magistrat sans crainte d'être éconduit.

Il y courut.

Encouragé par la bienveillance de son accueil, après lui avoir exprimé sa gratitude pour l'aide qu'il était disposé à lui prêter, il lui expliqua l'objet de sa démarche en ces termes :

— Monsieur le conseiller, dit-il, bien que l'affaire Valomer ne soit pas encore inscrite au rôle de la prochaine session du tribunal criminel de Seine-et-Oise, je redoute, d'un jour à l'autre, une surprise qui réduirait à néant tout mon système de défense.

Consentiriez-vous, le cas échéant, à appuyer, à titre officieux, la demande de délai que j'adresserai au parquet de Versailles ?

— Volontiers, répondit M. Lasnier-Dujallon ; mais cette demande est-elle nécessaire ? Voilà ce dont il faudrait s'assurer préalablement.

— Alors, il importe, je le crois, d'agir en toute diligence, afin de parer au plus vite à l'éventualité prévue.

— Vous avez raison, c'est prudent. Et vous voudriez ?...

— M'autoriser de votre haute recommandation auprès du procureur de la juridiction.

— C'est que... une recommandation écrite ne serait pas correcte, objecta le magistrat, toujours très soucieux de la forme.

— Alors, comment procéder ?... fit l'avocat, un peu déconcerté par cette objection, à laquelle il n'avait pas songé.

M. Lasnier-Dujallon réfléchit un instant.

— Je ne vois, dit-il, qu'une solution pratique et expéditive, c'est une visite personnelle au procureur.

Oh ! monsieur le conseiller, protesta Me Gardelle, je n'ose vraiment abuser à ce point de votre bienveillance.

— L'usage n'est pas l'abus, répliqua sentencieusement le magistrat.

Justement, par une rare exception, je suis de loisir aujourd'hui, et, s'il vous plaît que je vous accompagne, nous allons nous rendre immédiatement à Versailles.

— Je suis confus, monsieur le conseiller, comment reconnaître ?...

— C'est entendu, n'est-ce pas ? interrompit M. Lasnier-Dujallon, d'un ton bref.

Observons, ajouta-t-il, le précepte de la sagesse : « Il ne faut jamais remettre au lendemain ce qu'on peut faire le jour même. »

Nous partons tout de suite, le temps d'atteler...

Ayant sonné son valet de chambre, le magistrat donna des ordres...

Une demi-heure après, une chaise de poste roulait à fond de train sur la route de Versailles, emportant les deux voyageurs.

Trois heures plus tard, elle les déposait à destination...

Ils furent immédiatement introduits dans le cabinet du procureur.

Au moment d'en franchir le seuil, Me Gardelle se sentait allégé d'un grand poids.

Autant il eût été intimidé, s'il avait dû aborder seul à seul le chef du parquet, autant il était rassuré par la présence de M. Lasnier-Dujallon.

Après l'échange des salamalecs de rigueur, l'avocat, par déférence, laissa le conseiller prendre le premier la parole pour exposer l'objet de leur visite collective.

Bien qu'empreinte de la plus parfaite courtoisie, la réponse du procureur ne fut pas telle que l'espéraient les visiteurs.

— Monsieur le conseiller, dit-il, permettez-moi de résumer la situation.

Je n'ai pas à vous apprendre qu'à la suite de la cassation de l'arrêt et du renvoi de l'affaire Valomer devant le tribunal criminel de Seine-et-Oise, une nouvelle instruction a été ouverte, conformément à la loi.

Cette instruction — pour la forme — ne pouvait être ni bien laborieuse, ni bien longue, étant donné la quasi-évidence des charges qui pèsent sur l'accusé.

Néanmoins, pour déférer au désir d'une haute personnalité, nous n'en avons point hâté la procédure.

La défense, nous affirmait-on, avait besoin de gagner du temps, afin d'apporter au dossier un document nouveau, d'une importance capitale.

Ce document, M. l'avocat est-il en mesure de le produire aujourd'hui ?...

— Je ne l'ai point encore en ma possession, répondit M° Gardelle; mais je l'attends incessamment.

— A quelle date ?

— Je ne saurais préciser, le retour de Mlle Valomer, qui est allée en Amérique, à la recherche de cette lettre, étant subordonné aux vicissitudes d'une longue traversée.

— C'est précisément la meilleure raison justificative d'un ajournement, intervint M. Lasnier-Dujallon.

— D'accord, monsieur le conseiller, répliqua le procureur; mais à la condition que cet ajournement ne soit pas indéfini.

Si M. l'avocat nous apportait aujourd'hui la pièce à laquelle il attache tant d'importance, l'introduction de cet élément nouveau dans le dossier, provoquerait naturellement un supplément d'information.

S'il nous indiquait une date ferme, ou tout au moins probable, pour la production de cette pièce, nous pourrions encore, à la rigueur, lui accorder un délai.

Mais il ne précise rien, n'apporte rien qu'une vague promesse.

Dans ces conditions, la procédure doit suivre son cours normal; la justice peut attendre jusqu'à une certaine limite, elle ne saurait attendre indéfiniment.

Telle est la vraie doctrine juridique, et je m'étonnerais d'être contredit sur ce point par M. le conseiller dont la science et l'expérience font autorité.

M. Lasnier-Dujallon salua d'une légère inclinaison de tête ce compliment insidieux, décoché à brûle-pourpoint.

— En principe, dit-il, je partage l'avis de M. le procureur; mais qu'il veuille bien me permettre, à mon tour, de lui faire observer que la jurisprudence laisse au magistrat une large faculté d'appréciation.

— Je ne le conteste pas, riposta le chef du parquet, trop habile pour ne pas ménager un homme dont il connaissait le crédit.

Cette faculté d'appréciation, j'en ai déjà usé en faveur de la défense, dans la grave affaire qui vous intéresse, j'en userai encore pour vous donner un gage de mon bon vouloir; mais, passé la huitaine, si aucun fait nouveau ne s'est produit, motivant un supplément d'information, je me verrai obligé de considérer l'instruction comme définitivement close et d'inscrire l'affaire au rôle de la plus prochaine session.

Ma conscience et mon devoir m'interdisent d'engager ma responsabilité au delà.

— Mais, monsieur le procureur, s'écria Me Gardelle avec véhémence, huit jours, c'est un délai illusoire, un étranglement!

— Préférez-vous en référer directement à M. le garde des sceaux? répliqua le magistrat d'un ton quelque peu sarcastique. A votre aise! Seulement, je doute fort qu'une telle requête rencontre un accueil favorable à la chancellerie.

L'entretien menaçait de tourner à l'aigre. M. Lasnier-Dujallon sentit la nécessité de tempérer par une urbanité toute diplomatique l'expression trop franche des sentiments du jeune avocat.

— Ne mettons pas la chancellerie en mouvement hors de propos, dit-il, en se levant; offrons plutôt nos vifs remerciements à M. le procureur pour le délai qu'il veut bien accorder à la défense... dans l'intérêt supérieur de la justice.

Me Gardelle s'inclina en murmurant à contre-cœur quelques formules banales de politesse.

Sa déférence pour le conseiller qui avait l'obligeance de l'assister dans cette conjoncture difficile lui imposait une attitude identique à celle de son protecteur.

Mais il éprouvait une déception cruelle, et, lors qu'ils eurent pris congé du chef du parquet de Versailles, il ne le dissimula pas à M. Lasnier-Dujallon.

— Hélas! lui dit-il, voilà un bien médiocre résultat.

J'avais espéré, grâce à votre appui, trouver meilleur accueil auprès de M. Desorbiers.

Il ne m'a même pas permis de lui exposer les raisons de haute justice et d'humanité qui me font consacrer à cette cause exceptionnelle toute mon intelligence et toute mon énergie.

C'est un esprit étroit, fermé aux considérations de cet ordre.

— Soyez persuadé, mon cher maître, qu'il n'obéit qu'à sa conscience, répondit le conseiller.

En se cantonnant strictement sur le terrain juridique, il m'a désarmé, car sur ce terrain-là, mon opinion, en tant que magistrat, ne peut guère différer de la sienne, et j'aurais eu mauvaise grâce à soutenir un avis contraire.

Peut-être taxez-vous de faiblesse mon rapide mouvement de retraite; mais si j'ai observé cette prudence, c'est soyez-en persuadé, parce que toute insistance me paraissait inutile, pour ne pas dire maladroite.

Ce soir-là, une fois seule dans sa chambre... (P. 1391.)

En heurtant de front les idées du procureur, nous n'aurions réussi qu'à le froisser, et nous n'en aurions rien obtenu.

Or, le résultat de notre démarche n'est pas aussi nul que vous semblez le croire.

Qui sait si elle n'a pas empêché M. Desorbiers de prononcer demain, dès aujourd'hui peut-être, la clôture de l'instruction ?

En accordant ce délai d'une huitaine, il a fait une concession appréciable.

Ne soyez pas trop prompt à vous décourager.

Dans ce laps de temps, l'événement que vous attendez peut se produire.

— Dieu vous entende! dit M° Gardelle, un peu réconforté par les paroles du magistrat. Qu'il mette fin à l'affreuse incertitude où nous laisse l'absence complète de nouvelles de Mlle Valomer!

II

LA CHAPELLE DE LA VIERGE

Huit jours!

C'était l'extrême délai que le procureur près le tribunal criminel de Versailles avait daigné accorder pour la nouvelle comparution de Jacques Valomer devant la justice.

Une concession dérisoire, un « étranglement », suivant l'expression de M° Gardelle.

Huit jours, alors qu'il fallait peut-être encore des semaines pour permettre à Thérèse d'achever sa mission et de revenir en France!

Certes, comme l'avait fait remarquer M. Lasnier-Dujallon, cela valait mieux que rien, et, si d'après ses présomptions, sans doute fondées, la procédure était à la veille d'être close au moment où il était intervenu, la démarche n'avait pas été inutile.

Le sursis, quelque court qu'il fût, ouvrait à la défense une chance favorable; mais contre combien de chances contraires!

M° Gardelle s'était bien gardé de laisser paraître ses poignantes inquiétudes devant Mme Valomer.

C'était déjà bien assez du souci constant où l'entretenaient ses nouvelles incertitudes au sujet du sort de sa fille.

Si elle avait su exactement à quel point critique en était la situation, quel péril imminent était suspendu sur la tête de son mari, elle eût été incapable de supporter davantage le supplice de l'attente.

Ou sa raison se fût égarée, ou sa santé chancelante en eût reçu un coup mortel.

L'avocat, au contraire, par tous les pieux mensonges, par toutes les paroles d'encouragement que lui suggérait son cœur compatissant, s'efforçait de soutenir la malheureuse femme, de lui donner une confiance qu'il n'avait plus lui-même qu'à un bien faible degré.

Mais il n'avait point à user des mêmes ménagements à l'égard d'Urbain Raimbaud, qui d'ailleurs lui avait exprimé instamment son désir d'être tenu au courant de toutes les phases de l'affaire à laquelle il s'intéressait à plus d'un titre.

L'avocat ne lui cacha donc pas le résultat de sa démarche au parquet de Versailles.

M. Raimbaud en fut consterné.

— Quoi ! s'écria-t-il, les choses en sont là! Jacques Valomer est presque à la veille de comparaître... Et toujours pas de nouvelles de Mᴵˡᵉ Thérèse !...

— Hélas ! répondit Mᵉ Gardelle, je crains bien qu'elle n'arrive trop tard... si elle revient.

— Vous doutez même de son retour?...

— Le voyage que la vaillante jeune fille a entrepris est semé d'obstacles et de dangers.

Qui sait si, après avoir triomphé miraculeusement de ceux que nous a relatés le Père de Balmère, elle n'a pas enfin succombé ?

Qui sait aussi, quand même elle reviendrait saine et sauve, si elle rapportera cette lettre qu'elle est allée chercher et dont dépend la vie de son infortuné père.

— Oui, reprit M. Raimbaud, la situation devient de plus en plus critique.

Mais, mon cher maître, croyez-vous avoir épuisé tous les moyens d'obtenir un plus long délai ?

M. le procureur Desorbiers ne veut pas, dites-vous, engager sa responsabilité au delà de la limite restreinte qu'il vous a fixée ; mais ne pensez-vous pas qu'en adressant directement une supplique au Garde des Sceaux?...

— C'est à quoi j'ai songé tout de suite, interrompit Mᵉ Gardelle, et j'ai fait part de cette idée à M. Lasnier-Dujallon, avec lequel je l'ai discutée.

— Eh bien ?...

— M. le Conseiller m'en a dissuadé.

— Pourquoi? N'est-il pas entièrement gagné à notre cause, depuis que le Père de Balmère l'a converti ?

Il doit avoir ses grandes et petites entrées à la Chancellerie.

— Précisément, répliqua l'avocat, c'est en raison de ses relations personnelles qu'il a pu me donner sur ce point un avis motivé.

« Nourri dans le sérail, j'en connais les détours », m'a-t-il dit en me citant fort à propos le vers fameux.

Or, croyez m'en, voici comment les choses se passeront :

Le ministre accueillera votre supplique avec une bienveillance pleine de réserve et vous promettra de l'examiner.

Si ses nombreuses occupations lui en laissent le loisir, il jettera ue coup d'œil rapide sur la requête écrite que vous aurez remise entre ses mains ; il griffonnera en marge une brève annotation : *Faire suivre pour rapport.*

Le secrétariat expédiera la pièce sous pli, avec une lettre, au parquet de Versailles... Et quelques jours après, la Chancellerie recevra la réponse, c'est-à-dire le rapport, dont les conclusions seront fatalement défavorables, puisqu'elles auront été rédigées par M. le procureur Desorbiers, d'autant moins disposé à changer d'avis sur la question qu'il nous saura mauvais gré d'avoir osé passer par-dessus sa tête pour nous adresser à son chef hiérarchique.

Alors, le ministre vous fera répondre, à son tour, que, après un examen attentif de l'affaire, il a le regret de ne pouvoir faire droit à votre demande.

En nous adressant au garde des Sceaux, nous courons donc à un échec certain.

— Cependant, objecta M. Raimbaud, si le ministre *voulait...*

— Il ne *voudra* pas ! répliqua Mᵉ Gardelle.

Et comme son interlocuteur exprimait son étonnement par un geste, il poursuivit :

— M. le Garde des Sceaux, — ce sont encore les propres paroles M. Lasnier-Dujallon que je vous répète — n'est point homme d'initiative.

Esprit droit, mais timide, il éprouve une antipathie invincible pour tout ce qui s'écarte de la régularité administrative.

Il ne prendra pas sur lui ce qu'il considèrerait comme un acte d'arbitraire ou de pression.

Il aura conscience d'avoir accompli son devoir en consultant le magistrat compétent et en s'en référant à ses conclusions.

Ce qu'il faut pour décider à agir, dans certains cas, les hommes de ce caractère, c'est une autorité supérieure à la leur, une autorité qui, au besoin, leur force la main en dégageant leur responsabilité.

— A quelle puissante intervention pourrait-on recourir, dit M. Raimbaud. Au-dessus des ministres, je ne vois pas...

— Il n'y a que les membres du Gouvernement, répliqua M⁰ Gardelle.

C'est notre dernier recours; mais comment accéder jusqu'à eux? Comment les intéresser à notre cause?

Je vais en conférer de nouveau avec M. Lasnier-Dujallon et le Père de Balmère. Pas un instant perdre !

. . . .

Les heures s'écoulaient agitées et trop rapides pour l'avocat qui aurait voulu en arrêter la marche; lourdes, chargées d'inquiétudes pour ses amis de la rue Saint-Roch.

Pressé de questions par sa femme et par sa fille, auxquelles n'avait pu échapper son air plus soucieux encore que de coutume, Urbain Raimbaud leur avait avoué la vérité sur la situation.

Les excellentes créatures partageaient ses angoisses, tout en souffrant cruellement d'être impuissantes à les alléger.

Le logis familial avait repris cette physionomie de morne tristesse qu'il offrait à l'époque où la nouvelle du naufrage de l'*Abeille* et de la mort probable de Thérèse y avait jeté la consternation.

C'étaient la même douloureuse oppression, les mêmes silences gros de pensées lugubres, les mêmes regards échangés à la dérobée et les sourires forcés, en présence de Mᵐᵉ Valomer, afin de lui dissimuler la navrante réalité.

Pourtant, le Père de Balmère apportait fréquemment à ses nouveaux amis les paroles bienfaisantes qui soutiennent la foi et relèvent le courage dans les âmes défaillantes.

Jamais il ne les quittait sans avoir répété :

— Espérons ! Prions !

Un soir, après que Mᵐᵉ Valomer se fut retirée dans sa chambre, la famille Raimbaud se trouvait réunie autour de la lampe.

Le père avait pris un livre dont il feuilletait machinalement les pages.

La mère et la fille essayaient de s'appliquer à des travaux de tapisserie et de broderie.

Mais c'est vainement que tous les trois cherchaient dans leurs passe-temps habituels une diversion à leur obsédant souci.

Entre eux, ils pouvaient se départir de la réserve que leur imposait la présence de la femme du prisonnier et causer librement du sujet de leurs préoccupations.

Au bout de quelques minutes, M. Raimbaud rompit le silence.

— Quelle affreuse situation! dit-il. Quel supplice que cette dissimulation de tous les instants!

Je me demande où nous trouvons la force de jouer ce rôle et de le jouer si bien.

Aujourd'hui cette pauvre femme se montrait presque joyeuse, tant nous avons réussi à lui donner le change. Ah! si elle pouvait soupçonner la vérité!

— Elle la connaîtra toujours trop tôt, fit Mme Raimbaud, et le moment est proche.

— Oh! s'écria Jeanne avec une chaleureuse ingénuité, que Mlle Thérèse arrive donc et tous nos chagrins se dissiperont à l'instant... Me Gardelle disait encore tantôt qu'elle pouvait débarquer d'un moment à l'autre, être à Paris demain.

M. Raimbaud hocha tristement la tête.

— Ce qui m'inquiète surtout, dit-il, c'est l'absence complète de nouvelles depuis des semaines.

— En effet, approuva sa femme, Mlle Valomer ne laisserait pas volontairement les siens dans une pareille perplexité; elle n'aurait pas manqué l'occasion d'un courrier pour les rassurer. Il y a là quelque chose d'étrange et de mauvais augure.

— Mais, reprit Jeanne, pourquoi n'attend pas son retour avant de juger de nouveau son père?

Ces magistrats ont donc un cœur de pierre.

Il me semble qu'en les suppliant, on finirait par les fléchir.

Quel intérêt ont-il à se hâter?

— Ma chère enfant, répondit M. Raimbaud, il n'y ont aucun intérêt personnel; mais la justice a ses lois, ses règles, qui n'admettent d'exception pour personne.

— Oh! la justice! répliqua Mme Raimbaud, non sans amertume, on comprendrait qu'elle se montrât inflexible, si elle ne se trompait jamais.

Ce n'est pas aux victimes d'une de ses plus monstrueuses erreurs de s'incliner humblement devant ses duretés.

— Chère amie, je t'en prie... voulut interrompre l'ancien forçat.

Mais Mme Raimbaud, s'animant:

— La justice! que fera-t-elle en condamnant cet infortuné Valomer, sans avoir attendu la preuve de son innocence?

Elle commettra une nouvelle iniquité, et en même temps elle aggravera celle qu'elle a commise envers toi, envers nous...

— Que dis-tu là ?

— Je dis qu'une première fois elle t'a injustement frappé ; je dis que si elle n'avait pas frappé ensuite un autre innocent dans la personne de Valomer, tu n'aurais pas eu à te dévouer pour essayer de le sauver ; je dis enfin que son arrêt définitif en envoyant le condamné à l'échafaud, aura rendu ton généreux sacrifice inutile.

Bien plus ! Ce sacrifice, il se sera retourné contre toi : tu n'auras pas sauvé l'autre victime, et tu auras perdu tous les bénéfices d'une situation morale et matérielle laborieusement reconquise sous un nom d'emprunt !

Ah ! que ne sommes-nous restés ces Delamarre, honorés et respectés de tous ?...

Nous continuerions à porter haut la tête devant la société, comme notre conscience nous en donne le droit ; nous aurions vu notre fille s'unir à l'honnête homme qui a sollicité sa main...

Mme Raimbaud était trop bonne pour obéir à l'égoïsme en se laissant aller à cette protestation véhémente.

Sa révolte, c'était celle de l'épouse dévouée, de la mère pleine de sollicitude pour son enfant.

Le malheur d'autrui avait aussi sa large part dans les sentiments dont elle n'avait pu maîtriser l'explosion.

Urbain Raimbaud le comprit.

Il se contenta de prononcer d'un ton grave.

— Femme, ne regrettons pas une bonne action, alors même qu'elle n'aurait pas sa récompense ici-bas.

Médite plutôt les paroles du saint missionnaire :

« Au-dessus de la justice humaine, il y a la justice de Dieu.

« Espérons ! Prions !... »

. . . .

Ce soir là, une fois seule dans sa chambre, après avoir échangé avec ses parents le baiser quotidien, Jeanne Raimbaud médita longtemps sous les rideaux blancs de sa couchette.

Contrairement à son habitude, elle ne s'endormit que fort tard, et les pensées qui l'avaient tenue éveillée continuèrent probablement à hanter son pur sommeil, sous la forme confuse du rêve.

Quelles étaient ces pensées ?

Le lendemain, elle n'en fit part à personne, pas même à sa mère.

Mais le lecteur devine aisément qu'elles n'étaient pas étrangères à la dernière conversation que nous venons de rapporter.

La matinée se passa sans incidents nouveaux.

Plus d'une fois, comme chaque jour du reste, depuis bien des semaines, les hôtes de la maison Raimbaud tressaillirent, au tintement de la sonnette de l'appartement, au roulement d'une voiture dans la rue...

Mais le facteur de la poste n'apporta aucune lettre expédiée l'Amérique.

Aucun fiacre ne déposa devant la porte la voyageuse espérée.

Jeanne s'efforçait de cacher sous un calme apparent une agitation intime qui, par moment, fonçait d'une nuance plus vive le rose de ses joues.

Plus animée que de coutume, elle ne restait pas en place, consultait à tout instant la pendule d'un regard furtif, comme si elle attendait impatiemment l'heure d'exécuter un secret projet.

En toute autre circonstance, ce manège n'eût pas échappé à la perspicacité vigilante de sa mère; mais le temps et l'attention de Mme Raimbaud étaient en grande partie absorbés par sa triste compagne, Mme Valomer, qu'il fallait abandonner le moins possible aux funestes influences de la solitude

Enfin, vers les quatre heures de l'après-midi, Jeanne, à bout de patience, prit un parti décisif.

Interpellant respectueusement Mme Raimbaud :

— Chère mère, dit-elle, voudriez-vous, m'accorder la permission de sortir?

— Et pour quoi faire, mon enfant? interrogea la bonne dame, un peu surprise; car, en vertu de ses principes rigides sur l'éducation féminine, elle admettait difficilement qu'une jeune fille de bonne famille pût se montrer dans la rue sans un chaperon.

Et tout au plus tolérait-elle de rares exceptions, par exemple, lorsqu'étant elle-même très occupée, ou ne pouvant disposer de l'unique servante, il s'agissait d'une emplette pressée à faire dans le voisinage.

C'était précisément le prétexte que Jeanne avait choisi.

— Il me manque des écheveaux de laine pour continuer ma tapisserie ce soir, et, si l'on attend la nuit, il sera malaisé de les rassortir... En allant tout de suite chez notre mercier de la rue Saint-Honoré, je pourrais choisir moi-même... C'est à deux pas, ce sera vite fait.

— Va, mon enfant, répondit Mme Raimbaud; mais dépêche-toi, out en gardant le maintien qui convient...

... Elle sentit une main se poser sur son bras et entendit une voix murmurer doucement
à son oreille : — Qu'avez-vous, mon enfant ?... (P. 1396.)

Tu le sais, je n'aime pas beaucoup ces sorties, à cause des voitures et des malotrus...

— N'ayez crainte, ma mère, je me hâterai, dit la jeune fille, qui passa rapidement dans sa chambre pour coiffer son chapeau, mettre son mantelet, et aussi pour dérober à l'œil maternel la subite rougeur de son front.

Jeanne, pourtant, n'avait pas menti.

Cette petite histoire des écheveaux de laine était vraie; peut-être seulement avait-on exagéré un peu l'urgence de l'emplette.

Ce n'était-là qu'un péché très véniel.

Pourquoi donc cet embarras et cette rougeur?

Parce qu'on n'avait pas dit toute la vérité.

Comment cette jeune fille d'une conscience scrupuleuse jusqu'à la plus extrême délicatesse et d'une conduite parfaitement irréprochable, avait-elle été amenée à une restriction mentale si peu conforme à sa franchise habituelle?

Comment pour la première fois de sa vie, croyait-elle devoir cacher quelque chose à sa mère, la confidente naturelle de toutes ses pensées?

Le lecteur le comprendra quand nous lui aurons expliqué ce qui s'était passé dans l'esprit de Jeanne depuis la veille au soir.

La conversation de ses parents avait produit sur elle une profonde impression.

Les paroles de Mme Raimbaud, surtout, lui avaient montré avec une clarté saisissante le lien étroit existant entre l'affaire Valomer et la situation de son père.

Devant elle, en quelques instants, s'étaient déroulées, en une vision rapide, toutes les péripéties du drame : Valomer menacé à courte échéance de la peine capitale, Urbain Raimbaud bientôt victime de son sublime mais inutile sacrifice ; elle-même sacrifiée, entraînée dans la catastrophe et séparée à tout jamais de son fiancé !...

Cette vision l'avait poursuivie dans sa chambre, plus obsédante, plus terrifiante encore au milieu de la solitude et des ténèbres de la nuit.

Quand, enfin, elle s'était endormie d'un sommeil fiévreux, elle en avait rêvé.

Et voici le rêve qu'elle avait fait.

Tout à coup, d'une nuée lumineuse, la figure ascétique du missionnaire surgissait, auréolée de rayons...

De sa voix grave le trappiste lui disait :

« Thérèse s'est dévouée pour sauver son père... Suis son exemple... Lève toi et va te prosterner au pied des autels... Dieu t'indiquera ta voie... »

C'est du moins, tout ce qu'elle se rappela nettement au réveil, d'une fantasmagorie confuse, née de la surexcitation cérébrale à laquelle elle était en proie.

Et elle resta sous l'impression de ce songe, où son imagination juvénile, exaltée par une ferveur mystique, se plaisait à voir un avertissement d'En-Haut

Pourquoi, pensait-elle, n'aurait-elle pas sa mission comme Thérèse Valomer, dont l'admirable dévouement filial devait lui servir d'exemple ?

Jeanne, secouant sa timidité naturelle, prit donc une grande résolution.

Elle était décidée à suivre sans retard le conseil, ou plutôt l'ordre qu'elle croyait avoir reçu de la bouche même du missionnaire.

Certes, si elle avait obéi à son premier mouvement, elle aurait fait part de cette résolution à sa mère.

Mais une sorte de pudeur ingénue la retint ; il lui sembla que cette suggestion intime était le secret de son cœur, et elle n'osa la révéler avant d'avoir répondu au mystérieux appel, de peur de s'exposer aux observations affectueuses mais peu encourageantes de ses parents, qui, elle le pressentait, auraient traité d'exaltation puérile la révélation subite de son zèle.

Tels avaient été les motifs de son silence et du subterfuge excusable qu'elle avait employé afin de pouvoir accomplir son projet.

. . . .

Et maintenant, Jeanne Raimbaud était agenouillée dans la chapelle de la Vierge, à l'église Saint-Roch.

A cette heure avancée de la journée, les fidèles se faisaient rares devant les sanctuaires.

C'était un jour de semaine ; aucun chant liturgique ne retentissait sous les voûtes, les orgues se taisaient.

On n'entendait sur les dalles sonores que le bruit régulier des pas du suisse faisant sa tournée.

Les clartés de la lumière extérieure, tamisée par les vitraux, reflétées par les ornements sacrés, décroissaient graduellement ; l'ombre, peu à peu, envahissait la vaste nef.

Bien plus que les pompes magnifiques du culte et l'animation des offices, cette solitude, ce silence, cette demi-obscurité étaient favorables au recueillement.

Prosternée près de la première marche de l'autel, le front dans ses mains, Jeanne priait...

Elle priait de toute la ferveur de son âme, implorant de Dieu, par l'intercession de la mère du Christ, l'inspiration qu'elle attendait de sa grâce.

Ce que ses lèvres murmuraient, ce n'était pas seulement les

oraisons traditionnelles, apprises et récitées dès l'enfance, c'était une de ces prières improvisées dont les accents spontanés empruntent leur éloquence aux grandes détresses.

A ses supplications se mêlaient tous les noms chers qui s'agitaient dans son esprit : ceux de ses parents, du prisonnier, de Mme Valomer, de Thérèse et même celui d'André Morand, son fiancé...

— Mon Dieu ! mon Dieu ! disait-elle, daignez exaucer le vœu de votre humble servante...

Faites que l'innocence triomphe de l'erreur...

Epargnez-nous des malheurs immérités...

Et, si je ne suis pas indigne d'être l'instrument de votre puissance et de votre bonté infinies, indiquez-moi vos voies...

Faut-il, pour prix de votre grâce, me vouer entièrement à vous, renoncer au monde ?

Parlez ! Je suis prête...

Lorsqu'elle eut épuisé toutes les formules d'objurgation que lui dictait son âme de croyante, elle se releva.

Des larmes inondaient son charmant visage qui avait pris une expression extatique.

Sur une torchère, à droite de l'autel, des cierges offerts par la piété des fidèles achevaient de se consumer en répandant une odeur de cire.

Moyennant une obole versée dans la sébile d'une pauvre vieille infirme vivant du privilège de cette vente, Jeanne se procura un cierge semblable, qu'elle piqua elle-même d'une main tremblante à une des pointes de la torchère, comme un témoignage de foi et d'espérance.

Puis, après s'être inclinée profondément et signée dévotement devant l'image de la Vierge, elle voulut se retirer.

Les fibres délicates de la sensibilité étaient si profondément ébranlées en elles par l'épreuve qu'elle venait d'affronter, que des sanglots secouaient sa poitrine oppressée et qu'un nouveau flot de larmes étant monté à ses yeux, elle dut y porter son mouchoir.

A peine avait-elle fait quelques pas, qu'elle sentit une main se poser sur son bras et entendit une voix murmurer doucement à son oreille :

— Qu'avez-vous, mon enfant ?...

Jeanne tressaillit.

Le trouble indicible qui absorbait toutes ses facultés l'avait empêché d'apercevoir deux femmes à demi dissimulées derrière un pilier.

A l'interpellation qu'on lui adressait, elle s'arrêta, surprise, presque effrayée.

La lueur vacillante de la lampe du sanctuaire, les flammes fuligineuses des cierges ne projetaient qu'une faible lumière dans cet angle de la nef.

L'ombre s'épaississant avec le déclin du jour ne permit pas à Jeanne de distinguer bien nettement les deux femmes qui lui barraient le chemin.

Leurs traits, d'ailleurs, se dissimulaient sous des voiles de dentelle peu transparents.

Autant qu'elle put en juger, l'une d'elles était d'un âge mûr, un peu replète; l'autre, celle qui venait de l'interpeller, avait la taille svelte et élancée.

Elles portaient des toilettes d'une élégance très sobre, ainsi qu'il convient à des femmes du monde en tournée de bienfaisance ou de dévotion, soucieuses de ne pas attirer les regards par l'étalage d'un luxe déplacé.

A cette question : « Qu'avez-vous? » Jeanne, très troublée, répondit d'abord en balbutiant :

— Oh! rien... madame, je n'ai rien...

Puis se ressaisissant et comprenant la puérilité d'une pareille réponse, elle s'empressa de reprendre :

— Pardonnez-moi, madame, je ne puis vous dire... c'est tellement affreux...

— Parlez, mademoiselle, parlez sans crainte, dit l'inconnue.

Et s'efforçant d'encourager la jeune fille intimidée :

— Nous étions là, mon amie et moi, venues aussi pour prier.

Nous nous avons remarquée et, vous voyant si jeune, seule, en cette église déserte, abîmée dans une de ces méditations où les âmes cruellement blessées cherchent un refuge auprès de Dieu, nous avons été profondément touchées.

Pour ma part, votre affliction, vos larmes m'ont pénétrée d'une vive compassion.

J'ai pensé que vous fléchissiez sous le poids d'une immense douleur, que vous conjuriez le ciel de vous épargner quelque grand malheur... et, si j'en avais le pouvoir, je serais bien heureuse d'alléger votre chagrin...

Ces paroles, prononcées d'une voix douce et harmonieuse, donnèrent confiance à la jeune fille.

— Oh! oui, répondit-elle, un épouvantable malheur menace une famille... deux familles bien cruellement éprouvées... Si vous saviez, madame!...

— Confiez-moi votre peine, mon enfant...

— Je le voudrais, madame; mais ce que j'aurais à vous dire est si compliqué, si long à raconter... Je ne puis ici...

L'inconnue réfléchit un instant.

— En effet, le lieu n'est pas très propice à une longue conversation.

Puis, tirant de son *ridicule* un élégant carnet, elle y crayonna rapidement quelques mots, détacha le feuillet et le tendit à Jeanne.

— Tenez! mademoiselle, prenez ceci.

S'il vous plaît de vous souvenir de l'amie inconnue rencontrée à Saint-Roch, vous n'aurez qu'à vous présenter, munie de ce billet, à l'adresse qu'il porte, pour être immédiatement introduite auprès de moi...

— Merci, merci, madame!... fit la jeune fille avec effusion.

— Au revoir, mademoiselle... à bientôt peut-être...

Il y eut un échange de révérences, et Jeanne se dirigea d'un pas rapide vers la porte latérale donnant sur la rue Saint-Roch, non loin de la maison qu'elle habitait.

Une fois dehors, elle s'arrêta, toute émue.

Ce billet mystérieux, remis d'une étrange façon, lui brûlait les doigts.

Prise de scrupules ingénus, elle hésitait à le lire avant de l'avoir communiqué à ses parents.

Mais elle n'aurait pas été fille d'Eve, si ses scrupules n'avaient pas cédé à un mouvement de curiosité bien excusable.

Et, sur le feuillet de vélin, elle lut ceci :

DUROC — TUILERIES — J.

Ce mot : *Tuileries* lui sauta tout de suite aux yeux, comme s'il se détachait en caractères lumineux, il exerça sur elle une sorte de fascination.

C'était là, tout près, elle le savait, la résidence officielle du plus haut personnage du gouvernement, du premier consul Bonaparte.

A cette minute, dans son imagination encore tout imprégnée du mysticisme de la prière, des pensées d'abord confuses se précisèrent.

Elle eut l'intuition de circonstances providentielles, favorables à l'accomplissement de son vœu.

Les Tuileries!

Il lui semblait voir se lever de ce côté l'heureuse étoile qui devait la guider vers son but, comme l'étoile de la légende biblique guida jadis les Rois Mages vers le Sauveur.

Et son éblouissement fut tel, qu'elle ferma les yeux et se sentit chanceler.

Presque au même instant les deux inconnues sortaient de l'église.

Jeanne aurait voulu se précipiter sur leurs pas, mais elle n'en eut ni le temps, ni la force.

Elle ne put que les suivre du regard jusqu'à un équipage sans apparat, stationnant à proximité, et qui les emporta dans la direction de la rue Saint-Honoré.

Une particularité la frappa : au moment où ces dames montaient en voiture, la plus âgée, contrairement à la règle générale de la civilité, avait cédé le pas à sa compagne.

L'équipage disparu, la jeune fille songea qu'il était grand temps de rentrer à la maison.

Elle était impatiente de raconter à ses parents ce qui venait de se passer et de leur faire partager l'espoir qui la mettait en joie.

Sans souci des passants, elle court à perdre haleine.

Haletante, obligée de comprimer de ses mains les battements désordonnés de son cœur, la voici devant sa mère.

— Qu'as-tu, mon enfant? Que t'est-il arrivé? s'écrie Mme Raimbaud, qui, d'abord, prête à la gourmander pour l'inquiétude qu'elle lui a causée par son absence prolongée, s'alarme de la voir ainsi bouleversée.

— Ma mère... ma mère!... balbutie la jeune fille d'une voix étranglée, pardonnez-moi !... Obéissant à une secrète inspiration, j'étais entrée un instant à Saint-Roch pour prier... Là, dans la chapelle de la Vierge...

Mais elle ne peut achever.

Elle suffoque, elle chancelle et s'affaisse entre les bras de sa mère effrayée.

Ce n'est, heureusement qu'une courte défaillance, dont des soins immédiats ont vite raison.

Le billet, s'échappant de la main de Jeanne, est tombé à ses pieds.

Mᵐᵉ Raimbaud le ramasse, devinant tout de suite que ce papier est la cause de l'émotion de sa fille, de son trouble extraordinaire...

Que va-t-il lui révéler ?...

Son visage revêt une expression de sévérité chagrine.

D'un rapide coup d'œil, elle déchiffre la fine écriture, se rassérène un peu, mais ne comprend pas.

Alors Jeanne lui raconte la scène de l'église Saint-Roch.

. . . .

— Dieu a exaucé ma prière, conclut la jeune fille en terminant son récit ; cette inconnue est une protectrice qu'il nous envoie ; elle doit être puissante... Si vous le permettez, je me rendrai dès demain, puisqu'elle m'y a autorisée, chez cette dame si bonne, si compatissante... Voulez-vous ?...

— Il ne faut pas agir à la légère, répondit Mᵐᵉ Raimbaud ; cela demande réflexion.

J'en causerai avec ton père, aussitôt qu'il rentrera.

Puis, s'alarmant de la surexcitation fiévreuse à laquelle Jeanne était en proie, et que trahissaient ses joues empourprées, ses mains brûlantes, l'éclat anormal de ses yeux :

— En attendant, mon enfant, va te reposer un peu.

Pour agir utilement, il est nécessaire d'être raisonnable, de ménager ses forces...

— Oh ! ma mère, s'écria Jeanne, qui n'était pas maîtresse de sa pieuse exaltation, je serai forte, vous verrez... forte comme Thérèse !

Néanmoins, elle obéit docilement à l'injonction maternelle.

Elle se retira dans sa chambre, et, pendant que, subissant la réaction de la violente commotion qu'elle venait d'éprouver, elle s'anéantissait dans une somnolence réparatrice, Mᵐᵉ Raimbaud put, après avoir mis son mari au courant de l'incident, s'en entretenir longuement avec lui.

A la suite de cet entretien, M. Raimbaud s'empressa donc d'aller consulter Mᵉ Gardelle.

— Que pensez-vous de la valeur de ce papier ? demanda-t-il à l'avocat, en lui communiquant le billet remis à Jeanne par l'inconnue.

Celui-ci eut un geste de surprise.

— Il me semble assez facile à traduire, fit-il, après un court examen.

Duroc. — *Tuileries,* signifie : « S'adresser au palais des Tuileries, au général Duroc, gouverneur de la maison consulaire... »

— Mais ce *J* énigmatique ?

SEULE !

Nous y trouverons celle-ci dans son boudoir... (P. 1405.)

— Est l'initiale de Joséphine.

— La femme du premier consul?...

— Parfaitement.

— Ecrite de sa propre main?...

— J'ai lieu de le supposer.

— Alors?...

— Ne nous hâtons pas de rien préjuger, prononça M⁰ Gardelle; mais, pour ma part, cher monsieur Raimbaud, j'incline à croire qu'il y a, dans la rencontre fortuite faite par mademoiselle votre fille, une circonstance providentielle.

Peut-être est-ce là le salut!...

[I]

AUX TUILERIES

Le 25 floréal (15 mai) 1804, lendemain du jour où s'était passé l'incident que nous venons de raconter, le calme était loin de régner au Palais des Tuileries.

C'était là que, depuis 1800, époque à laquelle il avait quitté le Luxembourg, le premier consul avait établi sa résidence officielle.

Suivant le vers célèbre de Victor Hugo

Déjà Napoléon perçait sous Bonaparte.

Une petite Cour s'était formée, où s'agitaient autour du général victorieux, devenu consul à vie en 1802, tous les éléments de la future cour impériale.

Au moment où se place notre récit, cette agitation, depuis, quelque temps, s'était accrue d'une façon singulière.

On savait que, en dehors de ses préoccupations militaires, le chef du gouvernement avait de grands projets en tête, et, dans son entourage, ses visées n'étaient plus un secret pour personne.

Aussi, les courtisans de tout rang, dont les ambitions étaient éveillées, vivaient-ils dans un état de fièvre perpétuelle, flairant le vent, sans cesse à l'affût des nouvelles, attribuant de l'importance aux moindres faits, aux bavardages les plus insignifiants.

Ce jour-là, les antichambres offraient une animation extraordinaire.

On y jasait plus encore que de coutume, on s'y communiquait à l'oreille, avec des airs de mystère, les derniers échos de la gazette du palais, rapidement colportés et amplement commentés.

On aurait pu, par exemple, surprendre ce dialogue entre un secrétaire et un officier de service :

— Avez-vous remarqué, disait l'un, que le premier consul a eu un long entretien avec Duroc ?

— Quoi d'étonnant? répondait l'autre. Vous savez quelle est l'intimité de leurs rapports.

Ce sont deux vieux compagnons d'armes, deux amis; il est tout naturel que Bonaparte fasse son confident du gouverneur de la maison consulaire.

— En tout cas, ce qu'il lui confiait ne devait pas être une bonne nouvelle, car il manifestait son mécontentement par des gestes d'impatience, et le gouverneur, de son côté, eut une grimace significative.

— Alors, vous croyez qu'au dernier moment, on rencontre des difficultés?...

— J'ai lieu de le supposer. Le premier consul, qui, hier se montrait souriant, est aujourd'hui d'une humeur de dogue.

Ainsi, ce matin, il a fait une scène violente à Mme Bonaparte.

— A propos de quoi?

— Toujours la même querelle... A propos de ses dépenses excessives; il lui reprochait son gaspillage, des dettes contractées chez des joailliers et des marchandes à la toilette, menaçait de lui rayer tous ses *bons à payer*.

— Hum! C'est mauvais signe.

— Je le crains.

— Le premier consul, a-t-il, dans sa colère, laissé échapper quelque parole précise ou une allusion à un échec possible de ses projets?

— Je ne sais... Mlle Avrillon, la première femme de chambre m'a dit seulement qu'il avait quitté la générale fort peinée et tout en larmes.

— Bast! répliqua l'officier, au fond, tout cela ne prouve pas grand'chose.

Un accès de colère passager, comme il en a souvent... Quant

aux pleurs... il n'y paraîtra plus peut-être tantôt : petite pluie abat
grand vent!...

— Et, pirouettant sur ses talons éperonnés, l'officier prit brusquement congé du secrétaire.

. . . .

— Pénétrons maintenant dans les appartements privés de Joséphine Bonaparte.

Nous y trouverons celle-ci dans son boudoir, paresseusement
étendue sur une chaise longue dont le damas ponceau fait ressortir
la blancheur de son peignoir de soie brochée et met en valeur son
teint mat de créole.

Bien qu'il soit environ trois heures de l'après-midi, elle s'attarde
en ce nonchalant abandon, sans songer à changer de toilette pour
quelque promenade ou quelque réception.

Ses yeux alanguis portent encore la trace des larmes récentes,
et de gros soupirs soulèvent son corsage.

Elle est restée sous l'impression de l'orage conjugal du matin,
et ainsi s'explique le nuage de tristesse qui voile son visage, dont la
beauté renommée brave victorieusement les atteintes de la quarantaine.

Jamais elle ne fut plus sensible aux reproches de son illustre
époux, qui l'adore, mais parfois ne craint pas de la gourmander rudement, quand elle a commis quelque gros péché de prodigalité.

C'est que, cette fois, en raison des circonstances, elle attribue
la sévérité du maître à des causes toutes particulières.

Elle sait les intrigues nouées, les négociations engagées pour
l'accomplissement d'un dessein cher à Bonaparte : l'extension de ses
pouvoirs avec le titre d'empereur.

Elle partage ses ambitions et ses espérances; depuis des semaines,
elle s'est bercée du beau rêve de devenir impératrice, et elle redoute
de voir ce rêve s'envoler au moment même où elle le croyait près de
se réaliser.

En effet, elle s'imagine que l'accès de mauvaise humeur du premier consul vient d'une opposition qu'il rencontre, de mécomptes
qu'il éprouve.

Sinon, quel raison avait-il, en un pareil moment, de la mori-
géner pour une mesquine question d'argent?

Est-ce qu'il aurait ainsi marchandé à une impératrice de demain
quelques modestes bijoux, quelques pauvres dentelles, une bagatelle
d'une cinquantaine de mille francs?

Insuffisamment distraite par les ébats et le gazouillis des oiseaux des îles voletant dans une grande volière dorée placée devant une fenêtre ouverte sur le jardin des Tuileries, qui verdoyait au soleil printanier; lasse surtout de bouder au milieu du silence respectueux de ses gens, elle éprouva le besoin de faire part de ses soucis et de son inquiétude à Mme d'Ericy, sa dame de compagnie.

— Ne pensez-vous pas comme moi, chère amie, lui dit-elle, que l'attitude de Bonaparte annonce de graves complications?

Il est préoccupé, nerveux à l'excès.

— Ce n'est pas la première fois, cela passera, répondit philosophiquement Mme d'Ericy.

— Non, non, c'est plus sérieux, croyez-moi; il me cache quelque chose que l'orgueil l'empêche de m'avouer.

— Et quoi donc, madame?

— L'échec probable, sinon certain, de ses projets : on lui refuse le juste prix des services qu'il a rendus et de la gloire qu'il a donnée à la nation, et il a voulu me faire comprendre que mes goûts de luxe et de grandeur étaient désormais hors de saison.

— Vous vous exagérez sans doute...

— Allons! continua Joséphine en se lamentant, il faut en prendre son parti! Adieu le titre d'impératrice avec tous ses privilèges!

C'était trop de bonheur...

Je me souviens encore de notre installation ici, quand je vins du Luxembourg en fiacre, comme la plus modeste des bourgeoises...

Il y a quatre ans de cela; que c'est loin déjà! Depuis ce jour, nous nous sommes élevés sans cesse davantage... Et demain, peut-être, il faudra redescendre...

La dame de compagnie esquissa un geste de protestation.

— Oh! fit Joséphine, avec un accent d'amertume et un léger tremblement de la voix, je serai raisonnable, je saurai me résigner; mais à quoi bon essayer de me tromper comme une enfant?

Je préférerais que Bonaparte m'avouât tout de suite la vérité...

Des larmes perlaient au bord de ses longs cils.

Mme d'Ericy s'efforça de la rassurer, et prenant un ton flatteur :

— Permettez-moi, madame, de penser que vous vous forgez à tort des idées noires qu'un rayon de soleil dissipera bientôt...

— Joséphine secoua la tête, d'un air de doute.

— Vous cherchez à me consoler, dit-elle; mais ma confiance est ébranlée...

Pourtant, les présages étaient favorables...

Vous vous souvenez de la prédiction de M¹¹ᵉ Lenormand?...

Mᵐᵉ d'Ericy ne pouvait oublier, en effet, qu'elle avait accompagné la générale dans une récente visite faite à la célèbre cartomancienne.

Peut-être, pour sa part, ne croyait-elle guère aux mystères de la bonne-aventure; mais, sur ce point, elle se serait bien gardée de contrarier celle dont elle connaissait les idées superstitieuses.

— Les cartes vous promirent le succès, confirma-t-elle. Pourquoi donc en douter aujourd'hui?

— Je ne sais... Des pressentiments...

— Les pressentiments sont souvent trompeurs.

— Ah! murmura Joséphine, en soupirant, j'ai pourtant adressé à Dieu de bien ferventes prières pour lui demander le succès...

Et, le front appuyé sur la main, dans une attitude méditative, elle tomba dans une rêverie silencieuse.

Elle songeait à sa pieuse escapade de la veille.

La créole de la Martinique avait conservé l'empreinte de son éducation première.

Bercée aux naïfs récits des servantes de couleur, elle en avait subi l'influence et ne s'était point laissé gagner par l'esprit philosophique de la Révolution.

La superstition profane ne lui paraissait pas incompatible avec la religion.

C'est ainsi que, après avoir consulté la science peu orthodoxe de la tireuse de cartes, elle avait eu ensuite l'idée de recourir à l'intervention divine.

Mais cette intervention, elle avait estimé qu'il fallait l'implorer par un acte bien personnel, accompli dans des conditions exceptionnelles et avec un appareil de mystère qui séduisait son imagination romanesque.

Elle avait donc décidé d'aller faire une neuvaine à Saint-Roch, la paroisse la plus voisine des Tuileries, et, vêtue d'une toilette très simple, accompagnée seulement de Mᵐᵉ d'Ericy, elle s'était rendue à l'église au déclin du jour, de façon à ne pas être remarquée.

L'épaisse dentelle dont elle s'était voilée, un équipage de petite livrée, dépourvu des insignes consulaires, achevaient d'ailleurs de lui assurer le plus strict incognito.

Ces précautions n'étaient pas inutiles pour soustraire la générale Bonaparte à la curiosité publique et lui épargner les réprimandes éventuelles de son illustre époux, plus que jamais à cheval sur l'étiquette, et qui, s'il avait appris l'escapade, n'eût pas manqué de reprocher à la femme du Premier Consul, de compromettre le prestige de son rang en se conduisant comme une petite bourgeoise.

Telles étaient les circonstances auxquelles Jeanne Raimbaud avait dû sa rencontre avec Joséphine.

Singulière coïncidence! le caprice du hasard, ou plutôt la volonté de la Providence, avait réuni au pied du même autel l'humble jeune fille et la grande dame, venues, chacune de son côté, pour implorer de la toute-puissance de Dieu : celle-ci, la faveur d'un sceptre et d'une couronne; celle-là une double preuve de sa justice et de sa bonté.

Le souvenir de cette rencontre continuait à hanter Joséphine, se mêlait à ses soucis intimes.

A tout autre moment, elle n'y eût attaché qu'une médiocre importance.

Certes, elle avait été vivement touchée de la douleur de cette jeune fille, profondément édifiée de sa piété; cette physionomie d'une douceur angélique avait éveillé en son cœur sensible une sympathie spontanée.

Mais une impression plus forte encore, et qui subsistait, s'était emparée d'elle.

Elle s'imaginait qu'un lien secret s'était établi entre leurs destinées.

Si Dieu, pensait-elle, avait placé cette infortunée sur ses pas, c'était pour lui fournir l'occasion d'un bienfait dont il lui tiendrait compte, en pesant dans sa balance les bonnes actions qui pouvaient lui mériter la faveur insigne qu'elle lui demandait.

Cette pensée la préoccupait beaucoup.

Elle ne put résister au besoin d'en faire part à Mme d'Ericy.

— Chère amie, lui dit-elle, reprenant sans autre transition, la conversation interrompue, croyez-vous que cette jeune fille viendra?

— Cette jeune fille?... fit la dame de compagnie, qui avait l'esprit ailleurs et ne comprit pas tout de suite de quelle personne la générale voulait parler.

— Comment! insista celle-ci, vous ne vous souvenez pas de la charmante enfant que nous rencontrâmes hier à Saint-Roch?

Vous fûtes pourtant, comme moi, touchée de sa douleur et de sa piété...

— Il m'en souvient, madame; mais je n'y songeais plus et j'avais pour ma part, attaché peu d'importance à cette rencontre.

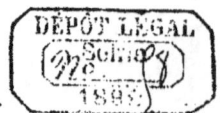

Duroc s'était levé pour aller à leur rencontre. (P. 1413.)

— Cependant, elle nous offrait peut-être l'occasion de secourir une grande infortune.

— Oh! madame, les occasions de faire du bien ne font pas défaut à votre inépuisable bonté !...

— Mais celle-ci répondait tout particulièrement à mes vœux les plus chers.

Il me semblait qu'un bienfait accompli en un pareil moment nous porterait bonheur...

Je crains bien que la pauvre enfant ne renonce à user de notre crédit; elle paraissait si timide!... Et, quoiqu'elle ignore qui je suis, peut-être n'osera-t-elle pas?...

— Si le billet que vous lui avez remis n'a pas suffi pour lui révéler qui vous êtes, sa famille sans doute saura le deviner aisément, et le nom de la générale Bonaparte n'est pas pour éloigner les gens en peine, tant s'en faut!

Ce nom n'est-il pas synonyme de bienveillance, de générosité?...

D'un geste, Joséphine coupa court à ces flatteries.

Puis, les lèvres closes, elle retomba dans ses rêveries.

. . . .

Cependant, dans une autre partie du palais, il se passait une scène qu'elle se fût hâtée d'abréger, si elle en avait eu immédiatement connaissance.

Il était environ trois heures de l'après-midi, quand deux dames, d'une mise soignée mais très sobre, se présentèrent au guichet des Tuileries.

Elles avaient dû, d'abord, parlementer avec deux factionnaires pour traverser la cour du Carrousel.

Elles se heurtèrent ensuite à un suisse tout chamarré, qui se dressait sur le seuil du vestibule, et dont le port majestueux ne laissa pas de les intimider.

Celui-ci, très fier de sa haute taille, de sa riche livrée et de l'importance de ses fonctions, toisa d'un regard plein de condescendance dédaigneuse ces deux personnes d'aspect modeste, évidemment étrangères au monde de la maison, — on aurait pu déjà dire au monde de la « cour », bien qu'on fut encore officiellement sous la République.

— Que désirent ces dames? interrogea-t-il, s'efforçant d'apporter dans son rôle de cerbère galonné, une sorte de noblesse à la fois obséquieuse et hautaine.

Nous désirons voir le général Duroc, répondit la plus âgée des visiteuses.

— Le général Duroc? prononça gravement le suisse; mais on ne le voit pas comme ça .. Madame a-t-elle une lettre d'audience?...

Mme Raimbaud (le lecteur l'a déjà reconnue, ainsi que sa fille Jeanne), fouilla son *ridicule* d'une main tremblante et en tira un petit papier plié en quatre.

— Voici, dit-elle.

Le grand escogriffe prit le billet, le déplia, le lut en l'examinant avec la méticuleuse attention d'un secrétaire d'ambassade qui vérifierait une pièce diplomatique.

— Mais, fit-il, une grimace impertinente au coin de la lèvre, ce n'est pas une lettre d'audience, cela !

— Je croyais... on m'avait dit... balbutia Mme Raimbaud, déconcertée, tandis que Jeanne rougissait de la confusion de sa mère.

— De qui tenez-vous ce papier ? demanda le suisse, le regard soupçonneux et inquisiteur.

— D'une personne qui nous a assuré qu'il suffirait de la présenter pour être reçues.

— Et pourrait-on savoir le nom de cette personne ?

— Nous l'ignorons, avoua ingénuement la jeune fille.

— Toutefois, se hâta d'ajouter Mme Raimbaud, nous avons lieu de supposer qu'elle occupe ici une situation élevée.

— Supposer... supposer !... répliqua l'homme au visage glabre, il faudrait savoir... Le billet n'est seulement pas signé. N'importe qui peut l'avoir écrit...

La femme de l'ancien forçat commençait à perdre contenance.

L'impertinence de ce domestique lui rendit un peu de hardiesse, et, sans relever autrement une insinuation injurieuse :

— Pardon ! dit-elle, à défaut de signature, il y a une initiale que vous connaissez peut-être.

— Peut-être !... fit le suisse, d'un air entendu, en se gonflant comme la grenouille de la fable.

Enfin, M. le gouverneur de la maison consulaire vérifiera lui-même... s'il consent à recevoir ces dames... Je vais les faire annoncer.

A quelques pas de là, deux laquais étaient assis, immobiles sur des banquettes où ils semblaient dormir, les yeux ouverts.

— Pour monsieur le Gouverneur ! prononça le suisse d'une voix sonore.

Aussitôt, un des laquais se leva, mû comme par un ressort, vint se camper devant les visiteuses, la tête inclinée, les bras tombants, selon les prescriptions de l'étiquette.

— Que ces dames veuillent bien me suivre !... dit-il.

— Pendant qu'elles disparaissaient au tournant d'un corridor, le gros personnage préposé à la garde de la porte grommelait dans sa cravate blanche :

— Si je connais l'écriture, et le fameux J?... Je crois bien... Ce n'est pas la première fois qu'ils me passent sous les yeux... Mais il faut contrôler de près ces petits papiers-là... Ordre formel du gouverneur... Si l'on n'y veillait on serait bientôt débordé : les premiers venus entreraient au château comme les ânes au moulin...

Et ayant donné libre cours à ses réflexions, satisfait d'avoir fait sentir à des petites gens le poids de son importance, le suisse solennel et guindé reprit sa promenade régulière dans le vestibule où le craquement de ses souliers à boucles d'argent rythmait le bruit de ses pas cadencés.

.   .   .   .

Nos visiteuses avait franchi le premier obstacle.

Mais l'accueil presque insolent et les paroles peu encourageantes du portier n'étaient pas pour leur donner beaucoup de confiance dans le résultat de leur démarche.

« Si M. le Gouvernement consent à vous recevoir... » avait dit celui-ci.

Cette réserve faisait pressentir de nouvelles difficultés.

Aussi, le cœur leur battait-il violemment, lorsque le laquais qui les avait conduites les laissa dans une antichambre, aux soins d'un huissier non moins imposant que le suisse, après avoir répété la formule d'usage :

— Pour M. le Gouverneur !

Mme Raimbaud serrait nerveusement entre ses doigts le papier qui lui avait été restitué, se demandant si réellement il était comme elle l'avait espéré, ce merveilleux talisman destiné à lui servir de « Sésame, ouvre-toi ! »

Jeanne partageait l'émotion de sa mère, mais elle éprouvait une moindre inquiétude.

Elle se sentait soutenue par la foi vive qu'elle avait en sa mission providentielle.

Il leur fallut subir les regards curieux des officiers d'ordonnance allant et venant avec un papillotement de brillants uniformes et un cliquetis de sabres; puis encore les questions obligatoires de l'huissier.

— Qui dois-je annoncer à M. le Gouverneur?

— Oh! notre nom lui est très probablement inconnu, répondit Mme Raimbaud.

— Pourtant, madame, il est nécessaire...

Et surpris d'une hésitation qu'il ne comprenait pas :

— La lettre d'ailleurs, indiquera ce nom... Si madame veut bien me la remettre...

— Nous n'avons pas de lettre d'audience, mais ce billet nous en tient lieu, déclara Mme Raimbaud en présentant le papier.

Le même sourire particulier que ces dames avaient remarqué chez le portier effleura les lèvres minces de l'huissier.

— Bien! fit-il, je vais faire passer ce papier à M. le Gouverneur; il jugera s'il lui convient d'en tenir compte.

Et il disparut derrière les hauts battants d'une porte, aussitôt refermée.

Les deux femmes restèrent comme pétrifiées à la même place, bien qu'on les eût engagées à s'asseoir.

Elles n'osaient se communiquer leurs pensées et s'efforçaient de se cacher réciproquement l'angoissse à laquelle elles étaient en proie, devant cette porte close qui les séparait de quelques pas à peine de l'homme du bon vouloir duquel dépendait peut-être le succès de leur tentative.

Elles n'avaient pu se défendre d'un tressaillement pénible, en se voyant dessaisir de ce mince feuillet de papier auquel elles attachaient tant de prix.

Le seul fait de ne l'avoir plus entre les mains les inquiétait comme si elles risquaient la perte d'une lettre de change représentant une fortune.

Au bout de quelques instants, qui leur parurent un siècle, l'huissieur reparut.

Est-ce pour les introduire auprès du gouverneur ou bien pour les éconduire?...

Elles se rassérénèrent en attendant ces mots nettement articulés :

— M. le Gouverneur prie ces dames de vouloir bien entrer.

En même temps, l'huissier, poussant la porte, s'effaçait correctement pour livrer passage aux visiteuses.

Maintenant, elles se trouvaient en présence du personnage dont l'accueil allait probablement décider de leur sort.

Duroc s'était levé pour aller à leur rencontre.

Comme la plupart des militaires de son époque, suivant l'expression surannée qu'on retrouve dans les romances belliqueuses et sentimentales d'alors, il se flattait de servir à la fois « Mars et Vénus », et autant qu'aucun se piquait de galanterie envers les personnes du sexe.

Il s'inclina profondément, et désignant deux sièges à proximité de son bureau encombré de paperasses :

— Veuillez prendre la peine de vous asseoir, mesdames...

Puis après un temps :

— A quoi dois-je l'honneur de votre visite?

Cette question, pourtant bien naturelle, fut suivie d'un silence gênant.

Mme Raimbaud et Jeanne ressentaient un trouble qui n'était pas causé seulement par le caractère délicat de leur démarche.

Tout, autour d'elles, leur imposait : ce vaste cabinet, très simplement meublé, n'ayant pour ornements qu'une pendule de marbre surmontée d'un sujet mythologique en bronze doré, une panoplie d'armes de guerre et un tableau représentant Bonaparte à Saint-Jean-d'Acre, souvenir de cette campagne d'Égypte, où Duroc s'était distingué lui-même aux côtés de son illustre chef.

Elles étaient également impressionnées par l'aspect de ce général, dont le nom avait déjà figuré dans tant de bulletins de victoires et qui, lié d'une étroite amitié avec le Premier Consul, investi de sa confiance, remplissait auprès de lui, à trente-deux ans, une des plus hautes charges de l'État.

Bien qu'en ce temps-là, on ne comptât pas les héros chez qui la valeur, bientôt suivie de la fortune, n'avait pas attendu le nombre des années, celui-ci, malgré sa physionomie martiale, leur paraissait, dans son uniforme rehaussé d'crs, plus jeune encore qu'elles ne se l'étaient imaginé.

Duroc, de son côté, observait très attentivement les visiteuses.

De son œil clair, il les dévisageait, scrutait toute leur personne, depuis la physionomie jusqu'à la mise, comme s'il eût voulu se rendre compte, même avant de les interroger, de leur condition sociale et de la nature de leur démarche.

C'était presque une inspection, dans le sens militaire du mot, qu'il leur faisait passer.

Il se tenait sur le qui-vive, et sa froide politesse, son regard inquisiteur n'étaient pas pour donner de l'assurance à celles qui l'abordaient dans de si pénibles conjonctures.

Son court examen fut plutôt favorable, car, prenant en pitié l'embarras visible des solliciteuses et, adoucissant le plus possible le timbre de sa voix, habituée au commandement, il renouvela sa première question sous une autre forme :

— En quoi puis-je vous être utile, mesdames ? demanda-t-il.

Mᵐᵉ Raimbaud se ressaisit, encouragée par ce ton de parfaite courtoisie.

— Monsieur le gouverneur, répondit-elle, peut-être conviendrait-il qu'avant toute chose, vous sachiez qui nous sommes, puisque vous avez daigné nous recevoir sans connaître notre nom ..

Vous voyez devant vous la femme et la fille d'Urbain Raimbaud.

Duroc inclina légèrement la tête ; mais aucun tressaillement, aucun geste de surprise n'accompagna ce mouvement.

Il était évident que, pour le moment du moins, le nom prononcé ne lui disait rien.

S'il l'avait entendu déjà dans les conversations dont le fameux sermon du père de Balmère avait été le sujet, même au château, les multiples occupations de sa charge, les soucis politiques actuels qu'il partageait avec le Premier Consul, lui en avaient fait perdre le souvenir.

Mᵐᵉ Raimbaud poursuivit :

— Jamais, croyez-le, nous n'aurions osé nous présenter ici, sans une circonstance imprévue, qui nous a permis d'espérer la faveur d'une haute protection...

— Cette protection, interrompit Duroc en souriant, n'est probablement pas la mienne...

Puis, prenant sur son bureau la feuille de carnet qu'il avait acceptée comme lettre d'introduction :

— De qui tenez-vous ce billet ?

— D'une dame qui l'a remis à ma fille.

— Et cette dame le tenait ?...

— Mais, monsieur le gouverneur, intervint Jeanne, cette dame est elle-même l'auteur du billet, elle l'a écrit devant moi.

— Voudriez-vous me dire dans quelles circonstances ?

Jeanne, tout en rougissant, répondit d'une voix timide, qu'elle s'efforçait d'affermir :

— C'était hier, à Saint-Roch... je priais Dieu de tout mon cœur, implorant sa justice, sa miséricorde...

Deux dames étaient là, que je n'avais pas aperçues d'abord... L'une d'elle eut pitié de ma douleur... Elle me questionna, et comme je ne pouvais lui faire dans l'église le récit de nos malheurs, elle me remit ce billet en m'invitant à lui rendre visite, à user de son crédit, s'il était en son pouvoir de secourir notre infortune...

Dieu exauçait mon humble prière, il nous envoyait une protectrice...

Oh! cette inconnue, si bonne, si compatissante, l'obscurité de
la chapelle ne m'avait pas permis de distinguer son visage; mais
j'entends encore sa voix, douce comme une musique céleste... je ne
l'oublierai jamais...

L · général parut touché de cette ingénuité charmante.

— Une inconnue, dites-vous, mademoiselle... Vous ignoriez
donc la qualité de cette personne charitable?

— Je l'ignorais.

— Et maintenant, êtes-vous mieux éclairée?

— Monsieur le gouverneur, intervint Mme Raimbaud, nous
avons pris le temps de réfléchir, de nous informer, et nous ne
croyons pas nous tromper en supposant qu'il s'agit de Mme la générale Bonaparte elle-même.

Si nous pouvions concevoir encore quelque doute tout à l'heure,
la bienveillance de votre accueil les a complètement dissipés.

— Madame, répliqua Duroc avec un sourire aimable, je n'ai, je
le vois, rien à vous apprendre à ce sujet.

Il ne me reste plus qu'à exécuter ma consigne...

A ce mot de consigne, Jeanne et sa mère tressaillirent.

Une expression d'inquiétude succéda, sur leurs traits, à l'expression de confiance qui commençait à s'y épanouir.

— ... Qui est de vous faire conduire auprès de la générale, se
hâta d'achever Duroc.

— Ah! merci! merci, monsieur le gouverneur! s'écrièrent en
même temps Mme Raimbaud et Jeanne, remises de leur courte
alarme.

— Je ne fais qu'accomplir mon devoir, en soldat, et je n'y ai
aucun mérite, déclara le général en se levant.

— Si vous saviez! Si vous saviez!... murmura Jeanne en joignant les mains.

Mais Duroc l'interrompit avec une brusquerie affectée :

— Je ne veux rien savoir, mademoiselle.

Mme la générale Bonaparte tient à se réserver personnellement
les affaires qui sont de son ressort.

Soyez bien persuadée, d'ailleurs, que si mon intervention m'était
ultérieurement demandée, je serais heureux de coopérer au succès
de votre démarche, dont je dois ignorer l'objet jusqu'à nouvel ordre.

Mais, présentement, mon rôle est d'attendre des ordres, mon
devoir de respecter les secrets du ministère... de la charité.

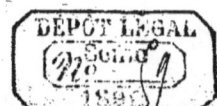

... J'ai toujours cette mine-là, quand je viens de rencontrer une jolie femme. (P. 1418.)

Puis, ajouta-t-il en manière de conclusion, vous connaissez le proverbe : « Il vaut mieux avoir affaire au bon Dieu qu'à ses saints. »

Et il frappa un coup sec sur un timbre de bronze.

— Faites conduire ces dames chez Mme la générale, ordonna-t-il à l'huissier qui s'était empressé d'accourir à son appel.

Mme Raimbaud et Jeanne esquissaient leurs révérences les plus correctes, prêtes à prendre congé.

— Et le billet... dit Duroc, il ne faut pas l'oublier parmi mes paperasses...

Veuillez la reprendre et ne pas la perdre en route; c'est votre laissez-passer...

Il leur rendit le précieux papier, les reconduisit jusqu'au seuil et s'inclina profondément, tandis que, malgré ses protestations, elles se confondaient en remerciements.

.   .   .   .

A peine venaient-elles de sortir du cabinet du gouverneur, qu'un officier supérieur de la garde consulaire y entrait.

C'était un vieux camarade de Duroc, si cette épithète de « vieux » peut s'appliquer à des hommes qui ne dépassaient guère la trentaine.

La conversation s'engagea sur un ton familier.

— Que t'arrive-t-il donc, mon cher Bernin, demanda le général, tu as la mine d'un homme heureux.

— Il ne m'arrive rien d'extraordinaire. J'ai toujours cette mine-là, quand je viens de rencontrer une jolie femme.

— Tu ne deviendras donc jamais sérieux?

— Et toi?

— Comment! moi?... Il me semble pourtant que je donne l'exemple...

— En recevant à toute heure de charmantes personnes.

— Que veux-tu dire? Je ne comprends pas.

— Eh bien! je vais mettre les points sur les *i*. La nymphe dont la vue, trop rapide, hélas! m'a mis le cœur en joie, sort d'ici à l'instant.

— Quoi! cette jeune fille si simple, accompagnée de sa mère?

— Une jeune fille fort simple, en effet, et dûment chaperonnée; mais délicieuse; une fraîche églantine qu'un rien changerait en rose éclatante.

Mes compliments, mon général!...

Mais, contrairement à l'attente de son interlocuteur, Duroc ne parut pas disposé à se prêter à ce badinage libertin.

Il resta sérieux et répondit :

— Tu te fourvoies, colonel, et tes plaisanteries portent à faux.

— Allons donc?

— Ces dames sont des protégées de la générale Bonaparte.

— Qu'est-ce que cela prouve? Nous en voyons défiler beaucoup

de ces clientes-là ; oserais-tu prétendre que toutes sont des dragons
de vertu?

— Hé! non, parbleu! Mais il faut distinguer.

Il y a les marchandes à la toilette, les modistes, les intrigantes,
qui se faufilent ici trop facilement au gré du Premier Consul, les
unes pour exploiter la coquetterie de la générale, les autres pour
abuser de sa bonté proverbiale.

Ces solliciteuses-là, je te le concède, ne valent pas cher.

— Tu veux dire qu'elles ne valent pas ce qu'elles coûtent.

— Soit! c'est une question d'appréciation... Nous savons tous
que Mme Bonaparte dépense et donne sans compter.

Mais, si elle est prodigue d'argent pour ses fantaisies, sa générosité bienfaisante ne s'égare pas toujours.

Il lui arrive plus d'une fois de secourir des infortunes discrètes
et fières.

Tel est le cas, ou je me trompe fort, des solliciteuses que tu
viens de rencontrer : tout en elles respire l'honnêteté, la sincérité.

Depuis que j'occupe mon poste aux Tuileries, j'ai acquis l'expérience des physionomies diverses de quémandeurs de toute sorte ;
j'ai la prétention de m'y connaître.

— Je ne me permettrai pas de te la disputer, mon général.

— Tu feras sagement. Aussi bien, j'ai une opinion si avantageuse de ma perspicacité, que malgré les instructions de Bonaparte
qui m'a chargé, entre autres besognes, de jouer le rôle de chien de
garde à la porte de sa femme, de tenir les assaillantes à distance,
en leur montrant les dents, — je n'ai pas hésité à laisser passer ces
deux dames.

— Bref, tu as introduit l'ennemi dans la place.

— Mme Bonaparte m'avait averti de cette visite probable, en me
priant instamment de la faciliter.

J'ai cru d'autant moins mal faire aujourd'hui, que la générale,
confinée chez elle pour y bouder, a besoin de distractions.

Bon! me suis-je dit, des confidences à entendre, une infortune
à secourir, cela emploiera son temps, apportera une diversion salu-
taire à ses ennuis.

— Encore un nuage dans le ciel conjugal ?...

— Oui, un orage qui a éclaté ce matin, sous un prétexte futile...
Bonaparte est de fort méchante humeur.

— A quel propos?

— Des complications, des obstacles...

— Au sujet de la grosse partie?...

— Préci-ément. Et, pour peu qu'il ait laissé percer les vrais motifs de sa colère devant la générale, elle doit avoir la tête à l'envers.

IV

CHEZ JOSÉPHINE

Pendant que ce colloque avait lieu entre Duroc et le colonel Bernin, M\ :sup: me Raimbaud et Jeanne, guidées par un laquais auquel les avait confiées l'huissier du gouverneur, suivaient un dédale de couloirs et gravissaient un escalier conduisant aux appartements privés de Joséphine.

Arrivées au palier du premier étage, accédant à une anti-chambre, leur guide les quittait, après les avoir recommandées aux soins d'un de ses collègues attaché au service particulier de la femme du Premier Consul.

Elles se félicitaient de l'accueil de Duroc et lui savaient gré des égards qu'il leur avait témoignés, du tact discret qu'il avait apporté dans son interrogatoire sommaire et qui contrastaient heureuse-ment avec les façons méprisantes et soupçonneuses du suisse ma-jestueux et décoratif planté au seuil du guichet.

Néanmoins, plus elles approchaient du but et plus leur émotion allait croissant.

Muni du billet passe-partout, que le gouverneur avait revêtu de son visa, le laquais, ayant respectueusement invité les visiteuses à s'asseoir, disparut derrière une portière de vieille tapisserie.

Son absence fut de courte durée; il revint au bout de quelques instants et, d'un air placide :

— M\ :sup: me la générale va recevoir ces dames; mais elle regrette et s'excuse d'être obligée de les faire attendre.

M\ :sup: me Raimbaud et Jeanne, qui déjà s'étaient levées, se rassirent.

Les battements de leur cœur s'étaient précipités si violemment, au moment où elles avaient vu reparaître le laquais, elles s'étaient senties si troublées, qu'elles s'applaudirent de la station qu'on leur imposait.

Elle leur permettrait de reprendre leurs esprits, de réparer le désordre de leurs idées et de se montrer à la hauteur de leur tâche.

Car s'il leur avait fallu se trouver immédiatement en présence de celle en qui elles plaçaient leur suprême espoir, elles n'auraient été capables, croyaient-elles, que de balbutier des paroles incohérentes.

Cette station, toutefois, fut plus longue qu'elle ne l'avaient présumé.

Au calme qui, peu à peu, s'était rétabli en elles, commençait à succéder une impatience fiévreuse, lorsqu'un coup de timbre retentit.

— Mᵐᵉ la générale prie ces dames de vouloir bien se rendre auprès d'elle, prononça le laquais, au bout d'une minute, juste le temps d'aller prendre les ordres et de revenir.

. . . .

Pourquoi Joséphine, si accueillante, avait-elle tant tardé à recevoir la visite que, tout à l'heure, elle souhaitait ardemment, en se remémorant la rencontre de l'église Saint-Roch?

C'est ce qu'il n'est pas inutile d'expliquer.

Au moment où Mˡˡᵉ Avrillon, la première femme de chambre, était entrée dans le boudoir, annonçant deux solliciteuses, la belle désolée était plongée au plus profond de sa mélancolie.

Elle, dont l'égalité de caractère était une des qualités les plus justement prisées, elle eut un geste nerveux d'enfant colère :

— Non! Non! s'écria-t-elle, je ne veux voir personne, je n'y suis pour personne, aujourd'hui.

— Mais ces dames sont envoyées par M. le gouverneur.

— Hé! que m'importe? Quand elles seraient envoyées par le Premier Consul lui-même!. .

— Dois-je les faire congédier?

— Le sais-je, moi?... Que désirent-elles? Qui sont-elles? Leur nom?...

— Elles n'ont fait connaître ni l'objet de leur démarche, ni leur nom; mais voici un papier visé par M. le gouverneur...

— Un papier?... Donnez! Donnez donc! fit Joséphine vivement, en se levant à demi sur sa chaise longue.

A peine le billet eut-il passé entre ses doigts impatients, que l'expression de sa physionomie changea comme par enchantement.

Comme son accès de maussaderie de tout à l'heure, son explosion de joie subite était presque d'un enfant.

— C'est elle, chère amie! c'est notre jeune fille! s'écria-t-elle, en s'adressant à Mme d'Ericy.

Elle vient accompagnée d'une parente, de sa mère, peut-être. Ah! vos pressentiments étaient plus justes que les miens!

Joséphine, dont cette diversion conforme à ses vœux avait secoué l'indolence, s'était redressée tout à fait.

Son premier mouvement fut d'ordonner qu'on introduisît immédiatement les visiteuses.

Mais elle se ravisa.

Dans une glace de Venise, aux reflets impitoyablement fidèles, elle venait d'apercevoir son image et n'en était pas satisfaite.

Ses traits lui parurent fatigués, ses paupières encore gonflées et rougies des larmes récentes, sa coiffure dérangée, sa toilette négligée.

Chez Joséphine, les qualités du cœur n'excluaient ni la coquetterie, auxiliaire habituel de la beauté, ni la frivolité que l'éducation et les traditions mondaines développaient aisément pour peu que certaines femmes y soient naturellement prédisposées.

Puis, la future impératrice avait plus que jamais l'intuition des grandeurs auxquelles elle était prédestinée.

Lorsqu'il s'agissait d'exercer sa supériorité, même au profit de bonnes œuvres absolument étrangères à la politique, il lui semblait qu'elle devait y apporter le prestige de la grâce et de la beauté souveraine.

Certes, elle ne songeait pas à écraser de ses avantages physiques et de son luxe les humbles auxquels elle tendait une main secourable; mais elle voulait plaire à tous, à ceux-là aussi bien qu'aux autres, et il lui était agréable, instinctivement, sans préméditation de sa part, qu'une pointe d'admiration se mêlât à leur sympathie et à leur reconnaissance.

C'est à ces sentiments un peu complexes et bien humains qu'elle obéit en faisant appel à l'art consommé de Mlle Avrillon pour réparer son désordre le plus rapidement possible.

Un quart d'heure après, elle était sous les armes, et, cette fois, le miroir de Venise, de nouveau consulté, lui donna sa complète approbation.

Elle pouvait affronter l'épreuve sans danger pour sa réputation de jolie femme, et, débarrassée de ce souci, s'abandonner entièrement à un de ces élans du cœur qui lui avaient valu parmi ses nombreux obligés une réputation plus enviable encore.

— Faites entrer! prononça-t-elle.

. . . .

Ce fut pour les deux bourgeoises de la rue Saint-Roch un véritable éblouissement.

La femme devant laquelle elles s'inclinaient, confuses, était bien celle dont la peinture et la gravure avaient déjà popularisé la figure.

Elle était là, parée avec un goût exquis, dans tout l'éclat prestigieux d'une beauté qui se refusait à capituler en dépit des sommations du temps.

La petite crise qu'elle avait éprouvée, à la suite de ses contrariétés du matin, l'avait soulagée en provoquant une détente de ses nerfs; aussi, était-elle en pleine possession de tous ses avantages : charmes du visage, du geste, du regard, de la parole.

Mais, le premier effet une fois produit, elle ne chercha point à le prolonger, et, se laissant aller à un aimable abandon, où la grâce naturelle tenait plus de place que la coquetterie :

— Soyez les bienvenues, mesdames, dit-elle.

Puis, s'adressant à la jeune fille :

— Ah! mon enfant, que je vous sais gré de n'avoir pas oublié mon petit papier!...

Jeanne reconnaissait bien cette voix qui résonnait à son oreille, plus harmonieuse, plus encourageante encore que sous les voûtes de l'église.

— Ma mère! fit-elle, en présentant Mᵐᵉ Raimbaud.

— Combien je vous félicite, madame, d'avoir une telle fille, dit Joséphine.

S'il m'est permis de vous venir en aide, c'est à la piété de cet ange que vous le devrez.

Sur l'invitation de leur protectrice, les visiteuses s'étaient assises, toujours très émues, mais moins intimidées qu'elles ne l'avaient craint.

Elles se sentaient rassurées, réconfortées par la bienveillance cordiale de la générale.

Après s'être installée bien en face d'elles, à contre-jour, de façon à s'effacer un peu dans une pénombre favorable, celle-ci reprit :

— Je suis prête à entendre vos confidences.

— Madame, commença la mère, s'efforçant de surmonter son émotion, il faut avant tout que vous sachiez qui nous sommes.

— Vous voyez devant vous la femme et la fille d'Urbain Raimbaud...

— Urbain Raimbaud ?... répéta machinalement Joséphine, ne saisissant pas d'abord pourquoi la solliciteuse soulignait ce nom avec une intention particulière.

La malheureuse femme comprit qu'il fallait préciser tout de suite.

— Mon mari, expliqua-t-elle, est plus connu sous le nom de Delamarre... C'est lui qui, siégeant comme juré dans un procès criminel récent, a eu la loyauté, le courage de révéler son passé, pour faire casser un arrêt de mort rendu contre un innocent, Jacques Valomer...

— Raimbaud !... Delamarre !... répéta encore Joséphine, mais non plus, cette fois, avec une intonation vague.

Oui, je me souviens maintenant... Il a été beaucoup question de cette affaire dans les conversations du monde, ici-même.

Quoi! vous seriez la femme de cet ancien forçat, de cet homme qui aurait accompli un acte doublement héroïque, s'il est vrai que lui-même fut injustement condamné, comme il l'affirme !...

— C'est la vérité, madame, j'en jure devant Dieu.

— Et vous avez la preuve de son innocence ?

— Oh! moi, madame, je n'en ai jamais douté ; la parole de l'honnête homme à qui j'ai donné ma foi m'est, à elle seule, une garantie suffisante.

Mais la preuve certaine, quelqu'un peut l'apporter.

— Qui donc ?

— Le Père de Balmère.

— Ce missionnaire dont le sermon à Saint-Roch eut dernièrement un si grand retentissement ?...

— Lui, madame, dont la bouche de prêtre ne saurait mentir, lui, le porte-parole de Dieu!

— Je n'assistais pas à ce sermon, dit Joséphine, mais j'en ai beaucoup entendu parler aussi.

Le Père fut, paraît-il, d'une éloquence émouvante, et sut faire partager sa conviction à nombre de ses auditeurs...

— Nous étions là, nous, répliqua Mme Raimbaud, encore toute frémissante de ce souvenir...

Notre indicible émotion dut nous désigner clairement aux yeux de l'assistance.

D'ailleurs les allusions du prédicateur étaient assez transparentes.

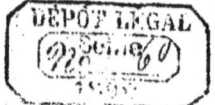

Lorsqu'elles repassèrent le seuil du guichet des Tuileries, le suisse majestueux,
toujours à son poste... (P. 1431.)

— Mais, cette conviction si ardente, où l'a-t-il puisée? demanda
la générale.

Vient-elle seulement d'une intuition, d'une inspiration?

— Le père de Balmère, ancien magistrat, possède le secret de
l'erreur judiciaire commise au préjudice de mon mari.

Si vous le désiriez, madame, il n'hésiterait pas, j'en ai la certitude, à vous le confier...

Joséphine traduisit sa réponse par un geste indiquant qu'elle ne voulait pas, pour le moment, mettre le saint homme sur la sellette et qu'elle s'en rapportait aux affirmations de son interlocutrice.

— Je comprends, dit-elle, quel coup cruel est pour vous cette déchéance aux yeux du monde, à la suite de la révélation de votre mari.

C'est une bien pénible situation...

Encouragée à parler par cette phrase qui était comme une amorce offerte à son besoin d'expansion. Mᵐᵉ Raimbaud fit tout d'une haleine le récit des épreuves de la famille: la condamnation de Raimbaud, la mort de leur fille aînée, succombant à son désespoir; les dix ans de bagne à Toulon ; puis la peine achevée, leur vie vaillamment recommencée sous un nom d'emprunt, l'honorabilité reconquise, la fortune les dédommageant enfin des injustes rigueurs du passé, la sécurité du présent, les espérances d'avenir souriant à leur enfant...

Il s'agissait du projet de mariage de Jeanne avec André Morand, le fils du banquier.

Arrivée à ce point de ses confidences, Mᵐᵉ Raimbaud dut s'arrêter.

Le visage de la jeune fille s'était empourpré d'une pudique rougeur, des larmes perlaient au bord de ses paupières.

Il y eut un court silence.

Joséphine se sentait de plus en plus intéressée par ce drame intime.

— Chère enfant, dit-elle avec une affectueuse compassion, les peines de cœur sont les plus douloureuses à votre âge; mais il ne faut pas désespérer, quand on aime et qu'on est aimée...

Mᵐᵉ Raimbaud reprit son récit interrompu.

— Hélas ! l'édifice, si laborieusement construit, vient de s'écrouler.

Mon mari l'a renversé de ses propres mains, dans un élan de générosité que nous ne regrettons pas, mais dont nous subissons les terribles conséquences.

Cette révélation publique de la véritable personnalité de celui qu'on honorait, qu'on respectait sous le nom de Delamarre, c'est pour lui, pour nous, comme s'il était condamné une seconde fois.

Aux yeux du monde impitoyable, notre réputation est perdue.

Delamarre n'existe plus ; à sa place, il y a Urbain Raimbaud, le forçat libéré !

Qui donc, désormais, sauf deux ou trois personnes confiantes en la parole du père de Balmère, voudra serrer la main de l'homme portant la marque d'infamie ?

Qui donc osera accorder à sa compagne autre chose qu'une méprisante commisération ?

Qui donc voudra épouser sa fille, pauvre victime innocente sacrifiée aux préjugés et dont la vie est à jamais brisée ?...

C'en était trop.

Suffoquée par les sanglots qui lui montaient à la gorge, Mme Raimbaud ne put en dire davantage.

Le visage caché dans ses mains, elle s'était renversée sur son siège en poussant de sourds gémissements.

Jeanne se précipita vers elle, l'enlaça de ses bras, tendrement.

— Ma mère ! Ma mère !... murmurait-elle, je t'en prie...

Et elle mêlait ses larmes filiales aux larmes maternelles qu'elle essayait de sécher.

Pendant quelques instants, Joséphine resta muette, dans la contemplation de ce spectacle si touchant.

Ayant enfin surmonté l'attendrissement qui l'avait gagnée, elle dit de sa voix la plus douce :

— Remettez-vous, madame, et vous, mademoiselle, ne vous laissez pas abattre puisque vous avez foi dans la Providence.

Cherchons plutôt ensemble une solution.

Voyons, en quoi puis-je vous être utile ?...

Et, comme les pauvres femmes, toutes bouleversées, gardaient le silence, ne sachant comment répondre à cette question d'une façon précise :

— Si je comprends bien, vous voudriez que l'innocence de M. Raimbaud fût publiquement reconnue, qu'il sortît, la tête haute, de l'affreuse situation que vous venez de m'exposer...

— Oui, madame, nous demandons justice, répondit Mme Raimbaud, et votre puissante intervention peut-être...

— Oh ! répliqua Joséphine, la puissance n'est pas mon lot, et puis, en ma qualité de femme, je n'entends rien à ces affaires de justice.

Est-il possible de rendre l'honneur à un homme qui a subi la flétrissure du bagne ? Y a-t-il un moyen légal ?... je ne sais...

Mais le Premier Consul connaît toutes ces choses-là, lui, et ses pouvoirs sont très étendus...

J'en parlerai à Bonaparte ; pour peu qu'il s'intéresse autant que moi-même à votre cause, et il s'y intéressera, sa volonté saura le faire triompher.

Quels remerciements chaleureux accueillirent cette promesse, quelle joie faite de reconnaissance et d'espoir se peignit sur ces visages douloureux, est-il besoin de le dire?

Cependant, les visiteuses ne se levèrent pas encore pour prendre congé de leur généreuse protectrice, dont les dernières paroles semblaient marquer la fin de l'audience.

Elles n'avaient accompli que la moitié de leur tâche.

Il fallait maintenant aborder l'objet immédiat de la visite.

S'armant de courage, Mme Raimbaud reprit :

— Oserai-je, madame, si ce n'est point abuser de votre bonté, vous soumettre une autre requête?

Et, sur un geste engageant de la générale, elle raconta l'affaire Valomer avec autant de chaleur qu'elle en avait mis dans l'exposé de ses infortunes personnelles.

Ce furent : le drame sanglant à la suite duquel Jacques Valomer avait été accusé d'assassinat et condamné à mort par le tribunal criminel ; la cassation de l'arrêt obtenue grâce à la révélation d'Urbain Raimbaud ; la preuve écrite de l'innocence du condamné découverte par l'avocat; le long et périlleux voyage entrepris par sa fille, à la recherche de cette pièce; les cruelles angoisses de la pauvre mère, que la famille Raimbaud avait recueillie pour l'arracher à la solitude mortelle de son foyer désert et veiller sur sa santé chancelante ; enfin, la longue absence, le silence inquiétant de Thérèse, et les derniers délais près d'expirer avant son retour...

— Quelle chose épouvantable ce serait, madame, conclut-elle, si Mlle Thérèse arrivait trop tard !

Deux familles que le malheur a étroitement unies, se trouveraient du même coup plongées dans le deuil le plus affreux.

Mme Valomer et sa fille ne survivraient pas à la mort infamante du malheureux arraché à leur tendresse.

Quant à nous, nous frémissons à la pensée que le sacrifice héroïque de mon mari pourrait ne servir de rien et lui-même, cet honnête homme, victime d'une erreur judiciaire, resterait inconsolable de n'avoir pas réussi, à épargner à la justice une autre erreur plus monstrueuse encore.

C'est un innocent injustement condamné qui, ayant cruellement souffert, s'est sacrifié pour arracher au bourreau un autre innocent menacé...

Joséphine avait écouté avec une émotion croissante le récit dont l'intérêt poignant l'avait captivée.

L'histoire de Thérèse avait particulièrement touché son cœur de femme, et elle ne savait ce qu'elle devait le plus admirer, de l'acte de désintéressement presque surhumain de l'ancien forçat ou du sublime dévouement de cette jeune fille, partie seule à l'aventure et dont la vaillance virile ne craignait pas d'affronter les plus dures fatigues, les plus grands dangers, sans autre viatique que l'amour filial.

— Ainsi, dit-elle, Jacques Valomer va bientôt comparaître de nouveau devant la justice?

— Oui, madame, et comme, malheureusement, les apparences sont contre lui, s'il ne peut fournir la preuve matérielle de son innocence, sa condamnation définitive est inévitable.

— Son avocat?...

— Me Gardelle redoute un échec. Malgré toute son éloquence, il est peu probable qu'il réussisse à faire passer dans l'esprit des jurés la conviction dont il est animé.

Tout ce qu'il a pu faire jusqu'à présent, c'est de gagner du temps, et il n'y a pas ménagé sa peine.

Il consacre, à la défense de cette cause un zèle, une énergie que le succès seul récompenserait dignement.

— Du temps, la justice doit en accorder, puisqu'il s'agit de l'éclairer en lui apportant une preuve.

— Hélas! madame, les délais de la justice sont, paraît-il, limités et ils touchent à leur terme.

Faute d'un sursis suffisant, qu'elle refuse formellement, tout va être perdu peut-être, si quelque personnage tout puissant n'intervient.

D'après ce que nous a expliqué Me Gardelle, la comparution de M. Valomer devant le tribunal criminel de Versailles est imminente... Nous vivons dans des transes mortelles...

— Mais c'est atroce, une pareille situation! s'écria la générale. La rigueur inflexible de ces magistrats va-t-elle donc jusqu'à la férocité?...

Le Premier Consul, j'en suis sûre, ne tolèrera pas cela... Il faut qu'il soit mis au courant sans retard, qu'il donne des instructions au garde des sceaux.

Tout ce que vous venez de me confier va lui être fidèlement rapporté et votre double requête n'aura pas auprès de lui d'autre interprète que moi-même...

— Oh! madame! madame!...

Mᵐᵉ Raimbaud et Jeanne ne purent que proférer ces exclamations, où elles mirent toute leur âme.

Étranglées par l'émotion, elles ne trouvaient pas d'expressions pour exprimer leur gratitude.

Elles s'étaient jetées à genoux et baisaient les mains de leur protectrice en les mouillant de leurs larmes, dont la source, maintenant, était non plus une douleur amère, mais une indicible joie, mêlée d'une profonde reconnaissance.

Joséphine elle-même était très émue.

Il ne s'agissait pas, comme elle l'avait d'abord supposé, avant de recevoir les confidences de Mᵐᵉ Raimbaud, d'une de ces plaies d'argent qu'elle avait souvent l'occasion de panser au moyen de bons sur sa cassette.

La détresse en présence de laquelle elle se trouvait était sans contredit la plus extraordinaire, la plus grave qu'elle eût eu l'occasion de secourir.

Jamais aucune autre ne lui avait inspiré autant d'intérêt, une telle ardeur dans son intervention personnelle en faveur de ceux qui sollicitaient sa protection et son aide.

— Ne me comblez pas de vos remerciements, dit-elle; joignez-les plutôt à ceux que j'offre à Dieu.

C'est à lui que nous devons le bonheur de notre rencontre ; c'est de lui que nous devons attendre le succès de notre entreprise.

Puis, s'adressant à la jeune fille avec une bienveillance toute gracieuse :

— Allons, mon enfant, essuyez bien vite ces beaux yeux.

Je veux vous voir heureuse comme vous le méritez, je le veux, entendez-vous !

— Le martyre de mon père va cesser?... M. Valomer sera sauvé?... s'écria Jeanne.

— J'y tâcherai de toutes mes forces, déclara Joséphine.

Toute seule, j'y serais impuissante; mais j'aviserai le Premier Consul, le plus tôt possible.

Elle allait dire : « aujourd'hui même », lorsque, soudain, elle s'était rappelée la brouille du matin, dont la visite des dames Raimbaud avait effacé momentanément le souvenir, en faisant diversion à ses ennuis personnels.

Napoléon était dans un de ses mauvais jours, et elle savait par expérience que, dans ce cas-là, lui adresser une demande, c'était s'exposer à un échec certain.

D'ailleurs, eut-il été de moins méchante humeur, elle n'ignorait pas la nature des préoccupations qui, présentement, rendaient son illustre époux peu abordable.

Engager cette affaire d'ordre particulier dans des conditions aussi défavorables, c'eut été, elle le comprenait, en compromettre le succès.

— Oui, conclut-elle, il faut attendre le moment propice.

Bonaparte a, ces temps-ci, de grands projets en tête et de gros soucis...

Et elle ajouta d'un air mystérieux :

. — Dans quelques jours peut-être, il y aura du nouveau...

Confiance et patience! je vous préviendrai...

Ce fut sur ces mots énigmatiques que Mme Valomer et sa fille prirent congé de leur protectrice, après lui avoir laissé leur adresse.

Lorsqu'elles repassèrent le seuil du guichet des Tuileries, le suisse majestueux, toujours à son poste, put remarquer quel changement s'était opéré dans l'attitude et la physionomie des visiteuses, qui s'en allaient d'un pas léger, le visage rayonnant d'espérance et d'allégresse.

V

L'EMPEREUR

Mme Raimbaud et Jeanne étaient revenues enthousiasmées du résultat de leur démarche.

Est-il besoin de dire qu'avant de rentrer à la maison, elles avaient fait une station à Saint-Roch pour offrir à Dieu une prière d'action de grâces.

Station courte, d'ailleurs, car la reconnaissance se mesure moins à la longueur des oraisons qu'à leur ardente sincérité, et elles savaient avec quelle impatience anxieuse leur retour était attendu.

Elles trouvèrent Urbain Raimbaud en compagnie de Me Gardelle et du Père de Balmère, qui avaient déjà pris part au concialiabule où la démarche avait été décidée.

— Ah! s'écria-t-il, en s'élançant vers elles, je devine rien qu'à votre visage que vous apportez une bonne nouvelle :

Il y eut d'abord, entre les deux époux, entre le père et la fille, un échange d'effusions muettes, auquel succéda le récit détaillé de la visite aux Tuileries.

Le pouvoir magique du billet où Joséphine avait crayonné ses pattes de mouches et qui, comme la clef d'or des contes de fées leur avait ouvert toutes les portes; l'accueil réservé mais plutôt bienveillant de Duroc; la grâce charmante et l'ineffable bonté de la générale Bonaparte, fournissaient aux deux femmes un thème intarissable, qu'elles développaient et commentaient à l'envi.

— La générale, répétaient-elles, nous a reçues comme des amies, elle a mêlé ses larmes aux nôtres, elle nous a formellement promis l'intervention du Premier Consul...

Celui-ci, certainement, accordera tous les délais nécessaire, il fera rendre justice aux deux martyrs innocents !

— Il sera l'exécuteur de la volonté de Dieu ! prononça gravement le religieux.

Le premier enthousiasme un peu calmé, les messagères de la bonne nouvelle ayant été chaudement félicitées pour la façon dont elles s'étaient acquittées de leur mission, Me Gardelle prit la parole.

— Je m'associe de tout cœur à la joie et aux espérances de ces dames, dit-il; mais, je dois l'avouer, dans la promesse que leur a faite Mme Bonaparte, il est une réserve qui donne à réfléchir.

— Laquelle ? interrogea vivement Urbain Raimbaud, tandis que Jeanne et sa mère manifestaient une surprise inquiète.

— La générale, précisa l'avocat, n'a-t-elle pas dit qu'elle attendrait un moment plus propice pour transmettre la requête au Premier Consul ?

— En effet.

— C'est que, au point où en est l'affaire Valomer, nous ne pouvons guère attendre. Il eût fallu obtenir un engagement moins vague.

— Insister davantage eût été contraire aux convenances, répliqua Mme Raimbaud. Nous n'aurions pas osé.

— Vous avez eu raison, madame, reprit l'avocat; loin de moi la pensée de critiquer votre attitude parfaite dans cette démarche si difficile.

Mais mon devoir est de tout examiner, de tout peser avec une stricte rigueur.

Le temps est notre maître, il nous presse, il nous talonne sans merci. Nous en sommes à compter les jours, bientôt nous compterons les heures...

— Grande nouvelle, mes chers amis! Grande nouvelle!... L Empire est fait!...
Vive l'Empereur!... (P. 1440.)

C'est aujourd'hui le 15 mai. Or, ma visite au procureur de Versailles date du 12; le délai d'une huitaine qu'il nous a accordé avec tant de difficulté et qu'il ne prolongera pas, assurément, de sa propre autorité, se réduit maintenant à cinq jours; et, pour peu que Mme Bonaparte tarde à remplir son engagement...

— C'est impossible! s'écria Jeanne, impétueusement.

— Si vous l'aviez vue, entendue, comme nous, appuya Mme Raimbaud, vous ne douteriez pas de son zèle.

— Hé ! riposta Me Gardelle, je n'en doute pas, sa bonté, sa générosité proverbiales me sont connues et jamais elle ne rencontra plus belle occasion de les exercer. Mais, malgré vos explications, très claires j'en suis persuadé, peut-être n'a-t-elle pas bien compris toute l'urgence d'une solution.

— Cependant, intervint Urbain Raimbaud, cette urgence est l'évidence même.

— Il n'en reste pas moins que, quel que soit son zèle, la générale se croit obligée de subordonner son intervention à une condition indépendante de sa volonté.

Le moment propice, a-t-elle dit : mais quand viendra-t-il, ce moment ?... sera-ce ce soir, demain, dans huit jours ?... Le savons-nous ?... Qui sait ce qu'il adviendra de ces importantes affaires d'Etat dont le souci rend, paraît-il, le Premier Consul inaccessible aux humbles requêtes des simples citoyens, fussent-elles présentées par la gracieuse compagne qu'il adore ?...

Tout cela, je le répète, est bien problématique.

— Si le temps est notre maître, comme vous le disiez tout à l'heure, Dieu est le maître des événements, et il nous protège visiblement, prononça le missionnaire, voulant atténuer l'effet produit par les objections de l'avocat, dont l'implacable logique glaçait tout à coup ces cœur ouverts à l'espoir, comme une malencontreuse averse tombant sur un feu de joie.

Me Gardelle saisit l'intention et regretta d'avoir, par excès de franchise, laissé paraître ses légimes inquiétudes devant la famille Raimbaud.

— Mon père, dit-il, je serai le dernier, croyez-le, à désespérer du succès de notre tâche commune ; mais prévoir les obstacles est le plus sûr moyen de les surmonter.

Ce n'est pas vous qui contesterez la vérité du proverbe : « Aide-toi, le ciel t'aidera », Eh bien, sans méconnaître l'importance du premier pas accompli aujourd'hui, nous devons prendre garde d'en perdre le bénéfice, en nous endormant dans une fausse sécurité.

Veillons au grain, comme disent les marins, et tenons-nous prêts à aviser sans retard, le cas échéant.

Mes observations ne signifient pas autre chose.

Ces paroles pleines de sagesse et de mesure raffermirent la confiance un instant ébranlée.

Ce soir-là, au repas de famille, les amis de Mme Valomer n'eurent point à s'imposer le cruel effort des jours précédents pour offrir à la pauvre femme des visages souriants.

Et, la nuit qui suivit, le sommeil de Jeanne fut bercé de beaux rêves où resplendissait la figure rayonnante de la bienfaitrice providentielle.

. . . .

Pourquoi, à l'époque où se place cet épisode de notre récit, Bonaparte, couvert de gloire, parvenu, semblait-il, au faîte des honneurs, se montrait-il d'humeur quinteuse? Quels « grands projets » roulait-il encore dans son vaste cerveau?

Il courait à ce sujet des bruits colportés de bouche en bouche, car, en ce temps là, il n'existait pas, comme aujourd'hui une presse libre et envahissante, livrant tout au grand jour de la publicité.

Les journaux étaient rares et se contentaient d'enregistrer les actes officiels et de mentionner les faits accomplis.

Ce qui se tramait dans les milieux politiques n'était guère connu que d'un nombre restreint de privilégiés, initiés, comme on dit, aux secrets des dieux.

Ces secrets transpiraient lentement, et, lorsque les bruits dont nous parlons, commençant à se répandre dans le public, étaient arrivés aux oreilles d'Urbain Raimbaud, il n'y avait prêté qu'une attention distraite, trop absorbé par ses soucis personnels pour s'intéresser d'une façon suivie aux questions de gouvernement.

Me Gardelle, lui, était un peu mieux informé; car au Palais où l'appelait quotidiennement l'exercice de sa profession, la magistrature et le barreau s'entretenaient beaucoup du prochain changement de régime.

Il l'était moins bien, toutefois, que le conseiller Lasnier-Dujallon, qui avait d'étroites relations dans l'entourage du premier consul et fréquentait assidûment le monde officiel.

Le magistrat eut l'occasion de montrer sa parfaite connaissance de la situation dans une conférence tenue chez lui, le lendemain de la visite des dames Raimbaud aux Tuileries.

Tout acquis à la double cause soutenue par Me Gardelle, depuis sa conversion par le père de Balmère, M. Lasnier-Dujallon avait été préalablement consulté sur l'opportunité de cette visite, et il avait approuvé une démarche qui, suivant lui, pouvait contribuer à lever bien des difficultés.

Il avait été convenu qu'on lui en rapporterait le résultat le plus tôt possible, et l'actif et infatigable avocat s'était chargé de ce soin.

En apprenant le bienveillant accueil que les solliciteuses avaient reçu de Joséphine, le conseiller se montra d'abord fort satisfait.

Mais lorsqu'il connût la réponse définitive de la générale Bonaparte, son visage se rembrunit et il ne put réprimer une grimace de mécontentement.

— Hum! fit-il, voilà un ajournement bien fâcheux!

— C'est aussi mon avis, et je ne l'ai point caché à la famille Raimbaud.

Je me suis même reproché ma franchise; car elle a failli causer une cruelle déception à ces pauvres gens... Ils étaient si heureux de ce qu'ils considéraient déjà comme un succès décisif!...

— Certes, il eût mieux valu leur dissimuler vos inquiétudes, qui, malheureusement, ne sont que trop fondées.

— Je vois que vous les partagez, monsieur le conseiller...

— Hélas! mon cher maître, j'ai des raisons pour cela.

Attendre que le premier consul soit abordable pour l'intéresser à l'affaire Valomer, c'est fort bien; mais quand le sera-t-il? Toute la question est là.

— Alors, vous craignez?...

— Mes craintes, je vais vous les dire en toute sincérité. Vous savez sans doute ce qui se passe?

— Je sais que depuis plusieurs mois, le rétablissement de la monarchie se prépare, et non pas au profit des Bourbons, qui semblent avoir perdu à tout jamais la confiance de la majorité de la nation.

On assure que l'élévation de Bonaparte au rang suprême, avec le titre d'empereur, est imminente.

Quant aux détails des négociations engagées, je les ignore, et j'ignore également si la solution est aussi prochaine qu'on le prétend.

— Mes informations sont plus complètes et plus précises que les vôtres, reprit M. Lasnier-Dujallon.

Or, voici où en sont les choses...

Et le conseiller, se carrant sur son large fauteuil, la tête un peu renversée en arrière, comme s'il présidait une audience, fit, avec cette facilité de parole dont il était coutumier, un résumé très net de la situation.

— Il ne faut pas s'y tromper, dit-il, la France est mûre pour une restauration monarchique; lasse des révolutions et des guerres, elle ne demande qu'à se reposer à l'abri du bras puissant qui la gouverne.

A dater du jour où le consulat à vie a été décerné à Bonaparte, ce mouvement de l'opinion est allé sans cesse en s'accentuant.

Il s'est manifesté partout, dans les populations, dans l'armée, parmi les fonctionnaires de tout ordre.

Depuis deux ans, en réalité, Bonaparte est déjà roi ou empereur, comme on voudra l'appeler : il ne reste plus qu'à consacrer légalement et solennellement le fait, et c'est à quoi s'emploie le zèle du Tribunat et du Sénat, activé en sous-main par des intermédiaires officieux, dont Fouché et Talleyrand ne sont pas les moins ardents.

A la suite de leurs délibérations respectives, les deux assemblées se sont trouvées d'accord, comme par miracle.

Ai-je besoin de vous dire, ajouta M. Lasnier-Dujallon, en souriant avec malice, qu'elles ont rencontré chez le Premier Consul des dispositions conformes à leurs vœux ?...

Le conseiller poursuivit :

— C'est le Premier Consul lui-même qui a dirigé les travaux de la commission réunie, pendant ces deux dernières semaines, à Saint-Cloud, pour élaborer la Constitution impériale.

Cette Constitution est prête, il ne lui manque plus que la sanction du Sénat, qui doit être saisi du projet, aujourd'hui même 16 mai...

Ainsi s'expliquent les préoccupations et l'état d'humeur de Bonaparte.

C'est pour lui une grosse partie qui se joue, et dont il attend le résultat avec une impatience fiévreuse...

— Une partie dont le gain lui est assuré, puisqu'il a tous les atouts dans son jeu, fit Mᵉ Gardelle.

Que le premier consul soit impatient, je le conçois; mais qu'il éprouve la moindre inquiétude...

— Cela se comprend moins, acheva Mᵉ Lasnier-Dujallon.

Que voulez-vous, cet homme fort entre tous, n'est pas toujours maître de ses nerfs.

La délibération d'aujourd'hui n'est qu'une formalité, mais encore faut-il que le Sénat, quel que soit son empressement, observe les formes régulières.

Une commission sera nommée, elle devra présenter un rapport, et, à moins que celui-ci ne soit rédigé d'avance, c'est une affaire de deux ou trois jours, pendant lesquels Bonaparte sera moins abordable que jamais.

D'ailleurs, si je suis bien informé, divers incidents survenus au cours des récents pourparlers, ont contribué à aigrir son humeur.

Il a rencontré des contradictions, des résistances qu'il n'est pas homme à supporter patiemment.

Il sent une sourde opposition à ses desseins non seulement chez les royalistes impénitents, mais encore chez les républicains irréconciliables, et l'attitude de ceux-ci, surtout, ne laisse pas de l'irriter.

Au Tribunat, Carnot n'a pas déguisé sa façon de penser.

A Saint-Cloud, Cambacérès, le second consul, s'est montré d'un tel mauvais vouloir qu'il a dû cesser d'assister aux séances de la commission.

Talleyrand, que ses opinions politiques ne gênent pas, mais dont l'ambition et la vanité sont insatiables, s'est mis à bouder parce qu'il se trouve mal partagé dans la distribution des grandes dignités instituées pour rehausser le prestige du nouveau régime.

Enfin Bonaparte est obligé de compter avec ses frères qui pourraient devenir pour lui des adversaires redoutables s'il refuse de satisfaire toutes leurs prétentions...

Bref, revenant à notre cause, que l'importance de ces affaires d'État ne me fait pas perdre de vue, et puisqu'aussi bien, par une coïncidence, elle s'y trouve liée indirectement, je me résume en trois mots :

Nous tombons mal.

— Je crains, comme vous, que l'appui promis par la générale Bonaparte ne soit illusoire.

— Il est, en tout cas, bien problématique, reprit M. Lasnier-Dujallon.

A quoi bon chercher à nous leurrer réciproquement ?

Mieux vaut envisager la situation en face.

Présentement, il n'y a rien à faire : fût-elle soumise au Premier Consul, notre requête, si digne d'intérêt qu'elle soit, ne serait l'objet d'aucune décision immédiate ; elle se trouverait submergée par le flot des affaires politiques.

La grande bonté de la générale, toute sa diplomatie féminine se heurteraient à un ajournement inévitable.

Il faut donc absolument attendre le dénouement de la crise actuelle, en souhaitant qu'il soit très prochain, comme tout semble le présager.

— Et après ?... interrogea Mᵉ Gardelle.

— Après ? répondit le magistrat, nos chances resteront encore précaires.

En effet, deux hypothèses se posent.

La première, c'est l'échec des projets de Bonaparte...

Avec eux sombrerait notre espoir, car il en résulterait une grave perturbation, une révolution peut-être.

Mais cette hypothèse est bien improbable, et je ne veux pas m'y arrêter.

La seconde, la plus plausible, c'est le succès. Nous est-elle beaucoup plus favorable ? Je n'ose l'affirmer.

Certes, le bonheur ouvre parfois les cœurs à la générosité ; mais parfois aussi, chez les grands, il engendre l'oubli du malheur des petits.

Un triomphateur de la veille, tout entier aux parades et aux ovations n'a d'oreilles que pour les courtisans ; il reste sourd aux doléances des humbles, si, d'aventure elles peuvent parvenir jusqu'à lui.

— Vos paroles ne sont guère encourageantes, constata Mᵉ Gardelle. Et ces pauvres gens qui croient toucher au port de salut !...

— Ne nous hâtons pas trop de les désabuser, répliqua M. Lasnier-Dujallon.

Notre devoir est, au contraire, de soutenir leur courage jusqu'au bout et de ne pas nous laisser abatttre nous-mêmes par nos présomptions défavorables.

— C'est aussi mon avis, monsieur le conseiller, conclut l'avocat.

Quant à moi, je suis bien résolu à ne renoncer à ma tâche qu'après avoir fait l'impossible, et, fort de votre précieux concours, je ne veux pas encore désespérer ; mais songez-y, quatre jours seulement nous séparent du terme fatal !...

. . . .

Pendant cette journée et les deux suivantes, la famille Raimbaud passa par de fiévreuses alternatives d'espoir et de déception.

Son attente, maintenant, avait un double objet.

C'était, à toute heure, des transes continuelles.

Un bruit de pas dans la rue ou dans l'escalier, un tintement de sonnette mettaient Jeanne et ses parents en émoi.

Allaient-ils se trouver en présence de Thérèse ?

Un messager apportait-il des nouvelles de la jeune fille ?

Ou bien était-ce une missive de la générale Bonaparte annonçant l'heureux résultat de son intervention ?

Rien de semblable, hélas ? Et chaque fois, il fallait inventer un ingénieux mensonge pour répondre aux questions anxieuses de

Mᵐᵉ Valomer, qui, malgré toutes les précautions prises, soupçonnait un mystère auquel elle s'étonnait de ne pas être initiée.

Ils n'en étaient plus à compter ces alertes, lorsque, le 18 mai, vers la fin de l'après-midi, un violent coup de sonnette, qui les fit tressaillir, retentit dans l'antichambre.

Un instant après, Mᵉ Gardelle haletant, en proie à un trouble extraordinaire, entra précipitamment dans le salon, et, agitant son chapeau, s'écria sans plus de préambule :

— Grande nouvelle, mes chers amis ! Grande nouvelle !... L'Empire est fait !... Vive l'Empereur !...

Les hôtes de la rue Saint-Roch étaient restés ébahis devant cette explosion subite d'enthousiasme, qui ressemblait presque à un accès de démence.

Ils se demandaient si le jeune avocat ne perdait pas la tête et ne comprenaient pas bien l'importance que pouvait avoir, à leurs yeux, un événement politique auquel leurs cruels soucis personnels les rendait assez indifférents.

Mais Mᵉ Gardelle avait pris un siège, et, quand il se fut remis, il raconta rapidement le coup d'État pacifique, dont il tenait tous les détails circonstanciés du conseiller Lasnier-Dujallon.

. . . .

Le Sénat, saisi, comme nous l'avons dit, du projet de constitution impériale, s'était réuni le surlendemain, ce jour même, 18 mai, pour délibérer sur les conclusions favorables du rapport de M. de Lacépède.

Les sénateurs avaient adopté ces conclusions d'une acclamation unanime.

Puis, aussitôt les formalités indispensables accomplies, ils s'étaient immédiatement rendus en corps à Saint-Cloud où toutes les dispositions avaient été prises pour une manifestation prévue.

Une longue file de carrosses, escortés par la cavalerie de la garde, les avaient transportés jusqu'au château où Napoléon, en costume militaire, les attendait, ayant auprès de lui sa femme, entouré de ses sœurs, d'Eugène et d'Hortense de Beauharnais, fils et fille de Joséphine et des personnages déjà promus au maréchalat ou aux hautes dignités de l'Empire : Murat, Bessières, Berthier, Ney, Jourdan, Talleyrand, grand chambellan ; Fouché, ministre de la police.

Lorsque les membres du Sénat eurent été introduits, Cambacérès, nommé archi-chancelier, prononça un discours qui se terminait ainsi :

SEULE !

« Un militaire... Il est descendu de son cheval, qu'il tient par la bride... Il heurte à la porte... (P. 1445.)

LIV. 181. — ADOLPHE D'ENNERY. — SEULE ! — J. ROUFF ET C^{io}, ÉDIT.   LIV. 181.

« S'il est dans les principes de notre constitution de soumettre à la sanction du peuple la partie du décret qui concerne l'établissement d'un gouvernement héréditaire, le Sénat a pensé qu'il devait supplier Votre Majesté Impériale d'agréer que les dispositions organiques reçussent immédiatement leur exécution ; et, pour la gloire comme pour le bonheur de la République, il proclame à l'instant même Napoléon Empereur des Français. »

Ces paroles furent accueillies par des applaudissements et les cris répétés de : « Vive l'Empereur ! ».

Après une brève réponse du nouveau souverain, également acclamée par l'assistance, Cambacérès, au nom du Sénat, adressa des félicitations à l'Impératrice qui les reçut avec la grâce charmante dont elle était coutumière, trop émue pour traduire ses sentiments autrement que par l'expression de son visage, rayonnant de bonheur et de fierté...

— C'était, paraît-il, acheva M⁰ Gardelle, un spectacle inouï, que cette file de voitures roulant sur la route de Saint-Cloud par un temps superbe ; cette foule immense se pressant aux abords du château ; cette scène de la proclamation, où Bonaparte frappa tous les regards et conquit tous les cœurs par la noblesse de son attitude.

Voilà le grand événement qui se préparait et qui, à cette heure, met Paris en émoi.

Dès que je l'ai connu, je suis accouru en toute hâte pour vous l'apprendre...

Je m'en serais voulu de retarder d'une minute la joie que vous deviez en éprouver...

— Oh ! oui, d'une grande joie ! s'écria Jeanne, avec une spontanéité ingénue.

Comment ne pas nous associer de tout cœur au bonheur de notre chère protectrice ?

Et puis, la voilà bien plus puissante qu'auparavant...

— Assurément, appuya Mᵐᵉ Raimbaud, et sans doute aussi les pouvoirs de l'Empereur sont-ils bien plus étendus que ceux du Premier Consul...

— C'est pourquoi nous avons lieu de nous réjouir, expliqua M⁰ Gardelle, qui s'était efforcé de chasser de son esprit les présomptions décourageantes qu'il avait d'abord partagées avec M. Lasnier-Dujallon.

— Mais, objecta timidement Urbain Raimbaud, ne craignez-vous pas que l'Impératrice n'oublie les promesses de la générale Bonaparte?...

— Ceci est un jugement téméraire, répliqua l'avocat, affectant plus de confiance qu'il n'en avait réellement.

Patientons encore !

— Songez qu'il n'y a plus que deux jours avant l'expiration du délai de huitaine.

— Qui donc y songerait, si ce n'est moi dont l'affaire Valomer ne quitte pas un instant la pensée ?

Je suis là, je veille, et, si, demain, rien de nouveau ne se produit, nous aviserons.

Tranquillisez-vous, mes chers amis.

. . . .

En l'absence de Mme Valomer, qui s'était retirée de bonne heure dans sa chambre, le « grand événement » fit les frais de l'entretien pendant la veillée de famille.

Me Gardelle avait réussi à communiquer aux deux femmes ses prévisions optimistes.

Mais M. Raimbaud, plus réfléchi, ne les avait acceptées qu'avec réserve.

Enervé par cette longue attente qui n'aboutissait jamais à un résultat décisif il était obsédé d'une inquiétude qu'il essayait vainement de dissimuler.

Son front morose trahissait son état d'esprit; malgré lui, des phrases chagrines lui échappaient.

— Oh! oui, murmurait-il, le bonheur des puissants devrait toujours être profitable aux malheureux; mais l'enivrement du triomphe obscurcit souvent la mémoire même chez les meilleurs...

Deux jours encore seulement !... Deux jours pris par les réceptions, les galas, l'organisation de la Cour impériale... Que peut, au milieu de tout cela, peser l'intérêt privé de petites gens victimes d'un déni de justice ?...

L'Empereur, l'Impératrice sont plus loin de nous que ne l'étaient le Premier Consul et la générale Bonaparte...

— Mon ami, je t'en prie... interrompit Mme Raimbaud, en pressant affectueusement la main de son mari.

Jeanne s'était levée, les larmes aux yeux, et, caressante, suppliait son père de ne pas s'abandonner à cet accès de découragement.

Tout en cherchant à relever le moral de celui qui finissait par

faiblir après avoir donné l'exemple d'une rare force de résistance
contre l'adversité, les chères créatures se sentaient elles-mêmes ga-
gnées par le découragement.

Un pénible silence s'était fait, lourd de toutes les pensées lugubres
qui pesaient sur ces têtes groupées dans la lumière discrète de la
lampe familiale.

. . . .

Tout à coup, Jeanne tressaille et tend l'oreille.

— Écoutez! dit-elle.

— Qu'y a-t-il donc, mon enfant? demandent en même temps
M. et Mme Raimbaud, comme s'ils sortaient d'un rêve.

Sur le pavé sonore de la rue Saint-Roch, peu fréquentée à cette
heure, résonnent les sabots d'un cheval lancé au trot.

— Bast! murmure le père, à quoi bon prêter attention à ces
bruits du dehors? Voilà des jours qu'ils nous trompent.

Cependant, les foulées d'abord lointaines se rapprochent rapidement.

La bête s'arrête, on entend ses piaffements devant la maison.

Puis, un instant après, le bruit sourd du marteau de la porte
cochère.

Obéissant à une impulsion irrésistible, la jeune fille s'est élancée vers la fenêtre, dont sa main nerveuse a fait jouer l'espagno-
lette.

Malgré les objections de ses parents, elle se penche à risquer
une chute...

— C'est ici! c'est ici! s'écrie-t-elle. Un militaire... Il est descendu de son cheval, qu'il tient par la bride... Il heurte à la porte...
Entendez-vous?... Oh! mon Dieu! si c'était...

M. et Mme Raimbaud se lèvent à leur tour, viennent à la fenêtre.

A la lueur du réverbère voisin, ils aperçoivent distinctement le
cavalier qui, maintenant, parlemente dans l'entrebaillement du van-
tail, enfin ouvert.

Bientôt, un coup de sonnette les ramène à l'intérieur de l'appartement...

Jeanne, à qui l'espoir semble donner des ailes, court la première
au-devant de cette visite tardive...

Essoufflé par l'ascension des étages, mais grave et pénétré de
son importance, comme un fonctionnaire chargé d'une mission diplomatique, le portier se dresse sur le seuil, tenant d'une main sa ca-

lotte de velours, de l'autre un large pli cacheté de cire rouge et une feuille de papier.

— Monsieur, mesdames, prononce-t-il, excusez si je vous dérange à pareille heure... Une dépêche de Saint-Cloud... Paraît que c'est pressé, ce hussard me l'a assez répété... Un beau gaillard, ma foi, et pas l'air commode... Il piaffe presque aussi fort que son cheval, en faisant sonner ses éperons... « Remets ça tout de suite au particulier, qu'il m'a dit, et rapporte-moi au galop mon reçu signé... » alors, je suis monté quatre à quatre...

On entendait encore le pas du portier redescendant l'escalier. que déjà M. Raimbaud ayant d'une main tremblante d'impatience et d'émotion, brisé le cachet aux armes impériales, lisait à haute voix la troublante missive qui venait chasser ses sombres pensées et ranimer des courages prêts à faiblir :

« De la part de Sa Majesté l'Impératrice des Français, la famille Raimbaud est priée de vouloir bien se présenter au Palais de Saint-Cloud, demain 19 mai, à deux heures de l'après-midi. »

DESCHAMPS,

... *Commandements.*

VI

PRÉLIMINAIRES

Le 18 mai 1804, date historique, avait été pour Bonaparte et pour sa compagne une journée unique, inoubliable.

Cette proclamation solennelle de l'empire mettait, en effet, le comble à leurs vœux et leur ouvrait une ère nouvelle de grandeur et de gloire.

C'était la deuxième période de l'épopée napoléonienne qui commençait.

Avec quelle fierté, non pas hautaine mais pleine de grâce émue, Joséphine avait reçu les hommages qu'elle partageait avec son illustre époux !

Comme il résonnait doucement à son oreille, ce titre de Majesté dont on la saluait maintenant !

Comme elle se sentait heureuse au milieu de cette cour déjà constituée, où elle allait exercer désormais la souveraineté de la beauté et de la bonté, à côté du maître que la France venait de se donner !

Comment n'eût-elle pas été sensible à tout cet apparat prestigieux, à tous ces attributs de la puissance, à toutes les marques de respect prescrites par une étiquette dont l'empereur lui-même avait rigoureusement établi les règles ?

Quatre dames du palais, un secrétaire des commandements étaient attachés à sa personne, sans compter une nombreuse domesticité.

Elle avait sa large place dans ce ciel resplendissant où, autour du soleil, gravitaient tous les satellites qui s'éclairaient des reflets de son éclat : altesses de fraîche date, dignitaires de création nouvelle, généraux promus au maréchalat, fonctionnaires de tout rang, royalistes de la veille prompts à se rallier, affamés d'honneurs et conservant devant celui que les irréconciliables du parti appelaient l' « usurpateur » l'habitude des courbettes qu'ils avaient contractée sous un autre régime.

Napoléon avait généreusement pourvu ses deux anciens collègues au Consulat.

Cambacérès, élevé à la dignité suprême d'archi-chancelier, abandonnait toute velléité d'opposition.

Lebrun, nommé archi-trésorier, se tenait pour satisfait.

L'ambitieux Talleyrand, bien que maugréant un peu, se contentait du titre de grand-chambellan.

Et, à tous les degrés de la hiérarchie, tous les personnages remplissaient merveilleusement leur rôle.

La mise en scène, admirablement réglée, ne sentait pas l'improvisation ; il était visible qu'elle avait été préparée d'avance jusque dans ses moindres détails.

Certes, si Urbain Raimbaud avait pu apercevoir l'impératrice à ce moment, au milieu de cet enchantement de féerie, il eût été plus que jamais inquiet au sujet du résultat de la démarche accomplie par sa femme et par sa fille.

Il eut présumé avec quelque apparence de raison que la récente visite des humbles solliciteuses était bien loin de l'esprit de l'heureuse souveraine, qu'elle avait bien d'autres préoccupations en tête et que c'en était fait des espérances un instant conçues.

Ce jour même de la proclamation, un dîner avait réuni à la table

impériale les membres présents de la famille Bonaparte et des invités
de marque.

Joséphine avait donc dû rester en représentation pendant toute
la soirée.

Après cette journée mouvementée, elle aspirait à un peu de calme
et de repos.

Ce fut non sans plaisir qu'elle entendit Napoléon l'avertir à demi-
voix de l'heure de la retraite.

Dans l'intimité du tête-à-tête, elle s'était ressaisie, et c'est alors
qu'une association d'idées toute naturelle avait évoqué en elle le souvenir de ses protégées.

Libérée des exigences tyranniques de l'étiquette, elle s'abandonnait librement aux épanchements de sa joie.

La tendre affection de l'épouse l'emportait maintenant sur la
vanité de la souveraine.

— Ah! que je suis heureuse! disait-elle au grand homme souriant. Oui, je suis bien heureuse, moins pour les avantages personnels que m'apporte l'événement d'aujourd'hui que pour la satisfaction
qu'en éprouve mon cœur.

La réalisation de tes désirs m'est plus chère que tout, et, ne
dussé-je pas partager ta fortune, je m'en réjouirais encore.

Si tu savais avec quelle ferveur j'ai prié Dieu afin qu'il favorisât
tes desseins!...

Et, ne craignant plus d'être gourmandée, l'impératrice avouait
sa pieuse escapade à Saint-Roch, quelques jours auparavant.

Cet aveu l'amenait à raconter la rencontre qu'elle avait faite à l'é-
glise, et comment, touchée de la douleur de la jeune fille inconnue,
elle s'était spontanément mise à sa disposition pour le cas où elle
aurait besoin d'aide et de protection...

— Toujours le cœur sensible et la main ouverte! interrompit
Napoléon, d'un air aimable, mais sur un ton légèrement railleur.

— Oh! reprit Joséphine, tu ne songerais pas à me reprocher ma
facile bienveillance, si tu savais...

— Qu'est-ce donc?

L'impératrice fit un bref récit de la visite de Mme et de Mlle Raimbaud aux Tuileries, expliqua en quelques mots la terrible situation
de deux familles si cruellement éprouvées.

L'empereur, doué de la rare faculté de penser à plusieurs choses
à la fois, roulait dans son cerveau toujours en activité des réflexions

— Tu parles comme un ange, répondit Napoléon, et je crois, ma foi,
que ton petit sermon m'a convaincu. (P. 1451.)

d'un ordre bien différent et d'une importance bien autrement grave
pour lui, tout en prêtant l'oreille à ce récit.

Malgré son sincère désir de plaire à sa femme, il l'avait écoutée un peu distraitement.

— Bon! bon! fit-il, sans lui laisser le temps de conclure par
une sollicitation directe, je comprends... D'ailleurs, j'ai entendu déjà
parler de cette affaire Valomer et de l'intervention extraordinaire de

cet ancien forçat. C'est à examiner de près; nous verrons, et si ces gens sont vraiment intéressants, eh bien, je prescrirai les mesures de clémence que leur situation comporte.

Il n'y a pas péril en la demeure, je suppose... tu me reparleras de tes protégés demain... un de ces jours...

Et Napoléon, par un geste expressif, indiqua clairement son désir de ne pas prolonger davantage l'entretien sur ce sujet, qui n'avait point à ses yeux l'intérêt d'une affaire d'État.

Mais les arguments que Jeanne et sa mère avaient fait valoir pour démontrer l'urgence d'une solution s'étaient précisés dans la mémoire de Joséphine.

D'ailleurs une idée que lui inspirait sa religiosité superstitieuse la hantait depuis quelques instants.

— C'est que le temps presse, objecta-t-elle.

Ces pauvres femmes m'ont expliqué les causes de leurs mortelles angoisses : les derniers délais accordés à l'accusé pour se justifier vont expirer, m'ont-elles dit; après, il serait trop tard, ou du moins, si l'on parvenait à sauver la tête du malheureux dont elles affirment l'innocence, son déshonneur serait consommé...

— Tout cela est bien extraordinaire, dit l'empereur, et, avant de me faire une opinion, j'aurai besoin d'explications plus précises, plus détaillées.

— Qui mieux que les intéressés eux-mêmes pourrait te les fournir? Pourquoi ne leur accorderais-tu pas une audience?...

— Pas ce soir, je suppose! L'heure des réceptions est passée, et, à moins qu'une affaire d'État ne surgisse à l'improviste, j'entends n'être visible pour personne... excepté pour toi, ajouta Napoléon galamment.

— Demain, alors... proposa Joséphine, sentant qu'elle gagnait du terrain et qu'elle ne saurait rencontrer une occasion plus propice.

— Peste! s'écria gaîment Bonaparte, quelle hâte! Décidément, madame, vous prenez bien à cœur la cause de vos nouveaux amis!

— J'ai promis ma protection : l'impératrice doit tenir les engagements de la femme du Premier Consul.

— Et l'empereur doit y souscrire, n'est-ce pas?

La belle créole devint câline.

— Écoute, je vais te faire ma confession, dit-elle, si près de son seigneur et maître qu'elle lui caressait l'oreille de son haleine.

Une voix secrète me dicte ma conduite. En plaçant sur mon chemin la jeune fille de Saint-Roch, le jour même où j'allais implorer du ciel l'accomplissement de nos vœux, il me semble que Dieu ait voulu nous montrer les devoirs d'humanité qui incombent aux puissants de la terre, et en même temps nous suggérer l'acte par lequel il lui serait le plus agréable de nous voir lui témoigner notre reconnaissance.

Grâce à lui, nos espérances se sont promptement réalisées ; à nous, maintenant, de remplir notre tâche envers ceux qui implorent notre secours... Ne les faisons pas attendre ; ne les laissons pas davantage en proie à une affreuse anxiété...

Et puis, ajouta-t-elle, marquer ton avènement, dès le premier jour, par un grand acte de justice et de bonté, ne serait-ce pas attirer sur ton règne la bénédiction divine, donner un bel exemple digne de l'admiration de tous et conquérir un nouveau titre à l'affection publique?...

Oui, la voix secrète me le dit, ce serait pour nous un gage de bonheur...

— Tu parles comme un ange, répondit Napoléon, et je crois, ma foi, que ton petit sermon m'a convaincu.

L'empereur était de belle humeur, comme le soir d'une victoire.

D'ailleurs, en ce moment d'abandon conjugal, le souverain faisait place à l'homme, qui subissait l'influence du charme féminin.

Jamais Joséphine ne lui avait paru plus séduisante.

Il était prêt à tout lui accorder.

Elle comprit qu'elle avait cause gagnée et insista pour qu'un exprès fût immédiatement dépêché à la famille Raimbaud afin de la prévenir que l'impératrice la recevrait le lendemain.

— Je veux, dit-elle, me réserver le plaisir d'apprendre à mes protégés que l'empereur daigne les entendre en audience particulière, et c'est moi-même qui te les présenterai.

— Soit ! approuva Napoléon, en lui baisant la main, l'empereur aurait mauvaise grâce à refuser à l'impératrice la première faveur qu'elle lui demande...

A l'instant, malgré l'heure tardive, les ordres nécessaires avaient été donnés, transmis avec une rapidité et une ponctualité toutes militaires, et un hussard de la garde, porteur de la missive qu'on a lue plus haut, était parti pour Paris à franc étrier.

. . . .

On devine aisément l'émoi qu'éprouva la famille Raimbaud à la réception du message impérial.

Ce fut d'abord une surprise muette, bientôt suivie d'une explosion de joie.

Le père, la mère et la fille ne cessaient de se passer le papier officiel, de le palper, de le relire à haute voix, comme pour s'assurer de sa réalité.

— Eh bien! disait Mme Raimbaud, tu le vois, mon ami, tes fâcheux pressentiments n'étaient pas justifiés.

N'avais-je pas raison de réagir contre ton découragement?

— Quel bonheur! répétait Jeanne, surexcitée jusqu'à l'exaltation.

Oh! je le savais bien, moi, que notre protectrice ne nous abandonnerait pas! J'avais confiance en Dieu.

Urbain Raimbaud, plus calme, mais tout à fait rasséréné, souriait doucement.

— Il faut immédiatement prévenir Me Gardelle, conclut-il enfin; car la démarche qu'il s'agit d'accomplir sera décisive, et nous avons besoin de ses conseils.

Malgré l'heure avancée, après avoir embrassé sa femme et sa fille, il prit son chapeau, sa canne et, muni de la précieuse lettre, il se rendit en hâte chez l'avocat.

Par une heureuse chance, celui-ci était chez lui.

M. Raimbaud le trouva dans son cabinet, au milieu de ses dossiers, veillant à la lueur de sa lampe de travail.

— Quel événement vous amène? demanda Me Gardelle, surpris de cette visite tardive et ne sachant comment interpréter le trouble extraordinaire de son client.

—- A mon tour, je vous apporte une grande nouvelle.

Et, sans autre préambule, l'ancien forçat lui tendit le pli qui tremblait entre ses doigts.

Un rapide coup d'œil suffit à l'avocat pour en prendre connaissance.

— Grande nouvelle, en effet! s'écria-t-il, et qui m'explique votre hâte et votre émotion.

Le sort, jusqu'à présent si peu favorable à notre cause, nous sourit donc enfin!

Lorsque vous me racontiez, il y a quelques jours, la rencontre faite à Saint-Roch par Mlle Jeanne, je vous disais, vous vous en souvenez: « Là, peut-être est le salut! »

Mon espoir, vous le voyez, n'a pas été déçu.

Et pourtant, un moment, j'ai éprouvé une inquiétude que je n'ai que trop laissé paraître devant vous; en apprenant l'ajournement à une date indéterminée de la solution dont l'urgence s'impose, j'ai craint que nous ne fissions naufrage au port.

Contrairement à cette crainte, le vent nous est propice et notre chance dépasse les prévisions les plus optimistes.

Cette fois, nous sommes sur le chemin de la victoire, il n'y a plus qu'à marcher.

— Oui, dit M. Raimbaud ; mais ma visite n'a pas seulement pour but de vous annoncer la réception de la la lettre d'audience, je voudrais aussi vous consulter au sujet de cette démarche de demain, vous demander votre concours.

— Ne vous est-il pas entièrement acquis ? répondit Mᵉ Gardelle. Parlez, qu'attendez-vous de moi ?

— D'abord, une première question.

Vous avez sans doute remarqué dans la lettre cette formule : « la famille Raimbaud » ?

— Parfaitement.

— Implique-t-elle, à votre avis, de la part de l'impératrice, le désir de me voir me joindre à ma femme et à ma fille ?

— Je ne saurais l'interpréter autrement : vous êtes le chef de la famille, votre rôle personnel dans l'affaire Valomer vous y fait une part importante, et votre présence auprès de ces dames me paraît tout indiquée, lorsqu'elles se retrouveront devant l'auguste protectrice dont elles ont su toucher le cœur.

— C'était aussi mon sentiment. Je les accompagnerai donc à Saint-Cloud.

Une autre question maintenant : Ne pensez-vous pas que votre présence serait également nécessaire ?

— A quel titre ?

— A titre d'avocat de l'accusé. Vous êtes, il me semble, plus autorisé que qui que ce soit pour parler en son nom, faire valoir en sa faveur tous les arguments que vous fournira votre étude approfondie de la cause. D'ailleurs, votre grande habitude de la parole donnera plus de précision aux explications nécessaires, et votre éloquence chaleureuse produira certainement plus d'effet que notre humble supplique.

— Oh ! répliqua Mᵉ Gardelle avec modestie, vous attribuez à ma parole une importance exagérée ; l'éloquence naturelle et toute simple qui vient du cœur est souvent la plus persuasive. Mᵐᵉ Raimbaud et Mˡˡᵉ Jeanne, étrangères à la science du droit et aux artifices du barreau, n'en ont point employé d'autre, et elle leur a suffi pour assurer le succès de leur plaidoyer.

Cependant, si vous y tenez absolument, je me mets à votre disposition.

— J'y tiens beaucoup. Votre seule présence nous donnera confiance, nous garantira contre les fautes où pourraient nous induire une émotion, un trouble que, pour ma part, je vous l'avoue, je ressens d'avance, rien qu'à la pensée de paraître devant notre souveraine.

Et puis, quand on se trouve personnellement en cause, il y a des sujets qu'on est embarrassé pour traiter soi-même ; on dit des choses oiseuses et l'on omet des choses indispensables.

— Soit ! déclara Mᵉ Gardelle, je vous apporterai mon assistance, puisque vous la jugez utile.

Et, après un instant de réflexion :

— Au fait, reprit-il, vous me suggérez une idée.

Puisque l'entrée de plain-pied dans la place nous est accordée, il faut profiter immédiatement de tous nos avantages et ne quitter Saint-Cloud qu'avec une solution ferme et décisive.

Or, cette audience de l'impératrice ne saurait être, en quelque sorte, que le préambule d'une autre entrevue d'une importance capitale.

— Que voulez-vous dire ?

— J'entends par là, continua Mᵉ Gardelle, que notre bienveillante souveraine, dont l'intervention est d'un si haut prix, n'est en somme qu'un intermédiaire entre nous et le maître tout-puissant.

Certes, personne n'est mieux situé pour présenter et appuyer notre requête ; mais là se borne son rôle officieux.

Lorsque l'empereur aura été saisi par elle de cette requête, c'est à lui qu'il appartiendra de prendre une décision, et il ne la prendra probablement pas à la légère, sans s'être au préalable dûment renseigné sur l'affaire...

— Alors, encore des formalités, des atermoiements ?

— Justement. Les choses traîneraient peut-être en longueur, et le temps nous fait défaut, le moindre retard, maintenant, pourrait tout compromettre.

Il n'est qu'un moyen d'éviter les complications et les obstacles.

— Lequel ?

— C'est, comme dit le proverbe, de battre le fer pendant qu'il est chaud.

Je m'explique : supposez que, sur nos instances, l'impératrice consente à nous ménager une audience de l'empereur; celui-ci, immédiatement éclairé par un exposé précis de l'affaire, jugerait le cas avec cette rapidité et cette sûreté de coup d'œil dont il est coutumier et sa décision, j'en suis convaincu, serait instantanée.

Vous savez s'il est prompt à l'action, dès qu'une résolution est arrêtée dans son esprit!

— Mon cher maître, dit M. Raimbaud, votre idée est excellente, et vos sages avis prouvent combien j'ai eu raison de vous consulter en cette occurrence; car, de moi-même, je n'aurais pas osé solliciter une audience de l'empereur; je n'envisageais pas la possibilité d'un honneur plus grand et plus précieux encore que celui que l'impératrice daigne nous faire en nous recevant.

— J'ai le droit d'être plus audacieux que mes clients, répliqua Mᵉ Gardelle.

Nous avons, nous autres avocats, des privilèges particuliers, et ceux qui ne nous considèrent que comme des bavards à la langue bien pendue et des marchands de phrases se font une idée fausse de notre ministère.

Pour ma part, quand ma conscience m'impose le devoir de faire luire la vérité et triompher la justice, rien ne saurait m'arrêter; j'irais sans crainte ni timidité porter ma conviction et mes protestations jusqu'aux pieds des plus puissants.

— Vous nous avez déjà donné la mesure de votre ardeur généreuse et de votre courage indomptable, comment vous exprimer notre reconnaissance pour cette nouvelle preuve?...

— Ne nous attardons pas à l'expression de notre estime réciproque, interrompit vivement Mᵉ Gardelle, agissons!

Tenez!... plus j'y réfléchis et plus mon plan se dessine nettement.

Auprès de l'impératrice, la partie est gagnée d'avance; mais pour en assurer le gain auprès de l'empereur, nous ne saurions mettre trop d'atouts dans notre jeu.

— Votre intervention n'est-elle pas suffisante?

— Non, au moment de frapper un grand coup, il conviendrait de mettre en ligne toutes les forces dont nous disposons, de faire appel à nos deux alliés...

— M. Lasnier-Dujallon, le Père de Balmère?...

— Vous les avez nommés.

— Et quel serait leur rôle?

— Celui d'auxiliaires précieux, prêts à confirmer de leurs témoignages nos déclarations, tant en ce qui concerne l'affaire Valomer qu'en ce qui touche à votre propre cas ; prêts aussi à joindre leurs pressantes sollicitations aux nôtres.

Le magistrat apporterait à notre démarche collective l'autorité de sa haute fonction judiciaire; le religieux le prestige de sa robe et de son caractère sacré.

La présence, la parole de ces deux personnages, soyez-en persuadé, produiraient sur l'esprit de l'empereur une profonde impression.

— Et vous pensez qu'ils consentiront à nous accompagner, bien qu'ils n'y aient pas été officiellement invités ?

— Je ne prévois, sur ce point, aucune objection sérieuse. Le conseiller est fort bien en cour, presque un familier de la maison, où il fréquentait assidûment sous le consulat.

Le prêtre est un homme à part, devant qui s'ouvrent toutes les portes, et le Père de Balmère, personnellement, pratique plus qu'aucun le dédain des conventions mondaines ; où son devoir lui commandera d'aller, il ira, sans se préoccuper d'un vain formalisme.

Bref, je ne crois pas trop présumer de leur bonne volonté et de leur dévouement déjà éprouvés, en comptant d'avance sur leur concours actif.

Comment refuseraient-ils de nous suivre jusqu'au bout dans la voie frayée vers le but définitif de la campagne à laquelle ils se sont si étroitement associés ?

— C'est vrai, approuva M. Raimbaud, et vos présomptions sont aussi judicieuses que vos avis sont bien inspirés. Votre plan, auquel je souscris complètement, est merveilleusement combiné, et votre habile tactique ferait l'admiration de Napoléon lui-même.

— Habileté facile, qui consiste à attaquer la position de front, enseignes déployées et toutes nos forces réunies, riposta Me Gardelle en souriant.

— Il faut donc prévenir d'urgence M. Lasnier-Dujallon et le Père de Balmère...

Je m'en charge ; mais pas ce soir, il est trop tard.

Demain, je me rendrai chez eux à la première heure, et je vous ferai connaître le plus tôt possible leur réponse, qui, je vous le répète, ne peut être qu'affirmative. Veuillez, de votre côté, vous tenir prêt pour notre expédition...

Quelques instants après, l'avocat et son client se séparaient, pleins de confiance et d'espoir.

. . . .

— L'Empereur! (P. 1462.)

Toute la matinée du lendemain fut employée aux allées et venues et aux pourparlers nécessaires à l'exécution du plan conçu par
Me Gardelle.

Suivant les prévisions de celui-ci, le magistrat et le missionnaire
n'avaient fait aucune difficulté pour s'associer à une démarche dont
il eût été superflu de leur démontrer l'importance; ils avaient ac-
quiescé de grand cœur au désir du défenseur de Jacques Valomer,

et même M. Lasnier-Dujallon s'était empressé d'offrir ses deux voitures, afin que le voyage de Saint-Cloud s'accomplît dans les meilleures conditions.

Tout avait été minutieusement convenu et régié : la visite à l'impératrice et l'attitude qu'on observerait à l'audience éventuelle de l'empereur, audience que le conseiller était bien résolu à s'efforcer d'obtenir le jour même, en usant de son crédit; car il était d'avis, comme M⁰ Gardelle, qu'à moins d'obstacles imprévus, il fallait profiter d'une occasion providentielle et ne pas quitter le château sans avoir obtenu complète satisfaction.

Depuis la veille au soir, Jeanne était en proie à une agitation fiévreuse.

Son tempérament délicat avait peine à supporter l'ébranlement provoqué en elle par cette succession d'émotions diverses, par ce brusque passage du découragement à l'espérance, de la tristesse à la joie.

La jeune fille avait peu dormi, rêvant de toute cette aventure extraordinaire où elle se trouvait mêlée, s'abandonnant pendant son insomnie au courant tumultueux de ses pensées confuses, qui tantôt s'envolaient, comme de blanches colombes, vers les régions éthérées, où règnent les pures joies de la croyance en Dieu et de la charité; tantôt s'attachant ingénument à des choses très humaines, à de menus détails de toilette dont la femme ne se désintéresse jamais même dans les circonstances les plus graves.

Elle s'en préoccupait malgré elle, par un souci bien naturel de paraître décemment à la cour, devant des personnages dont son imagination amplifiait encore la grandeur réelle.

Mᵐᵉ Raimbaud, plus calme, présidait aux préparatifs matériels de l'expédition, tout en s'employant avec sollicitude à tranquilliser Mᵐᵉ Valomer, inquiète de tout ce remue-ménage insolite dont on lui laissait ignorer la véritable cause jusqu'à ce qu'on fût en mesure de lui annoncer avec certitude l'heureuse nouvelle qui devait ranimer son courage en lui révélant quel haut patronage était acquis à la cause de son infortuné mari...

La femme du prisonnier comprenait que quelque chose d'extraordinaire se passait autour d'elle, et, comme elle avait pris l'habitude de rapporter à l'unique objet de ses constantes préoccupations les moindres incidents de la vie courante, à plus forte raison y rattachait-elle l'événement dont on lui faisait mystère.

A ses interrogations répétées, on répondit qu'en effet il s'agissait d'une démarche importante relative à l'affaire ; car il était impossible de lui donner complètement le change ; mais on ajouta qu'on en attendait un résultat favorable, qu'elle ne tarderait pas d'ailleurs à connaître.

Et l'expression des visages confirmant la sincérité de ces paroles rassurantes, ses doutes et ses défiances finirent par se dissiper...

Une heure sonnait à l'horloge de Saint-Roch, quand les voitures partirent, emportant vers Saint-Cloud la petite caravane.

VII.

A SAINT-CLOUD.

Il était près de deux heures quand les berlines passèrent le pont de Saint-Cloud.

Par cette belle journée de mai, la Seine, comme un miroir d'argent, refiétait un ciel ensoleillé.

Ses rives, égayées de maisonnettes de pêcheurs, offraient l'aspect le plus riant.

En face, vers la droite, la petite ville, avec ses rues étroites, s'étageait en amphithéâtre, et, vers la gauche, l'admirable parc dessiné par Le Nôtre étendait, ainsi qu'une mer de verdure, ses ombrages touffus autour du magnifique château royal du XVIIe siècle, que la Révolution avait épargné, et dont il ne reste plus trace aujourd'hui, à la suite d'un des actes de vandalisme les plus abominables qui aint marqué la guerre de 1870.

Les chevaux gravirent au pas l'avenue montante, bordée de superbes marronniers, conduisant à la grille d'honneur.

Déjà le mouvement qui l'animait annonçait l'approche de la résidence impériale.

Ce n'était qu'un va-et-vient d'équipages, d'estafettes, de soldats isolés ou marchant en troupe.

La grille était grande ouverte, mais il fallut s'arrêter au seuil, gardé par deux factionnaires.

Le temps d'exhiber la lettre d'audience, elle fut vite franchie, et les voitures, après avoir décrit dans la cour la courbe classique, allèrent se ranger devant le perron.

M. Lasnier-Dujallon, le Père de Balmère et M⁰ Gardelle descendirent de la première ; la famille Raimbaud de la seconde.

Jeanne, très émue mais aussi très résolue, au moment de toucher au terme de ce qu'elle considérait comme une mission providentielle, aurait voulu, d'un élan, voler vers sa bienfaitrice.

Elle avait compté sans les rigueurs de l'étiquette.

Ici, ce n'était plus le demi-gala du Consulat aux Tuileries.

C'était le grand apparat d'une cour, avec tout son faste et son
formalisme compliqué.

Un nombreux domestique, vêtu de riches livrées, militairement
organisé et hiérarchisé, déployait d'autant plus de zèle, affichait
d'autant plus d'importance que ses attributions avaient pour lui
l'attrait de la nouveauté.

Après avoir parlementé avec quantité de suisses et de laquais,
raides comme des piquets et fiers comme des paons, les solliciteurs
apprirent enfin qu'ils devaient d'abord s'adresser à Son Excellence
le Grand-Maréchal du palais.

On les conduisit donc auprès de ce haut fonctionnaire, en qui
Mᵐᵉ Raimbaud et Jeanne reconnurent tout de suite le général
Duroc.

Celui-ci, en effet, suivant la fortune de son maître et ami, dont
il restait l'homme de confiance, avait vu substituer une dignité de
création nouvelle à son ancien titre de gouverneur de la maison
consulaire.

Dès qu'il aperçut ces dames, il leur dit, en les saluant avec un
sourire plein de bienveillance :

— Mes compliments, mesdames, vous voilà bien en cour, à ce
que je vois.

— Sa Majesté l'Impératrice daigne nous honorer de sa protection, répondit Mᵐᵉ Raimbaud, et nous ne saurions trop remercier
Votre Excellence d'avoir bien voulu favoriser notre accès auprès
d'elle, le jour où...

— Vous ne me devez aucune reconnaissance, madame, interrompit Duroc. Je ne fus ce jour-là, je vous le répète, qu'un soldat
exécutant sa consigne, et, aujourd'hui encore, je ne suis pas autre
chose.

Mᵐᵉ Raimbaud, sans insister davantage, présenta son mari.

Quant à M. Lasnier-Dujallon, qui connaissait le général pour
l'avoir déjà rencontré plus d'une fois dans les salons officiels où il

fréquentait, il s'était chargé de lui présenter Mᵉ Gardelle et le Père de Balmère et de lui expliquer leur présence et la sienne.

Ils avaient jugé utile, lui dit-il, de se joindre à la famille Raimbaud pour appuyer sa démarche, témoigner en sa faveur et fournir, le cas échéant, des renseignements précis sur l'objet de la requête qu'il s'agissait de porter jusqu'à l'Empereur.

Ils espéraient que l'Impératrice voudrait bien les recevoir, quoi que leur nom ne figurât pas dans la convocation.

Duroc écrivit immédiatement quelques lignes par lesquelles il sollicitait pour ces trois personnes la faveur d'être admises à l'audience et remit le pli à un officier de service, avec ordre de le transmettre au secrétaire des commandements.

Quelques instants après, l'officier rapportait une réponse verbale ; elle était affirmative.

Sa Majesté attendait les intéressés accompagnés de ceux qui devaient leur prêter leur appui.

Guidés par un laquais, ils suivirent une somptueuse galerie dont les sculptures rehaussées d'or encadraient d'admirables fresques mythologiques de Mignard.

On se demandait sur leur passage quels étaient ces gens qui semblaient se fourvoyer dans un milieu auquel ils étaient étrangers.

Le missionnaire surtout provoquait la curiosité, à cause de son visage ascétique et de la simplicité monacale de sa robe, contrastant avec les habits de cour et les brillants uniformes que les solliciteurs rencontraient à chaque pas.

Ils furent introduits dans un de ces jolis salons des appartements privés, que Marie-Antoinette avait naguère fait aménager pour son usage personnel.

C'est là que Joséphine les reçut.

Elle avait toujours cette grâce charmante et souple qui avait séduit Mᵐᵉ Raimbaud et sa fille, lors de leur première visite, et les avait mises à l'aise devant la grande dame dont elles redoutaient l'abord.

Mais à cette grâce s'ajoutait, dans toute sa personne, depuis le grand événement de la veille, cet air de haute supériorité que donne aux plus bienveillants le rang suprême.

L'Impératrice se montra très accueillante, et, les présentations faites, sans laisser les visiteurs se perdre en discours superflus sur le fond de l'affaire qui les amenait, elle dit simplement combien elle était heureuse de fournir à son auguste époux l'occasion d'accomplir un acte de justice.

— Je vois ici, ajouta-t-elle, en désignant M. Lasnier-Dujallon et le Père de Balmère, deux personnes dont la présence suffit pour confirmer l'opinion favorable que j'avais conçue moi-même, à la suite de la démarche de ces dames, et pour attester tout l'intérêt de la requête que j'ai transmise à...

Elle n'eut pas le temps d'achever.

Une porte s'ouvrit brusquement, et, sur le seuil, un valet, s'effaçant, annonça d'une voix retentissante :

— L'Empereur !

Aussitôt, Napoléon se dressa dans le cadre de la porte aux élégantes moulures rehaussées d'or.

Nu-tête, il portait son légendaire uniforme de général, si glorieux et pourtant si simple.

Toutefois, l'épée était absente de son côté et il avait abandonné ses bottes éperonnées pour chausser, avec la culotte courte, des bas de soie blanche et des souliers à boucle.

C'était la tenue d'intérieur, à moitié militaire, à moitié civile, qu'il avait adoptée pour les réceptions pendant cette période de transition où il faisait momentanément trêve à ses entreprises belliqueuses, tout à l'organisation de son empire et de sa cour.

L'Empereur !

A cette apparition inattendue, les visiteurs, qui étaient restés debout, reculèrent de quelques pas en s'inclinant profondément.

M. Lasnier-Dujallon lui-même, malgré son habitude du monde officiel où il avait plus d'une fois approché le premier consul, eut le mouvement de surprise d'un homme pris au dépourvu.

Mᵉ Gardelle, bien qu'armé des plus fermes résolutions, ressentit plus fortement encore une impression analogue.

Certes, dans leurs conciliabules préliminaires, le conseiller et l'avocat avaient prévu le cas où ils seraient admis auprès de l'empereur; ils désiraient même, nous l'avons dit, que cette faveur leur fût accordée sans retard; mais ils ne s'attendaient pas à voir le souverain venir au-devant de leur désir et surgir ainsi soudainement, dès le début de l'entretien.

Quant aux Raimbaud, cette entrée en coup de théâtre les avait littéralement stupéfiés.

Seul, le missionnaire avait conservé son sang-froid.

Relevant la tête, les bras croisés sur sa poitrine, il soutenait

sans sourciller le regard scrutateur du maître, qui se fixait plus particulièrement sur ce visage austère et cette humble robe de bure,
comme frappé d'un contraste saisissant.

Loin d'éprouver aucune timidité, le religieux semblait avoir
conscience de sa supériorité : si le monarque en face duquel il se
trouvait représentait la puissance humaine, ne représentait-il pas,
lui, la puissance divine ?...

N'était-il pas le prêtre de l'arbitre suprême, de celui au tribunal
de qui tous hommes sont égaux et qui tient entre ses mains les destinées des peuples et des empires?

L'Empereur !

Ce mot prestigieux avait retenti comme une formule d'évocation
magique aux oreilles des modestes bourgeois de la rue Saint-Roch.

Ils connaissaient déjà cette figure populaire dont l'effigie était
répandue sous tant de formes ; plusieurs fois même, de loin, perdus
dans la foule, ils avaient aperçu la silhouette de Bonaparte en personne, présidant quelque cérémonie publique ou passant la revue des
troupes sur la place du Carrousel.

Mais se trouver face à face avec le héros d'Italie et d'Egypte,
avec celui que, depuis plusieurs années déjà, la France considérait
comme le véritable chef de l'État, le contempler de tout près, entendre le son de sa voix, être l'objet direct de son attention, c'était un
honneur qu'ils n'avaient jamais rêvé.

Bien que sa taille ne dépassât guère la moyenne, il leur parut
immense, grandi à leurs yeux de tout le prestige de sa gloire acquise
et de sa souveraineté nouvelle.

Ils ne voyaient que lui, il emplissait la pièce tout entière ; son
large front, se détachant en pleine lumière, s'auréolait en quelque
sorte de rayons surnaturels.

L'instant était solennel, la minute décisive.

Me Gardelle et ses deux auxiliaires, observant les règles de
l'étiquette, attendaient le mot ou le geste qui les autoriserait à parler.

Urbain Raimbaud et sa femme demeuraient immobiles, comme
pétrifiés.

Jeanne, devenue très rouge, puis très pâle, comprimait des deux
mains les battements désordonnés de son cœur.

Joséphine aussi, mais le sourire aux lèvres, gardait une attitude
d'attente déférente.

Un rapide coup d'œil circulaire avait suffi à Napoléon pour dévisager les solliciteurs.

Après quelques secondes de silence, que ceux-ci trouvèrent bien longues, il prit la parole d'un ton bref, s'adressant à Joséphine :

— Voici donc vos protégés ?

— Oui, sire, répondit-elle; voulez-vous me permettre de vous les présenter ?...

— Inutile! interrompit l'empereur, si sèchement que le sourire se glaça sur les lèvres de l'impératrice et qu'un frisson d'angoisse fit tressaillir les assistants.

Mᵐᵉ Raimbaud et Jeanne se sentirent défaillir.

Urbain Raimbaud chancela, comme s'il venait de recevoir un coup en pleine poitrine.

Cette pénible impression semblait d'autant mieux justifiée, qu'un pli profond barrait horizontalement le front de l'empereur, accentué encore par le froncement des sourcils et l'acuité de son regard d'aigle.

— Inutile! répéta-t-il du même ton de commandement, qui ne souffrait pas de réplique.

Et, passant successivement en revue les personnes présentes, comme il eût fait de soldats rangés devant lui. :

— Madame et mademoiselle Raimbaud, deux vaillantes femmes dont les larmes ont su toucher le cœur de l'impératrice... Monsieur Urbain Raimbaud, ci-devant Delamarre, un juré qui a eu le courage de se dénoncer lui-même... Le Père de Balmère, un ancien magistrat, qui se porte garant de l'innocence de l'homme qu'il contribua naguère à faire condamner... Mᵉ Gardelle, un avocat qui croit sincèrement à une erreur judiciaire et s'est juré de ne rien épargner pour empêcher qu'elle ne soit irrémédiablement consommée... Monsieur le conseiller Lasnier-Dujallon, dont la haute compétence et la longue expérience en pareille matière rendent l'intervention personnelle digne de la plus sérieuse considération...

Au fur et à mesure que l'empereur parlait, la confiance renaissait dans le cœur de ses auditeurs.

Ses commentaires concis, mais si nets en même temps, n'indiquaient-ils pas clairement son intention de s'intéresser à une affaire qu'il était d'abord disposé, — du moins en apparence, — à trancher négativement par une fin de non recevoir?

D'ailleurs, ses traits, contractés et durcis par un effort concentré de son esprit, s'étaient peu à peu détendus et adoucis.

Il éprouvait la satisfaction d'un acteur qui vient de réussir un « effet » et de donner la jauge de ses dons exceptionnels.

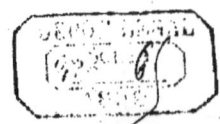

Les trois amis étaient donc en route pour le retour, rapportant la lettre... (P. 1472.)

Avec Joséphine, M. Lasnier-Dujallon, mieux renseigné que ses compagnons, fut seul à bien comprendre ce jeu de scène auquel il s'était laissé prendre lui-même, un instant.

Napoléon (le magistrat ne l'ignorait pas et il se reprochait de ne se l'être pas rappelé plus tôt) était doué d'une faculté d'assimilation extraordinaire et d'une mémoire prodigieuse.

184. — SEULE !   184.

Volontiers, il en faisait montre, à l'occasion.

C'était une des petites vanités du grand homme.

Il avait donc mis une certaine coquetterie à prouver qu'il n'avait besoin de personne pour aider son impeccable mémoire et que, parmi les sujets divers et d'importance inégale, classés dans les cases de son cerveau merveilleusement organisé, il savait retrouver instantanément, jusqu'en ses moindres détails, celui qu'il avait à traiter.

Ainsi s'expliquaient, dans la circonstance actuelle, ses allures brusques au moment de son entrée, et ce pli significatif du front, qui s'était effacé à mesure que diminuait la contention intellectuelle qu'il s'était imposée et que s'établissait la démonstration de sa supériorité.

M. Lasnier-Dujallon fut tout à fait rassuré, et ses amis, d'abord déconcertés, commencèrent à se remettre de leurs alarmes, quand l'empereur, après une légère pause, reprit avec vivacité :

— Oui, je connais cette affaire, elle fit naguère grand bruit, et l'on en parle encore beaucoup... Des charges très graves pèsent sur ce Jacques Valomer ; le jury l'a jugé coupable, le tribunal criminel de Paris l'a condamné à mort; sans la cassation de l'arrêt, motivée par l'indignité d'un des jurés, il aurait déjà porté sa tête sur l'échafaud ; une autre juridiction ne se montrera probablement pas moins sévère, car le crime qui lui est imputé est abominable...

Mᵉ Gardelle ne put réprimer un geste de protestation.

Ce geste, si discret qu'il eût été, n'avait pas échappé à Napoléon.

— Oh! je sais, continua-t-il, M. l'avocat croit fermement à l'innocence de son client... La version sur laquelle repose son système de défense est, faute de preuves matérielles à l'appui, de nature à provoquer des doutes au sujet de la culpabilité ; or, il estime apparemment que le doute doit bénéficier à l'accusé. C'est une doctrine juridique fort admissible... Qu'en pense M. le conseiller?

— Sire, répondit le magistrat personnellement interpellé, je partage l'avis de Votre Majesté. Cette doctrine a l'avantage d'épargner à la justice des erreurs parfois irréparables.

— Et mieux vaut, n'est-ce pas? laisser impunis dix coupables que de condamner un innocent...

Le conseiller et l'avocat s'inclinèrent en signe d'acquiescement.

Ces hommes de loi n'étaient pas moins émerveillés que la famille Raimbaud de la lucidité, de la précision avec lesquelles Napoléon résumait une affaire dont il raisonnait comme s'il l'avait étudiée à fond comme eux.

— Eh bien! reprit-il, allons droit au but. En quoi puis-je intervenir dans ce procès? que me demande-t-on?

— Une grâce, sire! s'écria impétueusement Joséphine, qui crut le moment venu de prendre la parole en faveur de ses protégés.

— Une grâce, soit! dit l'empereur, retenant le mot lancé par l'impératrice. Je suis disposé à inaugurer mon règne par un acte de clémence, en usant pour la première fois d'une des prérogatives les plus belles et les plus redoutables que me confère la Constitution...

— Et que les souverains tiennent de Dieu! prononça le Père de Balmère sentencieusement.

Déjà, Urbain Raimbaud, sa femme et sa fille tournaient vers Joséphine, souriante et fière de sa prompte victoire, des regards pleins d'une infinie gratitude.

Ils allaient, dans un élan chaleureux, se précipiter aux pieds de l'empereur pour lui offrir leurs remerciements...

L'attitude réservée du magistrat et de l'avocat arrêta cet élan, mit un frein à leur joie prête à déborder.

M. Lasnier-Dujallon et Mᵉ Gardelle avaient échangé à voix basse quelques paroles rapides.

Ce dernier déclara résolument :

— Non, sire, pas de grâce!...

Napoléon eut un haut-le-corps.

Le terrible froncement de sourcils qui, tout à l'heure plissait son front, reparut en s'accentuant davantage.

Ses yeux dardaient sur l'avocat des regards durs, chargés de colère.

Joséphine, stupéfaite, baissait la tête, pressentant, aux éclairs de ces regards, l'orage imminent qui allait anéantir son œuvre.

Effarée et tremblante, en proie à une douloureuse anxiété, la famille Raimbaud se demandait quel étrange égarement avait inspiré à Mᵉ Gardelle son imprudent refus.

Le missionnaire conservait une impassibilité sereine.

Plus rapproché du magistrat et du défenseur, il avait saisi au passage les propos échangés entre eux.

Napoléon était véritablement outré de l'impudence de ce robin qui osait le contrecarrer, lui, l'empereur, le maître absolu, repousser l'insigne faveur qu'il lui offrait, infliger un affront à l'impératrice.

— Je ne comprends pas, dit-il d'une voix sifflante et saccadée... Alors, qu'attendez-vous de moi, monsieur l'avocat?

— Justice, sire! répondit Mᵉ Gardelle, sans se laisser déconcerter.

— Justice!... Ah! je crains de comprendre, maintenant... C'est-à-dire que vous venez me demander d'empiéter sur les attributions du pouvoir judiciaire, de jeter ma volonté dans la balance de la justice pour la faire pencher de votre côté, en un mot, de dicter aux magistrats l'arrêt qu'il convient d'obtenir!... Non, non! n'attendez pas cela de l'empereur!... En vérité, je m'étonne d'une telle audace... Brisons-là, messieurs...

— Pardon, sire! intervint M. Lasnier-Dujallon. Que Votre Majesté me permette de lui faire observer respectueusement qu'Elle se méprend sur nos intentions.

Nul plus que votre serviteur ne revendique pour la magistrature une indépendance qui est la garantie de son impartialité et de son équité.

Mais il ne s'agit pas ici d'exercer une pression sur un tribunal, de lui dicter un arrêt; il s'agit de mettre ce tribunal à même de s'éclairer de toute la lumière nécessaire et de se prononcer en parfaite connaissance de cause.

Dans un sentiment de générosité auquel nous rendons hommage et dont nous sommes profondément touchés, Votre Majesté daigne ouvrir en faveur de notre infortuné client le précieux trésor de sa clémence : qu'Elle en soit vivement remerciée.

Mais, dans l'intérêt même de Jacques Valomer, dont nous sommes ici les représentants et les interprètes, loin de vouloir apporter la moindre entrave à l'action judiciaire, nous demandons instamment que la justice suive son cours régulier jusqu'au bout.

C'est pourquoi, Sire, je suis entièrement d'accord avec Me Gardelle pour vous dire : « Pas de grâce! »

Pendant que le magistrat parlait, l'irritation de Napoléon s'était apaisée; les nuages amoncelés sur son front s'étaient dissipés et son visage, devenu plus calme, n'exprimait plus qu'une surprise mêlée de curiosité.

— Allons, dit-il, je vois qu'il y a un malentendu entre nous. Veuillez donc vous expliquer complètement, monsieur le Conseiller.

— Sire, reprit M. Lasnier-Dujallon, si Jacques Valomer avait été condamné par un jugement définitif et que nous eussions conservé la conviction de son innocence, nous aurions été les premiers à solliciter pour lui le bénéfice suprême de la clémence impériale et nous aurions accepté pour lui la grâce avec reconnaissance...

Tel n'est pas le cas.

Présentement, à la suite de la cassation de l'arrêt de Paris, il n'y a plus, en fait et en droit, qu'un accusé présumé coupable, mais sur la culpabilité duquel la justice n'a pas dit son dernier mot.

Qu'il soit gracié aujourd'hui, il aura la vie sauve, il recouvrera la liberté dont il est privé depuis tant de semaines, il sera rendu à sa famille si cruellement éprouvée,... mais il ne recouvrera ni son honneur, ni sa place dans la société; il restera en butte à une suspicion légitime, accablé sous le poids d'une condamnation infamante, dont un acte gracieux aura seulement empêché l'exécution...

— En effet, interrompit Napoléon, la grâce n'implique pas la réhabilitation, et je ne vois pas bien... Enfin, où voulez-vous en venir, monsieur le Conseiller?

— A cette conclusion, Sire :

Jacques Valomer comparaît devant le tribunal criminel de Versailles, auquel l'affaire a été renvoyée. Première hypothèse : la condamnation est confirmée, — alors, il n'a plus comme ressource suprême que le recours en grâce avec les conséquences inéluctables qu'il entraîne. Seconde hypothèse : l'acquittement est prononcé; alors, c'est pour lui l'innocence proclamée publiquement, l'honneur restitué, la considération reconquise.

Or, tel est, Sire, l'objet de ses vœux les plus ardents, tel est son unique motif d'attachement à la vie, et c'est cette éventualité que rendrait impossible une grâce prématurée!

La grâce!... Oh! ce mot de pitié et de charité avait certainement, dans la bouche de Sa Majesté l'Impératrice, un sens plus large que celui qu'entend la loi; il signifiait absolution, réhabilitation... Hélas! Madame, ajouta M. Lasnier-Dujallon (il se tournait vers Joséphine qui l'approuvait d'un mouvement de tête, ne craignant pas d'avouer ainsi son ignorance en matière juridique), l'esprit des lois, dans sa rigidité, ne se plie pas toujours aux suggestions du cœur!...

A cette heure, la faveur insigne que vous sollicitiez pour notre client ne serait qu'un bienfait illusoire, j'oserai même dire funeste, puisqu'il lui enlèverait la chance d'un acquittement possible et ne servirait qu'à lui conserver une existence à jamais compromise par une flétrissure indélébile...

L'assentiment unanime des auditeurs se traduisit par l'expression de leur physionomie.

Me Gardelle serra chaleureusement la main du magistrat. Il s'applaudissait de lui avoir laissé la parole, car il n'aurait pas, pensait-il, soutenu la même thèse avec autant d'autorité.

Urbain Raimbaud et ses compagnes, tout en approuvant le langage du magistrat, avaient douloureusement tressailli, quand celui-ci avait parlé de la flétrissure indélébile qui compromet à jamais l'existence d'un honnête homme victime d'une erreur judiciaire.

L'Empereur avait écouté attentivement les explications si claires de M. Lasnier-Dujallon.

Il répliqua aussitôt :

— Très logiquement déduit et très éloquemment plaidé, monsieur le Conseiller. Je n'en suis pas surpris, d'ailleurs, vos mérites sont à la hauteur de votre réputation.

Ainsi donc, vous croyez à l'innocence de ce Jacques Valomer?...

— Oui, Sire, depuis que j'ai étudié à nouveau l'affaire, je partage cette opinion avec Me Gardelle, avec le Père de Balmère, avec M. Raimbaud.

— Soit! nous verrons si le jury de Versailles vous donnera raison, puisque vous tenez absolument à la comparution de l'accusé devant cette juridiction...

Mais je n'aperçois pas encore bien nettement l'objet de votre requête.

D'une part, vous refusez la grâce que j'ai la faculté de vous accorder immédiatement, en vertu de ma prérogative souveraine; d'autre part, vous vous en référez d'avance à un jugement sur lequel, vous le reconnaissez, je ne dois ni ne veux peser. Alors, en quoi mon intervention peut-elle utilement s'exercer?...

— Elle le peut, Sire, par une invitation formelle faite à la justice d'avoir à s'éclairer davantage par un supplément d'enquête...

Et le conseiller exposa l'état de la procédure, l'appel prochain de la cause, la nécessité d'un nouveau délai pour permettre à la défense de fournir la preuve matérielle de l'innocence de l'accusé, preuve que sa propre fille était allée chercher dans un pays lointain au péril même de sa vie.

Le missionnaire fut naturellement amené à raconter sa rencontre en Amérique avec Thérèse, et l'Empereur parut prendre un vif intérêt au récit d'une partie des aventures de la vaillante jeune fille.

Enfin, Me Gardelle plaida chaleureusement la cause d'Urbain Raimbaud, dont la réhabilitation morale, à défaut d'une réparation judiciaire, se trouvait subordonnée à l'issue de l'affaire Valomer.

Napoléon était complètement édifié; sa décision ne se fit pas attendre.

— C'est bien, prononça-t-il; assurément, le supplément d'enquête, sollicité au nom de Jacques Valomer, s'impose comme un
acte de bonne justice. Dès aujourd'hui, le Garde des Sceaux recevra
des instructions l'invitant à ordonner qu'un délai de deux mois
soit accordé à la défense...

Nous renonçons à dépeindre la scène émouvante qui suivit :
l'Empereur et l'Impératrice recevant les témoignages de reconnaissance de ceux que cette déclaration comblait d'une joie inespérée, et
les bénédictions du Père de Balmère, dont le caractère sacré rehaus-
sait encore la solennité de la manifestation...

Quand les visiteurs eurent pris congé des souverains, Joséphine,
émue jusqu'aux larmes, se précipita dans les bras de Napoléon en
murmurant : « Merci! Merci! »

— C'est ton œuvre, dit celui-ci en la pressant sur sa poitrine; je
gagne des batailles, tu me gagnes les cœurs!

VIII

A LA HAVANE

La munificence de l'empereur avait de beaucoup dépassé les espérances de la famille Raimbaud et de ses conseils.

Ils ne s'attendaient pas à obtenir un aussi large délai, et, à vrai
dire, ils ne croyaient pas qu'il dût être nécessaire.

Malgré l'hypothèse de lenteurs probables, d'une navigation con-
trariée par des vents peu propices, Thérèse, pensaient-ils, ne pouvait
maintenant tarder beaucoup à revenir.

En supputant le temps écoulé, ils arrivaient à la ferme conviction
du prochain retour de la jeune fille.

Peut-être n'était-il plus qu'une affaire de quelques jours.

Aussi bien, grâce à la haute protection, acquise dans des circonstances si imprévues, ils venaient de doubler un cap redoutable.

Ils n'avaient plus à craindre que Jacques Valomer fût de nouveau
jugé d'après une instruction incomplète.

Bientôt, la preuve palpable, évidente, de l'innocence de l'accusé
serait fournie; les apparences, les présomptions qui avaient une première fois égaré la justice se dissiperaient à la pleine lumière de
la vérité.

C'était donc vers la vaillante voyageuse partie à la conquête de la lettre libératrice que se tournaient désormais toutes les pensées et tous les vœux.

Mais où était-elle?

Pourquoi laissait-elle ses parents et ses amis dans l'ignorance du résultat de son expédition?

Son silence indiquait-il qu'elle était en route ou bien qu'elle avait rencontré de nouveaux obstacles qui la retenaient là-bas?...

Telles étaient les deux questions qu'on agitait journellement dans le petit cercle intime de la rue Saint-Roch, où l'incertitude continuait à régner à ce sujet.

. . . .

Nos lecteurs, déjà renseignés, n'ont pas oublié dans quelles conditions favorables Thérèse, et ses fidèles compagnons Ravergy et Claude Michot s'étaient embarqués à la Vera-Cruz, après le terrible tremblement de terre dont ils avaient failli être victimes.

On sait comment, par une coïncidence providentielle, ils avaient trouvé passage à bord du brick l'*Alcyon*, commandé par le capitaine Cardovan et comment ce brave marin, voulant contribuer pour sa part, au succès de leur expédition, s'était engagé à les ramener en France.

Les trois amis étaient donc en route pour le retour, rapportant la lettre qu'ils avaient arrachée à Delaverne, au prix des plus grands périls, puis, en dernier lieu, sauvée comme par miracle, de la ville presque entièrement détruite.

Le capitaine Cardovan, on s'en souvient également, avait pris sur lui de modifier son itinéraire primitif, qui ne comportait qu'une sorte de croisière d'essai jusqu'au nord des Etats-Unis, destinée à éprouver les qualités du bâtiment tout neuf, dont M. Darnis, le riche armateur mexicain, lui avait confié le commandement.

Il s'était décidé à entreprendre la traversée de l'Atlantique jusqu'en Europe.

Mais, de toute façon, il devait faire escale à la Havane.

Il y chargerait quelques marchandises qu'il comptait écouler facilement, soit en Espagne, soit en France, et il profiterait du mouvement maritime, très actif dans ces parages, pour expédier un courrier à M. Darnis afin de l'aviser de la résolution à laquelle il s'était arrêtée, à la suite de la rencontre fortuite qu'il venait de faire, à la Vera-Cruz, de Mlle Valomer et de ses amis.

Chaque jour, Thérèse interrogeait Cardovan sur le chemin qu'il restait à parcourir... (P. 1480.)

L'*Alcyon* abordait donc à la Havane après avoir quitté le Mexique.

Le capitaine Cardovan se mit aussitôt en quête d'un bateau en partance pour Tempico, lui confia son courrier à l'adresse de l'armateur, puis s'occupa d'embarquer rapidement une cargaison de produits locaux, ne voulant pas prolonger son séjour dans le port cubain au delà de quarante-huit heures.

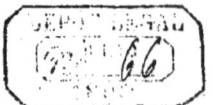

Pendant ce temps, nos voyageurs eurent le loisir d'admirer ce port, qui est, on le sait, un des plus beaux du monde.

Ils descendirent à terre, afin de visiter la ville, ses arsenaux, ses chantiers de constructions maritimes, ses fortifications, sa cathédrale où l'on remarque le tombeau de Christophe Colomb.

Ils furent surtout frappés de son extraordinaire activité commerciale.

Ce n'étaient, depuis les quais bordés de navires de toutes les nations jusqu'au fond des rues étroites et malpropres, que fûts de de rhum, caisses de sucre, balles de café, paquets de tabac aux senteurs caractéristiques.

Et, au milieu de cet entassement de marchandises variées, s'agitait, grouillait une fourmilière humaine, composée d'ouvriers, de portefaix, de matelots baragouinant les dialectes les plus divers.

Le capitaine Cardovan s'était fait le cicerone des trois amis, à la condition qu'ils voulussent bien l'accompagner dans ses courses d'affaires.

C'est ainsi qu'ils assistèrent à des pourparlers avec plusieurs gros négociants.

Une agréable surprise les attendait chez l'un d'entre eux.

Celui-ci, qui tenait un important comptoir de sucres et de cafés, avait nom Esteban Alvarez.

C'était un homme d'environ trente ans, très actif, commandant à une véritable armée de commis.

Il venait de succéder à son père dans la direction de la maison, une des plus anciennes et des plus solides de la place.

Son visage d'un brun mat, dont tous les traits portaient les marques distinctives de la race cubaine, était empreint de la gravité convenant à sa situation; mais on y lisait en outre une expression plus particulière, que ne semblait pas motiver le seul souci des affaires commerciales.

Il paraissait en proie à quelque chagrin d'un caractère intime.

Dès qu'il eut appris que le capitaine Cardovan venait de la Vera-Cruz, son visage eut une contraction douloureuse, ses yeux noirs s'illuminèrent d'une lueur inquiète.

— De la Vera-Cruz ! répéta-t-il; mais alors, vous allez pouvoir me renseigner...

— Au sujet du tremblement de terre? prononça Cardovan, devinant la question.

— La nouvelle est donc vraie ? s'écria Esteban Alvarez, devenu blême.

— Absolument vraie, senor.

— Oh ! mon Dieu ! quel malheur ! Je ne voulais pas y croire.

Elle a été apportée ici par un bateau qui passait au large, à deux ou trois milles de la côte américaine. De loin, il avait aperçu le désastre, mais il n'avait pu en mesurer exactement l'étendue... j'espérais qu'on s'était trompé ou du moins qu'on s'était exagéré l'importance de la catastrophe...

— Hélas ! nous en avons vu de près les terribles conséquences.

— De très près, senor, appuya Claude Michot ; le capitaine, lui, n'est arrivé qu'après la bataille ; mais nous sommes trois, devant vous, qui avons eu l'honneur d'y assister, et nous nous demandons encore par quel miracle nous sommes sortis sains et saufs de cet enfer...

L'ancien soldat, plein de son sujet, se préparait à faire un récit pittoresque et mouvementé de l'inoubliable spectacle dont il venait d'être témoin.

Le négociant l'interrompit brusquement.

— Beaucoup de morts et de blessés ? interrogea-t-il les lèvres frémissantes.

— Le nombre des morts dépasse celui des blessés, qui est considérable, répondit Ravergy. La ville n'est plus qu'un amas de décombres.

— C'est horrible ! gémit Esteban Alvarez, d'une voix altérée.

— De telles catastrophes, malheureusement, sont fréquentes dans ces régions, reprit Cardovan. Aussi, d'ordinaire, les indigènes les subissent avec une certaine philosophie... Celle-ci vous toucherait-elle personnellement, senor ?... votre émotion...

— Mon émotion n'est que trop justifiée, expliqua le négociant. Les parents de ma femme habitaient la Vera-Cruz, et je crains qu'ils ne soient parmi les victimes...

— Oh! ce serait affreux ! murmura Thérèse, toujours prête à compatir à la douleur d'autrui.

— Oui, senorita, affreux, en vérité ! Et je tremble à la pensée de faire part à la pauvre Juana de ces tristes présomptions.

Depuis que la nouvelle du tremblement de terre est arrivée ici, elle vit dans une mortelle inquiétude ; elle a perdu complètemen le sommeil et refuse toute nourriture ; rien ne la distrait de sa conti-

nuelle angoisse, pas même la gentillesse de notre petit garçon Francisco, que pourtant elle adore...

Ce matin, elle est allée à la cathédrale prier et faire brûler des
cierges... Maintenant que des renseignements certains ont ébranlé
ma dernière espérance, je redoute son retour. Comment lui
apprendre?...

— Pourquoi ne pas conserver cette espérance ? intervint
Ravergy ? Peut-être les parents de la senora sont-ils au nombre de
ceux que la terrible catastrophe a épargnés ; peut-être sont-ils comme
nous de ces privilégiés...

— Dieu vous entende, senor ! dit Esteban Alvarez ; mais, d'après
vos propres affirmations, les privilégiés sont en bien petit nombre...

— Assurément ; on peut toutefois les évaluer à quelques
centaines.

Et Ravergy, afin de rassurer de son mieux le négociant, lui
raconta en détail la sortie en masse d'une partie des habitants,
l'installation du campement dans la campagne, la nuit passée à la
belle étoile.

— Les fugitifs, conclut-il, ne rentrèrent dans la ville que lorsque
tout danger parut conjuré. Quelques-uns d'entre eux eurent même
la chance extraordinaire de retrouver leurs maisons debout.

C'est dans une de ces habitations qui avaient résisté aux
secousses souterraines, malgré leur apparente fragilité, que nous
eûmes, mes compagnons et moi, la bonne fortune de recevoir une
cordiale hospitalité chez des compatriotes, avant notre embarquement.

Ah ! les braves gens ! Jamais nous n'oublierons cette excellente
famille Durieu...

— Vous dites?... interrompit Esteban Alvarez, anxieux. J'ai bien
entendu le nom que vous venez de prononcer?

— Parfaitement. Vous connaissez ces personnes?... Rien
d'étonnant, il est vrai ; le mari est comptable dans une grande
maison de commerce.

— Son prénom, vous le rappelez-vous?...

— Justin, si j'ai bonne mémoire.

— Justin Durieu ! répéta le négociant, dont le visage s'illumina
tout-à-coup d'une joie indicible ; mais c'est... c'est mon beau-père !...

— Eh bien, senor, dit gaîment Michot, vous pouvez dormir
tranquille, maintenant, et madame votre épouse aussi. Votre beau-
papa et votre belle-maman se portent comme vous et moi... S'ils

avaient trépassé dans cet infernal chambardement, c'eût été grand dommage, ma foi! car, mon capitaine a raison de le proclamer, ce sont de bien braves gens, le cœur sur la main.

— Ne vous souvient-il pas, demanda Ravergy à Thérèse, qu'ils nous ont parlé de leur fille, mariée à un négociant de la Havane?

— Il m'en souvient, en effet.

— Et ce négociant est votre serviteur! fit joyeusement Esteban Alvarez, pour qui le doute n'était plus possible.

— Soyez les bienvenus, vous qui ramenez le bonheur dans ma maison.

A peine achevait-il ces mots, qu'une jeune femme complètement vêtue de noir parut sur le seuil.

Elle était accompagnée d'une servante de couleur, tenant par la main un charmant garçonnet d'environ quatre ans.

Son visage profondément altéré par le souci et par l'insomnie, portait encore la trace de larmes récentes.

En apercevant des étrangers, une sorte de pudeur la prit à la pensée de donner à leur indifférence le spectacle de sa douleur; elle voulut se retirer.

Un appel d'Alvarez la retint:

— Juana! Juana! tes parents sont sains et saufs!

Il n'eut pas le temps d'en dire davantage. La jeune femme, sans se préoccuper maintenant de la présence de témoins inconnus, se précipitait dans les bras de son mari.

Parmi des exclamations bruyantes, des actions de grâce adressées à la Providence, un torrent de larmes jaillit de nouveau de ses beaux yeux, mais, cette fois, c'était la joie qui en était la source.

— Est-ce vrai? Est-ce possible! répétait-elle. Béni soit Dieu qui a exaucé ma prière!...

Et elle embrassait tour à tour don Esteban et le petit Francisco, tandis que, de son côté, la bonne négresse Barbara manifestait son allégresse par des cris gutturaux et des gestes extravagants.

— Des nouvelles certaines sont donc arrivées? demanda dona Juana, quand elle se fut un peu calmée.

— Oui, à l'instant même, répondit le négociant; et voici les personnes qui les apportent, ajouta-t-il, en présentant les voyageurs et en s'excusant auprès d'eux de les faire assister à cette scène de famille.

— Nous nous félicitons de l'avoir provoquée, déclara courtoisement Ravergy.

— Alors, interrogea Mme Alvarez, avec vivacité, vous avez vu mes parents, monsieur, vous les avez laissés en bonne santé?...

Mais une simple réponse affirmative ne lui suffit pas; avide de détails circonstanciés, elle multipliait les questions.

Il fallut recommencer pour elle le récit complet de la catastrophe, raconter comment M. Durieu, sa femme et leurs compatriotes y avaient échappé.

— Remettez-vous de vos alarmes, senora, conclut en terminant Ravergy. En vous rassurant sur le sort de vos chers parents, nous trouvons une occasion de payer en partie la dette de reconnaissance que nous avons contractée envers eux; car nous dissipons ainsi votre mortelle inquiétude à laquelle ils ne pouvaient songer sans un cruel serrement de cœur.

— C'est moi, senor, qui vous dois l'expression de toute ma gratitude. J'étais folle de chagrin. Déjà, la dernière épidémie de fièvre jaune nous avait vivement inquiétés pendant des semaines... apprendre qu'elle n'avait épargné mon père et ma mère que pour les laisser périr dans ce terrible tremblement de terre, c'était affreux!...

— Remercions cordialement les messagers de la bonne nouvelle et ne parlons plus de ces sujets funèbres, n'est-ce pas chère amie?... interrompit don Esteban.

— Tu as raison, répliqua la jeune femme, complètement rassurée.

Et s'adressant aux voyageurs :

— Puisque vous avez été les hôtes de mes parents à la Vera-Cruz, vous nous ferez bien l'honneur et le plaisir d'être les nôtres à la Havane, pendant votre séjour. Après tant de vicissitudes et de fatigues, vous devez avoir besoin de repos...

— Nous sommes très sensibles à votre invitation, répondit Ravergy; mais nous ne séjournerons pas ici, nous ne faisons qu'y toucher...

— Et nous repartons dès demain, appuya Cardovan.

— Ah! s'écria dona Juana, désappointée, j'aurais été si heureuse de vous garder quelque temps!... Ce départ ne peut-il se remettre?...

— D'impérieux devoirs nous rappellent en France, prononça Thérèse, et nous avons déjà perdu un temps précieux, hélas!

— Alors, je n'ose insister, reprit la femme du négociant, impressionnée par la gravité mélancolique de la jeune fille et la fermeté de son accent. Du moins, ne nous refuserez-vous pas de vous asseoir à notre table...

— En compagnie du capitaine Cardovan, avec qui j'ai quelques affaires à traiter, se hâta d'ajouter don Esteban.

Le marin s'inclina en signe d'acquiescement.

— D'ailleurs, poursuivit le Cubain, en coulant un regard expressif du côté de sa femme, j'aime beaucoup les Français...

— A la bonne heure! approuva familièrement Michot. Nous allons donc fraterniser et boire ensemble à la France!

— Et à l'Espagne! fit Ravergy, toujours diplomate, malgré l'ardeur de son patriotisme.

Tout à la joie d'une rencontre fortuite qui les délivrait d'une funèbre obsession, don Esteban Alvarez et dona Juana firent largement les honneurs de leur maison.

Le repas offert à leurs convives fut digne d'une table princière et la réception, bien que pleine de cordialité, emprunta une certaine solennité au luxe exotique que le riche négociant cubain tint à y déployer.

Claude Michot s'extasia devant toutes ces somptuosités, avec sa naïveté de paysan mal dégrossi.

En retournant à bord, il ne tarissait pas de louanges et de formules d'admiration au sujet de cette réception magnifique.

— Ce n'est pourtant pas la première fois qu'il t'arrive de manger dans de la vaisselle plate et de boire dans des verres de cristal fin, dit en souriant Ravergy.

— C'est vrai, mon capitaine, répliqua l'ancien soldat; j'ai déjà tâté de ça autre part, à Mexico, dans le riche palais de cette canaille de Delaverne; mais on ne s'y sentait pas à son aise et l'on n'était guère fier d'être hébergé par un pareil bandit, tandis que chez le senor Alvarez... Voilà des gens avec qui on est flatté de trinquer... Et quels vins, tudieu! quels vins!... Le pur jus des vignes du Paradis!...

Mais l'enthousiasme un peu exalté du brave Michot ne tarda pas à tomber devant la tristesse muette de Thérèse.

La jeune fille, elle, n'avait pas puisé dans les vins d'Espagne généreux une gaîté factice.

Tout en montrant une grâce parfaite, pour répondre de son

mieux aux attentions des amphytrions, elle avait à peine touché aux
mets qu'on lui servait.

Par un effet de contraste bien naturel, ce luxe, cette bonne
chère, avaient évoqué au fond de son cœur endolori, l'image de
l'humble foyer de là-bas, bouleversé par un épouvantable malheur, de
son père subissant dans un affreux cachot la torture d'une longue
agonie, en attendant le dernier supplice, de sa mère réduite à chercher au foyer d'Urbain Raimbaud un abri contre la solitude, la misère et la maladie...

Elle avait l'âme trop haute pour être jalouse du bonheur
d'autrui ; mais il n'y avait plus de joie pour elle, tant que dureraient
l'affliction et la souffrance de ses chers aimés, tant qu'elle n'aurait
pas accompli sa tâche.

Claude Michot crut lire un reproche dans le regard sérieux et
méditatif de la jeune fille dont il devinait la secrète pensée. Honteux
d'un moment d'étourderie bien excusable, il se mordit la moustache, devint songeur à son tour et se mit à contempler Thérèse,
silencieusement, de son œil attendri de chien fidèle.

IX

DANS L'ATLANTIQUE

L'*Alcyon*, ayant repris sa route, après la courte escale de la
Havane, voguait à pleines voiles à travers l'Atlantique.

Depuis plusieurs jours déjà, il avait perdu de vue Cuba, la
« Perle de Antilles », et maintenant on ne voyait plus que le ciel et
l'eau, confondus dans les lointains infinis de l'horizon.

Rien ne semblait devoir rompre la monotonie de la traversée.

Chaque jour, Thérèse interrogeait Cardovan sur le chemin qu'il
restait à parcourir pour aborder en France et le capitaine avait beau
vanter les qualités incomparables de son bateau, elle trouvait la
marche du brick trop lente à son gré.

— Allons ! Un peu de patience, mademoiselle, lui disait le brave
marin. Nous ne pouvons pourtant pas courir plus vite que le vent,
que diable !

Du train dont nous filons, nous pouvons toucher Marseille dans
un mois...

— Un mois !... soupirait la jeune fille, oh ! que c'est long !

SEULE !

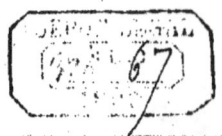

Paul Maubrun avait raconté lui-même son histoire à Claude Michot, devenu vite son grand ami. (P. 1488.)

LIV. 186. — ADOLPHE D'ENNERY. — SEULE ! — J. ROUFF ET Cⁱᵉ, ÉDIT.   LIV. 186.

— Oui, pour vous, je comprends ça; mais, pour, moi, c'est ce que j'appellerai une jolie traversée.

Tenez, voici où nous sommes déjà.

Et, de son doigt promené sur une carte marine chargée de signes conventionnels auxquels Thérèse n'était pas initiée, il lui désignait un point qu'il précisait en énonçant les degrés de longitude et de latitude.

Mais une seule chose apparaissait clairement aux yeux de la passagère : l'énorme distance qui la séparait encore des côtes de France.

De fait, le navire n'avait pas quitté la région tropicale.

La chaleur accablante de la zone torride y était pénible à supporter et nos voyageurs se réjouirent quand, à l'approche du 30e degré de latitude nord, les vents alizés vinrent en tempérer les ardeurs.

Dans cette zone, on le sait, l'air, violemment échauffé, monte et se déverse ves les pôles Nord et Sud, en donnant naissance à deux courants supérieurs.

En même temps, l'air plus froid des pôles se précipite pour remplir le vide causé par la dilatation de l'atmosphère de l'équateur; c'est ce phénomène qui produit les courants inférieurs nommés vents alizés et soufflant du nord-est dans l'hémisphère boréal.

Malheureusement, cette direction n'était guère favorable à celle du brick, orientée vers l'Europe.

Bientôt, l'*Alcyon* eut le vent-debout et ne put poursuivre sa route qu'à la condition de tirer des bordées, manœuvre que d'ailleurs, le capitaine Cardovan s'entendait à conduire avec une rare habileté.

N'ayant aucun point de repère dans l'immensité dont elle était environnée, Thérèse, heureusement, ne pouvait se rendre compte de ces continuels zig-zags qui allongeaient la route.

Et, craignant d'augmenter son impatience, le capitaine se gardait bien de l'initier à ces nécesités de la navigation.

Les bordées que tirait l'*Alcyon* l'amenèrent peu à peu dans la partie de la zone équatoriale où les vents alizés perdent de leur force, et qu'on appelle pour ce motif la « région des calmes ».

Malgré toute l'habileté de sa manœuvre, Cardovan n'avait pu réussir à éviter cette bande que les marins redoutent presque autant que la région des tempêtes, surtout quand ils sont pressés d'arriver au port.

Un matin, en sortant de leurs cabines, nos voyageurs constatèrent, non sans surprise, que le brick ne marchait plus.

Cependant, aucune terre n'était en vue.

D'autre part, au lieu d'avoir ses voiles carguées, comme il est
d'usage lorsqu'on jette l'ancre, le navire conservait toute sa toile
dehors.

Il roulait imperceptiblement sur une mer d'huile, mais il n'avançait pas.

Pourquoi cet arrêt subit en plein océan?

Au moment où les passagers paraissaient sur le pont où Cardovan les avait précédés dès l'aube, celui-ci était en conférence avec
son second.

En les voyant s'approcher de la dunette, il rompit brusquement
l'entretien et se dirigea vers eux, la main amicalement tendue, suivant son habitude.

Mais sa jovialité manquait de naturel.

Son affectation de cordiale bonne humeur cachait mal une grave
préoccupation que trahissaient le pli du front et l'expression incertaine du regard, habituellement pleine de franchise.

— Eh bien, capitaine, interrogea Ravergy, nous ne marchons
donc plus?

Cardovan eut un sourire forcé qui ressemblait plutôt à une grimace.

— Que se passe-t-il? demanda Thérèse, inquiète.

— Est-ce qu'il y a quelque chose de cassé? ajouta Claude
Michot.

— Il y a tout simplement que la brise nous refuse le service,
répondit le marin; pas un souffle, le calme plat, quoi!

— Et alors, reprit Michot, nous sommes condamnés à rester en
panne; nous voilà bien!

— Pour le moment, oui.

— Et cela peut durer?... insista Ravergy.

— Pas longtemps, je l'espère.

Cardovan crut devoir faire cette réponse évasive, afin de ne pas
contrarier inutilement ses passagers.

En réalité, il lui était impossible d'émettre là-dessus des pronostics précis.

C'était là, expliqua-t-il, sans paraître y attacher de l'importance,
un de ces mécomptes auxquels on est exposé dans certains parages;

il fallait en prendre bravement son parti et attendre le retour de la brise qui, probablement, ne tarderait pas.

Son apparente tranquillité rassura Thérèse et ses amis.

Dans quelques heures, pensaient-ils, l'*Alcyon* reprendrait sa course rapide, et il suffirait d'un bon vent pour rattraper le temps perdu.

Mais la journée se passa, puis la nuit, puis une autre journée encore, sans qu'aucun changement se produisît dans l'état de l'atmosphère et de la mer.

— Espérons, espérons ! répétait toujours le bon Cardovan, qui, mentalement, donnait à ce mot le sens de « attendons », où les paysans de son pays breton ont coutume de l'employer.

Le calme plat devait, hélas ! se prolonger bien au delà du terme que lui fixaient des prévisions trop optimistes.

Pendant cette station forcée, les meilleures heures des passagers étaient celles où ils s'abandonnaient à un lourd et irrésistible sommeil, écrasés par la chaleur d'un soleil torride.

Le reste du temps, ils se « mangeaient le sang » suivant l'expression de Claude Michot, et maudissaient cet Océan trop bénin, dont la surface polie comme une glace semblait les narguer.

. . . .

Profitons de cette période d'inaction pour faire connaissance avec l'équipage de l'*Alcyon*.

Cet équipage se composait d'une douzaine d'hommes, sans compter le capitaine.

Le second était un Mexicain, nommé Rodriguez.

Jeune encore, bien découplé, les traits réguliers, il avait des avantages physiques dont il semblait tirer quelque vanité.

C'était, en effet, ce qu'on peut appeler un beau garçon, mais des yeux trop rapprochés du nez, un regard à la fois inquisiteur et fuyant qui manquait de franchise, donnaient à sa physionomie une expression troublante et peu sympathique.

Ses dents, dont la blancheur contrastait avec le bistre foncé de son visage, étaient aigües comme des dents de loup et son sourire même prenait parfois un caractère de férocité.

Il ne plaisait qu'à demi à Cardovan ; mais celui-ci avait cru raisonnable de s'adjoindre comme principal auxiliaire un indigène du pays où il avait son port d'attache.

Un homme connaissant bien la langue, les mœurs et les habitudes de ce pays pouvait lui être d'un concours fort utile en mainte circonstance.

D'ailleurs, Rodriguez lui avait été présenté par son armateur, M. Darnis, auquel on l'avait recommandé comme un excellent marin.

Le contingent du bord avait été, pour les deux tiers, recruté par le Mexicain, parmi ses compatriotes, y compris un grand diable de mulâtre répondant au nom de Bembo.

Le reste comptait deux bretons : Kermadec, chef timonier et Yves Lemeure, novice; un provençal : Vertujou, simple gabier; un Normand : Hardouin, maître-coq, et un Parisien de quatorze ans : Paul Maubrun, dit la Chevrette, servant en qualité de mousse,

Cardovan avait tenu à contre-balancer le plus possible l'élément exotique par l'élément français, et c'était tout ce que lui avait fourni une battue en règle opérée dans les cabarets du port de Tempico où se faisaient racoler les matelots sans emploi appartenant à toutes les nationalités.

Sur un navire marchand de moyenne dimension et transportant accidentellement un petit nombre de passagers, des rapports assez étroits se nouent inévitablement entre ceux-ci et l'équipage, surtout quand la traversée est longue.

C'est le résultat naturel de la vie en commun dans un espace restreint.

Sous l'empire des nécessités quotidiennes, parfois en présence des dangers courus, les distances se rapprochent, les préjugés s'effacent; des gens d'origine et de conditions bien différentes finissent par former en quelque sorte une seule et même famille.

Bientôt il en fut ainsi de nos voyageurs et des marins au milieu desquels ils passaient la majeure partie de leur temps, ne rentrant guère dans leur cabine que pour dormir.

Peu à peu les matelots se familiarisèrent avec les amis du capitaine, à l'égard desquels ils se montraient cependant pleins de déférence.

Thérèse exerçait sur ces rudes mathurins l'influence de la jeunesse et de la grâce jointes à une parfaite réserve qui n'excluait pas l'affabilité.

Connaître la charmante jeune fille, c'était l'aimer et la respecter.

Ravergy avait à leurs yeux le double prestige du gentilhomme et du militaire qui perce toujours dans la tenue et les façons, en dépit de l'incognito le mieux gardé.

Claude Michot lui-même, malgré ses allures plébéiennes, leur faisait l'effet d'un personnage dont la poignée de main facile était une faveur et avec lequel on devait être fier de fraterniser.

De leur côté, nos amis ne tardèrent pas à connaître tous leurs compagnons de voyage.

Au sujet du capitaine Cardovan, ils n'avaient plus grand'chose à apprendre.

Ils avaient eu déjà l'occasion d'apprécier sa nature franche et loyale, son courage, sa serviabilité, son dévouement à toute épreuve.

Le caractère de son second restait, au contraire, énigmatique pour eux.

Instinctivement, ils trouvaient Rodriguez plutôt antipathique, bien que le Mexicain ne leur épargnât pas les marques d'un empressement presque obséquieux.

Si sa nature complexe ne permettait pas de le juger du premier coup d'œil, il était plus facile de discerner la physionomie et le caractère des autres gens du bord que nous venons de nommer.

Kermadec, un Breton bretonnant, vrai loup de mer au visage racorni comme une vieille peau de requin, mais possédant, sous des dehors plus grossiers, des qualités analogues à celles de son compatriote Cardovan.

Vertujon, jovial et hâbleur comme la plupart des méridionaux.

Yves Lemeure, un jeune Paimpolais, méditatif et silencieux, qui semblait vivre perpétuellement dans le souvenir de son clocher natal.

Hardouin, un ex-paysan cauchois, ayant fait trente-six métiers et roulé sa bedaine un peu partout, avant d'échouer dans la cambuse de l'*Alcyon*, où il cuisinait d'inqualifiables ratas, les bras nus, sa face rougeaude luisante de sueur et son nez vermillonné moins encore par le feu de son fourneau que par l'abus du tafia.

Bembo, le mulâtre des Antilles, souple comme un chat sauvage, gourmand et voleur comme un chat domestique et roulant toujours ses yeux de charbon, au blanc piqué de points jaunes, qui exprimaient autant de ruse que sa bouche lippue révélait de bestialité.

Quant au mousse, qui commençait sa deuxième campagne à la mer, c'était le type achevé du gamin de Paris, combiné avec celui du galopin des ports.

Paul Maubrun avait raconté lui-même son histoire à Claude Michot, devenu vite son grand ami.

Cadet d'une famille de six enfants, il avait quitté la maison non seulement pour obéir à une vocation irrésistible, mais encore pour alléger les charges de sa mère, une pauvre ouvrière du faubourg Saint-Jacques, restée veuve à la suite d'un accident d'atelier dont son mari avait été victime.

Seul l'aîné des garçons était en mesure de gagner sa vie par son travail et, le père disparu, de subvenir à une partie des besoins de la communauté.

Les autres enfants, excepté le cadet, au seuil de l'adolescence, étaient encore en bas-âge.

Alors, voyant la mère lutter, écrasée sous le poids d'un fardeau trop lourd, le grand frère peiner pour un salaire insuffisant, Paul s'était dit qu'il avait un rôle actif à jouer.

D'abord, supprimer une bouche inutile, puis prendre, lui aussi, un métier.

Dans l'industrie ou le commerce, l'apprentissage serait long, le salaire nul au début, et il lui faudrait manger sa part d'un pain parcimonieusement rationné.

La lecture de quelques volumes dépareillés, prêtés par un voisin, lui avait suggéré le goût des voyages et des aventures.

Son parti fut pris : il se ferait marin.

Malgré l'opposition de la veuve dont cette résolution téméraire alarmait la sollicitude maternelle, il partit un matin en cachette, sans un sou vaillant en poche, et, à la grâce de Dieu, se dirigea vers le Havre.

Après avoir mené pendant une quinzaine de jours l'existence précaire des chemineaux, voituré parfois par des paysans ou des voituriers complaisants, faisant le plus souvent à pied de rudes étapes, il atteignait enfin le but, tressaillait d'enthousiasme à la vue de la forêt de mâts se dressant dans le vaste port, et, dès le lendemain, s'engageait en qualité de mousse à bord d'une goélette en partance pour l'Amérique.

Il avait alors treize ans à peine.

Chétif et de petite taille, comme presque tous les enfants des faubourgs, il ne payait pas de mine, surtout après la longue marche qu'il venait de fournir dans de pénibles conditions.

Aussi, le premier mouvement des capitaines auxquels il s'était offert avait été de repousser ses offres.

— Oh! La Chevrette! On entendait à chaque instant cet appel, d'un bout à l'autre du brick.
Et le mousse accourait... (P. 1491).

Ils ne se souciaient pas d'embarquer un pareil gringalet qui, pensaient-ils, ne serait qu'un embarras et ne leur rendrait aucun service.

Tantôt on l'accueillait avec un haussement d'épaules accompagné d'un sourire de pitié, tantôt on le rabrouait brutalement :.

— Tu plaisantes, marmot, retourne donc chez ta maman !...

— Regardez-moi ce jeune berger; ça veut naviguer et ça ne tient seulement pas debout sur le plancher des vaches!

Le capitaine de la goëlette s'était montré moins difficile.

Les instances de l'enfant, son air dégourdi, la volonté virile qui semblait animer ce corps frêle, avaient eu raison de sa résistance.

Ce capitaine, d'ailleurs, n'était pas, comme on dit vulgairement, un paroissien des plus catholiques.

C'était, sous de fallacieuses apparences, une espèce d'écumeur de mer, contrebandier, négrier, voire même quelque peu pirate, à l'occasion.

Aussi, recrutait-il son équipage au petit bonheur, plutôt parmi le rebut des ports, préférant aux matelots régulièrement classés des auxiliaires dépourvus comme lui de scrupules gênants.

Ayant besoin d'un mousse, il avait pris le premier qui se présentait, sans lui demander ses papiers, sans s'inquiéter de savoir si l'enfant était en puissance de parents.

Que celui-ci fût un coureur d'aventures ingénu, échappé de la maison, ou un vaurien en bordée, c'était le cadet de ses soucis : « Tu veux embarquer, gamin? Eh bien, embarque! »

Paul Maubrun avait fait, sous les ordres de ce maître, un rude apprentissage.

Il avait les épaules encore marquées des coups de garcette qu'il en avait reçus pour tout salaire de sa peine et de sa bonne volonté.

Et, pour comble de vilenie, après l'avoir promené pendant des mois sous toutes les latitudes, le forban, éprouvant le besoin de renouveler une partie de son équipage, l'avait laissé en plan à Tempico, absolument dénué de ressources.

Cardovan était survenu juste à point pour le sauver d'une situation des plus critiques.

Il l'avait engagé à la recommandation de Kermadec qui, l'ayant rencontré errant tristement sur le port, s'était intéressé à lui et l'avait présenté :

— Le pauvre petit gars crève de faim, avait dit le Breton; ça serait grand dommage de l'abandonner, car il a l'air bien brave et bien dégourdi, ma foi !

Paul n'avait pas fait mentir son protecteur improvisé.

Ayant vite repris du cœur, en se voyant hors d'affaire, il avait bientôt conquis la bienveillance du capitaine et la sympathie de tout le monde par son activité et sa gentillesse.

A le voir nerveux, agile, toujours en mouvement, partout à la fois, à tribord, à babord, à l'avant, à l'arrière, Kermadec, employant le mot par lequel on désigne en Bretagne le petit crustacé communément appelé crevette, disait de lui qu'il était vif comme une « chevrette » dans l'eau.

D'où le sobriquet de La Chevrette donné à Paul Maubrun :

— Oh! La Chevrette!

On entendait à chaque instant cet appel, d'un bout à l'autre du brick.

Et le mousse accourait, toujours alerte, sautant, cabriolant, grimpant, prêt à toutes les besognes qu'on lui commandait.

On l'aimait aussi pour son inaltérable bonne humeur.

Ses boutades, ses saillies de gavroche, lancées avec le plus pur accent et les intonations du peuple parisien, amusaient l'équipage et les passagers.

Claude Michot goûtait particulièrement sa société, d'autant plus qu'il trouvait en lui un auditeur singulièrement attentif aux copieux récits qu'il lui faisait de ses campagnes, lorsque, à la tombée du jour, ils s'asseyaient sur le gaillard d'avant.

Thérèse, elle-même, prenait parfois plaisir à causer avec le petit homme qui, vis-à-vis d'elle, prenait une attitude plus réservée.

Une sympathie l'attirait vers cet enfant courageux, que l'adversité tenait, comme elle, éloigné des siens.

Bref, tout allait bien à bord de l'*Alcyon*, où marins et terriens, dans une parfaite entente, formaient une sorte de famille.

X

LE TORNADO

Il y avait déjà près d'une semaine que durait le calme plat qui avait interrompu la marche du brick.

Dans un ciel sans nuages, un soleil implacable dardait ses rayons réverbérés par la mer unie comme la surface d'un immense miroir.

La chaleur était accablante, et l'on ne pouvait se risquer sur le pont, pendant le jour, qu'à la condition de s'abriter sous les toiles à voile tendues entre les mâts en guise de tentes.

Succombant à une invincible torpeur, dans cette atmosphère de fournaise, matelots et passagers faisaient de longues siestes, et ce n'était qu'à l'approche de la nuit qu'ils secouaient leur engourdissement.

Alors, parfois, Thérèse s'isolait avec Ravergy à l'extrémité du gaillard d'arrière.

Appuyés au bastingage, les yeux fixés tantôt vers la ligne lointaine de l'horizon, tantôt vers le firmament resplendissant de brillantes constellations, les deux jeunes gens causaient à demi-voix.

Le principal sujet de leurs entretiens était toujours le même.

Thérèse déplorait le nouveau contre-temps qui mettait obstacle à son retour en France.

— Mon Dieu! mon Dieu! répétait-elle, pourvu que nous n'arrivions pas trop tard!

Ravergy s'efforçait de la rassurer, bien qu'il ne fût pas lui-même sans inquiétude.

— Courage! lui disait-il, Dieu ne vous aurait pas protégée à travers tant de difficultés et tant de périls, s'il devait vous laisser échouer dans votre pieuse mission.

— Je veux le croire, cher ami, mais il est des moments où je crains de fléchir sous le poids des épreuves.

— Vous avez l'âme trop vaillante pour vous laisser abattre.

— Qui sait?... soupirait la jeune fille en mettant la main sur son cœur.

Et, prise d'un accès de mélancolie :

— Si je venais à disparaître, peut-être tout ne serait-il pas perdu... La preuve de l'innocence de mon père resterait entre les mains du fidèle Michot, et vous sauriez faire usage du dépôt sacré que je vous confie...

— Soyez sans crainte, Michot ou moi, c'est tout un, et, s'il ne tenait qu'à nous que la lettre parvienne à destination, vous n'auriez qu'à vous fier à vos amis dévoués...

Mais chassez les tristes pensées qui vous obsèdent; j'en suis fermement convaincu, vous aurez la joie d'accomplir votre tâche jusqu'au bout.

— Hélas! le temps est compté, et, pour peu que se prolonge cet arrêt en pleine mer, loin des côtes d'Europe...

— Il ne peut s'éterniser, et nous en verrons bientôt le terme...

Pendant qu'ils devisaient ainsi, un étrange concert se faisait entendre à l'extrémité opposée du bateau, sur le gaillard d'avant.

Assis à la turque ou affalés sur le plancher, l'auditoire formait cercle autour des virtuoses de bonne volonté.

D'une voix traînante, secouée de longs trémolos, le novice Yves Lemeure chantait une romance bretonne très sentimentale : les amours malheureux d'un matelot paimpolais qui trouve sa promise mariée en revenant au pays.

Kermadec l'accompagnait consciencieusement en sourdine, tout en mâchonnant l'énorme chique qui lui faisait à la joue une incurable fluxion.

— Ça, protestait le maître-coq Hardouin, c'est des chansons à porter le diable en terre; on se croirait à la messe ou aux vêpres. Allons, à ton tour, La Chevrette, dégoise-nous quelque chose de gai.

Le mousse ne se faisait pas prier.

— Voilà, patron, voilà! On va vous en envoyer une.

Et, se campant sur ses jambes grêles, il attaquait résolument quelque amusant refrain de Désaugiers, auquel sa voix de vinaigre donnait encore plus de mordant, et dont il soulignait les traits par une mimique expressive.

Sa diction intelligente, ses grimaces, ses gestes obtenaient un vif succès.

Tout le monde riait à gorge déployée, applaudissait bruyamment, même les matelots mexicains qui ne comprenaient rien aux paroles, même le mulâtre Bembo, qui n'y entendait guère davantage; mais qui manifestait, en roulant ses yeux jaunes et en exhibant ses dents de carnassier, le plaisir que lui causait la pantomime comique du chanteur.

Quant à Claude Michot, il admirait les talents de son petit camarade avec toute la sincérité de sa naïve bonhomie et n'hésitait pas à déclarer que La Chevrette avait dix mille livres de rentes dans le gosier.

Et c'était un spectacle singulier que celui de cette poignée d'hommes mettant un peu de vie dans l'immensité immobile et silencieuse de l'Océan.

. . . .

Le sixième jour, quelques modifications commencèrent à se produire dans l'état de l'atmosphère.

Les passagers, fuyant leurs étroites cabines, étaient montés sur le pont avant l'aube, pour y chercher un peu d'air et de fraîcheur.

Ce matin-là, le soleil, à son lever, prit l'aspect d'un globe san-glant noyé dans un brouillard rouge.

La mer elle-même semblait teinte de cette couleur pourprée.

Quand ce brouillard se fut peu à peu dissipé, le ciel, au lieu de recouvrer sa pureté de la veille, se chargea de petits nuages pareils à des flocons de laine cardée.

Cependant, les régions inférieures de l'atmosphère restaient calmes; pas un souffle de brise ne s'élevait.

Le capitaine, interrogé par Ravergy, lui fit une réponse évasive.

On a beau être un Breton franc comme l'osier, pensait Cardovan, il y a des cas où l'on est obligé de parler en Normand. Inutile de mettre martel en tête à mes passagers en leur communiquant mes pronostics.

— Le temps pourrait bien changer, se contenta-t-il de dire.

— En bien ou en mal? insista le jeune homme.

— M'est avis que nous ne moisirons plus longtemps ici.

Ravergy s'était empressé de faire part à Thérèse de cette réponse qu'il avait interprétée dans un sens absolument favorable.

Sa compagne l'avait accueillie par une exclamation de joie.

— Enfin! nous allons voir le terme de cette mortelle attente!...

Cependant, Claude Michot, de son côté, entendait un autre son de cloche, moins rassurant.

Il avait engagé la conversation avec Kermadec.

Le timonier, à qui le chômage forcé du gouvernail laissait des loisirs, examinait attentivement l'état du ciel, tout en changeant fré-quemment sa chique de joue, mouvement machinal qui était chez lui l'indice d'une vive préoccupation.

— Eh bien, lui demanda l'ancien soldat, ça ne va donc pas à votre guise?

— Nenni, monsieur Michot, pas du tout.

— Qu'est-ce qu'il y a?

— Il y a qu'il faut nous attendre d'ici à demain à un rude branle-bas.

— Pourquoi?

— Parce que nous allons être furieusement secoués.

— Au moins, ça nous aidera à démarrer, et ce ne sera pas trop tôt.

— Non, certes; seulement, il y a démarrer et démarrer.

— Une belle brise, bien raisonnable, qui nous permettrait de

larguer de la toile et de filer d'abord en douceur, à la bonne heure!
Mais ce n'est pas ça qui se prépare.

— Rien ne bouge, pourtant.

— Faut pas s'y fier; cette tranquillité-là ne me dit rien qui
vaille; m'est avis que ça ne tardera pas à se gâter.

— Vous craignez une tempête?

— Je la vois venir.

— Vous avez la vue longue.

— Un vieux marsouin comme moi ne s'y trompe jamais.

— Dame! vous vous y connaissez mieux que moi.

— Naturellement, sauf le respect que je vous dois, vous n'êtes
qu'un berger.

— Alors, vous croyez?...

— Je ne crois pas, je suis sûr de mon fait. Ah! mon cher monsieur Michot, nous allons danser une fichue danse... Enfin, pas besoin
de se faire de la bile par avance, on s'en tirera peut-être tout de
même...

Et, avec cette placidité sereine que donne l'habitude du danger,
le marin conclut :

— En espérant, je vas manger un morceau.

Kermadec n'avait pas observé la même réserve que son capitaine.

Il avait dit carrément les choses, sans songer un seul instant
aux inconvénients de sa franchise ingénue.

Parlant à un brave soldat, pouvait-il songer à lui mâcher la
vérité?

Michot, en effet, ne s'émut pas outre mesure de ces propos peu
rassurants, mais il se hâta de les confier à Ravergy.

Celui-ci en éprouva d'abord quelque surprise; les réponses évasives de Cardovan lui avaient donné le change, et il croyait le navire
en pleine sécurité.

Il comprenait maintenant à quel sentiment le capitaine avait obéi
en dissimulant ses craintes.

— Attendons les événements, dit-il à son compagnon; mais, de
grâce, pas un mot à Mlle Thérèse.

— Elle est pour le moins aussi courageuse que nous!

— Assurément, mais son courage a besoin d'être ménagé.
A quoi bon alarmer d'avance la vaillante créature? Cela ne servirait
qu'à ébranler l'espoir qui la soutient.

— Bien parlé, mon capitaine, conclut Michot, on observera la consigne...

La journée s'acheva sans incident notable.

Le soleil se coucha, comme il s'était levé, dans un brouillard de pourpre, et, la nuit venue, l'océan se couvrit de lueurs phosphorescentes.

A l'aube suivante, de petits nuages floconneux pommelèrent encore le ciel, qui, bientôt, prit une teinte uniforme d'un blanc laiteux.

La chaleur était de plus en plus pesante et étouffante; on ne respirait plus qu'avec peine un air embrasé.

En même temps qu'un malaise physique, une vague anxiété, une angoisse indéfinissable s'emparait de l'être.

Les oiseaux de mer eux-mêmes, inquiets, fuyaient à tire d'ailes du côté de la terre, cherchant un abri contre la tempête prochaine.

De lourdes nuées commençaient à monter lentement au-dessus d'une bande sombre qui s'était formée à l'horizon.

Pourtant, le calme régnait toujours.

Rien n'annonçait l'imminence du danger, et l'on aurait pu croire que Kermadec, malgré son expérience, s'était trompé dans ses pronostics.

Il n'en était rien, malheureusement.

Bientôt, les nuées accumulées se rapprochèrent; la mer, unie et presque immobile jusque-là, devint houleuse, la crête des vagues se frangea d'écume; le brick, agité d'oscillations irrégulières, commençait à chasser sur ses ancres.

Secouant la torpeur où les avait plongés la chaleur accablante, les hommes de l'équipage s'étaient spontanément mis debout.

Brusquement éveillés de leur longue sieste, les passagers les avaient imités.

Du haut de la dunette, Cardovan, très attentif, scrutait l'espace d'un regard circulaire.

Il était visiblement préoccupé.

Le second ne tarda pas à le rejoindre, et ils conférèrent ensemble à demi-voix.

Aux côtés de Thérèse, ses deux fidèles compagnons s'efforçaient en vain de lui cacher leurs appréhensions.

— Le temps devient menaçant, dit-elle.

— Quelques nuages qui vont crever, répliqua Ravergy, affectant une parfaite tranquillité.

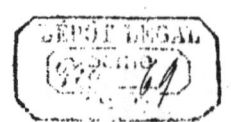

Hélas! à moins d'un miracle c'en était fait de l'*Alcyon* et de ceux qu'il portait! (P. 1499.)

— Ça nous rafraîchira, et ce sera tant mieux, ajouta Michot ; sans cela, nous risquerions de rôtir comme dans un four. Et puis, tenez, la brise s'élève, nous bougeons, et le moment est enfin venu de se remettre en route.

De l'endroit où ils étaient placés, nos trois amis ne pouvaient saisir toutes les paroles échangées entre Cardovan et Rodriguez ;

mais, à plusieurs reprises, le mot *tornado* frappa distinctement leurs oreilles.

A ce mot, souligné chaque fois d'un geste expressif, Thérèse tressaillit.

— Avez-vous entendu ? dit-elle.

Non seulement Ravergy et Michot avaient entendu, mais ils avaient compris.

Interrogé sur la signification de ce *tornado* dont s'inquiétait la jeune fille, le premier répondit :

— Le capitaine donne les ordres du départ et commande sans doute de manœuvrer pour virer de bord.

— C'est cela ! se hâta d'appuyer Michot.

— Mieux renseignés que la jeune fille sur ce point, ils n'ignoraient ni l'un ni l'autre qu'en espagnol *tornado* signifie tourbillon ou cyclone.

Et ils se seraient bien gardés de fournir à la jeune fille la traduction exacte de ce mot terrifiant.

Il n'y avait pas à s'y tromper : Cardovan et son second appréhendaient ce météore, le plus redouté des navigateurs.

En manœuvrant habilement, on arrive parfois à fuir devant la tempête ; mais comment se dérober au brusque assaut des éléments ?

On a beau prévoir cet assaut à des indices précurseurs certains, quand ces indices se manifestent, il est presque toujours trop tard pour profiter de l'avertissement.

En effet, le cyclone, ce n'est pas seulement le vent déchaîné et dont on peut, à la rigueur, tirer parti ; c'est une perturbation générale de l'atmosphère saturée d'électricité.

Alors, les puissances mystérieuses de la nature s'associent pour emporter et broyer tout ce qu'elles rencontrent sur leur passage, pour semer en quelques secondes, à plusieurs lieues de distance, la mort et la dévastation.

Le calme plat qui, jusque là, n'avait cessé de régner, avait empêché Cardovan de soustraire l'*Alcyon* au danger qu'il voyait venir.

Ce calme perfide retenait, pour ainsi dire, le brick prisonnier dans la zone d'action du météore qui, sournoisement, se préparait à sévir.

Mais seuls des marins expérimentés pouvaient se rendre compte de cette situation critique.

Aussi, dès qu'un peu de brise se fit sentir, le capitaine songea-t-il à tenter un effort pour sortir de cette zone redoutable.

Au moment où nos amis l'avaient entendu prononcer le mot *tornado*, il se concertait avec Rodriguez sur les mesures urgentes à prendre.

Lever l'ancre immédiatement et filer grand largue vers le sud-est, telle était la résolution à laquelle il s'était arrêté.

Il embouchait son porte-voix pour commander la manœuvre lorsqu'une brusque rafale, prenant le brick par le travers, lui imprima une violente secousse.

— Ça y est! grommela Kermadec, en lançant un gros juron, tandis que, auprès de lui, Yves Lemeure se signait.

— Les passagers aux cabines! ordonna Cardovan, presque brutalement.

Ravergy et Michot, qui soutenaient Thérèse chancelante, allaient déférer à cette injonction péremptoire.

Ils n'en eurent pas le temps.

Plusieurs autres rafales avant-courrières de la bourrasque décisive se succédèrent en quelques secondes.

Puis, soudain, le banc de nuées qui barrait l'horizon se couronna d'une immense flamme électrique dont la lueur sinistre illumina le ciel couvert d'un voile épais couleur de suie.

Au même instant, l'ouragan accourait avec une rapidité vertigineuse et un grondement formidable; une puissante aspiration soulevait la mer en une montagne conique dont le sommet semblait toucher les nuages.

Hélas! à moins d'un miracle c'en était fait de l'*Alcyon* et de ceux qu'il portait!

.   .   .   .

La durée totale du *tornado* n'avait pas été d'une minute.

Au milieu de l'Océan où il n'avait rencontré aucun obstacle capable d'atténuer sa violence, le brick n'était qu'une infime coquille de noix, qu'il devait emporter et anéantir d'un seul coup.

Le navire tournoyant sur lui-même, les craquements de sa coque, les mâts ployant comme des roseaux, les matelots culbutés pêle-mêle parmi les agrès, tels avaient été les effets immédiats du phénomène.

Projetée loin de ses compagnons, étourdie par le choc, Thérèse Valomer s'était sentie perdue et n'avait pas douté que sa dernière heure ne fût arrivée.

Instinctivement, elle avait fermé les yeux, recommandant à Dieu son âme et la vie de son père...

Quand elle les rouvrit, le plus fort de la tourmente était passé.

Les éléments reprenaient peu à peu leur équilibre rompu par le trouble momentané de l'atmosphère.

L'*Alcyon* n'avait pas sombré : sa fragilité même lui avait été propice, en offrant une moindre résistance au cylone, qui l'avait chassé devant lui, comme un fétu de paille et transporté à plus d'un mille, en le laissant à peu près intact.

Mais lorsque la jeune fille recouvra complètement ses sens, stupéfaite de se retrouver saine et sauve, ce fut pour entendre pousser ce cri d'alarme :

— Un homme à la mer !

Immédiatement, elle fut debout.

— Oh ! mon Dieu ! mon Dieu ! s'écria-t-elle en se portant aussi vite que le lui permettait le roulis du navire vers l'avant d'où le sinistre appel était parti.

Tout l'équipage était en émoi, et, pris d'une généreuse émulation se disputait à qui risquerait sa vie pour sauver celle du malheureux.

La Chevrette lui-même se mettait bravement sur les rangs.

Le capitaine, malgré son autorité, avait peine à modérer ces élans spontanés de dévouement et à faire entendre les ordres qu'il donnait pour opérer le sauvetage dans les meilleures conditions possibles.

Thérèse promenait autour d'elle des regards anxieux.

Quel était le disparu ? Elle brûlait de le savoir et n'osait le demander.

Si c'était ?...

La présence de Ravergy la tira d'un doute affreux.

Mais elle n'apercevait pas son autre compagnon de voyage et elle sentit surgir en elle un nouveau doute qui se changea bientôt en une cruelle certitude, lorsque le regard de Georges rencontra le sien.

— Michot?... prononça-t-elle, la gorge serrée.

Un geste désespéré fut la réponse.

— Sauvez-le ! au nom du ciel, sauvez-le ! supplia la jeune fille, avec un indicible accent de détresse.

. . . .

C'était bien, en effet, Claude Michot qui était tombé à la mer.

Au moment où l'ouragan s'était déchaîné, produisant parmi les éléments une violente perturbation, creusant des abîmes et soulevant des montagnes sur l'Océan, il se tenait debout contre le bastingage.

Instinctivement, il avait voulu s'accrocher à une drisse; mais elle s'était rompue, en même temps qu'une lame énorme emportait l'ancien soldat par dessus bord.

Maintenant, il se débattait à une vingtaine de brasses du navire, en nageant vigoureusement...

Quand Thérèse s'était écriée : « Sauvez-le ! » elle ne s'adressait directement à personne.

Ç'était l'exclamation naturelle, spontanée, de la pitié humaine.

Si la jeune fille avait pris le temps de la réflexion, elle n'aurait certainement pas songé à implorer en faveur de son compagnon d'autre secours que celui de ces braves marins prêts à se dévouer.

Mais son appel désolé a retenti jusqu'au fond du cœur de Ravergy.

Le jeune homme l'a considéré comme un ordre qui correspondait à sa propre impulsion.

Alors, il se passe une des scènes les plus dramatiques qu'on puisse imaginer.

La résolution de Georges est prise.

Sourd aux avis de Cardovan, il repousse les matelots qui lui barrent le passage, il s'arrache aux étreintes de Thérèse, qui le supplie de céder la place à des hommes plus expérimentés, et, d'un bond, après avoir envoyé un baiser à sa bien-aimée, et fait un signe de croix, il se précipite à la mer...

Les témoins de cet acte d'héroïsme restent un moment frappés de stupeur.

Thérèse, presque folle, pousse un cri déchirant.

D'un mouvement impulsif, irraisonné, elle s'élance, prête à suivre le jeune homme ; elle serait déjà le jouet des flots, si des bras vigoureux ne la retenaient.

Dominé par la conscience de sa responsabilité, Cardovan, le premier, recouvre son sang-froid et l'esprit d'initiative qui appartient à son autorité.

Il s'oppose énergiquement à toute action isolée, dont l'unique conséquence serait de compromettre inutilement d'autres vies humaines.

Ce qu'il faut maintenant, il l'a compris, c'est seconder la périlleuse tentative du sauveteur par tous les moyens possibles.

Il commande immédiatement de jeter à la mer une bouée et une barrique vide, auxquels les nageurs pourront s'accrocher en attendant la mise à l'eau d'une chaloupe.

Ravergy ne songe pas, pour l'instant, à se servir de ces engins flottants.

Fendant la vague, il se dirige rapidement vers Michot, qui, voyant du secours lui arriver, emploie toute son énergie à se soutenir.

Mais les forces de l'ancien soldat déclinent... Son ami l'atteindrat-il à temps?...

Une angoisse indicible étreint les poitrines, fait palpiter les cœurs.

Thérèse est tombée à genoux, et, les mains jointes, les yeux au ciel, invoque, en de ferventes prières, l'assistance de la puissance suprême.

— Mon Dieu! mon Dieu! répète-t-elle, sauvez-les!...

Puis, les sentiments qui s'agitent en elle se traduisent en exclamations plaintives :

— Michot... La lettre... Georges... Mon père!...

De toutes les personnes présentes, le capitaine Cardovan est seul en mesure de comprendre complètement le sens de ces paroles incohérentes.

Quelle torture morale pourrait être comparée à celle qu'endure la malheureuse jeune fille?...

La disparition de Claude Michot, ce n'est pas seulement la perte d'un compagnon fidèle, c'est aussi la perte à jamais irréparable de la précieuse lettre qu'elle lui a confiée et qu'il porte sur lui.

Et, si, victime de son dévouement sublime, Ravergy sombre à son tour, cette mort mettra le comble à son infortune.

Adieu, le bien-aimé, dont la tendre affection l'aurait consolée de tant de peines!

Adieu, l'homme loyal dont elle aurait pu, faute du papier emporté par la mer avec son dépositaire, invoquer devant la justice le témoignage verbal!

Ainsi, tout va s'engloutir là, en quelques secondes, et des êtres chers à son cœur et la preuve matérielle, irrécusable de l'innocence de son père.

Plus rien, que la mort sinistre et le sombre désespoir!

Les matelots placés entre la jeune fille et le bastingage ne lui permettent pas de suivre des yeux les péripéties du drame qui se passe — dans l'Océan et dont elle redoute le dénouement prochain.

Mais elle les devine aisément — à l'expression anxieuse des visages, aux gestes, aux propos de l'équipage.

Des cris divers partent du bord, des réflexions sont échangées :

— Tiens bon !

— Nage ferme !

— Encore une dizaine de brasses, et il l'atteindra.

— S'il a le temps.

— Il l'aura !

— Il ne l'aura pas !

— Un rude nageur, ce capitaine Ravergy !

— Oui, mais M. Michot faiblit.

— Il va se laisser couler !...

— Il entraîne son ami !

— Mille tonnerres !... Ils sont perdus !...

La malheureuse — Thérèse — ne peut en entendre davantage.

Elle pousse un cri strident, fait un suprême effort po ur s'approcher du bastingage, afin de constater par elle-même l'affreuse vérité, et tombe inanimée aux pieds des matelots.

XI

RÉVOLTÉS !

Quand Mlle Valomer revint de son évanouissement, elle était étendue sur la couchette de sa cabine.

Elle fut plusieurs minutes avant de rep rendre complètement ses esprits.

Il lui semblait qu'elle sortait d'un long et lourd sommeil.

Elle avait perdu la notion du temps.

Était-ce le jour ? Était-ce la nuit ?

Impossible de s'en rendre compte, à cause de la demi-obscurité qui régnait dans l'étroit réduit.

Un rideau masquant le hublot ne laissait pénétrer qu'un mince filet de lumière glauque.

Le navire était-il en marche ?

Des bourdonnements emplissaient encore les oreilles de la jeune fille.

Cependant, elle percevait distinctement les battements de l'eau contre les parois du brick et les craquements de ses membrures.

Elle se sentait brisée, courbaturée, comme à la suite d'une chute.

Se dressant péniblement sur son séant, elle promena autour d'elle un regard inquiet, se pressa le front à deux mains.

Et une clarté soudaine se fit dans la confusion de son cerveau.

Le drame, l'horrible drame surgit devant elle avec ses poignantes péripéties et son épouvantable dénouement.

Alors, un désespoir sans nom s'empara de la pauvre enfant.

Elle demeura quelques instants frappée de stupeur, hébétée.

Parfois, une illusion fugitive traversait sa douleur qui renaissait ensuite, d'autant plus atroce.

Ne s'éveillait-elle pas d'un pénible cauchemar dont elle subissait les impressions persistantes?

Tout cela n'était-il pas enfanté par le délire d'un accès de fièvre?

Mais non, tout cela n'était que trop vrai : elle avait vu, elle avait entendu...

Ainsi donc, ils étaient morts, ses deux compagnons, ses deux amis fidèles, victimes l'un d'un terrible accident, l'autre de son généreux dévouement.

La mer impitoyable les avait engloutis, et avec eux la lettre libératrice destinée à sauver l'accusé innocent.

Son père, bientôt, serait la troisième victime!

— O mon Dieu, murmurait-elle, qu'ai-je fait pour mériter vos cruelles rigueurs?

Ne vous ai-je pas toujours été soumise?

N'ai-je pas eu toujours pleine confiance en vous?

S'il vous fallait le sacrifice d'une vie en échange de celle de mon père, pourquoi n'avoir pas pris la mienne?

Moi supprimée, la vérité et la justice n'en auraient pas moins triomphé, puisque la preuve que vous m'aviez permis de trouver et de conquérir était entre des mains loyales.

Et, puisque ces mains l'ont emportée dans la tombe, pourquoi m'épargner?

Quelle peut être désormais ma tâche ici-bas?

Sous votre inspiration tutélaire, j'étais partie, le cœur plein de vaillance et d'espoir... Me faudra-t-il revenir accablée de nouveaux

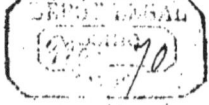

— Est-ce vrai? Est-ce vrai?... Sauvés?... — Aussi vrai qu'il y a un bon Dieu,
répondit le mousse. (P. 1507.)

deuils dont je suis la cause involontaire, et, au lieu du salut apporter
à mes parents bien-aimés la confirmation de l'arrêt fatal.

Me voilà seule, bien seule, désormais!

Laissez-moi mourir à mon tour, ô mon Dieu!..

De toutes les forces de son âme désolée, Thérèse appelle la
mort.

189. — SEULE!   189.

Elle souhaite d'aller rejoindre ses amis au fond de l'abîme où ils ont disparu.

La mer est là, tout près, séparée d'elle seulement par l'épaisseur de quelques planches.

Ah ! si les flancs du navire pouvaient s'entr'ouvrir en la livrant au gouffre insondable !

Mais qu'importent les cloisons et les obstacles ? Elle aura bientôt fait de s'ensevelir dans l'humide linceul, si elle le veut.

Et elle le veut sincèrement, fermement.

Cédant à une impulsion invincible, elle se jette à bas de sa couchette.

Nul sentiment de pudeur ne la retient, car elle est restée vêtue telle qu'elle était au moment de son évanouissement, et c'est à peine si les soins qui lui ont été prodigués, avec toute la délicatesse possible, ont produit un léger désordre dans sa toilette.

Personne dans le *carré*, probablement, car on n'y entend ni voix, ni allées et venues.

En se hâtant, elle a des chances de tromper la vigilance de Cardovan et de l'équipage.

Elle ouvre la porte de la cabine, et...

— Tiens ! vous v'là debout, mamzelle ! Ah ! vous pouvez vous vanter de nous avoir fait une fière peur...

C'est La Chevrette qui lui barre le chemin.

Sa présence inattendue la surprend ; elle éprouve d'abord un tressaillement nerveux, puis elle se prépare à passer outre.

Mais le mousse ne lui laisse pas le champ libre et continue son bavardage demi-respectueux, demi-familier :

— Dame ! faut avouer qu'il y avait de quoi avoir les « sangs tournés »... Mais ça va mieux, maintenant, à ce que je vois... Mamzelle s'est reposée, et dans un instant, j'en ai l'idée, ça ira tout à fait bien...

La Chevrette, parlant sur un ton à la fois discret et presque joyeux, avait souligné ces derniers mots d'un coup d'œil malicieux.

Thérèse trouvait son attitude étrange en de pareilles circonstances.

Comment, malgré la légèreté de son âge, pouvait-il avoir le cœur à la gaîté ?

Comment, lui si intelligent et d'une nature si bonne, ne comprenait-il pas l'inconvenance de ces façons devant celle à laquelle il témoignait habituellement tant de déférence et qui, en ce moment, avait droit à d'autant plus d'égards qu'un double malheur venait de la frapper?

— Ah! répondit-elle, laissant éclater ses sentiments en un cri de farouche désespoir, puis-je survivre à cette horrible catastrophe?

— Chut! mamzelle, pas si haut! fit le mousse en mettant un doigt sur sa bouche; vous allez *les* réveiller...

— Les réveiller?... répéta machinalement la jeune fille, de plus en plus étonnée et blessée de ce qu'elle prenait pour une lugubre plaisanterie.

— Eh bien! oui, c'est comme j'ai l'honneur de vous le dire, *ils* sont là, *ils* dorment à poings fermés... Paraît qu'il n'y a rien de tel qu'un bon somme pour vous remettre de cette secousse-là...

Et, d'un geste, La Chevrette désignait les cabines de Ravergy et de Claude Michot.

Thérèse hésitait encore à comprendre.

Elle reprit, pâle et frémissante :

— C'est mal, c'est très mal, monsieur Paul, de railler ainsi la mort...

— La mort! s'exclama gaîment le mousse; mais il n'y a pas de trépassés, ici... Puisque ces messieurs dorment, c'est qu'ils sont en vie... même que M. Michot ronflait tout à l'heure comme un tuyau d'orgue...

— Claude Michot vivant?...

— Comme vous et moi.

— Et M. Ravergy?...

— De même.

« La joie fait peur », dit un proverbe.

La commotion qu'éprouva Thérèse, en apprenant l'invraisemblable nouvelle, fut si brusque et si violente qu'elle eut peine à la supporter.

L'afflux du sang au cœur en précipita les battements d'un mouvement désordonné; son visage blêmit et s'empourpra tour à tour; ses pupilles se dilatèrent démesurément.

Elle faillit tomber à la renverse, et, saisissant les mains de La Chevrette, qu'elle pressait d'une étreinte nerveuse :

— Est-ce vrai? Est-ce vrai?... Sauvés?...

— Aussi vrai qu'il y a un bon Dieu, répondit le mousse.

— Sauvés! Sauvés!

Elle ne cessait de répéter ce mot, comme pour s'assurer qu'elle n'était pas le jouet d'un rêve.

Des spasmes la secouaient, elle riait et pleurait à la fois.

— Vous voyez que je ne me trompais pas, mamzelle, dit La Chevrette ; ça va tout à fait bien.

— Merci, cher enfant, merci ; j'ai cru mourir de joie, après avoir manqué mourir de douleur, répondit Thérèse qui, peu à peu, se calmait.

Maintenant, elle avait hâte de connaître la suite et la fin du drame, à partir du moment où elle avait perdu connaissance.

— Par quel miracle?... interrogea-t-elle.

— Ah! oui, mamzelle, un vrai miracle, expliqua La Chevrette. Ils peuvent dire qu'ils sont revenus de loin.

M. Michot allait couler, quand M. Ravergy, qui nage comme un poisson, parvint à le rattraper.

Celui-ci s'apprête à soutenir son ami, épuisé par les efforts qu'il avait faits pour se maintenir à flot ; mais l'autre, s'accrochant instinctivement à son sauveteur, le paralyse et l'entraîne... Plus personne!... Bonsoir la compagnie... On les croyait fichus...

Tout à coup ils remontent, soulevés par une vague... M. Michot se cramponnait toujours à M. Ravergy, qui se débattait comme un beau diable... Peu probable qu'il eût la force d'atteindre la barrique ou la bouée...

Un nouveau plongeon, et c'était fini...

Heureusement, sur les ordres du capitaine, on avait réussi auparavant à mettre la chaloupe à l'eau, avec deux matelots commandés par Kermadec.

Elle naviguait au petit bonheur, prête à porter secours en cas de besoin, lorsque les naufragés ont reparu juste dans son voisinage... Une vraie chance... Quelques bons coups d'avirons, et on les rejoignait...

Il n'était que temps : M. Michot, évanoui, lâchait M. Ravergy ; mais c'était M. Ravergy, à présent, qui ne voulait plus lâcher son ami... Ah! le brave homme! on voyait bien qu'il s'était juré de le ramener mort ou vivant...

Seulement, il y risquait sa peau...

On les a vivement hissés dans le canot et ramenés à bord, où tout le monde a fait fête au sauveteur... Quand je dis tout le monde... enfin... suffit! je me comprends...

Le mousse avait murmuré ces derniers mots entre ses dents.

Thérèse n'y prêta pas attention, occupée qu'elle était à l'interroger sur les suites de l'émouvante aventure.

— M. Ravergy a été assez vite remis, continua La Chevrette. Du linge sec et deux ou trois bonnes gorgées de tafia, il était redevenu tout gaillard, et il n'a consenti à se reposer que par obéissance aux conseils du capitaine.

Pour M. Michot ç'a été plus difficile... Il avait lutté plus longtemps, et puis, il avait bu un rude coup.

Il ne donnait plus guère signe de vie, et l'on se demandait s'il en reviendrait... Il a fallu, pendant plus d'une heure, des frictions à lui écorcher le cuir, sauf votre respect...

Enfin, il est revenu à lui; mais, quand il s'est vu dépouillé de ses vêtements, il a fait une vie!

Il criait, comme s'il avait été dévalisé par des brigands : .

« La lettre! où est la lettre? »

Et il se démenait, et il se trémoussait...

« Tranquillise-toi donc, que lui a dit M. Ravergy, on te la rendra, la lettre, les poissons ne l'ont pas mangée.

« Mais l'eau de mer l'a peut-être détériorée, qu'il a répliqué. Alors, si on ne peut plus la déchiffrer, ce n'est plus qu'un morceau de papier blanc, elle ne vaut plus rien... C'est ma faute... mamzelle Thérèse ne me le pardonnera jamais... »

Son ami l'a rassuré en lui montrant la lettre qui n'était qu'un peu humide et pas abîmée du tout, vu qu'elle était soigneusement serrée dans un portefeuille épais qu'on avait trouvé sur la poitrine de M. Michot en le déshabillant.

Ce qu'il était content!

Il ne se lassait pas de palper l'objet.

« Sacrebleu! disait-il, j'ai eu une fameuse idée, le jour où je me suis taillé ce portefeuille-là dans une peau d'aurochs! »

Et encore :

« Le principal était de sauver la lettre... quant à son porteur, s'il avait passé l'arme à gauche, ça n'aurait pas été une grande perte... »

Faut croire qu'il a de l'importance pour lui, ce papier; car il semble y tenir comme à la prunelle de ses yeux.

. — Assurément, se contenta de répondre Thérèse, sans s'expliquer davantage sur ce sujet.

Mais, si sa bouche restait discrète, son cœur débordait d'affectueuse gratitude envers ses dévoués compagnons qui avaient moins

de souci de leur propre existence que du succès de son entreprise.

— Bref, mamzelle, acheva le mousse, après s'être informés de
vous, M. Ravergy et M. Michot se sont endormis dans leurs cabines,
pendant que vous reposiez de votre côté.

Et, comme la manœuvre appelait tout l'équipage sur le pont, le
capitaine m'a placé de planton dans le carré, avec la consigne de
veiller sur les passagers et de me tenir à leur disposition... Y a-t-il
quelque chose pour votre service?...

Et La Chevrette se redressait, tout fier du poste de confiance qui
lui avait été assigné.

— Je voudrais, dit Thérèse, offrir l'expression de ma gratitude
au capitaine et à l'équipage, pour la part qu'ils ont prise à ce sauvetage...

— Présent! prononça une grosse voix.

En même temps, la bonne figure de Cardovan s'encadra dans
l'ouverture du rouf.

— Rien de nouveau? interrogea d'abord le marin, en s'adressant
au mousse.

— Rien de nouveau, mon capitaine.

— Alors, tout va bien au gaillard d'arrière, à ce que je vois, et
pas besoin d'être sorcier pour deviner que Mlle Thérèse est complètement rassurée.

Un sourire épanoui de la jeune fille confirma la présomption de
Cardovan.

— Oh! oui, dit-elle, rassurée et bien heureuse, grâce à vous,
grâce aux braves gens qui, dans cette terrible circonstance, ont riva-
lisé de courage et de dévouement...

— Et un peu aussi à M. Ravergy, je suppose, repartit le capitaine, avec une pointe de malice bienveillante.

Sa conduite est au-dessus de tout éloge; les autres ont fait strictement leur devoir.

— Et moi, je n'ai donné que le spectacle de ma faiblesse, répliqua Thérèse, dont le front se voila d'un léger nuage.

— Vous avez été aussi vaillante que vos forces vous l'ont permis,
riposta Cardovan.

Il est des cas où le rôle de la femme est surtout d'inspirer de la
la vaillance aux hommes; ce rôle a été le vôtre, et ce n'est pas le
moins enviable.

En voyant une pudique rougeur envahir les joues de la jeune fille, Cardovan brusqua sa conclusion.

— Voilà nos amis hors d'affaire, dit-il, et vous-même vous paraissez à peu près remise de vos émotions.

Il me reste une autre bonne nouvelle à vous annoncer : Après avoir échappé par miracle au *tornado*, l'*Alcyon* en est quitte pour quelques avaries insignifiantes ; il a repris sa marche normale.

Si la brise favorable se maintient pendant quelques jours, nous aurons bentôt regagné le temps perdu.

Maintenant que j'ai eu le plaisir de constater la résurrection de tous mes passagers, je vous demande la permission de retourner à mon poste, car il faut surveiller de près la manœuvre.

Toi, mousse, ajouta-t-il en se tournant vers La Chevrette, reste ici jusqu'à nouvel ordre. Ouvre l'œil et l'oreille et préviens-moi dès que les dormeurs se réveilleront.

Ceux-ci continuèrent de goûter, jus qu'au déclin du jour, un sommeil réparateur.

Ils furent sur pied pour le repas du soir, et l'on juge de la joie qu'éprouvèrent les trois amis, quand ils se retrouvèrent réunis à la table du capitaine.

Ils se félicitaient à l'envi de l'heureuse issue de l'événement qui avait failli si mal tourner.

Claude Michot, encore un peu faible et fiévreux, ne tarissait pas d'éloges sur le courage de son sauveur, auquel l'attachaient de nouveaux liens de reconnaissance.

Ravergy triomphait modestement, déclarant qu'il avait obéi à un mouvement très naturel.

Les démonstrations chaleureuses de son camarade ne le laissaient pas insensible ; mais sa plus chère récompense était l'affectueuse tendresse qu'il lisait dans les regards humides de Thérèse.

.   .   .   .

L'*Alcyon* continuait à filer grand largue.

Tout allait bien à bord, du moins en apparence.

Les passagers goûtaient pleinement la joie de vivre, grâce à la bienfaisante réaction qui se produit d'ordinaire dans l'être humain à la suite d'un grand danger auquel il a échappé.

Ils étaient loin de soupçonner qu'il se préparait un grave événement, qui allait de nouveau troubler la traversée.

Dans le récit qu'il avait fait à Thérèse de la scène du sauvetage,

La Chevrette, on s'en souvient, avait eu une réticence à laquelle la jeune fille n'avait pas pris garde.

Cette réticence semblait indiquer que quelqu'un s'était signalé soit par son abstention, soit tout au moins par sa tiédeur, au moment où l'équipage acclamait chaleureusement le sauveteur.

Ce quelqu'un, que le mousse n'avait pas nommé, c'était le second du brick.

En effet, Rodriguez ne s'était pas réjoui de l'heureux dénouement, auquel, d'ailleurs, il n'avait pas contribué.

Pendant que Cardovan et ses matelots s'empressaient pour organiser les secours, le Mexicain s'était fait remarquer par son inertie, et même il avait semblé prendre à tâche de contrecarrer les ordres de son capitaine, ne les exécutant, pour sa part, qu'avec une évidente mauvaise volonté.

Et, lorsque, à la minute critique, on avait cru Ravergy et Michot perdus, on aurait pu voir une lueur étrange passer dans les yeux de Rodriguez et une joie secrète se trahir sur son visage.

C'était, au contraire, un dépit mal dissimulé que ses traits avaient exprimé, quand avait retenti à ses oreilles ce cri triomphal : Sauvés !

La vérité, c'est que le Mexicain détestait profondément ces deux hommes.

Il les détestait, parce qu'il en était jaloux, parce qu'il aimait Mlle Valomer !

Du premier jour où la charmante Française lui était apparue, il s'était senti épris pour elle d'une passion ardente et farouche.

Cette passion était comparable à celle que la jeune fille avait inspirée à Delaverne ; mais peut-être était-elle encore plus effrénée en raison du tempérament d'une race dont le sang brûle au soleil des tropiques.

D'abord, Rodriguez avait dissimulé ses ardeurs sous des façons polies et doucereuses.

Il se contentait de rechercher les occasions d'approcher Thérèse, de causer avec elle, de lui rendre de légers services.

Cette attitude n'avait rien de contraire aux convenances et ne pouvait ni blesser la jeune fille ni offusquer personne.

Cardovan lui-même ne se montrait-il pas plein d'affectueuses prévenances pour elle ?

Il était tout naturel que le second de l'*Alcyon* imitât l'exemple de son capitaine.

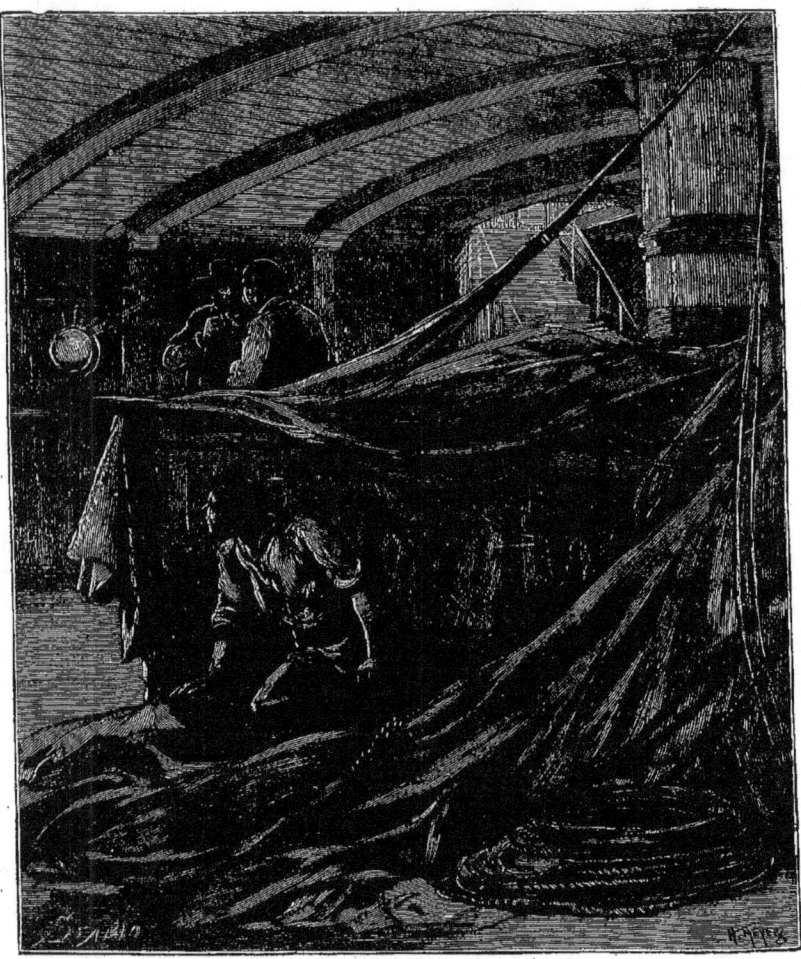

Un jour, blotti dans une cachette où il ne pouvait être aperçu,
La Chevrette avait surpris le mulâtre... (P. 1516.)

Du reste, le Mexicain, à quelque moment qu'il abordât Thérèse,
ne la trouvait jamais seule.

Lorsqu'elle n'était pas enfermée dans sa cabine, elle était toujours
accompagnée de l'un ou l'autre de ses amis, souvent des deux
ensemble.

Et le soupirant, outre qu'il les jalousait, avait pris en grippe ces gardes du corps, dont la perpétuelle présence le gênait et contrariait ses desseins.

Ce n'était pas uniquement le hasard qui empêchait entre eux des rencontres plus intimes.

Rodriguez, nous l'avons dit, était naturellement antipathique à Thérèse.

Son regard sournois, sa douceur affectée, sous laquelle on devinait la violence maîtrisée par habileté, déplaisaient à la jeune fille, et celle-ci, avertie par un secret instinct, évitait toute occasion de tête-à-tête.

L'indifférence polie qu'elle lui témoignait ne faisait qu'exaspérer la passion du Mexicain et sa profonde inimitié contre les amis de Mlle Valomer, surtout contre Ravergy, en qui, sans être grand clerc, il était facile de deviner l'élu privilégié auquel Thérèse avait donné son cœur.

Aussi s'était-il réjoui de l'accident qui, croyait-il, allait supprimer du même coup son heureux rival et Claude Michot, ce chien de garde trop fidèle et trop vigilant.

Dans sa conception à la fois astucieuse et grossière, il se voyait déjà, eux disparus, remplissant auprès de la jeune fille isolée le rôle de consolateur.

Grande avait été sa déception quand la Providence, déjouant ses calculs odieux, l'avait frustré d'une espérance, d'ailleurs illusoire, alors même que son vœu impie se fût réalisé et que les deux compagnons eussent été engloutis par les flots.

Mais si le gros atout qu'il s'était imaginé tenir lui échappait, il n'avait pas pour cela renoncé à la partie.

Il ignorait le caractère de Thérèse, son histoire, et que la vaillante créature n'était pas de celles qui tombent aisément dans les embûches tendues à leur vertu.

Une sourde rage s'était emparée de lui; il était décidé à tout pour arriver à ses fins : cette chance de succès que le hasard lui avait refusée, il était prêt, s'il le fallait, à la demander au crime.

A partir de ce moment, sans rien laisser percer de ses préoccupations, et en redoublant, au contraire, à l'égard des passagers, de marques de sympathie discrète et désintéressée, il rumina un plan, qui, tout en favorisant son entreprise amoureuse, devait en même temps satisfaire ses autres appétits.

Car, ce que ni M. Darnis, l'armateur, ni le capitaine Cardovan n'avaient pu soupçonner, trompés sur son compte par des renseignements mensongers, Rodriguez n'était pas seulement un homme perdu de vices.

C'était aussi, sous les dehors d'un marin de profession, un aventurier de la pire espèce, un forban capable de toutes les rapines et des actes de piraterie les plus audacieux.

Pour conquérir Thérèse, il importait d'abord d'écarter d'elle ses gardiens importuns : Ravergy, Michot et Cardovan lui-même.

Pour atteindre ce but, un seul moyen s'offrait à lui.

Il fallait qu'il devînt maître absolu du navire.

Et ainsi, il ferait coup double ; il aurait à la fois la proie humaine et l'autre proie non moins avidement convoitée : le brick tout neuf et sa cargaison.

Il ne se dissimulait pas les difficultés de l'opération.

La lutte serait chaude.

Cardovan, Ravergy, Michot, Kermadec vendraient chèrement sans doute leur liberté et leur vie ; mais il comptait sur le concours des Mexicains qui composaient une partie de l'équipage.

Il savait ce qu'ils valaient, les ayant recrutés lui-même.

Tous seraient âpres à la curée ; il suffirait, pour les faire marcher de faire miroiter à leurs yeux le butin à partager et de leur distribuer une abondante ration de tafia.

Puis il avait un auxiliaire précieux dans le mulâtre Bembo, son âme damnée.

Celui-ci était le confident intime de ses projets.

Plus d'une fois, La Chevrette qui se faufilait partout, avait surpris leurs conciliabules mystérieux.

D'abord, ses indiscrétions avaient été fortuites et involontaires.

Ensuite, il les avait renouvelées à dessein, bien qu'il n'eût pas été encouragé à la récidive, tant s'en faut.

Chaque fois qu'il se faisait pincer en flagrant délit de curiosité, il était sûr de sentir la garcette du second, sans préjudice des brutalités du mulâtre.

Les allures équivoques des deux hommes l'intriguaient vivement, mettaient en campagne sa jeune imagination.

Il flairait quelque complot comme ceux dont il avait lu le récit dans les livres de voyages et d'aventures.

Et il s'était donné la tâche de le découvrir pour le dénoncer, le cas échéant ; car, autant il détestait Rodriguez, autant il était dévoué au capitaine Cardovan, qui, malgré sa rudesse, lui témoignait une affection quasi-paternelle.

Malheureusement, les compères s'entretenaient dans un jargon bizarre, composé d'espagnol et de dialecte indigène.

Ce jargon était presque complétement inintelligible pour le mousse.

Il avait beau tendre les oreilles, appliquer toute son attention, c'est à peine s'il saisissait çà et là quelques mots espagnols qu'il avait eu déjà l'occasion d'entendre pendant son séjour à Tampico.

Or, si le sens de ces mots n'était pas toujours assez clair pour lui fournir la clef de la conversation, certains d'entre eux étaient assez expressifs pour lui mettre la puce à l'oreille.

D'ailleurs, Bembo, qui semblait avoir emprunté leur mimique aux singes de son pays, se montrait volontiers prodigue de gestes dont il soulignait ses paroles et celles de son patron.

Un jour, blotti dans une cachette où il ne pouvait être aperçu, La Chevrette avait surpris le mulâtre se livrant sans contrainte à une de ces pantomines, sûr qu'il se croyait de ne pas être vu.

Le sourire féroce de Rodriguez, découvrant ses dents aiguës, complétait la scène.

Plus de doute : les coquins préparaient un mauvais coup.

Fort de cette conviction, le mousse sentait que le moment était venu d'agir pour le déjouer.

Mais comment ? Par quel moyen ?

Sur ce point, il était très perplexe.

Prévenir le capitaine ?

Celui-ci, suivant toute probabilité, accueillerait sévèrement la démarche du plus infime de ses subordonnés, venant dénoncer son supérieur.

Et, alors même qu'il daignerait l'écouter, il refuserait de prendre au sérieux les avertissements de ce gamin de quatorze ans dont les soupçons, en somme, reposaient sur ses présomptions personnelles et non sur des faits précis.

Bref, sa précoce sagacité le lui faisait pressentir, il y avait des chances pour que Cardovan l'envoyât promener et traitât ses révélations de contes à dormir debout.

Et pourtant, avec la conviction que la sécurité de l'équipage et des passagers était menacée, pouvait-il garder le silence ?

Après réflexion, La Chevrette conclut qu'il devait recourir à l'intermédiaire d'un tiers autorisé.

On sait quelle sympathie particulière l'enfant inspirait à Claude

Michot et quels liens d'affectueuse camaraderie s'étaient établis entre eux.

Le mousse vit dans l'ancien soldat la personne la mieux désignée pour recevoir ses confidences.

Il avait avec lui son franc parler et, pour aborder ce sujet délicat, n'éprouvait pas en sa présence la même gêne que devant le capitaine ou Ravergy.

Aussitôt sa résolution prise, profitant du moment où Rodriguez faisait la sieste dans sa cabine, La Chevrette s'approcha de Claude Michot, demeuré sur le pont, et engagea de l'air le plus naturel du monde une conversation banale.

Il avait compris qu'il importait de ne pas éveiller par des allures mystérieuses l'attention de Bembo, qui rôdait çà et là et pouvait avoir des raisons de se défier de lui.

Après quelques menus propos échangés :

— J'y pense, Monsieur Michot, dit-il à haute voix, afin de donner le change à quiconque l'entendrait, est-ce que vous ne m'avez pas demandé, l'autre jour, de vous apprendre, quand j'aurais le temps, la façon de faire une épissure ?

— C'est vrai, répondit l'ancien soldat, je trouve très ingénieux ce système d'assemblage qui permet, sans nœud, de réunir deux cordes. Ça peut-être utile même à un terrien comme moi.

— Eh ! bien, j'ai un peu de répit, à cette heure ; si vous êtes disposé, j'en profiterai pour vous montrer ça.

— Vas-y, petit !

— Alors, venez ; nous serons plus à notre aise là-bas.

Et, ramassant deux bouts de filin, qui devaient servir à sa démonstration, La Chevrette entraîna Michot vers l'extrémité du gaillard d'avant, où ils s'assirent sur une des pièces d'attache du beaupré.

Là, ils étaient suffisamment à l'abri des oreilles indiscrètes, et, d'autre part, ils n'avaient pas l'air de se cacher.

Les hommes de l'équipage, allant et venant sur le pont ou grimpés dans la mâture, pouvaient même apercevoir distinctement les mouvements du mousse et se rendre compte de la besogne à laquelle il se livrait, et qui n'avait rien de suspect.

Quand les camarades furent installés, le mousse, pour se mettre en train, débuta par une harangue préparatoire, imitée des boniments qu'il avait eu maintes fois l'occasion d'entendre aux carrefours de Paris, lorsqu'il se faufilait au premier rang des badauds arrêtés bouche bée devant les tréteaux de quelque charlatan ou de quelque escamoteur en plein vent.

— Tenez, Mesdames et Messieurs, vous voyez ces deux cordes?... Eh! bien, par la puissance de ma baguette magique et avec une pincée de poudre de perlimpimpin, je vais les transformer en une seule corde.... Je vois un sourire moqueur errer sur les lèvres de plusieurs personnes de l'honorable société.... Pas malin, se disent-elles — parce que mon petit doigt me révèle ce qu'elles pensent — pas malin!... Pour faire une seule corde avec deux cordes, un bon nœud suffit.... Un enfant de quatre ans aurait trouvé ça.... Oui, Mesdames et Messieurs; mais, moi, je supprime le nœud....

Michot riait de bon cœur, émerveillé de la faconde du gamin de Paris et goûtant fort ses facéties.

Mais La Chevrette, changeant brusquement de ton, sans interrompre la besogne commencée :

— Vous savez, Monsieur Michot, la leçon d'épissure, c'est une couleur de mon invention.

J'ai quelque chose de bien plus curieux à vous apprendre.

— Quoi donc? interrogea Claude Michot, surpris et intrigué.

— Ecoutez-moi bien, reprit La Chevrette; mais ayez l'air de vous intéresser à ce que je fais plutôt qu'à ce que dis. Il ne faut pas qu'on nous soupçonne de tenir des propos qui ne doivent pas être entendus...

— En voilà des affaires! Allons, petit, explique-toi vite; j'ouvre l'oreille... sans en avoir l'air, puisque c'est la consigne.

— Il s'agit de Rodriguez... commença le mousse.

— Un vilain oiseau! glissa Michot.

— Pis que ça : un brigand, un traître!

— Ça ne m'étonne pas, il ne me revient guère, ce paroissien-là; il doit avoir plus d'un péché sur la conscience.

— Il vous reviendra encore bien moins, quand vous saurez ce que j'ai à vous dire...

— Raconte, petit... Tu as à te plaindre de lui? Qu'est-ce que tu lui reproches? Il te maltraite? Il te fait des misères?...

— Oh! si ce n'était que ça!...

— Comment?... Je ne comprends pas. Tu me mets martel en tête, avec tous tes mystères.

— Eh! Monsieur Michot, il y a que le second rumine un mauvais coup....

— Contre qui?

— Contre le capitaine, contre vous, contre M. Ravergy et Mlle Thérèse?

— Bah!... tu plaisantes.

— Je n'en ai pas envie.

— Et ce mauvais coup?...

— Une révolte, quoi! histoire de devenir maître du navire.

Michot sursauta et faillit lâcher un énorme juron.

Mais un geste du mousse suffit pour le rappeler à l'ordre.

— Est-ce bien vrai? dit-il à demi-voix?

— Aussi vrai que nous sommes là tous les deux.

— Comment le sais-tu?

— J'ai surpris des manigances entre Rodriguez et Bembo.

— Ah! le mulâtre est du complot?

— Naturellement, ce failli-chien n'est-il pas le bras droit du Mexicain?

— L'affreux moricaud!... Encore un dont je me méfiais... Décidément, j'ai l'œil... seulement, j'avais beau leur trouver mauvaise figure, je ne les croyais pas capables d'une pareille audace.

— Ils sont capables de tout; et, tenez, s'ils entendaient notre conversation en ce moment, ils n'hésiteraient pas à nous flanquer à l'eau.

— Merci bien! fit Michot avec une grimace expressive, je viens de goûter à la grande tasse, et je ne tiens pas à recommencer.

— Et moi, ajouta La Chevrette, je n'ai pas envie d'aller régaler les requins.

— Mais, reprit l'ancien soldat, si forts qu'ils soient, nos deux gaillards ne sont pas de taille à se rendre maîtres de tout l'équipage; sans compter que mon capitaine et moi nous leur donnerions du fil à retordre, s'ils s'avisaient de vouloir nous houspiller.

— Ils ne seront pas seuls.

— Et qui donc les aiderait dans leur besogne de coquins?

— Les matelots mexicains, parbleu! Entre *pays*, on se soutient. Tout ça, c'est de la racaille; Rodriguez a fait son choix quand il les a racolés à Tempico.

— Tu crois qu'à ce moment-là il avait déjà son plan... Alors, pourquoi n'a-t-il pas encore tenté de l'exécuter, depuis le temps que nous sommes en pleine mer?

— Parce qu'il n'était pas aussi décidé que maintenant.

— Apparemment! Le père La Palisse ne dirait pas mieux.

— Ne vous gaussez pas de moi, Monsieur Michot, riposta le

mousse, un peu piqué, on n'est point si nigaud qu'on en a l'air, et l'on sait ce que l'on dit.

— Allons, petit, ne te fâche pas, dégoise tout ce que tu sais.

— Bon! je m'explique. Vous n'avez pas remarqué la façon dont Rodriguez reluque mamzelle Thérèse, quand il rôde autour d'elle?

— Au fait, tu as raison, il m'avait semblé... mais je pouvais me tromper... Le Mexicain montre à la jeune personne les égards qu'on doit au sexe; on voit qu'il ne la trouve pas déplaisante à regarder, et s'il s'était permis d'aller plus loin, il aurait trouvé à qui parler.

— Oh! il est prudent : un renard guettant sournoisement une une poule.

— Une poule qui ne se laissera pas facilement croquer, et bien gardée, je t'en réponds!

— Je m'en rapporte à vous; seulement il n'en est pas moins vrai que Rodriguez s'est enflammé pour votre amie, et, s'il cache son jeu devant le monde, il ne se gêne pas quand il jase en catimini avec son fidèle Bembo.

— Qu'il ose donc s'y frotter! Il sera joliment reçu!

— Justement, c'est parce qu'il sait qu'il n'a aucune chance de réussir par les moyens ordinaires qu'il est décidé à employer les moyens... extraordinaires.

— Lesquels?

— Eh! la force et la brutalité, parbleu!

— Mais, mon capitaine ou moi, nous le tuerions comme un chien, s'il s'avisait de vouloir toucher la jeune fille du bout du doigt.

— Il s'en doute.

— Eh! bien, alors?...

— Voyez-vous, Monsieur Michot, ces gens-là ont la ruse du renard et la férocité du tigre.

Quand une proie leur fait envie, ils ne reculent devant rien pour l'avoir.

Par la ruse, le Mexicain surprendra ceux qu'il craint, et, quand il les tiendra, il n'hésitera pas à les massacrer, si c'est nécessaire.

— Tu te montes peut-être la tête, petit.

— Que nenni! Hier au soir, de la cachette où j'étais blotti, j'ai entendu les deux compères manigancer leur plan, même que, à la fin, Rodriguez a dit à Bembo ces mots que j'ai parfaitement compris : « A moi la senorita, à nous tous le bateau! »

C'est assez clair, je suppose?

— Ah ! les coquins ! gronda sourdement Michot... (P. 1523.)

— Ah! les coquins! gronda sourdement Michot, convaincu maintenant de la véracité des révélations du mousse.

Puis, après une légère pause :

— Il faut prévenir immédiatement le capitaine Cardovan.

— C'est bien ce que je me dis, fit La Chevrette.

— Cours-y donc sans lanterner, petit; ne perdons pas notre temps en bavardages, demain, peut-être, il serait trop tard pour parer le coup.

— C'est que, objecta le jeune garçon, j'ai peur d'être mal reçu par le capitaine.

— Pourquoi cela?

— Dame! un moussaillon comme moi, ça ne compte guère dans un équipage.

Vous connaissez le patron : brave homme, le cœur sur la main, mais pas toujours d'un abord commode.

En admettant que je trouve l'occasion de lui parler seul à seul, ce qui n'est pas facile, aux premiers mots, il m'enverra promener... Aussi, j'ai pensé qu'il valait mieux m'adresser à vous.

Voilà! ça y est : vous en savez aussi long que moi...

— Ce que tu viens de m'apprendre n'est pas tombé dans l'oreille d'un sourd, répondit Michot, flatté de la préférence; mais la première chose à faire est d'avertir le capitaine; c'est à lui de prendre des mesures pour notre sécurité.

— D'accord; avertissez-le, il vous écoutera, vous.

— Et s'il me demande la source de mes renseignements?

— Je ne me cache pas, vous lui direz que c'est La Chevrette qui a découvert le pot-aux-roses.

— C'est bon, je m'en charge, dit Michot.

L'épissure, à la confection de laquelle il avait feint de s'intéresser si vivement, était terminée.

— Attention! fit le mousse, en se levant, voici le second sur le pont; il a fini sa sieste. N'ayons pas l'air de nous concerter et tirons chacun de notre côté.

— Compris! approuva l'ancien soldat.

Et, tandis que La Chevrette, agile comme un écureuil, grimpait prestement à la hune de misaine, Claude Michot allait s'appuyer au bastingage, faisant mine de s'abîmer dans la contemplation de la pleine mer.

Il réfléchissait aux inquiétantes confidences qu'il venait de recevoir.

— Vraiment, songeait-il, nous n'avons pas de chance, et c'est à se demander si nous arriverons jamais à bon port.

A peine un danger évité, un autre nous menace; à peine un obstacle surmonté, un autre se dresse devant nous.

On se croyait définitivement hors d'affaire, on naviguait bien tranquillement... et voilà qu'il est question de nous massacrer par surprise, et de nous flanquer à l'eau!...

Ah! le gredin de Rodriguez! Avec ses regards en-dessous et ses politesses de cafard, il me rappelle l'homme de la *buena posada*, à la Vera-Cruz... Tous traîtres, ces Mexicains!... Mais, cette fois, heureusement, la mèche est éventée à temps; on va prendre ses précautions...

Michot avait d'abord l'intention de prévenir immédiatement le capitaine Cardovan.

Après réflexion, il pensa qu'il valait mieux d'abord communiquer à Ravergy les révélations qu'il venait d'apprendre.

Il profita donc de la première occasion favorable pour l'entretenir hors de la présence de Mlle Valomer.

Après le rapport détaillé qu'il lui fit, Ravergy ne pouvait concevoir aucun doute sur la véracité du mousse.

Reconnaissant l'imminence du péril, il prit sur lui d'en prévenir sans délai Cardovan.

Celui-ci se montra d'abord incrédule.

Certes, il n'avait qu'une médiocre confiance dans la portion étrangère de son équipage, il savait que la plupart de ces Américains n'étaient pas des modèles d'honnêteté et de délicatesse; mais il ne croyait pas son second capable des intentions criminelles qu'on lui prêtait.

— La Chevrette, dit-il, aura mal entendu et mal compris le jargon de Rodriguez.

Ce moussaillon parisien a la tête farcie d'un tas d'aventures extraordinaires, racontées dans les livres qu'il a lus; son imagination a travaillé...

— Ce n'est pas mon avis, fit Michot, en hochant la tête; le petit m'a paru très sérieux là-dessus, d'autant plus que certaines de ses observations confirment les miennes. Et moi, vous savez, l'imagination, ce n'est pas mon affaire... J'ai l'œil, et je vois ce que je vois. Demandez plutôt à mon capitaine.

— Je m'en rapporterais volontiers à mon brave camarade, approuva Ravergy.

Il a, pour pressentir certain gibier, le flair d'un bon chien de chasse.

— Affaire d'habitude, dit modestement Michot, très flatté, au fond, du compliment.

— Cependant, objecta encore Cardovan, je n'ai remarqué rien de suspect dans l'attitude de Rodriguez...

— Il cache habilement son jeu.

— Quant aux matelots mexicains engagés par lui, ils se montrent, jusqu'à présent, parfaitement disciplinés.

— C'est la consigne, il s'agit de ne pas éveiller la défiance.

— Vous m'en direz tant! grommela Cardovan ébranlé, mais ne voulant pas paraître prendre la chose au tragique. Je vais veiller au grain, et si j'aperçois quelque chose de louche...

Il compléta sa pensée par un geste énergique.

— Nous nous en rapportons à vous, capitaine, intervint Ravergy, mais n'y a-t-il pas à craindre un coup de surprise? En ce cas, notre affaire serait mauvaise.

— Nous serions pincés comme des lapins au collet, appuya Michot.

— Comme des lapins!... Vous croyez?... dit le robuste Breton, avec un mouvement significatif de ses larges épaules.

— Dame! si l'on est attaqué au moment où l'on s'y attend le moins, la nuit, en plein sommeil...

Cardovan fut particulièrement frappé de cette judicieuse observation de l'ancien soldat.

Il réfléchit quelques instants.

Rodriguez devait précisément prendre le quart la nuit suivante.

C'était son tour régulier, et, à moins de circonstance exceptionnelle, le capitaine n'avait aucune raison de veiller quand le second le remplaçait à son poste.

Donc, si l'on tenait pour réelles les mauvaises intentions du Mexicain, l'occasion était propice à un guet-apens.

— Mes amis, conclut Cardovan, je vous remercie de votre communication.

Comme dit le proverbe, un homme averti en vaut deux.

En plein jour, je ne crains rien, je compte sur mes mathurins français, mes fidèles Bretons, et sur vous.

Pour la nuit, c'est différent; en cas d'alerte, le sommeil est un camarade dangereux, dont il faut se méfier.

Nous allons prendre nos précautions et nous tenir prêts à toute éventualité.

— Nous sommes à vos ordres, capitaine, prononça Ravergy.

— Oui, et disposés à cogner dur, je vous en réponds, ajouta Michot.

Seulement, nous faisons de drôles de soldats ; il nous manque le principal, depuis notre aventure de la Vera-Cruz...

— Quoi donc ? interrogea Cardovan.

— Des armes.

— Tranquillisez-vous, mon brave Michot, j'ai ce qu'il faut dans le coffre de ma cabine... Mais j'aperçois Mⁱˡᵉ Thérèse qui vient vers nous... Assez causé là-dessus, nous en reparlerons ce soir, après souper.

— Vous avez raison, approuva Ravergy ; il est inutile de faire partager nos craintes à Mⁱˡᵉ Valomer.

— Nous serons là pour la garder, ajouta son compagnon, et gare à qui essaierait de l'approcher !

La présence de Thérèse mit fin au conciliabule.

Devant elle, les trois hommes affectèrent de s'entretenir de choses banales, et, le soir, lorsqu'après la courte veillée qui suivait d'ordinaire le souper, la jeune fille se retira dans sa cabine. Elle était loin de soupçonner les graves préoccupations du capitaine et de ses amis.

Jusqu'à ce moment, rien d'anormal ne s'était produit à bord.

Rodriguez avait pris son quart, la moitié de l'équipage dormait, et l'*Alcyon*, favorisé par la brise, filait grand largue, sous un ciel constellé d'étoiles.

Dans sa dernière tournée, le capitaine, dont l'attention éveillée s'était portée sur les moindres détails, n'avait observé aucun indice suspect.

Il avait seulement remarqué que la majeure partie des matelots restés sur le pont pour le service de nuit se composait de Mexicains.

Mais peut-être n'était-ce là qu'une coïncidence fortuite, les tours de service étant établis par un roulement régulier.

Si cette particularité n'était pas l'effet du hasard, c'est que le second avait pris sur lui de modifier arbitrairement l'ordre normal.

Le capitaine se garda bien, d'ailleurs, d'interroger Rodriguez à ce sujet.

Il lui paraissait d'une bonne tactique de ne pas laisser percer

sa méfiance et d'affecter, au contraire, les allures d'un homme qui
se croit en parfaite sécurité.

De retour au carré, il ferma soigneusement le panneau du rouf
et tint conseil avec Ravergy et Michot.

Il fut convenu qu'ils ne se déshabilleraient pas et que chacun
d'eux veillerait à tour de rôle, prêt à donner l'alerte aux autres, en
cas de danger.

De son coffre, Cardovan tira deux paires de pistolets pour
Ravergy et pour lui, une carabine pour Claude Michot.

Il y joignit les munitions nécessaires, et les armes furent immédiatement chargées, par précaution.

Ceci fait, il proposa de tirer au sort à qui veillerait le premier.

— Il vaut mieux, expliqua-t-il, que nous ne restions pas debout
tous ensemble.

Nous ménagerons ainsi nos forces, puis nous ne pourrions passer la nuit, muets comme des poissons, à nous regarder le blanc des
yeux. Forcément nous jaserions et, si, comme c'est vraisemblable,
Rodriguez a l'idée de nous espionner, notre veillée insolite lui mettrait la puce à l'oreille ; alors, il changerait ses batteries.

Il faut qu'en voulant nous prendre dans un traquenard, il y
tombe lui-même.

— Très bien, capitaine ! s'écria Michot, fier de l'adhésion de
Cardovan à la tactique qu'il avait lui-même conseillée, et qui, du
reste, avait également l'entière approbation de Ravergy.

Le tirage au sort favorisa l'ancien soldat.

Ses compagnons, comme il avait été convenu, gagnèrent leurs
couchettes, où il pouvait, leur déclara-t-il, dormir sur les deux oreilles.

Demeuré seul dans la petite salle, faiblement éclairée par le
lumignon fumeux d'un quinquet pendu à une solive du plafond,
Claude Michot était loin de s'abandonner à de sinistres pensées.

Il éprouvait une singulière satisfaction, où ses instincts belliqueux et son besoin de dévouement trouvaient leur compte.

Moins le cadre où l'étroit réduit du brick remplaçait les landes,
les chemins creux et les épais buissons du Boccage, la situation lui
rappelait les embuscades des guerres de Vendée.

— Ah ! songeait-il, assis sur la banquette, sa carabine entre les
jambes, il y a longtemps que je n'ai monté une pareille faction... Ça
vous rajeunit, sacrebleu ! et je ne céderais pas ma place pour un
empire... Vous pouvez venir, maintenant mes petits agneaux, on est

prêt à vous recevoir avec tous les honneurs qui vous sont dus, y compris les salves de mousqueterie..,

Et il caressait presque amoureusement le canon luisant de son arme, en examinant la batterie en fin connaisseur.

Puis, poursuivant son monologue :

— Oui, ce joujou à la main, on peut causer gentiment... A quatre pas, la conversation ne traînera guère... Pif ! paf ! et pas de réplique...

De temps à autre, son regard adouci se portait sur la cabine de Mlle Valomer.

— Pauvre mamzelle Thérèse ! elle repose là du sommeil des anges... Sans doute, elle rêve de la France, de son père, de sa mère; elle croit toucher au port... Elle ne se doute pas du danger qui la menace... Heureusement, nous sommes là...

Tout en songeant, Claude Michot avait l'oreille au guet.

Un calme profond régnait autour de lui.

Il n'entendait que les craquements du bateau et le clapotement des vagues glissant contre ses flancs.

Il y avait près de deux heures qu'il veillait, et le moment était proche où il allait être relevé de sa faction, quand il lui sembla percevoir, au milieu du silence de la nuit, de sourds piétinements sur le pont.

Son attention redoubla.

On eût dit d'abord une course folle, puis le bruit d'une lutte corps à corps.

Que se passait-il là-haut ?...

Bientôt, à ce bruit confus succédèrent des appels, des imprécations, des cris de détresse.

Plus de doute, on se battait ; c'était probablement un commencement d'exécution du plan infernal de Rodriguez.

Le moment critique était venu...

Claude Michot fut sur le point de crier : « Aux armes ! » comme il eût fait naguère aux avant-postes ; mais ne voulant pas attirer l'attention de l'ennemi qui peut-être était aux écoutes, il se contenta de frapper quelques coups discrets à la porte des cabines de Cardovan et de Ravergy.

Ceux-ci, suivant l'expression proverbiale, ne dormaient que d'un œil.

Ils furent immédiatement sur pied.

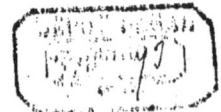

Une triple décharge retentit, suivie de deux cris de douleur et de rage ; un nuage
de fumée emplit la pièce... (P. 1531.)

— Qu'est-ce qu'il y a ? quoi de nouveau ? interrogèrent-ils ensemble.

— Ecoutez donc là-haut, répondit Michot à voix basse, ça doit
être le grabuge qui commence...

— Alors, en avant ! s'écria Cardovan, faisant un mouvement
pour s'élancer vers le rouf.

L'ancien soldat le retint.

— Que faites-vous, capitaine?

— Mon devoir, sacrebleu! répliqua le marin. S'il y a du grabuge, ma place n'est-elle pas sur le pont?...

— Pas pour le moment, je pense.

La contradiction irrita Cardovan, et d'un ton autoritaire, écartant d'un coup d'épaule le conseiller importun, il était prêt à foncer, le pistolet au poing.

Laissez-moi donc aller corriger ces gredins! gronda-t-il.

Mais Michot lui barrant de nouveau le passage, continuait à lui résister avec une fermeté et une obstination dont Ravergy lui-même était étonné.

— Ce n'est pas encore le moment de se montrer, répéta-t-il.

— Et pourquoi, s'il vous plaît?

Me prenez-vous pour un capon? Croyez-vous que je vais rester caché là comme un lièvre dans son terrier?

Je suis maître à mon bord, je suppose, et je sais ce que j'ai à faire, tonnerre de Brest!

— On ne vous dit pas non, riposta Michot, et l'on ne doute pas de votre courage; seulement m'est avis qu'il doit servir à autre chose qu'à vous faire tuer sans profit pour personne.

— Comprends pas!...

— C'est pourtant bien simple. Écoutez une minute le sergent Michot plutôt que de vous fâcher.

J'ai mûrement réfléchi à tout ça pendant ma faction.

Si vous mettez le pied sur le pont maintenant, vous êtes un homme perdu. Vous tombez entre les mains des révoltés, et... ni vu ni connu, plus de capitaine!... Naturellement, nous arrivons derrière vous à la rescousse, et... nous subissons le même sort... Nous voilà bien avancés, n'est-ce pas? tandis que, en suivant mon plan...

— Voyons ce plan! grommela Cardovan, bouillant d'impatience.

— C'est d'attendre l'ennemi ici, tranquillement, sans bouger.

— Oui, de nous laisser prendre au gîte; merci bien!

— Vous n'y êtes pas du tout, capitaine, sauf le respect que je vous dois.

Nous serions pris au gîte, comme vous dites, si, n'ayant pas été prévenus, nous étions endormis et désarmés.

Heureusement, grâce à nos précautions, nous sommes parés. Eh bien, au lieu de tomber dans le traquenard du senor Rodriguez, il s'agit de le laisser tomber dans le nôtre. Saisissez-vous?...

— Ça commence à se débrouiller.

— Le Mexicain, acheva d'expliquer Michot, va être sûrement attiré ici par l'appât du gros gibier ; tenons-nous tranquilles, il croira nous surprendre en plein sommeil, et c'est lui qui sera surpris par la petite réception que nous lui préparons.

— M. Michot a, ma foi raison, déclara Cardovan, en se tournant vers Ravergy, qui, confiant dans l'expérience pratique de son camarade, l'avait patiemment laissé exposer son plan.

— Je partage entièrement son avis, dit le jeune homme, résumant avec précision les avantages de cette tactique.

Il y a des cas où la ruse de guerre est préférable à une vaillante témérité.

Dans ce cas-là, le succès est au plus malin.

Vendons chèrement notre vie, s'il le faut, mais ne la risquons pas inutilement.

— Soit ! soupira Cardovan, persuadé et résigné, attendons...

— Nous n'attendrons pas longtemps, affirma Michot, l'oreille tendue du côté du rouf... chut !... attention !...

L'ancien soldat s'effaça dans une encoignure.

Ses compagnons imitèrent son exemple.

Au milieu du silence de la nuit, une marche précipitée s'entendait sur le pont, malgré les pieds nus et l'amortissement du bruit des pas...

Les trois hommes, retenant leur souffle, armèrent la carabine et les pistolets...

Bientôt le panneau fut soulevé avec précaution, et l'on vit apparaître dans l'embrasure la figure de Rodriguez dont le regard fouilla la demi-obscurité de la salle.

Derrière lui, les yeux de fauve de Bembo luisaient comme des charbons ardents.

Des poignards brillaient entre leurs dents et à leur ceinture.

Satisfait de son examen, le Mexicain, dont le visage s'éclaira d'un sourire sinistre, fit un signe au mulâtre et, à pas de loup, s'engagea dans l'étroit escalier conduisant au carré.

Une triple décharge retentit, suivie de deux cris de douleur et de rage ; un nuage de fumée emplit la pièce...

Quand ce nuage se fut dissipé, nos amis purent constater le résultat de leur tir aussi sûr que rapide.

Les assaillants, tombant l'un sur l'autre avaient roulé au bas des marches.

Claude Michot se pencha vers Rodriguez dont les membres

étaient encore agités de quelques mouvements spasmodiques, il lui palpa la poitrine à la place du cœur.

— Mort? interrogèrent ses compagnons.

— Il a son compte : tué raide d'une balle au front.

De leur côté, Cardovan et Ravergy examinaient Bembo qui, blessé à la cuisse et à la poitrine, hurlait comme un diable aspergé d'eau bénite et demandait merci.

Le voyant hors de combat, ils s'étaient approchés de lui sans défiance.

Tout à coup, le capitaine poussa un formidable juron, tandis que Ravergy se jetait en arrière.

Traîtreusement, le mulâtre venait de mordre cruellement la main du premier et de porter un coup de poignard au second.

— Ah! failli-chien, s'écria Cardovan, tu vas me le payer !

Et achevant le bandit avec la crosse de son pistolet, il lui fracassa le crâne.

A ce moment, la porte de la cabine de Thérèse s'ouvrit.

Réveillée en sursaut par les détonations, la jeune fille s'était précipitée hors de son cadre et s'était vêtue à la hâte.

— Qu'y a-t-il, mon Dieu, qu'y a-t-il? s'écria-t-elle, se dressan sur le seuil, plus morte que vive.

— Ce n'est rien, mamzelle, répondit Michot, ne vous inquiétez pas, et excusez-nous d'avoir troublé votre sommeil; nous venons simplement de reconduire des visiteurs indiscrets.

Mais Thérèse était médiocrement renseignée et rassurée par cette explication sommaire.

L'âcre odeur de la poudre brûlée la prenait à la gorge; puis elle venait d'apercevoir les deux corps couchés sur le plancher, le capitaine Cardovan encore tout frémissant et Georges, très pâle, étanchant avec son mouchoir le sang qui rougissait le bas de son visage et le col de sa chemise.

— Blessé!... murmura-t-elle, défaillante, en joignant les mains, et ces coups de feu... ces hommes?... C'est affreux!...

— Remettez-vous, mademoiselle, dit Ravergy, se raidissant, le plus grand danger est passé, nous vous expliquerons plus tard comment nous nous sommes trouvés dans la pénible nécessité de faire usage de nos armes... Notre tâche n'est pas terminée...

— Mais ce sang!... insista la jeune fille, le cœur douloureusement serré, à la pensée que son ami pouvait être grièvement blessé.

— Bast! une légère égratignure s'empressa d'affirmer Michot qui, prompt à se porter au secours de son frère d'armes, venait de constater avec joie le peu de gravité de la blessure.

— Seulement, mon capitaine, peut se vanter de l'avoir échappé belle, un demi-pouce plus bas, et il était expédié *ad patres.*

— Que dites-vous !... fit Thérèse, les lèvres tremblantes.

— Je dis, mamzelle, que le brigand l'a manqué de peu. Plus de peur que de mal, heureusement !

En effet, le poignard avait touché Ravergy près du cou, à l'os maxillaire, sur lequel la pointe s'était émoussée ; la perforation d'une veine avait provoqué une hémorrhagie assez abondante, qui d'abord pouvait faire croire à une blessure profonde et grave ; mais il s'en était fallu de quelques lignes à peine que le coup n'atteignît l'artère carotide ; alors, c'eût été la mort foudroyante.

— Vous le voyez, mademoiselle, dit le jeune homme en s'efforçant de sourire, c'est une bagatelle, et notre ami Cardovan est plus éprouvé que moi.

— Oh ! repartit celui-ci, en secouant sa main endolorie, le bougre m'a laissé au doigt la marque de ses dents de chacal, mais je ne suis pas tout à fait manchot, et je vais le prouver ; car, M. Ravergy a raison, si le plus fort est fait, notre besogne n'est pas encore achevée.

Allons, ne perdons pas de temps...

Puis, prenant sa voix de commandement :

— Que Mlle Valomer reste ici jusqu'à nouvel ordre, sous la garde d'un de vous...

— A toi l'honneur, mon capitaine, dit spontanément Claude Michot.

Le brave garçon aurait volontiers revendiqué cet honneur pour lui-même ; mais il comprit qu'en une pareille circonstance, le rôle de protecteur incombait plutôt à Ravergy.

S'il n'eût pas cru sa présence utile ailleurs, il eût difficilement renoncé au partage de son rôle.

— Et maintenant, reprit Cardovan, à nous deux, monsieur Michot !

— A vos ordres, capitaine.

— Premièrement, aidez-moi à enlever ces guenilles d'ici ; leur vue donnera peut-être à réfléchir aux révoltés.

Ils saisirent successivement les cadavres par les épaules et par les pieds et les hissèrent jusqu'à l'ouverture du rouf.

Au même instant, les matelots mexicains, accouraient vers le gaillard d'arrière.

Tout d'abord, occupés sur d'autres points du navire, ils avaient laissé Rodriguez accomplir avec son fidèle acolyte Bembo l'expédition qu'il s'était personnellement réservée.

Lorsque les coups de feu leur avaient annoncé que la lutte était engagée, ils n'avaient pas douté que l'issue n'en eût été favorable aux assaillants; mais ne les voyant pas revenir, ils commençaient à s'inquiéter et se précipitaient à la rescousse, en poussant des cris farouches.

A l'aspect des deux cadavres, à côté desquels Cardovan et Claude Michot se dressaient l'arme au poing, ils s'arrêtèrent subitement, frappés de stupeur et comme pétrifiés.

L'effet qu'avait prévu le capitaine se produisit.

La mort de leur chef surtout les démoralisa; ils se sentirent vaincus, et, aussi platement serviles dans la défaite qu'ils eussent été arrogants dans la victoire, ils s'inclinèrent devant le maître, faisant leur soumission et protestant à l'envi de leur dévouement.

— Pas de simagrées, tas de failli-chiens, gronda Cardovan, je vous réglerai votre compte tout à l'heure. Présentement, dites-moi où sont vos camarades, si vous ne les avez pas lâchement assassinés...

— Ils sont tous vivants, lui fut-il répondu.

En effet, suivant en cela les instructions formelles de Rodriguez, ils s'étaient bien gardés de supprimer les autres matelots de l'équipage, dont on pouvait avoir besoin pour la manœuvre.

Ils s'étaient contentés de les terroriser et de les immobiliser jusqu'au moment où le meurtre du capitaine et de ses amis aurait livré au Mexicain la possession et le commandement du brick.

— Bien! dit Cardovan, bas les armes, maintenant, et marchez devant.

Les bandits obéirent sans hésiter, sous la menace du pistolet et de la carabine braqués sur eux.

On se dirigea d'abord vers le gouvernail.

Le timonier Kermadec, toujours à son poste, tenait la barre; mais ses mains seules étaient libres, il avait été attaché et contraint par la force de continuer son service.

Le pauvre homme, dans un état d'exaspération indicible, essayait en vain de se détacher, en mêlant à des jurons de païen des invocations au bon Dieu, à Notre-Dame et à tous les saints de la Bretagne.

En apercevant son capitaine, son visage tanné s'illumina d'une joie intense, et un hurra formidable s'échappa de sa poitrine.

Les Mexicains, sur l'ordre qui leur en fut intimé, eurent vite fait de dénouer les liens compliqués qu'eux-mêmes avaient savamment combinés.

Semblable besogne les attendait au gaillard d'avant, où les matelots français, surpris pendant leur sommeil, avaient été empaquetés dans leurs hamacs et solidement garrottés.

Quant au maître-coq Hardouin, il n'avait pas été nécessaire de le ficeler pour l'empêcher de bouger.

Il était ivre-mort et ronflait affalé devant la cambuse.

On devine de quels cris d'allégresse les prisonniers saluèrent la présence de leur capitaine et leur délivrance.

Son inspection terminée, Cardovan s'empressa d'aller rassurer Ravergy et Mˡˡᵉ Valomer, qui l'accompagnèrent sur le pont où il allait passer l'équipage en revue.

Là, quand tous les hommes furent rangés, il fit l'appel à haute voix, sans omettre aucun des noms inscrits sur son carnet de bord.

Chacun répondait : « Présent ! »

Claude Michot se chargea de répondre pour les absents, et c'est avec une certaine solennité qu'aux noms de Rodriguez et de Bembo, l'ancien soldat prononça par deux fois le mot : « mort ! » d'une voix grave et sourde qui fit tressaillir Thérèse jusqu'au plus intime de son être et produisit une profonde sensation dans les rangs.

Sur la liste des embarqués, le mousse venait naturellement le dernier.

— Paul Maubrun ! répéta plusieurs fois Cardovan.

Cet appel resta sans réponse.

— C'est vrai, fit observer Kermadec, on n'a pas vu La Chevrette.. Où donc est-il passé ?

Les matelots s'interrogèrent mutuellement.

Personne ne savait ce qu'était devenu le mousse, qu'on avait un peu oublié au milieu du désarroi général.

Que lui était-il arrivé ? N'avait-il pas été victime de la brutalité de ces sauvages ?

Malgré les dénégations des Mexicains interrogés, Cardovan ne laissait pas d'être fort inquiet de cette disparition.

La pénible impression qu'il en éprouvait était partagée par tous, car Paul Maubrun était aimé à bord pour son intelligence, son bon caractère et sa serviabilité.

— Pauvre enfant !... Pauvre mère!... murmura Thérèse à l'oreille de Ravergy.

Déjà Cardovan donnait l'ordre de fouiller tous les recoins du navire, lorsque tout à coup, on entendit en l'air un cri aigu comme celui d'un oiseau de mer, mais ayant pourtant quelque chose d'humain.

Toutes les têtes se levèrent et l'on aperçut le mousse dégringo-lant le long des haubans du mât d'artimon avec une rapidité si vertigineuse qu'on aurait pu croire à une chute.

Thérèse ne put retenir une exclamation de frayeur.

Mais presque au même instant, La Chevrette tombait sur ses pieds, et se campant devant Cardovan dans l'attitude réglementaire, prononçait :

— Présent !

— Ah ! ça, d'où sors-tu? Tu tombes donc du ciel ?

— Non, mon capitaine, du perroquet d'artimon seulement.

— Et qu'est-ce que tu faisais là-haut ?

— Je me faisais vieux, mon capitaine...

— Alors, tout d'une haleine, il expliqua en présence de l'équipage comment il avait été amené à se réfugier au point le plus élevé de la mâture.

Connaissant le projet de Rodriguez, il s'était tenu éveillé.

Avant le premier coup de filet, il avait quitté son hamac, s'était glissé tout doucement hors de l'entrepont où couchaient les matelots, avec l'intention de gagner sans bruit le gaillard d'arrière pour prévenir, s'il était possible, le capitaine et ses amis de l'imminence du danger.

Il rampait donc sur le pont, se dissimulant de son mieux derrière tous les abris qu'il rencontrait et espérant passer inaperçu dans l'obscurité, grâce à l'exiguité de sa taille ; il allait atteindre le but, lorsqu'il avait été découvert par Bembo.

Poursuivi par le mulâtre, il n'avait pu lui échapper qu'en usant de toute son agilité et en grimpant à la hâte jusqu'à l'extrémité du mât le plus voisin.

Là, à cheval sur une vergue, cramponné à un cordage, il avait attendu dans une mortelle anxiété le dénouement du drame où il regrettait, déclara-t-il, d'avoir eu un rôle si effacé.

... Le gabier Vertujon, posté en vigie à la hune de misaine cria: Terre! (P. 1538.)

Mais tout le monde savait maintenant, par les indiscrétions élogieuses de Claude Michot, l'importance réelle de ce rôle et que l'équipage et les passagers devaient leur salut aux avertissements de La Chevrette, qui avaient permis de déjouer l'infernale machination de Rodriguez et de le prendre à son propre piège.

C'était à qui féliciterait le mousse de sa sagacité et de son intervention avisée. On lui fit une véritable ovation, à laquelle, bien entendu, les Mexicains s'abstinrent de prendre part.

Ensuite, Cardovan, s'adressant à ceux-ci, leur commanda d'aller ramasser les cadavres des deux misérables dont ils avaient été les complices et de les jeter eux-mêmes à la mer, en présence du reste de l'équipage et des passagers assemblés.

Ce fut leur principale punition, sans préjudice des fers qui les attendaient à fond de cale.

Le moment fut solennel.

Tous les fronts s'étaient découverts devant la mort, et bien que ces odieux personnages eussent mérité leur sort, on n'oubliait pas, à cet instant suprême qu'il s'agissait d'êtres humains.

Thérèse, saisie d'une émotion invincible, les yeux pleins de larmes, s'appuyait au bras de Ravergy.

Claude Michot tortillait nerveusement sa moustache.

Kermadec le breton se signa par habitude, en voyant disparaître les corps par le sabord, tandis qu'il murmurait en guise de prière :

— Le diable ait son âme !...

Quelques minutes après, tout étaient rentré dans l'ordre, le ciel s'embrasait des feux du soleil levant, et l'*Alcyon* poursuivait sa course, laissant derrière lui un sillage doré.

XII

UNE ESCALE

Quelques temps après ce dramatique incident, le brick, toujours favorisé par un bon vent, continuait à filer vers l'Est, quand le gabier Vertujon, posté en vigie à la hune de misaine cria :

— Terre !

A ce mot, Thérèse tressaillit profondément.

Etait-ce donc enfin la patrie tant souhaitée ?

Mais la joie trop prompte de la jeune fille tomba bientôt, lorsqu'après avoir consulté sa carte marine, Cardovan fournit aux passagers des renseignements précis.

— Nous sommes, dit-il, par 27 degrés de latitude et 15 degrés de longitude, et cette bande grise, à l'horizon, n'annonce même pas encore la côte d'Afrique.,.

— Où serions-nous donc, interrogea Mlle Valomer, prise d'inquiétude.

— Si je ne me trompe, nous avons devant nous les Canaries.

— Avez-vous l'intention d'y aborder? demanda Ravergy.

— J'aurais préféré leur brûler la politesse, répondit Cardovan; mais puisque nous voilà dans leurs parages, je ne vous cache pas qu'il me paraît opportun de profiter de la proximité d'un port de refuge.

— Pour quelle raison? insista Thérèse; vous n'ignorez pas que nous comptons les jours, les heures même, et que le moindre retard peut avoir les conséquences les plus graves.

— Je le sais, mademoiselle, et je comprends votre impatience bien naturelle; mais il y a des nécessités impérieuses auxquelles il faut obéir bon gré mal gré.

Or, mon premier devoir est d'assurer notre sécurité à tous.

— Que dites-vous, capitaine?... De grâce, achevez!... Notre sécurité serait-elle compromise?...

— Pas précisément, mais peut-être ne tarderait-elle pas à l'être, si je ne prenais certaines précautions que la prudence impose.

Alors, Cardovan expliqua que les avaries, d'abord assez légères subies par le brick, à la suite du *tornado*, s'était peu à peu aggravées, faute de réparations suffisantes et en raison de la continuation immédiate de sa marche.

Le navire, en dépit de sa solidité, « fatiguait » beaucoup sur certains points, depuis quelques jours, et sous peine de voir la traversée interrompue en pleine mer, il exigeait des travaux indispensables, qui ne pouvaient s'exécuter que dans un port.

— Ne vous inquiétez pas, ajouta-t-il, ce sera l'affaire d'une courte escale à Ténériffe. Ensuite, nous reprendrons notre route, bien parés, et nous ne tarderons pas, Dieu aidant, à passer le détroit de Gibraltar...

Graduellement, au-dessus de la ligne de l'horizon, se dessinaient les sept îles de l'archipel des Canaries : Lancerote, Fortaventure, la grande Canarie, Ténériffe, Fer, Gomera, et leur ceinture d'îlots rocheux.

Enfin, le navire longea les côtes escarpées de Ténériffe, dominées par le pic célèbre, un des plus élevés du monde.

L'*Alcyon* ayant atteint sans encombre le port de la Cruz ou de Sainte-Croix, put y jeter l'ancre.

Ce point était très fréquenté des navigateurs, qui trouvaient à s'approvisionner de vivres au meilleur marché.

Le commerce des vins renommés du pays lui donnait en outre une grande activité.

La ville offrait un aspect assez riant, et Cardovan assura qu'on pouvait se croire en Andalousie.

D'ailleurs, ainsi qu'il l'expliqua aux passagers, les Canaries sont très fertiles.

Le sol, d'origine volcanique, y est généralement montueux, coupé de ravins et sec dans ses parties hautes; mais les vallons, arrosés par des cours d'eau descendant des sommets, sont très propices à la culture.

Les végétaux de l'Europe y prospèrent, confondus avec ceux de la zône torride; on y voit mûrir ensemble le raisin, la pomme, la banane, l'orange, l'olive, la figue, la cerise, les melons, la pastèque, la groseille, l'amande, la grenade, l'ananas, le coton, la canne à sucre.

L'ardeur du climat y est tempérée par les vents de la mer; la terre y possède une exubérante fécondité, et les eaux y sont d'une excellente qualité.

Bref, les Canaries semblent justifier de tous points le nom de *Fortunées* que leur donnaient les anciens.

Le soir de l'arrivée, La Chevrette, devisant suivant son habitude avec son ami Claude Michot, ne manqua pas de lui faire part de la science qu'il avait acquise à ce sujet dans ses lectures favorites.

— Paraît lui dit-il, qu'en ce pays-ci il y a des arbres qui sont des fontaines.

— Pas possible! s'écria l'ancien soldat, tu veux te gausser de moi, petit.

— Aucunement, monsieur Michot, je ne me le permettrais pas.

Et à l'appui de son affirmation, le mousse fit le récit suivant:

Il y a longtemps de cela, quand les premiers Européens abordèrent dans une de ces îles, je ne sais plus laquelle, ils cherchèrent de l'eau pour boire; mais il n'en trouvèrent pas plus que sur ma main.

Ils allaient mourir de la pépie, lorsqu'une femme indigène qu'ils rencontrèrent juste à point leur révéla l'existence d'un arbre miraculeux, produisant assez d'eau pour désaltérer tous les habitants de l'endroit.

Cet arbre s'appelait *garoé*; de ses feuilles dégouttait une belle eau claire, tombant dans des fossettes creusées au pied du tronc.

Les Européens en burent tout leur saôul et il la trouvèrent délicieuse...

— Voilà, en effet, un arbre extraordinaire, dit Michot, et ses pareils devraient bien exister dans le désert.

Il serait même charitable d'en planter le long de nos routes de France; comme ça, les pauvres diables pourraient se désaltérer gratis; mais ton histoire n'est peut-être qu'un conte.

— Ça doit pourtant être vrai, répliqua La Chevrette, puisque je l'ai lu dans un livre.

— Peuh! riposta l'ancien soldat, sceptique, tout ce qui est écrit n'est pas parole d'Evangile.

— Si nous voulons en avoir le cœur net, fit observer judicieusement le mousse, le moyen et bien simple : nous n'avons qu'à y aller voir.

— Tu as raison, petit, demain, nous pousserons une reconnaissance dans la campagne voisine, et, à moins que l'espèce n'en soit perdue, ce sera bien le diable si nous ne rencontrons pas un de ces arbres. Je suis curieux de faire connaissance avec ce vin blanc là. On peut, je pense, en boire un bon coup sans risquer de se griser.

— Entendu, monsieur Michot! Et nous en mettrons en bouteille pour rapporter aux amis qui n'auront pas eu l'avantage de le déguster sur place...

Michot n'eut rien de plus pressé que d'aller faire part à Thérèse et à Ravergy de la science toute fraîche qu'il venait d'acquérir en causant avec La Chevrette.

— Il est étonnant, ce petit-là, disait-il avec une admiration sincère, il sait tout et il parle comme un livre.

— Croyez-vous à l'existence de cet arbre merveilleux? demanda Ravergy à Cardovan qui assistait à l'entretien.

— Le *garoé*? parfaitement, je l'ai vu, de mes propres yeux vu, il y a une quinzaine d'années, la première fois que je relâchai à Ténériffe; j'étais alors embarqué sur la goëlette *Anne-Marie*, de Brest.

Et vous avez bu de l'eau qui coule de son feuillage? interrogea Thérèse à son tour.

— Oui, mademoiselle, une pleine calebasse d'une eau fraîche et limpide, qu'on aurait dit sortir d'une source.

— Ce n'est donc point une fable, ce que la Chevrette m'a conté! s'écria Michot, prompt, comme tous les gens de sa condition, à passer du doute à la crédulité.

— Vous aurez le temps de vous en assurer par vous-même, répondit Cardovan, car nous sommes bloqués ici pour deux jours au moins.

— Deux jours! soupira Thérèse.

Ravergy comprenait combien cette station devait paraître longue et pénible à sa compagne.

Une occasion se présentait de lui procurer quelque distraction; il s'empressa de la saisir.

Et, se renseignant tout d'abord auprès du capitaine :

— Faut-il s'aventurer bien loin pour trouver le *garoé*?

— Pas très loin, autant qu'il m'en souvient; seulement il y a pas mal à grimper, ce diable de pays, comme vous pouvez en juger, est fort accidenté.

— Vous plairait-il, reprit Ravergy, en s'adressant à Thérèse, de prendre part à l'excursion projetée par l'intrépide Michot?

— Très volontiers, répondit la jeune fille.

— Le capitaine voudra bien peut-être nous accompagner et nous guider?...

Cardovan s'excusa.

Il ne pouvait quitter son bord pendant les travaux de réparation, qu'il avait besoin de surveiller de près.

— Rien ne vaut l'œil du maître, vous savez, dit-il. Si j'avais le malheur de m'absenter, la besogne s'en ressentirait et traînerait en longueur.

Tout en regrettant l'abstention de Cardovan, Thérèse était trop sensible à cette raison péremptoire pour insister davantage.

— D'ailleurs, ajouta le capitaine, en souriant, avec l'escorte dont mademoiselle dispose, elle pourra facilement se passer de moi... Et puis, l'expédition n'est pas bien aventureuse : une promenade d'une couple d'heure, tout au plus...

Le lendemain, suivant le plan arrêté la veille, les excursionnistes se mirent en campagne par une superbe matinée.

La petite caravane se composait de Mlle Valomer, de ses deux fidèles compagnons et du mousse.

Michot avait emporté sa carabine, histoire, disait-il d'abattre chemin faisant quelques pièces de gibier, pour se refaire la main.

Avant de s'engager dans les montagnes, Ravergy crut prudent de s'adjoindre un guide.

Il n'eut pas la peine de chercher longtemps.

A la sortie de la ville, nos amis firent la rencontrent d'une demi-douzaine de *padres,* appartenant à une de ces congrégations qui pullulaient dans les îles depuis la domination espagnole.

Portant des besaces vides, ils marchaient pédestrement, les pieds nus chaussés de sandale.

Un seul, qui paraissait le supérieur des autres, était monté sur un petit âne.

A la première question du Français, les moines échangèrent entre eux un sourire.

Celui qui semblait commander aux autres prit la parole en un baragouin à peu près intelligible :

— Les senores et la senorita désirent visiter la colline du *Garoé?*

— Oui, mon père, si cette ascension n'offre pas trop de difficultés.

— Les sentiers ne sont pas trop rudes, senor, mais il faut les bien connaître, sinon l'on risque de s'égarer et d'allonger de beaucoup le chemin. Justement, nous allons de ce côté, et si vous le permettez, nous vous aiderons à vous orienter.

— Volontiers, répondit Ravergy, mais nous craignons d'abuser de votre obligeance.

Les moines sourirent de nouveau.

— *No! no!* senor, répliqua le gros homme rubicond.

Et, descendant de sa monture, il l'offrit galamment à Thérèse.

— La bête a le pied sûr, dit-il, et elle épargnera la fatigue de la montée à la senora.

Après quelques protestations de politesse, la jeune fille finit par accepter.

La caravane se mit en route, les religieux marchant en éclaireurs, Ravergy, Claude Michot et La Chevrette faisant escorte à Mˡˡᵉ Valomer.

Le premier causait avec son amie, lui disant combien il se félicitait de cette diversion qui atténuerait un peu pour elle les ennuis de l'attente.

La Chevrette gambadait de ci de là, comme un jeune chien déchaîné, ivre d'air et de liberté.

Quant à l'ancien soldat, suivant son expression favorite, il ouvrait l'œil, la carabine en bandoulière, mais prêt à s'en servir à la moindre alerte.

Toujours hanté par l'idée d'un traquenard quelconque, se méfiant des gens trop obligeants, notamment de ces congréganistes espagnols, dont les *compadres* du Mexique lui avaient laissé une piètre opinion, il s'était donné pour mission de protéger les derrières de la colonne, tout en surveillant la tête.

— Avec ces gaillards-là, pensait-il, on ne sait jamais à quoi s'en tenir, et si le froc du prêtre ne cache pas un brigand. Le plus prudent est de se tenir sur ses gardes.

Cependant, la caravane atteignit sans obstacle et sans incident une gorge ouverte du côté de la mer, dans laquelle elle s'engagea bravement à la suite de ses conducteurs.

Michot, à ce moment, redoubla de vigilance, car l'aspect de cette gorge n'était pas très rassurant.

Elle se terminait en cul-de-sac par un énorme rocher, se dressant au fond verticalement, comme une muraille, et contre lequel s'élevait un arbre vigoureux, haut d'une quinzaine de mètres.

La tête en était ronde, le feuillage touffu, très vert et poli comme celui du laurier.

— D'épaisses ronces couraient autour du tronc et grimpaient jusqu'à ses branches inférieures.

— Voici le *garoé*, dit le père Ignacio (c'était le nom du principal révérend), en étendant la main vers l'arbre.

On fit halte, et Thérèse ayant mis pied à terre, les excursionnistes s'approchèrent.

Ils virent alors qu'une sorte de bassin avait été ménagé à la base du *garoé*.

Ce bassin était rempli d'eau claire, et les gouttes qui continuaient de tomber en abondance des rameaux luisants ne laissaient aucun doute sur la provenance de ce liquide.

— Cet arbre miraculeux, expliqua le père Ignacio, est un des dons les plus précieux que Dieu ait fait à l'humanité; car il peut servir à la fois à apaiser la faim et la soif.

— Pas possible! s'exclama Michot.

— *Ciertamente !* senor.

Pour preuve de ce qu'il avançait, le moine ramassa sur le sol quelques fruits ressemblant à des glands. Puis, après en avoir enlevé le capuchon, il les offrit aux voyageurs en les invitant à y goûter.

Le monastère, en effet, avait plutôt l'aspect rustique et riant d'une ferme
que d'un repaire de brigands. (P. 1549.)

Ceux-ci hésitèrent d'abord.

Le méfiant Michot, surtout, se demandait si ce fruit exotique ne
contenait pas quelque violent poison dont les terribles effets les met-
traient, lui et ses amis, à la merci de leurs guides suspects.

Mais le père Ignacio, toujours souriant, employa le moyen le
plus simple pour vaincre une répugnance non justifiée.

Il croqua lui-même, coup sur coup, plusieurs petites amandes, et sa mine réjouie semblait dire :

— Vous voyez, non seulement ce n'est pas dangereux, mais c'est excellent.

Rassurés par cette expérience concluante, les voyageurs se décidèrent à goûter au fruit, auquel ils trouvèrent une saveur aromatique assez agréable, analogue à celle de la graine du pin.

— Après avoir mangé il faut boire, poursuivit le cicérone.

Et il donna encore l'exemple.

Chacun, qui avec une calebasse, qui avec un gobelet, se mit en devoir de puiser au bassin le merveilleux breuvage.

Les moines même, lorsqu'ils se furent désaltérés, en firent provision dans des outres.

Tous s'accordèrent à déclarer que cette eau était d'une pureté remarquable et fraîche à souhait.

— On dirait de l'eau de source, déclara Michot.

— Mais, demanda Ravergy s'adressant au père Ignacio, comment expliquez-vous la curieuse propriété de cet arbre phénomène !

— C'est un miracle, senor, répondit le religieux avec componction en joignant les mains.

— En êtes-vous bien sûr?

Le moine parut profondément scandalisé de cette question, qui laissait percer un certain scepticisme chez son auteur.

— *Ciertamente!* senor, affirma-t-il, il n'y a pas d'autre explication possible. J'en appelle à la Très-Sainte-Trinité.

Et il se signa dévotement.

Les autres moines imitèrent son geste avec un parfait ensemble.

— Pourtant, mon père, insista Ravergy, on pourrait, ce me semble, donner une explication très naturelle du phénomène.

— *De que manera, senor ?*

— De la façon suivante :

Tous les jours, le matin, ne s'élève-t-il pas de la mer, non loin de cette gorge, des vapeurs que le vent chasse de ce côté ?

— Si, senor, affirma le père Ignacio.

— Eh bien, continua Ravergy, ces vapeurs se trouvent probablement arrêtées par la paroi du rocher, elles s'amoncellent sur l'arbre et, se refroidissant au contact des feuilles polies, elles reviennent ainsi à l'état liquide.

— Mais alors, s'écria le moine, croyant opposer à cette hypo-

thèse une objection triomphante, cette eau devrait être salée, puisqu'elle proviendrait de la mer. Or, vous avez pu constater vous-
même qu'elle est douce.

— Parfaitement, répliqua le jeune homme, mais elle est douce
parce qu'elle s'est distillée en se vaporisant.

L'objection du bon père n'avait fait que trahir son ignorance ;
mais, précisément, comme la plupart des ignorants, il était entêté et
préférait à toutes les raisons scientifiques la foi aveugle dans le
surnaturel, qui suffisait à son intelligence bornée.

Voyant l'intérêt que l'auditoire semblait prendre à sa démonstration, Ravergy l'acheva en ces termes :

— A mon humble avis, il se passe simplement ici ce que nous
voyons couramment dans nos jardins.

Après un brouillard humide, les arbres pourvus de feuilles dures
et polies, tels que les orangers et les lauriers, se couvrent de goutte-
lettes ; le phénomène est plus ou moins accentué, suivant le climat
et l'essence des arbres, voilà tout.

— C'est comme qui dirait les gouttières du ciel, fit remarquer
La Chevrette.

— Bien envoyé, petit ! approuva Michot, saisi d'une égale admiration pour la science de son capitaine et pour l'ingénieuse répartie
du mousse.

Mais le père Ignacio ne voulut pas s'avouer vaincu, et conclut
sentencieusement :

— L'homme téméraire qui ose discuter les miracles est digne
de pitié ; que Dieu lui soit clément !

— Veuillez excuser ma grande témérité, répondit Ravergy, avec
une déférence légèrement ironique ; si je me suis trompé, je suis
prêt à faire amende honorable, plutôt que de vous contrarier et d'en-
courir l'excommunication majeure, car je suis et entends rester bon
catholique.

Touché de cet acte d'humilité, le moine se dérida.

— Vous avez raison, mon fils, dit-il ; il faut s'incliner devant les
mystères de la Providence, et c'est perdre son temps et sa peine que
de chercher à les comprendre.

D'ailleurs, nos îles Fortunées sont célèbres par bien d'autres
merveilles.

Que diriez-vous, par exemple, de ces deux fontaines dont font
mention les archives de notre couvent ?...

Le père Ignacio avait pris l'attitude d'un homme qui va raconter quelque chose d'extraordinaire.

Le cercle des auditeurs se resserra autour de lui.

— L'une de ces fontaines, commença-t-il, produit, quand on s'y désaltère, un rire inextinguible...

— Excellent remède contre les humeurs noires! interrompit Michot.

— On en boirait bien tout le temps, ajouta La Chevrette.

— Non pas, prononça gravement le moine; car ce rire causerait la mort...

— Ah! bien, alors, il n'en faut plus! protesta le mousse, avec une grimace de répugnance comique.

— Ce rire causerait la mort, reprit le narrateur, si, à côté de cette source diabolique, venue certainement des profondeurs de l'enfer, Dieu, dans sa bonté, n'avait fait jaillir une autre source destinée à en annuler les funestes effets...

— De sorte, dit Michot, qu'on peut se payer une pinte de bon sang en buvant d'abord à la première, et éviter le désagrément de tourner l'œil en se dépêchant d'avaler une gorgée à la seconde?.

— C'est cela.

— A la bonne heure! s'exclama La Chevrette; l'adresse des deux comptoirs, s'il vous plaît?... Si ce n'est pas trop loin d'ici, j'offre une double tournée à toute la société...

— J'ignore l'emplacement de ces fontaines, avoua le père Ignacio, et jusqu'à présent nos recherches pour les découvrir sont restées vaines; mais elles doivent exister, puisque nos archives l'attestent.

— Nous nous en rapportons à leur témoignage, dit Ravergy, ne se souciant pas de discuter la vraisemblance de cette vieille légende et jugeant inutile de contrister le moine en faisant observer que l'impossibilité de retrouver les fameuses fontaines était la meilleure preuve qu'elles n'avaient jamais existé.

— Allons, conclut philosophiquement Michot, il faut se contenter d'y croire sans y boire!

Jugeant que leur station au garoé s'était suffisamment prolongée, nos amis songèrent au retour.

— Êtes-vous donc si pressés? dit le père Ignacio. Puisque vous avez tant fait que de monter ici, vous pousserez bien jusqu'à Notre-Dame-del-Pilar?

— Un lieu de pèlerinage? interrogea Ravergy.

— Notre monastère, répondit le moine. Les senores et la senorita ne voudront pas nous refuser l'honneur de le visiter ; ils y prendront quelque repos et une légère collation.

— Aïe ! pensa Michot, voilà leurs grandes politesses qui commencent : ces gaillards-là sont capables de nous attirer dans un guet-apens.

Et, d'un regard inquiet, il conseillait à Ravergy de refuser.

Mais celui-ci ne partageait pas la méfiance de son compagnon, pensant que leurs guides, supérieurs en nombre, s'ils avaient eu de mauvaises intentions à leur égard, n'auraient pas trouvé, pour les mettre à exécution, d'endroit plus propice que le fond de la gorge où ils s'étaient engagés.

Il accepta, s'informant seulement de la distance du monastère.

— Oh ! affirma le père Ignacio, ce n'est pas bien loin ; un quart d'heure de marche à peine.

On se remit donc en route.

Entre les roches, une issue s'ouvrait, jusqu'alors masquée aux regards des excursionnistes par d'épais buissons.

Un sentier bordé d'euphorbes et de kakalies contournait le flanc de la montagne et conduisait à un plateau où s'élevait, au milieu d'un massif de verdure, un groupe de bâtiments blancs dominés par un clocher en forme de minaret surmonté d'une croix.

— Voici la communauté, dit le père Ignacio avec une certaine fierté. La situation est des plus salubres et l'on y jouit d'un admirable point de vue ; vous allez en juger.

Toujours obsédé de ses soupçons, Michot avait détaché et armé sa carabine, sous prétexte d'être prêt à tirer le gibier qui pourrait se lever sur son passage, en réalité pour riposter à la première attaque.

Mais à mesure que la caravane approchait du but, la prévention de l'ancien soldat se dissipait.

Le monastère, en effet, avait plutôt l'aspect rustique et riant d'une ferme que d'un repaire de brigands.

Cette impression favorable se confirma, lorsque les voyageurs eurent franchi l'enceinte, formée non pas de murs rébarbatifs, mais de haies vives.

Aucune porte massive, aucune grille n'en fermait l'entrée.

Le père Ignacio n'était autre que le prieur de la communauté en personne.

Il avait donc toute qualité pour introduire des étrangers dans cette retraite, où les cénobites partageaient leur temps entre les exercices religieux et les travaux agricoles.

La communauté se composait d'une trentaine de membres, qui passaient là des jours paisibles, vivant du produit de leur domaine, et écoulant le surplus, une fois par semaine, sur le marché de la ville.

C'est à cette circonstance que nos amis avaient dû la rencontre fortuite du prieur et de quelques-uns de ses auxiliaires, descendus de grand matin à Santa-Cruz, pour y vendre leurs denrées.

Ceux-ci remontaient au monastère le bissac vide, mais la bourse pleine, au moment où Ravergy les avait abordés.

Les Français reçurent des moines espagnols l'accueil le plus hospitalier.

On leur fit visiter les bâtiments couventuels, ainsi que le domaine dont ils étaient entourés, et ils durent s'extasier surtout devant les magnifiques vignes qui tapissaient les pentes du coteau, exposées aux rayons vivifiants du soleil.

Ces vignes étaient l'orgueil des pieux vignerons.

Le père Ignacio ne se lassait pas de vanter la vigueur de leurs sarments, la verdure de leurs pampres, la pourpre dorée de leurs grappes, et, par-dessus tout, la qualité supérieure du vin que les moines eux-mêmes en tiraient.

— Vous en goûterez, répétait-il avec un clappement de langue gourmand, et vous m'en direz des nouvelles.

Après une station de quelques instants à la chapelle dédiée à Notre-Dame-del-Pilar (la Vierge de la Fontaine), à laquelle Thérèse adressa une fervente prière pour le succès final de sa mission, une collation fut servie aux visiteurs, au bout de la longue table du réfectoire.

Le menu frugal se composait de pain bis, de lait, de fromage, de pastèques, d'oranges et de grenades.

Mais le prieur tint à y joindre un échantillon de ce vin incomparable, dont il venait de célébrer les mérites.

Tandis que la jeune fille se contentait d'une écuelle de lait de chèvre, ses compagnons consentirent à goûter le pur jus de la treille, et tous s'accordèrent à apprécier la beauté de sa couleur, la délicatesse de son bouquet et, plus encore, sa délicieuse saveur.

Le père Ignacio lui-même, en maître de maison bien éduqué, ne crut pas manquer aux règles de la tempérance monastique en se

versant un plein gobelet du généreux breuvage, sous prétexte de le
déguster et de s'assurer qu'il était digne d'être offert à ses hôtes.

— Parfait ! dit Ravergy, jugeant ce seul mot suffisant pour
exprimer son approbation.

— Supérieur ! déclara Michot, plus loquace ; j'en ferais bien
mon ordinaire, et je le préfère encore à l'eau du *garoé*.

— Et moi, à l'eau de la fontaine qui fait rire, ajouta La Chevrette. Au moins, la gaîté que donne ce picton-là n'est pas gâtée par
la crainte de trépasser.

Très flatté de ces éloges adressés au produit des vignes du Seigneur, le prieur se montrait disposé à multiplier les rasades ; mais
Ravergy jugea prudent de couper court à des libations qui, en devenant trop copieuses, risquaient de surexciter Michot, très sobre
d'habitude.

Malgré les protestations du moine, il donna le signal de la
retraite, et, très courtoisement :

— Veuillez agréer tous nos remercîments, mon père. Comment
pourrions-nous reconnaître vos services et votre aimable hospitalité ?

Le prieur eut un geste noble, comme pour repousser des présents proposés.

— *Bagatela !* vous ne nous devez rien, dit-il ; nous sommes trop
heureux de vous avoir obligés, vous et votre compagnie. Ici, c'est la
maison du bon Dieu, ouverte à tous.

Mais, en même temps, ses petits yeux pétillèrent d'une singulière
façon, tandis que, au bout de son bras tendu, sa main, par la force
de l'habitude, se creusait en forme de sébile.

Et il s'empressa d'ajouter :

— A votre générosité, senor caballero, une petite offrande seulement... pour l'autel de Notre-Dame-del-Pilar.

— Tous les mêmes ! grommela Michot entre ses dents.

Ravergy, plus résigné, tira de sa ceinture quelques piastres, à
la vue desquelles la face du moine s'épanouit largement.

— *Gracias*, senor, *gracias !* C'est trop, beaucoup trop !...

Et, tout en protestant de son désintéressement, le père Ignacio
laissait tomber dans sa main les pièces de monnaie.

Après s'être fait une douce violence, afin de ne pas être en reste
avec ses hôtes, il leur donna sa bénédiction et leur promit de prier
spécialement à leur intention.

Lorsqu'ils eurent pris congé de lui, les excursionnistes s'arrête-

rent quelques instants sur une sorte de plateforme en terrasse située près de l'entrée du monastère, pour contempler le magnifique
panorama qui s'étendait devant eux.

Au loin, par-dessus des étages de rochers coupés de frondaisons
luxuriantes, on apercevait la mer d'un bleu intense, reflétant l'azur
d'un ciel sans nuages.

Thérèse, songeuse, s'abîmait dans la contemplation de l'Océan
immense...

Tout à coup, ses regards furent frappés par un navire qui passait au large, toutes voiles dehors.

— Quel est ce navire? Où va-t-il? interrogea-t-elle, comme si elle
eût eu un intérêt direct à poser cette question.

— C'est un grand trois-mâts, et il file d'une belle allure vers
l'Europe, répondit la Chevrette, tout fier de montrer la sûreté de son
coup d'œil et sa science de l'orientation.

La jeune fille tressaillit.

— L'Europe... soupira-t-elle.

Et ses yeux humides eurent peine à se détacher de ces voiles
blanches que le vent poussait vers la terre promise...

XIII

CHEZ LES PIRATES

Le surlendemain, conformément aux prévisions du capitaine
Cardovan, Thérèse voyait le terme de son attente impatiente.

L'*Alcyon*, réparé, levait l'ancre, et quittant les Canaries, mettait
le cap sur le Nord.

Rien n'entrava plus sa marche régulière jusqu'à Gibraltar, et ce
fut une grande émotion pour les passagers, lorsque les côtes d'Espagne et d'Afrique surgirent à l'horizon.

On franchit sans encombre le détroit gardé par les canons anglais.

Enfin, on entrait dans la Méditerranée; le reste de la traversée
n'était plus que l'affaire de quelques jours.

Nos amis se réjouissaient à la pensée de débarquer bientôt à
Marseille.

... Se hissèrent jusqu'aux bastingages et envahirent instantanément le pont... (P. 1555.)

Maintenant, le brick longeait la côte septentrionale du Maroc.

Il avait doublé la pointe qui s'avance au nord de Melilla, petite ville conquise par les Espagnols sur les Maures, à la fin du quinzième siècle.

C'était la nuit, et, pour s'orienter dans ces parages, on n'avait d'autre point de repère que le phare de ce port.

Debout sur la dunette, le capitaine Cardovan scrutait attentivement les ténèbres épaisses, lorsqu'il aperçut, à sa droite, un feu brillant au loin.

Immédiatement, il donna l'ordre à Kermadec de gouverner dans cette direction.

Poursuivant sa marche rapide, le brick, incliné à tribord, obéit au coup de barre du timonier.

Il se rapprochait de la côte et n'en était plus qu'à quelques encablures, lorsqu'il s'arrêta soudain, avec un sourd craquement dans toute sa membrure.

Plus de doute : il venait de toucher.

Cardovan et Kermadec poussèrent en même temps un terrible juron.

Un nouveau craquement se fit entendre : l'*Alcyon* s'échouait parmi les rochers.

Réveillés en sursaut par la secousse, les passagers étaient montés en toute hâte sur le pont.

Ils trouvèrent le capitaine se désolant et s'exaspérant, au milieu de son équipage consterné.

Comment, par quelle fausse manœuvre avait-il pu se mettre ainsi à la côte?

Il ne se l'expliquait pas tout d'abord.

Il ne comprenait qu'une chose, c'est que tous les efforts seraient inutiles pour dégager le bâtiment de sa périlleuse situation.

Tel était invariablement le sens des réponses qu'il faisait aux questions anxieuses de ses passagers.

Toutefois, il ajoutait pour les rassurer :

— Pas de danger de couler ici, le bateau porte en plein sur la roche. Attendons le jour, nous verrons où nous sommes et quel parti nous devons prendre...

A peine achevait-il ces mots, que La Chevrette, perché dans la hune de misaine, jeta un cri d'alerte.

Du haut de son observatoire, il venait de voir ceci :

Autour de la coque du navire, les ténèbres semblaient s'animer peu à peu.

Des formes humaines surgissaient, s'agitaient sans bruit, rampaient entre les rochers.

La plupart d'entre elles avaient des blancheurs de fantômes.

Aussi, le mousse se crut-il le jouet d'une hallucination.

— Je suis mal éveillé, pensa-t-il, j'ai la berlue.

Mais ces formes suspectes se précisaient à mesure qu'elles se rapprochaient du brick.

Lorsqu'il put se convaincre de leur réalité, il n'hésita pas davantage à donner l'alarme.

Mais il était trop tard.

D'ailleurs toute résistance à cette attaque imprévue eût été vaine.

Car il s'agissait bien d'une attaque.

Après avoir complètement cerné le brick, les assaillants, avec un ensemble parfait et une agilité extraordinaire, s'accrochèrent à ses flancs, se hissèrent jusqu'aux bastingages et envahirent instantanément le pont en poussant des clameurs gutturales.

Au nombre d'une cinquantaine, armés de fusils, de yatagans et de matraques, ils se ruèrent sur leur proie sans défense.

Marins et passagers n'étaient pas encore revenus de leur surprise, qu'ils se trouvaient garottés ou mis dans l'impossibilité de lutter, menacés de mort au moindre mouvement.

Quelques heures après, le petit jour éclairait le pillage de l'Alcyon par les pirates du Rif.

. . . .

La capitaine Cardovan le comprenait maintenant, hélas ! c'était dans un des pièges habituels de ces écumeurs de mer qu'il était tombé.

Les Rifains, peuplade du nord du Maroc, ne vivaient en effet que du produit de leurs rapines et comptaient parmi les pirates les plus redoutables de la côte africaine.

Non contents de donner la chasse aux navires sur leurs légères embarcations, ils avaient recours à un procédé qui leur assurait une proie plus facile.

Ce procédé consistait à les attirer en allumant des feux trompeurs que les navigateurs les plus expérimentés pouvaient confondre avec ceux d'un port voisin.

Ainsi avaient-ils fait cette nuit-là, sur les hautes falaises du cap des Trois-Fourches, au pied duquel le brick était venu s'échouer.

Lorsque les bandits eurent achevé leur besogne de pillards sous les yeux de leurs victimes impuissantes, le chef déclara péremptoirement à celles-ci qu'elles allaient être emmenées au douar de la tribu.

En vain le capitaine, Ravergy et Michot protestèrent-ils énergiquement contre cette décision, disant que c'était bien le moins qu'on leur laissât la liberté, seul bien qui leur restât maintenant.

Le farouche Kabyle ne voulut rien entendre.

Il donna l'ordre à ses complices de charger les objets et les marchandises volées sur le dos des mules qu'il avait amenées à proximité, en prévision d'une bonne aubaine.

Les hommes, les mains liées comme des malfaiteurs, devaient marcher à pied ; seule, Thérèse avait le privilège de monter une des bêtes.

C'est en cet équipage que la troupe s'engagea dans un étroit passage frayé entre les rochers.

Avant de s'éloigner de ce rivage funeste, le malheureux Cardovan se retourna une dernière fois pour adresser un regard d'adieu à l'*Alcyon,* qu'il pensait ne jamais revoir.

Ainsi donc, c'en était fait de ce beau brick tout neuf, qu'il était si fier de commander et sur lequel il espérait entreprendre de longues et fructueuses campagnes!

Son premier voyage serait en même temps le dernier!

Le loup de mer se séparait de son bateau à regret, le cœur navré, comme on se sépare d'un parent ou d'un ami bien cher.

Et pourtant, quel que fût son chagrin, l'excellent homme ne songeait pas qu'à sa propre infortune.

Il plaignait sincèrement aussi le sort de ses compagnons, et surtout celui de cette pauvre jeune fille qu'il s'était promis de mener à bon port et dont cette lamentable aventure allait probablement ruiner les espérances.

Anéantie par ce nouveau coup, d'autant plus cruel qu'elle se sentait plus près du but, Thérèse n'avait même plus la force de gémir.

Elle se laissait emmener passivement, l'œil égaré, presque inconsciente, comme si elle eût été frappée de démence.

Ravergy et Michot, également très abattus, du moins en apparence, marchaient la tête basse, sans proférer une parole.

Mais, sous cet abattement momentané, une sourde rage couvait et aussi la ferme volonté de ne pas subir longtemps le joug de ces brigands.

Comment pourraient-ils y échapper? Comment eux et leur compagne recouvreraient-ils la liberté?

Ils n'en savaient rien pour l'instant; mais ils se répétaient en eux-mêmes qu'il le fallait à tout prix, et ils n'avaient pas d'autre pensée.

. . . .

Le douar des Rifains était établi dans l'intérieur des terres, au pied du massif du Gurugu, sur les bords d'un *oued* prenant sa source dans la montagne.

Il se composait d'une trentaine de tentes et de gourbis destinés à abriter les produits du pillage, que les pirates écoulaient par l'intermédiaire de mercantis.

La caravane ne l'atteignit qu'après une longue et pénible marche; car elle avait dû faire un grand détour, pour éviter de traverser le territoire espagnol où elle eût été exposée à de fâcheuses rencontres avec quelque colonne détachée de la garnison de Melilla.

Une fois arrivés, les prisonniers restèrent soumis à une surveillance étroite.

Cependant, contrairement à leur attente, on n'exigea d'eux aucun travail, et on ne leur ménagea pas la nourriture, d'ailleurs frugale, consistant en galette grossière, riz, lait d'ânesse, figues et dattes.

Même, à leur grand étonnement, on leur témoignait des égards, et, n'eût été cette surveillance continuelle dont ils étaient l'objet et la défense absolue de sortir du campement, ils auraient pu s'imaginer qu'ils recevaient l'hospitalité chez une tribu amie.

Cette attitude étrange ne laissait pas de les inquiéter.

Le secret leur en fut bientôt révélé.

Le lendemain matin, trois Kabyles armés se présentèrent au seuil de la tente où Cardovan, Ravergy et Michot réunis avaient passé une nuit d'insomnie à méditer sur leur triste situation. (Thérèse, confiée à la garde de femmes, occupait la tente voisine.)

Ils invitèrent les prisonniers à les suivre et les conduisirent devant Ahmed, le chef de la tribu.

Celui-ci, nonchalamment accroupi sur une natte, devant un des gourbis, savourait à petites gorgées le café qu'un grand diable de nègre, noir comme l'ébène, lui versait dans une tasse de métal finement ciselée.

Sans daigner se lever, il interpella les prisonniers en mauvais espagnol.

— Les *roumis*, demanda-t-il, ont-ils quelque requête à m'adresser?

Cardovan, que ses nombreux voyages avaient initié à tous les dialectes usités sur les rivages des deux mondes, prit spontanément le rôle d'interprète et, tant en son propre nom qu'au nom de ses compagnons de captivité, il répondit affirmativement.

— Eh bien, parle! dit le chef.

— Nous voulons d'abord la liberté, déclara le marin, sans périphrases.

— Cela ne dépend pas de moi, répliqua le Rifain, avec un sourire équivoque.

— Et de qui donc cela dépend-il?

— De vous?

— De nous! s'exclama Cardovan, qui traduisit pour ses deux amis les paroles du chef. Alors, nous sommes tout prêts à nous priver de ton hospitalité.

— Sans nous faire prier, ajouta Michot.

— Bien, reprit le Rifain, mais auparavant, il vous faut payer une rançon.

Cardovan se récria :

— Une rançon!... Est-ce que nous sommes en état de la payer? Tu nous as complètement dépouillés! Il ne nous reste plus rien, que nos vêtements.

Mais cette objection péremptoire ne semblait pas toucher Ahmed.

Et il continuait à sourire d'un air doucereux, tout en savourant son café.

Le Breton finit par perdre patience, et peu s'en fallut qu'il ne sautât à la gorge du pirate, qui semblait le narguer.

— Ah! ça, gronda-t-il, en se campant devant lui, les bras croisés, quelle est cette mauvaise plaisanterie? Si c'est pour te moquer de nous que tu nous as fait venir ici, mieux valait nous laisser sous notre tente.

— Des hommes valides ne peuvent rester continuellement sous la tente, dit le chef d'un ton sentencieux, c'est bon pour les femmes, les enfants et les vieillards. Que feriez-vous dans l'inaction? Oserais-tu jurer par Allah que vous ne passeriez pas votre temps à chercher les moyens de vous échapper?

— Je jurerais plutôt le contraire, répondit crânement Cardovan.

— Ce serait du temps perdu, déclara Ahmed, sans s'émouvoir.

— Même si nous parvenions à prévenir les autorités espagnoles de notre captivité et des actes de brigandage commis à nos dépens?...

— A quoi bon t'irriter et prendre une attitude provocante? répliqua froidement le Rifain.

Je ne t'empêche pas de prévenir les autorités espagnoles, et même je t'engage à le faire sans tarder, si vous ne tenez pas à prolonger votre séjour ici.

Cardovan crut encore qu'Ahmed voulait railler.

Il haussa les épaules.

Le Kabyle n'eut pas l'air de s'en apercevoir et continua :

— Non seulement je t'autorise à écrire au gouverneur de Melilla mais je me charge de lui faire porter ta lettre.

— Vraiment! s'exclama le marin, stupéfait.

— Oui, seulement à une condition.

— Laquelle?

— C'est que tu indiqueras expressément le prix que je mets à votre rançon, soit trois mille piastres.

Cardovan protesta contre cette prétention exorbitante.

— Quoi! n'est-ce pas assez de nous avoir complètement dépouillés? N'est-ce pas assez de la prise de toute ma cargaison? Et mon brick perdu à la côte !...

Ahmed indiqua par un geste que toute discussion sur ce sujet était inutile.

— J'ai dit, conclut-il laconiquement.

Et d'un autre geste, non moins expressif que le premier, il congédia les prisonniers.

Ramenés à leur tente, ceux-ci tinrent conseil.

Ils se demandèrent d'abord s'ils devaient prendre au sérieux la singulière proposition du Marocain.

Cette question ne se fût pas posée pour eux, s'ils avaient été au courant des us et coutumes des pirates du Rif.

Si invraisemblable que la chose leur parût, elle était pourtant réelle, le chef de ces brigands correspondait avec le gouverneur du territoire espagnol.

Voici de quelle façon.

Quand, non contents d'avoir dépouillé leurs victimes, ils voulaient faire payer leur mise en liberté, celles-ci étaient invitées à prévenir les autorités espagnoles, en les avisant de la rançon fixée.

La missive, remise au chef, était par lui confiée à un courrier chargé de la faire parvenir à destination.

Ce courrier, toutefois, ne se risquait pas jusqu'à la résidence officielle, où sa qualité et l'objet de sa missive, une fois connus, on n'aurait pas manqué de le retenir en otage et de lui arracher des renseignements sur les faits et gestes de sa tribu.

Arrivé aux portes de la ville, notre homme se gardait bien de les franchir.

Il guettait le passage de quelque mercanti ou de quelque kabyle laboureur se rendant au marché, et, sous un prétexte plus ou moins plausible, lui demandait comme un service de porter le message à l'adresse du destinataire.

Le second messager, naturellement, remplissait la commission de confiance, ignorant le contenu du message et sa provenance.

La plupart du temps, il laissait le papier entre les mains d'un serviteur et s'en allait tranquillement à ses affaires sans se douter du rôle qu'il venait de jouer.

Mais le cas avait été prévu où il se trouverait en présence du gouverneur lui-même ou d'un fonctionnaire de son bureau.

Dans ce cas, s'il était interrogé, le commissionnaire complaisant ne pourrait que donner le signalement de l'individu qui lui avait remis la lettre et indiquer le lieu où il l'avait rencontré.

Ces renseignements n'eussent servi de rien : les alguazils, mis en campagne, n'auraient plus trouvé à l'endroit désigné le Rifain, prompt à déguerpir.

Le plus souvent, l'autorité laissait sans réponse ces lettres comminatoires écrites sous la dictée de l'astucieux Ahmed.

Les malheureux tombés aux mains des pirates se débrouillaient et se tiraient d'affaire comme ils pouvaient.

Mais il arrivait parfois qu'on cédait aux exigences des Rifains, quand il s'agissait de rendre la liberté à quelque notable sujet de Sa Majesté le Roi de toutes les Espagnes.

Alors, le gouverneur de Melilla employait des procédés d'une diplomatie assez bizarre.

Ne pouvant s'adresser au sultan du Maroc, qui, bien que responsable des actes de ses nationaux, eût fait la sourde oreille, ne pouvant non plus entrer officiellement en rapport avec des brigands avérés, qu'il aurait dû traiter en ennemis, il avait recours à l'intermédiaire d'un agent marron, de nationalité mal définie, mi-banquier, mi-policier, qui se chargeait de négocier avec les pirates et de leur remettre, moyennant commission, les fonds réclamés par eux.

Nos amis ignoraient tout cela.

Mais, quelque étrange que leur parût la proposition d'Ahmed, ils décidèrent de l'accepter.

Ce fut Ravergy qui rédigea la lettre, ainsi conçue :

« Monsieur le Gouverneur,

« Faits prisonniers par les pirates du Rif, nous avons l'honneur de solliciter l'intervention de Votre Excellence pour le recouvrement de notre liberté.

SEULE !

Il la mit à flot, et, faute de rames, se servit pour la manœuvrer d'une perche ramassée dans le voisinage.
(P. 1567.)

« Le brick l'*Alcyon*, du port de Tampico, portant pavillon espagnol, après s'être échoué à la côte, où des feux trompeurs l'avaient amené, a été capturé et complètement pillé ; puis, équipage et passagers, nous avons été conduits dans l'intérieur des terres, à un campement où nous sommes gardés à vue.

« L'*Alcyon* est commandé par un Français, le capitaine Cardovan, pour le compte d'un armateur mexicain, M. Robert Darnis ; son équipage se compose d'une douzaine d'hommes.

« Les passagers sont : le capitaine Ravergy, ancien officier aux armées de la République française, Claude Michot, ancien sergent aux mêmes armées, et Mlle Thérèse Valomer, appartenant à une honorable famille de Paris.

« Outre la spoliation dont nous sommes victimes, une captivité dont nous ne pouvons prévoir la durée porte à nos intérêts le plus grave préjudice, en interrompant un voyage entrepris pour des affaires dont l'importance et l'urgence ne souffrent aucun retard.

« Nous avons espérer que Votre Excellence voudra bien prendre en considération notre situation si pénible et faire le nécessaire pour y mettre fin... »

Et, en manière de post-scriptum, Ravergy, se conformant aux injonctions d'Ahmed, avait ajouté cette phrase capitale :

« Notre rançon est fixée à la somme de trois mille piastres, dont, nous en sommes convaincus, le gouvernement espagnol aura la générosité de faire l'avance. »

Cette lettre ayant été remise au chef des pirates, il fut procédé comme nous l'avons expliqué plus haut.

Ahmed la confia aussitôt à un de ses courriers les plus agiles, qui rentrait au douar le soir même, ayant accompli sa mission sans encombre.

Il ne restait plus qu'à attendre le résultat.

XIV

LE PETIT MOUSSE.

Deux jours s'étaient écoulés, et les prisonniers ne voyaient rien venir.

En proie à une vive anxiété, ils passaient par toute les alternatives de l'espérance et du découragement.

Le troisième jour, ils commencèrent à douter sérieusement du succès de leur démarche.

Leur doute se transforma en certitude, quand ils constatèrent une modification sensible dans leur régime.

Sans leur infliger de mauvais traitements, on les traitait avec moins de douceur.

Des matelots, on exigeait de rudes corvées ; ils devaient notamment, sous la conduite de leurs gardiens, armés jusqu'aux dents, aller chercher à une source de la montagne la provision d'eau quotidienne, qu'ils apportaient sur leurs épaules, dans des outres.

Aux trois *roumis* de marque, Cardovan, Ravergy et Claude Michot, on témoignait moins de déférence qu'au début.

Thérèse continuait à être l'objet de certains égards.

La jeune fille, il est vrai, ne quittait guère la société des femmes qui lui montraient une considération mêlée de pitié.

Tandis que, séparée de ses compagnons, elle déplorait son impuissance et languissait de désespoir, ceux-ci rongeaient impatiemment leur frein et ruminaient, chacun de son côté, des projets d'évasion.

Mais Ahmed avait constamment l'œil sur eux.

Comment tromper la vigilance tyrannique qu'il exerçait soit personnellement, soit par ses fidèles acolytes ?

De tous les captifs, un seul jouissait du privilège d'errer à son gré à travers le douar, c'était La Chevrette.

Ce privilège, le mousse le devait au peu d'importance que les Kabyles attribuaient à sa petite personne.

Ils s'amusaient volontiers de ses tours d'agilité et de ses grimaces ; mais ils ne voyaient en lui qu'un enfant inoffensif, dont il n'y avait pas à s'inquiéter.

Grâce à ce manque de défiance, La Chevrette allait et venait, observant autour de lui maints détails dont il faisait son profit, sans en avoir l'air.

Le quatrième jour, Ahmed, passant devant la tente des principaux prisonniers, leur déclara brutalement qu'ils n'avaient plus d'illusions à se faire.

Le délai dans lequel on pouvait espérer une réponse favorable du gouverneur de Melilla était expiré, et, à son avis, le silence de ce fonctionnaire équivalait à une fin de non recevoir.

Le chef rifain en éprouvait une vive irritation.

Il ne renonçait pas de bon cœur, on le conçoit, à l'aubaine de trois mille piastres sur laquelle il avait compté.

Outré de sa déception, il semblait disposé à la faire payer cher à ses malheureux prisonniers, qui n'en pouvaient mais et étaient bien plus à plaindre que lui.

Comment se vengerait-il sur eux?

Allait-il les faire massacrer?

Ou bien — et c'était le moindre mal qui pût leur arriver — après les avoir retenus un temps indéfini, les relâcherait-il en les abandonnant, privés de toutes ressources en pleine campagne marocaine?

Telles étaient les questions que se posaient Cardovan, Ravergy et Michot, mélancoliquement accroupis à quelque pas de leur tente, à la tombée du jour.

Malgré la proche présence des kabyles préposés à leur garde, Michot et Cardovan avaient peine à comprimer leur sourde rage, prête à faire explosion, Ravergy, quoique partageant leurs sentiments, les exhortait au calme commandé par la prudence.

— Ça ne peut pas durer comme ça! grommelait l'ancien soldat, les poings serrés.

— Il faut à tout prix sortir d'ici, et nous en sortirons, tonnerre de Brest! grondait, à son tour, le marin.

— C'est aussi mon avis, disait plus doucement le jeune homme, mais n'agissons pas à la légère; toute tentative téméraire qui aboutirait à un échec serait pire que l'expectative. Réfléchissons mûrement... Pour le moment, le plus sage est de rentrer au gîte et de ne pas attirer l'attention de nos espions par des allures suspectes; couchons-nous tranquillement. Peut-être la nuit portera-t-elle conseil...

La nuit, en effet, commençait à envelopper les cimes du Gurugu et s'étendait sur la campagne.

Tout le douar était plongé dans le sommeil, à l'exception des vigilants gardiens chargés de surveiller les prisonniers et de nos trois amis, que leurs soucis et leurs réflexions tenaient éveillés, bien qu'ils fissent semblant de dormir.

Si les premiers n'avaient pas concentré toute leur attention sur un point unique, et si les seconds avaient pu porter leurs regards hors de leur abri, voici ce qu'ils auraient vu :

Du gourbi où l'équipage de l'*Alcyon* était parqué, une ombre sortait sans bruit par une ouverture pratiquée comme une chatière au ras du sol.

Cette ombre furtive rampait sans bruit, évitant les Kabyles postés çà et là en sentinelle et dont les burnous faisaient des tâches blanches dans les ténèbres.

Après maints circuits, elle atteignait la limite du campement, la dépassait, puis disparaissait derrière des buissons de cactus.

Alors, elle se redressait vivement, s'arrêtait quelques instants, consultait le ciel, semé de milliers d'étoiles, comme pour s'orienter d'après la position d'une de ces constellations qui guident les nomades et les marins...

Quel était ce fugitif?

Le lecteur le reconnaîtra tout de suite, quand nous aurons dit que l'exiguïté de sa taille et sa souplesse n'avaient pas peu contribué à favoriser son évasion.

C'était La Chevrette!

Tout en gambadant d'un air insouciant à travers le camp, le mousse avait passé la journée à « tirer des plans », suivant une expression familière au brave Michot.

Sans en souffler un mot à personne, dans la crainte de rencontrer une opposition presque certaine de la part de ses compagnons de captivité, il avait, dans sa petite cervelle, conçu un projet audacieux, afin de tirer les prisonniers d'une situation de plus en plus critique.

Maintenant, il se mettait en devoir de l'exécuter.

Il avait résolu de se rendre à Melilla.

D'après ce qu'il avait entendu dire autour de lui, cette ville était située au nord-est de la position occupée par le campement des Rifains.

Lorsque, d'après l'observation du ciel, il crut avoir trouvé la bonne direction, il s'y engagea sans hésiter.

Le petit homme allait bravement, d'un pas délibéré, à travers la vaste campagne, suivant les étroits sentiers frayés dans les brousses.

Parfois, pourtant, il s'arrêtait, le cœur palpitant, avec des battements aux tempes et des bourdonnements aux oreilles, lorsqu'il entendait le bruissement de quelque bête invisible passant près de lui, ou le cri sinistre des chacals perçant tout à coup le grand silence de la nuit.

Mais bientôt il maîtrisait cette angoisse momentanée et reprenait sa route, en s'appliquant à ne pas perdre le nord.

Enfin, les étoiles pâlirent, le ciel se colora des rougeurs du soleil levant.

Les côteaux plantés de figuiers sauvages s'inclinaient sensiblement vers la mer dont la bande bleue barrait l'horizon.

Les forts avancés, défendant le territoire espagnol, commençaient à se dessiner distinctement.

Enfin, laissant derrière lui les hauts sommets du Gurugu, les fermes et les douars du pays kabyle, La Chevrette mit le pied sur ce territoire.

Maintenant, il n'était plus qu'à une courte distance de Melilla.

Sur son mamelon rocheux en forme de promontoire, la ville se détachait, entourée d'une ceinture de hautes fortifications d'où émergeait le faîte de quelques édifices : l'église, l'hôpital, le phare.

Mais, c'est au moment même où notre jeune voyageur approchait du but, qu'il vit surgir devant lui des obstacles imprévus.

Ce fut d'abord un obstacle naturel : le Rio del Oro, se jetant dans la mer, au sud du fort de San Lorenzo.

Lorsque les pirates avaient emmené leurs prisonniers, il avait fallu passer ce cours d'eau, en sens inverse, mais ce passage s'était effectué plus haut, à un endroit guéable.

A son embouchure, il était naturellement beaucoup plus large, et, malgré son intrépidité, le mousse ne se sentait pas de force à le traverser à la nage.

Et pas un batelier à qui recourir !

— Si au moins je trouvais un bateau, se disait La Chevrette, je me passerais du batelier.

Son souhait finit par être exaucé.

Dans une petite anse, une mauvaise embarcation était échouée sur la rive.

Il la mit à flot, et, faute de rames, se servit pour la manœuvrer d'une perche ramassée dans le voisinage.

Après avoir lutté avec difficulté contre le courant, il abordait à la rive opposée et sautait prestement à terre, sans se préoccuper du bachot qui s'en allait à la dérive...

Soudain, un coup de feu retentit, une balle siffla aux oreilles du mousse.

— Diable ! fit la Chevrette en saluant instinctivement ; c'est malsain par ici, moi qui me croyais en pays ami !...

Il n'eut pas le temps de se livrer à de longues réflexions sur cet accueil désagréable.

Le coup de feu devait avoir été tiré du fort voisin.

Le mousse en acquit la certitude, lorsqu'il vit sortir par une poterne une patrouille qui se dirigeait vers lui.

Ces soldats paraissaient animés à son égard d'intentions peu bienveillantes; mais, arrivés à quelques pas de lui, ils semblèrent éprouver une surprise et une déception.

Ils avaient crû avoir affaire à un homme, et ils se trouvaient en présence d'un enfant.

La Chevrette répondit sans embarras aux questions que lui posa le chef de la patrouille.

Il dit comment l'équipage de l'*Alcyon*, auquel il appartenait, avait été capturé par les pirates, comment il s'était échappé du douar des Rifains pour venir à Melilla demander asssistance au gouverneur et, en même temps, lui faire une communication importante.

Alors, on lui expliqua que la ville était en état de siège, précisément en vue d'une répression prochaine des incursions des Kabyles.

Quand les sentinelles d'un poste avancé l'avaient aperçu passant la rivière et débarquant près du fort, on l'avait d'abord pris pour un espion et l'on n'avait pas hésité à tirer sur lui. Il l'avait échappé belle!

— Je pensais bien qu'il y avait erreur, répliqua simplement La Chevrette; les pruneaux qu'on m'envoyait ne sont pas faits pour les amis. Sans rancune, et, si c'est un effet de votre bonté, veuillez m'indiquer le plus court chemin pour me rendre chez le gouverneur.

— Il ne s'agit pas de prendre le plus court, répondit le caporal, il faut prendre le plus sûr; sinon, *muchacho* (petit), tu t'exposerais encore à recevoir de ces pruneaux que tu n'aimes pas. Suis ce chemin tournant jusqu'à la tour de Santa-Barbara, et surtout n'aie pas l'air de te cacher...

— Compris! dit La Chevrette, on ira franchement devant soi, comme quelqu'un qui n'a rien à craindre.

Une demi-heure après, le mousse arrivait à la tour indiquée, et franchissait la porte, non sans avoir parlementé avec le factionnaire, auxquels il répéta les explications qu'il avait données au chef de patrouille.

Enfin, il était dans la place.

— Pour sûr, dit Michot, toujours aux aguets, il se mijote quelque chose d'extraordinaire.
(P. 1576.)

Une animation extraordinaire régnait à Melilla.

C'était une cohue de soldats de toutes armes allant et venant par les rues étroites ayant conservé à la ville son caractère pittoresque de vieille cité andalouse.

La Chevrette s'informa, se débrouilla sans le moindre embarras.

197. — SEULE!

En sa qualité de gamin de Paris, il était pénétré de l'exactitude de ce dicton qu'avec une langue on arrive partout où l'on veut aller.

Or, il avait la langue bien pendue et savait s'en servir à l'occasion.

Les soldats auxquels il s'adressait souriaient en entendant ce bambin leur demander avec aplomb le domicile du gouverneur.

Bientôt, il atteignait la place de la ville haute où s'élevait l'édifice occupé par ce fonctionnaire.

Mais il n'était pas au bout de ses peines.

Il lui fallut encore parlementer avec des factionnaires, un portier, des serviteurs de divers grades, qui tous le toisaient d'un air surpris et dédaigneux.

Il fut enfin mis en présence d'un secrétaire, auquel il exposa sommairement l'objet de sa démarche.

Celui-ci aurait désiré plus de détails; il se chargeait de remettre toute requête à son supérieur car le premier venu ne pouvait aborder ainsi Son Excellence.

— C'est pourtant à Son Excellence en personne que j'ai besoin de parler, déclara résolûment La Chevrette. Veuillez bien dire qu'il s'agit d'une communication d'une très grande importance. Je serais bien étonné si elle ne me valait pas des remerciements.

Le secrétaire céda aux instances de ce singulier solliciteur et revint quelques instants après en lui annonçant que Son Excellence daignait le recevoir.

Introduit devant le gouverneur, le mousse prit une attitude respectueuse, mais décidée.

Il était trop convaincu de l'importance de son rôle pour se laisser intimider par les façons brusques et hautaines de cet éminent personnage, le comte Manuelo de Aranjuez.

Celui-ci parlait correctement notre langue, ayant été attaché à l'ambassade d'Espagne à Paris.

— Eh bien! qu'y a-t-il? que me veux-tu? demanda-t-il d'un ton bref, en dardant sur le petit bonhomme ses yeux noirs inquisiteurs.

— J'apporte à Votre Excellence un renseignement qui lui sera peut-être utile, répondit La Chevrette, sans se troubler.

Don Manuelo eut un geste de doute.

Et, poursuivant son interrogatoire préalable :

— Tu es Français?

— Oui, Excellence, pour vous servir.

— Alors, qu'est-ce que tu fais ici?

Le mousse expliqua qu'il appartenait à l'équipage de l'*Alcyon* capturé par les pirates du Rif.

— Oui, oui, je sais, grommela le comte entre ses dents. Vous vous êtes laissés prendre aux Trois-Fourches, et vous espériez que le gouvernement espagnol paierait votre rançon...

— Dame! Excellence, ça nous paraissait assez naturel.

— Il n'y faut pas compter, répliqua durement le gouverneur, nous n'avons déjà que trop de dépenses à faire pour tenir les Kabyles en respect et réprimer leurs incursions; s'il nous fallait encore racheter tous ceux qui se laissent sottement pincer dans nos parages!... A chacun de se garder...

— Cependant, Excellence...

— Il n'y a pas de cependant, et c'est la réponse que je te chargerais de porter à ton capitaine et à ses compagnons, si tu retournais là-bas.

Mais tu penses bien qu'il ne peut en être question; je te tiens, je ne te lâche pas.

— Qu'est-ce que Votre Excellence veut faire de moi? demanda La Chevrette, hésitant à comprendre.

— Rien de bon, petit, répondit brutalement le gouverneur; je veux seulement te coffrer.

— Me mettre en prison, moi! protesta le mousse; mais je n'ai commis aucun méfait!

— Pourquoi t'es-tu introduit dans la ville? On aurait dû t'arrêter déjà plutôt dix fois qu'une et ne pas te laisser passer les portes. Crois-tu donc que je sois assez niais pour te permettre de retourner au douar des Rifains, où tu serais capable de raconter ce que tu as vu ici?...

Le pauvre La Chevrette était consterné.

Il était venu animé des meilleures intentions, et voilà qu'on le menaçait de l'arrêter comme espion.

Don Manuelo prit son accablement pour le trouble d'une conscience peu tranquille.

— Tu m'as l'air d'une mauvaise graine, poursuivit-il, et je connais un sûr moyen de te clore la bouche : le dos au mur de la forteresse, deux balles dans la tête, n'est-ce pas ce que tu mérites?

— Non, Excellence, je ne mérite pas cela! répondit d'une voix ferme l'enfant à qui cette menace de mort, au lieu de le terrifier, avait rendu la pleine possession de lui-même.

— C'est ton avis, ce n'est pas le mien, riposta le gouverneur; mais on t'épargnera en raison de ton jeune âge. Les verrous suffiront.

Plus un mot, ajouta-t-il, l'audience est terminée; tu vas avoir l'honneur d'être logé et nourri aux frais du gouvernement espagnol. Tu dois être content et tu ne lui reprocheras plus de manquer de générosité à l'égard des Français.

Déjà le gouverneur avançait la main pour frapper sur un timbre, prêt à donner des ordres.

La Chevrette sentit que les événements allaient se précipiter et tourner contre lui d'une façon peut-être irrémédiable.

Il rassembla toute son énergie et d'un ton délibéré :

— Faites excuse, Excellence; il y a erreur; laissez-moi m'expliquer et vous le reconnaîtrez.

Le comte fut frappé de l'assurance de l'enfant.

— Parle! dit-il, mais parle vite! je n'ai pas de temps à perdre à écouter des sornettes.

Le mousse ne demandait qu'à obéir à cette injonction.

Il commença :

— C'est vrai que je sais maintenant ce que j'ignorais avant de venir ici; mais je l'ai appris tout naturellement en entrant dans la ville. Après avoir vu tout ce branle-bas et causé avec les soldats, il n'y avait pas besoin d'être sorcier pour comprendre qu'on prépare un grand coup contre les Kabyles. Je m'étais risqué à tout hasard dans l'intention de fournir aux autorités espagnoles quelques indications utiles pour le cas où elles seraient disposées à tenter une sortie... Quand j'ai vu que la sortie était décidée, je ne me suis plus tenu de joie à la pensée que mes indications allaient, comme on dit, tomber à pic. J'étais loin de prévoir que je serais aussi mal reçu par ceux à qui je voulais rendre service...

La Chevrette avait débité son préambule avec volubilité, sans laisser au gouverneur le temps de l'interrompre.

Il fit une légère pause, en observant l'effet produit par ce commencement d'explications sur son terrible interlocuteur.

— Ah! tu voulais nous rendre service? s'écria celui-ci, encore un peu méfiant.

— Assurément, Excellence, et je ne puis vous en donner de meilleure preuve qu'en vous disant pourquoi j'ai eu l'idée de venir vous trouver.

— D'un geste, don Manuelo invita le mousse à poursuivre.

— Voici, Excellence, reprit La Chevrette.

Là-bas, au douar, les Kabyles ne prêtaient guère plus attention à moi qu'à un criquet ; je me trémoussais à ma guise à travers
le campement et j'en profitais pour m'instruire en écoutant ces moricauds baragouiner entre eux.

Ils se méfiaient d'autant moins de moi qu'ils croyaient que je
ne comprenais pas un mot de leur charabia ; mais on a beau n'avoir
été qu'à une petite école, on n'est pas si borné que ça ; si je ne sai-
sissais pas le sens de toutes leurs paroles, j'avais fini par en remarquer quelques-unes qui revenaient sans cesse dans leur conversation,
accompagnées de gestes significatifs faciles à traduire.

C'est ainsi que je suis parvenu à me rendre compte de leurs
manigances et à découvrir leurs projets...

— Quels projets ? interrogea don Manuelo, vivement intéressé.

— Si je ne me suis pas trompé, continua La Chevrette, il s'agissait d'entreprendre très prochainement une expédition contre les
roumis. Ces *roumis*, je suppose, ne peuvent être que les Espagnols...

— C'est probable.

— Et le chef, en exposant son plan, étendait toujours sa main
vers le nord-est...

— Le nord-est ? En es-tu bien sûr ? insista don Manuelo, qui
paraissait attacher une grande importance à ce détail.

— Absolument sûr, Excellence.

Et La Chevrette ajouta en redressant sa petite taille :

— Ça ne serait vraiment pas la peine d'avoir navigué, si on ne
connaissait pas ses points cardinaux.

— Le gouverneur reprit :

— Le douar d'où tu t'es échappé est situé, m'as-tu dit, au pied
de la montagne.

— Oui, Excellence, près d'une petite rivière qu'ils appellent un
oued, dans leur jargon.

— Pourrais-tu préciser le point de loin, par exemple du haut de
la forteresse, d'où la vue s'étend jusqu'aux montagnes ?

— Je le crois, je n'ai pas les yeux dans ma poche.

— Bien ! nous vérifierons cela tout à l'heure... Alors, à t'entendre,
les Kabyles faisaient des préparatifs sérieux ?...

— Très sérieux, Excellence.

— Qu'as-tu remarqué de particulier ?

— Si j'ai bien compris les projets du chef, il devait se mettre à la tête d'une centaine de Kabyles, c'est-à-dire de la plus grande partie de sa troupe. Il ne laisserait au campement que les femmes, les enfants, les vieillards et juste le nombre d'hommes nécessaire pour garder les prisonniers.

Quand j'ai su ça, je me suis dit, à part moi : Quel beau coup il y aurait à faire pour les Espagnols, s'ils étaient avertis à temps ! Ils profiteraient de ce que le douar est mal défendu pour enlever la smala et tout son bataclan, et, par la même occasion, ils nous délivreraient...

— Je gage, dit le gouverneur, que c'est ce dernier résultat qui te tenait le plus au cœur et que, avant de penser à nous rendre service, tu t'es d'abord soucié de te tirer d'affaire, toi et tes compagnons de captivité...

— Sans mentir, c'est vrai, Excellence, répondit La Chevrette. Dame ! charité bien ordonnée commence par soi, n'est-ce pas ?...

Don Manuelo ne put s'empêcher de sourire de cette riposte pleine d'à-propos.

Il s'était tout-à-fait radouci, séduit par la franchise et l'intelligence du mousse, dont les renseignements, d'ailleurs, lui étaient précieux.

Ce revirement favorable n'avait pas échappé à la sagacité précoce du gamin de Paris.

Il voulut pousser ses avantages jusqu'au bout.

— Aussi bien, conclut-il, si mon idée se réalisait, tout le monde y trouverait son compte, excepté les Kabyles, bien entendu !

Non seulement vos troupes leur joueraient un mauvais tour, mais elles se paieraient de leur peine en leur reprenant tout ce que ces brigands ont volé. Notre délivrance rapporterait donc à votre gouvernement, au lieu de lui coûter.

Ce raisonnement, si judicieusement déduit, avait achevé de conquérir don Manuelo.

Il donna une tape amicale sur la joue de l'enfant.

— Tu es avisé pour ton âge, petit, lui dit-il, et si tu continues, tu deviendras quelque chose.

— Merci du compliment, Excellence, répliqua La Chevrette, tout ce que je demande, c'est de réussir dans mon métier de marin.

Pour le moment, vous le voyez, je ne suis ni un espion, ni un traître, et si, comme je l'espère, je retourne chez les Kabyles, ce ne sera qu'avec vos soldats.

Je suis accouru ici pour vous avertir, en risquant ma peau.
maintenant, agissez comme vous l'entendrez, et faites de moi ce que
vous voudrez.

XV

LA DÉLIVRANCE

Si la disparition de La Chevrette avait laissé indifférents les
Rifains, préoccupés de plus graves soucis, elle avait causé une vraie
émotion parmi les captifs.

Le capitaine et ses compagnons étaient d'autant plus inquiets
que, n'étant pas libres de leurs mouvements, ils ne pouvaient se
mettre à sa recherche.

Ne soupçonnant pas un seul instant la vérité, ils se perdaient
en conjectures.

Qu'était devenu l'enfant ?

Avait-il été victime de la brutalité des pirates ?

Cette hypothèse était assez invraisemblable, car les pirates lui
témoignaient plutôt de la bienveillance, et, comme nous l'avons dit,
s'amusaient de son espiéglerie.

Il ne leur était pas suspect, et ils ne paraissaient nullement se
douter qu'on pût se méfier de lui.

S'était-il égaré hors du camp ?

Avait-il péri, attaqué et dévoré par quelqu'une des bêtes fauves
qui, fréquemment, venaient rôder, la nuit, autour du douar, et y
enlevaient des chèvres, des moutons et même des mules ?

C'était la supposition qui rencontrait le plus de crédit chez les
Rifains.

Lorsque deux jours se furent écoulés sans qu'on vît reparaître
le mousse, ses compagnons finirent par se ranger à cet avis.

Le lamentable sort du malheureux La Chevrette était devenu le
sujet de leurs conversations quotidiennes.

Claude Michot ne pouvait en parler sans avoir les larmes aux
yeux.

— Pauvre petit bougre ! gémissait-il, si gentil, si intelligent et
si brave ! Dire qu'il est venu mourir bêtement ici, après nous avoir
sauvés des griffes de Rodriguez !...

Non, le bon Dieu n'est pas juste !

Et ne pas savoir ce qu'il est devenu ! Ne pas seulement avoir la consolation de le mettre en terre et de planter une croix sur sa tombe !

Chien de pays !

Le capitaine Cardovan déplorait aussi amèrement la perte de son mousse pour lequel il avait une affection sincère et quasi-paternelle.

Ravergy en était d'autant plus attristé qu'en toute circonstance sa pensée se reportait vers Thérèse.

Il songeait à la douleur que la lugubre nouvelle causerait à la jeune fille déjà si accablée par les terribles épreuves qu'elle subissait et, désireux de la ménager, il jugeait prudent de lui cacher un malheur qui l'eût profondément affectée.

En effet, Thérèse, on le sait, s'intéressait particulièrement à Paul Maubrun, et son cœur sensible et compatissant se fût brisé, en évoquant l'image d'une mère qui un jour apprendrait la mort de son enfant sur une rive étrangère, au moment même peut-être où se berçant d'une vaine espérance, elle s'apprêterait à fêter son retour.

.   .   .   .

Dès le matin de la troisième journée, un mouvement insolite se produisit dans le douar.

Les Rifains déployaient une grande activité en préparatifs dont les captifs ignoraient l'objet.

Sous la surveillance du chef, les montures, chameaux, chevaux et mules étaient soigneusement inspectés, ainsi que les harnachements et les armes.

— Pour sûr, dit Michot, toujours aux aguets, il se mijote quelque chose d'extraordinaire.

— Oui, répliqua Ravergy, on dirait que nos Kabyles vont partir en campagne et, suivant leur expression, faire parler la poudre.

— Pourvu qu'ils ne nous emmènent pas plus avant dans les terres, observa Cardovan ; plus nous nous éloignerons de la côte et moins nous aurons de chances de nous tirer de là.

— Sacrebleu ! s'écria l'ancien sergent, en ce cas, je refuserais de marcher.

— Cela te plaît à dire, objecta Ravergy ; de gré ou de force, nous serons bien obligés d'aller où l'on nous conduira.

... Marchant crânement, le fusil sur l'épaule. — La Chevrette! s'écria Michot,
n'en croyant pas ses yeux. (P. 1583.)

— Tout comme le bétail de ces brigands, alors! soupira Michot
découragé, mais ne pouvant pourtant se résigner au fatalisme
oriental.

Un silence pénible suivit cette constatation d'un fait indiscutable,
et, pendant quelques instants, nos trois amis, accroupis comme
d'habitude au pied d'un dattier, s'abandonnèrent à leurs tristes
réflexions.

Mais, tout en réfléchissant, Cardovan observait attentivement ce qui se passait autour d'eux.

Il rompit, le premier, le silence.

— Je remarque une chose, dit-il, c'est que nos Rifains ne s'occupent que de leurs montures et de leurs armes.

Voyez, rien n'annonce qu'ils se préparent à lever le camp ; les femmes ne transportent pas les ustensiles hors des tentes, comme elles le font lorsque les nomades sont sur le point de plier bagage, et, détail plus significatif encore, le produit des rapines de ces bandits reste à l'abri sous les gourbis où ils les ont emmagasinés.

— Et qu'en concluez-vous, capitaine ? demanda Ravergy

— J'en conclus que nos Kabyles n'ont pas l'air de vouloir changer de campement aujourd'hui.

— Alors pourquoi tout ce remue-ménage ?

— Il s'agit sans doute d'une expédition de courte durée.

— Ils ne vont pas, j'imagine, nous obliger à y prendre part ? intervint Claude Michot. C'est pour le coup que nous déserterions sans remords, n'est-ce pas mon capitaine ?

— Oui certes, approuva Ravergy, mais il est peu probable qu'ils enrôlent dans leurs rangs des soldats qui leur tireraient dessus et passeraient à l'ennemi à la première rencontre.

Le capitaine Cardovan a raison, ils doivent organiser une expédition contre les Espagnols, et peut-être même ne sommes-nous pas étrangers à l'affaire.

— Comment cela ?

— Ahmed comptait sur le succès de la requête par nous adressée au gouverneur de Melilla ; celui-ci ayant fait la sourde oreille, plus de rançon à espérer.

— Hélas ! soupira Cardovan.

— Les Espagnols se conduisent comme des grigous, grommela Michot. Pour trois mille piastres ! Est-ce que nous ne valons pas plus que cela, tous tant que nous sommes ?

— Du moment où le gouvernement espagnol nous abandonne, reprit le marin, nous ne valons pas un maravédis aux yeux des Rifains.

— Et c'est pourquoi, expliqua Ravergy, Ahmed, furieux de sa déconvenue, a trouvé un moyen expéditif de prendre sa revanche et de se dédommager.

— Eh bien, bonne chance ! s'écria Michot, quand il se sera

payé lui-même, il n'aura plus aucun intérêt à nous retenir comme otages.

Cardovan, moins optimiste, hocha la tête.

— Hum! dit-il, je crains qu'ils ne nous lâchent pas si aisément.

— Alors, c'est nous qui leur brûlerons la politesse, déclara l'ancien soldat ; m'est avis que l'occasion est peut-être proche.

Et se penchant à l'oreille de son capitaine, il y glissa rapidement quelques mots auxquels celui-ci sembla donner son approbation.

. . . .

Au coucher du soleil, les Rifains étaient prêts pour le départ.

Comme Cardovan l'avait présumé, ils ne levaient pas le camp et se proposaient seulement de faire une sortie offensive.

Ahmed avait formé un parti de cavaliers dont il prenait lui-même le commandement.

Son plan était de gagner du terrain, à la faveur de la nuit, sans attirer l'attention des Espagnols, qu'il ne savait pas avertis, et de les surprendre par une attaque soudaine autant qu'imprévue.

Ce hardi coup de main accompli, il se replierait rapidement vers son douar et s'y fortifierait de façon à résister à une tentative de représailles.

Les captifs assistèrent à ce départ furtif, opéré à la muette, sans le moindre bruit qui pût donner l'éveil à l'ennemi.

La lune nouvelle ne s'illuminait pas des reflets du soleil disparu.

Aucun feu n'avait été allumé.

Ce fut aux dernières lueurs du crépuscule mourant qu'ils virent passer le chef monté sur un magnifique cheval noir, puis les cavaliers, le yatagan au côté, la ceinture garnie de pistolets, les longs fusils aux crosses incrustées de cuivre et d'ivoire, placés en travers de la selle.

Bientôt la troupe s'évanouit dans les ténèbres, telle une horde de fantômes...

Comme La Chevrette l'avait dit au gouverneur de Melilla, il n'était resté au douar que les femmes, les enfants, les vieillards et les hommes préposés à la garde des *roumis*.

En voyant s'éloigner Ahmed et sa bande, les captifs éprouvèrent d'abord une impression de soulagement.

Il leur semblait que leurs épaules étaient délivrées d'un joug pesant et qu'ils allaient enfin être libérés de l'odieuse oppression des bandits.

Mais ce ne fut là qu'une illusion fugitive.

Ils ne tardèrent pas à s'apercevoir que, loin de se relâcher, la surveillance à laquelle ils étaient soumis devenait, au contraire, beaucoup plus étroite.

Evidemment, leurs gardiens avaient reçu des ordres en conséquence.

Ahmed, avant de s'absenter, en avait doublé le nombre, en leur recommandant, sous la menace d'un châtiment sévère, de ne pas se départir un instant de leur vigilance.

Ils observaient leur consigne avec d'autant plus de rigueur qu'ils étaient fort mécontents d'être retenus au douar pour une besogne de géôliers, alors qu'ils auraient préféré prendre part à l'expédition armée.

Leur caractère belliqueux s'accommodait mal de cette besogne, et ils en voulaient aux prisonniers d'y être contraints à cause d'eux.

N'osant, toutefois, se livrer à de mauvais traitements, qu'eût désapprouvés le chef, ils exercèrent leur rancune contre les *roumis*, « fils de chien », ainsi qu'ils les appelaient, en leur faisant défense expresse de sortir de la tente ou du gourbi, sous quelque prétexte que ce fût.

D'ailleurs, si l'un des captifs avait essayé d'enfreindre cette défense, mal lui en eût pris.

S'il n'avait pas été assommé à coups de matraque, il aurait été infailliblement étranglé par les énormes molosses, véritables bêtes féroces aux crocs redoutables, qui servaient d'auxiliaires aux gardiens.

Nos amis, est-il besoin de le dire? passèrent une nuit blanche dans l'attente des événements.

Ils s'intéressaient indirectement à l'expédition des Kabyles.

Quelle allait en être l'issue?

Leur apporterait-elle une diversion dont ils auraient quelque chance de tirer profit?

Leur situation, déjà si précaire, en serait-elle aggravée?

Telles étaient les questions qu'ils se posaient mentalement, dans leur insomnie fiévreuse.

L'aube naissante les trouva encore éveillés.

Ils attendaient avec impatience le moment où leurs geôliers leurs permettraient de respirer à l'air libre et de détendre leurs membres engourdis.

Tout à coup, il leur sembla que le sol où ils reposaient tremblait sous eux, comme par la répercussion de vibrations produites à une certaine distance.

— Qu'est-ce que c'est que ça? fit Cardovan.

— Diable! grommela Michot; est-ce que ça serait un chambardement comme à la Vera-Cruz ? Merci bien !

— Je ne crois pas, répliqua Ravergy.

Et le jeune homme, collant son oreille contre terre, se mit à écouter.

— Si je ne me trompe, dit-il, c'est un galop de chevaux à une centaine de mètres d'ici.

— Je suis de ton avis, mon capitaine, approuva Michot, après avoir vérifié le fait par ce même procédé, très simple, mais qui trompe rarement des gens expérimentés comme l'étaient les deux anciens combattants des guerre de Vendée, et, ajouta-t-il, le galop se rapproche rapidement...

— Ce sont probablement nos Kabyles qui reviennent de leur expédition, observa Cardovan.

Il eut été facile aux prisonniers de s'en assurer de leurs propres yeux s'ils n'avaient été enfermés presque hermétiquement.

Mais les étroites fissures, par lesquelles commençait à filtrer la umière du jour, ne laissaient à leur regard qu'un champ très restreint, et ils ne pouvaient voir ce qui se passait au loin.

La supposition de Cardovan était, d'ailleurs, la plus vraisemblable.

A peine l'avait-il émise que l'ébranlement du sol s'accentua.

Ce fut un roulement accéléré, puis, soudain, une salve de mousqueterie, suivie de clameurs gutturales proférées, à n'en pas douter, par des Arabes.

— Fichtre! dit Michot, les moricauds ont un retour bruyant!

— Il paraît qu'il leur reste de la poudre à brûler! fit Ravergy.

— Ils auront rossé les Espagnols, conclut le marin, et ils célèbrent leur rentrée victorieuse par une brillante fantasia. Il faudrait pourtant voir ça...

En même temps, cédant à un mouvement de curiosité, il entr'ouvrit la tente et poussa une exclamation de surprise :

— Plus de gardiens! Plus de molosses!... Bonne affaire ! Prenons le large !...

D'un bond, les trois amis se précipitèrent dehors.

Autour d'eux, une vive agitation régnait.

Les femmes, affolées, couraient çà et là en poussant des cris d'effroi.

La plupart emportaient dans leurs bras ou traînaient après elles des enfants à moitié endormis.

Quelques-unes, comprenant l'inutilité de la fuite, demeuraient inertes dans leurs abris avec les infirmes et les vieillards, résignées à subir leur sort, selon le fatalisme de leur race.

C'était, dans le camp, un désarroi général.

A la lisière, les coups de feu continuaient à retentir.

Les prisonniers comprirent alors qu'il ne s'agissait pas d'une fantasia, mais d'un combat sérieux.

Ravergy, accompagné de Claude Michot, s'empressait auprès de Thérèse apeurée et la prenait sous sa protection, tandis que Cardovan, se mettant à la tête de ses marins qui, à la première alerte, étaient sortis de leur gourbi, les entraînait du côté de l'action.

Là, les prisonniers constatèrent que les gardiens du camp étaient aux prises avec un fort parti de cavalerie espagnole.

A la vue des uniformes européens, nos amis éprouvèrent une indicible joie.

L'espoir du salut leur rendit toute leur énergie morale.

— A nous! A nous! Vive l'Espagne! criait Michot à tue-tête, en agitant les bras.

Les Rifains résistaient vigoureusement; mais ils devaient succomber sous le nombre.

Après une fusillade nourrie, les Espagnols, chargeant et sabrant, les culbutèrent et envahirent le douar.

Ce fut comme une trombe qui, en passant, laissa derrière elle autant de morts et de blessés qu'il y avait d'hommes valides dans le camp.

Aussitôt, le pillage commença en présence des rares survivants, impuissants à empêcher le vainqueur d'accomplir son œuvre jusqu'au bout.

Le produit accumulé des déprédations des Rifains offrait à celui-ci un riche butin.

Quant aux prisonniers, ils fraternisaient avec leurs libérateurs et se félicitaient hautement de l'issue de cette attaque imprévue.

Cependant, au milieu de l'allégresse commune, le front du brave Michot se rembrunit.

Il pensait à La Chevrette.

— Pauvre petit camarade, murmura-t-il ; dire qu'il n'est plus là pour partager notre aubaine !...

Et une grosse larme roula sur sa joue tannée.

Thérèse, qui venait de remarquer l'absence du mousse, tressaillit péniblement.

— Quoi ! demanda-t-elle, lui serait-il arrivé malheur ?

— Nous ne savons, répondit Ravergy, il a disparu depuis trois jours...

Au même moment, une fanfare de trompettes résonna à l'entrée du camp.

Tous les regards se tournèrent de ce côté.

C'était une colonne d'infanterie légère qui arrivait.

Elle avait suivi à courte distance l'escadron de cavalerie envoyé en avant, afin de lui prêter main-forte et de prendre possession de la position conquise.

En tête de la colonne, au premier rang, un soldat se distinguait des autres par sa jeunesse, l'exiguïté de sa taille et la fantaisie de son accoutrement, marchant crânement, le fusil sur l'épaule.

— La Chevrette ! s'écria Michot, n'en croyant pas ses yeux.

D'une seule voix, ses compagnons répétèrent cette exclamation de surprise et de joie.

— Oui, moi ! Petit bonhomme vit encore !...

Accueilli à bras ouverts par tous, l'enfant ne savait à qui entendre.

— Ah ! ça, grondait le capitaine Cardovan affectant un ton bourru, tu avais donc déserté, mauvais sujet ?...

Ce fut le commandant de la colonne qui se chargea de répondre :

— Nous ne nous serions pas risqués dans cette aventure, expliqua-t-il, si nous n'avions su que le camp était insuffisamment gardé.

Pendant que nous attaquions ici, d'autres troupes, abritées sous le feu des forts de Melilla, attendaient de pied ferme l'agression projetée par Ahmed ; à l'heure qu'il est, les Kabyles sont probablement en déroute, et s'ils se replient vers le douar, nous sommes prêts à les recevoir. Bref, nous aurons fait coup double, grâce à l'intelligence de ce bambin, dont les renseignements précis nous ont dicté la tactique à suivre.

Je me fais un plaisir de lui rendre justice.

— C'est donc pour ça que tu t'étais échappé nuitamment, sournois, dit Cardovan, fier de son mousse.

— Faut croire, mon capitaine.

— Pour un beau plan, c'est un beau plan, renchérit Michot. te voilà d'emblée passé général ! Excusez !

Et l'ancien soldat donna une chaleureuse accolade au vaillant enfant qui lui rappelait ces volontaires précoces des armées de la République, battant la charge à la tête des régiments et faisant le coup de feu aux côtés des vétérans.

Des acclamations répétées saluèrent La Chevrette, tout confus de tant d'honneur. Il les avait, du reste, bien méritées.

N'était-il pas le vrai héros de l'expédition ?

N'était-il pas le vrai libérateur de ses compagnons de captivité ?

. . . .

Cependant, le commandant de la colonne prenait toutes les mesures nécessaires pour rendre complète et décisive la victoire si lestement remportée.

D'après ses ordres, une partie des troupes devait demeurer sur le terrain pour garder la position conquise et s'opposer à sa reprise par les Kabyles partis en campagne sous la conduite d'Ahmed, dans le cas où ceux-ci tenteraient un retour offensif.

L'autre partie allait rejoindre sa garnison, emmenant à sa suite ce qui restait de la population du douar, réduite à sa plus simple expression et les dépouilles du vaincu.

Les prisonniers se composaient des femmes, des enfants et de quelques vieillards courbés sous le poids des années, qui regrettaient qu'Allah les eût laissés vivre assez longtemps pour assister à la défaite et à la ruine de leur tribu.

Thérèse, émue de pitié devant l'infortune de ces êtres faibles, implora en leur faveur la clémence du colonel.

Celui-ci rassura la sensible senora en lui expliquant qu'il ne leur serait fait aucun mal.

On allait simplement les conduire dans une des forteresses voisines de la ville où on les hébergerait jusqu'à ce que le chef de la tribu les réclamât, c'est-à-dire très peu de temps. Alors, on les lui rendrait contre une rançon à débattre. C'était un procédé courant, emprunté aux us et coutumes des Kabyles eux-mêmes.

De temps en temps, les deux jeunes gens se retournaient vers le lieu funeste qui avait failli voir la fin de leurs espérances. (P. 1586.)

Le butin fut chargé à dos de mulet, et, lorsque tout fut prêt, on mit le feu aux tentes et aux gourbis.

Ce fut le signal du départ.

La colonne, précédée d'un peloton de cavaliers qui marchaient en éclaireurs, reprit la direction de Mélilla.

Le colonel avait mis galamment une monture à la disposition de Thérèse.

Les compagnons de la jeune fille l'escortaient, juchés tant bien que mal sur les bagages.

— Drôle de chose, tout de même, disait Michot, c'est à peu près notre voyage de l'autre jour au rebours.

A notre tour d'emmener des prisonniers et d'emporter leur bien.

— Leur bien ! riposta Cardovan, dites plutôt le bien d'autrui que ces maudits pirates ont volé. Si je ne me trompe, la caisse sur laquelle je suis à califourchon provient de la cargaison de l'*Alcyon*,

— On vous la rendra peut-être, répliqua Michot.

— Hon ! grommela le marin, ce qu'on ne me rendra pas, c'est mon beau brick !

Ravergy et Thérèse causaient de leur côté, mais plus discrètement et à demi-voix.

Ils s'entretenaient du sujet qui leur tenait le plus au cœur et des moyens pratiques de gagner à bref délai les côtes de France.

De temps en temps, les deux jeunes gens se retournaient vers le lieu funeste qui avait failli voir la fin de leurs espérances.

Ils n'apercevaient plus qu'une fumée bleuâtre montant vers le ciel bleu et marquant la place, maintenant couverte de cendres, où s'étendait auparavant le riche douar des pirates du Rif. .

XVI

SÉPARATION.

La colonne expéditionnaire fit une rentrée triomphale à Melilla.

A son arrivée, elle y apprit que le succès de son coup de main venait d'être complété par la défaite d'Ahmed.

Les Kabyles qui, à la faveur de la nuit, s'étaient glissés jusqu'aux abords du fort San-Lorenzo, espérant attaquer à l'improviste les troupes espagnoles, étaient au contraire tombés eux-mêmes dans une embuscade dressée d'après les indications de La Chevrette.

Non seulement leur tentative de surprise avait échoué, mais, assaillis de toutes parts par la fusillade de l'ennemi dissimulé derrière les remparts et les ouvrages avancés, ils avaient subi des pertes considérables et Ahmed, lui-même, était resté parmi les morts.

Dès leur arrivée, les prisonniers des Rifains, rendus à la liberté, furent conduits devant le gouverneur.

Don Manuelo daigna les féliciter de leur heureuse libération et ne craignit pas d'en attribuer tout le mérite à sa haute intervention.

Il semblait avoir totalement oublié l'accueil plus que froid qu'il avait fait à la requête rédigée par Ravergy et le peu de souci qu'il avait eu d'abord du sort des infortunés tombés au pouvoir des pirates.

Lorsqu'il s'était agi d'un généreux sacrifice, qui eût immédiatement sauvé les captifs sans coup férir, il s'était dérobé.

Maintenant qu'il n'avait qu'à recueillir les avantages d'une expédition fructueuse, il revendiquait tout l'honneur et se donnait de grands airs magnanimes.

Mais Ravergy, toujours diplomate, se garda bien de faire allusion à son attitude antérieure.

Chargé par ses compagnons de prendre la parole en leur nom, il exagéra au contraire l'expression de leur gratitude et multiplia les adjectifs les plus propres à flatter la vanité du fonctionnaire.

Cette façon de procéder était habile autant que prudente.

Cardovan et Michot en furent d'abord interloqués.

Dans leur rude franchise, le marin et l'ancien soldat n'eussent pas trouvé ces détours subtils et se fussent sans doute livrés à quelque incartade en disant le fond de leur pensée à M. le gouverneur.

Mais ils avaient trop de bon sens pour ne pas comprendre, en y réfléchissant, les motifs de la conduite de leur ami.

En effet, les victimes de l'échouage et de la capture de l'*Alcyon* n'étaient pas encore complètement hors d'affaire.

S'ils étaient sains et saufs, s'ils avaient recouvré leur bien le plus cher, la liberté, il restait encore de gros problèmes à résoudre pour les tirer d'embarras.

Ils se trouvaient sur la côte africaine, dépouillés de tout ce qu'ils possédaient, complètement dénués de ressources.

Comment pourvoir à leurs besoins?

Comment abréger leur séjour à Melilla et se faire transporter en Europe le plus tôt possible?

Pour la solution de ces problèmes, il fallait compter avec le gouverneur.

Il importait donc de ménager ce puissant personnage et de conquérir ses bonnes grâces.

La première question soulevée fut celle de l'*Alcyon*.

Cardovan ne pouvait se résigner à la perte totale de son brick.

Ses amis partageaient sincèrement sa peine; Thérèse, surtout, se désolait à la pensée qu'elle était la cause involontaire de ce désastre, puisque c'était pour la ramener en France que l'excellent homme avait consenti à modifier son itinéraire.

En fait, le capitaine était fondé à réclamer une indemnité au gouvernement espagnol, car celui-ci était responsable des actes de piraterie commis sur la côte d'un territoire placé sous sa domination, et qu'une surveillance mieux organisée aurait empêchés.

Cardovan aborda carrément le sujet; mais don Manuelo, décidément, n'aimait pas qu'on lui parlât d'argent — du moins quand on lui en demandait.

Au mot d'indemnité, il fronça le sourcil et déclara qu'il s'agissait-là d'une risque de mer, dont son gouvernement ne pouvait accepter la responsabilité.

Le capitaine ne s'attarda pas à une discussion inutile, se réservant de faire trancher le litige ultérieurement, lorsqu'il aurait informé son armateur, M. Darnis, de sa déplorable aventure.

Présentement il devait parer au plus pressé et tâcher d'obtenir des satisfactions immédiates.

Il demanda donc la restitution des objets et des espèces lui appartenant, dont on venait d'opérer la reprise sur les pirates.

Pour le moment, il se contenterait de cette réparation partielle.

Sur ce point, le gouverneur se fit encore tirer l'oreille.

Finalement, il répondit qu'il étudierait l'affaire et qu'il en référerait à son ministre, à Madrid.

Tous ces faux-fuyants, tous ces moyens dilatoires ne faisaient pas le compte de Cardovan.

Il eut un mouvement violent d'impatience.

— Alors, s'écria-t-il, il ne me reste rien, pas même ce qui me revient de droit? Est-ce là ce que vous appelez la justice, monsieur le gouverneur?... Après avoir été dépouillé par les voleurs, je ne m'attendais pas à l'être ensuite par les gendarmes!... Non, ça, c'est trop fort, tonnerre de Brest!

Et le marin donna sur le bureau, derrière lequel trônait le

fonctionnaire, un coup de poing si formidable que don Manuelo en tressauta.

L'entretien menaçait de prendre un tour fâcheux.

Une altercation avec le gouverneur pouvait avoir les conséquences les plus regrettables, amener des complications qu'il fallait éviter à tout prix.

Ravergy, voyant le péril, se hâta d'intervenir.

— A quoi bon s'irriter? dit-il, Notre situation est, il est vrai, fort pénible; mais je suis convaincu que monsieur le gouverneur est tout disposé à nous prêter son haut et bienveillant concours pour surmonter les difficultés qu'elle présente; il convient donc de nous en rapporter entièrement à sa sagesse et à son obligeance...

— Parfaitement! acquiesça don Manuelo avec un sourire protecteur. Nous arrangerons tout cela; mais il faut patienter.

Les adroites paroles de Ravergy avaient atteint leur but en touchant la corde la plus sensible du personnage, qui était la vanité.

Il donna immédiatement des ordres pour l'installation provisoire de ses hôtes.

Thérèse et ses trois amis furent logés et hébergés au palais même du gouvernement.

L'équipage de l'*Alcyon* trouva un cantonnement approprié dans la citadelle, où il partagea l'ordinaire des soldats.

Quelques heures plus tard, lorsque tous se furent un peu refaits de leurs fatigues et eurent recouvré la confiance que donne la sécurité, Ravergy sollicita une nouvelle audience du gouverneur.

Celui-ci l'ayant accordée, le jeune homme débuta en ces termes :

— J'ai désiré entretenir un instant Votre Excellence en particulier, afin de la renseigner sur ceux dont le hasard a fait ses hôtes.

— Ne suis-je pas déjà édifié à cet égard? demanda don Manuelo, étonné.

— Pas complètement, Excellence.

— Alors, parlez, senor.

— Au sujet de l'équipage du navire pillé, reprit Ravergy, je n'ai rien de nouveau à vous dire; il a pour répondant un brave marin, le capitaine Cardovan, naviguant régulièrement pour le compte d'un armateur mexicain, M. Robert Darnis. Mieux que moi vous savez à quel traitement il a droit en vertu des liens étroits qui unissent le Mexique à l'Espagne...

Don Manuelo se contenta d'incliner la tête avec un geste vague.

On sentait qu'il ne voulait prendre aucun engagement ferme et qu'il n'était guère disposé à discuter la question d'indemnité.

Ravergy n'insista pas.

— Ce sont, continua-t-il, les passagers de l'*Alcyon* qu'il me paraît utile de faire connaître à Votre Excellence d'une manière plus précise.

— Mais j'ai là, inscrits, vos noms et qualités :

« Mlle Thérèse Valomer, de Paris, voyageant pour des affaires de famille; Georges Ravergy, ex-capitaine, Claude Michot, ex-sergent, tous deux ayant servi dans les armées de la République française.

Don Manuelo prononça ces derniers mots avec une intonation légèrement dédaigneuse.

Sujet et fonctionnaire d'une monarchie autoritaire, il goûtait médiocrement le régime démocratique établi en France depuis la Révolution.

Le jeune homme saisit la nuance et répliqua :

— Oui, Excellence, j'ai combattu pour ma patrie et je m'en flatte d'autant plus que j'y ai eu quelque mérite.

— Il est toujours méritoire de risquer sa vie.

— Surtout pour une noble cause, à laquelle on s'est volontairement et librement rallié.

— Rallié! dites-vous? Vous n'étiez donc pas né dans les rangs des révolutionnaires ?...

— Pas tout à fait, fit, en souriant, l'ancien officier.

— Vous apparteniez à la noblesse ?...

— A la plus vieille noblesse de France : je m'appelle le marquis de Ravergy.

Don Manuelo eut un geste d'étonnement et, fixant sur son interlocuteur un regard scrutateur :

— C'est bien votre nom? interrogea-t-il, comme s'il eût conçu quelque doute.

— Je le jure sur mon honneur, Excellence, c'est mon nom authentique, celui de mes ancêtres que j'ai conservé en renonçant à un titre aboli.

Don Manuelo, devenu pensif, semblait faire appel à des souvenirs.

— En vérité, dit-il, voilà une coïncidence singulière! J'ai connu jadis un marquis de Ravergy, à l'époque où j'étais attaché d'ambassade à Paris... Un fort galant homme, que j'eus le plaisir de rencontrer souvent à la cour...

— C'était mon père, prononça Georges, dont le visage s'assombrit d'une expression de tristesse. J'ai eu la douleur de le perdre dans des circonstances profondément pénibles.

Et, après avoir raconté la mort tragique du marquis, tombé victime d'une odieuse trahison, il expliqua comment, ayant quitté l'armée, il avait entrepris le voyage d'Amérique pour châtier le traître de sa propre main.

Cette satisfaction lui avait été refusée; mais le misérable n'avait pas échappé à la justice de Dieu.

— Maintenant, dit-il en terminant, je retourne en France avec mon vaillant et fidèle frère d'armes, Claude Michot, et mon intention est de reprendre du service dès que j'aurai mis ordre à mes affaires. La carrière militaire n'est-elle pas désormais la seule qui m'offre un digne emploi de mon activité?...

— Assurément, approuva don Manuelo, d'autant plus que vous pourrez également reprendre votre titre; car la noblesse n'est pas proscrite de l'armée de l'empereur...

— De l'empereur! s'exclama Ravergy, ne comprenant pas.

Ce fut de la bouche du fonctionnaire espagnol qu'il apprit, non sans surprise, le gros événement qui venait de se passer en France, pendant son absence.

— Les Français, ajouta don Manuelo malicieusement, sont un peuple bien capricieux, ils ne renversent une idole que pour en élever une autre à la place.

Mais, en ce moment, Georges n'avait pas l'esprit assez libre pour s'intéresser à des considérations politiques.

Revenant au sujet qui lui tenait au cœur, il poursuivit :

— Avant d'arrêter une résolution définitive en ce qui me concerne personnellement, j'ai une autre tâche à remplir.

Au cours de mon voyage, le hasard m'a fait rencontrer la jeune fille charmante dont je suis devenu le compagnon respectueux et dévoué.

Sans autre viatique que l'amour filial, la noble et vaillante créature n'a pas craint d'entreprendre seule, à travers l'Océan et les contrées les plus inhospitalières, une mission devant laquelle plus d'un homme eût reculé.

L'objet de cette mission, il ne m'est pas permis de vous le divulguer, c'est un secret de famille qu'elle a bien voulu me confier; mais si vous connaissiez les motifs de son entreprise et l'héroïsme viril avec lequel elle l'a conduite, vous seriez, j'en suis sûr, saisi d'admiration pour Mlle Thérèse Valomer.

Les gages de confiance qu'elle m'a donnés, les périls que nous avons courus ensemble, m'ont créé vis-à-vis d'elle un devoir sacré.

Je me suis juré de ne la quitter qu'après l'avoir menée à bon port et acquis la certitude qu'elle n'avait plus ni dangers ni obstacles à redouter.

— Voilà qui est d'un parfait gentilhomme, dit don Manuelo.

Rien ne pouvait avoir plus d'influence sur l'esprit du comte de Hernandez, grand d'Espagne, que la qualité de marquis dont Ravergy se prévalait pour la première fois, depuis qu'il avait abdiqué son titre et ses privilèges pour mettre son épée au service de la France républicaine.

Ce qu'il n'avait jamais fait pour le premier roturier venu, il était fort disposé à le faire pour un fils de la noblesse.

Il daignait même oublier que celui-ci, dérogeant aux traditions de sa race, s'était rallié de fait, sinon de cœur, à un régime réprouvé de toutes les monarchies européennes.

Et, allant au-devant des désirs du jeune homme :

— Senor caballero, dit-il, à la suite de vos aventures, vous devez, je le comprends, vous trouver dans une situation précaire.

— Je vous l'avoue en toute franchise, répondit simplement Ravergy.

— Entre nous, pas de réserve inutile, je me mets entièrement à votre disposition. Et d'abord, je vais donner les instructions nécessaires pour vous faire rapatrier dans les meilleures conditions possibles.

— Je vous en saurai gré, Monsieur le gouverneur, car j'ai hâte de rentrer en France où m'appellent d'urgentes nécessités; j'espère que Mlle Valomer et mon brave camarade Michot bénéficieront de la même faveur ?..

— Si vous le désirez.

— J'y tiens expressément, et j'y renoncerais pour moi-même, plutôt que de ne les en pas voir profiter.

— Soit ! seulement je ne puis m'engager à vous faire conduire directement dans un port français ; il faudra probablement que vous touchiez auparavant la côte d'Espagne.

Ravergy, à cette déclaration, éprouva un désappointement qu'il ne put dissimuler.

Ils avançaient à travers les rochers, pris d'une sorte de crainte respectueuse... (P. 1596.)

— Oui, continua don Manuelo, les navires de votre pays relâchent rarement ici, nous n'y voyons guère de bâtiments espagnols que ceux de l'Etat, affectés au transport des troupes et des forçats du bagne de Melilla. Or, un de ces bâtiments doit précisément partir demain, se rendant à Malaga. Là, vous trouverez sans doute, à bref délai, quelque bateau faisant voile vers Marseille.

200. — SEULE!   200.

Malgré la meilleure volonté du monde, je ne puis vous offrir une combinaison plus pratique et plus expéditive.

— Je vous en remercie vivement, monsieur le gouverneur, répondit Ravergy.

Mais comment payer les frais de notre passage? Les pirates, vous le savez, nous ont complètement dépouillés, et il ne nous reste plus un sol en poche.

— En effet, dit don Manuelo, l'argent qui est le nerf de la guerre, est aussi celui des voyages, et je conçois l'embarras où vous met la pénurie de vos finances! Croyez-le bien, monsieur le marquis, s'il ne tient qu'à moi de vous en tirer, je n'y négligerai rien.

D'abord le passage sur le vaisseau espagnol s'effectuera gratis.

Quant aux frais de la traversée d'Espagne en France, nous y pourvoirons, et vous ne partirez pas sans être muni du viatique nécessaire.

Premièrement, je vais ordonner la restitution à leurs légitimes possesseurs des sommes qui pour raient être retrouvées dans le butin repris sur les Rifains.

— J'attendais cette réparation de votre équité, fit Ravergy; seulement, ne craignez-vous pas que ce ne soit là qu'une ressource bien aléatoire? Il est fort douteux que cet argent se retrouve, et, comme dit un vieux proverbe de mon pays, où il n'y a rien, le roi lui-même perd ses droits.

Le jeune homme émettait ce doute à bon escient; car au moment du pillage du douar, il avait vu plus d'un soldat espagnol emplir ses poches des pièces de monnaie cachées par les Rifains dans des pots de terre.

Don Manuelo dut comprendre cette allusion discrète à la disparition probable des espèces sonnantes.

Il n'insista pas sur ce point et reprit.

En tout cas, senor, je vous donnerai une lettre de crédit pour mon banquier de Malaga. Avec ma recommandation, votre nom et votre titre seront auprès de lui des garanties suffisantes de votre loyauté.

En faisant spontanément cette offre à Ravergy, le gouverneur allait au-devant de ses désirs et lui épargnait une demande qu'il en coûtait à sa fierté de formuler.

Il remercia cordialement le fonctionnaire.

— Vous me rendez un immense service, monsieur le gouverneur

dit-il ; soyez assuré qu'aussitôt de retour en France, mon premier soin sera d'acquitter cette dette d'honneur.

— Des gens de notre rang ne doivent jamais perdre l'occasion de s'obliger entre eux, répliqua don Manuelo, en se rengorgeant, et le comte de Aranjuez s'estime heureux d'être en de telles circonstances le créancier du marquis de Ravergy.

L'ami de Thérèse éprouvait une grande joie en songeant que, grâce à ce subside pécuniaire, il allait pouvoir prêter son concours efficace à la jeune fille, qui se désolait à la pensée d'être retenue de longs jours encore loin du but final et de voir ainsi misérablement échouer sa noble entreprise.

Mais cette joie personnelle ne lui faisait pas oublier l'infortune de ses campagnons, et sa propre cause étant maintenant gagnée, c'est à plaider la leur qu'il employa toute son éloquence.

A force de persuasion, il finit par obtenir de sérieuses concessions du gouverneur, qui d'abord s'était montré intraitable sur la question d'une indemnité à accorder au capitaine de l'*Alcyon*.

Toutefois, don Manuelo s'ingéniait à réduire cette indemnité au strict minimum.

— Préalablement à toute discussion de chiffres, dit-il, et afin d'évaluer la perte subie, il faudrait visiter l'épave du navire. Peut-être a-t-elle, une valeur qu'on pourrait réaliser ; ce serait autant à déduire de la somme à payer.

Le devoir d'un fonctionnaire intègre est, avant tout, de ménager les finances de Sa Majesté...

Il fut donc convenu que le gouverneur mettrait une chaloupe à la disposition de Cardovan pour le conduire à la pointe des Trois-Fourches, où, l'on s'en souvient, le bateau s'était échoué.

Le capitaine n'accepta cette proposition qu'à regret.

C'était pour lui un crève-cœur de songer qu'il allait revoir à l'état de lamentable épave son beau brick tout battant neuf, dont il était si fier à juste titre.

Il s'embarqua néanmoins pour cette expédition avec plusieurs hommes de son équipage.

Au fur et à mesure qu'on approchait des brisants, on voyait se dessiner de plus en plus distinctement une masse noire, bordée de blanc.

C'était l'*Alcyon*.

Bien que battu furieusement par les vagues, il était resté accroché à la même place, l'arrière plongeant à moitié dans la mer, l'avant relevé et pointant son beaupré vers le ciel.

Le calme qui régnait ce jour là sur la Méditerranée permit à la chaloupe d'aborder sans trop de difficulté au pied des falaises et de débarquer Cardovan et ses hommes à une très courte distance de cet endroit.

Ils avançaient à travers les rochers, pris d'une sorte de crainte respectueuse, à l'approche du navire condamné, comme à l'approche d'un moribond auquel on fait une suprême visite.

Et, pour la centième fois depuis la catastrophe, le capitaine inconsolable recommençait l'oraison funèbre de son cher bateau, énumérait toutes ses qualités, tandis que Kermadec lui donnait la réplique comme un écho fidèle.

— Un brick magnifique ! soupirait Cardovan.

— Obéissant au gouvernail comme pas un ! ajoutait le timonier.

— Un fin voilier !

— Un marcheur de premier ordre !

— Capable de tenir la mer pendant cinquante ans !

— Et plus !

— Avoir résisté au cyclone et venir se jeter à la côte bêtement au moment de toucher au port ! Mille millions de tonnerre ! Ah ! canailles de moricauds, va !...

— Ça ne leur a pas porté bonheur. Grâce au bon tour que leur a joué La Chevrette, nous sommes vengés.

— Oui, mais ça ne me rend pas mon bateau...

Tout en échangeant ainsi leurs doléances, ils étaient arrivés à l'endroit même où l'*Alcyon* se trouvait engagé dans les rochers.

Ils le visitèrent minutieusement, accompagné d'un commissaire espagnol que le gouverneur avait chargé de faire, concurremment avec le capitaine, une enquête sur l'état de l'épave.

Plus cette visite s'avançait, et plus le visage, d'abord morne, de Cardovan se rasserénait.

A la fin il s'était tout à fait épanoui.

— Ça une épave ! s'écria le marin, jamais de la vie !

— Que voulez-vous dire ? interrogea l'espagnol, surpris de cette brusque exclamation.

— Je veux dire, monsieur le commissaire, que si mon brick est dans une fichue situation, ce n'est pas une raison pour le considérer comme perdu sans ressources.

Ainsi que vous avez pu le constater vous-même, les avaries sont légères et les voies d'eau de l'arrière seront facilement aveuglées.

Si la coque, très solide, est si peu endommagée, cela tient à ce que le bâtiment, en s'échouant, s'est fortement calé entre les rochers, comme entre les échasses d'un chantier; il n'a pas été balloté par la mer, et c'est à cette circonstance qu'il doit ne pas s'être brisé contre les récifs.

Qu'on me procure seulement les moyens de renflouer mon bâtiment, et je veux être traité de failli-chien, si je ne le ramène pas en Amérique!...

Qu'en penses-tu, Kermadec?

— Je pense comme vous, capitaine, répondit le timonier. Il y a eu plus de peur que de mal, et notre bateau vaut mieux que du bois à brûler; mais si l'on veut le tirer de là, il n'y a pas de temps à perdre.

— Eh bien! allons-y rondement! conclut Cardovan.

Le commissaire, formaliste, objecta :

— Personnellement, je ne puis que faire à monsieur le gouverneur un rapport relatant votre avis motivé. C'est à lui qu'il appartient de prescrire les mesures nécessaires pour l'opération que vous désirez tenter.

— Il les prescrira, j'en réponds! répliqua le capitaine; il aimera encore mieux ça que de me payer le prix d'un superbe bâtiment tout neuf...

Une heure après, la chaloupe ramenait Cardovan à Melilla.

Conformément à ses prévisions, don Manuelo sur le rapport verbal de son délégué, donna des ordres immédiats pour qu'il fût procédé au renflouement de l'*Alcyon* dans le plus bref délai possible.

On juge quelle fut la joie de Ravergy, de Thérèse et de Michot, en apprenant la bonne nouvelle que s'empressa de leur communiquer leur ami.

Ils lui avaient de telles obligations, qu'ils supportaient péniblement la pensée de le voir accablé par un désastre dont ils se trouvaient, en quelque sorte, moralement responsables.

N'était-ce pas à cause d'eux, pour leur rendre un service inestimable qu'il avait consenti à modifier son itinéraire?

Ne s'était-il pas associé à leurs projets avec le plus complet désintéressement?

Et il serait victime de sa générosité! Tandis que ses obligés poursuivraient leur route, il demeurerait là, aux prises avec les plus graves difficultés!

Ce contraste entre leur propre sort et celui de leur bienfaiteur révoltait leur raison et blessait leur cœur comme une cruelle iniquité.

Thérèse, dans sa conscience timorée à l'excès, allait presque jusqu'à s'accuser d'avoir porté malheur à l'*Alcyon* et à son capitaine.

Et ce remords — le remords d'un ange — empoisonnait la félicité qu'elle eût dû éprouver en ce moment.

En effet, pendant que Cardovan accomplissait sa petite expédition aux Trois-Fourches, Ravergy avait fait part à sa compagne du résultat de sa démarche personnelle auprès du gouverneur.

Il lui avait donné à entendre, le plus délicatement possible, qu'elle n'avait plus à se préoccuper de soucis matériels.

Leur passage prochain en Espagne, puis en France était assuré et il se chargeait de pourvoir aux frais de voyage de la jeune fille jusqu'à Paris.

Malgré toute la discrétion que mit le jeune homme dans cette offre de concours pécuniaire, il eut de la peine à vaincre les scrupules de Thérèse.

— Oh! dit-elle, combien vous êtes bon! Votre sollicitude me touche profondément; mais comment souscrire honnêtement une dette quand on se sait insolvable? Il ne me reste plus rien de la somme que m'avait obligeamment avancée le protecteur de mon père pour entreprendre ma mission, et la profonde misère où est plongée ma famille ne me permettrait pas de m'acquitter envers vous. Dans de pareilles conditions ai-je le droit d'accepter?...

— Vous n'avez pas le droit de refuser! interrompit vivement Ravergy. Vous ne pouvez repousser l'offre d'un ami, que la Providence a placé sur votre route pour vous prêter aide et assistance jusqu'au bout.

Songez-y, il y va du salut de votre père!

Que votre fierté ne s'offense pas d'un service qu'il m'est doux de vous rendre et dont je m'estimerais largement payé s'il contribuait au succès de votre mission!

— Thérèse inclina la tête, des larmes perlèrent à ses longs cils, et tendant la main à Georges, qui l'effleurait respectueusement de ses lèvres, elle murmura simplement :

— Merci!...

C'est au moment où ils s'entretenaient de leur prochain départ, tout en déplorant la détresse de Cardovan, que celui-ci vint leur annoncer la possibilité de sauver l'*Alcyon*.

— Malheureusement, mes chers amis, ajouta le capitaine, après la première explosion de la joie commune, ce n'est pas moi qui aurai le plaisir de vous conduire à Marseille.

Vous êtes pressés, je le comprends; or, le renflouement du brick, les réparations indispensables à exécuter ensuite dans la cale de Melilla exigeront bien une huitaine de jours, si ce n'est davantage.

Il va falloir nous séparer ici. Ce qui me console un peu, c'est de savoir que votre passage est assuré.

— Et nous, répliqua Thérèse, ce qui allège notre chagrin de vous quitter, c'est la certitude que vous pourrez rentrer en Amérique sur ce navire béni, cette nef providentielle, à qui j'aurai dû de revoir la France et les miens.

. . . .

Le lendemain matin, le transport espagnol, sur lequel le gouverneur avait autorisé les trois Français à s'embarquer, appareillait pour se rendre à Malaga.

Nos amis prirent d'abord congé de don Manuelo, qui, suivant sa promesse, remit à Ravergy une lettre de crédit à l'adresse de son banquier. Il souhaita une heureuse traversée à ses hôtes, non sans couler du côté de la senorita et de son chevalier un regard quelque peu équivoque, mais empreint d'une paternelle indulgence pour le jeune gentilhomme, qu'il s'obstinait à croire en bonne fortune, celui-ci n'ayant pas jugé utile de le renseigner complètement sur la personnalité de Mlle Valomer et sur le rôle si noble et si désintéressé qu'il jouait auprès d'elle.

Cardovan et tout l'équipage de l'*Alcyon* voulurent accompagner les voyageurs jusqu'à l'embarcadère.

Ce fut un spectacle peu ordinaire que cette descente de la ville haute vers le port, avec les mathurins faisant escorte à la demoiselle et à ses amis.

Les habitants, les soldats répandus dans les rues étroites, s'arrêtaient curieusement sur le passage du cortège.

La Chevrette marchait à côté de Claude Michot, s'efforçant de régler son pas sur celui de son grand camarade, autant que le lui permettait la brièveté de ses jambes.

— Hein ! petit, disait l'ancien soldat, en affectant de se redresser fièrement, comme ferait un tambour-major en tête d'un régiment, en voilà une conduite ! il me semble que je suis un personnage huppé.

L'excellent homme, tout en plaisantant pour se donner une contenance, se sentait envahi d'une invincible émotion, au moment de quitter ces braves gens dont il venait de partager pendant de longues semaines la vie de labeur et de périls et qu'il ne reverrait peut-être jamais.

Ravergy et Thérèse étaient animés des mêmes sentiments, trop intenses d'ailleurs pour qu'ils pussent les exprimer par des phrases banales.

Ils n'échangeaient avec Cardovan que de rares paroles, et ce silence était peut-être plus éloquent que des mots sonores...

On arrivait enfin aux quais, encombrés de matériel de guerre.

Une grande animation y régnait.

Des bateaux y amenaient un convoi de mules, une cargaison de fourrages, d'objets de campement, de munitions, dont le déchargement était opéré par des escouades d'hommes d'aspect minable, coiffés d'un béret crasseux bordé d'un galon jaune.

Thérèse ayant demandé quels étaient ces singuliers débardeurs portant une chaîne au pied et travaillant sous les ordres de gardiens rébarbatifs armés de gourdins :

— Ce sont des *presidiarios*, répondit Cardovan.

Et comme ce mot ne semblait pas bien compris de son interlocutrice, il le lui expliqua :

— Les *presidiarios* sont des hommes condamnés aux travaux forcés, logés aux *presides*, ou bagne établi ici, et employés aux grosses besognes du port.

— Ah! bien! laissa échapper Michot, Melilla est comme. qui dirait le Brest ou le Toulon de l'Espagne.

— Parfaitement!

— Alors, tous ces lascars-là sont des forçats?

— Oui, un vilain gibier qu'on ferait mieux de flanquer à la mer que de le nourrir aux frais du gouvernement.

Dans la bouche de celui qui les tenait, ces propos n'avaient d'autre portée que celle d'un lieu commun banal.

Cependant, en les entendant, Thérèse tressaillit douloureusement.

La vue de ces misérables lui faisait mal, elle songeait que, parmi eux, se trouvaient peut-être des innocents.

L'image de son père injustement condamné se dressait devant elle; elle se souvenait également de M. Delamarre, ou plutôt d'Urbain Raimbaud, cet honnête homme victime d'une épouvantable erreur judiciaire et qui avait subi dix ans de bagne.

Ravergy, la voyant pâlir et détourner la tête, comprit la pénible impression qu'elle éprouvait.

SEULE !

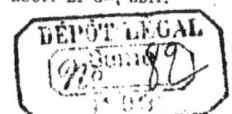

Et il tira de sa vareuse une lettre soigneusement pliée... (P. 1604.)

Lui ayant offert la main, il l'entraîna rapidement vers le navire en partance.

Les adieux furent émouvants.

Les mains s'étreignirent chaleureusement ; des souhaits de santé et de prospérité s'échangèrent.

En adressant à Cardovan l'expression de son inaltérable gratitude pour le service immense qu'il lui avait rendu, la jeune fille ne put retenir ses larmes.

Le marin lui-même avait les yeux humides et s'efforçait en vain de dissimuler son attendrissement sous ses brusques façons de loup de mer.

— Ce que vous avez fait pour moi est inoubliable, dit la jeune fille. Comment vous prouver mon éternelle reconnaissance ?...

— En me rendant à votre tour le service que voici :

Quand l'âge et la fatigue me forceront à renoncer à la mer, à moins qu'elle n'ait pris auparavant ma carcasse, mon projet est de retourner en Bretagne pour y planter mes choux. Alors, j'offrirai à Notre-Dame un joli brick pavoisé, que je ferai suspendre à la voûte de l'église de mon village natal, comme c'est l'usage dans mon pays...

Mais ce ne sera pas demain... Qui sait même si je reverrai jamais la France ?... Eh bien, en attendant l'accomplissement de mon vœu, que votre main offre en mon nom un souvenir à la Protectrice des marins, dans la première église française où vous entrerez...

— Je vous le promets, capitaine, dit Thérèse, et je prierai pour vous de tout mon cœur.

Puis, se tournant vers La Chevrette, qui se tenait repectueusement devant elle, le béret à la main, comme hésitant à lui adresser une requête :

— Et vous, mon cher enfant, puis-je vous être utile en quelque chose ?...

— Moi, mademoiselle, répondit le mousse, je voudrais bien vous suivre, puisque vous allez à Paris ; mais, présentement, il n'y faut pas songer. Je serais une bouche de trop à la maison... et je ne veux y rentrer que matelot en pied et avec des économies dans ma poche.

Si seulement vous aviez le temps de porter de mes nouvelles à ma mère...

— Très volontiers.

— Oh! que vous êtes bonne!... Vous aurez donc l'obligeance de lui remettre ceci...

Et il tira de sa vareuse une lettre soigneusement pliée, avec cette suscription :

> Madame Veuve MAUBRUN,
>
>> Faubourg Saint-Jacques, nº 25,
>>
>>> Paris.
>
> France.

— Vous lui direz aussi, à cette pauvre mère, que vous m'avez laissé en parfaite santé, que je pense tous les jours aux absents...

— Et qu'il nous a sauvés des griffes des Mexicains et des moricauds, acheva Claude Michot en embrassant sur les deux joues son vaillant petit camarade...

Le vaisseau espagnol allait larguer ses amarres.

Les passagers, invités à se hâter, franchirent la passerelle.

Quelques instants après, le navire s'ébranlait en roulant légèrement et prenait le vent.

Tête découverte, Cardovan et tout l'équipage de l'*Alcyon* crièrent à plusieurs reprises :

— Adieu, mademoiselle Thérèse! Adieu, monsieur Ravergy! Adieu, monsieur Michot!... Dieu vous garde!... Bon voyage!...

Les trois amis répondirent en agitant leurs chapeaux et leurs mouchoirs.

Longtemps encore ils restèrent appuyés au bastingage, n'entendant plus les voix qui se perdaient dans le bruissement de la brise et des vagues, mais apercevant encore les saluts télégraphiques qu'on leur adressait du rivage.

Puis Melilla et son promontoire plongèrent derrière la ligne de l'horizon, les côtes africaines s'effacèrent.

Et ceux qui s'en allaient sentaient se mêler à leur joie l'amertume des regrets, en pensant à ceux qu'ils quittaient, pour toujours, peut-être, au capitaine Cardovan, à La Chevrette, à tous ces braves gens dont ils avaient éprouvé la vaillance et le dévouement dans les circonstances les plus critiques...

XVII

NOUVELLE ESCALE, NOUVEAUX CONTRE-TEMPS

Malaga est, on le sait, une des villes les plus importantes d'Espagne, qui, entre autres gloires à celle d'avoir donné son nom au vin fameux, produit des magnifiques vignobles de la province de Grenade.

Située à l'embouchure de la Guadalmedina, au pied du mont Gibralfaro, que couronne un château mauresque, elle est ceinte, du côté de la mer, d'une double muraille, percée de neuf portes.

Son port très spacieux et très bien aménagé, garanti par un môle de sept cents mètres de longueur pouvait, dès cette époque, recevoir dix vaisseaux de ligne et quatre cents embarcations de cabotage.

C'était là la station de l'escadre espagnole à laquelle appartenait le transport sur lequel nos amis venaient de faire la traversée.

S'ils avaient voyagé pour leur agrément, ils eussent été plus sensibles aux attraits pittoresques de la vieille cité; mais ils avaient de trop grands soucis en tête pour s'attarder à des distractions contemplatives.

Dès leur débarquement, le premier soin de Ravergy, fut de s'enquérir du banquier auprès duquel don Manuelo l'avait accrédité.

On lui indiqua tout de suite le domicile de ce personnage notable, lequel habitait au centre de la ville.

Après s'être égarés dans un dédale de rues antiques, obscures comme des couloirs de prison, les voyageurs trouvèrent enfin la maison qu'ils cherchaient.

Mais là, une cruelle déception les attendait : le senor Hernandez était absent.

— N'a-t-il pas un associé ou un fondé de pouvoirs chargé de le remplacer? demanda Ravergy.

— *Si, senor*, répondit le domestique qui le recevait, il y a son premier commis.

— Eh bien, introduisez-moi auprès de lui.

Fort occupé à des calculs compliqués, le premier commis fit aux étrangers un accueil réservé.

— Vous avez sans doute qualité pour traiter les affaires en l'absence de votre patron? dit-il, en exhibant sa lettre, scellée du gouverneur de Melilla.

L'employé la prit, mais il la lui rendit presque aussitôt, après en avoir examiné rapidement la suscription.

— Je ne puis me permettre d'ouvrir cette lettre, senor, déclarat-il; voyez, elle porte la mention : *personnelle*. Il faut absolument qu'elle soit remise en mains propres.

— C'est vrai, fit le jeune homme, je n'y avait pas pris garde, et d'ailleurs, j'espérais rencontrer le senor Hernandez lui-même.

Pensez-vous que son absence soit de longue durée?...

— Je ne sais, il est allé dans les environs, visiter ses vignes; il peut rentrer d'un moment à l'autre, de même qu'il peut prolonger son séjour jusqu'à la fin de la semaine.

— Voilà un fâcheux contre-temps, dit Ravergy, l'affaire dont j'ai à l'entretenir est des plus urgentes.

— Serait-il indiscret, senor, de vous demander s'il s'agit d'une opération de banque?

— C'est cela qui m'amène, en effet, et j'ai pensé qu'en me présentant de la part du comte de Aranjuez...

— Si c'est un dépôt à effectuer, des valeurs à négocier, précisa le commis, je suis immédiatément à vos ordres, quitte à régulariser les choses au retour de mon patron.

— Ce n'est pas précisément l'objet de ma démarche, répondit Ravergy, il est tout différent.

— En ce cas, cela ne me regarde pas, prononça d'un ton sec l'employé, redevenu très froid.

— Parbleu! grommela Michot, en a-parté, l'argent est toujours bon à palper. Pour en prêter aux gens les plus honnêtes, bernique! C'est la croix et la bannière!...

— Alors, reprit l'ancien officier, toute insistance est inutile, malgré l'urgence que j'invoque et les garanties que je suis à même d'offrir.

— Je le regrette, senor, mais il en est ainsi; veuillez patienter jusqu'au retour de mon patron.

— Quand m'engagez-vous à revenir?

— *Manana*.

— Demain?

— N'est-ce pas le délai le plus bref? Encore, est-ce sous toute réserve que je vous l'indique, n'ayant comme je viens d'avoir l'honneur de vous le dire, aucune donnée certaine sur les intentions du senor Hernandez.

En sortant de la maison de banque, dont les guichets leur restaient implacablement clos jusqu'à une date indéterminée, les trois amis étaient consternés.

Ils marchèrent d'abord droit devant eux, au hasard, sans oser échanger leurs impressions.

Ce fut Michot qui, le premier, rompit ce pénible silence.

— *Manana!* Il est bon, lui, avec son *manana!* Comme si nous avions du temps à perdre ici!... Et ce banquier de malheur, qui choisit juste le moment où nous avons besoin de lui, pour aller visiter ses vignes! Je vous demande un peu!...

— La fatalité s'en mêle, en effet, répliqua Ravergy; mais, quand nous nous livrerions à de vaines récriminations, nous n'en serions pas plus avancés.

Mieux vaut chercher le moyen de nous tirer d'affaire.

— Tu as toujours raison, mon capitaine; moi, je ne sais que grogner contre le guignon.

— Avant toute chose, occupons-nous de chercher un gîte.

— C'est cela, mam'zelle Thérèse doit avoir besoin de se reposer.

— Oh! protesta la jeune fille, l'inaction est ce que je redoute le plus, je marcherais sans répit si mes pas devaient me conduire au but.

— Comme le Juif-Errant, ajouta Michot, qui n'était jamais à court de boutades humoristiques, même dans les circonstances les moins gaies; seulement, le Juif-Errant, lui, avait continuellement cinq sous en poche, et nous ne possédons pas un rouge-liard. Comment payerons-nous l'hôtelier?

— Nous ne devons pas, en effet, nous exposer à un affront, comme de vulgaires aventuriers, quand viendra le quart d'heure de Rabelais, dit Ravergy.

— Et même à pis que cela; il ne nous manquerait plus que d'être jetés en prison, pour comble de malheur.

— Ah! mes chers amis, soupira Thérèse, quels embarras je vous cause; j'en suis profondément confuse, et je voudrais...

— Ne prenez pas souci de nous, répliqua Ravergy. Pour vous servir, rien ne nous paraît impossible, n'est-ce pas, Michot?

— Certainement, mon capitaine; si seulement je pouvais tirer de ma caboche une idée.

— J'en ai une, moi; elle est bien simple, et j'ajouterai que c'est le seul moyen pratique et correct de résoudre provisoirement cette maudite question d'argent.

— Laquelle?

— C'est d'aller tout uniment exposer notre cas au consul de France qui doit résider ici et de solliciter ses bons offices pour assurer notre subsistance jusqu'à ce que notre démarche auprès de Hernandez ait abouti. Il doit aide et assistance à tous les nationaux placés sous sa juridiction.

— Ma foi, je n'y aurais pas pensé; j'aurais plutôt cherché midi à quatorze heures...

Nos amis se rendirent donc au consulat, aisément reconnaissable au pavillon français flottant au-dessus d'un écusson placé bien en vue au-dessus de la porte d'une maison d'assez belle apparence.

Ce fut un serviteur espagnol qui les reçut.

— Monsieur le Consul, s'il vous plaît?

— Il n'est pas là, senor.

— A quel moment y sera-t-il?

— *Manana.*

— Et de deux! s'exclama Michot furieux. *Manana! Manana!* Ils n'ont que ce mot à la bouche, dans ce sacré pays, quand on leur demande quelque chose. Demain, on rasera gratis, — c'est comme s'ils vous disaient : « Va-t-en voir là-bas si j'y suis! »

Nous ne pouvons pourtant pas nous nourrir de l'air du temps pendant toute une journée, à coucher à la belle étoile par dessus le marché.

— Hélas! non, nous ne le pouvons pas! murmura Georges, découragé par ce second échec.

— Voilà qui est extraordinaire, tout de même, reprit l'ancien soldat. Être réduit à l'état de vagabondage malgré soi, dans une grande ville civilisée! C'est à regretter les savanes du Mexique et le pâté de lézard, ma parole!

— Une autre idée me vient, dit Ravergy, après quelques minutes de réflexion. Faute de mieux, adressons-nous à une communauté religieuse, comme feraient des pèlerins besogneux. Certaines d'entre elles accordent l'hospitalité aux voyageurs.

— Parfait! approuva Michot. Encore une que je n'aurais pas trouvée; je suis bouché comme une vieille pièce de canon. Pour peu que nous rencontrions des moines aussi accueillants que les bons pères de Notre-Dame-del-Pilar, à Ténériffe, nous serons royalement traités. De vrais coqs-en-pâte, quoi! Seulement, au lieu de boire du

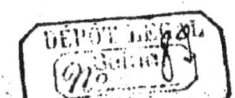

... Le guichet se rouvrit et la même voix rude prononça : — Nous ne pouvons donner
l'hospitalité à la senorita... (P. 1610.)

vin des Canaries, nous boirons du vin de Malaga, qui n'est pas plus
désagréable... Rien que d'y penser, j'en ai l'eau à la bouche...

Les voyageurs se firent indiquer la plus proche communauté, et
arrivèrent devant un couvent occupé par des Franciscains.

Grâce à leur mine fatiguée et au délabrement de leur costume,
ils devaient passer aisément pour des pèlerins venus de très loin, et
d'ailleurs, une fois introduits dans le monastère, ils se promettaient

d'avouer franchement leur situation au supérieur, qui ne pouvait leur reprocher d'avoir cherché un asile momentané dans la maison de Dieu.

Après avoir heurté à la porte massive, percée d'un judas grillé qui s'entr'ouvrit, laissant briller une paire d'yeux noirs inquisiteurs, Ravergy expliqua au frère portier qu'ils étaient là trois voyageurs, bons catholiques mais totalement dénués d'argent, qui désiraient prendre un peu de repos et de nourriture.

— Bien! dit une voix rude, veuillez attendre.

Et le guichet se referma brusquement.

— Drôle de manière de parlementer, observa Michot; on voit que les chrétiens n'entrent pas ici comme les ânes au moulin.

Au bout de quelques minutes, le guichet se rouvrit, et la même voix rude prononça:

— Nous ne pouvons donner l'hospitalité à la senorita, notre règle nous le défend; qu'elle s'adresse à un couvent de femmes.

— Diantre! glissa Michot à l'oreille de son compagnon, nous ne nous étions pas préoccupés de ça, mon capitaine; on ne pense pas à tout.

— C'est juste, mon père, dit Ravergy, répondant au portier, et telle est l'intention de la senorita; mais, quand nous l'aurons conduite au couvent que vous voudrez bien nous indiquer, nous reviendrons ici vous demander le pain, le sel et un abri pour la nuit.

— Impossible aujourd'hui, senores, répliqua le moine, et le révérend père supérieur m'a chargé de vous en exprimer tous ses regrets.

— Pourquoi donc?

— Parce que nous sommes en retraite et que pendant ce temps-là, nous nous interdisons de recevoir aucun laïque. J'ai vainement sollicité une exception en votre faveur; car vous paraissez exténués de fatigue. L'interdiction ne sera levée qu'après la fin de la retraite.

— C'est-à-dire?... interrogea Ravergy.

— *Manana.*

Sur cette réponse, le judas se ferma définitivement avec un bruit sec, laissant nos trois amis en triste posture devant un visage de bois, aveugle, sourd et muet.

— Encore leur satané *manana!* hurla Michot, furieux. C'est trop fort, ils se sont donné le mot. Et de trois!... Nous voilà dans de beaux draps; il ne nous reste plus, pour avoir un morceau de pain à mettre sous la dent et une planche où coucher qu'à nous livrer à la

police comme des rôdeurs de grand chemin... Je m'en souviendrai
du malaga des bons Franciscains; pas même un verre d'eau claire!...
Merci, hommes charitables.

L'exaspération du brave garçon excitait sa verve gauloise, qui
s'épanchait en un flot intarissable d'invectives mêlées d'épigrammes
d'une ironie amère.

Pour le calmer, il ne fallut rien moins que l'intervention de
Thérèse.

Par déférence pour la jeune fille, il consentit à mettre une sourdine à l'expression trop véhémente de sa colère.

Ravergy, plus maître de lui, continuait à chercher un expédient
pour sortir honorablement d'une situation qui devenait plus critique,
à mesure que la journée avançait.

— Nous avons une suprême ressource, dit-il enfin.

Thérèse et Michot l'interrogèrent anxieusement du regard.

— C'est, expliqua-t-il, de recourir au préfet de la province...

— Qui nous fera répondre, comme les autres, par un *manana*
bien senti, grommela l'ancien soldat.

— Espérons que non, poursuivit Ravergy. En tout cas, c'est
maintenant la seule démarche raisonnable à tenter, et j'ai lieu de
présumer que ce haut fonctionnaire ne refusera pas de recevoir un
solliciteur se recommandant du gouverneur de Melilla et muni d'une
lettre autographe de don Manuelo de Aranjuez.

— A moins qu'il ne soit parti, lui aussi, visiter ses vignes?

— Tu vois tout en noir, mon pauvre Michot.

— Je ne demande qu'à voir tout en rose, rapport à mam'zelle
Thérèse et à toi, mon capitaine, car moi, personnellement, de jeûner
et de coucher sur la dure, ça me connaît : je m'y suis habitué, en
menant une vie de sauvage, là-bas, sous le tropique...

Pour se rendre à la préfecture, les voyageurs durent demander
plusieurs fois leur chemin à des passants.

Ceux-ci étaient rares dans certaines rues, et même les quartiers du centre n'avaient pas l'animation qu'offre ordinairement une
ville importante.

Beaucoup d'habitants avaient cet aspect maladif particulier que
nos amis avaient eu déjà l'occasion de remarquer sous le climat insalubre du Mexique et notamment à La Vera-Cruz.

Après d'assez longues pérégrinations qui leur permirent d'observer cette particularité, nos amis arrivèrent devant l'édifice admi-
nistratif, siège du gouverneur de la province de Grenade.

Il fut convenu que Ravergy seul y pénétrerait, et que Thérèse et Michot l'attendraient sur l'esplanade voisine, une fort belle promenade où ils pourraient s'asseoir à l'ombre des arbres.

Lorsque le jeune homme s'engagea sous le portique monumental de l'hôtel préfectoral, son cœur battait violemment.

Il sentait planer sur lui le regard angélique de Thérèse, qui semblait lui dire : « Mes vœux et ma profonde gratitude vous suivent ; bonne chance, ami ! »

Ce ne fut pas sans difficultés qu'il parvint à l'antichambre de l'éminent fonctionnaire, presque aussi bien gardé qu'un souverain oriental au fond de son palais.

Là, il se heurta au mauvais vouloir de l'huissier, et il lui fallut engager une véritable lutte pour avoir raison de sa résistance.

Ce subalterne, à la fois obséquieux et plein de morgue, objectait que le visiteur n'ayant pas de lettre d'audience, il ne pouvait l'annoncer à Son Excellence. L'étiquette s'y opposait formellement.

Ravergy, s'armant de patience, usa de toute sa diplomatie pour persuader à l'officieux qu'il n'est pas de règle sans exception.

Malheureusement, l'argument le plus solide, le plus persuasif en pareille circonstance lui manquait, cet argument sonnant qu'on tire de la bourse et devant lequel s'ouvrent le plus souvent les portes les mieux verrouillées comme devant un talisman.

Il se trouvait en quelque sorte enfermé dans un cercle vicieux ; car le motif de sa démarche était précisément le dénuement, et s'il eût possédé le moindre ducat en poche, cette démarche eût été inutile.

Sa posture était d'autant plus fâcheuse qu'il ne payait pas de mine, avec ses habits fripés et son linge d'une fraîcheur douteuse, portant la trace du régime peu confortable qu'il avait subi au camp des Rifains.

Alors, se souvenant du prestige dont jouissait la noblesse dans ce pays monarchique (il venait d'en acquérir la preuve auprès de don Manuelo), il fit sonner bien haut son titre de marquis, déclara, sans autres explications, qu'il était porteur d'une lettre de son ami, le gouverneur de Melilla, et qu'il avait une communication urgente et confidentielle à faire au préfet de Malaga.

— Veuillez, ajouta-t-il, porter mon nom à son Excellence et lui dire de qui je me recommande.

Et comme l'huissier hésitait encore, il prit un ton d'assurance et de menace :

— Prenez garde ! si vous refusez, je ne sortirai d'ici que pour informer le préfet, immédiatement, par une autre voie, du désir que j'ai de l'entretenir et en même temps de vos procédés à mon égard. Je doute fort que votre grossière bévue vous vaille des félicitations...

Cette menace produisit son effet.

Le valet courba l'échine, ainsi qu'un chien battu qui se soumet, tout en ayant envie de mordre.

Il disparut prestement derrière une portière et revint annoncer au visiteur que Son Excellence daignait le recevoir.

L'administrateur royal de la province de Grenade était un homme déjà mûr.

Ancien officier supérieur, il avait gardé de la carrière militaire une certaine raideur d'allures que tempérait une parfaite urbanité dont il avait pris l'habitude à la cour, où il avait occupé précédemment une charge.

Il reçut le gentilhomme français avec des dispositions bienveillantes, un peu offusqué cependant de sa toilette délabrée.

— Que Votre Excellence veuille bien excuser et mon insistance et la médiocrité de mon accoutrement, dit Ravergy en marquant son entrée par un salut plein d'aisance aristocratique ; mais les vicissitudes d'un voyage accidenté m'ont mis dans cet état et la perte de ma garde-robe m'empêche de me présenter plus décemment.

— Il n'importe ! répondit le fonctionnaire, séduit tout de suite par les bonnes façons du jeune homme. L'habit ne fait pas le moine, n'est-ce pas ?

Puis, indiquant un siège et prenant une attitude attentive :

— En quoi puis-je avoir l'honneur de vous être utile, senor !

Rassuré et enhardi par cet accueil, Ravergy raconta sa mésaventure.

Quand il eut terminé son récit, le préfet lui dit en souriant :

— Je m'étonne que vous et vos compagnons, vous n'ayez pas reçu, dès votre arrivée, l'hospitalité obligatoire qui attend ici les voyageurs venant d'Amérique, et le commandant du transport où vous avez pris passage à Melilla est répréhensible pour n'avoir pas fait à votre sujet les déclarations prescrites...

— De quelle hospitalité, de quelles déclarations, Votre Excellence veut-elle parler ? repartit Ravergy, interloqué.

— Je veux dire simplement qu'on aurait dû vous retenir au lazaret pendant une huitaine de jours au moins.

Ravergy ne put réprimer un geste de surprise et de protestation.

— Diable ! pensa-t-il, me serais-je fourré dans la gueule du loup.

— Ignorez-vous donc, reprit le préfet, que la fièvre jaune a, cette année, décimé la population de Malaga ?

Aussi, avons-nous ordonné les mesures les plus rigoureuses pour prévenir le retour du terrible fléau, certainement importé chez nous par les navires faisant le trafic entre les colonies américaines et notre port.

— Je l'ignorais, répondit Georges, et don Manuelo de Aranjuez ne m'en a rien dit.

— Il a eu tort, son devoir était de vous signaler au commandant du transport ; le mien serait de réparer ce manquement aux prescriptions, ce qui, d'ailleurs vous fournirait le gîte dont vous avez besoin jusqu'à votre embarquement pour Marseille...

— Huit jours au lazaret ! s'écria Ravergy ; mais ce serait pour nous plus qu'un ennui, une véritable catastrophe.

Ne vous ai-je pas expliqué que des intérêts majeurs nous rappelaient en France et que de nouveaux retards, ajoutés à ceux que la malchance nous a déjà fait subir, pouvaient avoir de très graves conséquences ?

Je supplie en grâce Votre Excellence de ne pas nous retenir ; nous ne demandons qu'une chose, c'est de prolonger le moins longtemps possible notre séjour ici...

— Rassurez-vous, senor, dit le préfet, je prends vos raisons en considération, et je crois pouvoir le faire en conscience.

Vous venez, il est vrai, des pays de la fièvre jaune, mais j'estime que votre station forcée au pied des montagnes du Rif vaut bien une semaine passée au lazaret.

Je vous dispense de cette désagréable épreuve...

— J'en sais un gré infini à Votre Excellence.

— Pour en revenir à l'objet de votre démarche, continua le fonctionnaire, je comprends votre embarras, et le mieux que je puisse vous proposer, c'est de vous traiter comme les hôtes du gouvernement espagnol, ainsi que l'a fait le comte de Aranjuez à Melilla.

Vous trouverez donc les vivres et le couvert dans une dépendance de la préfecture, en attendant votre embarquement prochain.

Merci ! merci pour mes amis et pour moi ! dit chaleureusement Ravergy ; c'est une dette personnelle que je contracte envers Votre Excellence, et, je n'oublierai pas que je suis son obligé, foi de gentil-homme !

— Soit ! senor, répliqua courtoisement le préfet ; mais, entre nous, ce ne peut-être qu'une dette morale...

Mon majordome va préparer vos appartements, et vous n'avez qu'à vous adresser à lui pour en prendre possession avec vos compagnons de voyage.

Seulement, ajouta-t-il, permettez-moi de vous donner un conseil : une fois installés, sortez le moins possible, afin de ne pas attirer sur vous l'attention méfiante de la police et les regards soupçonneux des passants...

Surtout, quand vous verrez le senor Hernandez, gardez-vous bien de lui révéler que vous venez de La Vera-Cruz, il aurait une telle peur de votre approche, qu'il serait capable de vous faire incontinent jeter à la porte, et, certainement, refuserait de vous écouter une minute de plus, comme si la peste était entrée chez lui...

Ravergy se promit de suivre cet utile conseil, sans lequel il eût risqué de compromettre le succès de sa négociation, et, après avoir de nouveau remercié le préfet, il prit congé de lui pour aller prévenir ses amis de l'heureux résultat de sa démarche.

Ceux-ci avaient trouvé le temps long et attendaient avec une impatience fiévreuse.

Ils ne savaient comment interpréter son absence prolongée.

Était-elle de bon augure, ou bien indiquait-elle des difficultés et des complications devant aboutir encore à un échec ?

Michot émettait tout haut la première supposition, afin de tranquilliser Thérèse ; mais, à part lui, il penchait plutôt vers la seconde et il broyait du noir, se creusant vainement la cervelle pour en tirer la solution qu'exigeait une situation cruellement précaire.

Dès que Ravergy parut à l'extrémité de l'esplanade, il courut à sa rencontre, et, à quatre pas, lui jeta, en guise d'interrogation, le mot ironique qui l'obsédait :

— Eh bien?... *Manana*?...

— Non pas ! répondit le jeune homme d'un air triomphant ; j'ai enfin réussi.

— Ah ! bah !...

— Et au delà de mes espérances.

Thérèse, anxieuse, les rejoignit en toute hâte.

Alors, Ravergy raconta par le menu son entrevue avec le préfet et comment, après avoir forcé la consigne, grâce à cette diplomatie

qu'admirait tant Michot, il avait obtenu du fonctionnaire espagnol la
plus large hospitalité.

Cette bonne nouvelle ranima le courage des voyageurs et dissipa
les nuages qui, depuis leur arrivée, s'étaient accumulés sur leur
front. Ils étaient momentanément hors d'embarras; il ne leur restait
plus qu'à souhaiter le prompt retour de l'homme indispensable, sans
le concours duquel ils étaient exposés à demeurer bloqués à Malaga.

Après s'être restaurés et reposés, ils passèrent une assez bonne
nuit dans les appartements mis à leur disposition.

Le lendemain, laissant Thérèse et Michot à la préfecture, Ravergy se rendait à tout hasard à la maison Hernandez.

Par bonheur, le banquier était rentré chez lui la veille au soir.

Au vu de la lettre de recommandation du gouverneur de Melilla,
un de ses meilleurs clients, il fit bon accueil au jeune gentilhomme
français, et, lorsqu'il apprit qu'il était l'hôte du préfet, il redoubla
de déférence à son égard.

Cette bienveillance rassura tout de suite Ravergy sur un point
qui n'avait pas laissé de l'inquiéter.

La lettre de don Manuelo de Aranjuez était cachetée.

Il en connaissait la substance, mais il en ignorait le texte exact.

Si elle contenait des indications trop précises au sujet de l'itinéraire de l'*Alcyon*!...

Il n'en était rien, heureusement, puisque le senor Hernandez ne
traitait pas le visiteur en pestiféré et acceptait sans difficulté la fable
que celui-ci avait imaginée pour se conformer au conseil du préfet,
et d'après laquelle le brick capturé par les pirates du Rif venait
d'Alexandrie, quand, ayant perdu sa route pendant la nuit, il s'était
égaré du côté des pays barbaresques.

Le banquier voulut bien consentir au marquis, sur sa signature,
un prêt suffisant pour parer aux nécessités les plus urgentes.

Toutefois, malgré son amabilité, il se montra rigoureux sur la
question des intérêts, qu'il ne craignait pas d'élever à un taux usu-
raire, sous prétexte que les garanties offertes par l'emprunteur avaient
un caractère aléatoire.

— J'ai pleine confiance en votre loyauté, monsieur le marquis,
lui dit-il; mais permettez-moi de vous faire observer que vos gages
sont médiocres.

Si, comme vous en avez l'intention, vous reprenez du service
dans l'armée, ce n'est pas, je pense, avec les économies réalisées sur
votre solde que vous comptez acquitter votre dette.

— Victoire ! leur cria-t-il du seuil de la porte, nous sommes sauvés. (P. 1618.)

Quant aux propriétés provenant de la succession de monsieur votre père, vous reconnaissez vous-même qu'elles ont été converties en biens nationaux, et que, pour en obtenir la restitution en totalité ou en partie, il vous faudra remplir des formalités longues et difficiles, probablement même soutenir des procès.

Dans ces conditions et en raison de mes risques, vous comprendrez que j'ai droit à des compensations.

Si Michot avait été présent à cet entretien, il n'aurait pas manqué de protester rudement et de crier bien haut qu'on égorgeait son capitaine.

Mais ce n'était pas le moment de discuter.

Ravergy comprit qu'il y perdrait son temps et sa peine.

Il subit donc les conditions onéreuses qu'on lui imposait. Ayant donné sa signature et touché un millier de ducats, il s'empressa d'aller rejoindre ses amis.

— Victoire! leur cria-t-il du seuil de la porte, nous sommes sauvés.

— Tu as trouvé le banquier? interrogea Michot.

— Oui, revenu de ses vignes hier, dans la soirée.

— Et... tu as le magot?...

— Je l'ai, répondit Georges, en frappant sur sa ceinture bien garnie, qui rendit un son métallique.

— Bravo! mon capitaine. Maintenant, il ne s'agit plus de dire *manana*, n'est-ce pas, mam'zelle Thérèse?...

— Puissions-nous arriver à temps! soupira la jeune fille, le cœur palpitant à la fois d'espérance et de crainte.

— Il faut nous mettre en quête d'un bateau en partance, reprit Ravergy, et, dussions-nous en fréter un à notre compte, nous partirons aujourd'hui même.

. . . .

Deux heures plus tard, après avoir pris congé du préfet hospitalier, ils s'embarquaient sur une grande tartane chargée d'oranges, à destination de Marseille.

Cette fois, ils quittaient définitivement la terre étrangère, et ce fut sans regret qu'ils virent s'éloigner et disparaître les côtes d'Espagne.

Le ciel ensoleillé resplendissait, une brise favorable enflait la voile latine de l'esquif qui filait sur la mer d'un bleu d'indigo.

Les matelots chantaient gaîment, tout présageait une heureuse traversée, et Thérèse, assise à la poupe, le cœur gonflé d'espérance, tenait ses yeux fixés dans la direction de la terre de France, vers laquelle elle aurait voulu voler comme ces mouettes blanches, qui tantôt planaient au-dessus de l'eau, tantôt en effleuraient la surface de leurs ailes éployées...

XVIII

TERRE DE FRANCE!

Après une rapide et heureuse traversée, nos amis éprouvèrent une impression saisissante en apercevant les côtes de Provence, puis Marseille.

C'était par une splendide matinée.

Au fond de sa rade demi-circulaire, la ville, en amphithéâtre, dominée par la colline où se dressait la chapelle de Notre-Dame-de-la-Garde, se détachait sur l'azur d'un ciel immaculé.

Lorsqu'on eut doublé l'île d'If et son fort transformé en prison d'État, ils virent se déployer devant eux l'incomparable panorama du port, avec sa forêt de mâts et ses innombrables voiles.

Bientôt la tartane abordait et débarquait sur le quai ses passagers, qui se trouvaient tout à coup jetés au milieu d'un tohu-bohu étourdissant.

Le mouvement et l'animation extraordinaire dépassaient en intensité ceux des ports importants qu'ils connaissaient déjà.

Et ils restaient abasourdis parmi cette foule grouillante de marins et de marchands de toutes les nations : Grecs, Turcs, Arméniens, Arabes, parlant les langues les plus diverses, auxquelles se mêlait l'accent caractéristique du patois provençal.

Certes, il aurait fallu être aveugle et sourd pour ne pas être fortement impressionné par ce spectacle et par ce bruit.

Mais si nos voyageurs n'étaient pas insensibles à ces nouveautés pittoresques, leur trouble venait surtout d'une émotion indicible, supérieure aux sensations matérielles.

Ils revoyaient enfin leur patrie.

Ils touchaient du pied la terre de France!

Et voilà pourquoi leur cœur battait à se rompre, dans leur poitrine oppressée.

Voilà pourquoi leurs yeux se mouillaient de larmes.

Mais le lieu était peu propice aux stations contemplatives et aux méditations sentimentales.

Plusieurs fois déjà, le belliqueux Michot avait failli se prendre de querelle avec des portefaix qui les bousculaient et qui, heureusement, l'avaient désarmé par leur belle humeur.

D'ailleurs, il fallait songer aux mesures urgentes à prendre et perdre le moins de temps possible.

— Sortons au plus vite de ce chaos étourdissant, dit Ravergy en offrant son bras à Thérèse, et rendons-nous à l'hôtellerie que le patron de la tartane nous a indiquée. Elle est, nous a-t-il expliqué, située non loin du port, dans le quartier Saint-Jean.

— Au *Bon-Départ*, précisa Michot, une enseigne faite à souhait pour nous, et qui, espérons-le, nous portera bonheur.

— Le meilleur départ sera le plus prompt, répliqua Ravergy. Dès que nous nous serons reposés et restaurés, nous nous mettrons immédiatement en quête de la diligence de Paris, afin de retenir nos places.

Ils s'engagèrent dans un dédale de rues populeuses, d'une saleté repoussante, et, après s'être plusieurs fois renseignés en chemin, ils finirent par découvrir l'enseigne du *Bon-Départ* se balançant au-dessus de la porte d'une hôtellerie modeste, mais qu'ils jugèrent suffisante, étant donnée la brièveté de leur séjour; car ils comptaient bien ne pas coucher à Marseille plus d'une nuit.

Puis, suivant la remarque de Michot, ils voyaient un heureux présage dans la devise inscrite sous le tableau symbolique représentant un navire s'éloignant, toutes voiles dehors, de la cité phocéenne.

La chambre la plus confortable de la maison, vacante juste à point, fut mise à la disposition de Thérèse.

Les compagnons de la jeune fille se contentèrent d'un mauvais galetas, qu'il leur fallut disputer à un caboteur maltais et à un marchand tunisien, sur lesquels ils n'obtinrent la préférence que par une forte surenchère.

— C'est égal, mon capitaine, disait Michot pendant que les deux hommes réparaient tant bien que mal le désordre de leur toilette, nous avons un fichu billet de logement; heureusement, mam'zelle Thérèse est un peu mieux partagée que nous...

— Bast! fit gaîment Ravergy, à la guerre comme à la guerre! Est-ce que tu regrettes la tente des Rifains?

— Ah! non, par exemple, tout plutôt que l'hospitalité de ces affreux moricauds!

— Je gage alors que tes regrets sont pour les appartements

somptueux de Delaverne à Mexico et les vins généreux versés par
le vieux Talakis, repartit Ravergy sur le même ton plaisant.

— Encore moins, quoique les appartements fussent princiers
et les vins excellents... Mais, si tu veux, mon capitaine, ne réveil-
lons pas le souvenir de ces deux personnages. Rien qu'à me rappeler leurs vilaines figures, ça trouble la joie que j'éprouve de me
retrouver en France et de penser que nous allons conduire mam'zelle
Thérèse à destination.

— Tu as raison, mon brave camarade, dit Ravergy; oublions
les épreuves passées, ne regardons plus en arrière; c'est devant
nous, vers le but auquel nous touchons presque qu'il faut porter
nos regards...

On servit aux voyageurs un repas trop copieux à leur gré et
qu'ils expédièrent rapidement, en négligeant la moitié du menu, au
grand scandale de l'hôtelier, qui s'imagina qu'ils dédaignaient ses
talents culinaires.

Mais le contentement et aussi un besoin fiévreux d'activité leur
coupaient l'appétit.

Le repas achevé, ils se rendirent au bureau des messageries.

A cette époque où n'existaient pas encore les chemins de fer
qui, un demi-siècle plus tard, devaient amener dans tout le monde
civilisé une véritable révolution économique et sociale, c'était une
grosse affaire de temps et d'argent que d'accomplir à travers la
France le trajet entre Marseille et Paris.

Les départs n'étaient pas quotidiens et, en outre, le nombre des
places était limité.

Si l'on ne se précautionnait pas à l'avance, on s'exposait à des
retards préjudiciables aux intérêts et, si l'on avait le droit de maugréer contre cet état de choses, on était bien obligé de le subir.

La première question de Ravergy, en se présentant au guichet, fut :

— Quel est le plus prochain départ pour Paris?

— Demain matin, à huit heures, répondit laconiquement l'agent
des messageries.

— Parfait! dit le jeune homme en se tournant vers Thérèse,
dont le visage s'épanouit subitement comme une rose au soleil.

— A la bonne heure! appuya Michot, nous ne moisirons
pas ici.

— Veuillez, reprit Ravergy, nous garder trois places de coupé
(le coupé était le compartiment le plus confortable de la diligence).

— Impossible, monsieur, le coupé est retenu.

— Et la rotonde?

— Également; nous n'avons plus une seule place disponible, même sous la capote.

La physionomie des voyageurs prit une expression de vif désappointement.

— Pour la prochaine voiture, si vous voulez, proposa le buraliste.

— A quand le départ? interrogea Ravergy.

— Après-demain.

Thérèse tressaillit douloureusement et le jeune homme eut un geste de dépit.

— Sacrebleu! grommela Michot, ce n'est plus *manana*, maintenant, c'est *pasado manana!* si seulement il y avait eu deux places à l'intérieur de la diligence, je me serais contenté du moindre coin, sous la capote, entre les bagages.

Ravergy réfléchissait.

Il pesait toute l'importance de ce retard de vingt-quatre heures et, comprenant l'impatience inquiète de Thérèse, il n'hésita pas à recourir aux grands moyens.

— C'est bien, dit-il brusquement, nous nous passerons de la diligence.

— Comment cela? s'exclama Michot; si bonnes que soient nos jambes, nous n'avons pas, je pense, la prétention de lui faire concurrence à pied? Il y a quelques portées de fusil d'ici à Paris.

— Deux cents lieues environ.

Alors, il nous faudrait un mois au moins pour faire la route, et je ne vois pas ce que nous gagnerions à ne pas attendre deux jours...

— Tu vas le voir, camarade... allons trouver le maître de poste.

Un quart d'heure après, Ravergy avait fait prix avec celui-ci pour leur transport en berline.

Ce prix était beaucoup plus élevé que celui de la diligence; mais il n'y avait pas à lésiner, et, pour le justifier, le maître de poste ne manqua pas d'énumérer tous les avantages que le marché conclu offrait aux voyageurs.

D'abord, la voiture particulière au lieu de la voiture commune; puis les arrêts moins longs et la supériorité du train, grâce à des chevaux plus vigoureux et plus fréquemment renouvelés.

Ravergy aurait voulu partir le jour même; mais il lui fut objecté qu'il valait mieux attendre au lendemain.

Ce bref délai permettrait de mettre en état la berline qu'on lui destinait.

On attelerait de bon matin, et, dès sept heures, une heure avant le départ de la diligence, on irait prendre les voyageurs à leur hôtellerie.

Cette affaire d'un intérêt si capital une fois réglée, nos amis se trouvèrent allégés d'un grand poids.

— Oh! que je vous suis reconnaissante! dit Thérèse à Ravergy, en lui pressant la main, vous comblez mes désirs.

— Voyez-vous, mamzelle, fit Michot, pour la décision, mon capitaine n'a pas son pareil...

— Enfin, reprit la jeune fille, nous voici au bout de nos tribulations, et j'ai hâte d'en voir le dernier terme; mais puisque nous avons encore quelques heures à passer ici, je ne voudrais pas quitter Marseille sans avoir rempli la promesse faite au capitaine Cardovan d'offrir, en son nom, un souvenir à la Protectrice des marins dans la première église française où j'entrerai.

— Nous sommes prêts à vous accompagner dans l'accomplissement de ce pieux devoir, répondit Ravergy.

Une femme du peuple passait auprès d'eux.

Ils lui demandèrent l'église la plus proche.

Cette femme, dont les façons masculines contrastaient avec l'élégance native de ses formes et la pureté de son profil grec, leur fournit des indications en un français fantaisiste, assaisonné de patois provençal.

— Il y a la *majiou*, la cathédrale, dit-elle en gesticulant furieusement, *té*, au delà de la Tourette, à l'extrémité de l'esplanade... mais les *Franciots* ne viennent jamais ici sans visiter aussi Notre-Dame, tout là-haut, une belle promenade, quand on a des jambes...

Ce fut à cette chapelle, malgré son éloignement, que Thérèse donna la préférence.

Par son vocable et sa destination, elle lui paraissait mieux répondre au vœu de Cardovan.

D'ailleurs, les voyageurs pouvaient-ils faire un meilleur emploi de leur après-midi que de la consacrer à ce pèlerinage?

Ils se dirigèrent donc vers la célèbre chapelle bâtie au xiiie siècle sur la colline qui domine Marseille et qui, à l'époque où se passe cette histoire n'avait pas été encore remplacée par le somptueux sanctuaire moderne qu'on y voit aujourd'hui.

Tout le long du chemin, ils rencontrèrent la même activité la même animation qu'ils avaient remarquées sur le port et dans les quartiers de la ville basse.

Ce n'étaient que gens affairés, portefaix, marchant rapidement, parlant haut avec exubérance, petites marchandes aguichant hardiment la pratique par des appels bruyants et courant au-devant d'elle en balançant des paniers remplis d'oursins, d'avelines grillées, de fruits ou de fleurs.

A l'une d'elles Thérèse acheta un bouquet de roses.

C'était l'offrande gracieuse et parfumée qu'elle se proposait de déposer sur l'autel de la Vierge, en souvenir du brave Cardovan.

En entrant dans la chapelle de Notre-Dame-de-la-Garde, nos amis furent frappés du nombre des *ex-voto* qui en couvraient les murs ou se suspendaient à sa voûte, et dont quelques-uns attiraient particulièrement l'attention par leur naïveté touchante.

Mais ils n'étaient pas venus là en curieux.

Avant toute chose, ils firent allumer trois cierges sur les lampadaires qui brûlaient autour de l'image de la Mère de Dieu; puis, s'agenouillant, ils unirent leurs ferventes prières, où aux actions de grâce pour la protection particulière que la patronne des marins leur avait accordée à eux et à leur précieux auxiliaire, le capitaine de l'*Alcyon*, ils joignirent des vœux pour le succès définitif de leur expédition.

Ce ne fut qu'en sortant de la chapelle où tout proclamait éloquemment l'efficacité de la croyance religieuse, qu'ils songèrent à admirer le magnifique tableau puissamment éclairé par le soleil du Midi : Marseille, sous le ciel bleu, s'étageant jusqu'à la mer encore plus bleue.

Après une longue contemplation, les voyageurs redescendant lentement vers le quartier Saint-Jean, firent en route quelques emplettes nécessaires et rentrèrent à l'hôtellerie du *Bon-Départ*, un peu las, mais satisfaits de leur journée.

Aussitôt le souper terminé, ils se retirèrent dans leurs appartements respectifs.

Ils avaient d'autant plus hâte de se reposer qu'ils devaient se réveiller de bonne heure le lendemain et se préparer pour le départ, qu'ils avaient intérêt à ne pas retarder.

Cependant, Ravergy et Michot bavardèrent un peu avant de se coucher.

Le premier donnait libre cours à sa joie, le second se montrait un peu soucieux.

Michot, qui s'était précipité dehors , cria du seuil de la porte : — La voilà! C'est elle!
(P. 1629.)

Quelle pouvait être la cause de ce souci?

L'ancien soldat s'en ouvrit franchement à son compagnon.

— Moi aussi, dit-il, je suis bien content; seulement, il y a une chose qui me chiffonne...

— Ah bah?...

— Je ne suis pas complètement tranquille, j'ai comme une idée que nous sommes surveillés.

— Surveillés ! Par qui et pourquoi ?

— Je ne sais pas ; mais il me semble que, depuis notre débarquement, un individu n'a cessé de nous suivre, qui s'éclipsait dès qu'il se sentait regardé par un de nous. Tu ne l'as pas remarqué ?...

— Ma foi, non ! Nous avons vu tant de gens s'agiter autour de nous !

— Précisément, un des portefaix qui nous ont bousculés sur le port nous a reluqués de très près, et c'est cet homme-là que j'ai cru reconnaître à plusieurs reprises, aux abords de l'hôtellerie, au bureau de la diligence, à la poste aux chevaux et même à Notre-Dame-de-la-Garde...

— Allons donc ! s'écria Ravergy, sceptique ; tous les Marseillais se ressemblent : de là ton erreur.

— Et moi, je te dis que c'était toujours le même : un petit brun, au visage bronzé, aux cheveux crépus.

— Encore une fois, je n'ai rien remarqué.

D'ailleurs, quel serait le motif de cet espionnage ? Nous ne connaissons personne à Marseille et il n'y a aucune raison pour que nous n'y soyons pas en sécurité.

Nous sommes en France et nous sommes des Français n'offrant rien de suspect dans leurs allures, je suppose...

Nous n'avons plus d'ennemis à redouter... Alors, quel pourrait être le rôle de ton homme mystérieux ?

— Je me le demande.

— Eh bien, ne te le demande pas plus longtemps, conclut Ravergy. Vois-tu, mon brave camarade, tu es obsédé des souvenirs de La Vera-Cruz. Depuis notre mésaventure mémorable, tu as une tendance à voir des espions partout... Nous tombons de fatigue... tu commences à dormir et tu rêves déjà... Allons, chasse ces idées biscornues, et faisons un bon somme, afin d'être frais et dispos demain matin... Bonsoir !...

— Soit ! dit Michot, sans insister davantage. C'est peut-être ce sacré soleil marseillais qui m'a tapé sur la coloquinte...

Et, la chandelle éteinte, les deux compagnons fermèrent les yeux, tandis que, de son côté, Thérèse s'endormait, bercée par la douce espérance...

XIX

LE MARI

Le lendemain, nos amis étaient debout dès l'aube, bien avant que la servante fût venue battre le rappel à leur porte, comme elle en avait reçu la recommandation expresse la veille au soir.

La préoccupation du départ les avait réveillés.

Après avoir procédé à leur toilette, ils étaient descendus dans la salle commune de l'hôtellerie, où ils avaient pris un léger déjeuner, et ils attendaient avec une impatience fiévreuse la berline retenue à la poste aux chevaux.

A cette heure matinale, il n'y avait encore que peu de mouvement autour d'eux.

L'animation de la journée, le va-et-vient des voyageurs les eussent distraits pendant leur attente; mais ce calme leur pesait, augmentait leur agitation.

Ils n'avaient pour toute société qu'une maritorne mal peignée, allant et venant entre la salle et la cuisine et qui, bien qu'elle n'y fût pas encouragée, se croyait obligée de manifester sa présence par un verbiage aussi oiseux qu'importun.

Thérèse, assise près de la table, songeait en silence.

Ses compagnons ne tenaient pas en place, se promenaient de long en large, échangeaient des propos à bâtons rompus, pour tuer le temps.

Michot, d'ailleurs, ne parlait plus de ses soupçons de la veille, dont la nuit semblait avoir effacé le souvenir, et, alors même qu'il y eût encore pensé, il se fût bien gardé d'y faire allusion devant la jeune fille.

A un moment, Ravergy prit Michot à l'écart, comme s'il avait une confidence à lui faire.

— Tu vas me rendre un service, lui dit-il.

— Parle, mon capitaine.

— J'éprouve une gêne que je n'ai pas connue souvent et dont je n'avais pas à me plaindre lors de notre débarquement à Malaga...

— Qu'est-ce donc?

— Ma ceinture est trop lourde.

— C'est comme si tu reprochais à la mariée d'être trop belle.

— Sans comparaison et sérieusement, elle est difficile à porter, surtout depuis que le changeur de Marseille m'a baillé un tas d'écus contre une partie des ducats du sieur Hernandez.

— Tu n'as pas, j'imagine, l'intention d'abandonner ici la moitié du magot que tu as eu tant de peine à te procurer?...

— Ni la moitié ni quoi que ce soit; mais puisque je succombe sous le fardeau, tu ne refuseras pas de le partager avec moi.

— S'il s'agissait d'autre chose, je ne demanderais pas mieux et même je porterais toute la charge pour te soulager; mais l'argent, ça m'intimide, faute d'habitude sans doute; si j'allais le perdre...

— En voilà une idée! Est-ce que tu n'es pas dépositaire d'un trésor bien plus précieux, la lettre que t'a confiée Mlle Thérèse? Tu n'as pas fait tant de façons pour accepter ce dépôt, et tu étais si peu capable de le perdre que tu ne l'as même pas laissée au fond de la mer, où vous avez failli rester tous deux...

— Et où nous ne sommes pas restés, grâce à qui?...

— Laissons cela, camarade, nous n'en sommes plus à compter entre nous les services que nous nous sommes mutuellement rendus.

Partageons la bourse — qui est non pas la mienne, mais la bourse commune.

Aussi bien, c'est une précaution utile à tous égards.

D'abord, en voyage, une bourse trop gonflée risque d'attirer l'attention des gens mal intentionnés... puis, sans prévoir une attaque de brigands qui, espérons-le, ne se produira pas, nous pouvons nous trouver accidentellement séparés, et tu sais par expérience à quels embarras, à quelles complications le manque d'espèces sonnantes expose les honnêtes gens.

Bref, il faut tout prévoir et diviser ses munitions.

— Soit! approuva Michot; c'est le cas de dire que tu parles d'or, mon capitaine.

Et, convaincu par ces raisons, il emplit ses poches et une vaste bourse en cuir, vide depuis bien longtemps, du trop plein d'écus dont Ravergy allégeait sa ceinture.

Cette opération faite, les deux amis reprirent leur promenade de long en large.

Fréquemment, leurs yeux, suivant la direction de ceux de Thérèse, se portaient vers le cadran d'une vénérable horloge, dont le lent tic-tac semblait narguer leur impatience.

— Cette maudite berline devrait être ici, dit Ravergy, en tembourinant nerveusement sur les vitres; nous l'avons pourtant bien commandée pour sept heures, heure militaire.

— Elles ne sonneront que dans cinq minutes, mon capitaine.

— Mais ces aiguilles ne marchent pas, contrairement au dire du hâbleur marseillais qui prétendait que dans sa ville natale tout allait plus vite qu'ailleurs, même les horloges...

A peine le jeune homme achevait-il ces mots, qu'on entendit le roulement d'une voiture accompagné d'un tintement de grelots et de claquements de fouet.

A ce bruit, Thérèse avait tressailli et s'était levée.

Michot, qui s'était précipité dehors, cria du seuil de la porte :

— La voilà ! C'est elle !

— Enfin !... soupira Georges, en souriant à la jeune fille, très émue.

La berline arrivait, en effet, au trot allongé de ses chevaux tout frais.

Son entrée tapageuse dans l'étroite rue où ses roues rebondissaient sur le pavé pointu, avait mis tous les habitants en émoi.

Les commères, en coiffe de nuit, se montraient aux fenêtres et sur le pas des portes.

Des gamins, à peine habillés, accouraient pour voir le fringant attelage et surtout le superbe postillon à la mine fleurie, dont ils admiraient le chapeau enrubanné, la veste ornée de petits boutons de cuivre et les grosses bottes éperonnées.

Après s'être annoncé par une brillante série de clic-clac en pétarade, celui-ci arrêta sa voiture devant l'hôtellerie du *Bon-Départ*.

Le médiocre gîte, fréquenté surtout par des petits négociants et des marins, avait rarement vu pareil équipage se ranger sous son enseigne.

Aussi, toute la maison, si calme quelques instants auparavant, fut-elle bientôt en rumeur.

Des chambres à la cuisine, on se demandait quels pouvaient être ces voyageurs d'apparence modeste qui s'offraient le luxe d'une berline attelée en poste pour se rendre à Paris, alors que plus d'un gros bonnet de Marseille se contentait de la diligence.

Et, déjà, le bruit se répandait que c'étaient des personnes de condition, désireuses de garder l'incognito.

Pendant que nos amis réunissaient, pour le faire porter dans le coffre de la voiture, le bagage sommaire qu'ils s'étaient constitué, la salle, où ils étaient seuls tout à l'heure, s'était rapidement peuplée de gens à la curiosité desquels ils avaient hâte de se soustraire.

Deux hommes, entre autres, qui étaient entrés ensemble et s'étaient assis à la même table pour vider un pichet de vin du Rhône, semblaient prendre un intérêt particulier à ces préparatifs de départ.

Ils avaient l'aspect de maquignons de Beaucaire, et, tout en buvant, ils discutaient la valeur de l'attelage de la berline, qu'ils apercevaient dans le cadre de la porte ouverte, près de laquelle ils étaient placés.

La physionomie de l'un d'eux frappa vivement Michot.

Il ressemblait étonnamment au portefaix dont il croyait avoir remarqué, la veille, les allures équivoques.

— Bon ! pensa-t-il, je crois décidément que j'ai la berlue et que, comme le dit mon capitaine, je suis possédé d'une idée fixe...

Les deux maquignons n'avaient pas cessé de regarder du côté de la rue.

Tout à coup ils eurent un mouvement accompagné d'un rapide clin d'œil

Au même moment, un nouveau personnage entrait.

C'était un homme d'âge mûr, grand, sec, coiffé d'un chapeau à larges ailes, vêtu correctement d'une longue redingote noire à collet haut, ayant les dehors d'un bourgeois aisé.

Avec l'assurance de la supériorité, il traversa la salle, qu'il embrassa d'un regard circulaire, et se dirigea vers l'office où, derrière un vitrage, on apercevait la silhouette de l'hôtelier, en train de préparer de ses propres mains quelque succulente bouillabaisse.

Mais celui-ci, ayant mis bonnet bas et pris une attitude pleine de déférence, s'empressa de venir au-devant du personnage, dont la visite, d'ailleurs, ne parut pas le surprendre.

Ils échangèrent quelques mots à voix basse.

Tous ces jeux de scène s'étaient passés en moins de temps qu'il n'en faut pour les expliquer.

Après avoir bu le coup de l'étrier aux frais de ses voyageurs, le postillon dit jovialement :

— Nous sommes prêts ; si madame et messieurs veulent monter en voiture...

— Si nous le voulons ?... Avec plaisir, l'ami ! s'écria Michot, emboîtant le pas à Ravergy, qui avait offert la main à Thérèse.

— Un instant ! prononça d'un ton d'autorité une voix grave.

Et, au moment même où ils allaient franchir le seuil, nos trois amis virent, brusquement surgir devant eux, le grand homme sec qui leur barrait le passage.

— Que signifie?... protesta Ravergy avec hauteur.

— Vous allez le savoir.

— Qui êtes-vous donc, monsieur, pour vous permettre?...

— Je suis commissaire de police, déclara le personnage en entr'ouvrant sa redingote pour exhiber son écharpe tenue dissimulée jusque-là, et, au nom de la loi, je vous arrête.

Rien ne saurait peindre la stupeur de nos amis à cette déclaration.

Thérèse se sentit défaillir.

Ravergy et Michot étaient consternés.

— Ah! s'ils avaient pu, avec la jeune fille, se précipiter vers la berline toute proche, sauter dedans et donner l'ordre au postillon d'enlever ses chevaux au galop, comme ils auraient sans cérémonie faussé compagnie à ce commissaire fâcheux.

Mais toute tentative de fuite eût été d'autant plus téméraire, que les deux prétendus maquignons, gaillards râblés et vigoureux, gardaient la porte, armés de leurs lourds bâtons noueux.

Michot ne s'était pas trompé : un de ces agents était bien celui qui, la veille, déguisé en portefaix, avait « filé » les voyageurs.

Ravergy, faisant tous ses efforts pour se ressaisir, voulut protester avec énergie, tout en y mettant des formes.

— Monsieur le commissaire, dit-il, nous nous inclinons respectueusement devant votre qualité; mais il y a dans le fait de cette arrestation injustifiée une erreur que vous serez le premier à reconnaître, quand vous saurez qui nous sommes.

— Je crois le savoir, répliqua le magistrat.

Puis, tirant un papier de sa poche :

— Veuillez répondre aux questions que je vais vous poser, afin de vérifier l'exactitude de mes renseignements. S'il y a quelque erreur... de détail, vous la rectifierez...

Procédons par ordre : vous, monsieur, à qui j'ai l'honneur de m'adresser présentement, vous êtes bien M. Georges Ravergy, ex-officier aux armées de la République?...

— Oui, monsieur le commissaire, j'ai cet avantage.

— Vous, monsieur, continua le magistrat, se tournant vers le compagnon de Georges, vous êtes bien le nommé Claude Michot, ex-sergent de grenadiers?...

— Pour vous servir, mon commissaire.

— Et c'est Mlle Thérèse Valomer que j'ai devant moi?...

La jeune fille, consternée, n'eut pas la force de répondre; elle se contenta d'incliner la tête en signe d'affirmation.

— Alors, conclut le commissaire, il n'y a pas d'erreur sur l'identité des personnes que j'ai pour mandat d'arrêter. Veuillez me suivre.

— Où nous conduisez-vous? demanda Ravergy.

— Au commissariat, d'abord. Nous verrons ultérieurement quelle suite l'affaire comporte.

— L'affaire! s'exclama Michot, qui avait toutes les peines du monde à se maîtriser, quelle affaire? Nous ne sommes coupables de rien, nous sommes d'honnêtes gens!...

— Ce n'est pas ici un lieu convenable pour une explication, dit le commissaire.

Monsieur et mademoiselle surtout, ajouta-t-il en désignant tour à tour Georges et Thérèse, seraient les premiers à regretter la divulgation publique du motif de leur arrestation...

En effet, la salle s'était remplie d'une foule curieuse, qui assistait aux péripéties de cette scène, comme à un spectacle aussi captivant qu'imprévu.

Voyageurs, servantes, marmitons, valets d'écurie et même gens de la rue se pressaient, se bousculaient pour mieux voir et mieux entendre, échangeant à haute voix des réflexions et des plaisanteries désobligeantes au sujet de nos malheureux amis.

Ceux-ci comprirent qu'il était de leur intérêt de se soustraire à cette curiosité indiscrète et malveillante.

— C'est bien, dit Ravergy, nous vous suivons.

Mais la nouvelle de l'événement, colportée de bouche en bouche, s'était rapidement répandue.

Une populace hostile se ruait aux abords de l'hôtellerie du *Bon-Départ*, assiégeait la porte en hurlant et en gesticulant furieusement.

On entendait même retentir des cris féroces :

— A mort! A l'eau!

Le bruit courait maintenant que les personnages mystérieux dont les allures avaient tant intrigué les habitants du quartier Saint-Jean n'étaient autres qu'un sinistre trio de voleurs et d'assassins.

Les deux robustes estafiers de la police furent obligés de frayer un passage aux prisonniers à travers cette foule hostile et ils eurent beaucoup de peine à les garantir contre les mauvais traitements.

Durant toute la journée, ils étaient restés emprisonnés dans ce refuge... (P. 1637.)

Des énergumènes ne parlaient de rien moins que de les écharper, et une horrible mégère, menaçant Thérèse du poing, la traita d'empoisonneuse.

Blême et chancelante, la jeune fille s'avançait soutenue par Georges, qui, l'œil fier, les narines frémissantes, lui faisait un rempart de son corps.

Claude Michot, de son côté, essayait de faire tête à l'orage, et, lorsqu'il entendit l'injure gratuite adressée à son amie, l'accusation odieuse répétée de confiance par cent voix, il fonça comme un sanglier sur les insulteurs, distribuant à droite et à gauche force horions.

Les choses se gâtaient tout à fait.

Le commissaire comprit qu'il ne pouvait emmener les prisonniers à pied, à travers la ville, sans provoquer des bagarres, où ils risquait lui-même d'être malmené, au grand préjudice de son prestige et de son autorité.

La berline se trouvait là juste à point.

Elle était vaste et capable, à la rigueur, de contenir six personnes.

Il requit donc le postillon, ahuri, d'avoir à le charger lui, ses agents et leur capture.

Quelques instants après, le lourd véhicule s'ébranlait au milieu des huées et des lazzis, et, sur l'ordre de forcer l'allure des chevaux, disparaissait au tournant de la rue, poursuivi par une bande de gamins braillards.

O amère ironie de la destinée ! Ce même carrosse que les voyageurs avaient vu arriver avec tant de joie, qui devaient les emporter tout à l'heure sur la route de Paris, maintenant les emmenait vers un inconnu, plein de mystères et de menaces.

.   .   .   .

Bientôt ils descendaient au commissariat.

Là, du moins, ils étaient en sécurité et ils allaient enfin connaître les motifs de leur arrestation.

Le magistrat les introduisit immédiatement dans son cabinet.

— *Madame*, commença-t-il, sans autre préambule, en s'adressant à Thérèse, ici tout peut et doit se dire...

Cette appellation ne laissa pas de surprendre la jeune fille dont les amis partagèrent l'étonnement.

Elle rectifia :

— Pardon ! Monsieur : *Mademoiselle*... Valomer...

— Parfaitement ! reprit le commissaire ; vous m'avez déjà donné ce nom dans l'interrogatoire préliminaire, et je le tiens pour exact ; mais vous en avez encore un autre qu'il ne faut pas oublier...

— Je ne comprends pas, fit Thérèse.

— Vous avez intérêt, je le conçois, à ne pas comprendre. Croyez-moi, *Madame*, (et le magistrat appuyait à dessein sur ce mot), il ne sert de rien de ruser avec moi, et le résultat de vos détours est de m'obliger à vous rafraîchir la mémoire... Vous êtes mariée !

— Moi ! s'écria Thérèse, suffoquée.

— Pourquoi ne pas l'avouer de bonne grâce, puisque mon affirmation vous prouve avec quelle certitude je suis renseigné ?...

J'ai là, sous les yeux, des documents dont l'authenticité ne peut être mise en doute : vous avez épousé, dernièrement, au Mexique, M. Delaverne.

La jeune fille tressaillit, en portant la main à son cœur.

— Moi ! la femme de cet homme ! protesta-t-elle ; jamais !...

— Cependant, nous avons un acte de mariage en bonne et due forme, revêtu des signatures des conjoints, des témoins et de l'archiprêtre de la cathédrale de Mexico, qui a célébré la cérémonie nuptiale....

Thérèse suffoquait, elle n'eut pas la force de répondre.

Ravergy vint à son secours.

— Permettez, monsieur le commissaire, ce mariage n'est pas valable ; le consentement de mademoiselle lui a été arraché par la violence, je l'atteste, je le jure...

— De votre part, monsieur, cette déclaration me paraît tout au moins singulière, répliqua le magistrat.

— C'est pourtant comme ça, aussi vrai qu'il y a un bon Dieu ! confirma Michot.

Le commissaire eut un sourire d'incrédulité.

— Précisons, dit-il, et voyons ce que valent vos attestations.

J'ai bien devant moi Georges Ravergy, ex-capitaine, et Claude Michot, ex-sergent dans l'armée française ?...

Les deux amis firent un signe affirmatif.

— Donc, poursuivit le commissaire, avec une implacable logique, ce sont bien vos noms qui figurent au bas de l'acte de mariage que vous avez signé en qualité de témoins de l'épouse... Prétendez-vous arguer d'un faux commis à votre préjudice ?

— D'honnêtes gens ne nient pas leur écriture, répliqua vivement Ravergy, mais...

— Alors, comment expliquez-vous que d'honnêtes gens auraient pu prêter leur concours à une union qu'ils savaient pertinemment immorale et entachée de nullité et surtout assister à titre de témoins la personne qu'ils avaient lieu de considérer comme victime de la violence ? Voilà qui est bien invraisemblable !

— Invraisemblable ou non, il en est ainsi, répondit Ravergy.

En dépit des contradictions apparentes de notre conduite, notre conscience n'a rien à nous reprocher.

Une jeune fille, la pureté, la vertu même, allait devenir la femme d'un homme sans scrupules, quand l'occasion s'est offerte à nous de la sauver... Cet homme était riche, puissant, audacieux... Pour déjouer ses infâmes projets, nous n'avions pas le choix des moyens... Ah ! si vous saviez combien la situation était critique, à quelles extrémités nous a réduits ce cas de force majeure !...

— Ce que je sais, interrompit sèchement le commissaire, c'est que, de votre propre aveu, madame est légitimement mariée ; c'est ce qu'il importait de bien établir. Le reste n'est pas de ma compétence, je n'ai donc point à m'en occuper.

— Mais, enfin, demanda Ravergy, où voulez-vous en venir ?

— A ceci, monsieur : le premier devoir d'une épouse est de ne pas quitter le domicile conjugal sans l'autorisation de son mari ; or, madame s'est enfuie la nuit même de ses noces...

— Je crois bien ! lança Michot, le lendemain, il eût été trop tard.

— Et vous avez favorisé cette fuite ; vous vous êtes faits les complices d'un grave délit que la loi punit...

— Nous avons accompli un devoir; et je ne pense pas qu'il y ait de loi assez inique pour frapper des gens dont la seule faute est d'avoir empêché la consommation d'un crime abominable.

D'ailleurs, ajouta Ravergy, je serais curieux d'apprendre à la requête de qui la police de Marseille opère une arrestation que je me permettrai de qualifier d'arbitraire. Quand même ce mariage aurait été valable, il est rompu en fait, et Mlle Valomer a recouvré son entière liberté.

— Comment cela ?

— En devenant veuve.

— En êtes-vous bien sûr ?

— Absolument, puisque son prétendu mari est mort écrasé sous les ruines de sa maison, lors du dernier tremblement de terre de la Vera-Cruz...

— C'est ce qui vous trompe ! prononça une voix qui fit tressaillir nos trois amis.

En même temps, une porte s'ouvrit au fond du cabinet, et l'on vit, tel un revenant, paraître Delaverne.

Ravergy et Michot restèrent atterrés, tandis que Thérèse, poussant un cri d'épouvante indicible, sentait son sang se glacer dans ses veines et tombait inanimée.

XX

LUI !

Encore lui ! Toujours lui !

Comment Delaverne, que nous avions laissé pour mort dans le cataclysme de la Vera-Cruz, existait-il malgré toutes les présomptions contraires ?

Comment était-il sorti sain et sauf des décombres où on le croyait à jamais enseveli ?

Comment, enfin, s'étant lancé à la poursuite des fugitifs, avait-il été informé d'une façon précise de leur itinéraire et avait-il pu les précéder à Marseille ?

Autant de points sur lesquels nous devons au lecteur des explications circonstanciées.

Lorsque la maison de Delaverne s'était effondrée, écrasant presque tous ceux qu'elle abritait, le maître, son intendant Talakis et un domestique s'étaient trouvés épargnés par un de ces hasards dont de semblables catastrophes offrent plus d'un exemple.

Les matériaux, qui, dans leur chute, faisaient tant de victimes à quelques pas d'eux, avaient formé, au-dessus de leurs têtes, une sorte de voûte protectrice.

Durant toute la journée, ils étaient restés emprisonnés dans ce refuge, n'osant essayer d'en sortir, de peur de provoquer l'écroulement du fragile édifice, et, d'autre part, à moitié fous de terreur, à la pensée qu'ils allaient peut-être y être enterrés vivants.

Ce ne fut que vers le soir, sous l'empire de cette terreur et pressés par la faim, qu'ils tentèrent de se dégager.

Ils y parvinrent non sans difficulté ; mais le spectacle que leur réservait leur retour à l'air libre n'était guère fait pour les rassurer.

La ville, désertée, était plongée dans une obscurité sinistre qui augmentait encore l'horreur du désastre.

— Fuyons, maître, gagnons la campagne au plus vite ! proposa Talakis.

— Hélas ! soupira Delaverne, nos jambes engourdies et endo

lories ne nous porteront pas bien loin, et nous n'avons ni équipage,
ni montures.

— Qui sait? répliqua le vieil Aztèque. Voyez, les écuries ne sont
pas complètement détruites, et, à moins que toutes les bêtes épar-
gnées ne se soient échappées...

Ces écuries, construites en bois, avaient, en effet, résisté en
partie aux secousses du tremblement de terre.

Dans la travée demeurée intacte, quelques mules enfermées
furent, à propos, retrouvées.

Mais, malgré les instances de Talakis, Delaverne ne paraissait
pas pressé de profiter de cette aubaine.

Un souci l'obsédait, le retenait dans ces lieux de désolation.

Qu'était devenue Thérèse?

Avait-elle été épargnée?

Que les compagnons de la jeune fille eussent péri, il lui importait peu, ou plutôt il se réjouissait à cette pensée, car sa vengeance
était ainsi satisfaite.

Mais elle!... Ne la reverrait-il pas vivante? En serait-il réduit à
se consoler de sa perte en songeant que, si elle était perdue pour
lui, du moins, elle n'appartiendrait jamais à un autre?

Il ne voulut pas quitter la Vera-Cruz sans s'être enquis du sort
des prisonniers.

Pendant que le domestique sellait les mules, il se dirigea en toute
hâte, avec Talakis, vers la maison de justice.

Là, explorant fiévreusement les ruines amoncelées, il constata
qu'il ne restait presque plus trace de la geôle où il avait fait incar-
cérer nos trois amis; il aperçut çà et là des cadavres affreusement
mutilés, et, dans l'obscurité, trompé par certains indices, il acquit la
conviction que Thérèse, Ravergy et Michot comptaient au nombre
des victimes.

Et il s'éloigna, la rage au cœur, maudissant la fatalité qui lui
arrachait la proie si avidement convoitée, et qu'il s'était juré de
conquérir à tout prix.

Quelques instants après, accompagné du fidèle Talakis et de
l'unique serviteur épargné par le fléau, il reprenait à dos de mule la
route de Mexico, où il allait chercher dans son palais somptueux
l'oubli de tous ces dramatiques événements.

Toute la population survivante de la Vera-Cruz ayant, cette nuit-
là, comme nous l'avons raconté, abandonné la ville pour camper en

pleine campagne, personne n'avait été témoin ni du sauvetage, ni du départ du riche financier.

Il voyagea deux jours, pendant lesquels son absence laissa s'accréditer le bruit de sa mort, et c'est ainsi que nos amis, convaincus de sa disparition définitive, comme il l'était lui-même de la leur, purent s'embarquer en toute confiance, se croyant à jamais débarrassé de ce redoutable ennemi.

Chemin faisant, l'impression de terreur produite sur Delaverne par le tremblement de terre s'était peu à peu dissipée.

Quant au sentiment qu'il éprouvait au sujet de la mort présumée de Thérèse Valomer, il n'avait rien de commun avec cette douleur profonde et toujours respectable qui prend sa source dans les nobles passions.

Il pensait cyniquement :

— Aussi, pourquoi cette sotte ingénue a-t-elle refusé son bonheur? L'aventure a mal fini pour elle, elle aurait pu mal finir pour moi... Allons, n'y pensons plus! Quelque beauté moins farouche et moins cruelle se chargera de nous consoler...

Mais si cet homme sans conscience ni moralité avait le cœur peu tendre, il ne restait jamais insensible à l'appât de l'or, auxiliaire indispensable de ses passions brutales et de son ambition démesurée.

Un instinct dominait en lui : la cupidité.

Lorsqu'il se fut remis de son émotion, il se souvint qu'il avait laissé sous les décombres de sa maison de la Vera-Cruz des sommes considérables et des objets de prix.

Allait-il perdre ces trésors, les abandonner au pillage?

Non, cela n'était pas possible, il ne fallait rien négliger pour rentrer en possession de son bien, il devait faire procéder lui-même et sous ses yeux au déblaiement des ruines, diriger les fouilles.

Brusquement, il tourna bride et revint tout d'une traite à la ville dévastée.

On juge de la surprise des habitants, en voyant tout à coup surgir, escorté de Talakis, celui qu'ils comptaient parmi les principales victimes de la catastrophe.

Son plus proche voisin, Justin Durieu, n'en pouvait croire ses yeux.

— D'ailleurs, lui dit celui-ci, après qu'ils eurent échangé des félicitations réciproques, il semble que, dans cette triste occurrence, la Providence ait voulu particulièrement épargner les Français.

Ainsi, trois de nos compatriotes, qui se trouvaient momentanément
ici, voyageant pour des affaires de famille...

Delaverne dressa l'oreille.

— Trois de nos compatriotes! répéta-t-il, prenant un vif intérêt
à la conversation.

— Oui, précisa le comptable, une charmante jeune fille accompagnée d'un fort galant homme et de son serviteur.

— Vous savez le nom de ces personnes ?... interrogea anxieusement le financier.

— Parfaitement, car j'ai eu le plaisir de leur offrir l'hospitalité ;
la jeune fille s'appelle Thérèse Valomer, et son cavalier Georges
Ravergy...

— Quoi! vivants!... Vous dites vrai?... s'écria Delaverne, d'une
voix étranglée, avec tous les signes d'une émotion extraordinaire.

— Vous les connaissez ?...

— Si je les connais!... Justement, je déplorais leur mort... Ils
sont sauvés, Dieu soit loué! Je vais donc avoir le bonheur de les
revoir !

— Pas de sitôt, objecta Justin Durieu, sans y entendre malice ;
car ils ont pris la mer pour retourner en Europe, et, présentement,
ils doivent être loin déjà...

A cette nouvelle, une horrible grimace convulsa les traits de
Delaverne.

Ainsi donc, il avait été joué par la force des événements, plus
puissante encore que celle de l'argent.

Sa proie lui échappait en même temps que sa vengeance.

Quelle mauvaise inspiration il avait eue de fuir précipitamment
la Vera-Cruz laissant aux fugitifs le temps de s'embarquer et de
prendre de l'avance !

A l'instant, sa passion pour Thérèse, sa haine contre les compagnons de la jeune fille venaient de renaître avec un redoublement
d'intensité.

M. Durieu, qui ne soupçonnait rien du drame auquel se trouvaient mêlés ses hôtes passagers, se méprit sur la nature des sentiments qui agitaient le financier.

Il en attribua la cause à une simple contrariété, et, naïvement,
de concert avec sa femme, il déplora la malchance qui avait empêché Delaverne de voir ses compatriotes avant leur départ, et l'erreur réciproque commise au sujet de leur sort respectif dans la
récente catastrophe.

SEULE !

— Prenez garde ! s'écria enfin Delaverne, au comble de la rage, vous êtes ma femme... (P. 1648.)

Le couple abonda même en détails sur l'embarquement, auquel, on s'en souvient, il avait assisté.

Ils racontèrent comment les voyageurs avaient reconnu fort à point un de leurs amis dans le capitaine d'un brick faisant escale à la Vera-Cruz ; comment celui-ci s'était engagé à les ramener en France, probablement à Marseille.

Ces braves gens étaient loin de se douter que, par leur bavardage, en apparence inoffensif, ils se faisaient les complices inconscients du sinistre coquin dont ils ignoraient et le véritable caractère et les criminels desseins.

Grâce à eux, celui-ci savait tout ce qu'il avait besoin de savoir.

Il ne lui restait plus qu'à agir.

Un seul parti était à prendre : se lancer résolument à la poursuite des fugitifs.

En quelques jours, usant sans compter des immenses ressources dont il disposait, il eut frété un navire armé pour la course, et emportant une grosse partie de sa fortune en espèces, il mit le cap sur l'Europe.

Il avait laissé à un intendant le soin de ses intérêts au Mexique, ayant cru devoir emmener avec lui le vieux Talakis dont le témoignage pouvait lui être d'une grande utilité, le cas échéant.

Ce n'était pas une petite affaire que de gagner de vitesse le bateau de Cardovan qui avait près d'une semaine d'avance.

Mais Delaverne ne désespérait pas d'y réussir, étant donnée la supériorité du superbe trois-mâts qu'il montait.

A La Havane, où il ne fit que toucher, il apprit le passage de l'*Alcyon* à destination de Marseille.

Le brick devait avoir déjà perdu de son avance ; il fallait maintenant lui donner la chasse, en suivant l'itinéraire le plus court.

Mais les bordées, les crochets nécessités par les changements de vent, les diverses vicissitudes de la traversée n'avaient pas permis la rencontre des deux navires.

Une fois, pourtant, cette rencontre avait failli se produire ; c'était au moment où l'*Alcyon* était en réparation à Ténérife.

On n'a pas oublié que Thérèse, contemplant la mer de la plateforme du monastère de Notre-Dame-del-Pilar, avait remarqué au loin un grand bâtiment qui se dirigeait vers l'Europe, et qu'à cette vue, elle n'avait pu se défendre d'une émotion indéfinissable.

Peut-être ce qu'elle avait éprouvé alors n'était-il qu'un vague pressentiment ; car ce navire, passant au large, ses voiles éployées, n'était autre que le trois-mâts qui portait en France son odieux persécuteur.

Celui-ci n'avait pas soupçonné davantage qu'il passait à proximité de sa victime.

Poursuivant sa course sans relâche, il doublait rapidement les Canaries, et, tandis que l'*Alcyon*, trompé par les feux des pirates, allait s'échouer sur la côte du Rif, il continuait sa marche régulière et touchait bon premier à Marseille.

Le premier soin de Delaverne, en débarquant, fut de consulter le tableau du mouvement du port.

L'*Alcyon* ne figurait pas parmi les arrivées récentes.

Cette lacune ne laissa pas de l'inquiéter vivement.

Le brick avait-il fait naufrage ? Avait-il changé de direction pour aborder sur un autre point ? S'était-il simplement laissé distancer ?

Ce fut à la supposition la plus favorable que Delaverne s'arrêta.

Il s'installa donc dans l'hôtel le plus confortable de la ville et prit toutes les mesures nécessaires pour assurer le succès de ses projets.

Fort de son droit, il déposa d'abord entre les mains de la justice une plainte en bonne et due forme contre sa femme légitime, coupable d'avoir fui le domicile conjugal et contre les sieurs Ravergy et Michot, accusés de complicité.

En conséquence de cette plainte, mandat fut donné à un commissaire d'appréhender ces trois personnes à leur débarquement.

Un des plus fins limiers de la police marseillaise, muni d'un signalement desdites personnes, était expressément chargé de guetter leur arrivée et de ne négliger aucune précaution afin de ne pas manquer le coup de filet.

Comme le requérant affectait toutes les allures d'un grand seigneur exotique et ne lésinait pas sur les frais et pourboires, l'agent remplit sa tâche en toute conscience ; mais il avait beau se tenir en permanence sur les quais, il ne voyait rien venir.

L'attente fut longue, et Delaverne commençait à se décourager lorsqu'il apprit avec une joie indicible qu'une tartane venant d'Espagne venait de débarquer les voyageurs.

On sait le reste.

XXI

LA RAISON DU PLUS FORT

Pour la seconde fois, Delaverne venait de ressusciter aux yeux de nos amis terrifiés.

Il semblait que le misérable possédât quelque talisman diabolique, qui non seulement le rendait invulnérable, mais encore lui donnait le pouvoir de surgir brusquement partout où son intervention devait faire échouer la vaillante campagne entreprise pour sauver la tête d'un innocent.

Grande avait été la stupeur produite par son apparition à la Vera-Cruz; cette fois elle fut plus profonde encore.

Thérèse en éprouva une telle commotion qu'on eut beaucoup de peine à la ranimer.

Le premier, Georges s'était précipité pour la relever et la soutenir; mais Delaverne l'avait brutalement repoussé, revendiquant pour lui seul le privilège de toucher celle qu'il appelait sa femme.

Michot, de son côté, était intervenu, jouant des poings afin d'arracher la jeune fille aux mains de son persécuteur.

Au milieu des péripéties de cette scène pathétique, le commissaire déconcerté perdait la tête.

Les agents qu'il avait appelés à l'aide, et auxquels il donnait des ordres quelque peu incohérents, ne savaient s'ils devaient aller quérir du secours ou veiller exclusivement au maintien des prisonniers.

A cette minute critique, Ravergy, malgré son propre émoi, envisagea la situation avec la lucidité du sang-froid.

Il profita d'un moment de trouble et de confusion pour glisser à l'oreille de Michot ces quelques mots rapides :

— Tâche de fuir...

— J'y pensais, répliqua l'ancien soldat; avant tout, sauver la lettre, n'est-ce pas?

— Oui, la sauver, et sans perdre de temps, si c'est possible, la porter à Paris, où tu sais...

— Compris !

— Tu as.l'argent nécessaire... Ne t'occupe pas de nous... Allons, décampe !... à la grâce de Dieu !...

Ce court dialogue ne se prolongea pas davantage; il fallait agir avec prudence et saisir l'occasion propice...

Quelques instants plus tard, le commissaire, sortant de son ahurissement, constatait la disparition de Claude Michot.

En vain lança-t-il des argousins à ses trousses, le fugitif resta introuvable.

Delaverne, d'ailleurs, n'attacha qu'une importance secondaire à cette évasion.

Bien qu'il eût gardé rancune à Michot du coup quasi mortel que celui-ci lui avait porté à Mexico, il le considérait comme un comparse dans le drame où Ravergy, protecteur de Thérèse, jouait le premier rôle.

— Bast! dit-il, nous saurons bien rattraper ce coquin et lui faire payer sa part.

Quant à monsieur, ajouta-t-il en désignant Georges, ne le laissons pas échapper; c'est un gibier de plus de prix, et j'entends qu'il rende compte à la justice du double crime qu'il a commis en détournant ma femme de son devoir et en machinant l'attentat dirigé contre ma vie.

A cette accusation, Ravergy se contenta de sourire dédaigneusement, en haussant les épaules, et se laissa emmener sans même essayer de se défendre.

Pour le moment, il le comprenait, toute protestation, toute tentative de résistance eussent été inutiles.

Il était, présentement, vis-à-vis de son adversaire, dans un état d'infériorité manifeste, et il devait réserver ses forces pour soutenir devant la justice sa cause étroitement liée à celle de son infortunée compagne.

Avant qu'on l'emmenât, Thérèse était revenue à elle.

Lorsque la jeune fille rouvrit les yeux, son regard rencontra d'abord le visage odieux de Delaverne penché sur le sien.

Un nouveau frisson de terreur et de répulsion la secoua, à la vue de cet homme dont la présence, trop réelle, hélas ! ne lui permettait pas de croire à l'illusion d'un cauchemar.

Mais elle se rasséréna un peu, en apercevant Ravergy qui, par sa ferme attitude et l'expression de toute sa physionomie, semblait lui dire :

— Courage !

Il eût voulu préciser la raison qu'elle avait de ne pas désespérer, lui faire comprendre que Michot était parti, muni de la précieuse lettre qu'il devait porter à Paris.

Mais le moindre mot, le moindre geste eussent été imprudents, et il importait de ne rien laisser percer qui pût éveiller l'attention de leur ennemi sur l'importance de la fuite de leur auxiliaire dévoué.

L'absence de celui-ci, d'ailleurs, ne surprit pas autrement la jeune fille; elle crut que les agents l'avaient conduit en prison antérieurement et, lorsqu'elle vit disparaître, à son tour, Ravergy, elle éprouva un douloureux serrement de cœur.

Elle restait seule, maintenant, bien seule et désarmée, aux prises avec son implacable persécuteur.

. . . .

Les revendications de Delaverne comportaient deux solutions.

Premièrement, il inviterait Thérèse à se soumettre de bonne grâce.

Si elle y consentait, l'affaire, en ce qui la concernait, n'aurait pas de suites judiciaires.

Mais si le refus de la jeune fille rendait impossible cette solution amiable, il était décidé à se prévaloir de ses droits devant le tribunal compétent et à faire maintenir l'épouse réfractaire en état de détention préventive.

Il avait été convenu d'avance entre le commissaire et Delaverne que celui-ci aurait, au préalable, un entretien particulier avec Thérèse.

L'audacieux coquin s'était flatté de posséder des moyens infaillibles pour obtenir la soumission de la rebelle par la seule persuasion.

Le magistrat mit donc à la disposition des deux époux, pour ce tête-à-tête, une pièce voisine de son cabinet, en se réservant de les faire surveiller et de les surveiller lui-même, prêt à intervenir dans le cas où l'explication prendrait une tournure orageuse.

Ce fut un terrible moment que celui où la jeune fille et son persécuteur se trouvèrent face à face.

Il y eut une minute de silence, pendant laquelle ils se mesurèrent du regard.

Thérèse attendait, anxieuse, les narines dilatées, les lèvres frémissantes, bien résolue à la résistance.

Delaverne parla le premier.

Il se fit d'abord doucereux, insinuant; puis, devant le mutisme obstiné de la jeune fille, il passa de la prière aux menaces.

Cette scène fut, en somme, la répétition de celle à laquelle nous avons précédemment assisté à la Vera-Cruz, lorsque la victime et son bourreau se trouvaient dans une situation à peu près identique.

— Prenez garde! s'écria enfin Delaverne, au comble de la rage, vous êtes ma femme, entendez-vous! ma femme de par votre consentement verbal et écrit, de par la loi! Qu'il vous plaise ou non, je suis votre maître, j'ai le droit pour moi, et j'en userai.

Puisque vous repoussez mes offres de conciliation, nous aurons recours à la rigueur.

Ne comptez pas, cette fois, sur l'aide de vos complices pour vous soustraire au bras de la justice.

Votre chevalier servant est sous les verrous, et son digne acolyte va l'y rejoindre; car si le sieur Michot a réussi à s'échapper, il ne peut aller bien loin et l'on ne tardera pas à lui remettre la main au collet....

— Michot s'est échappé!

Thérèse faillit proférer cette exclamation de surprise et de joie; mais elle concentra toute sa volonté dans un effort surhumain, pour dissimuler l'effet produit sur elle par cette nouvelle inattendue.

Michot en fuite, c'était la lettre sauvée et ayant chance d'arriver à destination, entre les mains de ce fidèle et dévoué serviteur!

La jeune fille, réprimant le tressaillement de tout son être, se composa un visage presque impassible, afin de ne pas trahir ses sentiments aux yeux de Delaverne; mais de quelle force secrète elle était maintenant pourvue, dans sa résistance aux instances pressantes du bandit!

Lui-même, inconsciemment, venait de lui fournir le moyen de parer victorieusement son coup décisif, de détruire la valeur du suprême et perfide argument qu'il avait réservé pour la mâter.

— Vous semblez oublier, madame, dit-il, la noble mission que vous aviez entreprise. Votre dessein, je crois, était d'épargner à tout prix à votre père une mort infamante...

Ce dessein serait probablement accompli, à l'heure présente, sans votre sotte obstination et sans la complaisance avec laquelle vous avez obéi aux suggestions funestes de vos conseillers.

La remise de la lettre à laquelle vous attachiez tant d'importance était, vous vous en souvenez, le gage de notre union.

— Du diable si les argousins me reconnaissent ! murmura-t-il, je ne me reconnais pas
moi-même !... (P. 1652.)

Vous avez préféré trahir vos engagements, me faire soustraire
cette lettre par des voleurs assassins... Oh! cela ne vous a pas
porté bonheur : je suis encore vivant et le précieux papier n'existe
plus !...

Delaverne fit une pause, guettant sur le visage de Thérèse les
signes extérieurs de l'émotion qu'il s'imaginait provoquer en elle.

Mais celle-ci conservait une rigidité de statue.

Il reprit :

La lettre a été détruite, anéantie sous les ruines du tremblement de terre de la Vera-Cruz... Plus de preuve... Vous êtes désormais complètement désarmée devant la justice... et c'est votre infortuné père qui expiera votre faute...

A ces mots, un léger frémissement agita Thérèse, et Delaverne put croire qu'il avait cause presque gagnée.

Il poursuivit :

— Mais peut-être cette faute peut-elle encore se réparer.

A défaut de la lettre, il y a le destinataire, dont le témoignage aurait sans doute quelque poids.

Une seule personne a qualité pour attester l'existence de ce papier, pour en affirmer la teneur, et cette personne, c'est moi...

C'est de moi et de vous, par conséquent, que dépend le sort de l'accusé. Vous voyez donc bien qu'il faut me ménager.

A vous de prononcer l'arrêt...

Appuyée sur des arguments d'une logique incontestable, cette conclusion avait la force de la brutalité.

Si Thérèse n'avait eu la certitude de l'existence de la lettre, si elle avait ignoré la fuite de Michot, elle eût probablement cédé, et, bien qu'elle n'eût qu'une médiocre confiance dans la loyauté de son prétendu mari, pour l'exécution du marché qu'il lui proposait cyniquement, elle se fût résignée à faire à son amour filial le sacrifice de son honneur.

Mais elle se sentait forte contre la violence insidieuse de son terrible adversaire.

Michot possédait la lettre libératrice, il la porterait à Paris ; son père, elle en avait le ferme espoir, serait sauvé !

Soutenue par cette pensée, elle était prête à tout braver.

Elle demeura inébranlable, exaspérant Delaverne par l'indifférence dédaigneuse et la force d'inertie qu'elle opposait à ses objurgations.

Ne pouvant soupçonner le secret de cette attitude, celui-ci l'attribua simplement à un excès d'orgueil.

Il connaissait trop l'âme généreuse de la jeune fille pour ne pas être convaincu du succès final d'un moyen de pression qu'il considérait comme infaillible.

— Vous ne répondez pas, dit-il, c'est bien... Je vous laisse à vos méditations.

Réfléchissez, madame ; moi, j'agirai !

XXII

LA MISSION DE CLAUDE MICHOT

Dès que Claude Michot s'était trouvé hors du commissariat, il s'était éloigné d'un pas rapide, sans prendre toutefois une allure qui eût attiré l'attention sur lui et l'eût rendu suspect.

Le dédale des rues des vieux quartiers, tortueuses et irrégulières, avait favorisé sa fuite.

Avant tout, il avait évité la direction du port, point vers lequel, vraisemblablement, devaient se porter d'abord les agents lancés à sa recherche.

Lorsqu'il avait cru avoir mis une distance suffisante entre lui et les argousins, il s'était risqué à demander au premier passant venu la route de Paris, et, une fois possesseur de ce renseignement indispensable, il s'était bien gardé d'aller de ce côté, également dangereux.

Pénétré de l'importance de son rôle, il se tenait, en marchant au hasard, le monologue suivant :

— Sergent Michot, tu as une mission de confiance à remplir, et le sort du père de mamzelle Thérèse est entre tes mains.

C'est déjà quelque chose d'avoir pris la poudre d'escampette au nez et à la barbe de M. le Commissaire; mais ce n'est qu'un commencement.

Il s'agit maintenant de ne pas rendre une nouvelle visite à ce respectable magistrat.

Or, Marseille a beau être grand, les limiers de la police qui le connaissent mieux que moi, et dont la promesse d'une bonne prime ne manquera pas de stimuler le zèle, peuvent me repincer n'importe où, à l'improviste.

La chose leur est d'autant plus facile que nous avons déjà fait connaissance ensemble et qu'ils ont mon signalement complet.

Alors, si je ne suis pas une bête, la première précaution à prendre, c'est de changer de peau.

Ensuite, j'aurai le loisir de tirer des plans.

Il entra chez un petit perruquier du faubourg, où il se fit raser la barbe et les cheveux, qu'il avait fort longs, les ayant laissé pousser à la diable, pendant son séjour en Amérique.

Débarrassé de cette double toison, épaisse comme les buissons de la brousse mexicaine, la tête tondue, le visage glabre, il était déjà parfaitement méconnaissable.

Néanmoins, il estima qu'il ressemblait quelque peu ainsi à un forçat évadé, et, pour se composer une physionomie plus recommandable, il fit l'emplette d'une superbe perruque rousse, que le Figaro marseillais lui céda dans les prix doux, comme une occasion exceptionnellement avantageuse.

Cette première transformation accomplie, il chercha la plus proche boutique de fripier, où, avec le supplément nécessaire en argent, il troqua ses vêtements délabrés contre une tenue complète de bourgeois cossu : vaste redingote cannelle, gilet de casimir, culotte de drap gris, bottes à revers et chapeau à boucle.

Une canne de jonc à pomme d'ivoire paracheva cet ensemble d'une élégance peut-être douteuse, mais appropriée à l'idéal de l'ancien soldat.

Afin de se donner toutes les apparences d'un voyageur aisé, il acquit en outre une valise de rencontre, destinée à contenir le linge indispensable dont il se pourvut.

En sortant de chez le fripier, lorsqu'il aperçut son image reflétée dans le vitrage d'une boutique voisine, il ne put retenir un geste de surprise et de satisfaction.

— Du diable si les argousins me reconnaissent ! murmura-t-il, je ne me reconnais pas moi-même !...

Sa canne d'une main, sa valise de l'autre, il poursuivit quelque temps sa marche, tout en ruminant divers projets, avec d'autant plus de calme et de présence d'esprit qu'il se sentait à l'abri des limiers.

Après avoir éliminé successivement diverses combinaisons ingénieuses mais trop compliquées, il adopta la solution la plus simple.

A défaut d'une haute intelligence, le brave garçon était doué d'un grand bon sens.

Novice dans le rôle que les circonstances lui imposaient, il pensait judicieusement que les ruses les plus compliquées ne sont pas toujours les meilleures, et il avait l'intuition que la véritable habileté consiste parfois dans la simplicité des moyens.

— Il faut, se disait-il, aller résolument de l'avant, avec une certaine prudence, mais aussi avec une certaine audace.

C'est pour cette chère mam'zelle Thérèse que je travaille, pour cette noble créature à laquelle je sacrifierais ma vie, si c'était né-

cessaire... Risquons-nous hardiment, le bon Dieu fera le reste...
car il doit être de l'affaire, le bon Dieu!...

S'il n'avait pas inspiré à mon capitaine l'idée de partager avec
moi le contenu de sa ceinture, nous serions dans de beaux draps!...
Et dire que je refusais!... Triple imbécile!... Heureusement, une
espèce de pressentiment, d'avertissement l'a poussé à insister...
Grâce à cette bourse bien garnie, j'ai de quoi sortir d'embarras... Le
gousset vide, ma fuite ne m'aurait pas servi à grand'chose, et, à
l'heure qu'il est, probablement, je serais déjà retombé entre les
mains des policiers... Qu'ils me dépistent, maintenant, je les en défie
bien!...

Le parti de Claude Michot était pris.

Il entra dans une hôtellerie d'assez bonne apparence, où il se
fit inscrire sous le nom de M. Davenay, négociant à Paris, venant
d'Italie et retournant dans la capitale.

Tout de suite, il conquit la confiance et la sympathie de l'hôtelier par la franchise de ses allures, et surtout en louant la plus belle
chambre de la maison et en commandant un copieux repas.

Ce n'était pas qu'il songeât à se goberger; il avait de trop gros
soucis en tête. Mais il se donnait des façons de bon vivant, afin de
ne pas avoir l'air inquiet et préoccupé d'un homme dont la conscience
n'est pas tranquille ou qui a quelque chose à craindre pour sa sécurité.

Ces gros soucis qu'il s'efforçait de dissimuler étaient de deux
sortes.

Il ne pensait pas seulement aux difficultés et aux aléas de son
entreprise; il se demandait en outre, non sans anxiété, ce qu'il allait
advenir de ses amis, qu'il avait laissés entre les mains du commissaire
de police, à la merci de l'odieux Delaverne.

Comment se tireraient-ils de ce mauvais pas?

Trouveraient-ils à Marseille des juges éclairés et impartiaux, devant lesquels leur honnêteté prévaudrait contre les audaces de leur
persécuteur?

Sur deux points, toutefois, il n'éprouvait aucun doute.

Il était certain d'avance de la résistance invincible de Thérèse
aux astucieuses manœuvres de Delaverne et de la vaillance chevaleresque que Ravergy apporterait à la défense de la jeune fille.

D'ailleurs, il se promettait bien, une fois à Paris, de dénoncer à
qui de droit les méfaits du nabab mexicain.

Il préviendrait la justice; s'il le fallait, il parlerait aux ministres, à l'empereur lui-même, il aurait toutes les audaces.

Mais pour lui, présentement, le devoir urgent était de quitter Marseille le plus tôt possible.

Son repas expédié, il se rendit donc bravement au bureau des diligences et, toujours sous le nom de Davenay, retint une place de coupé pour le prochain départ.

Ce départ, malheureusement, n'avait lieu que le surlendemain; mais Claude Michot, dans sa sagesse, jugea préférable de se résigner à ce retard d'un jour plutôt que d'attirer l'attention sur lui par la location d'un équipage particulier.

Il ne se souciait pas de recommencer le coup de la berline, qui avait si mal réussi.

Mieux valait procéder un peu plus lentement, mais aussi plus sûrement.

Ce qui le contrariait surtout, c'était la nécessité de passer encore une journée et demie à Marseille et d'augmenter ainsi les risques auxquels il était exposé.

Il avait beau, en effet, se trouver méconnaissable sous son déguisement, il n'osait se flatter d'être complètement à l'abri des investigations indiscrètes de la police.

Par prudence, il sortit le moins possible pendant ces deux jours d'attente, et il resta de longues heures dans sa chambre d'hôtel, sous prétexte de mettre ordre à sa volumineuse correspondance, lui qui lisait tout juste les caractères imprimés et savait à peine signer son nom!

Enfin, le jour fixé, de bon matin, il s'embarquait sans encombre dans la diligence.

Au moment du départ, il supporta sans broncher le regard inquisiteur d'un gendarme qui arpentait mélancoliquement la cour des messageries, et qui, ne reconnaissant pas chez lui le signalement de l'individu recherché, lui donna l'absolution sur sa bonne mine.

Une fanfare de cor sonnée brillamment par le conducteur, les claquements de fouet du postillon, les piaffements des chevaux, et en route! Adieu Marseille!

Claude Michot éprouva une vive sensation de joie en se sentant emporté au trot allongé du vigoureux attelage.

Il avait pour compagnons de voyage, dans le coupé, un capitaine au long cours, un prêtre et une vieille dame, tous gens fort accommodants, avec lesquels il lia facilement conversation, se bornant du reste à débiter des banalités peu compromettantes.

Jusqu'à Beaucaire tout alla bien; mais là il eut une sérieuse alerte.

Deux gendarmes de la brigade locale se trouvaient au relai de la diligence.

A la gravité de leur maintien, à leur regard scrutateur, on devinait qu'ils étaient investis d'une mission importante et chargés d'exécuter une consigne sévère.

Ils se montrèrent, en effet, moins paternes que leur camarade marseillais.

Non seulement, dès l'arrivée, ils se mirent à dévisager les voyageurs de très près, mais Michot vit avec inquiétude qu'ils demandaient leurs papiers à plusieurs d'entre eux.

— Diable! pensa-t-il, voilà une formalité gênante pour moi. En fait de papiers, je n'ai que mon congé de soldat; ce n'est certes pas le cas de l'exhiber; autant avouer tout de suite qui je suis. D'un autre côté, dire que j'ai perdu mon portefeuille ou refuser d'obtempérer à l'injonction de ces braves défenseurs de l'ordre, c'est me rendre suspect... Que faire?...

Son embarras était extrême et il attendait avec une anxiété croissante le moment où les gendarmes allaient s'adresser à lui.

Tout à coup, il lui vint une inspiration.

Il avait constaté que ceux-ci, en interrogeant les voyageurs, insistaient particulièrement pour savoir s'ils venaient bien de Marseille.

Il n'y avait donc guère de doutes à concevoir touchant l'objet de leur consigne : elle devait très probablement consister à surveiller une des routes où pouvait s'engager le fugitif qui avait faussé compagnie au commissaire de police phocéen, c'est-à-dire que le gibier qu'ils chassaient à l'affût, c'était lui-même, Claude Michot.

De là son idée ingénieuse autant que hardie.

Sans attendre davantage l'interpellation des gendarmes, il alla résolument au devant d'eux, et, d'un clignement d'œil mystérieux, leur fit comprendre qu'il désirait les entretenir à l'écart.

Puis, affectant un air entendu, il leur glissa discrètement à l'oreille :

— Vous guettez un nommé Claude Michot, n'est-ce pas?...

— Effectivement, répondit le brigadier, un peu interloqué; mais...

— Eh bien, moi, je le file...

— Vous?...

— Service de la police!

Et le mouchard improvisé appuya cette audacieuse affirmation d'un nouveau clignement d'œil significatif.

— Compris! fit le brigadier.

Et il demanda ingénument :

— Vous avez le signalement exact du paroissien?

— Très complet : un grand maigre, barbe et cheveux noirs, longs et incultes, bouche moyenne, nez ordinaire, etc., etc. Je l'ai dans ma poche, ce signalement, et là mieux encore, ajouta-t-il en portant l'index à son front. J'étais au commissariat quand le gaillard, que j'avais contribué à arrêter, nous a brûlé la politesse. Aussi, ai-je une revanche à prendre, mordieu!... Il a gagné de l'avance pendant qu'on le recherchait vainement à Marseille; mais, si nous sommes bien informés, il ne peut dépasser Lyon sans se brûler, et j'espère bien le rattraper avant.

Il avait dû déjà passer par ici lorsque vous avez reçu les ordres, transmis de brigade en brigade; je doute donc fort qu'il vous tombe sous la main.

Les gendarmes parurent un peu vexés à la pensée de manquer une belle capture.

Et, comme le conducteur claironnait le signal du départ, ce fut avec une pointe d'envie qu'ils adressèrent ce souhait au faux agent secret, qui se hâtait de les quitter pour remonter en voiture :

— Bonne chance, camarade!...

Quand Michot se fut réinstallé sur les coussins du coupé, entre le prêtre et la vieille dame, et que la diligence se remit à rouler d'une vive allure, il eut grand peine à ne pas éclater de rire, en voyant l'attitude piteuse des deux représentants de la maréchaussée, auxquels il venait de jouer un si bon tour.

Un peu de remords, toutefois, se mêlait à sa joie, à cause du respect que, en sa qualité d'ancien soldat, il professait pour quiconque portait l'uniforme; mais ses scrupules furent vite dissipés.

— Après tout, se dit-il, je n'avais pas d'autre moyen d'éviter la formalité des papiers à exhiber, et il est bien heureux que cette idée me soit venue; car je ne sais vraiment pas comment je me serais tiré d'affaire.

D'ailleurs, je n'ai pas menti tant que ça : est-ce que je ne me file pas moi-même?... Seulement, je n'ai pas l'intention de me ramener à Marseille, voilà tout.

Mais une balle, qui l'atteignit à l'avant-bras, fit tomber de sa main son arme... (P. 1660.)

Nous ne nous appesantirons pas sur les détails du voyage, dont la majeure partie se passa sans encombre jusqu'à Fontainebleau.

Les premiers compagnons de Michot s'étaient égrenés le long de la route, faisant place successivement à de nouvelles figures.

Comme on approchait d'Auxerre, le vaillant messager qui, jusque-là, avait donné aux autres voyageurs l'exemple d'une endurance à toute épreuve et d'une intarrissable bonne humeur, sentit ses forces faiblir et sa verve s'éteindre.

Un invincible malaise l'envahissait, où il reconnut tout de suite les symptômes d'un accès aigu d'une de ces fièvres périodiques que les Européens contractent dans les pays chauds.

Pénétré de l'importance et de l'urgence de la mission dont il était chargé, il essaya d'abord de dominer le mal par la force de la volonté; mais il y fut impuissant.

S'obstiner à poursuivre le trajet dans ces conditions, cahoté sur la banquette d'un étroit compartiment de voiture publique, c'était s'exposer à une aggravation dont il redoutait les conséquences.

Il se résigna donc, contre son gré, à s'arrêter à la ville prochaine, où il dut attendre la fin de la crise et le passage d'une autre diligence.

Il perdit ainsi quatre jours pendant lesquels, dans l'isolement d'une mauvaise chambre d'hôtel, il se rongea d'impatience.

Le cinquième jour, quoique incomplètement remis, il prit le courrier sans tarder davantage. La poste, si elle ne rencontrait aucun obstacle, devait arriver à Paris le surlendemain.

On allait bon train, et Claude Michot se sentit peu à peu réconforté en voyant filer rapidement sous ses yeux les plaines, les côteaux, les bois, les villages.

D'avance, il se félicitait du succès de sa mission.

Et il éprouvait une légitime fierté d'avoir été appelé à jouer un rôle décisif dans cette entreprise semée de tant de difficultés.

La dernière journée du voyage s'avançait.

Aux lueurs mourantes du soleil qui allait disparaître derrière les collines, on apercevait à l'horizon une immense masse sombre, tranchant sur la pâleur du ciel crépusculaire.

— C'est la forêt de Fontainebleau, expliqua un voyageur, coiffé d'une casquette de loutre et répondant à une interrogation de Michot. Dans une demi-heure nous en atteindrons la lisière et nous la traverserons pour gagner Melun... Un passage désagréable, surtout la nuit, ajouta-t-il.

— On n'y rencontre pourtant pas, je suppose, des bêtes féroces comme dans les forêts d'Amérique, observa Michot...

— Non, mais on y rencontre parfois des brigands.

A ce mot de brigands, deux dames qui complétaient le contingent du coupé échangèrent des regards inquiets.

— Comment! s'exclama l'ancien soldat, il y a encore des brigands par ici !

— Ils se font plus rares, mais il en reste assez pour qu'il ne soit pas inutile de prendre des précautions. Quant à moi, je ne voyage jamais dans ces parages, où m'appellent fréquemment mes affaires, sans être muni de ceci...

Et, soulevant son manteau, l'homme à la casquette de loutre laissa voir une paire de pistolets passés à sa ceinture.

L'exhibition de ces armes ne rassura qu'à demi les pauvres dames apeurées, et la déclaration de Michot ne fut pas pour augmenter leur confiance dans leurs défenseurs éventuels, lorsque celui-ci dit avec bonhomie, montrant son jonc à pomme d'ivoire :

— Moi, je n'ai que ça; seulement, je sais en jouer assez gentiment. Si j'avais été prévenu...

— Espérons, reprit l'autre, qu'il ne nous arrivera rien et que nous nous réveillerons sains et sauf à Paris...

Et cherchant à se rassurer lui-même, il ramena les pans de son manteau sur ses genoux, rabattit la visière de sa casquette de loutre et demanda à Michot, son vis-à-vis, la permission de croiser les jambes avec lui, afin d'être plus à l'aise.

C'était une politesse réciproque qu'on ne se refusait jamais, du temps des diligences, et grâce à laquelle on atténuait la torture de la réclusion dans les réduits cellulaires des voitures publiques.

Bientôt, notre homme ronflait bruyamment; les deux dames, bercées, au mouvement du véhicule, ne tardaient pas à s'endormir à leur tour.

Michot seul luttait contre le sommeil, pensant que s'il y avait peut-être un peu de gasconnade dans ces histoires de brigands, il était tout de même prudent d'avoir l'œil ouvert...

La malle-poste roulait maintenant en pleine forêt.

La nuit s'était faite complète, rendue plus ténébreuse encore par l'épaisseur des fourrés et des hautes futaies.

De chaque côté de la route, les buissons, les troncs d'arbres, les rochers, se dessinaient aux lueurs fugitives des lanternes.

Au milieu du silence solennel, on n'entendait que le choc des sabots des chevaux, le grincement des roues sur le sol sablonneux, le tintement des grelots de l'attelage, les claquements de fouet du postillon.

Parfois aussi, l'on percevait le bruissement léger produit par

le passage rapide d'un cerf ou d'un chevreuil à travers les bran-
chages.

L'ancien soldat, malgré la résolution qu'il avait prise, commençait lui-même à s'assoupir, quand un brusque arrêt de la voiture
interrompit son somme.

Cet arrêt, qu'aucun ralentissement graduel n'avait préparé, fut
immédiatement suivi d'un recul, en même temps que s'élevait un
bruit confus de voix où éclataient de formidables jurons.

Tous les voyageurs, réveillés en sursaut, mirent la tête à la
portière, scrutant anxieusement l'obscurité, croyant à un accident.

— Sacrebleu! s'écria Michot, c'est une attaque!

Il n'y avait pas à s'y tromper.

Deux hommes tenaient aux naseaux les chevaux de devant qui
se cabraient et que le postillon s'efforçait vainement d'enlever à
coups de fouet et d'éperons.

Une bande de gens armés, émergeant des buissons et des rochers d'un carrefour, entouraient déjà la diligence, sommant les
voyageurs de descendre.

Ceux-ci, terrifiés, affolés, obéirent sans résistance, et l'homme
à la casquette de loutre fut, en un tour de main, allégé de sa
bourse et de ses pistolets, dont il n'avait pas eu le temps de faire
usage.

Quelques coups de feu seulement avaient été tirés par les assaillants.

Michot, lui, animé d'intentions belliqueuses, n'était nullement
disposé à obtempérer bénévolement à la sommation classique : « La
bourse ou la vie! »

Il avait sauté du marchepied, la canne levée, et tenait en respect, par de terribles moulinets, les malandrins qui voulaient l'appréhender.

Mais une balle, qui l'atteignit à l'avant-bras, fit tomber de sa
main son arme, d'ailleurs insuffisante pour l'empêcher de succomber
sous le nombre.

Mis hors de combat, il dut, après une tentative de défense suprême, se laisser dépouiller de tout son argent.

Les brigands allaient le lâcher, lorsque celui qui le fouillait
sentit, en le palpant, une légère proéminence à la hauteur de la poitrine.

— Ah! ah! s'écria-t-il avec un ricanement mauvais, monsieur

fait des cachotteries... Qu'est-ce que je tiens là?.,. Un bon portefeuille qu'on voulait nous subtiliser, je pense... Ce n'est vraiment
pas délicat... On va vous débarrasser de ce scapulaire, vous n'en
respirerez que mieux...

C'était, en effet, le portefeuille en peau d'aurochs où l'ancien
soldat, on s'en souvient, avait placé la fameuse lettre à lui confiée
par Thérèse, et qu'il portait continuellement dissimulé sous ses
vêtements.

A la pensée de se voir enlever le précieux trésor auquel étaient
attachés la vie d'un innocent et l'honneur d'une famille, il tressaillit
d'une cruelle angoisse.

— Des papiers sans valeur pour tout autre que moi, affirma-t-il.

— Vous nous la bâillez belle, l'ami! répliqua le voleur, saisissant le portefeuille.

— Ne touchez pas à ça! hurla Claude Michot, concentrant toute
son énergie dans un effort désespéré, se débattant furieusement,
jouant des pieds, ne laissant pas chômer son bras valide, et prêt à
mordre ses agresseurs.

Mais les bandits l'empoignèrent et paralysèrent ses mouvements,
Tandis que l'un d'eux lui sautait à la gorge, un autre lui assénait un
coup de crosse de pistolet sur la tête.

Il lui sembla qu'on lui arrachait le cœur avec le portefeuille, et
il tomba en poussant un rugissement de douleur et de rage.

XXIII

LA PREUVE

A Paris, le lendemain de ce tragique événement, dès les premières heures du matin, un mouvement insolite régnait dans l'appartement de la rue Saint-Roch, habité, on s'en souvient, par la
famille Raimbaud, et où Mme Valomer recevait l'hospitalité depuis
le départ de Thérèse.

C'était une activité fiévreuse et silencieuse tout à la fois, une
hâte machinale, comme lorsqu'on s'apprête pour quelque triste cérémonie.

Urbain Raimbaud, s'efforçant de paraître calme, mais le front creusé d'un pli profond, ne tenait pas en place et s'approchait à chaque instant d'une fenêtre donnant sur la rue, l'œil au guet.

Sa femme et sa fille Jeanne, en toilette de ville très sombre, s'empressaient autour de Mme Valomer, l'aidant à s'habiller.

Minée par le chagrin, la pauvre femme n'était plus que l'ombre d'elle-même, un mince fantôme d'une pâleur livide, enveloppé de vêtements de deuil.

Ses yeux atones, aux paupières brûlées de fièvre, étaient secs; aucune larme ne coulait plus d'une source tarie.

Ses lèvres exsangues restaient closes, comme scellées par la douleur.

Inerte, presque inconsciente, elle se laissait faire, ainsi qu'un enfant docile, tout en se raidissant dans un effort nerveux de sa volonté, pour se tenir debout.

Quand elle fut prête, elle remercia d'un imperceptible signe de tête ses amis si affectueux et si dévoués; puis elle se laissa tomber dans un fauteuil, où elle s'immobilisa dans une sorte de torpeur.

Jeanne, ne pouvant contenir plus longtemps l'émotion qui l'étranglait, se retira quelques instants dans sa chambre, et, agenouillée devant le crucifix, murmura une ardente prière, pendant que sa mère, cherchant à réagir contre l'angoisse qui l'étreignait, elle aussi, vaquait activement aux derniers préparatifs.

— Les voilà! dit enfin M. Raimbaud, toujours à son poste d'observation.

En même temps, on entendit le roulement d'une voiture qui s'arrêta devant la maison.

Quelques instants après, un valet de pied se présentait, annonçant :

— Ces messieurs sont en bas...

La chaise de poste qui, à cette heure matinale, mettait en émoi la rue Saint-Roch, appartenait au conseiller Lasnier-Dujallon.

Nous l'avons déjà vue naguère s'arrêter à la même porte.

Aujourd'hui, comme alors, elle contenait le magistrat, Me Gardelle, avocat de Jacques Valomer, et le Père Justin de Balmère.

Aujourd'hui, comme alors, elle venait chercher la famille Raimbaud, pour la conduire hors de Paris.

Mais le motif et le but du voyage n'étaient plus les mêmes.

La première fois, on allait au château de Saint-Cloud solliciter de l'empereur la remise du procès à une date éloignée, afin d'attendre le retour de Thérèse, et l'on en revenait plein d'espérance, tout à la joie du succès de cette suprême démarche.

Cette fois-ci on allait à Versailles pour y entendre juger Jacques Valomer. Avec quel verdict en reviendrait-on?...

Le délai de deux mois accordé par l'empereur était expiré.

En vain l'on avait attendu jusqu'à la dernière minute Thérèse retenue au loin, le lecteur sait par quelle suite d'obstacles et de contre-temps.

En vain aussi les amis dévoués qu'elle avait laissés à Paris avaient tout mis en œuvre pour obtenir un nouveau sursis.

Leur crédit était épuisé.

Napoléon, malgré les instances réitérées de Joséphine, était resté inflexible, se rendant aux raisons péremptoires du garde des sceaux.

La justice légale réclamait sa proie : il fallait enfin se décider à la lui livrer, puisque, après tant d'atermoiments, on ne se trouvait pas en mesure de produire la preuve d'une erreur judiciaire.

L'inscription définitive de l'affaire au rôle des assises avait plongé dans la désolation l'avocat de l'accusé, ses protecteurs et ses amis.

Le prisonnier lui-même en avait conçu un violent désespoir, encore accru par la conviction que sa fille, victime de son héroïque dévouement, avait dû périr au cours du périlleux voyage qu'elle avait entrepris.

Et ce n'avait pas été trop de toute la pieuse éloquence du Père de Balmère, admis à le visiter, pour le réconforter et l'exhorter à se soumettre patiemment aux desseins de Dieu.

Quant à Mme Valomer, après avoir pleuré nuit et jour le sort de sa chère Thérèse et de son infortuné mari, tant que ses yeux avaient conservé la faculté des larmes, elle s'était enfermée dans une douleur impassible et muette, effrayante à voir.

Puis, tout à coup, la veille du grand jour, cette femme dont la vie ne semblait plus tenir qu'à un fil fragile, avait d'une voix d'outre-tombe prononcé ces paroles, devant ses hôtes stupéfaits :

— J'irai là-bas!

Là-bas! c'est-à-dire à Versailles, là où allait comparaître pour la seconde fois, sous l'accusation d'assassinat et de vol, l'honnête homme dont elle portait le nom.

Ses amis avaient essayé de lui faire comprendre avec tous les m énagements possibles l'imprudence qu'elle commettrait en s'infligeant une épreuve dangereuse pour sa santé précaire.

Pour toute réponse aux observations affectueuses, elle avait répété d'un accent plus ferme, où l'on sentait une résolution inébranlable :

— J'irai là-bas!

La volonté qui seule, maintenant, soutenait cette frêle créature, elle la puisait dans ce souhait qu'elle ne formula pas, mais qu'il était aisé de deviner :

— Si je dois mourir, que ce soit à côté de *lui!*

Et le grand jour était arrivé.

La chaise de poste partit, emportant les voyageurs accablés sous le poids de leurs tristes pensées.

Quelles angoisses plus dangereuses encore eussent bouleversé leurs esprits, s'ils avaient pu savoir que Thérèse était en France et que la lettre libératrice confiée à Michot venait d'être arrachée au fidèle messager quelques heures avant le moment décisif où ce document, aurait complètement changé la face des choses.

La première partie du trajet s'accomplit dans un pénible silence.

Ce ne fut que lorsque la voiture fut hors de la ville, roulant rapidement sur la route de Versailles, que M⁰ Gardelle prit la parole pour ranimer autant qu'il était possible le courage de la femme et des amis de son malheureux client.

S'adressant à M. Lasnier-Dujallon, il lui dit à dessein qu'en dépit de tout il ne désespérait pas encore du gain de sa cause.

Cette cause, faisait-il remarquer, se présentait sous de meilleurs auspices que la première fois; l'affaire, très commentée depuis la cassation de l'arrêt de Paris, avait passionné l'opinion publique, un revirement s'était produit dans beaucoup d'esprits en faveur de Jacques Valomer; à défaut de la preuve matérielle qui manquait au dossier, il invoquerait de nouveaux arguments : l'avis de magistrats éminents, l'intérêt que l'empereur lui-même et son auguste épouse avaient daigné prendre à l'accusé; l'admirable sacrifice d'Urbain Raimbaud, le juré dénonçant lui-même spontanément son indignité légale, le sublime dévouement de cette fille qui n'avait pas craint de se lancer dans l'inconnu et d'affronter les plus grands dangers (le missionnaire qui l'avait rencontrée en Amérique en témoignerait), pour sauver son père.

Ces raisons, concluait-il, impressionneraient certainement le jury et lorsqu'il adjurerait, au nom de la justice et de l'humanité, ces

... Arrivés sur le lieu de la lutte, après la retraite des brigands, ils y relevèrent
leur messager blessé... (P. 1672.)

douze honnêtes gens de rendre l'innocent à son foyer, où il allait
trouver une place vide, peut-être pour toujours, hélas! de ne pas
ajouter au deuil d'une mère, celui d'une épouse privée de son mari,
quel cœur resterait insensible à cette immense infortune? quel père,
quel époux resterait sourd à cette pressante prière?

Mais tout en approuvant l'avocat d'un léger signe de tête, le

conseiller, dans son for intérieur, n'osait partager complètement son optimisme apparent.

D'ailleurs (et sa perspicacité ne le trompait pas), il soupçonnait Mᵉ Gardelle de s'illusionner volontairement, de s'entraîner pour la plaidoirie qu'il allait prononcer avec plus d'éloquence convaincue que d'espoir réel dans le triomphe final de cette éloquence.

Le Père de Balmère priait.

. . . .

Nous sommes maintenant au tribunal criminel.

Une animation inusitée règne aux abords du Palais de justice.

Non seulement l'annonce de ce procès retentissant a secoué l'inertie habituelle d'une population paisible; mais, malgré la distance, bien plus longue à franchir à cette époque qu'aujourd'hui, des spectateurs bénévoles sont venus de Paris.

Dans le prétoire trop étroit, on se presse, on se bouscule.

Mᵐᵉ Valomer, la famille Raimbaud, le Père de Balmère ont grand'peine à se frayer un passage jusqu'aux places réservées où les conduisent leurs deux compagnons de route, avant d'aller, l'un s'asseoir près de la barre, l'autre sur un siège privilégié, derrière les juges.

L'entrée de ce groupe excite vivement la curiosité du public; des questions, des explications sont échangées; on désigne les personnes du doigt, on les nomme.

Cet homme jeune, au front intelligent, c'est Mᵉ Gardelle, l'avocat de l'accusé, qui a déjà plaidé pour lui lors du premier procès, et qui, depuis, a dépensé un zèle généreux et une activité incessante à démontrer l'innocence de son client.

Ce personnage plus âgé, à la physionomie grave, c'est M. le conseiller Lasnier-Dujallon, un des magistrats les plus distingués de la cour de Paris, qui, après avoir d'abord cru à la culpabilité de Jacques Valomer, s'est sincèrement converti à la croyance contraire et est devenu le plus fervent, le plus précieux auxiliaire de la défense.

Cette femme chancelante, enveloppée dans ses voiles de deuil, c'est la malheureuse épouse, une des plus lamentables victimes du drame... Quel courage surhumain lui donne la force d'assister à ces émouvants débats dont le résultat probable sera un arrêt de mort?

Et voici M. Urbain Raimbaud, l'ancien forçat condamné par erreur, qui, après avoir recouvré, sous le nom d'emprunt de Delamarre, tous ses droits à l'estime et au respect de la société, n'a pas craint de se sacrifier, de révéler son passé pour tâcher d'épargner à

Jacques Valomer les conséquences, plus terribles encore d'une erreur semblable.

Voici sa compagne dévouée, qui, simplement, sans amertume égoïste, a accepté ce noble sacrifice, comme elle était restée fidèlement associée, dans les mauvais jours, à la destinée de l'époux dont elle n'avait jamais douté.

Voici leur charmante fille, pauvre enfant dont le clair regard reflète la candeur virginale, mais dont le nom porte désormais une de ces taches que les préjugés sociaux, dans leur rigueur brutale et souvent injuste, considèrent comme une flétrissure.

Enfin, ce religieux au visage austère, émacié, encadré d'une longue barbe grise, c'est, dit-on, un homme de noble famille, qui, à la suite de cruels chagrins, a échangé la robe du magistrat contre le froc de bure du trappiste... Quel est le mystère de cette vocation ?...

Et l'on commente beaucoup la présence du missionnaire, du fameux prédicateur de Saint-Roch, venu là sans doute pour représenter Dieu devant la justice humaine et aider les faibles victimes de la fatalité à gravir leur douloureux calvaire...

Mais, une rumeur s'élève, l'attention déplacée se porte vers un autre point de la salle.

Par une petite porte latérale, l'accusé fait son entrée entre deux gendarmes et vient s'asseoir au banc d'infamie, à la gauche du tribunal, face au jury.

Il s'est avancé d'un pas ferme, mais automatique, le regard vague comme celui d'un somnambule, indifférent à la curiosité indiscrète du public.

Sa pâleur de cire, ses joues creuses, ses lèvres décolorées, ses paupières gonflées, tout en lui révèle la longue claustration, les fréquentes insomnies, les soucis rongeurs.

— Une vraie figure de criminel! ne manquent pas de déclarer des observateurs peu perspicaces.

D'autres, plus physionomistes, disent, au contraire :

— Il a l'air d'un honnête homme; on a peine à croire qu'il ait commis un crime aussi abominable...

Quelques mots que lui adresse son avocat, du banc de la défense où il s'est installé, tirent Jacques Valomer de sa torpeur.

Ses yeux prennent la direction que lui a indiquée Me Gardelle et s'illuminent d'une expression indicible à la vue de sa femme et de ses amis.

Un tressaillement l'agite des pieds à la tête, et ses lèvres qui tremblent, sans pouvoir proférer une parole, semblent dire :

— Ils sont tous là... merci!...

Tous?... Non pas tous, hélas!... Il manque quelqu'un à l'appel... Où est Thérèse?... Qu'est-elle devenue?...

A cette pensée, l'expression fugitive de joie et de reconnaissance s'efface de son visage qui se contracte atrocement.

Secoué de sanglots, le malheureux, s'accusant tout bas de la mort de sa fille, se couvre la face de ses mains.

En vain, Mme Valomer qui, de loin, a envoyé à son mari un silencieux baiser, voudrait-elle lui faire entendre le cri de son cœur : « A la vie ! A la mort ! » Elle se sent anéantie, étouffée par les larmes que ses yeux se refusent à verser.

Les témoins de cette scène rapide en éprouvent une invincible émotion, mêlée de sympathie...

Cependant, la voix de l'huissier-audiencier s'élève au fond du prétoire :

— Le tribunal!...

Instantanément, les rumeurs cessent, tout le monde est debout, les personnes les plus rapprochées de l'estrade s'inclinent respectueusement.

Les juges prennent place sur leurs sièges, M. le procureur Désorbier s'installe à droite, près de la tribune des jurés.

L'audience est ouverte au milieu d'un profond recueillement.

Après les formalités préliminaires, le président pose quelques questions sommaires à l'accusé, afin de constater son identité; puis il invite le greffier à donner lecture de l'acte d'accusation

Oh! cette lecture lente et monotone, ces allégations erronées, psalmodiées d'un accent nasillard par un fonctionnaire sans conviction, quelle torture infligée au prétendu criminel !

Quelle violence il est obligé de se faire pour ne pas l'interrompre à chaque phrase et pour se soumettre aux sages avis de son avocat qui lui conseille le calme!

Mais, quand on en arrive à la conclusion, quand, pour la seconde fois, Jacques Valomer s'entend publiquement inculpé d'avoir, tel jour, à telle heure, rue Saint-Louis-en-l'Ile, assassiné Mme Delaverne et ses enfants, sa patience est à bout, sa conscience se révolte, et, se levant, la main tendue vers le crucifix placé au-dessus des juges, il lance d'une voix forte cette énergique protestation :

— Je suis innocent, je le jure devant Dieu!

Cette protestation produit une impression profonde sur l'auditoire par son accent de sincérité.

— Silence! glapit impérieusement l'huissier, scandalisé d'une audace qu'il taxe d'irrévérencieuse.

Et le président prononce d'une voix sévère :

— Accusé, veuillez ne pas troubler l'ordre des débats et réserver vos réponses ou explications pour l'interrogatoire auquel je vais régulièrement procéder.

Mais, à peine le magistrat a-t-il formulé une première question, qu'un incident inattendu provoque un bruit confus à l'extrémité opposée de la salle.

La menace d'expulsion reste vaine.

Quelle est la cause de ce tumulte, qui va croissant?

Malgré la consigne des gendarmes de garde, des intrus prétendent, dit-on, forcer l'entrée de l'enceinte publique, déjà comble.

Ils y réussissent, les voilà dans la place.

Le président, auquel incombe la police de l'audience, s'apprête à requérir des mesures de rigueur pour réprimer cette violation flagrante de la loi, lorsque, fendant la foule compacte que deux hommes par de vigoureux coups de coudes, obligent à lui livrer passage, et brandissant un papier, une femme arrive jusqu'au pied du tribunal.

— Justice! messieurs les juges, s'écrie-t-elle, justice ! Mon père est innocent, j'en apporte ici la preuve...

Et, haletante, épuisée, elle tombe à genoux, tandis que, comme un double écho, répondant à son appel suprême, une même exclamation s'échappe à la fois de deux bouches impatientes de se poser sur son front :

— Thérèse!...

On s'imagine aisément l'effet de ce coup de théâtre sensationnel.

Au milieu de l'émoi général, Thérèse (car c'était bien elle, contre toute vraisemblance) se releva, aidée de Ravergy et de Claude Michot, qui oubliait la blessure reçue la nuit précédente, bien qu'il portât le bras en écharpe.

Son premier mouvement, plus fort chez elle que la majesté du lieu et de la curiosité du public, fut de se jeter tour à tour dans les bras que lui tendaient son père et sa mère, goûtant avec un charmant abandon les baisers dont elle était depuis si longtemps privée, et auxquels venaient s'ajouter les affectueuses démonstrations et les chaleureuses félicitations de tous ses amis de Paris.

De ceux-ci Mᵉ Gardelle n'était pas le moins heureux.

Il avait pris des mains de la jeune fille la lettre libératrice et l'avait remise au président.

L'audience se trouvant interrompue de fait par cette scène pathétique, celui-ci la déclara suspendue, afin de permettre au tribunal de délibérer en Chambre du Conseil sur les suites à donner à l'incident, et notamment sur la question de savoir s'il convenait de renvoyer l'affaire à une nouvelle session pour nouvelle instruction, ou s'il était possible, en l'état, conformément aux conclusions déposées par l'avocat, de saisir le jury, séance tenante, après avoir pris connaissance du document important versé aux débats et entendu les dires des témoins au sujet de son authencité.

Ce furent les conclusions de Me Gardelle qui prévalurent; mais était-ce là, comme il voulait l'espérer, un indice favorable au gain définitif de sa cause?

Dans la salle, où chacun faisait des pronostics, on attendait avec une anxiété poignante la rentrée du tribunal.

Quelle allait être l'attitude du ministère public?

Quel verdict allait rendre le jury?

A la reprise de l'audience, un long frémissement, suivi d'un religieux silence, courut parmi l'auditoire, quand le président prononça :

— La parole est à M. le procureur.

— Messieurs, dit M. Désorbiers, en se levant, mon réquisitoire sera bref. En présence de l'incident providentiel qui vient de se produire, et après avoir examiné de concert avec M. le juge d'instruction, le document soumis à notre appréciation, nous abandonnons l'accusation et nous nous en rapportons entièrement à la sagesse impartiale du jury.

— Messieurs, répliqua Me Gardelle, dans ces conditions, je renonce à plaider. Je croirais faire injure aux honorables jurés en entreprenant de leur démontrer une innocence dont l'évidence s'impose, éclatante comme la lumière du soleil, et des développements superflus ne serviraient qu'à retarder pour mon client l'heure d'une libération déjà trop longtemps différée. Qu'il me soit seulement permis de saluer ici, avec une respectueuse admiration le sublime exemple de piété filiale offert par cette jeune fille douée de si hautes vertus que Dieu l'a jugée digne d'en faire l'instrument de sa justice...

Un murmure d'approbation accueillit ces paroles.

Au bout de quelques instants, après une courte délibération pour la forme, le jury rendait, à l'unanimité, un verdict d'acquittement, et le président ordonnait la mise en liberté immédiate de Jacques Valomer. Nous renonçons à peindre la scène qui succéda au moment d'attente solennelle du prononcé du verdict.

Ce fut, dans l'assistance, une explosion d'enthousiasme indescriptible ; du côté de la famille de l'acquitté et de ses amis une fièvre d'effusion, un échange d'interjections éloquentes, proférées d'une voix étranglée par l'émotion, entre le mari et la femme, le père et la fille, des baisers mouillés de larmes de joie.

On eut grand'peine à frayer à Jacques Valomer et à Thérèse un passage jusqu'à la berline de M. Lasnier-Dujallon où ils prirent place tandis que Ravergy et Michot remontaien dans celle qui les avait amenés à Versailles avec la jeune fille.

Les deux voitures s'engageaient à fond de train sur la route de Paris que des gens du peuple, lancés au pas de course, les escortaient encore en poussant de bruyantes acclamations...

ÉPILOGUE

Certains bonheurs échappent à l'analyse. Celui que, après de si cruelles épreuves, la famille Valomer goûta dans la douce intimité du foyer reconstitué, est de ces bonheurs-là, et la plume, en essayant de le décrire, n'en donnerait qu'une idée imparfaite.

Mais, pour la complète satisfaction du lecteur, il nous reste, avant de clore ce récit, d'abord à lui expliquer un point intéressant, demeuré obscur, puis à lui apprendre ce qu'il advint des principaux personnages mêlés à ces aventures émouvantes.

Comment Thérèse, que nous avions laissée à Marseille avec Ravergy, dans une situation des plus critiques, s'était-elle trouvée inopinément à Versailles, accompagnée de ses fidèles compagnons et en possession de la lettre libératrice soustraite à Michot par les malandrins de la forêt de Fontainebleau ?

Lorsqu'il avait comparu devant le juge marseillais chargé de l'enquête au sujet de la plainte de Delaverne, Ravergy avait rencontré, en ce magistrat, un homme éclairé, qu'il avait aisément édifié sur la moralité du louche financier et sur son rôle infâme à l'égard de Mlle Valomer. Le juge avait reconnu, d'ailleurs, que le mariage forcé, célébré à Mexico, ayant un caractère purement religieux, était frappé de nullité en France, où la loi admettait uniquement la validité du mariage civil, et que, pour n'y avoir pas pris garde, le commissaire de police requis par le plaignant mal fondé avait commis un abus de pouvoir.

Le jeune homme et sa compagne avaient donc été relâchés, et tandis que leur persécuteur était incarcéré à son tour, pour répondre de ses méfaits, ils se hâtaient vers Paris, où ils croyaient avoir été précédés par Michot.

Par une coïncidence, vraiment providentielle, leur chaise de poste suivait à peu de distance la diligence attaquée dans la forêt de Fontainebleau. Arrivés sur le lieu de la lutte, après la retraite des brigands, ils y relevèrent leur messager blessé, le ranimèrent, et ayant appris de sa bouche le vol dont il venait d'être victime, ils eurent la chance de retrouver, en explorant le voisinage, le précieux papier que les bandits déçus avaient dédaigneusement jeté, comme dépourvu de valeur à leurs yeux...

Delaverne, auteur de tant de malheurs et qui avait failli en causer tant d'autres, devait expier ses forfaits par une condamnation au bagne à perpétuité, non sans avoir su auparavant, la rage au cœur, le triomphe complet de la vérité et de la justice, grâce à la lettre accusatrice qu'il avait cru détruite.

Avant de reprendre ses lointaines et périlleuses missions, le Père de Balmère bénit, à quelques semaines de distance, en l'église Saint-Roch, deux unions : celle du marquis Georges de Ravergy avec Thérèse Valomer et celle d'André Morand, le fils du banquier, avec Jeanne Raimbaud. Le conseiller Lasnier-Dujallon et Me Gardelle figuraient à l'une et l'autre cérémonie en qualité de témoins.

Le jour de son mariage, Ravergy, réintégré dans ses droits et prérogatives, portait le brillant uniforme de capitaine aux grenadiers de la garde impériale et Claude Michot, ayant également repris du service, portait fièrement, à côté de son frère d'armes, les galons de sergent à la même compagnie.

Les deux fiancées furent dotées sur la cassette de l'impératrice Joséphine. L'empereur en personne s'occupa de la réparation due aux victimes directes des erreurs judiciaires.

A Jacques Valomer, il fit donner une fonction lucrative dans un ministère. Quant à Urbain Raimbaud, l'ancien forçat innocent, faute de la réhabilitation légale que le Code ne permettait pas alors, il lui assura la réhabilitation morale devant la société, en le gratifiant d'une charge officielle importante et en lui décernant peu de temps après la croix de la Légion d'honneur.

Fin

TABLE DES CHAPITRES

TOME II

SIXIÈME PARTIE

SEPTIÈME PARTIE

TABLE DES CHAPITRES

HUITIÈME PARTIE

Paris. — E. KAPP, imprimeur. 83, rue du Bac.